il meglio dei racconti di

AGATHA CHRISTIE

a cura di
Federico Roncoroni

Arnoldo Mondadori Editore

I edizione Oscar narrativa giugno 1990

ISBN 88-04-33435-5

Questo volume è stato stampato
presso Arnoldo Mondadori Editore S.p.A.
Stabilimento Nuova Stampa - Cles (TN)
Stampato in Italia   Printed in Italy

Redazione Anna Rita Codoni

Ristampe:

4 5 6 7 8 9 10 11 12

1993 1994 1995 1996 1997

Introduzione

Ridotto a semplice schema, il giallo – romanzo o racconto che sia – è quanto di più semplice si possa immaginare. Come forma narrativa, infatti, è una forma "chiusa", costruita su uno schema rigido: è, nella maggior parte dei casi, un racconto "a rovescio", in cui l'evento fondamentale – il delitto – segna l'avvio della narrazione e, contemporaneamente, ne è la conclusione, in quanto lo sviluppo narrativo del racconto consiste nella ricostruzione di come e da chi è stato commesso il delitto. Se poi si tiene conto del fatto che, per una convenzione fondata su ovvi principi etici e sociali, in ogni giallo il "lieto fine" è sempre garantito e, quindi, il colpevole viene sempre assicurato alla giustizia o paga con la morte le sue colpe, la semplicità della struttura di questo genere letterario sfiora quasi l'ovvietà. L'insieme delle sue costanti di tipo strutturale, di fatto, sembra superare, per peso se non per quantità e per qualità, quello delle pur infinite variabili narrative che può sopportare. Eppure, nonostante l'apparente semplicità e ovvietà della struttura, il giallo è uno dei generi più affascinanti della recente tradizione letteraria. Più affascinante, si badi, e non solo più popolare, il genere giallo, anche se la popolarità in casi come questo dipende pur sempre da una potente dose di fascinazione intellettuale. Potrebbe anche sembrare che tanto fascino e tanta popolarità dipendano proprio dalla semplicità della struttura del genere in sé. Ma una simile ipotesi sarebbe ingenerosa oltre che riduttiva. Le ragioni del successo del giallo, in effetti, sono altre, e non sono né poche né banali. A volere schematizzare, si possono ridurre a quattro.

Un primo motivo del grande successo del giallo è senza dubbio da vedere nella prevedibilità della trama. Come è stato giustamente osservato, proprio un genere come il giallo, che si muove in mezzo a cadaveri e assassini e che tra le sue componenti può vantare anche il *thriller*, è alla fin fine un genere quanto mai "tranquillizzante". L'equilibrio iniziale rotto dall'assassino con il suo crimine deve per forza essere ricostituito, prima della fine del racconto, con l'individuazione del colpevole. E a proposito della funzione tranquill(izz)ante dei gialli, non sarà certo un caso che la maggior parte di essi venga fruita a letto, per agevolare l'arrivo del sonno, o nelle stazioni, negli aeroporti, in treno e sugli aerei, per ingannare l'attesa o in vacanza, quando non si ha voglia di intraprendere letture troppo impegnative: insomma, chi legge un giallo, di solito lo legge per divertirsi (da *divertere animum*, cioè 'distogliere l'animo dai pensieri e dalle preoccupazioni di sempre' e quindi dargli requie, gioia e piacere) o per rilassarsi (da *relaxare*, che in latino, prima che in inglese, significa 'allentare la tensione'), e a giudicare dal successo che questi libri hanno appare chiaro che chi li legge raggiunge lo scopo che si prefigge.

In secondo luogo, tanto successo dipende anche dalla lineare eleganza della struttura narrativa del giallo. In quanto forma "chiusa", infatti, il giallo ha una sua rigorosa linearità nella costruzione della vicenda e un'altrettanto rigorosa razionalità nello scioglimento dei nodi della storia. In ogni giallo che si rispetti, l'enigma, che all'inizio appare insolubile, viene risolto in un modo che non può non colpire il lettore e non coinvolgerlo intellettualmente: ogni elemento distribuito in modo sparso e quasi occasionale pagina dopo pagina va a sistemarsi in un punto ben preciso della vicenda e si incastra perfettamente accanto agli altri a dare verisimiglianza alla soluzione che viene svelata nell'ultima pagina.

In terzo luogo, una componente non piccola del fascino che il giallo esercita sul pubblico dei lettori di tutte le età, di tutte le razze e di tutte le estrazioni sociali consiste poi senz'altro nel sottile "gioco di intelligenza" (Enzo Russo) che l'autore instaura con il lettore. Un giallo che sia un giallo infatti è sempre una gara tra l'autore e il lettore, quasi una sfida giocata sulla base di un "patto" consapevolmente accettato dall'uno e dall'altro. L'esistenza di questo "patto" è risaputa, e vale per qualsiasi forma narrativa: se il lettore non accetta di entrare nel cerchio magico della finzione narrativa e non crede che ciò che legge sia verisimile e sia veramente accaduto, non si dà lettura di un'opera narrativa. Nel caso del giallo, però, questo "patto" è ancora più saldo, più vincolante e, se possibile, più indispensabile. L'autore non deve imbrogliare il lettore e il lettore deve fidarsi dell'autore: il primo deve dare al secondo tutte le informazioni necessarie, meno una, quella decisiva che gli permetterà di inverare tutte le altre e di risolvere il caso; il secondo deve accettare tutte le informazioni che il primo gli offre e seguirlo fiducioso pagina dopo pagina. Naturalmente, quella tra l'autore e il lettore è una gara impari, perché è l'autore che tiene le fila della vicenda e sa anche quello che il lettore non può sapere (soprattutto sa come ha deciso di porre fine alla vicenda e chi è il colpevole), ma è anche, appunto, un "gioco" intellettuale di grande suggestione.

In quarto luogo, infine, il fascino di un giallo consiste anche – perché no? – nella narrazione con cui l'autore riveste la trama, cioè nelle variabili narrative che, come si diceva, in ogni giallo contendono spazio e risorse alle costanti strutturali del genere giallo. Si diceva pure che, formalmente parlando, le costanti caratterizzano il genere più delle variabili, ma è anche vero che nella letteratura come nella vita sono proprio le variabili che fanno la differenza e rendono un racconto o un'esistenza migliori di un altro racconto o di un'altra esistenza. Ciò che conta in una vita, a pensarci bene, sono le variabili che si inseriscono nella scandita e rigida sequenza nascita-morte predisposta dall'Autore. E ciò che conta in un giallo sono gli elementi con cui l'autore riempie e anima il traliccio delle sequenze codificate dalle regole del genere: delitto-indagine-scoperta del colpevole. Giustamente, in proposito, Giampaolo Dossena in un memorabile saggio ha osservato che il finale di un giallo è nell'ultima pagina, ma che l'esposizione della vicenda occupa tutte le altre pagine. Cioè, per chiarire il concetto: in un giallo, se è importante il *chi* ('chi è il colpevole') è importante anche il *come* ('come il colpevole è riuscito a farla franca per tanto tempo', 'come l'investigatore è riuscito a individuarlo', 'come il colpevole ha commesso il delitto', 'come l'investigatore è riuscito a incastrarlo'), e, quindi, come l'autore ha ricostruito la sua forma "chiusa".

Ora, il primo elemento di fascino del giallo (la funzione tranquillizzante) è inerente al genere: talmente inerente che finisce con assumere anche rilevanza catartica, in quanto "libera" il lettore scaricando in modo innocuo le sue pulsioni omicide o, per lo meno, tempera e placa le ansie che possono venire al lettore da particolari situazioni di tensione. Invece il secondo (la linearità e la razionalità della trama), il terzo (il "gioco" intellettuale che si instaura tra autore e lettore) e il quarto elemento (il rilievo della variabile narrativa) sono frutto dell'abilità dell'autore. Se l'autore sa costruire una vicenda in cui alla fine tutti gli elementi del racconto combaciano perfettamente; se l'autore sa tener fede al patto che lo lega al lettore e sa coinvolgere il lettore nel gioco intellettuale che gli propone; se l'autore sa rivestire di panni sociali e psicologici adeguati i vari personaggi, sa trovare e descrivere luoghi e ambienti in modo interessante, sa gestire i dialoghi e miscelare opportunamente le sequenze descrittive (poche) e le sequenze narrative (molte); se l'autore sa fare tutto questo, tutto va per il meglio: il giallo funziona, il lettore si diverte e il libro si vende: di più è quasi inutile pretendere. Se invece l'autore non sa fare anche soltanto una di queste cose – e ogni lettore si scelga da sé quale ritiene più necessaria alla riuscita dell'opera –, allora il giallo non regge e il lettore si irrita o, peggio, si annoia. E purtroppo quelle citate sono cose che un autore sa fare o non sa fare: *tertium non datur*, cioè una via di mezzo non c'è e, se c'è, è meglio non percorrerla. Sono qualità che l'autore ha o non ha.

Agatha Christie quelle qualità le ha. E come. Le ha e le padroneggia con tanta abilità da riuscire a ritagliarsi uno spazio particolare e tutto suo all'interno di un genere severamente codificato come quello giallo.

Come è stato osservato, la grande "Regina del giallo" riesce, infatti, in una operazione tanto difficile quanto rischiosa: dare nuova linfa alla narrativa gialla operando per così dire dall'interno del genere e, oltre tutto, senza mai arrivare a travisarne lo spirito più profondo. Tutta la sua produzione, anzi, si colloca in una posizione di stupendo equilibrio fra tradizione – una tradizione di tutto rispetto, se vanta nomi come quelli di Edgar Allan Poe e di Arthur Conan Doyle, che Agatha Christie non ha mai rinnegato – e innovazione, fra le norme ormai cristallizzate del romanzo enigma di tipo classico e la maggior libertà compositiva che dopo di lei avrebbe caratterizzato la narrativa gialla.

Agatha Christie, di fatto, riesce a conquistare il lettore sorprendendolo con l'originalità delle sue invenzioni e delle sue soluzioni, ma non arriva mai a sconcertarlo o a infastidirlo. Per lei, il "patto" che lega autore e lettore è sacro. Può modificarlo nell'interesse della narrazione, ma non lo tradisce né lo snatura. Può ad esempio dare una fisionomia del tutto nuova alla figura del colpevole, facendo risultare colpevoli personaggi al di sopra di ogni sospetto, come lo stesso io-narrante o la totalità dei protagonisti, ma nonostante queste e altre trasgressioni, preferisce "giocare pulito". Lei, come regista della trama, non si esime dal dovere di fornire al lettore un quadro preciso della situazione, «talmente preciso da porlo teoricamente in grado di ricostruire, attraverso un rigoroso procedimento mentale di tipo logico-deduttivo, il reale quanto complesso meccanismo di svolgimento dei fatti esposti. Lui, il lettore, sulla base di quegli indizi, *potrebbe* anche arrivare da solo a puntare l'indice sull'assassino: *potrebbe*, ma di fatto non ci riesce mai, in quanto la soluzione vera, escogitata dall'autore va molto al di là della possibilità che la severa "morale" del genere "giallo" ha sempre posto all'immaginazione del lettore» (Luigi Calcerano). E se Agatha Christie "bara", la sua slealtà nei confronti del lettore è più apparente che reale perché non si propone mai di fuorviare il lettore per ingannarlo, e ha un fine intellettualmente nobile, nell'economia del "gioco" intellettuale in cui consiste il fascino del giallo. «Quale lettore, infatti, sarebbe veramente soddisfatto se riuscisse, già a metà libro, a scoprire il colpevole? Non si dice certo una novità affermando che il lettore di gialli risulta in realtà affascinato solo dall'autore che lo surclassa» (Luigi Calcerano).

Quanto poi alla funzione "tranquillizzante" di un genere come il giallo in cui il "lieto fine" è di rigore, Agatha Christie nei suoi gialli non si sottrae a questa regola, che implica la scoperta del colpevole e la sua punizione. Ma anche qui, c'è nelle sue opere una peculiarità che ne determina il successo. Infatti, come non ama descrivere la violenza fisica o psicologica subita dalle sue vittime, Agatha Christie considera la punizione del colpevole, che tra l'altro lascia sempre sottintesa, non soltanto come la necessaria restaurazione dell'equilibrio rotto dal delitto: più spesso la motiva e la giustifica come frutto della necessità di proteggere dalla malvagità del colpevole altre possibili vittime innocenti. In un mondo in cui il Male è dappertutto, a una scrittrice come lei, erede della grande tradizione vittoriana, sembra essere il fine ultimo della ricerca della verità. E questa sua "filosofia", a quel che pare, piace ai lettori.

L'eccezionalità di Agatha Christie, però, non deve essere valutata soltanto in termini di maggiore o minore originalità rispetto agli autori del passato e alle "regole" tradizionali del giallo. Agatha Christie si distingue anche, come ben sanno i suoi estimatori, per varie sue caratteristiche peculiari: per un suo *stile* originale e personalissimo che, per quanto tante volte imitato, resta inimitabile: per l'importanza che attribuisce, nell'economia dell'opera, all'intreccio; per la consequenzialità logica con cui descrive i "fatti" pagina dopo pagina; per la sua capacità magistrale di concretizzare azione narrativa e riflessione logico-deduttiva in una fitta rete di dialoghi tra i personaggi, «dialoghi che via via aprono la strada del lettore verso la soluzione finale» (Laura Grimaldi), preparandolo al momento decisivo, quando tutto verrà razionalmente chiarito; per la sua abilità nell'accumulare sistematicamente ogni sorta di indizi, tra i quali sarà compito e merito del personaggio-protagonista distinguere quelli utili da quelli devianti, quelli veri da quelli artefatti, quelli assurdi e in realtà fondati, da quelli tanto fondati da risultare superflui; per la sua tecnica di progressiva *reductio in unum*, dopo tante identificazioni sbagliate, dei sospetti e, da ultimo, per il colpo di scena che porta alla verità, alla quale lei, l'investigatore e i lettori arrivano insieme, «sospinti dall'azione congiunta e concertata di tutti i personaggi» (Julian Symons). E, su un piano più propriamente linguistico-espressivo, rilevante, nella sua curiosa originalità, è anche la lingua di Agatha Christie, una lingua che è stata spesso accusata di eccessiva semplicità, quando non addirittura di sciattezza, anche da chi stimava l'abile costruttrice di trame, l'accorta arredatrice di interni vittoriani o la singolare rievocatrice di un perduto ma sempre vivo mondo di provincia inglese, fatto di vecchi alberghi e di vecchi salotti, popolato da militari in pensione e da anziane signore. In realtà, la trascuratezza dei modi espressivi della scrittrice nel corso della narrazione è solo apparente. Quella lingua non è sciatta: è una lingua lucida e chiara, semplificata all'estremo e, soprattutto, finalizzata alle "cose da dire", ai fatti e alle situazioni. Come è stato osservato, «è un modo di esprimersi studiato appositamente per impedire che il lettore venga distratto da inutili prodezze (in questo caso stilistiche) e si concentri sulle pieghe dell'intreccio e, se possibile, sulla scoperta del colpevole» (Luigi Calcerano).

Ma, certo, ciò su cui soprattutto e maggiormente si fonda per i lettori l'originalità di Agatha Christie è la figura del *detective*, o meglio la figura dei suoi *detectives*, la loro personalità, i loro *tic*, il loro metodo e la loro psicologia. Due sono, come è noto, gli investigatori che più spesso agiscono nei gialli di Agatha Christie e che sono più cari ai suoi lettori: Monsieur Hercule Poirot e Miss Jane Marple. Su di essi è stato scritto tutto e sul loro conto sappiamo più di quanto sappiamo sul conto di tanti personaggi reali. Basti qui dire che sia l'uno che l'altra costituiscono delle marcate eccezioni, rispetto alle tipologie tradizionali di questa figura, più essenziale per il genere giallo dello stesso assassino: e delle marcate eccezioni anche rispetto ai modelli letterari cui indubbiamente si ispirano, non fosse altro perché sono quasi degli "antieroi", delineati con tratti talora volutamente caricaturali e sempre soffusi di una dolce ironia. Il primo, come è noto, è un ex funzionario di polizia, di origine belga: basso di statura e con una testa che ricorda vagamente la forma di un uovo, Poirot è per natura, carattere, scelte esistenziali e perfino modo di vestire un personaggio atipico nell'ambiente anglosassone in cui vive, talmente atipico da risultare comico. Ma questi aspetti della sua personalità di personaggio non sono fini a se stessi: servono a smussare le punte di antipatia che la sua intelligenza implacabile, la sua spocchia intellettuale e certi lati non molto chiari della sua esistenza privata possono produrre. Miss Marple, poi, rappresenta una figura non meno ricca di componenti comiche: vagamente autobiografica, è una "signorina" di età ormai avanzata, occupatissima a lavorare a maglia e a spettegolare ma anche, spesso grazie ai pettegolezzi che semina e raccoglie, a studiare la personalità dei suoi simili per cercare di svelare misteri e scoprire assassini. Comunque sia, al di là dei pregi e dei difetti che ne fanno in tutti i casi dei personaggi, sia Poirot sia Miss Marple, come anche i protagonisti dei "cicli minori" di Parker Pyne, Harley Quin e Tommy e Tuppence, svolgono una medesima, duplice funzione nell'economia della vicenda narrata: da un lato danno sostanza, vigore e verisimiglianza alla vicenda e intrigano il lettore con le loro strane abitudini e il loro modo di comportarsi, dall'altro fanno progredire l'azione e guidano il lettore verso la soluzione finale, «mantenendo però sempre su di lui, grazie ai buoni uffici dell'autrice, un discreto margine di vantaggio» (Oreste Del Buono).

Agatha Christie, insomma, ha le carte in regola per scrivere gialli: cinquecento milioni di copie di suoi libri vendute nel mondo, di cui ventiquattro milioni solo in Italia, ne sono, del resto, la dimostrazione più tangibile. Ha le carte in regola, Agatha Christie, perché ha tutte le qualità che più su abbiamo detto deve avere chi vuole scrivere gialli che siano degni del nome. Le ha, quelle qualità, come giallista in generale e le ha, per quello che qui ci interessa, come autrice di racconti gialli in particolare. Sia chiaro: non intendiamo sminuire, per amor di tesi, il valore dei romanzi e dei drammi gialli della nostra Agatha a vantaggio dei racconti. Non vogliamo farlo perché non sarebbe né possibile né onesto e anche perché non sarebbe neanche il caso. Di fatto, lasciando da parte i drammi che meritano un discorso a parte, è chiaro che di Agatha, ci sono romanzi meglio riusciti e romanzi meno riusciti, come ci sono racconti meglio riusciti e racconti meno riusciti. Ma è anche vero che la somma dei racconti di Agatha meno riusciti è inferiore a quella dei suoi romanzi meno riusciti. Del resto, circa Miss Marple è la stessa Agatha a confessare che questa amabile vecchietta è «una protagonista più adatta a racconti che non a romanzi». Quanto invece agli altri personaggi, da Hercule Poirot a quelli minori, a quelli che assurgono al ruolo di investigatori per puro caso, non manca chi preferisce vederli in azione sui tempi lunghi del romanzo e chi, al contrario, preferisce vederli agire nella dimensione temporale più ristretta offerta dal racconto. Certo non è un caso che Agatha Christie abbia lasciato ben ventidue raccolte di racconti gialli: una mole di testi che, anche sul piano meramente quantitativo, costituisce una porzione rilevante della sua opera di giallista. E poi, non sarà senza motivo se lei, Agatha, ha a più riprese manifestato particolare affetto per i suoi racconti, al punto da imporre ai suoi editori precisi vincoli nella loro pubblicazione in forma antologica. Forse, anche lei deve aver capito che è nei racconti che più continuativamente trovano espressione compiuta i tratti più positivi della sua vocazione narrativa. Se è vero, infatti, che l'abilità maggiore di Agatha Christie consiste nella quasi magica capacità di costruire dal nullo intrecci originali, saldamente strutturati e avvincenti agli occhi del lettore, è altrettanto vero che spesso tale dote trova proprio nella forma del racconto il suo contenitore più adatto. Dati i limiti di estensione imposti dal racconto, in essa la scrittrice risulta in certo qual modo "costretta" a concentrare avvenimenti, azioni e deduzioni nello spazio di poche pagine, con risultati che talora hanno del sorprendente: l'intreccio diviene teso, i dialoghi si fanno serrati e rivelatori, i personaggi vengono presentati e quasi "evocati" con poche, abilissime pennellate di colore. Del resto, a chi una volta le parlò dei suoi racconti migliori come di romanzi in miniatura, opportunamente e significativamente Agatha Christie fece osservare che, a suo giudizio, si trattava invece di opere letterarie a sé stanti, dotate di loro precise caratteristiche.

Federico Roncoroni

Bibliografia

I racconti di Agatha Christie

L'elenco completo delle edizioni originali delle raccolte di racconti di Agatha Christie è contenuto nel volume di Emma Ercoli, *Agatha Christie*, Firenze, La Nuova Italia, 1978, p. 91. Qui di seguito diamo l'elenco della edizione italiana di tali raccolte, uscita in 14 volumi negli Oscar Mondadori, Milano, 1981: 1. *Hercule Poirot indaga*; 2. *Miss Marple e i tredici problemi*; 3. *Quattro casi per Hercule Poirot*; 4. *In tre contro il delitto*; 5. *Le fatiche di Hercule*; 6. *Testimone d'accusa e altre storie*; 7. *Tre topolini ciechi e altre storie*; 8. *Il mondo di Hercule Poirot*; 9. *Appuntamento con la paura*; 10. *Il mistero di lord Listerdale e altre storie*; 11. *Tommy e Tuppence*; 12. *Una donna velata e altre storie*; 13. *Il misterioso signor Quinn*; 14. *Parker Pyne indaga* (si veda l'indice dei racconti contenuti in questi volumi in Luigi Calcerano-Giuseppe Fiori, *Guida alla lettura di Agatha Christie*, Oscar Mondadori, Milano, 1990). A questi racconti che sono stati poi variamente proposti in altre collane Oscar, bisogna aggiungere quelli raccolti da Marco Polillo, sotto il titolo *I primi casi di Hercule Poirot*, Oscar Mondadori, Milano, 1977, 1990[8]. Alle pp. 649-653 del presente volume, sotto il titolo *Riferimenti bibliografici* sono indicati i volumi da cui sono stati tratti i racconti qui pubblicati, con la segnalazione della raccolta di appartenenza e del titolo originale di ciascuno.

Studi su Agatha Christie autrice di racconti

La bibliografia relativa ad Agatha Christie è vastissima e per lo più dispersa in una miriade di articoli e contributi apparsi su quotidiani e riviste. Pertanto, per un accostamento all'opera della Christie in generale e, in particolare, per un avvio all'analisi dei suoi racconti, sono preziosi, per il lettore italiano, i lavori già citati di Emma Ercoli e, soprattutto, di Luigi Calcerano e Giuseppe Fiori. Nella *Guida* di Calcerano e Fiori, il lettore troverà, oltre a una attenta disamina di tutta la produzione della Christie, una fitta rete di rimandi e tutto quanto è stato scritto sulla Christie anche come autrice di racconti. Sempre utili per comprendere l'originalità della Christie e l'importanza della sua opera nella storia del genere giallo, sono Alberto Del Monte, *Breve storia del romanzo poliziesco*, Bari, Laterza, 1962; Stefano Benvenuti-Gianni Rizzoni, *Il romanzo giallo*, con la consulenza di Alberto Tedeschi, Milano, Mondadori, 1979; Renée Reggiani, *Poliziesco al microscopio*, ERI, Milano, 1981. Fondamentale, per capire il significato del giallo in genere, è l'*Introduzione* di Giuseppe Petronio a *Il punto su: Il romanzo poliziesco*, Bari, Laterza, 1985. Infine, utili spunti di riflessione critica si trovano nelle Prefazioni e nelle Postfazioni pubblicate negli Oscar Gialli Mondadori, Milano. Tra quelli dedicati a raccolte di racconti, segnaliamo i contributi di Marco Polillo al già citato *I primi casi di Poirot* e di Alex R. Falzon a *Parker Pyne indaga*.

Il meglio
dei racconti di
Agatha Christie

CINQUE STORIE PER COMINCIARE

Tre topolini ciechi

Faceva molto freddo. Il cielo era buio e carico di neve.

Un uomo in soprabito scuro, con la sciarpa fino al naso e il cappello calato sugli occhi percorreva Culver Street. Salì i gradini del numero settantaquattro, premette il campanello e lo udì squillare nel seminterrato.

La signora Casey, che trafficava all'acquaio, brontolò infastidita: «Accidenti al campanello. Mai un po' di pace. Mai».

Ansimando un po', salì pesantemente i gradini del seminterrato e aprì la porta.

L'uomo, una sagoma scura contro il cielo basso, le domandò quasi bisbigliando: «La signora Lyon?».

«Secondo piano» rispose la signora Casey. «La sta aspettando?» L'uomo scosse lentamente il capo. «Oh be', salga e bussi.»

Rimase a osservarlo mentre saliva i gradini coperti da un tappeto logoro. Più tardi avrebbe detto che l'uomo «le aveva fatto una strana impressione». In realtà aveva pensato soltanto che doveva avere un gran brutto raffreddore per parlare a voce così bassa, e non c'era da meravigliarsi, col tempo che faceva.

Quando imboccò la seconda rampa di scale, l'uomo cominciò a fischiettare sommessamente una canzoncina: *Tre topolini ciechi*.

Molly Davis arretrò di qualche passo e studiò l'insegna sul cancello, ancora fresca di vernice:

MONKSWELL MANOR
PENSIONE

Annuì con aria d'approvazione: sembrava proprio il lavoro di un professionista. Be'... quasi.

La E di Pensione era un po' troppo alta e le ultime lettere di Manor erano troppo ravvicinate, ma, nel complesso, Giles aveva fatto un ottimo lavoro. Era davvero in gamba, Giles, sapeva fare un mucchio di cose. E lei, ogni giorno, scopriva qualche sua nuova qualità. Le aveva raccontato così poco di sé che le sorprese non mancavano mai. Chi è stato in Marina «ha le mani d'oro», dice la gente.

Be', Giles avrebbe dovuto sfoderare tutta la sua abilità, in quell'avventura: nessuno era più sprovveduto di loro due nell'arte di gestire una pensione. Però ci sarebbe stato da divertirsi. E avrebbero risolto il problema dell'alloggio.

L'idea era stata di Molly. Quando era morta zia Katherine e i legali le avevano scritto informandola che le aveva lasciato Monkswell Manor, lei e Giles, naturalmente, avevano pensato subito di vendere la casa. «Com'è?» aveva domandato Giles. E Molly aveva risposto: «È una grande casa dalla pianta bizzarra, tutta piena di austeri mobili vittoriani. Il giardino è abbastanza bello, ma è invaso dalle erbacce, perché dopo la guerra è rimasto soltanto un vecchio giardiniere».

Così Giles e Molly avevano deciso di mettere in vendita la casa e di tenere qualche mobile, quanto bastava per arredare un villino o un appartamento per loro due.

Ma erano subito sorte difficoltà: anzitutto non si trovavano né villini né appartamenti, e in secondo luogo i mobili erano enormi.

«Be'» aveva deciso Molly «non ci resta che vendere la casa al completo... Sempre che si riesca a venderla.»

Il legale aveva assicurato che, dati i tempi, riusciva a vendere qualsiasi cosa.

«Con ogni probabilità» aveva soggiunto «la compreranno per farne un albergo o una pensione, nel qual caso potrebbero acquistare anche tutto il mobilio. Per fortuna, la casa è in ottime condizioni. La povera signorina Emory aveva fatto grossi lavori di riparazione e di ammodernamento poco prima della guerra e c'è stato pochissimo deterioramento. Oh sì, è in ottime condizioni.»

A questo punto Molly aveva avuto l'idea.

«Giles, perché non la trasformiamo noi in una pensione?» aveva esclamato. Sulle prime, lui ci aveva riso sopra, ma Molly aveva insistito.

«Non abbiamo bisogno di tenere molta gente, almeno nei primi tempi. Non è una casa che richieda molto lavoro: c'è l'acqua calda e fredda nelle camere da letto, c'è il riscaldamento centrale e la cucina a gas. E potremmo allevare galline e anitre, così avremmo le uova, e magari tenere un orto.»

«E chi farebbe tutto il lavoro?... non è semplice trovare personale.»

«Oh, dovremmo farlo noi. Ma ci toccherebbe lavorare in ogni caso dovunque andassimo a vivere, e occuparci di qualche persona in più non costerebbe poi tanta fatica. E magari, una volta avviati, potremmo prendere una donna. Basterebbero cinque persone, a sette ghinee la settimana a testa...» Molly era partita in quarta, in un vortice di calcoli decisamente ottimistici.

«E pensa, Giles» aveva concluso «sarebbe casa nostra. Con dentro le nostre cose. Data la situazione, mi sa che ci vorranno degli anni prima di trovare un buco decente.»

Questo era vero, aveva ammesso Giles. Erano stati insieme così poco tempo, dopo il loro frettoloso matrimonio, che non vedevano l'ora di sistemarsi in una casa tutta loro. Così il progetto era stato varato. Avevano messo inserzioni sul giornale locale e sul «Times» e avevano ricevuto molte risposte.

E quel giorno, finalmente, doveva arrivare il primo ospite. Giles era partito di buon'ora in automobile per comperare della rete metallica, residuato di guerra, messa in vendita all'altro capo della contea. Quanto a Molly, aveva annunciato che sarebbe andata in paese a piedi a fare gli ultimi acquisti.

L'unica cosa che non funzionava era il tempo. Da due giorni faceva un freddo cane e stava cominciando a nevicare.

Mentre Molly imboccava di buon passo il vialetto di casa, grossi fiocchi di neve le si posavano leggeri sulle spalle protette dall'impermeabile e sui capelli ricci e brillanti. I bollettini meteorologici erano quasi lugubri: si prevedevano eccezionali nevicate. Molly sperava di tutto cuore che non gelassero le condutture dell'acqua. Sarebbe stato un brutto scherzo se fosse andato tutto storto proprio all'inizio.

Diede un'occhiata all'orologio: le cinque passate. Chissà se Giles era già rientrato? Chissà se stava domandandosi dov'era andata a finire?

«Sono dovuta tornare in paese a comprare della roba che avevo dimenticato» gli avrebbe detto. E lui si sarebbe messo a ridere e avrebbe domandato: «Ancora scatolette?».

Le scatolette erano ormai uno scherzo fisso, tra loro. Erano sempre in cerca di cibo in conserva e la dispensa era zeppa di ogni ben di Dio per i casi di emergenza.

E a quanto pare, pensò Molly con una piccola smorfia mentre dava un'occhiata al cielo, i casi di emergenza si presenteranno molto presto.

La casa era deserta. Giles non era ancora rientrato. Molly si soffermò in cucina, poi salì le scale e girò per le camere da letto appena preparate. La camera a mezzogiorno, con i mobili di mogano e il letto a colonne, era destinata alla signora Boyle. Quella del maggiore Metcalf era azzurra e aveva i mobili di quercia. La stanza a oriente, con la veranda, era per il signor Wren. Erano tutte camere molto graziose e accoglienti. E la splendida biancheria di zia Katherine si era rivelata una vera fortuna. Molly lisciò un copriletto e scese di nuovo le scale. Era quasi buio, ormai. Improvvisamente, la casa le sembrò silenziosa e vuota: era una villa isolata, a tre chilometri dal paese, a tre chilometri dal resto del mondo, come diceva Molly.

Non era la prima volta che si trovava in casa da sola, pure non ne era mai stata consapevole come in quel momento.

La neve, sfiorando in lente raffiche i vetri delle finestre, produceva un fruscio strano, inquietante. E se Giles non ce l'avesse fatta a tornare, se lei avesse dovuto restare sola lì dentro... per giorni, magari?

Molly si guardò attorno per la cucina, uno stanzone ampio e comodo che sembrava fatto apposta per una cuoca grassa e pacioccona, insediata al tavolo, con le mascelle che si muovevano ritmicamente mentre sgranocchiava biscotti e beveva tè scuro. Avrebbe potuto essere affiancata da una cameriera alta, in età, addetta alle stanze di rappresentanza, e da un'altra cameriera, rosea e rotondetta, per i mestieri pesanti. E, in fondo alla tavola, una sguattera avrebbe osservato con occhi spauriti le colleghe più importanti. E invece, lì, c'era soltanto lei, Molly Davis, a recitare una parte che non le sembrava ancora molto naturale. In quel momento, tutta la sua vita le sembrava irreale, persino Giles... Stava recitando una parte e nient'altro.

Un'ombra passò davanti alla finestra facendola trasalire: uno sconosciuto avanzava fra la neve. Udì il cigolio della porta laterale che si apriva. L'uomo era lì, sulla soglia, e si scuoteva di dosso la neve. Poi avanzò nella casa deserta.

D'un tratto, quell'impressione assurda svanì.

«Oh, Giles!» gridò Molly. «Come sono felice che tu sia tornato!»

«Ciao, tesoro! Che tempo schifoso! Sono congelato.»

Il giovane pestò forte i piedi e si soffiò sulle dita.

Meccanicamente, Molly raccolse il cappotto che Giles, come al solito, aveva buttato sulla cassapanca di quercia, e lo appese all'attaccapanni, sfilando dalle tasche gonfie una sciarpa, un giornale, un gomitolo di spago e la corrispondenza del mattino che Giles vi aveva ficcato dentro alla rinfusa. Mentre si avviava in cucina, depose tutto sulla credenza e accese il fuoco sotto il bricco.

«L'hai trovata, la rete metallica?» domandò. «Quanti secoli ci hai messo!»

«Non era del tipo giusto, non sarebbe servita a niente. Sono andato a un'altra liquidazione, ma neanche lì c'era quello che andava bene. E tu cos'hai fatto? Non è arrivato ancora nessuno, eh?»

«La signora Boyle non arriverà fino a domani.»

«Ma il maggiore Metcalf e il signor Wren dovrebbero essere qui oggi.»

«Il maggiore Metcalf ha mandato un biglietto per avvertire che arriverà domani anche lui.»

«Quindi a cena siamo solo noi due e il signor Wren... Che tipo sarà, secondo te? Io dico che è il classico pensionato statale.»

«No, io penso che sia un artista.»

«In tal caso» dichiarò Giles «ci converrà fargli pagare una settimana anticipata.»

«Oh, no, Giles. Vengono coi bagagli. Se non pagano ce li teniamo.»

«E se le valigie fossero piene di sassi avvolti in carta di giornale? La verità, Molly, è che non abbiamo la più pallida idea di quello che ci aspetta, in questo lavoro. Spero solo che i clienti non capiscano quanto siamo inesperti.»

«La signora Boyle se ne accorgerà di certo» brontolò Molly. «È proprio il tipo!»

«Come fai a saperlo, se non l'hai ancora vista?»

La ragazza si voltò senza rispondere, prese il formaggio e cominciò a grattugiarlo.

«E questo che cosa sarebbe?» s'informò suo marito.

«Dovrebbero diventare crocchette di formaggio fuso alla gallese» rispose Molly. «Pane grattugiato, puré di patate e un pizzico di formaggio, tanto per giustificare il nome.»

«Ehi, ma che cuoca coi fiocchi!» esclamò Giles, ammirato.

«Ho i miei dubbi, in merito. Riesco a fare solo una cosa per volta. La prima colazione è il momento più brutto, perché devi badare a cento cose contemporaneamente: le uova, la pancetta, il latte, il caffè, il pane tostato. Il latte trabocca, il pane brucia, la pancetta si attacca e le uova diventano troppo dure. Bisogna essere svelti come scoiattoli per tener d'occhio tutto.»

«Domattina voglio scendere le scale in punta di piedi per vederti mentre fai lo scoiattolo.»

«L'acqua del tè sta bollendo» annunciò Molly. «Che ne diresti di portare il vassoio in biblioteca e ascoltare la radio? È quasi l'ora del notiziario.»

«Se, come pare, dovremo trascorrere la maggior parte del nostro tempo in cucina, direi di tenere una radio anche qui.»

«Hai ragione. Son così simpatiche, le cucine. Io, questa, l'adoro. Per me è la stanza più bella della casa. Mi piacciono i mobili, i piatti, e vado matta per la sensazione di abbondanza che dà una stufa economica così monumentale... anche se sono ben lieta di non doverci cucinare sopra, beninteso.»

«Credo che in un giorno divorerebbe la razione di combustibile di un anno!»

«Eh sì, poco ma sicuro. Ma pensa ai pezzi di carne colossali che arrostivano qui, ai lombi di manzo, alle selle di montone... Enormi pentole di rame, piene di marmellata di fragole fatta in casa... e i chili di zucchero che ci volevano! Che magnifico periodo dev'essere stata l'epoca vittoriana! Guarda i mobili che abbiamo di sopra: grandi, robusti... troppo ornati, forse... ma che comodità! E quanto spazio per i vestiti! E i cassetti che si aprono e chiudono così facilmente... Ti ricordi l'appartamentino moderno che avevamo in affitto? Elegantissimo: tutte le cose incassate nel muro, con gli sportelli scorrevoli, solo che non scorreva un bel niente. Per chiudere le porte, bisognava spingerle e poi non stavano chiuse lo stesso, oppure, se erano chiuse, non si riusciva ad aprirle...»

«Già, è il guaio dei marchingegni: se non funzionano, sei a terra.»

«Be', andiamo a sentire le ultime notizie.»

Il giornale-radio fornì, principalmente, desolanti notizie sul maltempo, sulla situazione stagnante della politica estera, sulle furiose discussioni in parlamento, nonché su un omicidio commesso in Culver Street a Paddington.

«Uffa!» sospirò Molly, spegnendo la radio. «Soltanto malinconie. Mi dà fastidio sentirmi continuamente ripetere di risparmiare combustibile. Che cosa pretendono, che congeliamo? Forse non avremmo dovuto inaugurare la pensione d'inverno; forse era meglio aspettare a primavera.» Poi soggiunse, cambiando tono: «Chissà che tipo era la donna che hanno assassinato...».

«La signora Lyon?»

«Si chiamava così? Chissà chi avrà desiderato ucciderla, e perché...»

«Magari aveva un gruzzolo nascosto sotto il materasso.»

«Quando dicono che la polizia vuole interrogare un uomo visto nelle vicinanze, significa che è l'assassino?»

«Di solito sì. È un modo di dirlo più elegante...»

Lo squillo stridulo di un campanello li fece trasalire.

«È la porta principale» disse Giles. «E adesso... arriva l'assassino» aggiunse, faceto.

«Certo, a teatro, succederebbe così. Svelto, dev'essere il signor Wren. Adesso vedremo chi di noi ha ragione sul suo conto.»

Il signor Wren e una folata di neve entrarono contemporaneamente in casa. Tutto quello che Molly riuscì a vedere dalla porta della biblioteca fu la sagoma del nuovo venuto che si stagliava contro lo sfondo bianco del paesaggio. "Come sembrano tutti uguali gli uomini, nell'uniforme imposta dalla civiltà: soprabito scuro, cappello grigio e sciarpa al collo" pensò la ragazza.

Un attimo dopo, Giles chiudeva la porta in faccia agli elementi scatenati e il signor Wren si sfilava la sciarpa, posava la valigia, si toglieva il cappello a velocità supersonica, senza mai smettere di parlare. Aveva una voce acuta, quasi lamentosa, e la luce dell'atrio rivelò un giovanotto con un gran ciuffo di capelli rossi, schiariti dal sole, e gli occhi pallidi e inquieti.

«Assolutamente spaventoso» diceva. «L'inverno inglese nel suo aspetto peggiore... ti fa pensare a Dickens, a Scrooge, a Tiny Tim e via di seguito... Bisognava essere terribilmente coraggiosi, a quei tempi, per affrontare una prova simile. Non le pare? Ah, per venire dal Galles ho dovuto fare un viaggio spaventoso, un'autentica corsa campestre. Lei è la signora Davis? Magnifico!» La mano di Molly fu afferrata in una stretta energica, tutta ossa. «Sa? La immaginavo tutta diversa! La vedevo, ecco, come la vedova di un generale dell'esercito coloniale indiano, un tipo atrocemente severo, molto *mem-sahib*, tutta circondata da ottoni di Benares e da *bric à brac* vittoriani. Invece, qui è delizioso! Semplicemente delizioso... Ha anche dei fiori di cera? E degli uccelli del paradiso? Ah, io li adoro, i posti come questo! Avevo paura che la casa fosse solenne, tipo vecchio maniero... ottoni a parte... E invece è meravigliosa! Questa è autentica, solida rispettabilità vittoriana. E mi dica, per caso non ha una di quelle bellissime credenze di mogano rossiccio, con grandi frutti scolpiti?»

«Per la verità l'abbiamo» rispose Molly, che era rimasta quasi senza fiato sotto quel diluvio di parole.

«No! Posso vederla? Subito? È qui?»

Il signor Wren si muoveva con una rapidità sconcertante: aveva già girato la maniglia della sala da pranzo e premuto l'interruttore della luce. Molly lo seguì, avvertendo la disapprovazione di Giles.

Il signor Wren passò le lunghe dita ossute sui ricchi altorilievi della credenza, emettendo gridolini di ammirazione. Poi rivolse un'occhiata di rimprovero alla padrona di casa.

«E perché non c'è un grande tavolo da pranzo di mogano, invece di tutti questi tavolini sparsi qua e là?»

«Pensavamo che gli ospiti avrebbero preferito così» si difese Molly.

«Ma certo, carissima, ha perfettamente ragione. Mi ero lasciato trasportare dal mio senso dell'epoca. Certo, con un ta volo di quel genere bisogna metterci intorno la famiglia adatta: un bel padre severo, con la barba, la mamma prolifica e un po' sfiorita, undici bambini, una governante arcigna e una persona chiamata "la povera Harriet", la parente povera che fa da tirapiedi a tutti ed è molto, molto grata di poter avere un focolare. Guardate quella griglia e pensate alle fiamme che salgono su per il camino e arrostiscono la schiena della povera Harriet.»

«Le porto di sopra le valigie» intervenne Giles. «La camera a oriente?»

«Sì» rispose Molly.

Il signor Wren tornò rapidamente in anticamera, mentre Giles saliva le scale.

«Nella mia camera c'è per caso un letto a colonne con la coperta di chinz a roselline?» s'informò.

«No, non c'è» rimbeccò Giles, e scomparve su per le scale.

«Non credo che suo marito mi adorerà follemente» osservò il signor Wren. «Dove ha fatto il militare? In Marina?»

«Sì.»

«L'immaginavo. In Marina sono molto meno tolleranti che nell'Esercito e in Aviazione. Da quanto tempo siete sposati? È molto innamorata di suo marito?»

«Forse vorrà salire a dare un'occhiata alla sua camera.»

«Sì, certo, sono stato impertinente. Ma volevo proprio saperlo. Voglio dire, è interessante sapere tutto degli altri: i loro pensieri, i loro sentimenti, non soltanto chi sono e che cosa fanno. Non le sembra?»

«Immagino» replicò Molly, contegnosa, «che lei sia il signor Wren.»

Il giovanotto si interruppe di colpo, poi fece l'atto di strapparsi i capelli.

«Sono imperdonabile, non comincio mai dalle cose più importanti. Sì, sono Christopher Wren... e, per favore, non rida. I miei genitori erano tipi romantici. Speravano che io diventassi architetto. E così hanno avuto la luminosa idea di chiamarmi Christopher. Chi ben comincia... come si dice...»

«Ed è diventato architetto?» domandò Molly, incapace di trattenere un sorriso.

«Proprio così» rispose il signor Wren trionfante. «Per lo meno, ci sono vicino... Comunque, è un bell'esempio di sogno realizzato. Ma, ovviamente, il nome sarà un intralcio, per me. Non sarò mai come il vero grande Christopher Wren. Però, chissà, i prefabbricati Chris Wren potrebbero diventare famosi.»

Mentre Giles scendeva le scale, Molly annunciò: «Ora le faccio vedere la sua camera, signor Wren».

Quando la ragazza tornò da basso, pochi minuti dopo, Giles le domandò: «Allora, gli sono piaciuti i deliziosi mobili di quercia?».

«Ci teneva tanto ad avere un letto a colonne, che gli ho dato la camera rosa.»

Giles borbottò qualcosa che finiva con «impiastro».

«Stammi a sentire, Giles» fece Molly, severa. «Noi non abbiamo organizzato un ricevimento: questi sono affari. Che Christopher Wren ti piaccia o no...»

«Direi proprio di no» interruppe Giles.

«... non c'entra affatto: paga sette ghinee alla settimana, ed è questo che conta...»

«Se paga, sì.»

«Si è impegnato, abbiamo la sua lettera.»

«Hai portato la sua valigia nella camera rosa?»

«L'ha portata lui, naturalmente.»

«Molto cavaliere. Ma non avresti fatto molta fatica. Non c'è rischio di trovarci pietre avvolte in fogli di giornali. È così leggera che secondo me non c'è dentro niente.»

«Sst, eccolo che viene» l'avvertì Molly.

Christopher Wren fu accompagnato nella biblioteca, che faceva un gran bel vedere, pensò la ragazza, con le sue grandi poltrone e il caminetto a legna. La cena sarebbe stata pronta di lì a mezz'ora, annunciò Molly. E in risposta a una domanda del giovane, l'informò che non c'erano altri ospiti, al momento... In tal caso, propose Christopher, non poteva andare anche lui in cucina a dare una mano?

«Posso preparare un'*omelette*, se le piace» soggiunse con un sorriso accattivante.

Dopo cena l'ospite aiutò a lavare i piatti. Be', si disse Molly, non era un inizio molto ortodosso, e a Giles non era garbato affatto... D'altronde, pensò più tardi, mentre stava per addormentarsi, domani quando arriveranno gli altri, andrà tutto in modo diverso.

All'alba il cielo era cupo e la neve continuava a cadere. Giles aveva un'aria preoccupata. Molly era depressa. Con quel tempo sarebbe stato tutto più difficile.

La signora Boyle arrivò col tassì del paese, munito di catene, e il conducente diede notizie catastrofiche sulle condizioni della strada.

«Ci saranno dei cumuli di neve prima di sera» profetizzò.

La signora Boyle non aiutò certo a dissipare il clima generale di malinconia: era una donna massiccia e scostante, con la voce stentorea e i modi autoritari. La sua naturale aggressività era stata enormemente potenziata dal servizio volontario prestato in tempo di guerra.

«Se avessi saputo che la pensione era agli inizi, non sarei mai venuta» dichiarò. «Naturalmente, immaginavo che fosse ben avviata e gestita in modo professionale.»

«Se non è soddisfatta, non ha nessun obbligo di restare, signora Boyle» le fece osservare Giles.

«Ah no, non mi sogno nemmeno di andarmene.»

«Secondo me le conviene chiamare un tassì» consigliò Giles. «Le strade non sono ancora bloccate: se c'è stato un malinteso, forse è meglio che lei si rivolga altrove.» E soggiunse: «Abbiamo avuto un tal numero di richieste che ci sarà facilissimo trovare un nuovo ospite per la sua camera. Anzi, penso proprio che dovremmo aumentare il prezzo della pensione».

La signora Boyle gli lanciò un'occhiata all'acido solforico. «Non ho nessuna intenzione di andarmene prima di aver provato questo posto. Le dispiace darmi un asciugamano da bagno abbastanza grande, signora Davis? Non sono abituata ad asciugarmi con un fazzoletto.»

Giles sorrise a Molly dietro le spalle della signora Boyle che si allontanava impettita.

«Tesoro, sei stato splendido» si complimentò lei. «Le hai tenuto testa magnificamente.»

«I prepotenti abbassano la cresta quando li ripaghi della loro moneta» spiegò Giles.

«Oh, povera me» sospirò Molly. «Chissà come si troverà con Christopher Wren.»

«Non si troverà affatto» decretò Giles.

E, infatti, quel pomeriggio stesso, la signora Boyle commentò, rivolta a Molly, in tono di viva disapprovazione: «Quel giovanotto è davvero *molto* bizzarro».

Il fornaio arrivò intabarrato come un esploratore polare, lasciò il pane e avvertì che, forse, non sarebbe potuto ritornare di lì a due giorni per la solita consegna. «Le strade sono tutte bloccate» annunciò. «Avete scorte sufficienti, spero?»

«Oh, sì» rispose Molly. «Abbiamo un mucchio di scatolame. Però sarà meglio che prenda ancora un po' di farina.»

Molly ricordava vagamente che in Irlanda preparavano il pane facendolo lievitare con il bicarbonato. Se la situazione avesse continuato a peggiorare, probabilmente si sarebbe potuta arrangiare in quel modo.

Il fornaio aveva portato anche i giornali e Molly li aprì sul tavolo dell'anticamera. La politica estera era passata in secondo piano: il maltempo e l'assassinio della signora Lyon occupavano la prima pagina.

Stava osservando la fotografia sfocata della vittima quando alle sue spalle sentì la voce di Christopher Wren che commentava: «Un delitto piuttosto sordido, eh? Una donna dall'aria così sciatta, in una strada così miserabile... Come si fa a credere che dietro a tutto questo ci sia una storia umana?».

«Secondo me» interloquì la signora Boyle sbuffando «una persona simile ha avuto esattamente quello che si meritava.»

«Oh!» il signor Wren si voltò verso di lei con affettuosa sollecitudine. «Dunque lei pensa che si tratti di un delitto a sfondo sessuale?»

«Non ho detto niente di simile, signor Wren.»

«Ma quella donna è stata strangolata, no? Chissà...» il giovanotto stese le lunghe mani bianche. «Chissà che cosa si prova a strangolare una persona?»

«Ma, dico, signor Wren!»

Christopher si avvicinò alla donna, mormorando con voce sinistra: «Ha mai pensato, signora Boyle, che cosa si prova a essere strangolati?».

La signora Boyle ripeté, ancora più indignata: «Ma insomma, signor Wren!».

Molly si affrettò a leggere ad alta voce: «L'uomo ricercato dalla polizia è di media statura, indossava un soprabito scuro, un cappello floscio e una sciarpa di lana».

«E cioè...» rise Christopher Wren «era tale e quale a tutti gli altri.»

«Già» ammise Molly. «A tutti gli altri...»

Nel suo ufficio, a Scotland Yard, l'ispettore Parminter disse al sergente Kane: «Faccia passare quei due».

«Sissignore.»

«Che tipi sono?»

«Comuni operai. Decorosi, reazioni piuttosto lente, attendibili.»

«Bene» annuì l'ispettore.

Di lì a poco, due uomini dall'aria impacciata, vestiti con gli abiti della festa, furono introdotti nella stanza. Parminter li studiò con una rapida occhiata. Ci teneva a far sentire la gente a suo agio.

«Così, sapete qualcosa che potrebbe esserci d'aiuto nel caso Lyon» esordì. «Siete stati bravi a venire. Accomodatevi. Sigaretta?»

I due accettarono e accesero le sigarette, mentre l'ispettore aspettava.

«Tempo da cani» osservò.

«Altro che...»

«Bene, adesso veniamo al punto.»

I due si scambiarono un'occhiata, completamente ammutoliti ora che dovevano affrontare lo scoglio della narrazione.

«Comincia tu, Joe» brontolò il più grosso dei due.

E Joe cominciò: «È andata così. Vede, non avevamo fiammiferi».

«Dov'eravate?»

«In Jarman Street... eravamo là a lavorare alla conduttura del gas.»

L'ispettore Parminter annuì. L'ora, il luogo, i particolari precisi se li sarebbe fatti dire in seguito. Jarman Street era nelle immediate vicinanze di Culver Street, la strada del delitto.

«Non avevate fiammiferi» ripeté per incoraggiarli.

«No. Io avevo finito i miei e l'accendino di Bill non funzionava. E così dico a un tale che passa: "Ci può dare un fiammifero, signore?". Così gli dico. Non ho mica pensato niente di particolare, in quel momento. Era uno che passava di lì, come tanti altri. È stato un caso, che l'ho chiesto a lui.»

Parminter annuì di nuovo.

«Be', lui ci dà il fiammifero, senza una parola. "Freddo boia" gli fa Bill, e lui con un filo di voce risponde: "Già, sì". Raffreddore di petto, penso io. Era tutto fatto su, comunque. "Grazie, signore" gli dico e gli do indietro i suoi fiammiferi, e lui se ne va in fretta, ma così in fretta, che quando mi sono accorto che aveva lasciato cadere qualcosa, era troppo tardi per chiamarlo indietro. Era un notes: gli era caduto di tasca nel tirar fuori i fiammiferi. "Ehi, signore" gli grido dietro "ha perso qualcosa!" Ma quello sembra che non mi senta, allunga il passo e scompare dietro l'angolo. Non è così, Bill?»

«Proprio così» confermò Bill. «Correva come una lepre.»

«S'è infilato in Harrow Road, s'è infilato, e alla velocità che andava chi lo beccava più? A ogni modo, era soltanto un notes, mica un portafoglio o qualcosa del genere: magari non era roba importante. "Strano tipo" faccio io. "Col cappello sugli occhi e tutto abbottonato. Sembra un gangster del cinema" ho detto a Bill, vero, Bill?»

«È proprio così che hai detto» confermò Bill.

«Strano che l'ho detto, mica avevo sospetti, allora. Quello ha fretta di tornare a casa, ho pensato, e non potevo dargli torto. Faceva un freddo!»

«Un freddo!» ribadì Bill.

«Così gli dico a Bill: diamoci un'occhiata a questo libretto e vediamo se è roba importante. Be', signor ispettore, per farla breve, ci ho dato un'occhiata. Un paio di indirizzi soltanto, dico a Bill. Culver Street, settantaquattro e un accidente di casa con un nome come Manor House.»

«Posto di lusso» commentò Bill, in tono di disapprovazione.

Joe proseguì il racconto, parlando con una certa scioltezza, ora che aveva rotto il ghiaccio. «Culver Street settantaquattro, faccio a Bill. È qui dietro l'angolo. Appena smontiamo, facciamo una scappata a riportare quest'affare... Poi vedo qualcosa scritto in cima alla pagina e gli dico a Bill: e questo cos'è? Lui prende il libretto e legge forte: Tre topolini ciechi... A quello lì gli manca una rotella, mi fa lui e, in quel momento, sì, proprio in quel momento, sentiamo una donna che grida "All'assassino!" un paio di isolati più in là.»

A questo punto, intensamente drammatico, Joe fece una pausa.

«Strillava forte, eh, Bill!» riprese. «Dài, gli dico a Bill, vai a dare un'occhiata. E, dopo un po', lui torna indietro e dice che c'è un mucchio di gente e anche la polizia, e che hanno tagliato la gola a una donna o forse l'hanno strangolata, e che è stata l'affittacamere a trovarla e a gridare per chiamare la polizia. "Dov'è stato?" gli chiedo. "In Culver Street" risponde lui. "A che numero?" gli chiedo, e lui dice che non ci ha fatto caso.»

Bill tossicchiò e stropicciò i piedi sull'impiantito, con l'aria imbarazzata di chi ha commesso una mancanza.

«Così gli dico: "Facciamo un salto all'angolo per controllare"... E quando vediamo che è il numero settantaquattro discutiamo la situazione e Bill dice: "Magari l'indirizzo sul taccuino non c'entra niente", e io dico: "magari invece c'entra". In ogni caso, dopo che ne abbiamo riparlato veniamo a sapere che la polizia vuole interrogare un uomo uscito dalla casa verso quell'ora. Be', allora siamo venuti qui e abbiamo chiesto se si poteva vedere la persona che si occupa del caso, e sono sicuro, o almeno spero, che non le abbiamo fatto perdere del tempo...»

«Vi siete comportati da buoni cittadini» approvò Parminter. «Avete portato il taccuino? Grazie, e adesso...»

Le sue domande furono sbrigative e professionali. Si fece dire luoghi, ora, e tempi; l'unica cosa che non riuscì a ottenere fu l'esatta descrizione dell'individuo che aveva perduto il taccuino. Si sentì ripetere quello che gli aveva già detto l'affittacamere, ancora in preda a una crisi di nervi: era un uomo con il cappello calato sugli occhi, il cappotto abbottonato fino al collo, e la sciarpa che gli copriva mezza faccia, la voce afona, quasi un sussurro, le mani inguantate...

Quando i due uomini se ne furono andati, Parminter studiò a lungo il taccuino aperto sulla scrivania. Di lì a poco l'avrebbe mandato alla scientifica per far rilevare le impronte digitali, se c'erano, ma per il momento la sua attenzione era inchiodata sui due indirizzi e su una frase vergata con una scritturina minuta in cima alla pagina.

L'ispettore voltò la testa quando il sergente entrò nella stanza. «Venga qui, Kane, dia un'occhiata.»

Kane si mise alle sue spalle e mentre leggeva si lasciò sfuggire un sibilo sommesso. «*Tre topolini ciechi!* Be', che mi venga un colpo!»

«Già.» Parminter aprì il cassetto, tirò fuori un foglio tagliato a metà e lo posò a fianco del taccuino, sulla scrivania. Il foglio era stato trovato sul cadavere della donna assassinata, accuratamente appuntato con uno spillo. E c'era scritto: *Questo è il primo*. Sotto, un disegno infantile di tre topolini e un rigo musicale.

Kane fischiettò sommessamente il motivo.

Ciechi, ohimè, tutti e tre,
ai topini, poverini,
col coltello l'ascia e il temperin
la fattoressa tagliò via il codin...

«Sì, è proprio quella: la sigla musicale dell'assassino.»

«Pazzesco, vero, ispettore?»

«Già» convenne Parminter, aggrottando la fronte. «L'identificazione della donna è sicura?»

«Sissignore. Questo è il rapporto dell'Archivio Impronte Digitali. La sedicente signora Lyon in realtà era Maureen Gregg. Aveva scontato una condanna ed era stata rilasciata due mesi fa dal carcere di Holloway.»

Parminter borbottò, pensoso: «È andata ad abitare in Culver Street, dicendo di chiamarsi Maureen Lyon. Ogni tanto beveva e un paio di volte, dicono, si è portata a casa un uomo. Non ha mai mostrato paura di niente e di nessuno. Non c'è motivo di credere che si ritenesse in pericolo. Ora, il nostro uomo suona il campanello, chiede di lei e l'affittacamere gli dice di salire al secondo piano. Ma non è in grado di fornirci una descrizione, dice soltanto che era di media statura e doveva avere un brutto raffreddore, perché aveva perso completamente la voce. È tornata nel seminterrato e non ha sentito rumori sospetti e nemmeno l'uomo, quando è uscito. Dieci minuti dopo, sale a portare una tazza di tè alla sua inquilina e la trova strangolata... Non si tratta di un delitto occasionale, Kane: è stato accuratamente preparato». L'ispettore fece una pausa, poi soggiunse vivamente: «Chissà quante saranno le case che si chiamano Monkswell Manor, in Inghilterra?».

«Magari ce n'è soltanto una.»

«Sarebbe una fortuna sfacciata. Ma diamoci da fare. Non c'è tempo da perdere.»

Il sergente si soffermò con lo sguardo sui due indirizzi annotati sul taccuino: Culver Street 74 e Monkswell Manor.

Poi brontolò: «Così, lei crede...».

«Sì» l'interruppe Parminter. «E lei no?»

«Potrebbe essere: Monkswell Manor... ma dove?... Sa, ispettore, potrei giurare di aver letto quel nome poco tempo fa...»

«Dove?»

«È quello che sto cercando di ricordare. Un momento... su un giornale, il *Times*. Ultima pagina: Alberghi e Pensioni... un secondo solo, ispettore, è un vecchio numero. Stavo facendo le parole crociate...»

Kane uscì in fretta dall'ufficio e poco dopo vi fece ritorno, trionfante.

«Ecco, dia un'occhiata.»

«Monkswell Manor, Harpleden, Berkshire.» L'ispettore tirò a sé il telefono. «Mi chiami il comando di polizia della contea del Berkshire.»

Monkswell Manor entrò nel pieno della sua attività con l'arrivo del maggiore Metcalf. Il maggiore non era un personaggio formidabile come la signora Boyle, né stravagante come Christopher Wren: era un uomo flemmatico di mezza età, con l'aspetto impeccabile e marziale tipico di chi ha fatto l'ufficiale di carriera in India. Sembrò soddisfatto della sua camera e dell'arredamento e parlando con la signora Boyle non scoperse amicizie comuni, però venne alla conclusione di aver conosciuto dei cugini di amici della signora, il «ramo Yorkshire», in quel di Poonah. Il suo bagaglio, due pesanti valigie di cinghiale, riuscì a soddisfare persino l'animo sospettoso di Giles.

Per la verità, Molly e Giles non ebbero molto tempo per fare considerazioni sui loro ospiti perché prepararono la cena, la servirono, la mangiarono e lavarono i piatti, tra la soddisfazione generale. Il maggiore Metcalf ebbe parole di elogio per il caffè, poi Giles e Molly andarono a letto, stanchi ma trionfanti... per essere svegliati, verso le due di notte, dallo squillo insistente di un campanello.

«Accidenti...» esclamò Giles. «È la porta principale. Cosa diavolo...?»

«Svelto» disse Molly. «Vai a vedere chi è...»

Lanciandole un'occhiata di rimprovero, Giles s'infilò la veste da camera e scese le scale. Molly l'udì tirare il chiavistello, poi dall'atrio venne un vocio confuso. Spinta dalla curiosità, la ragazza saltò dal letto e andò a sbirciare giù dal pianerottolo. Nell'atrio, Giles stava aiutando un individuo barbuto a togliersi il cappotto coperto di neve. Frammenti di conversazione salivano fino a lei.

«Brr. Ho le dita così intirizzite che non le sento più.» Era una voce tonante, dall'accento straniero. «E i piedi poi...» Si udì l'uomo batterli per terra, energicamente.

«Si accomodi» Giles spalancò la porta della biblioteca. «In questa stanza fa caldo, le conviene aspettarmi qui, mentre salgo a preparare una camera.»

«Sono davvero fortunato» osservò educatamente lo sconosciuto.

Molly sbirciava curiosa dalla balaustra. Vide un uomo anziano con la barbetta nera e le sopracciglia mefistofeliche, un uomo che si muoveva con passo agile e giovanile, nonostante le tempie brizzolate.

Giles chiuse la porta della biblioteca e salì rapidamente le scale. Molly, che era tutta rannicchiata, si alzò in piedi.

«Chi è?» s'informò.

Giles sorrise: «Un altro ospite della pensione. La sua mac china ha urtato un banco di neve e si è ribaltata. Lui è riuscito a tirarsi fuori e si è messo in marcia alla meno peggio... ascolta, c'è ancora una tremenda bufera... quando a un tratto ha visto la nostra insegna. Ha detto che gli è sembrata la risposta alle sue preghiere».

«Pensi che sia un tipo a posto?»

«Tesoro, non è in una notte come questa che i ladri si mettono in caccia.»

«È uno straniero, no?»

«Sì. Si chiama Paravicini. Ho visto il suo portafoglio... credo che l'abbia mostrato di proposito: era addirittura imbottito di banconote. Che camera gli diamo?»

«Quella verde. È già pulita e pronta, avremo soltanto da fare il letto.»

«Penso che dovrò prestargli un pigiama. Tutta la sua roba è rimasta nell'automobile. Ha detto che ha dovuto uscire dal finestrino.»

Molly andò a prendere lenzuola, federe e coperte.

Mentre preparavano il letto a gran velocità, Giles osservò: «Nevica che Dio la manda. Presto saremo sepolti dalla neve, completamente tagliati fuori. Piuttosto eccitante, in un certo senso, no?».

«Non saprei...» fece Molly, dubbiosa. «Pensi che riuscirò a far lievitare il pane con il bicarbonato?»

«Certo che ci riuscirai, tesoro. Tu riesci a far tutto» la rassicurò Giles, fiducioso come sempre.

«Non ho mai provato a fare il pane, è una di quelle cose che si danno per scontate: fresco o stantio, è sempre il fornaio che lo porta. Ma se fossimo tagliati fuori dalla neve, allora non ci sarebbe nessun fornaio.»

«E nemmeno il macellaio, né il postino. Niente giornali. E probabilmente neanche il telefono.»

«Soltanto la radio che ci dà istruzioni sul da farsi.»

«Per fortuna, abbiamo l'impianto elettrico autonomo.»

«Devi ricaricare il generatore, domani. E dobbiamo tenere ben fornita la caldaia.»

«Temo che dovremo aspettare parecchio la nuova scorta di carbone... e siamo già a corto.»

«È un bel guaio. Giles, ho paura che ci aspettino delle giornate spaventose. Su, svelto, vai giù a prendere il signor Comesichiama. Io torno a letto.»

Il mattino confermò le previsioni di Giles. La neve era alta più di un metro e mezzo e si ammucchiava contro la porta e le finestre. Fuori, continuava a nevicare. Il mondo era bianco, muto e vagamente minaccioso.

La signora Boyle sedeva sola davanti alla prima colazione. Non c'era nessun altro in sala da pranzo. Accanto a lei, il tavolo del maggiore Metcalf era già stato sparecchiato mentre il tavolo del signor Wren aspettava ancora. Uno che si alzava presto e uno che si alzava tardi. Quanto a lei, la signora Boyle sapeva che c'è una sola ora conveniente per consumare la colazione, le nove precise.

La signora Boyle aveva terminato di mangiare un'eccellente omelette e coi suoi denti bianchi e forti stava sgranocchiando rumorosamente una fetta di pane tostato. Era indecisa e di cattivo umore. Monkswell Manor non era affatto come se l'era immaginato. Aveva sperato di fare qualche partita a bridge, d'incontrare qualche zitella appassita da sbalordire con le sue conoscenze altolocate e la sua posizione sociale e ancor più con allusioni velate all'importanza e alla segretezza dei compiti che aveva svolto durante la guerra.

Alla fine delle ostilità la signora Boyle si era trovata con le mani in mano, come su una spiaggia deserta. Era sempre stata una donna attiva, che parlava incessantemente di efficienza e di organizzazione, e la guerra sembrava fatta apposta per lei. Il suo piglio e la sua energia avevano impedito alla gente di domandarsi se fosse davvero un'organizzatrice tanto brava ed efficiente. La signora Boyle aveva spadroneggiato e tiranneggiato, aveva dato grattacapi ai titolari dei vari dipartimenti e, bisogna riconoscerlo, non si era mai risparmiata. Le sue sottoposte correvano avanti e indietro, terrorizzate al minimo aggrottar di ciglia. Ed ecco che, di colpo, quella vita eccitante e dinamica era finita. Lei era tornata una privata cittadina, ma il suo mondo di un tempo non esisteva più: i suoi amici si erano in gran parte dispersi, e la sua casa, requisita dall'esercito, aveva bisogno di un completo restauro prima di essere di nuovo abitabile.

Presto o tardi si sarebbe rifatta sicuramente una vita, ma per il momento un albergo o una pensione sembravano l'unica alternativa, e così aveva deciso di trasferirsi a Monkswell Manor.

La signora Boyle si guardò intorno con aria sprezzante.

"Davvero scorretto" rimuginò "non avvertirmi che erano appena agli inizi."

Allontanò il piatto davanti a sé. Il fatto che la colazione fosse eccellente – caffè ottimo e marmellata fatta in casa – e servita in modo ineccepibile, per qualche strana ragione le dava ancor più sui nervi: l'aveva privata di una legittima ragione di lamentela. Anche il letto era molto comodo, con le lenzuola ricamate e un soffice cuscino. La signora Boyle amava le comodità, ma le piaceva anche scoprire le pecche altrui. Anzi, questa era forse l'attività che preferiva.

La signora Boyle si alzò piena di sussiego e lasciò la sala da pranzo, imbattendosi sulla soglia nello stravagante giovanotto dai capelli rossi che, quella mattina, sfoggiava una cravatta a quadretti di un verde sfacciato, una cravatta *di lana*!

"Assurdo" si disse la signora Boyle "veramente assurdo."

E anche il modo in cui la guardava, in tralice, con quegli occhi slavati... no, non le andava proprio.

C'era qualcosa che la turbava, qualcosa di strano in quello sguardo vagamente canzonatorio.

"Uno squilibrato.. non mi meraviglierei se lo fosse" meditò la signora Boyle.

Rispose con un lieve cenno del capo all'esagerato inchino del giovane, poi si diresse a passo di marcia verso il salotto. Là le poltrone erano molto comode, in particolare quella rosa. Era opportuno mettere in chiaro subito che quella era la *sua* poltrona. La signora Boyle vi depositò il lavoro a maglia, per precauzione, poi andò a toccare il calorifero. Come sospettava, era soltanto tiepido. Il suo sguardo sfolgorò, esultante. Ecco una cosa di cui avrebbe avuto ragione di lagnarsi.

Diede un'occhiata fuori dalla finestra. Un tempo spaventoso, davvero spaventoso. Be', non sarebbe rimasta lì a lungo, a meno che non fosse arrivata altra gente a rendere il posto più piacevole.

Un blocco di neve scivolò giù dal tetto con un tonfo sordo e la signora Boyle trasalì.

«No» ripeté a voce alta. «Non resterò qui a lungo.»

Qualcuno ridacchiò... una risatina soffocata e stridula. La signora si voltò bruscamente: il giovane Wren stava sulla soglia e la guardava con la sua strana espressione.

«No» ripeté il giovanotto. «Penso proprio che lei non resterà qui a lungo.»

Il maggiore Metcalf stava aiutando Giles a spalare la neve davanti alla porta posteriore. Lavorava sodo, e Giles si profondeva in ringraziamenti.

«Un buon esercizio. Bisogna fare un po' d'esercizio tutti i giorni» spiegò il maggiore. «Per tenersi in forma.»

Dunque, il maggiore era un patito della ginnastica. Giles lo aveva intuito con una certa apprensione quando aveva chiesto che gli fosse servita la colazione alle sette e mezzo.

Come se gli avesse letto nei pensieri, il maggiore disse: «È stata molto gentile, sua moglie, a prepararmi la colazione così presto. Ed è stato bello, anche, trovare un uovo fresco di giornata».

Giles si era alzato prima delle sette, ligio ai suoi doveri di albergatore. Insieme a Molly aveva fatto bollire le uova e preparato il tè, e aveva riordinato il soggiorno. Tutto era lindo e pulito. Ma non poteva fare a meno di pensare che, se l'ospite fosse stato lui, nulla al mondo, in una mattina come quella, gli avrebbe impedito di alzarsi tardissimo. Il maggiore, invece, si era alzato di buon'ora e aveva fatto colazione, poi aveva cominciato a esplorare la casa, traboccante di energia.

Bene, pensò Giles, neve da spalare ce n'è a volontà. Diede un'occhiata in tralice al suo compagno. Un tipo difficile da classificare: vissuto, coriaceo, già oltre la mezz'età, e con uno sguardo stranamente indagatore. Un uomo che non era disposto a concedere niente. Giles si domandò per quale ragione fosse venuto a Monkswell Manor. Congedato, probabilmente, e senza lavoro.

Il signor Paravicini scese più tardi e prese un caffè e una fetta di pane tostato: una colazione frugale, per nulla inglese.

Molly rimase alquanto sconcertata, quando gli portò la colazione, vedendolo alzarsi di scatto con un inchino esagerato esclamando: «È lei la mia affascinante ospite? Non mi sbaglio, vero?».

Molly ammise, in tono un po' asciutto, che aveva ragione. Non era dell'umore adatto per ricevere complimenti a quell'ora del mattino.

«Chissà perché» brontolò Molly, mentre accatastava pericolosamente le stoviglie sul lavandino, «chissà perché devono fare tutti colazione a un'ora diversa... è piuttosto fastidioso.»

Sistemò le stoviglie nello scolapiatti e andò subito di sopra a occuparsi dei letti. Non poteva sperare aiuto da Giles, quella mattina, perché doveva spalare la neve per far strada fino alla caldaia e al pollaio.

Rifece i letti a gran velocità e in un modo un po' approssimativo, limitandosi a lisciare le lenzuola e le coperte il più in fretta possibile.

Stava pulendo i bagni, quando squillò il telefono. Sulle prime s'irritò per l'interruzione, ma mentre correva in biblioteca a rispondere, provò un certo sollievo al pensiero che se non altro il telefono funzionava ancora.

Arrivò in biblioteca un po' affannata per la corsa e sollevò il ricevitore.

«Sì?»

Una voce cordiale, con un lieve, ma simpatico accento dialettale domandò: «Monkswell Manor?».

«Sì, pensione di Monkswell Manor...»

«Posso parlare con il comandante Davis?»

«Al momento non può venire all'apparecchio» rispose Molly. «Sono la signora Davis. Chi parla?»

«Sovrintendente Hogben, del dipartimento di polizia del Berkshire.»

Molly deglutì a vuoto e balbettò: «Ah, ehm... sì?».

«Signora Davis, si tratta di una faccenda piuttosto urgente e preferisco non dilungarmi al telefono. Ho mandato da voi il sergente Trotter della squadra investigativa. Dovrebbe arrivare da un momento all'altro.»

«Ma com'è possibile? Siamo completamente bloccati dalla neve. Le strade sono impraticabili.»

La voce dall'altro capo del filo rimase placida e sicura.

«Trotter arriverà lì senz'altro» affermò. «E la prego, signora Davis, dica a suo marito di prestare molta attenzione a quello che gli dirà il sergente Trotter e di seguire senza discutere le sue istruzioni. È tutto.»

«Ma sovrintendente Hogben... che cosa...»

Un brusco *click* interruppe la comunicazione, Hogben aveva detto tutto quello che aveva da dire e aveva appeso. Molly fece scattare un paio di volte la forcella, poi si voltò mentre la porta si apriva ed entrava Giles.

«Oh, Giles, caro, eccoti qui!»

Giles aveva i capelli spruzzati di neve, e la faccia tutta sporca di fuliggine. Sembrava accaldato.

«Che c'è, tesoro? Ho riempito i secchi del carbone e ho portato dentro la legna. Più tardi mi occuperò delle galline e andrò a dare un'occhiata alla caldaia. Va bene? Ma che cos'hai, Molly? Sembri spaventata.»

«Giles, era la polizia.»

«La polizia?» fece eco Giles, incredulo.

«Ci mandano qui un ispettore o un sergente o qualcosa del genere.»

«Ma perché? Che cos'abbiamo fatto?»

«Non lo so. Pensi che possa essere per quel chilo di burro che abbiamo fatto venire dall'Irlanda?»

Giles aggrottò la fronte.

«Mi sono ricordato di rinnovare l'abbonamento della radio vero?»

«Sì, la ricevuta è nella scrivania. Giles, la vecchia signora Bidlock mi ha dato cinque dei suoi tagliandi in cambio del mio vecchio abito di tweed. Immagino che sia illegale, ma a me pare più che giusto. Adesso ho un vestito in meno, quindi perché non dovrei avere i tagliandi? Oh, caro, che altro guaio possiamo aver combinato?»

«L'altro giorno, per poco non ho avuto un incidente di macchina. Ma era decisamente colpa di quell'altro.»

«Eppure, qualcosa dobbiamo aver fatto» gemette Molly.

«Il guaio è che, oggigiorno, qualunque cosa si faccia è illegale» constatò Giles cupo. «Ecco perché uno si sente eternamente in colpa. Tutto sommato penso che si tratti di qualcosa che riguarda la pensione. Devono esserci sotto tante complicazioni legali che noi non ce le sogniamo nemmeno.»

«Pensavo che la faccenda degli alcolici fosse l'unica cosa importante. E noi non abbiamo servito alcolici a nessuno. Ma per il resto, perché non dovremmo gestire la nostra pensione come meglio ci pare?»

«Già, dovrebbe essere così. Ma, come dicevo, al giorno d'oggi, tutto è più o meno proibito.»

«Povera me» sospirò Molly. «Vorrei non aver mai cominciato. Corriamo il rischio di restare bloccati dalla neve per giorni e giorni, tutti saranno di malumore, ci consumeranno tutte le provviste e...»

«Su con la vita, tesoro» la confortò Giles. «Stiamo passando un brutto quarto d'ora, ma tutto si accomoderà, vedrai.»

La baciò distrattamente in fronte, poi si staccò da lei e disse, cambiando tono: «Sai, Molly, a pensarci bene deve trattarsi proprio di qualcosa di grave se mandano fin qui un sergente con questo tempo». Indicò la finestra e aggiunse: «Sì, dev'essere qualcosa di molto urgente...».

Mentre erano lì a guardarsi in faccia, la porta si spalancò e la signora Boyle fece il suo ingresso.

«Ah, eccola qui, signor Davis» esclamò. «Lo sa che il termosifone in salotto è praticamente gelato?»

«Mi dispiace. Siamo un po' a corto di carbone e...»

La signora Boyle l'interruppe, implacabile: «Io pago sette ghinee la settimana... sette ghinee. E non ho nessuna intenzione di morire congelata».

Giles arrossì e disse asciutto: «Vado a caricare la caldaia». Poi uscì e la signora Boyle si rivolse a Molly.

«Se permette l'osservazione, signora Davis, quel giovanotto che alloggia qui è davvero bizzarro. I suoi modi... le sue cravatte, poi... E non si pettina mai?»

«È un giovane e brillante architetto» la informò la ragazza.

«Come dice?»

«Christopher Wren è un architetto e...»

«Mia cara ragazza,» l'interruppe la signora Boyle «ho sentito parlare anch'io di sir Christopher Wren. Certo, che era un architetto: ha costruito la cattedrale di San Paolo. Voi giovani, a quanto pare, pensate che la cultura sia un vostro monopolio.»

«Io mi riferisco a questo Wren. Anche lui si chiama Christopher. I suoi genitori hanno scelto quel nome nella speranza che diventasse architetto. E lui lo è diventato davvero, o è prossimo a diventarlo, così tutto si è risolto nel migliore dei modi.»

«Uhm» sbuffò la signora Boyle. «Mi sembra una storia poco attendibile... Io farei qualche indagine, se fossi in lei. Che cosa sa di quel giovanotto?»

«Esattamente quello che so di lei, signora Boyle... cioè che tutti e due pagate sette ghinee la settimana. Ed è tutto quello che deve riguardarmi, non le pare? Per me, non ha importanza se i miei ospiti mi piacciono... o *se non mi piacciono*» concluse Molly, fissando intensamente la signora Boyle.

L'altra avvampò di stizza. «Lei è giovane e inesperta e dovrebbe esser grata dei consigli di chi ne sa di più di lei. E che cosa mi dice di quell'incredibile forestiero? Quando è arrivato?»

«Nel cuore della notte.»

«Veramente singolare. Non è un'ora piuttosto insolita?»

«Negare ospitalità a un cliente in regola è contro la legge, signora Boyle» spiegò dolcemente Molly. «Questo lei forse non lo sa.»

«Io dico solo che quel Paravicini, o come diavolo si chiama mi sembra...»

«Attenta, attenta, cara signora. Si parla del diavolo e .»

La signora Boyle trasalì, come se il diavolo in persona le avesse rivolto la parola. Il signor Paravicini, che era entrato in punta di piedi, senza farsi notare, scoppiò a ridere, fregandosi le mani con aria satanica.

«Mi ha spaventata» protestò la signora Boyle. «Non l'ho sentito entrare.»

«Già, sono entrato in punta di piedi» spiegò Paravicini «Nessuno mi sente mai né entrare né uscire. Lo trovo molto divertente. A volte mi capita di cogliere qualche parola... così per caso. Anche questo lo trovo molto divertente.» E soggiunse, amabilissimo: «Però non dimentico mai quello che sento».

Con voce piuttosto flebile, la signora Boyle disse: «Davvero? Be', devo andare a prendere il lavoro a maglia.. l'ho dimenticato in salotto». E uscì a precipizio.

Molly fissava Paravicini, perplessa. Lui le si avvicinò quasi a passo di danza.

«La mia affascinante ospite sembra turbata.» Le prese la mano e la baciò con galanteria, prima che lei potesse impedirglielo. «Che cosa c'è, cara signora?»

Molly fece un passo indietro; non era sicura che Paravicini le piacesse. Le sorrideva con l'aria di un vecchio satiro.

«Tutto sembra piuttosto complicato, stamattina» gli rispose timidamente. «Colpa della neve.»

«Già» mormorò lui, guardando fuori della finestra. «La neve rende tutto così difficile, vero? O, al contrario, può rendere le cose molto semplici.»

«Non so che cosa intende dire.»

«Già» fece lui, con aria pensosa. «C'è una quantità di cose che lei non sa. Ad esempio, credo che lei non sappia bene come si gestisce una pensione.»

Molly alzò il mento con aria bellicosa. «Può darsi che noi non... però abbiamo tutte le intenzioni di farcela.»

«Brava, bravissima!»

«Dopotutto» soggiunse Molly con una certa trepidazione nella voce, «non sono una cuoca da buttar via...»

«Lei è senz'altro una cuoca affascinante» sorrise Paravicini.

"Che seccatura, questi stranieri" pensò Molly.

Come se le avesse letto nel pensiero, l'uomo cambiò atteggiamento e cominciò a parlarle in tono pacato, con la massima serietà.

«Posso darle un piccolo consiglio, signora? Lei e suo marito non dovreste essere così fiduciosi... I vostri ospiti vi hanno dato delle referenze?»

«Si usa così?» fece Molly perplessa. «Io pensavo che la gente... be', arrivasse e amen.»

«È sempre consigliabile sapere qualcosa di quelli che dormono sotto il nostro tetto.»

Paravicini si chinò e le diede un buffetto sulle spalle, con aria vagamente minacciosa. «Prenda me, ad esempio. Arrivo qui in piena notte e dico che la mia macchina si è ribaltata in un banco di neve. Ma lei cosa ne sa di me? Niente di niente. E forse non sa niente nemmeno degli altri ospiti.»

«La signora Boyle...» cominciò Molly, ma dovette interrompersi perché la signora in questione faceva ritorno in biblioteca con il lavoro a maglia in mano.

«Il salotto è troppo freddo. Mi metterò qui» annunciò dirigendosi a passo di marcia verso il caminetto.

Agilmente, Paravicini piroettò davanti alla signora. «Mi permetta di attizzare il fuoco.»

Molly, come la notte prima, fu colpita dall'agilità giovanile dei suoi movimenti. Aveva notato che stava sempre attento a voltare le spalle alla luce, e in quel momento credette di averne scoperto la ragione: il signor Paravicini si truccava la faccia, sia pure con molta abilità.

Dunque, il vecchio idiota cercava di sembrare un giovincello. Be', non si poteva dire che ci riuscisse molto bene: dimostrava tutti i suoi anni e forse qualcuno di più. Soltanto la sua andatura giovanile sembrava inspiegabile. Che anche quella fosse calcolata?

Le riflessioni di Molly furono interrotte dal brusco ingresso del maggiore Metcalf, che la richiamò alla sgradevole realtà.

«Signora Davis, temo che le condutture del... ehm...» abbassò educatamente la voce «... dello stanzino a pianterreno siano gelate.»

«Oh, povera me!» gemette Molly. «Che giornata spaventosa. Prima la polizia e adesso il gabinetto!»

Il signor Paravicini lasciò cadere rumorosamente l'attizzatoio sulla griglia del camino. La signora Boyle smise di sferruzzare. Molly guardò il maggiore Metcalf e rimase sconcertata vedendolo irrigidirsi di colpo con un'espressione chiusa, inscrutabile. Un'espressione che lei non riusciva a decifrare: sembrava che ogni emozione fosse scomparsa, lasciando soltanto una maschera di legno.

Con voce secca, scandendo le parole, Metcalf domandò: «Ha detto polizia?».

La ragazza intuì che dietro quella rigidezza si nascondeva una violenta emozione. Paura, ansia, turbamento?... certo qualcosa era. "Quest'uomo potrebbe esser pericoloso" si disse Molly.

Il maggiore domandò ancora, stavolta con voce solo vagamente incuriosita: «Cos'è questa storia della polizia?».

«Hanno telefonato poco fa» spiegò Molly. «Stanno mandando qui un sergente.» Si voltò a guardare fuori dalla finestra. «Ma credo che non ce la farà mai ad arrivare» concluse speranzosa.

«Perché mandano qui la polizia?» il maggiore le si avvicinò di un passo, ma prima che lei potesse rispondere, la porta si aprì ed entrò Giles.

«Quello schifoso carbone è tutto pieno di sassi» annunciò furioso, poi soggiunse vivacemente: «È successo qualcosa?».

Il maggiore Metcalf si rivolse a lui. «Ho sentito che sta per arrivare la polizia. Perché?»

«Oh, non si preoccupi» lo rassicurò Giles. «Nessuno ce la farà mai ad arrivare fin qui. Diamine, la neve accumulata è alta un metro e mezzo, e la strada è completamente bloccata. Oggi qui non viene nessuno.»

In quel preciso momento, si udirono tre colpi secchi alla finestra.

Trasalirono tutti. Per qualche istante non riuscirono a localizzare il rumore, che era giunto drammatico e minaccioso, come un presagio funesto. Poi, con un piccolo grido, Molly indicò la portafinestra. Dietro c'era un uomo che batteva sul vetro. Il mistero di come fosse riuscito ad arrivare era spiegato dagli sci che aveva ai piedi. Con un'esclamazione, Giles attraversò la stanza, trafficò nervosamente con la maniglia e spalancò la portafinestra.

«Grazie, signore» disse il nuovo venuto. Aveva una voce cordiale, un po' ordinaria e il viso abbronzato. «Sergente Trotter, squadra investigativa» si presentò, mentre si toglieva gli sci ed entrava in biblioteca.

La signora Boyle lo squadrò con palese antipatia, alzando gli occhi dal lavoro a maglia. «Lei non può essere sergente» osservò in tono di rimprovero. «È troppo giovane.»

Il nuovo venuto, che era davvero molto giovane, sembrò offeso e replicò in tono vagamente infastidito: «Non sono giovane come sembro, signora». Passò in rassegna i presenti con lo sguardo e si soffermò su Giles. «Lei è il signor Davis? Posso mettere da qualche parte i miei sci?»

«Certo, venga con me.»

Quando la porta dell'atrio si fu chiusa alle loro spalle, la signora Boyle commentò agra: «È per questo, immagino, che oggi paghiamo i poliziotti, per mandarli a fare sport invernali». E ricominciò a sferruzzare.

Paravicini si era avvicinato a Molly e le domandò piano, con voce sferzante: «Perché ha chiamato la polizia, signora Davis?».

Molly si ritrasse lievemente di fronte al suo sguardo velenoso. Quello che aveva di fronte era un altro Paravicini. Per un attimo ebbe quasi paura. Poi spiegò timida: «Ma non sono stata io... Non sono stata io!».

In quella, entrò Christopher Wren, visibilmente eccitato e domandò con la sua vocetta acuta: «Chi è quell'uomo nell'atrio? Da dove arriva?».

La voce della signora Boyle tuonò, soffocando il ticchettio dei ferri da calza. «Che lei ci creda o no, quell'uomo è un poliziotto. Un poliziotto *che scia*!» Le classi inferiori erano arrivate all'abiezione finale, diceva tutto il suo atteggiamento.

Il maggiore Metcalf mormorò rivolto a Molly: «Mi scusi, signora Davis, posso telefonare?».

«Ma certo, maggiore.»

Metcalf si avviò all'apparecchio, mentre Christopher Wren osservava: «È un bel ragazzo, non le pare? Io li trovo così affascinanti, i poliziotti...».

«Pronto?... Pronto?...» Il maggiore Metcalf picchiettava irritato la forcella del telefono. Poi si rivolse a Molly. «Signora, il telefono non dà nessuno segnale. Nessuno.»

«Ma poco fa funzionava... Io...»

La risata stridula, quasi isterica, di Christopher Wren l'interruppe.

«Così, siamo isolati... completamente isolati. È buffo, no?»

«Non ci trovo niente da ridere» replicò il maggiore.

«No davvero» ribadì la signora Boyle.

Christopher rideva ancora, divertito. «È un mio scherzo privato» spiegò. «Sssst!» soggiunse poi, mettendosi un dito sulle labbra. «Arriva il segugio.»

Entrò Giles insieme al sergente Trotter, che si era liberato degli sci e aveva spazzato via la neve dagli abiti. Aveva in mano un grosso taccuino e una matita. Con il suo ingresso nella stanza aleggiò l'atmosfera solenne e flemmatica delle inchieste giudiziarie inglesi.

«Molly,» chiamò Giles «il sergente Trotter vuol dirci due parole in privato. Andiamo nello studio.»

Entrarono nella stanzetta in fondo all'anticamera che godeva di questo titolo onorifico e Trotter si chiuse con cura la porta alle spalle.

«Che cos'abbiamo fatto, sergente?» domandò Molly in tono implorante.

«Fatto?» Trotter la guardò sorpreso. Poi sorrise cordialmente. «Oh no, niente di tutto questo... Mi dispiace che ci sia stato un equivoco. No, signora, il problema è ben diverso. Sono qui per proteggervi, capite?»

Molly e Giles, che non capivano niente, lo guardarono con aria interrogativa.

Trotter proseguì velocemente: «Si tratta della morte della signora Lyon, Maureen Lyon, assassinata a Londra due giorni fa. Forse avete letto qualcosa in merito».

«Sì» rispose Molly.

«Anzitutto, voglio sapere se conoscevate la vittima.»

«Mai sentita nominare» rispose Giles, e Molly mormorò qualcosa a conferma.

«Be', questo più o meno ce l'aspettavamo. Ma, in realtà, la donna assassinata non si chiamava Lyon. Era una pregiudicata, le sue impronte erano schedate e così ci è stato facile identificarla. Il suo vero nome era Maureen Gregg. Il suo povero marito, John Gregg, era un agricoltore e abitavano a Longridge Farm, poco lontano da qui. Forse avrete sentito parlare del caso di Longridge Farm.»

Il silenzio che incombeva sulla stanza fu rotto da un solo rumore: il tonfo soffocato di un blocco di neve scivolato dal tetto. Un rumore sordo, quasi sinistro.

Trotter proseguì: «Nel millenovecentoquaranta, tre bambini, sfollati dalla citta, furono affidati alla famiglia Gregg di Longridge Farm. Qualche tempo dopo, uno di loro morì per denutrizione e percosse. Il caso fece molto scalpore, e i Gregg furono condannati a parecchi anni di carcere. L'uomo fuggì mentre lo portavano in prigione, rubò un'automobile ed ebbe uno scontro mentre cercava di sottrarsi alla polizia. Morì sul colpo. La signora Gregg scontò la pena e due mesi fa venne rilasciata»

«E adesso l'hanno uccisa» concluse Giles. «Chi è stato, secondo lei?»

Ma al sergente Trotter non si poteva far fretta. «Si ricorda del caso, signor Davis?» domandò.

Giles scosse il capo. «Nel quaranta, ero guardiamarina e prestavo servizio nel Mediterraneo.»

Lo sguardo di Trotter si posò su Molly.

«Io... io ricordo di averne sentito parlare... mi sembra» rispose lei un po' ansimante. «Ma che c'entriamo noi con questa storia?»

«Il fatto è che vi trovate in pericolo, signora.»

«In pericolo?» fece eco Giles, sorpreso.

«Precisamente. Vicino al luogo del delitto è stato rinvenuto un taccuino, dov'erano scritti due indirizzi. Il primo era Culver Street, settantaquattro.»

«Dove la donna è stata assassinata?» domandò Molly.

«Precisamente. L'altro indirizzo era Monkswell Manor.»

«Ma è pazzesco!» esclamò la ragazza incredula.

«Già. Per questo il sovrintendente Hogben ha ritenuto assolutamente necessario scoprire se siete al corrente di qualche particolare che possa collegare voi o questa casa alla faccenda di Longridge Farm.»

«Non c'è nessun legame... nessuno» affermò Giles. «Deve trattarsi di una coincidenza.»

Cortesemente, Trotter replicò: «Il sovrintendente Hogben non la pensa così. Sarebbe venuto di persona se fosse stato appena possibile. Ma con questo tempo, e dato che io so sciare, ha mandato me, per raccogliere tutti i particolari possibili sulle persone alloggiate in questa casa e riferirglieli telefonicamente. E per prendere tutte le misure necessarie alla vostra sicurezza, naturalmente».

Giles l'interruppe di scatto: «Sicurezza? Santo cielo, non penserà che qualcuno, qui, corra il rischio di essere assassinato!».

«Non volevo spaventare la signora, ma... sì, è proprio questo che teme il sovrintendente Hogben» spiegò il sergente, quasi scusandosi.

«Ma per quale ragione?» borbottò Giles.

«È appunto per scoprirlo che sono qui.»

«Ma è pazzesco!»

«Sì, signor Davis. Proprio perché è pazzesco è pericoloso.»

«C'è qualcos'altro che lei non ci ha ancora detto, vero, sergente?» intervenne Molly.

«Sì, signora. In cima a una pagina del taccuino c'era scritto

Tre topolini ciechi, e sul cadavere della donna, attaccato con uno spillo, c'era un foglietto che diceva: *Questo è il primo*. Sotto, il disegno di tre topolini e un rigo musicale. Un brano di una filastrocca infantile: *Tre topolini ciechi*.»

Con voce sommessa, Molly accennò:

Ciechi, ohimè, tutti e tre,
ai topini, poverini...

Poi s'interruppe di colpo. «Oh, è orribile... orribile!... Erano tre ragazzini, vero?»

«Sì, signora. Uno di quindici anni, una bambina di quattordici e un bambino di dodici... quello che è morto.»

«Che ne è stato degli altri?»

«Se non erro, la ragazza dev'essere stata adottata, non siamo riusciti a rintracciarla. Il ragazzo adesso dovrebbe avere circa ventitré anni, e anche di lui abbiamo perso le tracce Si dice che sia sempre stato un po'... un po' strano. Si era arruolato nell'esercito, ma poi ha disertato. Da allora è scomparso; secondo lo psichiatra militare non è assolutamente normale.»

«E voi della polizia credete che sia stato lui a uccidere la signora Lyon?» domandò Giles. «E che adesso possa comparire qui, per qualche misteriosa ragione?»

«Noi siamo convinti che esista un rapporto fra una persona di questa casa e il fatto di Longridge Farm. Una volta scoperto questo legame, potremo prendere le misure necessarie. Dunque, lei afferma di non aver avuto niente a che fare col caso in questione. E nemmeno lei, signora Davis?»

«Io... no... no...»

«E chi sono le altre persone che abitano qui?»

Giles e Molly gli diedero i nominativi: e il sergente li annotò sul suo taccuino.

«Domestici?»

«Non ne abbiamo» rispose Molly. «A proposito, devo andare a preparare le patate.»

E uscì in fretta dallo studio

Trotter si rivolse a Giles: «Che ne sa, signor Davis, di queste persone?».

«Per la verità, sergente, non ne sappiamo nulla. La signora Boyle ci ha scritto da un albergo di Bournemouth. Il maggiore Metcalf da Leamington. Il signor Wren da una pensione di South Kensington. Il signor Paravicini è arrivato all'improvviso: la sua automobile si è ribaltata qui vicino, in un cumulo di neve. Comunque, avranno tutti carte d'identità, tessere annonarie e via di seguito, immagino.»

«Controllerò, naturalmente.»

«In un certo senso, è una fortuna che ci sia questo tempaccio» osservò Giles. «Così non è molto facile che l'assassino possa arrivare fin qui, non le pare?»

«Può darsi che non ne abbia bisogno, signor Davis.»

«Sarebbe a dire?»

Trotter ebbe un attimo di esitazione poi spiegò: «Vede, signor Davis, può anche darsi che l'assassino si trovi già qui».

Giles sgranò gli occhi.

«La signora Gregg è stata uccisa due giorni fa, e i vostri ospiti sono arrivati tutti dopo il fatto.»

«Sì, ma avevano prenotato già da tempo, salvo il signor Paravicini.»

Il sergente Trotter sospirò e disse con voce stanca: «I delitti di questo genere sono progettati in anticipo».

«Ma finora c'è stato un solo delitto. Perché è così sicuro che ce ne sarà un altro?»

«Che ci sarà, no... Spero di riuscire a impedirlo. Che verrà tentato... Be', questo sì.»

«Ma allora, se quel che lei dice è vero...» esclamò Giles, agitato, «allora c'è una sola persona che ha l'età giusta... Christopher Wren!»

Poco dopo il sergente raggiunse Molly in cucina.

«Gradirei che venisse con me in biblioteca, signora Davis. Vorrei fare un discorsetto generale... Suo marito, gentilmente, è andato a prepararmi il terreno.»

«Va bene. Lasciatemi solo finire le patate... Uffa, ci sono

dei momenti in cui vorrei che sir Walter Raleigh non le avesse mai scoperte.»

Il sergente Trotter si chiuse in un silenzio carico di disapprovazione.

In tono di scusa, Molly aggiunse: «Vede, non riesco ancora a crederci, è una cosa tanto inverosimile...».

«Non c'è niente di inverosimile, signora. È la realtà, pura e semplice.»

«Lei non ha una descrizione di quell'uomo?»

«Statura media, corporatura esile, indossava un soprabito scuro e un cappello floscio. La faccia era nascosta da una sciarpa. Come vede, potrebbe essere chiunque.» Il sergente fece una pausa, poi osservò: «Ci sono tre soprabiti scuri e tre cappelli flosci appesi in anticamera».

«Credo che nessuno dei nostri ospiti sia venuto da Londra.»

«Ah, no, signora?» Trotter si avvicinò di scatto alla credenza e prese un giornale. «Questo è l'*Evening Standard* del diciannove febbraio. Due giorni fa. Qualcuno deve pur averlo portato qui, questo giornale.»

«Ma è strano...» Molly sgranò gli occhi, mentre un confuso ricordo le affiorava alla mente. «Da dove può saltar fuori, questo giornale?»

«Non bisogna mai giudicare dalle apparenze, signora. In realtà, lei non sa nulla delle persone che ha accolto in casa sua, vero?» Il sergente sospirò: «A quanto mi è parso di capire, lei e suo marito siete nuovi del mestiere, no?».

«Infatti» ammise Molly e improvvisamente si sentì giovane, sciocca e ridicola.

«E, forse, non siete sposati da molto tempo...»

«Un anno giusto.» Molly arrossì leggermente. «È stata una cosa piuttosto improvvisa.»

«Un amore a prima vista» fece Trotter comprensivo.

Molly non se la sentì di rimetterlo al suo posto.

«Sì» replicò, e in uno slancio di confidenza aggiunse: «Ci conoscevamo soltanto da quindici giorni».

Con la memoria tornò alle due turbinose settimane di corteggiamento: non c'erano stati dubbi... si erano conosciuti in un mondo stravolto, angosciato e avevano scoperto il miracolo l'uno dell'altra...

Tornando alla realtà, Molly si accorse che Trotter stava osservandola con indulgenza.

«Suo marito non è di queste parti, vero?»

«No» fece la ragazza con aria vaga. «Viene dal Lincolnshire.»

Sapeva ben poco di Giles: i suoi genitori erano morti e lui evitava sempre di parlarne. Molly supponeva che avesse avuto un'infanzia infelice.

«Scusi, ma mi sembrate tutti e due molto giovani, per mandare avanti un posto come questo» osservò il sergente.

«Ma... non so. Io ho ventidue anni e...»

Molly s'interruppe vedendo entrare Giles.

«È tutto pronto. Ho spiegato la situazione per sommi capi» disse lui. «Spero di aver fatto bene, sergente.»

«Così si risparmia tempo» approvò Trotter. «È pronta, signora?»

Quando il sergente entrò in biblioteca, quattro voci si alzarono all'unisono.

La voce più alta e acuta era quella di Christopher Wren, che ripeteva senza sosta che tutto era troppo, troppo eccitante e che quella notte non avrebbe chiuso occhio e, per favore, per favore, non voleva il sergente raccontare tutti i macabri particolari?

La signora Boyle forniva una specie di accompagnamento di contrabbasso: «Una vera vergogna... un'incompetenza scandalosa... e la polizia, che permette agli assassini di andare a spasso per la campagna...».

Il signor Paravicini fu eloquente soprattutto a gesti, dato che le sue parole erano soffocate dal contrabbasso della signora Boyle. Di quando in quando, sopra le altre voci, si udivano i latrati secchi del maggiore Metcalf, che voleva sapere «i fatti».

Trotter aspettò qualche istante, poi con fare autoritario alzò una mano e, cosa sbalorditiva, si fece silenzio.

«Grazie» esordì il sergente. «Dunque, il signor Davis vi ha spiegato sommariamente la ragione per cui mi trovo qui. Ma io voglio sapere una cosa, e subito: chi di voi ha avuto a che fare con il caso di Longridge Farm?»

Silenzio generale. Quattro facce inespressive fissavano il sergente Trotter. Gli stati d'animo di poco prima, eccitazione, indignazione, nervi, curiosità, erano scomparsi, come cancellati da un colpo di spugna.

Trotter parlò ancora, stavolta in tono più pressante: «Vi prego di capirmi, abbiamo ragione di credere che uno di voi sia in pericolo, in pericolo di morte. Devo assolutamente sape re chi è».

Di nuovo nessuno parlò e nessuno si mosse.

Nella voce di Trotter s'insinuò una nota di collera. «Benissimo, vi interrogherò uno alla volta. Signor Paravicini?»

Un sorriso quasi impercettibile guizzò sul volto del vecchio, che alzò le mani, in un gesto di protesta tipicamente straniero. «Ma io non sono di queste parti, ispettore, io non so niente, proprio niente, di queste faccende locali di tanti anni fa.»

Trotter non aveva tempo da perdere e tagliò corto: «Signora Boyle?».

«Davvero non vedo perché... voglio dire, perché proprio io dovrei aver avuto a che fare con una faccenda così incresciosa?»

«Signor Wren?›

«Ero un bambo^cio a quei tempi. Non ricordo nemmeno di averne sentito parlare» spiegò Christopher.

«Maggiore Metcalf?»

«Ho letto qualcosa sui giornali. In quell'epoca ero di stanza a Edimburgo» rispose il maggiore asciutto.

«Ed è tutto quello che avete da dirmi?... Tutti voi?»

Di nuovo silenzio.

Trotter sospirò esasperato. «Se uno di voi sarà assassinato sarà colpa sua. Se la sarà voluta.» Poi si voltò bruscamente e lasciò la stanza.

«Carissimi! Che melodramma!» esclamò Christopher. E soggiunse: «Un bel figliolo, non vi pare? Io li ammiro tanto, i poliziotti. Così severi e tutti d'un pezzo. Emozionante questa storia, no? Tre topolini ciechi. Come fa la canzoncina?»

Fischiettò in sordina il motivo, e Molly, istintivamente, sbottò: «La smetta!».

Christopher si voltò di scatto verso di lei e si mise a ridere. «Ma tesoro, questa è la mia sigla musicale. Non sono mai stato preso per un assassino, prima d'ora, e la cosa mi eccita tremendamente!»

«Roba da romanzo» brontolò la signora Boyle. «Non credo una parola di tutta questa storia.»

Gli occhi di Christopher rotearono, maliziosi.

«Aspetti, signora Boyle» disse con la voce cupa «aspetti quando le scivolerò alle spalle e sentirà le mie mani intorno alla gola...»

Molly rabbrividì.

Giles intervenne, furente: «Sta spaventando mia moglie Wren. E, comunque, è uno scherzo di pessimo gusto».

«Non è roba da ridere» intervenne Metcalf.

«Oh, sì, invece» replicò Christopher. «È lo scherzo di un pazzo, per questo è così deliziosamente macabro.»

Fece scorrere lo sguardo sui presenti e rise di nuovo. «Se vedeste le vostre facce!» buttò là. Poi uscì rapidamente dalla stanza.

La signora Boyle fu la prima a riprendersi.

«Un giovanotto incredibilmente maleducato e nevrotico» sentenziò. «Un obiettore di coscienza, immagino.»

«Mi ha raccontato di essere rimasto sepolto quarantott'ore sotto le macerie durante un'incursione aerea» disse il maggiore. «Questo può spiegare molte cose.»

«La gente ha troppe scuse per giustificare le proprie nevrosi» commentò acida la signora Boyle. «Anch'io ne ho passate di tutti i colori in tempo di guerra, come gli altri del resto, eppure sono perfettamente tranquilla.»

«Buon per lei, signora Boyle» rispose Metcalf pacato.

«Che cosa vuole insinuare?»

«Io credo che lei, nel quaranta, fosse il commissario per gli alloggi di questo distretto.» Metcalf guardò Molly, che annuì gravemente: «È così, vero?».

La signora Boyle arrossì di stizza. «E con questo?»

«È stata lei a mandare quei tre bambini a Longridge Farm» replicò Metcalf, molto serio.

«Veramente, maggiore, non vedo come si possa tenermi responsabile di quanto è accaduto. La gente della fattoria sembrava così a modo e ci teneva tanto a prendersi i bambini... Non so di che cosa si possa farmi colpa...»

La sua voce si affievolì e si spense.

«Perché non l'ha detto al sergente Trotter?» domandò Giles, vivamente.

«Non è affare della polizia» scattò la signora Boyle. «So badare a me stessa, io.»

«Le conviene tenere gli occhi aperti» consigliò il maggiore. Poi anche lui uscì dalla stanza.

Molly mormorò: «Ma certo, era lei il commissario per gli alloggi, ricordo...».

«Molly, tu lo sapevi?» fece Giles, guardandola con tanto d'occhi.

«Lei aveva quella grande casa sulla piazza, vero?»

«Requisita» sospirò la signora Boyle. «È completamente rovinata» soggiunse, amara. «Una vera ingiustizia.»

A questo punto, il signor Paravicini cominciò a dare dei risolini soffocati, poi rovesciò indietro la testa e scoppiò in una risata fragorosa.

«Mi deve perdonare» ansimò. «Ma tutto questo è così spassoso... Mi sto divertendo... Ah sì, mi diverto pazzamente...»

In quel momento rientrò il sergente Trotter e lanciò uno sguardo di rimprovero a Paravicini. «Mi fa piacere che tutti trovino la cosa tanto buffa» commentò acido.

«Mi scuso, mi scuso umilmente, caro ispettore. Sto rovinando tutto l'effetto del suo solenne ammonimento.»

Trotter alzò le spalle. «Ho fatto del mio meglio per spiegare chiaramente la situazione» disse. «E non sono ispettore, sono soltanto sergente. Vorrei telefonare, signora Davis, per favore.»

«Mi copro il capo di cenere» dichiarò compunto il signor Paravicini «e, strisciando, esco dalla comune.»

Ben lungi dallo strisciare, se ne andò col passo elastico che Molly aveva già notato.

«Un tipo originale» commentò Giles.

«Un tipo criminale» corresse Trotter. «Non c'è da fidarsi di un uomo simile!»

«Oh!» esclamò Molly. «Lei crede che... Ma no! È troppo vecchio... Però è davvero così vecchio? Si trucca, e molto, anche... però ha un passo giovanile... Forse si trucca per sembrare più anziano. Sergente, lei pensa...»

«Non arriveremo a niente con queste congetture oziose, signora Davis» la rimproverò Trotter, severo. «Devo fare il mio rapporto al sovrintendente Hogben.»

E attraversò la stanza, dirigendosi verso il telefono.

«Ma non può» lo avvertì Molly «il telefono è guasto.»

«Cosa?» Trotter si voltò di scatto. Il suo tono allarmato impressionò tutti. «Guasto? E da quando?»

«Il maggiore Metcalf ha provato a telefonare poco dopo il suo arrivo...»

«Ma prima funzionava perfettamente... Ha ricevuto la telefonata del sovrintendente Hogben, no?»

«Sì. Penso che dopo quella chiamata la linea sia caduta per la neve.»

Trotter era sempre accigliato. «A meno che non abbiano tagliato i fili» mormorò.

Molly lo guardò sbalordita. «Crede?»

«Vado a vedere.»

Trotter uscì in fretta. Dopo un attimo di esitazione Giles lo seguì.

«Dio santo!» esclamò Molly. «È quasi ora di pranzo. Devo affrettarmi, se no qui non si mangia.»

Mentre Molly usciva a precipizio, la signora Boyle bofonchiò: «Ragazzina incompetente! Ma che razza di posto! Non pagherò mai sette ghinee per questa infima ospitalità!».

Il sergente Trotter, tutto curvo, seguiva il percorso del cavo telefonico. Poi, domandò a Giles: «C'è una derivazione?».

«Sì, di sopra, nella nostra camera da letto. Devo andare a vedere?»

«Sì, la prego.»

Trotter aprì la finestra e si sporse fuori, spazzando la neve dal davanzale, mentre Giles saliva in fretta le scale.

Il signor Paravicini era in salotto. Attraversò la stanza dirigendosi al piano, si sedette sullo sgabello e accennò in sordina un motivo con un dito solo:

Ciechi, ohimè, tutti e tre...

Christopher Wren era in camera sua. Girellava qua e là, fischiettando allegramente. Poi, di colpo, il fischio si affievolì e si spense. Il ragazzo si sedette sull'orlo del letto, nascondendo il viso tra le mani e cominciò a singhiozzare. «Non posso continuare così» mormorò come un bambino.

Poi d'un tratto cambiò umore. Si alzò e raddrizzò le spalle. «Devo andare avanti» mormorò. «Devo arrivare fino in fondo.»

Giles era vicino al telefono, in camera sua. Contro lo zoccolo della parete scorse un guanto di Molly e si chinò a raccoglierlo. D'un tratto ne scivolò fuori qualcosa e Giles si trovò in mano un biglietto d'autobus. Il giovane rimase a fissare il rettangolino di carta rosa mentre ricadeva a terra fluttuando. E mentre lo studiava, la sua espressione cambiò. Non sembrava più lui.

Poi Giles si avviò lentamente alla porta, l'aprì e si fermò un attimo sulla soglia, fissando come in sogno il corridoio che portava alle scale.

Molly terminò di pelare le patate, le gettò nella pentola e la mise sul fuoco. Poi diede un'occhiata al forno: tutto era a posto.

Sul tavolo c'era la copia dell'*Evening Standard* di due giorni prima. La ragazza la guardò aggrottando la fronte. Se soltanto fosse riuscita a ricordare...

Improvvisamente si coprì gli occhi con le mani. «Oh, no» disse piano. «Oh, no...»

Lentamente abbassò le mani e si guardò intorno come se la sua cucina fosse un posto sconosciuto. Così calda e comoda, spaziosa, con quel delicato profumo di vivande.

«Oh no» disse ancora, sottovoce.

Lentamente, come una sonnambula, andò verso la porta che dava nell'atrio e l'aprì. La casa era silenziosa. Solo, qualcuno stava fischiettando una canzoncina.

Quella canzoncina...

Molly rabbrividì e tornò indietro. Aspettò qualche minuto guardandosi intorno. Sì, tutto era in ordine e procedeva bene. E si avviò di nuovo alla porta.

Il maggiore Metcalf scese silenziosamente la scala di servizio. Aspettò un attimo nell'atrio, poi aprì il grande ripostiglio e sbirciò dentro. Tutto era tranquillo, non c'era nessuno in giro: era il momento propizio per fare quello che aveva in mente...

La signora Boyle, in biblioteca, girava le manopole della radio con aria piuttosto seccata.

La prima trasmissione che le capitò, era un programma sulle origini e il significato delle filastrocche infantili. L'ultima cosa che desiderava sentire. Mentre girava con impazienza le manopole, una voce altamente intellettuale attaccò: «Bisogna capire a fondo la psicologia della paura. Immaginate di trovarvi soli in una stanza. Una porta si apre senza rumore alle vostre spalle...».

La porta si aprì davvero.

La signora Boyle si voltò con un sussulto. «Oh, è lei!» esclamò sollevata. «Che programmi idioti, trasmettono... Non riesco a trovare niente che valga la pena di ascoltare.»

«Io non mi darei la pena di ascoltare, signora.»

La signora Boyle sbuffò. «Che altro potrei fare, qui? Rinchiusa in casa con un assassino, forse... non che io creda a quella stupida storia...»

«Davvero non ci crede, signora Boyle?»

«Perché... Cosa intende...»

La cintura dell'impermeabile le scivolò intorno al collo così rapidamente che quasi non se ne accorse. Il volume della radio salì al massimo. Le erudite argomentazioni del conferenziere sulla psicologia della paura rimbombarono nella stanza e soffocarono i rumori che accompagnarono il decesso della signora Boyle.

Ma non ci fu molto rumore.

L'assassino era troppo esperto...

Erano tutti radunati in cucina. Sul gas le patate bollivano allegramente. Dal forno veniva l'aroma del pasticcio di rognone, più appetitoso e penetrante che mai. Quattro persone sconvolte si guardavano in faccia, la quinta, Molly, pallida e tremante, sorseggiava un bicchiere di whisky che la sesta persona, il sergente Trotter, l'aveva costretta a versarsi.

Trotter, severo e scuro in volto, guardava la gente riunita intorno a lui. Erano passati solo cinque minuti da quando le grida terrorizzate di Molly avevano fatto accorrere tutti in biblioteca.

«Quando l'ha trovata, signora Davis, era stata appena uccisa» disse il sergente. «È sicura di non aver visto o sentito nessuno, mentre attraversava l'atrio?»

«Ho sentito soltanto qualcuno che fischiettava» rispose Molly con voce flebile. «Ma questo è stato prima. Credo... ma non sono sicura, di aver sentito una porta chiudersi, molto piano... mentre entravo in biblioteca.»

«Quale porta?»

«Non lo so.»

«Rifletta, signora Davis... si sforzi un po'... Di sopra, di sotto, a destra, a sinistra?...»

«Non lo so, gliel'ho già detto!» gridò Molly. «Non sono nemmeno sicura di aver sentito qualcosa.»

«La smetta di tormentarla» scattò Giles, furioso. «Non vede che è sconvolta?»

«Sto indagando su un delitto, signor Davis.. chiedo scusa, comandante Davis.»

«Non ci tengo al mio grado, sergente.»

«Certo, certo.» Trotter fece una pausa, come se avesse scoperto qualcosa d'importante. «Come dicevo, sono qui per indagare su un delitto. Finora nessuno mi ha preso sul serio, nemmeno la signora Boyle, che mi ha nascosto qualcosa. Tutti mi avete nascosto qualcosa. Bene, la signora Boyle è morta. E se non andiamo a fondo più che in fretta, rischia di esserci un altro morto.»

«Un altro? Sciocchezze. E perché, poi?»

«Perché i topolini ciechi erano tre» replicò Trotter gravemente.

Giles domandò incredulo: «Un morto per ogni topolino? Ma allora deve esserci un'altra persona implicata nella faccenda!».

«Infatti.»

«Ma perché un'altra vittima proprio qui?»

«Perché sul taccuino c'erano solo due indirizzi. Al settantaquattro di Culver Street c'era una sola vittima possibile, ed è morta. Ma a Monkswell Manor il campo è più vasto.»

«Sciocchezze, Trotter, sarebbe una coincidenza quasi incredibile, se qui, portate dal caso, si trovassero addirittura *due* persone implicate nel caso di Longridge Farm.»

«Consideri le circostanze, non sarebbe una coincidenza così sbalorditiva. Ci pensi, signor Davis.» Trotter si rivolse agli altri. «Ognuno di voi mi ha detto dove si trovava nel momento in cui la signora Boyle è stata uccisa. Controllerò di nuovo le vostre dichiarazioni, a una a una. Lei era nella sua camera, vero, signor Wren, quando ha sentito gridare la signora Davis?»

«Sì, sergente.»

«Signor Davis, lei era di sopra, nella sua camera, a controllare la derivazione del telefono?»

«Sì» confermò Giles, accigliato.

«Il signor Paravicini era in salotto e suonava qualcosa al piano. Non l'ha sentito nessuno, signor Paravicini?»

«Suonavo molto piano, sergente. Con un dito solo.»

«E cosa suonava?»

«*Tre topolini ciechi*» Paravicini sorrise. «Lo stesso motivo che il signor Wren fischiettava al piano di sopra. L'abbiamo tutti inchiodato in mente.»

«Una canzoncina orribile» bisbigliò Molly.

«E il filo del telefono?» domandò Metcalf. «È stato tagliato intenzionalmente?»

«Sì, maggiore. Ne hanno tagliato un pezzo vicino alla finestra della sala da pranzo... Avevo appena individuato il guasto quando ho sentito gridare la signora Davis.»

«Ma è pazzesco! Come può sperare di passarla liscia l'assassino?» domandò Christopher Wren.

Il sergente lo studiò attentamente:

«Forse, non se ne preoccupa molto» rispose. «O forse è convinto di essere troppo furbo per noi: gli assassini a volte hanno di queste idee.» E soggiunse a titolo di spiegazione: «Durante l'addestramento, dobbiamo seguire un corso di psicologia. La mentalità di uno schizofrenico è molto interessante».

«Vogliamo tagliar corto coi paroloni?» saltò su Giles spazientito.

«Certo, signor Davis. Al momento c'interessano solo due parole di otto lettere: una è omicidio, l'altra è pericolo. È su queste due parole che dobbiamo concentrare tutta la nostra attenzione. E ora, maggiore Metcalf, vorrei che mi descrivesse i suoi movimenti. Era in cantina. Perché?»

«Stavo dando un'occhiata in giro» rispose il maggiore. «Ho messo il naso nello sgabuzzino, sotto le scale, e sul fondo ho notato una porta. L'ho aperta, ho visto una rampa di scale e così sono sceso. Ha una bella cantina» commentò, rivolto a Giles. «Si direbbe la cripta di un antico monastero.»

«Non stiamo facendo ricerche archeologiche, maggiore. Stiamo indagando su un delitto. Signora Davis, vuole mettersi in ascolto un attimo? Lascerò aperta la porta della cucina.»

Trotter uscì e poco dopo si udì chiudere una porta con un cigolio sommesso. «È questo il rumore che ha sentito, signora?» domandò rientrando.

«Io.. sì, è molto simile.»

«Era lo sgabuzzino sotto le scale. Vede, può darsi che l'as sassino, dopo aver ucciso la signora Boyle sia andato nell'a trio e sentendola uscire dalla cucina si sia nascosto nel ripostiglio.»

«Allora, nell'interno dello sgabuzzino devono esserci le sue impronte digitali!» esclamò Christopher.

«Le mie ci sono senz'altro» dichiarò il maggiore.

«Infatti» confermò Trotter. «Ma per quelle abbiamo una spiegazione plausibile, no?» aggiunse, amabile.

«Stia a sentire, sergente» intervenne Giles. «È lei che si occupa di questa faccenda, d'accordo, però questa è casa mia e, bene o male, mi sento responsabile delle persone che ci abitano. Non dovremmo prendere delle misure di sicurezza?»

«Quali, ad esempio?»

«Be', per essere franco, metterei sotto chiave l'individuo che, chiaramente, è il principale indiziato.»

E guardò dritto in faccia Christopher Wren.

Christopher scattò avanti e la sua voce si alzò, stridula e isterica.

«Non è vero! Non è vero! Siete tutti contro di me... Tutti, sempre, sono contro di me! Volete darmi la colpa di tutto... È una persecuzione... una persecuzione...»

«Calma, figliolo» fece il maggiore Metcalf.

«Va tutto bene, Chris» Molly si avvicinò al ragazzo e gli posò una mano sul braccio. «Nessuno è contro di lei. Glielo dica che va tutto bene» soggiunse, rivolta al sergente Trotter.

«Noi non incastriamo la gente» brontolò Trotter.

«Glielo dica che non lo arresterà.»

«Non ho intenzione di arrestare nessuno. Per farlo mi occorrono prove. E non ho prove... per il momento.»

Giles sbottò: «Devi essere impazzita, Molly. E anche lei, sergente. Qui c'è una sola persona che ha tutte le caratteristiche...».

«Aspetta, Giles» l'interruppe Molly. «Su, sta' calmo. Sergente Trotter, posso parlarle un momento da sola?»

«Io resto qui» dichiarò Giles.

«No, Giles. Va' via anche tu, ti prego.»

Giles si rabbuiò «Non capisco che cosa ti sia preso, Molly»

borbottò nervosamente. Poi seguì gli altri fuori della stanza, sbattendosi la porta alle spalle.

«Dunque, signora Davis, che cosa c'è?»

«Sergente, quando ci ha parlato del caso di Longridge Farm, ci ha lasciato capire di ritenere il ragazzo più grande il... il responsabile di tutto. Ma non lo sa per certo, vero?»

«No, ha ragione, signora. Ma tutto punta in quella direzione... lo squilibrio mentale, la diserzione dall'esercito, il rapporto dello psichiatra...»

«Capisco. E quindi tutto indica Christopher. Ma io non credo che sia stato lui. Ci dev'essere qualche altra possibilità. Quei tre bambini non avevano altri parenti... i genitori, ad esempio?»

«La madre era morta. Il padre prestava servizio militare all'estero.»

«E perché non lui? Dove si trova adesso?»

«Non ne sappiamo niente. È stato congedato l'anno scorso.»

«Se il figlio è uno squilibrato, può darsi che lo sia anche il padre, no?»

«Infatti.»

«Quindi l'assassino potrebbe essere un uomo di mezz'età, o una persona anziana. Il maggiore Metcalf si è agitato terribilmente quando gli ho detto che la polizia aveva telefonato.»

«La prego di credere, signora, che ho preso in esame tutte le possibilità dal primo momento» disse pacato il sergente Trotter. «Il ragazzo, Jim, suo padre, persino la sorella. Potrebbe anche essere stata una donna, sa? Non ho trascurato nulla. Nel mio intimo sono convinto... ma per certo non so ancora niente. È così difficile essere sicuri di qualcosa o di qualcuno... specie di questi tempi. Non ha idea di quello che vediamo noi, alla polizia. Coi matrimoni, specialmente... matrimoni di guerra affrettati. Non c'è nulla, dietro. Né genitori né parenti. I fidanzati si accettano così, sulla parola. Un tale dice che era pilota da caccia o maggiore dell'esercito... e la ragazza gli crede. A volte passa un anno o due prima che venga fuori che è un funzionario di banca ladro, con moglie e figli, o un disertore.» Il sergente fece una pausa, poi concluse. «Capisco perfettamente quello che pensa, signora Davis. Ma vorrei dirle ancora una cosa: l'assassino si diverte. Di questo sono sicuro».

E si diresse alla porta.

Molly rimase rigida, immobile, con le guance ardenti. Poi, dopo un istante, si avviò adagio verso la cucina a gas e aprì lo sportello del forno. Ne uscì un profumo piacevole, familiare, e lei si sentì aprire il cuore. Era come se, d'un tratto, fosse tornata nel caro mondo di tutti i giorni. La cucina, i lavori domestici, le cose spicciole della vita. Così, da tempo immemorabile, le donne preparavano da mangiare per i loro uomini. L'atmosfera di pericolo e di follia si disperse Nella sua cucina, Molly si sentiva al sicuro.

La porta si aprì e voltandosi Molly vide entrare Christopher Wren. Il ragazzo era quasi senza fiato.

«Carissima, che putiferio» esclamò. «Qualcuno ha rubato gli sci del sergente.»

«Gli sci del sergente? E perché poi?»

«Non riesco proprio a immaginarlo. Voglio dire, se il sergente decidesse di andarsene e di piantarci qui, l'assassino ne sarebbe ben felice. Non c'è senso, non le pare?»

«Giles li aveva messi nel ripostiglio sotto le scale.»

«Be', adesso non ci sono più. Un bel mistero, eh?» soggiunse il ragazzo con un'allegra risata. «Il sergente è andato su tutte le furie e morde come una vipera. Se l'è presa con il povero maggiore. Il vecchio continua a dire che non ha fatto caso se gli sci c'erano o non c'erano, quando ha guardato nello sgabuzzino, poco prima che fosse assassinata la signora Boyle. Trotter sostiene che deve averli notati per forza. Mi creda» soggiunse Christopher, abbassando la voce, «questa faccenda comincia a mettere a dura prova i nervi di Trotter.»

«Mette a dura prova i nervi di tutti quanti.»

«Non i miei. Tutto questo è molto eccitante, per me. È così deliziosamente irreale...»

Molly replicò aspramente: «Non direbbe così, se fosse stato lei a trovare la signora Boyle. Non riesco a dimenticarla. Aveva la faccia tutta gonfia, bluastra...».

Christopher le mise una mano sulla spalla. «Lo so, sono un idiota. Mi dispiace, non ci ho pensato.»

Molly diede un singhiozzo soffocato. «Mi sembrava tutto così sereno... far da mangiare... la cucina...» le parole le uscivano confuse, incoerenti. «E poi, di colpo... è tornato tutto... come un incubo.»

Christopher aveva una strana espressione mentre guardava il capo chino di Molly

«Capisco,» mormorò, scostandosi «capisco... Be', mi conviene sgombrare, non voglio farle perder tempo.»

«Non se ne vada!» esclamò la ragazza mentre le dita di Christopher erano già sulla maniglia.

Il ragazzo si voltò, guardandola con aria interrogativa. Poi lentamente tornò indietro.

«Dice sul serio?»

«Eh, cosa?»

«Vuole davvero che io non me ne vada?»

Christopher si sedette al tavolo. Molly si chinò sul forno, mise il pasticcio di carne su una griglia più alta, richiuse lo sportello e andò a sedersi vicino al ragazzo.

«È molto interessante» osservò Christopher, con voce atona.

«Che cosa?»

«Che lei non abbia paura a restare sola con me. Non ha paura, vero, Molly?»

Lei scosse la testa. «No, non ho paura.»

«E perché no?»

«Non lo so...»

«E tuttavia, io sono la sola persona che... risponde alla descrizione. Un assassino da manuale.»

«No» ribatté Molly. «Ci sono altre possibilità. Ne parlavo poco fa con il sergente Trotter.»

«E lui era d'accordo?»

«Non era contrario» rispose Molly lentamente.

Le parole di Trotter continuavano a echeggiarle nella mente. Specie l'ultima frase: «So perfettamente quello che pensa, signora Davis». Ma come poteva saperlo? Aveva anche detto che l'assassino si divertiva... Era vero?

Impulsivamente Molly domandò: «Non è che lei si stia divertendo, nonostante quello che ha detto, vero?».

«Santo cielo, no!» esclamò il ragazzo, sbarrando gli occhi. «Che strana cosa da dire.»

«Oh, non sono io a dirla. È stato il sergente Trotter. Come lo detesto, quell'uomo! Ti mette... ti mette certe idee in testa... Cose non vere... cose che non possono essere vere» Molly affondò il viso tra le mani.

Con delicatezza, Christopher le scostò le dita. «Su, su, Molly, cos'è questa storia?»

La ragazza lasciò che la costringesse delicatamente a sedersi al tavolo. Adesso, Christopher non aveva più l'aria nevrotica e infantile di sempre.

«Che cos'è successo, Molly?» domandò.

Lei lo fissò, studiandolo per un lungo istante. Poi, senza alcun nesso apparente, domandò: «Da quanto tempo la conosco, Christopher? Due giorni?».

«Più o meno. Sta pensando che, nonostante sia passato così poco tempo, noi due ci conosciamo piuttosto bene, vero?»

«Sì. È strano, non le pare?»

«Oh, non saprei... C'è una specie di affinità fra noi. Forse perché l'abbiamo passata brutta tutti e due...»

Non era una domanda, era un'affermazione. Molly non raccolse, e disse invece, molto calma: «Tu non ti chiami Christopher Wren». Anche questa era un'affermazione più che una domanda.

«No.»

«E perché...?»

«Perché ho scelto questo nome? Oh, mi è sembrato uno scherzo divertente. A scuola, mi prendevano in giro... mi chiamavano Christopher Robin, come il ragazzino smorfioso delle vicende dell'orsetto *Winnie the Pooh*. Christopher Robin... Christopher Wren... È stata un'associazione d'idee, credo...»

«Qual è il tuo vero nome?»

«Non vale la pena di indagare» rispose inquieto il ragazzo. «Il mio nome non ti direbbe niente. E non sono un architetto. In realtà, sono un disertore.»

Un fuggevole lampo di apprensione guizzò negli occhi di Molly. Christopher se ne accorse.

«Sì» soggiunse. «Proprio come il nostro misterioso assassino. Come ti dicevo, io sono l'unico che risponde alla descrizione.»

«Non fare lo stupido» l'interruppe lei. «Io non credo che l'assassino sia tu, te l'ho detto. Avanti... parlami di te. Che cosa ti ha spinto a disertare... i nervi?»

«La paura, vuoi dire? No, ti sembrerà strano, ma non avevo paura, non più di un altro, almeno. Anzi, dicevano che fossi piuttosto calmo in battaglia. No, è stato per una ragione molto diversa. È stato... per mia madre.»

«Tua madre?»

«Sì, è morta durante un'incursione aerea. È rimasta sepolta. Hanno... hanno dovuto tirarla fuori dalle macerie. Io non so che cosa mi sia successo, quando sono venuto a saperlo... Credo di essere diventato un po' matto. Mi sembrava che fosse capitato a me... pensavo di dover tornare subito a casa per tirarmi fuori dalle macerie... Non riesco a spiegarmi, è tutto così confuso...» Affondò il viso tra le mani e riprese a parlare con voce soffocata. «Ho girato senza meta per molto tempo, in cerca di mia madre... o di me stesso. Poi, quando mi si sono schiarite le idee, ho avuto paura di andare a costituirmi. Sapevo che non avrei mai potuto spiegare... Da allora, non sono stato più... niente.» Guardò Molly intensamente, col viso da bambino pieno di disperazione.

«Non devi far così» gli disse lei, con dolcezza. «Puoi ricominciare da capo.»

«C'è mai riuscito qualcuno?»

«Ma certo. Sei ancora giovane.»

«Già. Ma, vedi, ormai ho toccato il fondo.»

«No» ribatté Molly. «Non hai toccato il fondo, lo credi soltanto. Penso che tutti provino questa sensazione, almeno una volta nella vita... La certezza di essere arrivati alla fine, di non poter più andare avanti.»

«Anche tu l'hai provata, vero, Molly? Devi averla provata, per parlare così.»

«Sì. Mi è successo quello che è successo a molte altre ragazze. Ero fidanzata con un giovane pilota da caccia... ed è caduto.»

«E non c'è stato altro?»

«Sì, penso di sì. Ho avuto un brutto shock da giovanissima. Avevo una sorella maggiore e, indirettamente, per causa sua, ho conosciuto qualcosa di atroce, di bestiale... E ho cominciato a credere che la vita fosse orribile. E la morte di Jack ha confermato la mia convinzione che la vita fosse sempre crudele e infida.»

«Capisco. E poi, immagino, è arrivato Giles» fece Christopher, osservandola.

«Sì.» Il ragazzo notò il sorriso tenero, quasi timido, che sfiorò le labbra di Molly. «È arrivato Giles... e tutto mi è sembrato giusto, bello e sicuro... Giles!»

Il sorriso si spense. Improvvisamente, Molly cambiò espressione e rabbrividì, come se avesse freddo.

«Che c'è, Molly? Che cosa ti fa paura? Perché tu hai paura, vero?»

La ragazza annuì.

«Ed è qualcosa che riguarda Giles? Qualcosa che lui ha detto o ha fatto?»

«Non è Giles, è quell'uomo orribile!»

«Quale uomo?» Chris era sconcertato. «Paravicini?»

«No, no. Il sergente Trotter.»

«Il sergente?»

«Sì. Ti mette in testa certe idee... Mi ha messo in testa delle cose orribili sul conto di Giles, cose che non avrei mai pensato... Oh, lo odio... lo odio!»

Christopher, stupito, inarcò lentamente le sopracciglia.

«Giles?... Giles! Sì, certo, tra noi due non c'è una gran differenza d'età. Ha l'aria di essere molto maggiore di me, ma penso che non sia così. Sì, Giles potrebbe essere indiziato quanto me. Dammi retta, Molly, son tutte sciocchezze: Giles era qui con te, il giorno che è stata uccisa quella donna a Londra.»

Molly non rispose.

Christopher le lanciò uno sguardo penetrante. «Non era qui?»

La ragazza cercò di rispondere affannosamente, le parole le uscivano in un balbettio incoerente. «È stato fuori tutto il giorno... è andato all'altro capo della contea, per comperare della rete metallica a una liquidazione. Per lo meno così credevo... finché... finché...»

«Finché...» l'incoraggiò Christopher.

Lentamente, Molly indicò la data dell'*Evening Standard*, sul tavolo in cucina. «Era in tasca di Giles quando è tornato a casa. Deve... dev'essere stato a Londra.»

Christopher fece tanto d'occhi. Fissò il giornale, poi Molly. Sporse le labbra e cominciò a fischiettare, ma si interruppe di colpo. Non era il caso di tirar fuori quel motivo, proprio allora. Pesando le parole, domandò: «Che cosa sai di Giles, in realtà?».

«Basta!» gridò Molly. «È proprio quello che ha insinuato quel disgraziato di Trotter. Che le ragazze, spesso, non sanno niente degli uomini che sposano... specie in tempo di guerra. Dice che... che prendono sempre per oro colato quello che il giovanotto racconta di sé...»

«Questo è piuttosto vero, mi pare...»

«Non lo dire anche tu! Non lo sopporto! È che siamo tutti così tesi, così nervosi... Siamo disposti a credere a qualsiasi intuizione, anche la più pazzesca... Ma non è vero! Io...»

Molly s'interruppe. La porta della cucina si era aperta.

Giles entrò, scuro in volto.

«Disturbo?»

Christopher scivolò giù dal tavolo.

«Stavo prendendo qualche lezione di cucina» spiegò.

«Davvero? Be', stia a sentire, Wren, questi *tête à tête* non sono molto igienici, date le circostanze. Giri al largo dalla cucina, capito?»

«Oh, ma senta...»

«E giri al largo da mia moglie, Wren. Non voglio che sia lei la prossima vittima.»

«È proprio di questo che mi preoccupo» replicò Christopher.

Se le sue parole avevano un significato recondito, Giles non lo colse. Tuttavia diventò di brace. «Sarò io a preoccuparmene» dichiarò. «So badare a mia moglie. Si tenga lontano da qui.»

Molly intervenne pacata: «Sì, Christopher, ti prego, va' via. Dico sul serio».

Christopher si avviò lentamente alla porta. «Starò a portata di voce» disse con intenzione, rivolto a Molly.

«Ma insomma, se ne vuole andare?»

Christopher diede una risatina infantile.

«Signorsì, signor comandante.»

E la porta si chiuse alle sue spalle. Giles si rivolse alla moglie.

«Per amor di Dio, Molly, non hai un po' di buon senso? Chiuderti qui, sola, con un pazzo criminale?»

«Non è lui il... Non è pericoloso» si corresse Molly. «Comunque so badare a me stessa.»

Giles diede una risatina sgradevole. «Anche la signora Boyle sapeva badare a se stessa.»

«Oh, Giles, ti prego...»

«Scusami, tesoro, sono un po' fuori di me. Quel maledetto impiastro! Che cosa tu ci veda, in quello lì, non riesco proprio a capirlo.»

«Mi fa pena» disse lentamente Molly.

«Ti fa pena un pazzo omicida?»

Molly gli lanciò una strana occhiata. «Potrei aver compassione anche di un pazzo omicida.»

«E lo chiami Christopher, anche... Da quand'è che vi date del tu?»

«Oh, Giles, non essere ridicolo. Oggi tutti si danno del tu, lo sai benissimo.»

«Anche dopo un paio di giorni di conoscenza? Ma forse sono di più. Forse lo conoscevi prima che venisse qui, il signor Christopher Wren, sedicente architetto. Forse sei stata tu a suggerirgli di venire qui. Avete combinato tutto tra voi, eh?»

Molly gli piantò gli occhi in faccia.

«Giles, ti ha dato di volta il cervello? Che cosa vorresti insinuare?»

«Che Christopher Wren è un tuo vecchio amico, e che siete in rapporti più stretti di quanto vorresti farmi credere.»

«Giles, sei impazzito?»

«Tu terrai duro, immagino... Sosterrai di non averlo mai visto prima che mettesse piede qui dentro. Piuttosto strano, però, che sia venuto ad abitare in un posto fuori del mondo come questo, no?»

«Più strano del fatto che ci sian venuti il maggiore Metcalf e la signora Boyle?»

«Sì... penso proprio di sì. Ho letto che certi pazzoidi esercitano uno strano fascino sulle donne. E a quanto pare è pro prio vero... Come hai fatto a conoscerlo? Da quanto tempo va avanti questa storia?»

«Sei semplicemente assurdo, Giles. Non ho mai visto Christopher Wren prima di ieri.»

«Due giorni fa non sei andata a Londra per vederlo e per stabilire di incontrarvi qui come se non vi conosceste?»

«Sai benissimo, Giles, che non vado a Londra da settimane.»

«Davvero? Interessante.» Giles trasse di tasca un guanto foderato di pelo e lo porse a Molly. «È uno dei guanti che portavi l'altro ieri, no? Il giorno in cui sono andato a Sailham per la rete metallica.»

«Il giorno in cui sei andato a Sailham per la rete metallica» ripeté Molly, guardandolo fisso. «Sì, avevo questi guanti, quando sono uscita.»

«Sei andata in paese, mi hai detto. Ma se sei andata solo in paese, che cosa ci fa, questo, nel tuo guanto?»

Con aria d'accusa, le piantò sotto il naso il biglietto rosa dell'autobus.

Vi fu un istante di silenzio.

«Tu sei andata a Londra» dichiarò Giles, sferzante.

«E va bene, sì» replicò Molly. E alzò il mento, risoluta. «Sono andata a Londra.»

«Per incontrare Christopher Wren.»

«No, non per incontrare Christopher Wren.»

«Allora perché ci sei andata?»

«Per il momento non ho nessuna intenzione di dirtelo, Giles.»

«Capisco: così avrai il tempo di inventare una bella frottola da raccontarmi.»

«Io credo... credo di odiarti» bisbigliò Molly.

«Io non ti odio» replicò Giles lentamente. «Ma quasi lo vorrei... Ho solo l'impressione di non conoscerti più.»

«Anch'io. Sei uno sconosciuto. Un uomo che mi mente.»

«Quando mai ti ho mentito?»

Molly rise ironica. «Credi che io abbia bevuto la tua storia della rete metallica? Anche tu eri a Londra, quel giorno.»

«Immagino che tu mi abbia visto» ribatté Giles. «E non ti sei fidata di me abbastanza da...»

«Fidarmi di te? Non mi fiderò più di nessuno... mai più...»

Né Molly né Giles si accorsero che la porta si apriva silenziosamente. Il signor Paravicini tossicchiò con discrezione.

«Davvero imbarazzante» mormorò. «Voglio sperare, ragazzi, che non diciate qualcosa di più di quello che pensate. È così facile, nei bisticci d'innamorati.»

«Bisticci d'innamorati» feco eco Giles, ironico. «Questa è buona.»

«Proprio così, proprio così!» cinguettò il signor Paravicini. «Capisco benissimo quello che provate. Ci sono passato anch'io, quand'ero più giovane. Comunque, sono venuto a dirvi che l'ispettore insiste perché ci riuniamo tutti in salotto. Pare che gli sia venuta un'idea.» Paravicini diede un risolino beneducato. «La polizia ha un indizio... questo lo si sente dire spesso. Ma un'idea? Ne dubito. Un funzionario meticoloso e solerte, il nostro buon sergente... ma non molto dotato in fatto di cervello.»

«Vai tu, Giles» disse Molly. «Io devo cucinare. Il sergente Trotter può fare a meno della mia presenza »

«A proposito di cucina» intervenne il signor Paravicini portandosi agilmente a fianco di Molly. «Ha mai provato i fegatini di pollo serviti sul pantosto abbondantemente spalmato di *foie gras* e con una fettina sottilissima di pancetta appena velata di senape francese?»

«Non se ne vede molto, di *foie gras*, di questi tempi» osservò Giles. «Andiamo, Paravicini.»

«Non vuole che stia qui ad assisterla, cara signora?»

«Venga con me in salotto» insisté Giles.

Il signor Paravicini ebbe un risolino.

«Suo marito si preoccupa per lei, cara signora. È naturale, d'altronde. Non gli va di lasciarla qui sola con me. È delle mie tendenze sadiche che ha paura, non delle mie intenzioni disonorevoli. Mi arrendo alla forza.» E con un garbato inchino, si baciò la punta delle dita.

A disagio, Molly balbettò: «Ma signor Paravicini, sono sicura che...».

Paravicini scosse il capo e si rivolse a Giles: «Lei è molto saggio, giovanotto. Mai correre rischi. Posso io, forse, dimostrare a lei o all'ispettore che non sono un pazzo criminale? No, non posso: è così difficile dimostrare quello che non è».

E si mise a canticchiare allegramente a bocca chiusa.

Molly si ritrasse istintivamente. «La prego, signor Paravicini... non quell'orribile motivo!»

«*Tre topolini ciechi*, ecco cos'era! Il motivo mi si è fissato in testa. Adesso che ci penso, è una canzoncina abbastanza macabra, per niente gradevole... Ma ai bambini piacciono gli orrori. Ci ha mai fatto caso? È una filastrocca molto inglese... la bucolica e crudele campagna inglese... "col coltello, l'ascia e il temperino, la fattoressa gli tagliò il codin"... È naturale che ai bambini piaccia una canzoncina come questa. Potrei raccontarle certe cose, dei bambini...»

«La prego, basta» fece Molly debolmente. «Anche lei è crudele.» Alzò la voce, nervosamente. «Sorride e scherza... Sembra come un gatto che gioca col topo...»

Poi scoppiò a ridere.

«Calmati, Molly» ammonì Giles. «Su, andiamo tutti insieme in salotto. Trotter starà perdendo la pazienza. Non preoccuparti del pranzo. Un delitto è più importante del pranzo.»

«Non sono d'accordo» osservò il signor Paravicini, seguendoli col suo passo elastico. «Il condannato a morte mangiò un lauto pasto... si dice sempre così...»

Christopher Wren si unì a loro nell'anticamera, accolto da un'occhiataccia di Giles. Il ragazzo lanciò uno sguardo preoccupato a Molly, ma lei continuò a camminare impettita, guardando diritto davanti a sé. Quasi in processione entrarono in salotto.

Il sergente Trotter e il maggiore Metcalf li aspettavano in piedi. Il maggiore aveva l'aria imbronciata, il sergente, invece, era rosso in faccia e pieno di energia.

«Bene, bene» li accolse, quando entrarono. «Vi volevo tutti insieme. Voglio fare un certo esperimento e ho bisogno della vostra collaborazione.»

«Ci vorrà molto tempo?» chiese Molly. «Sono piuttosto occupata, in cucina. Dopo tutto bisognerà pur mangiare un boccone, prima o poi.»

«Sì, me ne rendo conto, signora Davis» osservò Trotter. «Ma mi scusi, ci sono cose più importanti dei pasti. La signora Boyle, ad esempio, non mangia più.»

«Sergente, un po' di tatto!» scattò Metcalf.

«Mi scusi, maggiore, ma voglio che tutti collaborino a questo esperimento.»

«Ha trovato gli sci, sergente?» domandò Molly.

Il giovanotto arrossì. «No, non li ho trovati, signora. Però ho dei sospetti molto fondati sulla persona che li ha presi, e credo di sapere il perché. Ma per il momento non aggiungo altro.»

«No, no, la prego!» si raccomandò il signor Paravicini «le spiegazioni si dovrebbero tenere in serbo per la fine... per l'ultimo, palpitante capitolo... Capisce?»

«Questo non è un gioco, signor Paravicini.»

«No? Penso proprio che lei si sbagli. Credo proprio che, per qualcuno, sia un gioco.»

«L'assassino si diverte» sussurrò Molly.

Gli altri si voltarono a guardarla, stupiti.

Lei arrossì. «Ripetevo quello che mi ha detto il sergente Trotter.»

Il sergente ebbe l'aria di non apprezzare molto la spiegazione. «Va bene, signor Paravicini parli pure di ultimi capitoli, continui a pensare che si tratta di un romanzo giallo. Però questa storia è vera. Sta succedendo realmente.»

«Speriamo solo che non succeda a me» intervenne Christopher, passandosi delicatamente un dito sulla gola.

«Lasciamo perdere, figliolo» l'interruppe Metcalf. «Il sergente sta per dirci che cosa vuol farci fare.»

Trotter si schiarì la voce e attaccò, in tono ufficiale: «Poco fa, ciascuno di voi mi ha descritto quello che stava facendo al momento della morte della signora Boyle. Il signor Davis e il signor Wren erano in camera loro. La signora Davis era in cucina. Il maggiore Metcalf era in cantina. Il signor Paravicini era qui, in questa stanza...».

Fece una breve pausa, poi riprese: «Queste sono le vostre dichiarazioni. Io non ho modo di controllarle. Possono essere vere... possono essere false. Più precisamente: quattro sono vere e una è falsa. Quale?».

Guardò in faccia i presenti a uno a uno. Nessuno parlò.

«Quattro di voi hanno detto la verità, uno ha mentito. Però io ho un piano che può aiutarmi a scoprire qual è la dichiarazione falsa. E se scopro chi ha mentito, so chi è l'assassino.»

«Non necessariamente» lo interruppe Giles. «Qualcuno può aver mentito per altre ragioni.»

«Ne dubito, signor Davis.»

«Ma quale sarebbe quest'idea? Non ha appena ammesso di non aver modo di controllare le nostre dichiarazioni?»

«Così ho detto, infatti. Ma supponiamo che ciascuno di voi ripeta gli stessi movimenti un'altra volta...»

«Ah!» esclamò il maggiore Metcalf, sprezzante. «La ricostruzione del delitto... Che idea peregrina...»

«Non la ricostruzione del delitto, maggiore, la ricostruzione dei movimenti di cinque persone che si dichiarano innocenti.»

«E che cosa si aspetta di scoprire?»

«Scusatemi se per il momento preferisco non rivelarlo.»

«Cioè vorrebbe farci ripetere quello che abbiamo fatto?» domandò Molly.

«Più o meno.»

Seguì un silenzio carico di disagio.

'E una trappola' pensò Molly. "È una trappola, ma non vedo come..."

Si sarebbe potuto credere che nella stanza ci fossero cinque colpevoli, non un colpevole e quattro innocenti. E tutti lanciavano occhiate furtive al giovanotto dall'aria sorridente e sicura che aveva proposto quella commedia, apparentemente innocua.

«Ma non capisco... Non vedo proprio che cosa spera di scoprire, facendoci rifare quello che abbiamo fatto l'altra volta» sbottò Chris. «È un'idea assurda!»

«Davvero, signor Wren?»

«Naturalmente noi siamo a sua disposizione» dichiarò Giles. «Collaboreremo con lei. Dobbiamo ripetere tutti esattamente quello che abbiamo fatto prima?»

«Sì. Si ripeteranno le stesse azioni.»

Il tono vagamente ambiguo della frase fece alzare di colpo lo sguardo al maggiore. Trotter proseguì.

«Il signor Paravicini, a quanto ci ha detto, era seduto al piano e suonava un certo motivo. Signor Paravicini, vuole essere così gentile da mostrarci come ha fatto, esattamente?»

«Ma certo, egregio sergente.»

Paravicini si diresse agilmente verso il piano a coda e si sedette sullo sgabello.

«Il maestro eseguirà al piano la sigla musicale di un delitto» annunciò con aria mondana. Sorrise e con ampi gesti affettati attaccò sommessamente, con un dito solo, il motivo di *Tre topolini ciechi*.

Nella grande sala, quelle note sommesse, dolciastre, avevano un che di spettrale "Si diverte," pensò Molly "si diverte..."

«Grazie, signor Paravicini» disse Trotter. «Lei ha suonato esattamente così, la prima volta, vero?»

«Sì, sergente. Ho ripetuto la canzone tre volte.»

Trotter si rivolse a Molly: «Lei suona il piano?».

«Sì, sergente.»

«Saprebbe eseguire il motivo esattamente come il signor Paravicini?»

«Certo.»

«Allora vuole mettersi al piano e prepararsi a suonare quando le darò il segnale?»

Molly parve un po' sconcertata. Poi, si diresse lentamente al pianoforte.

Il signor Paravicini si alzò in piedi con uno strillo di protesta. «Ma sergente, credevo che ciascuno di noi dovesse ripetere quello che aveva fatto l'altra volta! E c'ero io, seduto al piano, qui.»

«Si ripeteranno le stesse azioni... *ma non saranno necessariamente le stesse persone a compierle.*»

«Non ne vedo il motivo» osservò Giles.

«Un motivo c'è, signor Davis. È un sistema per controllare le vostre dichiarazioni... o meglio una particolare dichiarazione. E ora, prego, vi assegnerò le vostre parti. Lei, signora Davis, resterà qui, al pianoforte. Signor Wren, per favore, vuole andare in cucina? Terrà d'occhio le pentole della signora Davis. Signor Paravicini, lei andrà nella camera del signor Wren. Lì potrà esercitare il suo talento musicale fischiettando *Tre topolini ciechi*, come faceva lui. Lei, invece, maggiore Metcalf, andrà nella camera del signor Davis a controllare il cavo del telefono. E lei, signor Davis, vuole dare un'occhiata nello sgabuzzino in anticamera e poi scendere in cantina?»

Seguì un attimo di silenzio. Poi quattro persone si diressero lentamente verso la porta. Trotter le seguì, e sulla soglia si guardò indietro.

«Conti fino a cinquanta, e poi cominci a suonare, signora Davis» ordinò. E seguì gli altri fuori della stanza.

Mentre la porta si chiudeva, Molly sentì il signor Paravicini osservare: «Non sapevo che alla polizia piacessero i giochi di società»

«Quarantotto, quarantanove, cinquanta.»

Terminato di contare, Molly cominciò a suonare. E di nuovo la canzoncina echeggiò nella grande sala.

Ciechi, ohimè, tutti e tre,
ai topini, poverini...

Molly sentiva il cuore batterle sempre più forte. Come aveva detto Paravicini, era una filastrocca stranamente macabra, ossessionante. Aveva la crudeltà tipica dei bambini, così spaventosa quando la s'incontra in un adulto.

Molto debolmente, sopra di lei, Molly sentiva fischiettare lo stesso motivo in camera di Christopher... era il signor Paravicini che recitava la parte del signor Wren.

D'un tratto, la ragazza sentì che in biblioteca avevano acceso la radio. Doveva essere stato il sergente. Quindi, era lui che faceva la parte della signora Boyle. Ma perché? Qual era il senso di tutta quella messinscena? E dove si nascondeva la trappola? Perché si trattava di una trappola, di questo Molly era certa.

Una ventata d'aria fredda le sfiorò la nuca. Molly si voltò di scatto. La porta si era aperta. Era entrato qualcuno. Ma no... il salotto era deserto. D'un tratto la ragazza ebbe paura E se fosse entrato veramente qualcuno? Se il signor Paravicini fosse sgusciato dentro, pronto a balzare verso il pianoforte, con le lunghe dita frementi, come artigli?

"È così, cara signora, stai suonando la tua marcia funebre..." si disse Molly. Ma che pensierino simpatico... Poi si ammonì: "Sciocchezze, non correre con la fantasia. Lo senti, no, che fischia sopra la tua testa? Proprio come lui può sentire te".

Folgorata da un'idea improvvisa, Molly quasi staccò le dita dal piano. Nessuno aveva sentito suonare Paravicini l'altra volta! Era possibile allora che non stesse suonando? Che non fosse in salotto ma in biblioteca, occupato a strangolare la signora Boyle?...

Era parso molto contrariato, quando Trotter aveva deciso che fosse lei, Molly, a suonare. Aveva anche ripetuto con insistenza di aver suonato molto, molto piano. Certo aveva sottolineato la cosa nella speranza che spiegasse come mai nessuno l'avesse udito. Se stavolta qualcuno avesse sentito la canzone... ecco, allora Trotter avrebbe scoperto chi aveva mentito.

La porta del salotto si aprì. Molly, coi nervi tesi, aspettandosi di veder comparire Paravicini, quasi lanciò un grido. Ma era solo il sergente, che entrò proprio mentre lei finiva di ripetere per la terza volta il motivo.

«Grazie, signora.»

Trotter sembrava molto soddisfatto di sé. I suoi modi erano sicuri e decisi.

Molly tolse le mani dalla tastiera. «Ha trovato quello che cercava?» domandò.

«Eh, sì, sì. Ho trovato proprio quello che volevo.»

«Chi è? Chi?»

«Non lo sa, signora Davis? Andiamo, non è poi così difficile. Comunque, se permette, lei è stata incredibilmente sciocca. Mi ha lasciato dare la caccia alla terza vittima. E di conseguenza si è messa in grave pericolo.»

«Ma... non capisco... cosa intende dire?»

«Voglio dire che lei non è stata sincera con me, signora Davis. Mi ha nascosto qualcosa... proprio come la signora Boyle.»

«Non capisco.»

«Oh, sì che capisce. Quando ho accennato per la prima volta al caso Longridge Farm, lei sapeva già tutto. Oh, sì. Era sconvolta. Ed è stata lei a confermare che la signora Boyle era il commissario per gli alloggi della zona. Così, quando ho cominciato a domandarmi chi potesse essere la terza vittima, ho optato subito per lei. Noi poliziotti non siamo ottusi come sembra, sa?»

Molly bisbigliò: «Lei non può capire. Non volevo ricordare».

«Questo posso capirlo, invece.» Trotter cambiò tono.

«Da signorina lei si chiamava Wainwright, vero?»

«Sì.»

«E ha qualche anno più di quel che dimostra. Nel quaranta, quando accadde il fatto, lei era maestra alla scuola di Abbeyvale.»

«No, non ero io!»

«Oh sì, era lei, signora Davis.»

«Non ero io, glielo ripeto!»

«Il bambino che morì riuscì a spedirle una lettera, rubando un francobollo. In quella lettera chiedeva aiuto... l'aiuto della sua buona maestrina. È dovere di una maestra scoprire perché un bambino non va a scuola. Ma lei se ne è guardata bene. Se ne è infischiata della lettera di quel povero piccolo.»

«Basta!» Molly aveva le guance in fiamme. «Lei sta parlando di mia sorella. Era lei la maestra di scuola. E non se n'è affatto infischiata di quella lettera. Ma era ammalata, aveva la polmonite. Vide la lettera solo quando il bambino era già morto. E rimase terribilmente sconvolta... era una ragazza estremamente sensibile. Non è stata colpa sua. Ed è proprio perché lei si mangiò il cuore per questa storia che non sopporto che mi sia ricordata. È sempre stato un incubo per me.»

Molly si portò le mani agli occhi. Quando le tolse, vide che Trotter la fissava.

«Così, era sua sorella. Be', alla fin fine...» d'un tratto il giovane ebbe uno strano sorriso «... non ha molta importanza, vero? Sua sorella... mio fratello...» tirò fuori qualcosa di tasca. Adesso sorrideva, felice.

Molly fissava l'oggetto che Trotter teneva in mano.

«Ho sempre creduto che i poliziotti non portassero armi» bisbigliò.

«I poliziotti no, infatti» rispose il giovane. «Ma vede, signora Davis, io non sono un poliziotto. Io sono Jim, il fratello di Georgie. Lei ha pensato che io fossi un poliziotto perché ho telefonato dal posto pubblico del paese annunciando che era in arrivo il sergente Trotter. Poi, quando sono stato qui, ho tagliato i fili del telefono, in modo che non fosse possibile chiamare il posto di polizia...»

Molly lo guardava con gli occhi sbarrati. Adesso la pistola era puntata contro di lei.

«Non si muova, altrimenti sparo subito.»

Il giovane sorrideva ancora e Molly notò, piena di orrore, che era il sorriso di un bambino. Anche la sua voce quando riprese a parlare diventò lentamente una voce infantile.

«Sì. Sono il fratello di Georgie. Georgie morì a Longridge Farm. Fu quell'orribile donna, la Boyle, a mandarci là... La moglie del fattore fu crudele con noi, e voi non avete voluto aiutarci, non avete voluto aiutare i tre topolini ciechi. Allora ho giurato che da grande vi avrei ammazzati tutti. L'ho giurato. E ho continuato a pensarci, da allora.»

D'un tratto si accigliò. «Mi hanno procurato un sacco di noie, nell'esercito... quel dottore che continuava a farmi domande... sono dovuto scappar via... Avevo paura che m'impedissero di fare quello che avevo deciso di fare. Ma sono grande, adesso. E i grandi possono fare quello che vogliono.»

Molly si riprese dallo sbigottimento. "Parlagli" si disse "cerca di distrarlo..."

«Mi dia retta, Jim, non riuscirà mai a farla franca.»

Il giovane si rabbuiò. «Già, qualcuno mi ha nascosto gli sci, e non riesco a trovarli.» Poi scoppiò a ridere. «Ma andrà tutto bene lo stesso. È la rivoltella di suo marito, questa. L'ho presa dal suo cassetto, e forse penseranno che sia stato lui a spararle. Comunque, non m'importa molto. È stato così divertente recitare... E quella donna a Londra... che faccia ha fatto quando mi ha riconosciuto! E quella stupida di stamattina!»

Il giovane annuì soddisfatto.

Lugubre e chiaro, si udì un fischio. Qualcuno fischiettava *Tre topolini ciechi*.

Trotter trasalì, la pistola gli tremò in mano. Una voce gridò: «Giù, signora Davis!».

Molly si gettò a terra mentre il maggiore Metcalf, scattando da dietro il divano, balzava addosso a Trotter. La rivoltella sparò e la pallottola si conficcò in uno dei mediocri quadri a olio, tanto cari alla povera zia Katherine.

Un momento dopo, scoppiò il pandemonio: Giles si precipitò nella stanza, seguito da Christopher e dal signor Paravicini.

Il maggiore Metcalf, tenendo saldo Trotter, parlò a brevi frasi sferzanti.

«Sono entrato mentre lei suonava... Sono scivolato dietro il divano... Fin dal principio gli sono stato alle costole... Voglio dire, sapevo che non era un poliziotto. Io sono della polizia... ispettore Tanner. Abbiamo combinato con il vero Metcalf di far venire qui me al suo posto. A Scotland Yard hanno pensato che convenisse mandare qualcuno. E adesso, figliolo, tu vieni con me» disse pacato a Trotter, ormai docile. «Nessuno ti farà del male. Baderemo noi a te.»

Con voce tremante, da bambino, il giovanottone abbronzato domandò: «Georgie non sarà in collera con me?».

Tanner lo rassicurò: «No, Georgie non è più in collera». Poi, passando accanto a Giles, mormorò: «Matto come un cavallo, poveraccio».

I due uscirono insieme.

Il signor Paravicini toccò il braccio di Christopher Wren. «Anche lei, amico, venga con me.»

Giles e Molly, rimasti soli, si guardarono. Un momento dopo erano l'uno nelle braccia dell'altra.

«Tesoro,» ansimò Giles «sei sicura che non ti abbia fatto male?»

«No, no, sto benissimo. Oh, Giles, ero così terribilmente confusa... Quasi pensavo che tu... ma perché sei andato a Londra, l'altro giorno?»

«Ma tesoro, volevo comperarti un regalo per il nostro anniversario, domani. E non volevo che tu lo sapessi.»

«Incredibile! Anch'io sono andata a Londra a comperarti un regalo e non volevo che lo sapessi!»

«Ero disperatamente geloso di quel somaro nevrotico. Dovevo essere impazzito... Perdonami, tesoro.»

La porta si aprì e il signor Paravicini entrò nella stanza, col suo passetto da capra. Era raggiante.

«Devo interrompere la scena della riconciliazione... una scena così deliziosa... ma ahimè, devo dirvi *adieu*. Una camionetta della polizia è riuscita a passare e li convincerò a portarmi con loro.» E si chinò su Molly sussurrandole all'orecchio, con aria misteriosa: «Forse, nel prossimo futuro, mi troverò in qualche difficoltà, ma confido di poter sistemare le cose. E se lei dovesse ricevere un pacco... con un'oca, diciamo, un tacchino, qualche scatoletta di *foie gras*, un prosciutto... e delle calze di nailon, sì? Be', capirà che è destinato, con i miei omaggi, a una signora molto affascinante. Signor Davis, il mio assegno è sul tavolo in anticamera».

Baciò la mano a Molly e se ne andò saltellando.

«Calze di nailon?» mormorò Molly. «*Foie gras*? Ma chi è? Babbo Natale?»

«Tipo mercato nero, sospetto» ribatté Giles.

Christopher Wren fece timidamente capolino.

«Carissimi, non vorrei intromettermi, ma dalla cucina viene una terribile puzza di bruciato. Devo fare qualcosa?»

Con un grido angosciato: «Il mio pasticcio!» Molly uscì a precipizio dalla stanza.

Testimone d'accusa

L'avvocato Mayherne si aggiustò il pince-nez e si schiarì la gola con uno dei suoi caratteristici colpetti di tosse. Poi, guardò di nuovo l'uomo che gli stava di fronte, l'uomo accusato di omicidio premeditato.

Mayherne era un tipo minuto, dai modi un po' pedanti, vestito in maniera inappuntabile, per non dire con affettazione, e con due occhi grigi, dallo sguardo acuto e molto penetrante. Era tutt'altro che uno sciocco. Anzi, come legale, il signor Mayherne godeva di un'ottima reputazione. La sua voce, quando si rivolgeva al cliente, era asciutta ma non priva di calore.

«Devo nuovamente ripeterle, perché sia ben chiaro, che lei si troverà in una situazione gravissima, e che è necessaria la massima franchezza.»

Leonard Vole, che aveva continuato a fissare con aria quasi inebetita la nuda parete di fronte a lui, a questo punto spostò lo sguardo sul legale.

«Lo so» disse, avvilito. «Non fa che ripetermelo. Eppure io non riesco ancora a rendermi conto d'essere accusato di omicidio. Omicidio! E si tratta di un crimine così efferato, per di più.»

L'avvocato Mayherne era un individuo concreto, abituato ad andare subito al sodo. Tossì di nuovo, si tolse il pince-nez, lustrò con cura le lenti, se lo rimise, assestandolo sul naso. Poi disse: «Sì, sì, sì... Ma ora, mio caro signor Vole, dobbiamo fare uno sforzo deciso per vedere di toglierci dai guai. E ci riusciremo, vedrà... ci riusciremo. Ma devo conoscere i fatti, tutti. Devo sapere con esattezza fino a che punto il caso potrebbe esserci pregiudizievole. Poi, potremo studiare la migliore linea di difesa».

Il giovanotto continuava a fissarlo con la stessa aria disperata e inebetita. A Mayherne il caso era sembrato lì per lì una brutta faccenda, la colpevolezza del prigioniero scontata in partenza. Ora, per la prima volta, cominciava ad avere dei dubbi.

«Mi crede colpevole» disse Leonard Vole, a voce bassa. «Ma io lo giuro, per Dio, che non è così. Mi sento come preso in una rete: le maglie mi circondano da ogni parte, più mi dibatto e più vi rimango impigliato. Ma io non ho ucciso nessuno, avvocato, mi creda... io non ho fatto niente!»

Un uomo in una situazione del genere non poteva non protestare la propria innocenza. Mayherne, questo, lo capiva benissimo. Tuttavia, quelle proteste lo impressionavano suo malgrado. Poteva anche darsi, tutto sommato, che Leonard Vole fosse davvero innocente.

«Ha ragione, signor Vole» disse, in tono grave. «Il caso si presenta molto sfavorevole nei suoi confronti. Ciò nonostante, accetto la sua affermazione. Ma ora, veniamo ai fatti. Voglio che mi racconti, con parole sue, il modo esatto in cui ha fatto la conoscenza della signorina Emily French.»

«Avvenne per caso, un giorno, in Oxford Street. Vidi una signora d'età che attraversava la strada. Era carica di pacchi e pacchetti. Nel bel mezzo della strada ne lasciò cadere alcuni, tentò di raccattarli, si accorse che un autobus le era quasi addosso e a stento riuscì ad arrivare sul marciapiede sana e salva, sbigottita e spaventata perché la gente, intorno, si era allarmata e le aveva gridato di fare attenzione. Raccattai io i suoi pacchetti, li ripulii del fango come meglio mi fu possibile, rifeci il nodo di uno spago che si era slegato, e glieli consegnai.»

«Non era assolutamente il caso di dire che le aveva salvato la vita?»

«Oh, povero me, no! Il mio non fu altro che un banalissimo gesto di cortesia. Lei si mostrò immensamente grata, mi ringraziò con calore, disse qualcosa sui miei modi, che non erano quelli della maggior parte dei giovani d'oggi... più o meno, ora non ricordo le parole esatte. Dopo di che, la salutai e me ne andai. Non m'aspettavo certo di rivederla, naturalmente. Ma la vita è piena di strane coincidenze. Quella sera stessa incontrai di nuovo la signora dei pacchetti, a un ricevimento in casa di un amico. Lei mi riconobbe subito e volle che le venissi presentato. Venni a sapere, così, che era una certa signorina Emily French e che abitava a Cricklewood. Rimasi un poco a conversare con lei, Doveva essere, penso, un tipo soggetto a simpatie improvvise e istintive, una di quelle persone pronte a incapricciarsi del primo sconosciuto che incontrano. Per esempio, era stata presa da grande simpatia per me, e tutto perché avevo compiuto un elementare gesto di cortesia, cosa che avrebbe fatto chiunque altro, al mio posto. Nel salutarmi, mi strinse a lungo la mano e mi raccomandò di andare a trovarla. Naturalmente, risposi che l'avrei fatto con gran piacere, e lei allora mi sollecitò a fissare il giorno. Io non ci tenevo in modo particolare ad andarci, ma rifiutare sarebbe sembrato una villania, così fissai per il sabato seguente. Poi, dopo che se n'era andata, venni a sapere qualcosa di lei dai miei amici: che era ricca, eccentrica, che viveva sola, con una cameriera, e che aveva la bellezza di otto gatti, nientemeno.»

«Capisco» disse Mayherne. «E il fatto che fosse molto ricca venne a galla fino da quella sera?»

«Se intende dire che io mi informai per...» cominciò a dire Leonard Vole, inalberandosi, ma il legale subito lo placò con un gesto.

«Devo guardare il caso così come verrà presentato dalla parte avversa. Un osservatore poco interessato non si sarebbe certo fatto l'idea che la signorina French fosse una persona molto agiata. La vita che conduceva era modesta, quasi umile. A meno che uno non fosse stato avvisato del contrario, sarebbe stato propenso, in complesso, a considerarla semmai una donna in ristrettezze... al primo momento, per lo meno. Chi fu, esattamente, a raccontarle che era invece una donna facoltosa?»

«Il mio amico, George Harvey. Quello in casa del quale ci eravamo rivisti.»

«Pensa che il signor Harvey ricorderà di averlo detto?»

«Proprio non saprei. Certo, è passato parecchio tempo.»

«Proprio così, signor Vole. Vede, il primo punto dell'accusa sarà di stabilire che lei, in quel momento, si trovava in cattive acque dal lato finanziario... il che è vero, mi sembra.»

Leonard Vole arrossì.

«Sì» confermò, a voce bassa. «Attraversavo un periodo di infernale sfortuna.»

«Benissimo» continuò il signor Mayherne. «E che trovandosi, come ripeto, in cattive acque, ha avuto occasione di conoscere quell'anziana signorina molto ricca e ne ha coltivato assiduamente la conoscenza. Ora, se avessimo la possibilità di affermare che lei non aveva alcuna idea della ricchezza di quella donna, e che andava a farle visita per pura gentilezza d'animo...»

«Ed è proprio così.»

«Ma io le credo. Non sto mettendo in discussione il fatto. Sto solo osservandolo da un punto di vista esterno. Molto può dipendere dalla memoria del signor Harvey. Ritiene probabile che ricordi quella conversazione, oppure no? Pensa che la difesa potrebbe confonderlo e indurlo a credere che tale conversazione avvenne soltanto in un secondo momento?»

Leonard Vole rifletté per qualche momento. Poi, piuttosto pallido, ma con molta fermezza, dichiarò: «Non credo che quella linea di difesa avrebbe successo, avvocato Mayherne. Diverse delle persone presenti udirono le parole di George Harvey, anzi qualcuno si burlò di me, osservando che avevo fatto la conquista di una donna ricca».

Il legale si sforzò di nascondere il suo disappunto con un gesto della mano.

«Peccato, peccato» disse. «Ma mi congratulo con lei per la sua franchezza, signor Vole. Faccio assegnamento su di lei, perché mi sia di guida. Il suo giudizio è esatto. Insistere nella tattica di cui parlavo sarebbe disastroso. Dobbiamo abbandonare questo punto. Bene, lei dunque fece la conoscenza della signorina French, è andato a farle visita, la conoscenza progredì, mise radici. Ci serve una ragione ben chiara per tutto questo. Come mai lei, un uomo di trentatré anni, diciamo pure un giovane di bell'aspetto, amante dello sport, con tanti amici della sua età, dedicava tanta parte del suo tempo a una donna anziana, con la quale non poteva certo avere molto in comune?»

Leonard allargò le mani in un gesto nervoso.

«Non glielo saprei dire... le assicuro che proprio non saprei. Dopo la prima visita, lei aveva insistito perché tornassi a trovarla, diceva d'essere molto sola e infelice. Mi rendeva difficile rifiutare, capisce? Mostrava così apertamente il suo attaccamento, il suo affetto per me, che finivo per trovarmi in una situazione imbarazzante. Vede, signor Mayherne, la mia è una natura piuttosto debole... mi chiami pure un succubo... insomma, sono una di quelle persone che non riescono a dire di no. E poi, lei è padrone di credermi o di non credermi, naturalmente, dopo la terza o quarta visita, scoprii che a mia volta cominciavo ad affezionarmi sinceramente a quella vecchietta. Avevo perso la mamma da bambino, ero stato allevato da una zia, ma morì anche lei quando non avevo ancora quindici anni. Se le dicessi che mi faceva realmente piacere essere coccolato e trattato come un figlio, probabilmente lei riderebbe.»

Mayherne non rideva. Si tolse invece il pince-nez e tornò a lustrarne le lenti, segno che stava riflettendo intensamente.

«Accetto la sua spiegazione, signor Vole» disse alla fine. «Sono convinto che sia psicologicamente probabile. Se poi una giuria la penserà allo stesso modo, è un altro paio di maniche. Ma continui il suo racconto, la prego. Quando fu che la signorina French le chiese per la prima volta di occuparsi delle sue questioni d'affari?»

«Dopo la terza o quarta visita che le avevo fatto. Si intendeva pochissimo di questioni di denaro, ed era preoccupata per certi investimenti.»

L'avvocato Mayherne alzò immediatamente la testa.

«Stia attento a quello che dice, signor Vole. La cameriera, Janet Mackenzie, afferma che la padrona era un'ottima donna d'affari, e questo è confermato anche dalla testimonianza di alcuni funzionari di banca.»

«Non so cosa farci» dichiarò serio serio Vole. «Lei, a me, così aveva detto.»

Mayherne lo fissò per un attimo o due in silenzio. Sebbene non avesse nessuna intenzione di dirlo, in quel momento la sua convinzione che Leonard Vole potesse essere innocente si rafforzò. Conosceva bene, lui, la mentalità di certe donne mature. Si figurava la signorina French, infatuata di quel bel giovanotto, a caccia di pretesti per farselo venire per casa. Niente di più probabile che avesse finto una completa ignoranza in questioni d'affari, per poterlo pregare di aiutarla nell'amministrare il suo denaro. La signorina French era abbastanza donna di mondo per rendersi conto che qualsiasi uomo si sente leggermente lusingato nel sentirsi dare atto della sua superiorità. Leonard Vole si era sentito lusingato. Inoltre, lei forse era stata piuttosto propensa a far sapere a quel giovanotto d'essere ricca. Emily French era stata una donna dalla volontà di ferro, dispostissima a pagare il suo prezzo per ciò che voleva. Tutto questo guizzò con la rapidità di un lampo nella mente di Mayherne, che tuttavia non lasciò trasparire niente dei suoi pensieri, e passò invece a un'altra domanda.

«E lei si è occupato effettivamente di quelle questioni d'affari, su richiesta della signorina French?»

«Sì, certo.»

«Signor Vole,» disse il legale «ora io le farò una domanda molto seria, una domanda alla quale è per me della massima importanza ricevere una risposta veritiera. Lei finanziariamente si trovava in cattive acque. Aveva la possibilità di occuparsi dei problemi finanziari di una donna anziana: una vecchia signorina sola che, stando alle dichiarazioni da essa stessa fatte, s'intendeva pochissimo d'affari, o forse niente del tutto. Ne ha approfittato, in un momento o in un modo qualsiasi, per convertire in suo favore i titoli di cui si occupava? Si è impegnato in qualche transazione, con suo personale vantaggio pecuniario, poco chiara, o addirittura poco pulita?» Zittì con un gesto Vole, che stava già per parlare. «Aspetti un momento, prima di darmi la risposta. Davanti a noi si aprono due possibilità, e mi spiego subito. Possiamo battere sul tasto della sua probità e onestà nel condurre gli affari della signorina French, e al tempo stesso far notare quanto sia inverosimile il fatto che lei sia ricorso a un omicidio per ottenere denaro che avrebbe potuto procurarsi con mezzi infinitamente più semplici. Se, d'altra parte, nel modo come lei ha amministrato il denaro, c'è qualcosa di cui l'accusa non tarderà a impadronirsi... Se, per dirla in termini più crudi, si potrà dimostrare che lei ha raggirato in qualche modo l'anziana signorina allora ci atterremo alla teoria che lei non aveva motivo di uccidere, dato che la vittima rappresentava già, per lei, una fonte di guadagno. Senza dubbio ha afferrato la distinzione. Ora, la prego, rifletta bene prima di rispondere.»

Ma Leonard Vole non perse neppure un istante.

«Mi sono occupato degli affari della signorina French in modo assolutamente onestissimo e trasparente. Ho agito nell'interesse di lei, cercando di usare al massimo le mie capacità, come potrà accertare chiunque vorrà esaminare il mio operato.»

«La ringrazio» disse Mayherne. «Lei mi solleva da un grosso peso, glielo assicuro. Va da sé che le credo sulla parola, perché la ritengo troppo intelligente per mentire con me su una questione di tanta importanza.»

«Senza dubbio» osservò ansiosamente Vole «l'elemento più forte in mio favore è la mancanza di un movente. Anche ammesso che io coltivassi la conoscenza di una donna ricca e sola nella speranza di ottenere del denaro da lei – perché questo, se ho ben capito, sarebbe il succo di quanto abbiamo detto finora – non le pare che la morte di quella donna venga a frustrare tutte le mie speranze?»

Mayherne lo fissò attentamente. Poi con gesti deliberati, ripeté l'inconsapevole rituale di lustrarsi le lenti. Infine parlò, non prima d'essersi rimesso con cura il pince-nez.

«Non è al corrente, signor Vole, del fatto che la signorina French ha lasciato un testamento dal quale risulta che lei è il principale beneficiario?»

«Cosa?» Il prigioniero era balzato in piedi. La sua costernazione era evidente e spontanea. «Mio Dio! Ma che cosa sta dicendo? Quella donna ha lasciato il suo denaro a me?»

Mayherne assentiva lentamente. Vole ricadde a sedere, prendendosi la testa tra le mani.

«Asserisce di non sapere niente di quel testamento?»

«Asserire? Ma non si tratta di asserire o non asserire, avvocato. Io non ne sapevo niente, punto e basta.»

«Che cosa mi risponderebbe se le dicessi che la cameriera Janet Mackenzie, giura che lei, signor Vole, lo sapeva e come? Che la signorina le aveva detto chiaramente d'essersi consultata con lei, signor Vole, sull'argomento, e che l'aveva messo al corrente delle sue intenzioni?»

«Che cosa risponderei? Egregio avvocato, risponderei che quella donna mente! Cioè, no, forse corro troppo. Janet è una donna anziana. Era come un cane fedele, per la sua padrona, e non aveva nessuna simpatia per me. Era gelosa, sospettosa. Vediamo, le risponderei che la signorina confidò le sue intenzioni a Janet, e che Janet, probabilmente, fraintese quello che la signorina French aveva detto, oppure rimase convinta in cuor suo che avessi persuaso io la sua padrona a regolarsi in quel modo. A tal punto ne era convinta, direi, da arrivare a credere, ora, che veramente fosse stata la signorina French a dirglielo.»

«E non pensa che l'antipatia per lei sia tale da indurre Janet a mentire di proposito?»

Leonard si mostrò sorpreso e sconcertato.

«Ma no, andiamo! Perché dovrebbe mentire di proposito, poi?»

«Non lo so» mormorò Mayherne, pensoso. «Ma è piena di amarezza nei suoi confronti, glielo assicuro.»

Il disgraziato giovane mandò un gemito di desolazione.

«Comincio a capire» mormorò. «È spaventoso. Sono stato io a plagiare la signorina French, ecco che cosa diranno tutti. Io l'ho indotta a fare un testamento con il quale lasciava a me tutto il suo denaro, dopo di che mi sono recato da lei quella sera, quando in casa non c'era nessuno – infatti, la trovarono soltanto il mattino dopo – e... oh, mio Dio, è orribile!»

«Si sbaglia sul fatto che in casa non ci fosse nessuno, quella sera» disse Mayherne. «Janet, come ricorderà, doveva effettivamente uscire, quella sera. E uscì, ma verso le nove e mezzo ritornò a prendere il modello di una manica di camicetta che aveva promesso a un'amica. Entrò in casa dalla porta di servizio, aprendo con la sua chiave, salì in camera sua a prendere il modello, poi uscì di nuovo. Udì delle voci, nel salotto, pur non riuscendo a capire che cosa stessero dicendo: ma giurerà che una di quelle voci apparteneva alla signorina French e che l'altra era di un uomo.»

«Alle nove e mezzo» ripeté Leonard Vole. «Alle nove e mezzo...» Si alzò di scatto. «Ma allora sono salvo... sì, sono salvo...»

«In che senso, è salvo? Si spieghi» lo interruppe Mayherne, stupito.

«Verso le nove e mezzo ero di nuovo a casa! Mia moglie può confermarlo. Lasciai la signorina French verso le nove meno cinque, suppergiù, e arrivai a casa circa alle nove e venti. Mia moglie era là che m'aspettava. Oh, Signore, ti ringrazio!... E che sia benedetto quel modello di manica di Janet Mackenzie.»

Nella sua esuberanza, non si era quasi accorto che l'espressione grave, sulla faccia dell'avvocato, non era cambiata minimamente. Ma le parole di quest'ultimo lo fecero tornare bruscamente alla realtà.

«Chi è stato, allora, secondo lei, ad assassinare la signorina French?»

«Ma non lo so, un ladro, penso, come si era creduto in un primo momento. La finestra era stata forzata, se lo ricorda? La signorina è stata uccisa con un colpo alla testa sferratole con una pesante mazza, e la mazza venne ritrovata per terra, accanto al cadavere. E in casa mancavano diversi oggetti. Senza gli assurdi sospetti e l'antipatia di Janet nei miei confronti, la polizia non avrebbe mai deviato dalla prima ipotesi, che era poi quella giusta.»

«Temo che si illuda, signor Vole» obiettò il legale. «Gli oggetti che vennero trovati mancanti erano tutte inezie prive di valore, prese così, tanto per dare un minimo di fondamento alla tesi del furto. Quanto a quei segni sulla finestra, non erano affatto conclusivi. Inoltre, cerchi di riflettere. Lei dice che, alle nove e mezzo, non era più in quella casa. Chi era, allora, l'uomo che Janet ha sentito conversare con la signorina French là in salotto? Nessuno potrà mai credere che la signorina stesse conducendo una cordiale conversazione con un ladro.»

«No» disse Leonard Vole. «No, certo...» Appariva perplesso e scoraggiato. «Ma, in tutti i casi» aggiunse, con rinnovato ottimismo, «la mia persona è esclusa. Io ho un alibi. Lei deve parlare con Romaine, avvocato... con mia moglie, subito.»

«Certo, certo» fu d'accordo il legale. «Avrei già parlato, del resto, con la signora Vole, se non fosse stata assente nel momento in cui lei è stato arrestato. Ho telegrafato subito in Scozia, e se ho ben capito la signora dovrebbe essere di ritorno stasera stessa. Intendo passare da lei subito dopo essere uscito di qui.»

Vole assentiva, e un'espressione di grande soddisfazione si diffondeva via via sul suo volto.

«Sì, Romaine glielo confermerà. Mio Dio! Che fortunatissima combinazione, è questa.»

«Scusi la domanda, signor Vole, ma lei vuole molto bene a sua moglie?»

«Ma certo!»

«E sua moglie l'ama?»

«Romaine mi è devota. Farebbe qualsiasi cosa al mondo per me.»

Parlava con entusiasmo, ma il legale sentiva aumentare maggiormente il suo pessimismo. La testimonianza di una moglie devota avrebbe trovato credito?

«Nessun altro può averla vista rincasare alle nove e venti? Una cameriera, per esempio?»

«Non abbiamo una cameriera, noi.»

«Ha incontrato qualcuno per la strada, durante il tragitto di ritorno?»

«Nessuno di mia conoscenza. Parte della strada l'ho fatta in autobus. Chissà forse il bigliettaio...»

L'avvocato Mayherne scuoteva la testa, dubbioso.

«Non c'è nessuno, insomma, che possa confermare la testimonianza di sua moglie?»

«No. Ma non è necessario, vero?»

«Speriamo di no» si affrettò a dire Mayherne. «Speriamo di no. Ora c'è ancora un cosa che vorrei chiarire. La signorina French sapeva che lei era ammogliato?»

«Oh, sì.»

«E tuttavia non ha mai portato sua moglie con lei. Come mai non ha mai pensato a presentargliela?»

Per la prima volta, la risposta di Leonard Vole arrivò esitante, incerta.

«Ecco... non lo so neanch'io.»

«Si rende conto che Janet Mackenzie afferma che lei si era fatto passare per scapolo, tanto che la signorina French contemplava la possibilità di sposarvi, in futuro?»

Vole rise. «Ma non diciamo assurdità! C'erano quarant'anni di differenza, tra noi.»

«È già accaduto» commentò seccamente il legale. «Il fatto resta. Sua moglie non ha mai conosciuto la signorina French?»

«No...» Di nuovo quel senso di impaccio.

«Permette che glielo dica» replicò il legale. «Francamente, non capisco il suo atteggiamento. Proprio non me lo spiego.»

Vole arrossì, esitò, poi si decise.

«Le confesserò tutto, avvocato. Ero piuttosto a mal partito, come sa. Speravo che la signorina French potesse prestarmi un po' di denaro. Mi voleva bene, certo, ma non credo che potessero interessarla le difficoltà finanziarie di una giovane coppia. Fin dal principio, e io me n'ero accorto, aveva dato per scontato che mia moglie e io non andassimo d'accordo: che vivessimo separati, insomma. Avvocato Mayherne, io quel denaro lo volevo... proprio per amore di Romaine. Ecco perché non dissi niente, e lasciai che la French pensasse quello che più le pareva. Lei, parlando di me, diceva di considerarmi come un figlio adottivo. Chi mai aveva tirato in ballo discorsi di matrimonio? Secondo me, questo dev'essere frutto della fantasia di Janet.»

«Ed è tutto qui?»

«Sì... tutto.»

Non c'era una sfumatura di esitazione in quelle parole? All'avvocato era sembrato di sì. Si alzò e porse la mano al cliente.

«Arrivederci, signor Vole.» Fissò un momento la faccia stanca e un po' spaurita del giovane e parlò d'impulso, cosa insolita per lui. «Io credo nella sua innocenza, nonostante la quantità di prove che si accumulano contro di lei. Spero di riuscire a dimostrarla, affinché sia scagionato completamente.»

Vole gli sorrise.

«Vedrà, Romaine confermerà l'alibi» disse allegramente.

Non si accorse neppure stavolta che l'altro non condivideva il suo ottimismo.

«Tutto dipende in buona parte dalla testimonianza di Janet Mackenzie» disse Mayherne. «E quella donna la odia, questo è chiaro.»

«Odiarmi, poi! Non vedo perché» protestò il giovane.

Il legale scuoteva la testa, nell'uscire dalla stanza del colloquio. "E ora, andiamo a sentire la signora Vole" disse a se stesso. Era seriamente turbato dalla piega che il caso stava prendendo.

I Vole abitavano in una casetta squallida nei pressi di Paddington Green. Fu a quella casa che l'avvocato Mayherne si diresse.

In risposta alla sua scampanellata, venne ad aprire un donnone trasandato, evidentemente una domestica a ore.

«È ritornata la signora Vole?» s'informò Mayherne.

«È arrivata un'ora fa. Ma non so se potrà parlarle.»

«Le porti il mio biglietto da visita, per favore» disse Mayherne senza scomporsi. «Sono sicurissimo che mi riceverà.»

La donna lo guardò, dubbiosa, si asciugò le mani con il grembiule e prese il biglietto. Poi chiuse la porta in faccia al visitatore e lo lasciò ad aspettare sugli scalini esterni.

Pochi minuti dopo, però, era di ritorno, e ora il tono era leggermente cambiato.

«Si accomodi, prego.»

Lo introdusse in un piccolo salotto. Mayherne, intento a esaminare un disegno incorniciato appeso alla parete, trasalì nel trovarsi improvvisamente accanto una donna alta e pallida, entrata così silenziosamente che lui non l'aveva sentita.

«L'avvocato Mayherne? È uno dei legali di mio marito, vero? Si accomodi, prego.»

Finché lei non aveva parlato, Mayherne non si era reso conto che la signora Vole non era inglese. Ora, osservandola più attentamente, notò gli zigomi alti, i capelli di un nero intenso, quasi bluastro, e un occasionale, lievissimo movimento delle mani, tipicamente straniero. Una donna strana, molto riservata e silenziosa. Così silenziosa da mettere quasi a disagio. Fin dal primo momento Mayherne ebbe la consapevolezza di trovarsi di fronte a qualcosa che non capiva.

«Ora, cara signora» cominciò a dire «non deve assolutamente lasciarsi andare a...»

S'interruppe. Era più che evidente, infatti, che Romaine Vole non aveva la minima intenzione di lasciarsi andare. Era perfettamente calma e composta.

«Vuole dirmi, per favore, come stanno esattamente le cose?» lo pregò lei. «Devo sapere tutto. Non cerchi di risparmiarmi. Voglio sapere il peggio.» Esitò, poi ripeté a voce più bassa ma con un'enfasi strana, che Mayherne non seppe interpretare: «Voglio sapere il peggio».

Mayherne le fece un resoconto del colloquio avuto con Leonard Vole. Lei ascoltava attentamente e di tanto in tanto assentiva.

«Capisco» disse, quando lui tacque, alla fine. «Vuole che io dica che, quella sera rincasò venti minuti dopo le nove, è così?»

«Rincasò sì o no a quell'ora?» domandò bruscamente Mayherne.

«Non è questo il punto» replicò gelidamente lei. «Se dirò così, servirà a farlo assolvere? Mi crederanno?»

L'avvocato Mayherne venne preso alla sprovvista. Lei era stata incredibilmente rapida nell'andare al nocciolo della questione.

«È questo che voglio sapere» insisteva lei. «Sarà sufficiente? C'è qualcun altro che possa confermare la mia testimonianza?»

C'era nei modi di lei, un'impazienza repressa che lo faceva sentire vagamente a disagio.

«Finora non c'è nessun altro» ammise a malincuore.

«Capisco» disse Romaine Vole.

Per un lungo istante, rimase perfettamente immobile. Un misterioso sorriso le aleggiava sulle labbra.

Il senso d'allarme di Mayherne si faceva sempre più forte.

«Signora Vole» cominciò a dire. «Capisco bene quello che deve provare...»

«Crede?» domandò lei. «Non lo so.»

«Date le circostanze...»

«Date le circostanze... intendo giocare le mie carte.»

Lui la fissava desolato.

«Ma, cara signora Vole, deve avere i nervi scossi. Essendo così devota a suo marito...»

«Come dice, per favore?»

Il tono tagliente di lei lo fece trasalire. Poi ripeté, con fare esitante: «Essendo tanto devota a suo marito...».

Ora Romaine Vole assentiva lentamente, con lo stesso sorriso strano sulle labbra.

«Glielo ha detto lui, che gli sono tanto devota?» domandò, quasi in tono sommesso. «Eh, sì! So benissimo che è stato lui. Come sono stupidi gli uomini! Stupidi... stupidi... stupidi...»

Si alzò improvvisamente dal suo posto. Tutta la tensione che il legale aveva subito avvertito nell'atmosfera era concentrata adesso nel tono di lei.

«Ma io lo odio, capisce? Lo odio, lo odio. Lo odio! Vorrei vederlo penzolare dalla forca ecco che cosa vorrei. Vederlo morto!»

L'avvocato si ritraeva istintivamente davanti a quella erinni e al furore che le ardeva nello sguardo.

Lei avanzò di un passo e continuò, con veemenza.

«E forse lo vedrò. Supponiamo che io le dica che non rincasò affatto alle nove e venti, quella sera, ma alle dieci e venti?

A quanto lei mi ha raccontato, le ha detto che non sapeva niente del testamento e del denaro. E se invece io le dicessi che sapeva tutto, che ci faceva assegnamento, e che ha ucciso per poter entrare in possesso di quel denaro? Se io le dicessi che al suo ritorno, quella sera, mi confessò quello che aveva fatto? Che aveva del sangue sulla giacca? Che cosa mi risponderebbe, eh? Supponiamo che, in tribunale, io dica tutte queste cose?»

I suoi occhi sembravano sfidarlo. Con un sforzo lui cercò di nascondere la sua crescente costernazione, di parlare in tono calmo e razionale.

«Non possono chiederle di testimoniare contro suo marito...»

«Non è mio marito!»

Quelle parole vennero pronunciate così precipitosamente che lui pensò di avere frainteso.

«Come dice? Non...»

«Non è mio marito.»

Il silenzio era così profondo che si sarebbe sentito uno spillo cadere.

«Facevo l'attrice, a Vienna. Mio marito è vivo, ma è chiuso in un manicomio, ecco perché Leonard e io non abbiamo potuto sposarci. Ora so che è stato un bene.» Assentiva, con aria di sfida.

«Vorrei che mi spiegasse una cosa» disse l'avvocato Mayherne. Si studiava di apparire più freddo e distaccato che mai. «Perché è così piena di livore contro Leonard Vole?»

Lei scosse la testa, con una traccia di sorriso.

«Le piacerebbe saperlo, lo so. Ma non glielo voglio dire. Conserverò per me il mio segreto.»

Mayherne diede uno dei suoi secchi colpetti di tosse e si alzò.

«Non vedo assolutamente lo scopo di prolungare questo colloquio» osservò. «Mi rifarò vivo con lei dopo che avrò comunicato con il mio cliente.»

Lei gli si fece più vicina, per fissarlo negli occhi con le sue pupille nerissime e insondabili.

«Mi risponda» disse. «Oggi, quando è venuto da me, credeva veramente nell'innocenza di Leonard?»

«Sì certo» disse Mayherne.

«Povero ingenuo» disse lei, e rise.

«E continuo a crederci» finì il legale. «Buonasera, signora.»

Mayherne uscì dalla stanza, portanto con sé il ricordo della faccia meravigliata di lei. Fuori, mentre si allontanava a passi concitati, andava ripetendo tra sé: "Ho idea che questa sarà una gran brutta faccenda".

Davvero straordinario, quel colpo di scena. E anche la donna era un tipo fuori del comune. Una donna molto pericolosa. Eh, le donne! Erano davvero terribili, quando decidevano di distruggere un individuo.

Che cosa bisognava fare, a questo punto? Quel povero diavolo di Vole aveva ben poche speranze di salvarsi, ormai. Naturalmente, poteva anche darsi che avesse veramente commesso il crimine...

"No" disse poi a se stesso l'avvocato Mayherne. "No... sono fin troppi gli indizi a suo sfavore. Io non credo a quella donna. È chiaro che stava inventando tutto, parola per parola. Ma non oserà ripetere quelle accuse in tribunale."

Avrebbe tanto desiderato poterlo dire con maggiore convinzione.

In pretura, l'udienza fu breve e drammatica. I principali testimoni dell'accusa erano Janet Mackenzie, cameriera dell'uccisa, e Romaine Heilger, cittadina austriaca, convivente dell'imputato.

L'avvocato Mayherne, presente in aula, ascoltò la versione schiacciante resa da quest'ultima. La donna si attenne a quello che aveva già accennato all'avvocato durante il loro precedente colloquio.

La difesa si riservò di controbattere e l'imputato venne rinviato a giudizio.

L'avvocato Mayherne era avvilito, non sapeva più dove battere la testa. Il caso contro Leonard Vole si presentava come una battaglia perduta in partenza. Perfino sir Charles,

Consigliere della Corona, un famoso penalista che faceva parte del collegio della difesa, non aveva molto da suggerire.

«Se riusciamo a smantellare la testimonianza di quell'austriaca, forse ci rimane ancora qualche speranza» diceva dubbioso. «Ma è un brutto affare, in complesso.»

Mayherne aveva concentrato le sue energie su un singolo punto. Partendo dal principio che Leonard Vole aveva detto la verità, e che aveva veramente lasciato la casa dell'uccisa alle nove o quasi, chi era l'uomo che Janet aveva sentito parlare con la signorina French alle nove e mezzo?

L'unico raggio di luce consisteva nell'esistenza di un nipote scavezzacollo, il quale in tempi passati era riuscito, un po' con le buone, un po' con le minacce, a estorcere alla zia diverse somme di denaro. Janet Mackenzie, a quanto lui aveva saputo, era sempre stata molto indulgente verso quel ragazzaccio, e non aveva mai cessato di prenderne le parti presso la padrona. Era possibile, alla fin fine, che fosse proprio il nipote quello che stava parlando con Emily French dopo che Leonard Vole se n'era andato, tanto più che il giovane sembrava scomparso e non era reperibile in nessuno dei posti dove di solito bazzicava.

In tutte le altre direzioni, le ricerche condotte dall'avvocato Mayherne avevano dato risultati negativi. Nessuno aveva visto Leonard Vole rientrare a casa sua quella sera, né uscire da quella della signorina French. Nessuno aveva visto qualche altro individuo entrare o uscire dalla casa di Cricklewood.

Si era ormai alla vigilia del processo quando Mayherne ricevette una lettera che dirottò i suoi pensieri verso una direzione assolutamente nuova.

Gli arrivò con la posta delle sei. Uno scarabocchio da semianalfabeta, scritto su carta da pochi soldi e chiuso in una sudicia busta, con il francobollo appiccicato tutto di traverso.

Mayherne dovette rileggerla almeno un paio di volte, prima di riuscire ad afferrare il significato.

Caro signore

Lei e lavocato che rapresenta cuel povero giovane. Se vuole che cuela austriaca viene scoperta per cuela che e, lei e le buggie che raconta, la spetto al 16 di Shaw's Rents Stepney cuesta sera. Ci costera 2 cento sterline e deve ciedere dela signiora Mogson.

Il legale lesse e rilesse quella strana missiva. Poteva darsi, naturalmente, che fosse un trucco; ma, più la rileggeva, più aumentava in lui la convinzione che la lettera fosse genuina, e che potesse rappresentare uno spiraglio insperato per Leonard Vole. La testimonianza di Romaine Heilger sembrava destinata a perderlo, e la linea che la difesa intendeva seguire, vale a dire la tesi che non fosse da prendere sul serio la testimonianza di una donna che aveva condotto una vita immorale, era piuttosto debole, a dir poco.

Alla fine, Mayherne prese la sua decisione. Era suo dovere salvare il cliente a qualsiasi costo. Doveva recarsi a quello strano appuntamento, al 16 di Shaw's Rents Stepney.

Incontrò qualche difficoltà per trovare il posto, un edificio cadente di un misero quartiere sporco e malfamato, ma alla fine ci riuscì, chiese della signora Mogson e venne mandato su al terzo piano, dove la donna aveva una stanza. Trovata la porta, Mayherne bussò e, non ricevendo risposta, tornò a bussare, più forte.

A quel secondo tentativo, sentì qualcuno ciabattare, all'interno; poco dopo la porta venne prudentemente socchiusa di pochi centimetri e una figura curva scrutò dallo spiraglio.

Improvvisamente la donna, perché si trattava di una donna, diede in una risata chioccia e allargò lo spiraglio.

«Così è lei, caro» disse, con voce roca, asmatica. «Non c'è nessuno con lei, vero? Niente scherzi? Va bene. Entri, allora... venga, venga...»

Con un po' di riluttanza Mayherne varcò la soglia e avanzò nella sudicia stanzetta, rischiarata da un lume a gas. C'era un misero letto sfatto, in un angolo, un tavolo di legno grezzo e due sedie sgangherate. Per la prima volta, l'avvocato poté vedere bene l'inquilina di quel repellente alloggio. Era una donna di mezz'età, il corpo rattrappito e curvo, con una massa di capelli grigi e una sciarpa strettamente avvolta attorno alla faccia. Lei si accorse di essere osservata e rise di nuovo, nella stessa risata stranamente chioccia e incolore.

«Vuole sapere perché nascondo la mia bellezza, avvocato? Eh, eh, eh. Ha paura di essere tentato, vero? Ma ora vedrà.. ora vedrà.»

La donna scostò la sciarpa, e l'avvocato indietreggiò involontariamente, rabbrividendo, davanti a quell'informe grumo violaceo che era la guancia.

«Che c'è, non ci tieni a baciarmi, caro? Eh, eh, non mi fa meraviglia. Eppure una volta ero una bella ragazza, una volta... e non tanto tempo fa, non tanto quanto credi tu. Vetriolo, mio caro, vetriolo... ecco cos'è stato. Ah! ma è venuto il momento di regolare i conti...»

La donna ruppe in un torrente di volgarità e di imprecazioni che l'avvocato Mayherne tentò invano di arginare. Tacque, alla fine, ma continuando a contrarre e distendere le dita, nervosamente.

«Ora basta» disse severamente il legale. «Sono venuto perché lei mi ha dato motivo di credere che abbia informazioni utili a scagionare il mio cliente, Leonard Vole. È così, o sbaglio?»

Gli occhi di lei lo fissavano, avidi e astuti.

«E cosa mi dici del denaro, avvocato? Erano duecento sterline, vero?»

«È suo dovere rendere testimonianza, posso fargliela imporre per legge, non lo sa?»

«Senti mio caro, lascia perdere i paroloni, eh? Sono una povera diavola, io, non so niente. Ma prova a darmi quelle duecento sterline, e chissà che non possa darti qualche informazione utile. Capito?»

«Che specie di informazione?»

«Che ne dici di una lettera? Una lettera di *quella là*. Lascia perdere come me la sono procurata. Questo è affar mio. È proprio quello che serve, stai tranquillo. Ma in cambio voglio le mie duecento sterline.»

Mayherne la fissava gelidamente e infine prese una decisione.

«Le darò dieci sterline, non un soldo di più. E soltanto se quella lettera è utile quanto lei asserisce.»

«Dieci sterline?» ribatté lei urlando e coprendolo di improperi.

«Venti» tagliò corto Mayherne «ed è la mia ultima parola.»

Si alzò, come per andarsene. Poi, osservandola attentamente, tirò fuori il portafoglio e contò venti biglietti da una sterlina.

«Eccole» disse. «È tutto quello che ho. Prendere o lasciare.»

Ma sapeva già che la vista del denaro aveva prodotto sulla megera l'effetto voluto. Lei imprecava e protestava con rabbia impotente ma, alla fine, cedette. Andò verso il letto, estrasse qualcosa da sotto il materasso nodoso e sdrucito.

«Ecco, prendi, maledizione!» disse, in un ringhio. «È quella in cima, la lettera che ti interessa.»

Era un fascio di lettere quello che lei gli aveva gettato, e Mayherne si accinse a slegarle e a scorrerle con il suo solito fare distaccato e metodico. La donna, che lo osservava ansiosamente, non poteva leggere nessun indizio su quella faccia impassibile.

Lui lesse tutte le lettere da cima a fondo, poi ritornò a quella in cima al mucchio e la rilesse attentamente. Infine, rifece con cura il pacchetto e lo legò.

Erano lettere d'amore, scritte da Romaine Heilger, e l'uomo al quale erano state scritte non era Leonard. Quella in cima alle altre portava la data dell'arresto di quest'ultimo.

«Ho detto la verità, vero, caro?» ansimò la donna. «Vero che la sistemerà a dovere, quella lettera?»

Mayherne si mise le lettere in tasca, poi fece a sua volta una domanda.

«Come ha fatto a venire in possesso di questa corrispondenza?»

«Sono affari miei» ripeté lei, sogghignando. «Ma so anche un'altra cosa. Ho sentito quello che diceva quella strega, in tribunale. Provi un po' a scoprire dov'era alle dieci e venti, l'ora in cui asserisce che era a casa. Lo chieda a quelli del cinema di Lion Road. Se la ricorderanno... una bella donna fine come quella là che Dio la maledica!»

«Chi è l'uomo delle lettere?» domandò Mayherne. «C'è scritto soltanto un nome, me le buste con l'indirizzo mancano.»

Il respiro della donna diventava sempre più affannoso, le mani continuavano a contrarsi spasmodicamente. Infine, lei si portò una mano alla guancia deturpata.

«È l'uomo che mi ha fatto questo... tanti anni fa, ormai. Era stata lei a portarmelo via: allora era poco più di una ragazzina. E quando andai a cercarlo – decisa a cavargli gli occhi, si capisce – lui mi tirò il vetriolo in faccia! E lei, quella maledetta, rise... capisce? Sono anni che aspetto di vendicarmi. L'ho seguita dappertutto, l'ho spiata... e ora, finalmente, ce l'ho in pugno! Ma stavolta pagherà tutto, vero, signor avvocato? Stavolta dovrà soffrire anche lei, vero?»

«Probabilmente dovrà scontare un periodo di carcere per falsa testimonianza» rispose tranquillamente Mayherne.

«La manderanno in galera... proprio quello che voglio! Che fa, avvocato, se ne va? E il mio denaro? Dove sono, le mie venti sterline?»

Senza una parola, Mayherne posò le banconote sul tavolo. Poi, tirando un profondo respiro, si voltò e lasciò quella stanza squallida Nel voltarsi dalla soglia, vide che la donna era china sul denaro, e lo contava, gongolante.

Non perse tempo. Trovò senza difficoltà il cinema di Lion Road e l'uomo addetto ai biglietti, nel vedere la fotografia di Romaine Heilger, la riconobbe subito. Sì, quella signora era arrivata al cinema in compagnia di un uomo alle dieci passate, la sera in questione. Se ne ricordava, perché la serata gli era rimasta impressa: c'era stata poca gente, al cinema, e il giorno dopo lui aveva letto sui giornali di quel tremendo delitto. Soprattutto gli era rimasta impressa la signora. All'uomo che la accompagnava non aveva badato molto, veramente, ma di lei si ricordava perché gli aveva fatto delle domande sul film che proiettavano e che era già cominciato. I due si erano trattenuti fino alla fine, sì, fino all'ora di chiusura.

Mayherne era soddisfatto. La testimonianza di Romaine Heilger era un tessuto di bugie dal principio alla fine. Lei l'aveva costruita, ispirandosi a un odio feroce. Mayherne si domandava se avrebbe mai saputo che cosa si nascondeva, dietro quell'odio. Che cosa le aveva fatto, Leonard Vole? Il giovane era rimasto di sasso, quando il legale l'aveva messo al corrente dell'atteggiamento di lei. Aveva dichiarato che, francamente, quel comportamento gli riusciva incredibile; eppure, a Mayherne era sembrato che, dopo quel primo istante di sorpresa, le sue proteste mancassero di sincerità.

Vole sapeva il perché di tanto odio. Mayherne ne era convinto. Sapeva, ma non aveva intenzione di rivelare i fatti. Il segreto tra quei due rimaneva un mistero. Mayherne si domandava se, un giorno, sarebbe mai arrivato a scoprirlo.

Il legale guardò l'orologio. Era tardi, ma ormai il tempo stringeva. Fermò un taxi e diede un indirizzo.

«Sir Charles dev'essere messo subito al corrente dei nuovi sviluppi» mormorò tra sé, nel salire.

Il processo a Leonard Vole per l'uccisione di Emily French destava enorme interesse. In primo luogo, l'imputato era giovane e di bell'aspetto, poi era accusato di un crimine particolarmente efferato e, inoltre, la gente dimostrava molto interesse anche per Romaine Heilger, la teste principale dell'accusa. Molti giornali avevano pubblicato sue fotografie, insieme ad articoli più o meno veritieri riguardanti le sue origini e la sua storia.

L'udienza ebbe inizio senza incidenti. Vennero ascoltate, per prime, le testimonianze dei vari esperti. Poi, venne chiamata a deporre Janet Mackenzie. Diede, in sostanza, la stessa versione già resa in istruttoria. Durante il contro-interrogatorio, il rappresentante della difesa riuscì a farla cadere un paio di volte in contraddizione circa i rapporti che intercorrevano tra Vole e la signorina French; mise in risalto il fatto che, sebbene lei avesse sentito una voce d'uomo là nel salotto, quella sera, niente provava che fosse Vole la persona che stava parlando, e riuscì a diffondere nei giurati la sensazione che alla base di quella testimonianza, vi fossero sentimenti di gelosia e di antipatia per l'imputato

Poi, venne chiamata la teste successiva.

«Il suo nome è Romaine Heilger?»

«Sì.»

«È cittadina austriaca?»

«Sì.»

«In questi ultimi tre anni è vissuta con l'imputato facendosi passare come sua moglie?»

Per un breve istante, gli occhi di Romaine Heilger sostennero lo sguardo dell'accusato. Nella loro espressione c'era qualcosa di strano e di insondabile.

«Sì.»

Le domande continuarono. Parola per parola, i fatti incriminanti venivano alla luce. La sera in questione, Leonard Vole era uscito di casa portando con sé una mazza di ferro. Era ritornato alle dieci e venti, e aveva confessato d'avere ucciso l'anziana signorina. I suoi polsini erano macchiati di sangue, e lui li aveva bruciati nella stufa, in cucina. Si era assicurato il silenzio di lei con minacce, terrorizzandola.

Via via che la testimonianza procedeva, l'atmosfera dell'aula che, all'inizio, era stata lievemente favorevole all'imputato, si era fatta sensibilmente ostile verso di lui. Lo stesso Vole se ne stava a testa bassa e in atteggiamento cupo, come se sapesse d'essere già condannato.

Tuttavia, un osservatore accorto avrebbe forse notato che lo stesso Pubblico Ministero tentava di tenere a freno l'animosità di Romaine. L'accusa avrebbe preferito che la teste si mostrasse più imparziale.

Imponente e solenne, si alzò il rappresentante della difesa.

Contestò la deposizione della teste, dichiarando che la sua versione era un cumulo di menzogne dalla prima parola all'ultima, che lei non era neppure in casa all'ora in questione, che era innamorata di un altro uomo e che stava deliberatamente cercando di mandare a morte Vole per un crimine che lui non aveva commesso.

Romaine negava via via quelle affermazioni con superba insolenza.

Poi, colpo di scena inaspettato, venne esibita la lettera. Fu letta in aula, a voce alta, tra un silenzio profondo, assoluto.

Max, mio amatissimo, il destino lo ha consegnato nelle nostre mani! È stato arrestato per omicidio, proprio così: per avere ucciso una vecchia! Leonard, che non farebbe male a una mosca! Avrò finalmente la mia vendetta. Non sa cosa lo aspetta, poveraccio! Dirò che quella sera tornò a casa sporco di sangue... che mi confessò tutto. Lo farò impiccare, Max... e quando penzolerà dalla forca capirà, si renderà conto che è stata Romaine a mandarlo a morte. E poi... felice con te, adorato! Felice, finalmente!

C'erano degli esperti, presenti, pronti a giurare che la grafia era quella di Romaine Heilger, ma non ci fu bisogno della loro perizia. Di fronte alla lettera, Romaine crollò, suo malgrado, e finì per confessare ogni cosa. Leonard Vole era effettivamente rincasato all'ora che aveva detto, ossia verso le nove e venti. Lei aveva inventato tutta quella storia per rovinarlo.

Smantellata la testimonianza di Romaine Heilger, il caso costruito dall'accusa si afflosciò come un castello di carta. Sir Charles chiamò i suoi pochi testimoni, l'imputato stesso fece la sua deposizione, dando la sua versione dei fatti con una virile franchezza che il contro-interrogatorio non riuscì a scrollare.

Il Pubblico Ministero si lanciò in un'arringa feroce, ma con poco successo. Il giudice riassunse i fatti in modo non del tutto favorevole all'imputato, ma ormai era subentrata la reazione e la giuria non ebbe bisogno di molto tempo per accordarsi sul verdetto.

«Giudichiamo l'imputato non colpevole.»

Leonard Vole era libero!

L'avvocato Mayherne si alzò in fretta dal suo posto. Doveva congratularsi con il suo cliente.

Si sorprese a lustrare vigorosamente il pince-nez, e subito si controllò. Proprio la sera innanzi sua moglie gli aveva detto che stava diventando una mania. Cosa strana, le abitudini: gli interessati non si rendono nemmeno conto d'averle contratte.

Un caso interessante: sì, interessantissimo! E quella donna, poi, Romaine Heilger.

Per lui, il caso era tuttora dominato dall'insolito personaggio che era Romaine Heilger. Nella casa di Paddington, gli era sembrata una donna tranquilla, quasi incolore, ma in tribunale era apparsa addirittura folgorante contro lo sfondo austero dell'aula, sgargiante come un fiore tropicale.

Se chiudeva gli occhi gli sembrava ancora di vederla, alta e veemente, il busto squisito proteso un poco in avanti, la mano destra che si contraeva e si distendeva inconsciamente, per tutto il tempo.

Cosa strana, le abitudini. Quel gesto che lei faceva con la mano era un'abitudine, probabilmente, un vezzo suo peculiare. Eppure, ultimamente lui aveva visto qualcun altro fare quello stesso gesto. Ma chi? Eppure si trattava di un ricordo recente...

Nel ricordarsene trattenne involontariamente il fiato. La donna che abitava in quel tugurio...

Se ne stava là immobile, in preda a un senso di capogiro. Impossibile... impossibile... Eppure, Romaine Heilger era un'attrice.

Sir Charles, che si era avvicinato, gli batté sulla spalla.

«Allora, si è congratulato col nostro cliente? Se l'è cavata per un pelo, sa. Venga, andiamo a sentire che cosa dice.»

Ma il piccolo avvocato scosse via da sé la mano dell'illustre collega.

Voleva una cosa sola, lui: trovarsi faccia a faccia con Romaine Heilger.

Non la rivide fino a qualche tempo dopo, e il luogo dove avvenne il loro incontro non ha importanza.

«Allora è riuscito ad accorgersene» disse lei, dopo che lui ebbe finito di esporle tutto quello che aveva in mente. «La faccia? Oh, quella ferita fu una delle cose più facili, e la luce di quel povero lume a gas era troppo incerta perché lei potesse accorgersi che era un trucco.»

«Ma perché... perché?»

«Perché decisi di "giocare le mie carte"?» Lei sorrise, ricordandosi di quando, la prima volta aveva usato quella frase.

«Una commedia così elaborata!»

«Caro avvocato... dovevo salvarlo. La testimonianza di una donna a lui devota non sarebbe stata sufficiente: lei stesso, del resto, me lo aveva lasciato capire. Ma io conosco abbastanza la psicologia della folla. Se la testimonianza mi fosse stata strappata, come un'ammissione, bollandomi agli occhi della legge, ecco che immediatamente sarebbe subentrata la reazione in favore dell'accusato.»

«E quel fascio di lettere?»

«Una sola, quella che contava, sarebbe forse apparsa come un... come dite voi uomini di legge? Come una prova fabbricata, insomma.»

«Allora quel Max?»

«Non è mai esistito, caro amico.»

«Sono ancora dell'idea» disse il piccolo signor Mayherne, quasi con rimprovero «che avremmo potuto ottenere l'assoluzione di Vole grazie a una... ehm... alla normale procedura.»

«Non ho osato rischiare. Vede, avvocato, lei lo credeva innocente...»

«Lei invece sapeva che lo era? Sì, capisco» disse Mayherne.

«Mio caro signore,» disse Romaine «lei non capisce affatto. Io... sapevo che era colpevole!»

Il villino degli usignoli

«Ciao, tesoro.»

«Ciao, amore.»

Alix Martin restò appoggiata al cancelletto rustico, a seguire con lo sguardo la figura del marito che si allontanava sempre di più: stava camminando sulla strada in direzione del villaggio.

Ben presto scomparve dietro la curva ma Alix continuò a rimanere nella medesima posizione, accarezzandosi distrattamente una ciocca dei folti capelli castani che il vento le aveva buttato in faccia, con un'espressione remota e sognante negli occhi.

Alix Martin non era bella e neppure carina, a rigor di termini. Però il suo volto, quello di una donna non più giovanissima, era talmente raggiante e ammorbidito che le vecchie colleghe, dei tempi in cui lavorava in un ufficio, avrebbero faticato a riconoscerla. La signorina Alix King era stata una giovane donna ordinata e pratica, efficiente, un po' brusca di modi, chiaramente capace e concreta. Non aveva mai saputo valorizzare quei suoi stupendi capelli castani, anzi tutto il contrario. La sua bocca, per quanto larga e generosa, era stata ridotta a una linea sottile e severa. I suoi vestiti erano lindi e pratici, senza un briciolo di civetteria.

Alix era uscita con tutti gli onori da una scuola molto dura. Dai diciotto ai trentatré, per quindici anni, si era mantenuta (e, per sette di questi quindici, aveva anche mantenuto una madre inferma) lavorando come steno-dattilografa. Era stata la lotta per l'esistenza a indurire le fattezze del suo viso fanciullesco.

È vero che c'era stata una storia d'amore... per così dire. Dick Windyford, un collega di lavoro. Alix, che era estremamente femminile nei suoi sentimenti, aveva sempre saputo (ma senza darlo a vedere) che lui le voleva bene. All'apparenza, erano stati amici, niente altro che amici. Dick doveva impiegare parte del suo magro stipendio per mantenere agli studi un fratello minore. Per il momento, non poteva pensare al matrimonio. Nonostante questo, quando Alix faceva progetti per il futuro, era sempre con la certezza più o meno sicura che, un giorno, sarebbe stata la moglie di Dick. Provavano affetto l'uno per l'altro, ecco come avrebbe definito Alix quello che c'era tra loro, ma erano persone con la testa sulle spalle, tutti e due. C'era tutto il tempo che volevano, inutile commettere qualche passo avventato. Così gli anni erano passati.

E poi alla ragazza era capitata nel modo più impensato la possibilità improvvisa di liberarsi della fatica quotidiana. Una lontana cugina era morta lasciando ad Alix i suoi soldi. Qualche migliaio di sterline, abbastanza perché ne fruttassero duecento all'anno. Per Alix, questo significava la libertà, la vita, l'indipendenza. Adesso lei e Dick non avrebbero più dovuto aspettare.

Invece Dick ebbe una reazione inaspettata. Lui, che non aveva mai parlato esplicitamente ad Alix del proprio amore, adesso sembrava meno disposto di prima a farlo. La evitava, era diventato ombroso e triste. Alix fece in fretta a capire la verità. Lei era diventata una donna ricca. La delicatezza e l'orgoglio impedivano a Dick di chiederla in moglie.

Non per questo, le piaceva meno e stava proprio decidendo se fare lei il primo passo quando, per la seconda volta, capitò un avvenimento inaspettato.

Fece la conoscenza di Gerald Martin in casa di un'amica. Lui si innamorò pazzamente di Alix e, nel giro di una settimana, si fidanzarono. Alix, che si era sempre considerata il tipo che «non sa cosa sia il colpo di fulmine», si lasciò travolgere dalla passione.

Senza volerlo, aveva trovato il modo di scuotere l'antico innamorato: Dick Windyford era venuto da lei, tanto furioso e arrabbiato da balbettare, addirittura!

«Quell'uomo è un perfetto sconosciuto per te. Non sai niente di lui.»

«So che lo amo.»

«Come puoi saperlo... in una settimana?»

«Non a tutti ci vogliono undici anni per scoprire che sono innamorati di una ragazza!» gli aveva gridato Alix, infuriata, per tutta risposta.

Lui diventò pallidissimo.

«Ti ho voluto bene dal primo giorno che ti ho conosciuto. Credevo che anche tu mi volessi bene» le disse.

«Lo credevo anch'io» ammise Alix. «Ma perché non sapevo cosa fosse l'amore.»

A questo punto Dick non era più riuscito a controllarsi. Preghiere, suppliche, perfino minacce. Minacce contro l'uomo che l'aveva soppiantato. Alix rimase stupefatta a vedere il vulcano che esisteva sotto le apparenze esteriori così piene di riserbo dell'uomo che credeva di conoscere così bene. E anche un po' spaventata. Dick, naturalmente, non poteva parlare sul serio quando diceva tutte quelle cose, quando minacciava di vendicarsi di Gerald Martin. Era arrabbiato, semplicemente.

Adesso, nella mattina solatia, mentre se ne stava appoggiata al cancelletto della piccola villa, tornò con il pensiero a quel colloquio. Era sposata da un mese e si sentiva felice in un modo addirittura idilliaco. Eppure, durante l'assenza momentanea del marito che era tutto per lei, una vena di ansia si era insinuata nella sua felicità perfetta, e la causa di questa ansia era Dick Windyford.

Per ben tre volte dal giorno del suo matrimonio aveva fatto lo stesso sogno. L'ambiente era diverso, ma i fatti essenziali restavano sempre identici. Vedeva suo marito morto e Dick in piedi, sopra di lui; e sapeva con chiarezza, e senza il minimo dubbio, che era stata la mano di Dick a infliggere il colpo fatale.

Ma per quanto tutto ciò fosse già abbastanza orribile, c'era qualcosa di ancora più orribile... che era orribile, al momento del risveglio, perché nel sogno pareva perfettamente naturale e inevitabile. *Lei, Alix Martin, era felice che suo marito fosse morto...*, stendeva le mani, piena di gratitudine, verso l'assassino, e qualche volta lo ringraziava addirittura. Il sogno si concludeva sempre allo stesso modo, con lei stretta fra le braccia di Dick Windyford.

Non aveva detto nulla di questo sogno al marito, ma l'aveva turbata segretamente più di quanto volesse ammettere. Era un avvertimento... un avvertimento contro Dick Windyford? Possibile che Dick avesse un potere segreto che cercava di imporle a distanza? Non se ne intendeva granché di ipnotismo, però aveva sempre sentito che nessuna persona poteva venire ipnotizzata contro la sua volontà.

Alix venne strappata ai suoi pensieri dallo squillo acuto del telefono che arrivava dalla casa. Entrò nella villetta e sollevò il microfono. Improvvisamente vacillò e allungò una mano per impedirsi di cadere.

«Chi parla? Come ha detto?»

«Ma, insomma, Alix, perché hai una voce così strana? Quasi quasi non la riconoscevo. Sono Dick.»

«Oh!» esclamò Alix. «Oh, e dove sei?»

«Sono alla Locanda del Viaggiatore... si chiama così, vero? Oppure ignori perfino l'esistenza del *pub* nel vostro villaggio? Sono qui in vacanza... sono venuto per un po' di pesca. Qualche obiezione se vengo a fare una visitina a due brave persone come voi, stasera dopo cena?»

«No» disse Alix con asprezza. «Non devi venire.»

Ci fu una pausa, e la voce di Dick, lievemente alterata, riprese a parlare.

«Ti chiedo scusa» disse assumendo un tono più formale. «Naturalmente, non voglio disturbarvi...»

Alix lo interruppe subito. Certo che Dick doveva trovare parecchio strano il suo modo di comportarsi! Lo era, strano, infatti. Doveva avere i nervi a pezzi. Non era colpa di Dick se aveva fatto quei sogni.

«Volevo soltanto dire che stasera siamo impegnati» spiegò,

cercando di dare alla sua voce un tono che fosse il più naturale possibile. «Perché... perché non vieni a cena domani sera?»

Tuttavia era evidente che Dick aveva sentito la mancanza di cordialità nella sua voce.

«Grazie mille» rispose sempre con lo stesso tono formale. «Ma potrebbe darsi che non sia più qui. Dipende se si fa vivo un mio amico, o no. Addio, Alix.» Fece una pausa, e poi aggiunse in fretta, con un tono differente: «Ti auguro tutta la fortuna possibile, mia cara».

Alix riattaccò con una sensazione di sollievo.

"Non deve venire qui" si ripeté. "Non deve. Oh, che sciocca sono! Ridurmi in uno stato simile per una pura e semplice suggestione. Ad ogni modo, sono contenta che non venga."

Afferrò un cappello di paglia, un po' rustico, da un tavolo e uscì in giardino, fermandosi un attimo a osservare il nome scolpito sopra il portico: Villino degli Usignoli.

«Non è un nome pieno di fantasia?» aveva detto a Gerald una volta, prima del matrimonio. Lui aveva riso.

«Oh, che piccola londinese fatta e finita, sei!» aveva risposto, con la voce piena di affetto. «Non posso credere che tu non abbia mai sentito un usignolo. Sono contento che sia così. Gli usignoli dovrebbero cantare solo per gli innamorati. Li ascolteremo insieme, una sera d'estate, davanti alla nostra casetta.»

E al ricordo di come li avessero realmente ascoltati, Alix, ferma sulla soglia della sua casa, arrossì di gioia.

Era stato Gerald a trovare il Villino degli Usignoli. Era venuto da Alix, che non stava più nella pelle per l'eccitazione. Aveva trovato proprio il posto che ci voleva per loro... unico... una gemma... un'occasione di quelle che capitano solo una volta nella vita. E quando Alix lo aveva visto, anche lei ne era rimasta incantata. D'accordo che era situata in un posto piuttosto solitario, a tre chilometri almeno dal villaggio più vicino, ma la villetta, in se stessa, era talmente graziosa con quella sua aria all'antica, e gli autentici comfort che offriva con le sue stanze da bagno, l'impianto dell'acqua calda, la luce elettrica e il telefono, che era immediatamente rimasta vittima del suo fascino. Poi era sorto un incaglio. Il proprietario, un uomo facoltoso che se l'era costruita per un capriccio, non aveva voluto saperne di affittarla. Era soltanto disposto a venderla.

Gerald Martin, per quanto possedesse una buona rendita, non era in grado di toccare il suo capitale. Al massimo, sarebbe riuscito a mettere insieme un migliaio di sterline. Il proprietario ne domandava tremila. Fu così che Alix, la quale aveva lasciato il cuore su quella casa, gli venne in soccorso. Il suo capitale poteva venire realizzato con facilità perché era costituito da titoli al portatore. Avrebbe contribuito con una metà di esso, all'acquisto della casa. In tal modo il Villino degli Usignoli era passato in loro proprietà e, neppure per un momento, Alix si era rammaricata della scelta fatta. D'accordo che la servitù non apprezzava la solitudine rurale, anzi, al momento, non aveva addirittura nessuno, però Alix, la quale in passato aveva sofferto di non potersi occupare della casa, si divertiva enormemente a cucinare gustosi pranzetti e a dedicarsi alle faccende domestiche.

Del giardino, dove crescevano in abbondanza fiori stupendi, si occupava un vecchio che veniva due volte alla settimana dal villaggio, e Gerald Martin, che era un patito del giardinaggio, vi passava buona parte del suo tempo.

Girando l'angolo della villetta, Alix si meravigliò di vedere il vecchio giardiniere in questione chino a lavorare sulle aiuole fiorite. Si meravigliò perché avevano fissato che venisse il lunedì e il venerdì e quel giorno era un mercoledì.

«Oh, George, cosa sta facendo qui?» domandò andando verso di lui.

Il vecchio si raddrizzò con una risatina chioccia, e si sfiorò l'ala di un vecchio berretto.

«Lo sapevo che sarebbe rimasta sorpresa, signora. Ma è andata così. Venerdì, c'è una festa su a casa dello *squire* e mi so no detto, né il signor Martin né la sua buona signora troveranno qualcosa da ridire se, per una volta, vado da loro al merco ledì invece del venerdì.»

«Certo, va benissimo ugualmente» disse Alix. «Spero che si diverta alla festa.»

«Ci credo anch'io» disse George con semplicità. «È una gran bella cosa poter mangiare fino ad avere la pancia piena e sapere, intanto che si mangia, che non si deve pagare un centesimo. Lo *squire* offre ai suoi contadini un vero e proprio tè, seduti intorno al tavolo. Poi ho pensato un'altra cosa, signora, che tanto valeva vederla, prima della sua partenza, per sapere i suoi desideri riguardo alle bordure. Non ha idea di quando tornerà, signora, vero?»

«Ma io non vado via.»

George la fissò sbarrando gli occhi.

«Ma, come? Non andate a Londra, domani?»

«No. Chi le ha messo questa idea in testa?»

George piegò la testa sulla spalla.

«Il signore, giù al villaggio, ieri. Mi aveva detto che domani andate via tutti e due, a Londra, e che non sapeva quando lei sarebbe tornata.»

«Che stupidaggine» disse Alix, ridendo. «Deve aver capito male.»

Tuttavia si chiese che cosa aveva potuto dire Gerald esattamente per indurre il vecchio a fare uno sbaglio così curioso. Partire per Londra? Non voleva più ritornarci, a Londra, mai più.

«Io odio Londra» disse all'improvviso, con asprezza.

«Ah!» disse George placidamente. «Devo aver capito male eppure mi era sembrato che l'avesse detto bello chiaro! Son contento se si ferma. Non lo capisco io, tutto questo scorrazzare in giro e non darei un soldo per tutta Londra! Non ho mai avuto bisogno di andarci. Troppe automobili... ecco il guaio, oggigiorno. Appena uno si fa l'automobile, eccolo che non sa più star fermo in nessun posto. Il signor Ames, quello che aveva questa casa, un bravo signore simpatico e tranquillo, è stato, fino al giorno che ha comprato uno di quegli arnesi! Non l'aveva neanche da un mese, che ha messo in vendita la villa. E un bel mucchio di soldi ci aveva speso, con acqua corrente in tutte le camere da letto e la luce elettrica e tutto il resto. "Non riuscirà mai a ricuperare quei soldi" gli dicevo. "Mica tutti ci hanno le sue manie di lavarsi in ogni stanza della casa, per così dire." Ma lui mi diceva: "George, riuscirò a ottenere duemila sterline tonde tonde, fino all'ultimo *penny* per questa casa". E proprio così è andata a finire, ce l'ha fatta ad averle.»

«Ne ha prese tremila» disse Alix, sorridendo.

«Duemila» ripeté George. «Si è fatto un gran parlare della somma che chiedeva, a quell'epoca. E si pensava che fosse una gran bella cifra.»

«A dire la verità, sono state tremila sterline» disse Alix.

«Le donne non se ne intendono di cifre» disse George, senza lasciarsi convincere. «Non vorrà dirmi che il signor Ames ha avuto la faccia di venire a domandarle tremila sterline, che sfacciataggine!»

«Non le ha chieste a me» rispose Alix. «Le ha chieste a mio marito.»

George si curvò di nuovo sulla sua aiuola.

«Il prezzo era duemila» insistette con ostinazione.

Alix non volle prendersi la briga di discutere con lui. Spostandosi verso le aiuole più distanti, cominciò a raccogliere una bracciata di fiori. La luce del sole, il profumo dei fiori, il leggero ronzio delle api affaccendate, tutto cospirava per rendere quella giornata una cosa perfetta.

Mentre tornava verso casa con quel mazzo fragrante fra le braccia, Alix scorse un oggetto piccolo, verde scuro, che occhieggiava fra le foglie di un'aiuola. Si chinò a raccoglierlo e lo riconobbe: era l'agendina tascabile di suo marito. Doveva essergli caduta mentre strappava le erbacce.

La aprì, e scorse rapidamente con gli occhi, piuttosto divertita, quello che vi era scritto. Già fin dal principio della loro vita coniugale, si era accorta che Gerald, impulsivo ed emotivo come era, possedeva virtù così poco caratteristiche in lui come la precisione e la metodicità. Ci teneva enormemente che i pasti fossero sempre alla stessa ora, e pianificava sempre in anticipo la sua giornata con l'accuratezza di un orario delle ferrovie. Quella mattina, per esempio, aveva annunciato che si sarebbe messo in cammino per il villaggio dopo la prima colazione, alle 10,15. E alle 10,15 precise era uscito di casa.

Sfogliando il diario, notò divertita quel che c'era scritto alla data del 14 maggio.

Sposare Alix St. Peter's, 14,30.

«Che scioccone» mormorò Alix tra sé, voltando le pagine.

Nello spazio destinato a quello stesso giorno, era stato scritto con la calligrafia precisa e nitida di Gerald: *ore 21,00.* Nient'altro. Cos'aveva progettato di fare Gerald alle 21,00, si chiese Alix? Sorrise tra sé mentre si rendeva conto che, se si fosse trattato di una novella come quelle che leggeva tanto spesso, il diario le avrebbe fornito senza dubbio qualche altra rivelazione sensazionale. Ci sarebbe stato dentro, senz'altro, il nome di un'altra donna. Girò distrattamente qualche pagina, andando a ritroso. Vi erano segnati appuntamenti, e riferimenti incomprensibili a questioni di affari, ma soltanto un nome di donna: il suo.

Tuttavia, mentre si faceva scivolare l'agenda in tasca e rientrava in casa con quella bracciata di fiori, si accorse di provare un senso di indefinibile inquietudine. Le tornarono in mente le parole di Dick Windyford, quasi come se ci fosse lui in persona, al suo fianco, a ripetergliele: «Quell'uomo è un perfetto sconosciuto per te. Non sai niente di lui».

Era la verità. Cosa sapeva di Gerald? In fondo, suo marito aveva quarant'anni. E in quarant'anni dovevano pur esserci state varie donne nella sua vita.

Alix si riscosse, spazientita. Non doveva abbandonarsi a pensieri del genere. Aveva una preoccupazione molto più vicina a cui trovare una risposta. Doveva, o no, informare suo marito che Dick Windyford le aveva telefonato?

C'era anche da prendere in considerazione la eventualità che Gerald lo avesse già incontrato, per caso, al villaggio. Ma, se fosse stato così, gliene avrebbe certo parlato subito, al suo ritorno, e la faccenda sarebbe stata risolta senza difficoltà. Altrimenti... cosa fare? Alix si rese conto di provare un vivo desiderio di non dire niente. Gerald si era sempre dimostrato benevolo e comprensivo nei confronti dell'altro. «Povero diavolo,» aveva detto una volta «credo che sia innamorato di te esattamente come lo sono io. Che sfortuna, la sua, essere stato messo da parte.» Non aveva avuto dubbi su quelli che erano i sentimenti di Alix.

Se gliene avesse parlato, lui avrebbe proposto di sicuro di invitare Dick Windyford al Villino degli Usignoli. Così lei sarebbe stata costretta a spiegare che era stato Dick stesso a suggerirlo e che aveva trovato un pretesto per impedirgli di venire. E quando Gerald le avesse domandato perché si era comportata così, lei... cosa avrebbe potuto dire? Parlargli del sogno? Ma avrebbe semplicemente riso... o, peggio, avrebbe capito che dava importanza a un dettaglio che lui avrebbe considerato irrilevante. E allora avrebbe pensato... oh, avrebbe potuto pensare qualsiasi cosa!

Alla fine, per quanto piuttosto imbarazzata, Alix prese la decisione di non dire niente. Era il primo segreto che non avrebbe confidato a suo marito, e la sola consapevolezza di questo fatto la metteva a disagio.

Quando sentì Gerald che tornava dal villaggio poco prima dell'ora di pranzo, si precipitò in cucina e fece finta di essere occupatissima a preparare da mangiare in modo da nascondere la propria confusione..

Si capì subito che Gerald non aveva affatto visto Dick Windyford. Alix ne provò contemporaneamente sollievo e imbarazzo. Adesso era definitivamente costretta a una politica di sotterfugi e di ambiguità.

Per il resto della giornata fu nervosa e distratta, tanto da trasalire al minimo rumore, ma sembrò che suo marito non si accorgesse di niente. D'altra parte anche lui sembrava che pensasse ad altro e un paio di volte Alix fu costretta a ripetergli qualche osservazione banale prima di avere una risposta.

Fu soltanto dopo il semplice pasto serale, quando erano seduti nel soggiorno dal soffito a travi di quercia, con le finestre aperte per lasciar entrare l'aria tiepida della sera colma della fragranza delle violacciocche bianche e lillà che crescevano fuori, che Alix si ricordò dell'agenda e colse con piacere quell'opportunità di strapparsi dai suoi pensieri pieni di dubbio e di perplessità.

«Ecco una cosa che ti è servita per annaffiare i fiori» disse e gliela buttò sulle ginocchia.

«L'ho lasciata cadere nell'aiuola, eh?»

«Sì, adesso so tutti i tuoi segreti.»

«Assolto?» disse Gerald, scuotendo la testa.

«Già, e cosa sarebbe questo appuntamento fissato per le nove di stasera?»

«Oh, quello...» sembrò sconcertato per un attimo, poi sorrise come se ci fosse qualcosa che lo divertiva in modo particolare. «È un appuntamento con una ragazza carina, Alix. Ha i capelli castani e gli occhi azzurri e ti assomiglia in modo straordinario.»

«Non capisco» disse Alix, con finta severità. «Sei evasivo e non rispondi a tono.»

«Niente affatto. A dire la verità, doveva servire a rammentarmi di sviluppare certi negativi stasera, e voglio che tu mi aiuti.»

Gerald Martin era un appassionato fotografo. Aveva una macchina un po' vecchiotta ma con una serie di obiettivi eccellenti; e sviluppava le foto in una piccola cantina che aveva attrezzato come camera oscura. Non si stancava mai di far posare Alix in mille modi diversi.

«E bisogna farlo proprio alle nove in punto» disse Alix per punzecchiarlo.

Gerald parve un po' infastidito.

«Mia cara ragazza,» disse, con un'ombra di cocciutaggine nella voce, «bisognerebbe sempre pianificare i propri impegni in modo da eseguirli a un'ora stabilita. Solo così si riesce a fare i propri lavori nel modo migliore.»

Alix restò in silenzio un paio di minuti, osservando suo marito disteso in poltrona a fumare, con la testa bruna buttata indietro e i lineamenti ben disegnati e netti della faccia liscia e sbarbata che risaltavano contro uno sfondo scuro. Poi, all'improvviso, si sentì travolgere da un'ondata di panico che scaturiva da una sorgente sconosciuta, tanto che esclamò a voce alta, impetuosamente, prima di riuscire a trattenersi: «Oh, Gerald, come vorrei saperne di più su di te!»

Suo marito le rivolse un viso attonito.

«Ma, mia casa Alix, tu sai tutto di me. Ti ho parlato della mia infanzia nel Northumberland, della mia vita in Sudafrica, e di questi ultimi dieci anni in Canada che mi hanno portato al successo.»

«Oh, gli affari!»

George scoppiò a ridere improvvisamente.

«Capisco quello che vuoi dire... i miei amori. Voi donne siete tutte uguali. Soltanto le questioni personali vi interessano.»

Alix si sentì la bocca arida, mentre mormorava confusamente: «Be', ma ci sarà pur stata qualche... storia d'amore. Voglio dire... se almeno sapessi...».

Per un minuto o due ci fu silenzio. Gerald Martin aveva aggrottato le sopracciglia, con un'espressione incerta. Quando si decise a parlare, lo fece in tono grave, senza la minima traccia del tono spavaldo e vagamente presuntuoso di prima.

«Pensi che sia saggia, Alix... questa curiosità da camera di Barbablù? Ci sono state altre donne nella mia vita, sì. Non lo nego. Non mi crederesti, se lo negassi. Però ti posso giurare in tutta sincerità che nessuna di loro, mai, ha avuto un grande significato per me.»

C'era un'intonazione talmente franca e schietta nella sua voce che la moglie, che lo ascoltava, se ne sentì confortare.

«Soddisfatta, Alix?» domandò lui, con un sorriso. Poi la guardò con un'ombra di curiosità.

«Per quale motivo ti sono venuti in mente tutti questi soggetti spiacevoli, stasera? Non ne hai mai accennato prima!»

Alix si alzò e cominciò a camminare su e giù, senza pace.

«Oh, non lo so» disse. «Ho avuto i nervi a fior di pelle tutto il giorno.»

«È strano» disse Gerald, a voce bassa, come se stesse parlando tra sé. «È molto strano.»

«Perché è strano?»

«Oh, mia cara ragazza, non devi ribattere in modo così aggressivo a tutto quello che dico. L'ho fatto semplicemente perché, di solito, sei talmente dolce e serena!»

Alix si sforzò di sorridere.

«Oggi sembra che tutto abbia cospirato per infastidirmi» confessò lei. «Perfino il vecchio George si era messo in testa l'idea assurda che noi dovessimo andare a Londra. Ha detto che eri stato tu a raccontarglielo.»

«Dove lo hai visto?» domandò Gerald in tono aspro.

«È venuto a lavorare oggi invece di venerdì.»

«Quel vecchio scemo» disse Gerald infuriandosi.

Alix lo fissò stupita. Suo marito aveva la faccia stravolta dalla collera. Non lo aveva mai visto tanto arrabbiato! Accorgendosi del suo stupore, Gerald si sforzò di calmarsi e di riacquistare il controllo di sé.

«Be', non vorrai negare che sia un vecchio scemo davvero!» protestò lui.

«Cosa puoi avergli detto perché si dovesse cacciare in testa un'idea simile?»

«Io? Io non gli ho detto un bel niente. Perlomeno... Oh, sì, adesso me ne ricordo. Ho detto una battuta un po' fiacca a proposito di "partir per Londra al mattino dopo" ma non credevo che mi avesse preso sul serio. Può darsi che non abbia capito bene. Tu gli avrai tolto questa idea, immagino, vero?»

Attese ansiosamente la risposta di lei.

«Certo, ma è uno di quei vecchietti che, quando si cacciano in testa un'idea... be', non se la tolgono troppo facilmente!»

E così gli raccontò anche come il giardiniere fosse stato insistente sulla questione della somma richiesta per la villetta.

Gerald rimase in silenzio un paio di minuti e poi disse, lentamente: «Ames era disposto ad accettare duemila sterline in contanti e il migliaio che ancora restava contro un'ipoteca. Suppongo che l'origine dello sbaglio sia tutta qui».

«È molto probabile» ammise Alix, d'accordo con lui.

Poi guardò l'orologio e glielo indicò, con un gesto sbarazzino.

«Dovremmo metterci al lavoro, Gerald. Siamo in ritardo di cinque minuti sul ruolino di marcia.»

Sulla faccia di Gerald Martin si disegnò un sorriso molto strano.

«Ho cambiato idea» disse in tono sommesso. «Questa sera non mi dedicherò alle fotografie.»

Il cervello di una donna funziona in modo curioso. Quando andò a letto quel mercoledì sera, quello di Alix era sereno e pieno di tranquillità. La sua felicità, che aveva visto turbata per un attimo, era tornata a riconfermarsi trionfalmente come era sempre stata.

Tuttavia, al calar della sera, il giorno dopo, si accorse che qualche forza oscura aveva ricominciato a insidiarla. Dick Windyford non aveva più ritelefonato eppure, malgrado ciò, Alix aveva la sensazione che fosse all'opera quello che considerava, ormai, il suo influsso. Quelle parole continuavano a tornarle in mente. «Quell'uomo è un perfetto sconosciuto. Non sai niente di lui.» E con quelle parole, le tornava alla memoria la faccia del marito, fotografata con chiarezza nel cervello, mentre diceva: «Ti sembra che sia saggia, Alix... questa curiosità da camera di Barbablù?». Perché aveva detto così? Cosa intendeva con quelle parole?

C'era stato implicito un avvertimento... una sfumatura di minaccia. Era come se, in realtà, Gerald avesse detto che era meglio non andare a frugare nella sua vita per evitare qualche brutto shock. Pochi minuti più tardi le aveva giurato che non c'era mai stata nessuna donna, nella sua vita, che avesse avuto importanza, ma Alix cercò invano di ritrovare la sensazione avuta allora, quell'impressione che fosse sincero. In fondo, non era forse obbligato a giurarle una cosa del genere?

Il venerdì mattina, Alix si era convinta che c'era stata una donna nella vita di Gerald, che lui aveva sì, una camera di Barbablù che le aveva accuratamente tenuta nascosta. La sua gelosia, lenta a risvegliarsi, si stava scatenando.

Era forse l'appuntamento con una donna quello segnato per le nove di quella sera? E la storia delle fotografie da sviluppare non era stata una fandonia, inventata lì per lì? Alix si accorse, stralunata e sconvolta, di non aver fatto che torturarsi dal momento in cui aveva trovato l'agenda di Gerald. E per colmo d'ironia, senza alcun motivo!

Tre giorni prima sarebbe stata pronta a giurare di conoscere a fondo suo marito. Adesso le sembrava che si trattasse di uno sconosciuto di cui non sapeva nulla. Le tornò in mente la collera irragionevole mostrata nei confronti del vecchio George, così diversa dal suo solito modo di fare allegro e bonario. Una cosa da niente, forse, eppure le rivelava che, a ben guardare, non conosceva affatto l'uomo che aveva sposato.

Il venerdì occorreva fare qualche compera per il week-end e bisognava andare al villaggio. Nel pomeriggio Alix propose di andarci lei mentre Gerald rimaneva in giardino ma, chissà perché, con sua grande sorpresa, suo marito si oppose accanitamente a quel progetto e insistette per andarci lui mentre Alix restava a casa. Lei fu costretta a cedere, ma tanta insistenza la stupì e la lasciò allarmata. Perché era così ansioso di impedirle di andare al villaggio?

D'un tratto le balenò una spiegazione che chiariva ogni cosa. Non era possibile che, pur non avendole detto niente, George avesse realmente incontrato Dick Windyford? La sua gelosia, del tutto assopita al momento del loro matrimonio, si era manifestata soltanto in seguito. Non poteva essere accaduto lo stesso per Gerald? Non poteva essere ansioso di impedirle di rivedere Dick Windyford? Questa spiegazione era tanto coerente con i fatti, tanto confortante per il suo spirito turbato che Alix l'accettò con entusiasmo.

Tuttavia quando arrivò e passò l'ora del tè, rimase sempre inquieta e a disagio. Lottava contro una tentazione che l'aveva assalita fin dal momento in cui Gerald era uscito. Infine, per tranquillizzarsi la coscienza con la convinzione che la stanza aveva bisogno di essere riordinata a fondo, salì nello spogliatoio del marito. Prese uno strofinaccio per dare conferma materiale al pretesto della necessità di quei lavori domestici.

"Se almeno fossi sicura" ripeteva tra sé. "Se almeno fossi sicura."

Inutilmente si ripeteva che qualsiasi cosa compromettente doveva essere stata distrutta molto tempo prima. Ma in contrasto con questa idea, c'era l'obiezione che, tante volte, gli uomini conservano certi elementi di prova assurdi e inconcepibili per un esagerato sentimentalismo.

Alla fine Alix cedette. Con le guance che le bruciavano per la vergogna di ciò che stava facendo, si mise a frugare accanitamente fra pacchetti di lettere e documenti, a rovistare nei cassetti, a vuotare perfino le tasche dei vestiti di suo marito. Soltanto due cassetti elusero le sue ricerche – quello più basso del comò e quello piccolo, a destra, dello scrittoio, ambedue chiusi a chiave. Ma ormai Alix non provava più nessuna vergogna. Si era convinta che, proprio in uno di quei cassetti, avrebbe trovato le prove della donna immaginaria del passato che stava diventando un'ossessione per lei.

Ricordò che Gerald, aveva lasciato distrattamente le sue chiavi sulla credenza, al pianterreno. Andò a prenderle e le provò una ad una. La terza era quella del cassetto della scrivania. Alix lo spalancò fremente. Conteneva un libretto di assegni, un portafoglio imbottito di biglietti di banca e, in fondo, un pacchetto di lettere legate con un pezzo di fettuccia.

Ansante, con il fiato mozzo, Alix lo slegò. Poi si sentì diventar rossa e lasciò ricadere le lettere nel cassetto, affrettandosi a richiuderlo a chiave. Perché quelle lettere erano le sue, scritte a Gerald Martin prima di sposarlo.

Quindi rivolse la propria attenzione al comò più perché voleva convincersi di non aver lasciato niente di intentato che nell'aspettativa di trovarci qualcosa. Era piena di vergogna e quasi persuasa che quell'ossessione fosse assurda e pazzesca.

Si accorse, irritata, che in quel mazzo di chiavi non ce n'era neanche una che andasse bene per il cassetto in questione. Ma, disposta com'era a non mollare per nessun motivo, Alix fece il giro delle altre camere e portò indietro una scelta di varie chiavi. Con sua soddisfazione, la chiave dell'armadio della camera che serviva per gli ospiti, andava bene anche per il comò. Aprì il cassetto e vide che conteneva soltanto un rotolo di ritagli di giornale già scoloriti e sporchi tanto erano vecchi.

Alix si lasciò sfuggire un sospiro di sollievo. Tuttavia diede ugualmente un'occhiata a quei ritagli per la curiosità di sapere quale argomento avesse avuto tanto interesse per Gerald da spingerlo a conservare quel rotolo di giornali polverosi. Si trattava, nella massima parte, di quotidiani americani, che risalivano a sette anni prima: parlavano del processo al famoso bigamo e truffatore, Charles LeMaitre. LeMaitre era stato sospettato di uccidere le donne che cadevano sue vittime. Era stato trovato uno scheletro sotto l'impiantito di una delle case che lui aveva affittato, e quasi di tutte le donne che aveva "sposato" non si era saputo più niente in seguito.

Lui si era difeso dalle accuse con abilità consumata, aiutato in questo dai migliori talenti legali degli Stati Uniti. Il verdetto usato dai tribunali scozzesi «Assolto per insufficienza di prove» forse sarebbe stato il più adatto per la soluzione del suo caso. In mancanza di quello, era stato trovato «innocente» per l'accusa capitale, pur finendo condannato a lunghi anni di prigione per le altre accuse presentate contro di lui.

Alix ricordò l'emozione suscitata da quel caso a suo tempo e anche la sensazione provocata dalla fuga di LeMaitre circa tre anni dopo. Non era mai più stato riacciuffato. La personalità di quell'uomo e il suo straordinario potere sulle donne erano stati ampiamente discussi nei giornali inglesi dell'epoca, insieme alla descrizione della sua eccitabilità in aula, delle appassionate proteste, dei subitanei collassi fisici a cui era andato soggetto, dovuti a una debolezza cardiaca di cui soffriva, mentre le persone ignoranti l'avevano piuttosto considerata l'abilità di un commediante.

C'era anche un suo ritratto in uno di quei ritagli di giornale e Alix lo studiò con parecchio interesse: un individuo dalla lunga barba, dall'aspetto dello studioso, del gentiluomo. Le ricordava qualcuno, ma, sul momento, non riuscì a ricordare chi poteva essere. Non aveva mai saputo che Gerald provasse interesse per i delitti e i processi più famosi, per quanto non ignorasse che era una persona dai molti, e svariati, hobbies.

Chi le ricordava quella faccia? D'un tratto, sconvolta e smarrita, si accorse che si trattava di Gerald in persona. Gli occhi e le sopracciglia erano somigliantissimi ai suoi. Forse era per questo motivo che aveva conservato quel pezzo di giornale. I suoi occhi passarono al trafiletto stampato di fianco alla fotografia. Sembrava che certi appuntamenti fossero stati segnati nell'agenda dell'imputato, e si sosteneva che fossero quelli dell'ora e giorno in cui aveva ucciso le sue vittime. Poi una donna si era presentata a deporre e aveva identificato il prigioniero per mezzo di un neo che quello aveva sul polso sinistro appena al di sotto del palmo della mano.

I ritagli di giornale scivolarono dalle dita prive di forza di Alix che vacillò quando cercò di alzarsi in piedi. *Sul polso sinistro, appena al di sotto del palmo della mano, Gerald aveva una piccola cicatrice...*

Si sentì girare intorno la camera. Più tardi si stupì di aver raggiunto istantaneamente una certezza tanto incrollabile. Gerald Martin era Charles LeMaitre! Aveva accettato questa idea, l'aveva capita in un lampo. Qualche pensiero sconnesso le turbinò fugacemente per il cervello... come pezzetti di un puzzle che andavano a posto.

I soldi pagati per la casa... i soldi suoi... soltanto suoi... I titoli al portatore che gli aveva affidato perché glieli conservasse. Perfino il sogno che aveva fatto assumeva, a questo punto, un significato autentico. In fondo, nel subconscio, aveva sempre avuto paura di Gerald Martin e desiderato di sfuggirgli. Ed era a Dick Windyford che quella parte di se stessa si era rivolta per ricevere aiuto. Questo era un altro motivo per il quale riusciva ad accettare tanto facilmente la verità, senza un attimo di dubbio o di esitazione. Lei stava per diventare un'altra delle vittime di LeMaitre. Prestissimo, forse.

Un grido, trattenuto a metà, le sfuggì mentre ricordava qualcosa. Mercoledì, ore 21,00. La cantina, con quell'impiantito a lastre di pietra che si potevano sollevare tanto facilmente. Già una volta, aveva seppellito una delle sue vittime in cantina. Tutto era stato preparato per il mercoledì sera. Ma scriverlo in anticipo sull'agenda, in quel modo tanto meticoloso.. era follia! No, era logico piuttosto. Gerald si segnava sempre un appunto per ricordare i suoi impegni... e, per lui, il delitto era una questione di affari né più né meno come qualsiasi altro impegno.

Ma che cosa l'aveva evitato? Qual era stato il motivo per cui era stata salvata? Si era impietosito all'ultimo minuto? No... in un baleno trovò la risposta. Il vecchio George. Adesso capiva la rabbia incontrollata di suo marito. Doveva essersi certo preparato un alibi, raccontando a chiunque avesse incontrato che, il giorno successivo, sarebbero andati a Londra. Poi George era venuto a lavorare senza preavviso, aveva menzionato Londra ad Alix e lei lo aveva contraddetto. Troppo rischioso ucciderla proprio quella sera, con la possibilità che il vecchio George ripetesse la loro conversazione. Ma l'aveva proprio scampata bella! Se non le fosse venuto in mente di accennare a una piccolezza del genere... Alix rabbrividì.

Però non c'era tempo da perdere. Doveva andarsene subito... prima che Gerald tornasse. Non avrebbe passato un'altra notte sotto lo stesso tetto con lui, per tutto l'oro del mondo! Si affrettò a mettere di nuovo al suo posto il rotolo di giornali, a chiudere a chiave il cassetto.

E poi restò immobile, come se fosse diventata di pietra, perché aveva udito il cigolio del cancelletto che dava sulla strada. Suo marito era tornato.

Per un attimo Alix restò immobile come una statua di ghiaccio, poi si avvicinò in punta di piedi alla finestra e guardò fuori, dietro il riparo della tendina.

Sì, era suo marito. Sorrideva tra sé e canticchiava un motivetto sottovoce. In mano stringeva un oggetto che fece quasi arrestare il cuore della ragazza terrorizzata. Si trattava di un badile nuovo di zecca

Alix istintivamente saltò alla conclusione. *Sarebbe successo quella sera.*

Però c era ancora un filo di speranza. Gerald, sempre canticchiando, si era avviato verso il retro della casa.

"Va a metterlo in cantina... perché sia pronto" pensò Alix con un brivido.

Senza esitare un momento, scese di corsa le scale e uscì dalla villetta. Ma proprio mentre si lasciava la casa alle spalle, suo marito sbucò da dietro l'angolo.

«Ehi!» disse. «Dove te ne scappi con tanta fretta?»

Alix si sforzò disperatamente di apparire calma come al solito. Per il momento, l'opportunità sperata le era venuta a mancare, però, se stava attenta a non sollevare i sospetti di Gerald, forse si sarebbe ripresentata più tardi. Anche in quel preciso momento, forse.

«Voglio fare quattro passi fino in fondo al sentiero e poi torno indietro» disse con una voce che, alle sue stesse orecchie, risuonò fievole e smarrita.

«Bene,» disse Gerald «vengo con te.»

«No... per piacere, Gerald. Ho i nervi a fior di pelle, e mal di testa... preferirei andare da sola.»

Lui la osservò con attenzione. Sbagliava, Alix, o gli era apparso il lampo di un sospetto negli occhi?

«Cos'hai, Alix? Sei pallida... tremi tutta...»

«Niente» si obbligò ad essere brusca... e sorridente: «Ho mal di testa, tutto qui. Una passeggiata mi farà bene».

«È inutile che tu dica che non mi vuoi» dichiarò Gerald con la sua risata bonaria. «Vengo ugualmente, che tu mi voglia o no.»

Lei non ebbe il coraggio di protestare oltre. Se avesse sospettato che lei sapeva...

Con uno sforzo cercò di riprendere il suo solito modo di fare. Eppure aveva la sensazione preoccupante che Gerald, di tanto in tanto, le lanciasse un'occhiata di sottecchi, come se non fosse completamente soddisfatto. Intuì che non aveva stornato del tutto i suoi sospetti.

Quando tornarono a casa, lui insistette perché si sdraiasse un po' sul letto e le portò dell'acqua di colonia per bagnarle le tempie. Si dimostrò il marito devoto di sempre eppure Alix si accorse di sentirsi impotente, come se si fosse già cacciata, mani e piedi, in una trappola.

Non la lasciò sola neanche per un minuto. Andò con lei anche in cucina per aiutarla a portare in tavola i semplici piatti freddi che aveva già preparato. Alix pensò di avere la gola chiusa, che non sarebbe riuscita a inghiottire nemmeno un boccone, e invece si costrinse a mangiare e perfino ad apparire allegra e disinvolta. Adesso sapeva di lottare per la propria vita. Era sola con quell'uomo, a chilometri e chilometri da qualsiasi soccorso, completamente alla sua mercé. L'unica possibilità che aveva, era quella di diradare i suoi sospetti in modo che la lasciasse sola per pochi attimi... sarebbero bastati a raggiungere il telefono in anticamera e a chiedere aiuto. Ormai quella era la sua unica speranza. Gerald l'avrebbe immediatamente riagguantata se avesse tentato di darsi alla fuga troppo tempo prima di aver chiesto aiuto a qualcuno.

Le balenò che forse aveva ancora una speranza momentanea ricordando come Gerald avesse già rinunciato un'altra volta a mettere in esecuzione il suo piano. E se gli avesse raccontato che Dick Windyford sarebbe venuto a trovarli proprio quella sera stessa?

Le parole le salirono alle labbra... ma le soffocò immediatamente. Quell'uomo non avrebbe sopportato ostacoli o impedimenti una seconda volta. C'erano una determinazione, un'esaltazione, sotto la sua calma, che la sgomentavano. Non avrebbe ottenuto altro scopo che affrettare il delitto. L'avrebbe assassinata lì, subito, seduta stante, e poi avrebbe telefonato tranquillamente a Dick Windyford raccontandogli, per esempio, che erano stati chiamati all'improvviso altrove. Oh, se almeno Dick Windyford avesse realmente combinato di venire da loro quella sera. Se Dick...

Le balenò un'idea. Guardò in fretta, di sottecchi, suo marito come se temesse che le leggesse nel pensiero. Mentre studiava il proprio piano, riprese coraggio. Cominciò a comportarsi con una tale naturalezza da meravigliarsi di se stessa! Intuì che, a quel punto, Gerald si era completamente rassicurato.

Preparò il caffè e lo portò sotto il portico dove andavano spesso a sedersi nelle belle serate.

«A proposito» disse d'un tratto Gerald «svilupperemo quelle fotografie, fra un po'.»

Alix si sentì attraversare da un brivido, ma rispose con noncuranza: «Non credi di potercela fare da solo? Sono stanca stasera».

«Non ci vorrà molto.» E sorrise tra sé. «E posso prometterti che, dopo, non sarai stanca.»

Sembrava che quelle parole lo divertissero. Alix rabbrividì. Adesso, o mai più, era venuto il momento di mettere in esecuzione il suo piano.

Si alzò in piedi.

«Vado soltanto a telefonare al macellaio» annunciò in tono disinvolto. «Non muoverti. Non è il caso.»

«Al macellaio? A quest'ora di sera?»

«Il negozio è chiuso, naturalmente, sciocchino. Ma lui sarà senz'altro in casa. Domani è sabato e voglio che mi porti qualche cotoletta di vitello molto presto, prima che gliela vada a comprare qualcun altro. Quel caro vecchietto farebbe qualsiasi cosa per me!»

Entrò rapidamente in casa, richiudendo la porta alle proprie spalle. Udì Gerald che diceva: «Non chiudere» e fu pronta con una risposta banale: «Così i moscerini restano fuori. Li detesto. Hai paura che faccia l'amore con il macellaio, stupidone?».

Una volta entrata, afferrò il microfono e diede alla centralinista il numero della Locanda del Viaggiatore. Ebbe subito la comunicazione.

«Il signor Windyford? È ancora da voi? Posso parlargli?»

Poi sentì un tuffo al cuore. La porta era stata spalancata e suo marito stava entrando in anticamera.

«Vattene, Gerald» disse, fingendosi impermalita. «Non sopporto che qualcuno mi stia ad ascoltare mentre telefono.»

Lui si limitò a ridere e si lasciò cadere su una seggiola.

«Siamo sicuri che stai proprio telefonando al macellaio?» le domandò.

Alix era al colmo della disperazione. Il suo piano era fallito. Fra un attimo Dick Windyford sarebbe venuto al telefono. Doveva rischiare il tutto e per tutto e chiedergli aiuto? Ma lui avrebbe capito che cosa voleva dire Alix prima che Gerald le strappasse di mano il microfono? Oppure lo avrebbe creduto uno scherzo?

E in quel momento, mentre premeva e poi toglieva il dito dalla levetta innestata nel microfono che stringeva in mano, la levetta che consente a una voce di essere sentita o no dall'altro capo del filo, le balenò un altro piano.

“Sarà difficile” pensò. “Significa che non devo perdere la testa, che devo pensare le parole giuste e non avere neppure un attimo di incertezza, però credo che ci riuscirò. *Devo* riuscirci.”

In quell’attimo udì la voce di Dick Windyford dall’altra parte.

Alix respirò a fondo. Poi premette con forza la levetta e parlò:

«Sono la signora Martin... parlo dal Villino degli Usignoli. *Per favore venga* (e alzò il dito dalla levetta) domattina con sei belle cotolette di vitello (e schiacciò di nuovo la levetta). *È molto importante* (alzò il dito). La ringrazio moltissimo, signor Hexworthy, spero che non le dispiaccia se telefono così tardi, ma quelle cotolette sono proprio una questione di (schiacciò di nuovo la levetta) *vita o morte...* (alzò il dito). Benissimo... domattina... (la schiacciò di nuovo) *il più presto possibile...*»

Riattaccò e si voltò ad affrontare il marito, con il fiato corto.

«Ah, dunque è così che parli con il macellaio, tu?» disse Gerald.

«È il tocco femminile» rispose Alix in tono volubile.

Faticava a controllare la propria eccitazione. Non aveva sospettato niente. E Dick sarebbe senz’altro venuto, anche se non aveva capito niente.

Passò in salotto e accese la luce. Gerald le andò dietro.

«Adesso sembri tutta allegra» le disse, osservandola con curiosità.

«Sì» disse Alix. «Mi è passato il mal di testa.»

Andò a sedersi al suo solito posto e sorrise al marito, mentre questo sprofondava nella poltrona di fronte alla sua. Era salva. Erano soltanto le otto e venticinque. Dick sarebbe arrivato molto prima delle nove.

«Non mi è piaciuto troppo quel caffè che mi hai dato» si lamentò Gerald. «Era molto amaro.»

«È una nuova marca. La sto provando. Non la useremo più se non ti piace, caro.»

Alix afferrò il suo lavoro di cucito e diede qualche punto.

Si sentiva fiduciosa nella propria abilità di recitare la parte della moglie affezionata e devota. Gerald lesse qualche pagina del suo libro. Poi lanciò un'occhiata all'orologio e mise il libro da parte.

«Le otto e mezza. È ora di scendere in cantina e cominciare a lavorare.»

Il lavoro scivolò di mano ad Alix.

«Oh, no! Non ancora. Aspettiamo fino alle nove.»

«No, cara la mia ragazza, alle otto e mezza. È l'ora che ho stabilito. Così potrai andare a letto un po' prima.»

«Ma io preferisco aspettare fino alle nove.»

«Alle otto e mezza» disse Gerald ostinatamente. «Lo sai che quando stabilisco un'ora, ci tengo a non cambiarla mai. Su vieni, Alix. Non ho intenzione di aspettare un solo minuto di più.»

Alix alzò gli occhi e, a dispetto di se stessa, si sentì sommergere da un'ondata di terrore. La maschera era caduta: le mani di Gerald si contraevano, i suoi occhi luccicavano di eccitazione, si passava di continuo la lingua sulle labbra aride. Ormai non stava più attento a controllare la propria esaltazione.

Alix pensò: "*È vero... non riesce più ad aspettare... è come impazzito*".

Le si avvicinò e la costrinse ad alzarsi di scatto prendendola per una spalla.

«Su, andiamo, ragazza mia... o ti ci porto a viva forza.»

Il suo tono era gioviale, ma sotto sotto, si avvertiva una ferocia che la lasciò sconvolta. Con uno sforzo supremo si divincolò, liberandosi dalla sua presa e indietreggiò addossandosi alla parete. Era impotente. Non sarebbe più riuscita a scappare... non avrebbe più potuto far niente... Gerald stava avanzando verso di lei.

«Su, Alix...»

«No... no.»

Si mise a urlare, alzando le mani, in un gesto pieno di impotenza, per respingerlo.

«Gerald... fermati... devo dirti una cosa... devo confessarti...»

Lui si fermò.

«Confessare?» disse incuriosito.

«Sì, confessare.» Proseguì lei disperatamente, cercando di trattenere la sua attenzione. «Qualcosa che non ti ho mai detto prima.»

Un'espressione di disprezzo gli apparve sulla faccia. L'incanto era spezzato.

«Un ex innamorato, suppongo» bofonchiò sarcastico.

«No» disse Alix. «Un'altra cosa. Tu la chiameresti... immagino... sì, la chiameresti un delitto.»

Si accorse subito di aver toccato la nota giusta. Ecco che la sua attenzione si era arrestata di nuovo, era attratta. Accorgendosene, riacquistò un po' di coraggio. Si sentì, di nuovo, padrona della situazione.

«Sarà meglio che ti metta a sedere» disse in tono pacato.

E anche lei attraversò la stanza dirigendosi verso la sua solita poltrona, dove prese posto. Si chinò addirittura a raccogliere il lavoro di cucito. Ma dietro quella calma stava pensando, stava inventando febbrilmente. Perché la storia che avrebbe inventato doveva avvincere il suo interesse fino all'arrivo dei soccorsi.

«Ti avevo raccontato» cominciò «di aver fatto la steno-dattilografa per quindici anni. Be', non è proprio tutto vero. Ci sono state due interruzioni. La prima quando avevo ventidue anni. Ho conosciuto un uomo, piuttosto anziano, con un piccolo patrimonio. Si è innamorato di me e mi ha chiesto di sposarlo. Io ho accettato. Ci siamo sposati.» Fece una pausa. «L'ho convinto a fare un'assicurazione sulla vita a mio favore.»

Si accorse che sulla faccia del marito si disegnava un improvviso e acuto interesse e continuò, sentendosi più rassicurata.

«Durante la guerra ho lavorato, per un certo periodo, nel dispensario di un ospedale. In quel posto, maneggiavo medicamenti rari e sostanze velenose di ogni genere. Veleni, sì.»

Fece una pausa per riflettere. Adesso lui non nascondeva più il proprio interesse: di questo non c'erano dubbi. È scontato che un assassino provi interesse per l'assassinio. Aveva giocato un po' d'azzardo su questo punto, ma le era andata bene! Lanciò di sfuggita un'occhiata all'orologio. Mancavano venticinque minuti alle nove.

«Esiste un veleno... si tratta di una polverina bianca. Un pizzico vuol dire la morte. Tu sai qualcosa dei veleni, per caso?»

Gli aveva fatto quella domanda con una certa trepidazione. Se ne sapeva qualcosa, avrebbe dovuto stare attenta.

«No» ammise Gerald. «Ne so pochissimo.»

Lei tirò un sospiro di sollievo. Questo facilitava il suo compito.

«Avrai sentito parlare della ioscina, no? È uno stupefacente che agisce press'a poco allo stesso modo, ma non può essere più assolutamente rintracciata. Qualsiasi medico firmerebbe senza difficoltà un certificato di morte per insufficienza cardiaca. Io ne rubai una piccola quantità e la conservai.»

Fece una pausa, per raccogliere le proprie forze.

«Su, vai avanti» disse Gerald.

«No, ho paura. Non posso dirtelo. Un'altra volta.»

«Adesso» esclamò lui spazientito. «Voglio sentirlo adesso.»

«Eravamo sposati da un mese. Io mi mostravo molto buona con quel marito anziano, gentilissima e devota. Lui non faceva che elogiarmi con il vicinato. Tutti sapevano che moglie affettuosa ero! Preparavo sempre io il caffè, ogni sera. Una volta, mentre eravamo soli insieme, ho messo un pizzico di quell'alcaloide venefico nella sua tazza.»

Alix fece una pausa, e infilò di nuovo l'ago con tutta l'attenzione possibile. Lei, che non aveva mai recitato in vita sua, in quel momento stava rivaleggiando con le più grandi attrici del mondo. Riviveva nella realtà la parte dell'avvelenatrice a sangue freddo.

«Fu una morte molto serena. Io mi ero seduta a osservarlo. A un certo punto gli mancò il fiato volle un po' d'aria e gli aprii la finestra. Poi disse che non riusciva più ad alzarsi dalla poltrona. E quasi subito dopo morì.»

Si interruppe, sorridendo. Erano le nove meno un quarto. Ormai sarebbero venuti presto, ne era sicura.

«A quanto ammontava l'assicurazione?» disse Gerald.

«Duemila sterline, più o meno. Giocai in Borsa con quel denaro, ma perdetti. Ricominciai a lavorare in un ufficio. Però non era mai stata mia intenzione di restarci a lungo. Poi conobbi un altro uomo. Non sapeva che ero stata già sposata. Era più giovane, abbastanza simpatico di aspetto e in ottime condizioni finanziarie. Ci sposammo con una cerimonia privata nel Sussex. Lui non volle fare un'assicurazione sulla vita, però fece testamento e lo fece a mio favore. Gli piaceva che fossi io a preparare il caffè, proprio come il mio primo marito.» Alix sorrise pensosa, e aggiunse con semplicità: «Faccio un ottimo caffè».

Poi proseguì.

«Avevo parecchie amicizie nel villaggio dove abitavamo. Provarono tutti molto dispiacere per me, quando mio marito morì improvvisamente, di insufficienza cardiaca, una sera dopo cena. Devo dire che il dottore non mi piacque del tutto. Non credo che avesse dei sospetti su di me però restò molto stupito per la morte improvvisa di mio marito. Non ti saprei dire con precisione perché finii per tornare al mio vecchio lavoro. L'abitudine, suppongo. Il mio secondo marito mi aveva lasciato quattromila sterline. Questa volta non feci nessuna speculazione, le investii invece. Poi, vedi...»

Ma fu interrotta. Gerald Martin, con la faccia che era diventata improvvisamente cianotica, semi-soffocato, stava puntando contro di lei un indice tremulo.

«Il caffè... mio Dio, il caffè!»

Alix lo fissò con gli occhi sbarrati.

«Adesso capisco perché era amaro. Demonio! Mi hai avvelenato.»

Afferrò con le mani i braccioli della poltrona. Sembrava che stesse per buttarsi addosso alla moglie.

«Mi hai avvelenato.»

Alix, tirandosi indietro per sfuggirgli, si era accostata al camino. Adesso, terrorizzata, aprì la bocca per negare quell'accusa... ma si fermò. Fra un attimo le sarebbe balzato addosso. Radunò tutta la sua energia. Imprigionò con lo sguardo gli occhi di Gerald: lo guardò fisso, in modo irresistibile.

«Sì» disse «ti ho avvelenato. E il veleno è già all'opera. In questo preciso istante non puoi già più muoverti dalla poltrona... non puoi muoverti...»

Se fosse riuscita a tenerlo così... anche solo per pochi minuti...

Ah! Cos'era? Un rumore di passi sulla strada. Il cigolio del cancello. E poi altri passi sul vialetto. La porta d'ingresso che si apriva...

«Non puoi muoverti» ripeté.

Poi gli sgusciò di fianco e si precipitò fuori dalla stanza, a testa bassa, per andare a cadere nelle braccia di Dick Windyford.

«Mio Dio! Alix!» gridò questo.

E si voltò verso la persona che l'accompagnava: una figura alta e robusta, in uniforme da poliziotto.

«Vada subito a vedere cosa stava succedendo in questa stanza!»

Con ogni cautela aiutò Alix a distendersi sul divano e si chinò su di lei.

«Bambina mia» mormorò. «Mia povera bambina. Cosa ti volevano fare?»

Le palpebre di Alix ebbero un tremito e le labbra mormorarono soltanto il suo nome.

Dick venne costretto a riscuotersi dal tumulto dei suoi pensieri dal poliziotto che gli toccava un braccio.

«Non c'è niente in questa stanza, signore, all'infuori di un uomo seduto in poltrona. Sembra che si sia preso un brutto spavento, e...»

«Sì?»

«Be', signore, è... morto.»

Sussultarono nell'udire la voce di Alix la quale parlava come in sogno.

«E quasi subito dopo» disse, come se stesse citando «morì.»

La disgrazia

«E senti cosa ti dico... è la stessa donna... non ci sono dubbi!» Il capitano Haydock guardò la faccia dell'amico, sulla quale si era disegnata una espressione vivace ed esaltata, e sospirò. Avrebbe preferito che Evans non fosse tanto sicuro del fatto suo, tanto giubilante. Nel corso di una carriera passata sul mare, il vecchio capitano aveva imparato a evitare di occuparsi di ciò che non lo riguardava. Il suo amico Evans, già ispettore del Central Investigative Department, aveva una diversa filosofia della vita. «Operare sulla base delle informazioni ricevute»: quello il motto agli inizi della carriera che, in seguito, aveva perfezionato fino al punto di procurarsi da solo le informazioni che gli occorrevano. L'ispettore Evans era stato un funzionario molto abile, sempre all'erta, e si era giustamente guadagnato la promozione a quella carica. Anche adesso, che ormai era andato in pensione e si era sistemato nella villetta dei suoi sogni, in campagna, il suo istinto professionale era sempre rimasto vivo.

«È difficile che mi dimentichi una faccia, io» ripeté. «La moglie di Anthony, sì, è proprio la moglie di Anthony. Quando mi hai detto che si chiamava Merrowdene... l'ho riconosciuta all'istante.»

Il capitano Haydock si agitò irrequieto al suo posto. A parte Evans, i Merrowdene erano i suoi vicini di casa più prossimi e questa identificazione della signora Merrowdene con l'antica protagonista di una *cause célèbre* lo inquietava parecchio.

«È passato tanto tempo» esclamò senza molta convinzione.

«Nove anni» disse Evans, accurato e preciso come al solito. «Nove anni e tre mesi. Ti ricordi il processo?»

«Vagamente.»

«Si scoprì che Anthony mangiava regolarmente l'arsenico» disse Evans, «così venne assolta.»

«E perché non avrebbero dovuto assolverla?»

«Non c'era nessuna ragione di non farlo. Era l'unico verdetto possibile sulla base delle prove esistenti. Assolutamente corretto.»

«Allora, tutto va per il meglio» disse Haydock. «E non capisco di che cosa ci stiamo impicciando.»

«E chi si sta impicciando?»

«Così, mı pareva che tu...»

«Affatto!»

«Si tratta di una questione che ormai si è conclusa e risolta» dichiarò il capitano. «Se la signora Merrowdene, a un certo momento della sua vita, è stata tanto disgraziata da essere processata per un delitto e poi assolta...»

«Di solito l'essere assolti non viene considerato una disgrazia» rilevò Evans.

«Sai benissimo cosa voglio dire» ribatté il capitano Haydock stizzito. «Se quella povera signora è passata per un'esperienza così dolorosa, non spetta a noi andare a rivangare il passato, ti pare?»

Evans non rispose.

«Su, andiamo, Evans! La signora era innocente... hai appena finito di dirlo tu stesso!»

«Non ho detto che era innocente. Ho detto che era stata assolta.»

«È la stessa cosa.»

«Non sempre.»

Il capitano Haydock, che aveva cominciato a battere la pipa, per ripulirla, contro il lato della poltrona, si raddrizzò di scatto al suo posto e prese un'espressione attenta.

«Ohi, ohi, ohi» disse. «Dunque è da lì che tira il vento? Tu pensavi che non fosse innocente?»

«Non direi proprio. Il fatto è che... non lo so. Anthony aveva l'abitudine di prendere l'arsenico. Sua moglie glielo preparava. Un giorno, per errore, ne prende una dose eccessiva. È stato suo l'errore, o della moglie? Nessuno è stato in grado di dirlo, e la giuria, molto correttamente, le ha concesso il beneficio del dubbio. Tutto ciò è giustissimo, e io non ci trovo niente da ridire. Eppure... ecco, mi piacerebbe saperlo.»

Il capitano Haydock trasferì di nuovo la sua attenzione sulla pipa.

«Bene» disse tranquillizzato «non sono affari nostri.»

«Non ne sono del tutto sicuro.»

«Ma, certamente...»

«Da' retta un minuto. Quest'uomo, Merrowdene... ieri sera, nel suo laboratorio, pasticciando con i suoi reagenti... ti ricordi...»

«Sì. Ha accennato alla prova di Marsh per l'arsenico. Ha detto che tu la sapevi lunga in proposito... che era proprio il tuo campo... e ha fatto una risatina. Non avrebbe parlato così se, anche per un attimo, avesse pensato...»

Evans lo interruppe.

«Vuoi dire che non avrebbe parlato così se avesse saputo! Sono sposati da... sei anni, mi dicevi? Sono pronto a scommettere che lui non ha la minima idea che sua moglie sia stata, in passato, la celebre signora Anthony.»

«E non lo saprà certo da me» disse il capitano Haydock in tono tagliente.

Evans non gli prestò attenzione, ma continuò.

«Mi hai interrotto. Stavo dicendo che, dopo la prova di Marsh, Merrowdene ha riscaldato una sostanza in una provetta e ha sciolto in acqua il residuato metallico, facendolo poi precipitare con l'aggiunta del nitrato d'argento. Si tratta di una prova per i clorati. Una piccola prova da niente, di modesta importanza. Però mi è capitato di leggere queste parole in un libro che stava sul tavolo, aperto: "L'H_2SO_4 decompone i clorati con lo sviluppo di gas di CL_2O_4. Se riscaldata potrebbe verificarsi una violenta esplosione. Quindi occorre che il composto venga tenuto al fresco e usato soltanto in piccole quantità" »

Haydock fissò l'amico.

«E allora?»

«Nulla di più. Ma anche nella mia professione facciamo le prove... e studiamo le reazioni, per i delitti. Si sommano i fatti... si soppesano, si analizza il residuo dopo aver scartato tutto quello che è il frutto dei pregiudizi e della mancanza di accuratezza, in genere, dei testimoni. Ma c'è un'altra prova ancora per il delitto... piuttosto accurata, fra l'altro, ma... un po' pericolosa! Difficilmente un assassino si accontenta di un delitto solo. Basta dargli tempo e mancanza di sospetti e ne commetterà un altro. Si cattura un uomo – ha ucciso la moglie, oppure no? – forse le prove contro di lui non sono schiaccianti. Si guarda nel suo passato – se si scopre che ha avuto parecchie mogli... e che sono tutte morte, diciamo... in modo un po' curioso?... allora, ecco che sappiamo! Naturalmente io non sto parlando da un punto di vista legale, mi capisci. Parlo di una certezza morale. E una volta che sappiamo, possiamo metterci a cercare gli elementi di prova.»

«Ebbene?»

«Sto arrivando al punto. Tutto questo funziona benissimo se esiste un passato da esaminare. Ma supponiamo che l'assassino venga catturato al suo primo delitto. Ecco che viene assolto... e comincia una nuova vita sotto un altro nome. Ripeterà o no, costui, il delitto già commesso?»

«Ma è un'idea orribile!»

«Continui ancora a dire che non sono affari di cui dobbiamo impicciarci?»

«Sì, continuo a dirlo. Tu non hai nessun motivo di credere che la signora Merrowdene non sia una donna assolutamente innocente!»

L'ex ispettore restò in silenzio per un attimo. Poi disse con lentezza: «Ti ho detto che avevamo frugato nel suo passato senza trovare nulla. Non è del tutto vero. C'era un patrigno. A diciotto anni aveva preso una cotta per un giovanotto... e il patrigno aveva adoperato tutta la sua autorità perché si lasciassero. Un giorno lei e il patrigno erano andati a fare una passeggiata in una zona particolarmente accidentata della scogliera. Capitò una disgrazia... il patrigno si avvicinò troppo all'orlo del sentiero... il terreno cedette e lui precipitò nel vuoto, restando ucciso».

«Non penserai...»

«Si trattò di una disgrazia. Una disgrazia! Anche la dose eccessiva di arsenico di Anthony fu una disgrazia! E non sarebbe mai stata accusata e processata, lei, se non fosse risultato che c'era un altro uomo... anche se poi, fra l'altro, quello prese subito il largo. Ha dato l'impressione di non essere soddisfatto del verdetto per quanto la giuria avesse dimostrato il contrario! Ti garantisco, Haydock, che quando c'è di mezzo quella donna, io ho sempre paura di un'altra... disgrazia.»

Il vecchio capitano si strinse nelle spalle.

«Non vedo proprio come tu possa stare eternamente in guardia di fronte a un'eventualità del genere.»

«Neanch'io.»

«Io lascerei le cose come stanno» disse il capitano Haydock. «Sono sempre guai quando si caccia il naso negli affari altrui.»

Ma era un consiglio, quello, che piaceva poco all'ex ispettore. Era una persona paziente, ma risoluta. Prese congedo dall'amico e si avviò senza fretta verso il villaggio. Intanto soppesava mentalmente quali possibilità aveva di entrare in azione e di ottenere quelle informazioni che tanto gli premevano.

Entrando nell'ufficio postale per comprare qualche francobollo, incappò nell'oggetto delle sue premure, George Merrowdene. L'ex professore di chimica era un ometto dall'aria assorta, dai modi gentili e cortesi, e – di solito – famoso per la sua distrazione. Lo riconobbe e lo salutò amichevolmente, si chinò a raccogliere le lettere che, nell'urto con l'ex ispettore, si erano sparse al suolo. Anche Evans si chinò e, più rapido dell'altro nei movimenti, le afferrò per primo, restituendole poi al loro proprietario con qualche parola di scusa.

Nel farlo, gettò istintivamente un'occhiata alle buste che teneva in mano e l'indirizzo che c'era sulla prima, del mucchietto, risvegliò di colpo tutti i suoi sospetti. Portava l'intestazione di una famosa società di assicurazioni.

Evans non ebbe difficoltà nell'ottenere ciò che si era proposto. Merrowdene gli fornì spontaneamente l'informazione di aver fatto un'assicurazione sulla propria vita, di cui era beneficiaria la moglie, e domandò a Evans un'opinione sulla società assicuratrice a cui si era affidato.

«Ho fatto qualche investimento un po' sballato» spiegò. «Di conseguenza, le mie entrate sono diminuite. Se dovesse succedermi qualche cosa, mia moglie si troverebbe in pessime acque. Questa assicurazione metterà tutto a posto.»

«Ma sua moglie non ha sollevato qualche obiezione a questa idea?» provò a domandare con finta indifferenza Evans. «Perché c'è qualche signora che lo fa, sa. Pensano che porti sfortuna... o roba del genere.»

«Oh, Margaret è una persona molto pratica» disse Merrowdene sorridendo. «Non è assolutamente superstiziosa. Anzi, credo che l'idea sia proprio partita da lei. Non le piaceva vedermi così preoccupato.»

Evans aveva ottenuto l'informazione che lo interessava. Lasciò l'altro quasi subito, con una piega severa sulle labbra. Il defunto Anthony aveva assicurato la propria vita, a favore della moglie, solo poche settimane prima di morire.

Abituato a fidarsi del proprio istinto, ormai non aveva più dubbi. Ma come agire... questo era tutt'altra questione! Voleva non tanto arrestare una criminale sorprendendola con le mani nel sacco ma impedire che fosse commesso un delitto e questo era un compito ben più complesso e difficile.

Per tutta la giornata restò assorto nei propri pensieri. C'era la festa della Lega della Primula, nel pomeriggio, sui terreni messi a disposizione dallo *squire* locale, e ci andò, tentando la sorte alla pesca di beneficenza da un *penny* al colpo, provando a indovinare il peso di un porcello, esibendosi nel tiro alle noci di cocco, tutto con la stessa espressione assorta e concentrata sul viso. Si concesse perfino una visita dalla chiromante Zara Che Legge nella Sfera di Cristallo che gli costò ben mezza corona, sorridendo tra sé mentre le si presentava, al ricordo delle proprie attività contro indovini, e chiromanti in genere, all'epoca in cui era investito di una carica ufficiale.

Non prestò molta attenzione alla sua voce monotona, che

sembrava una cantilena, fino al momento in cui la conclusione di una frase richiamò la sua attenzione.

«... presto, anzi prestissimo... si troverà coinvolto in una questione di vita o di morte... di vita o di morte per una persona.»

«Eh... come sarebbe?» domandò bruscamente.

Una decisione... dovrà prendere una decisione. Dovrà essere molto cauto... molto, molto cauto. Se dovesse commettere un errore... un piccolissimo errore...»

«Sì?»

La chiromante fu percorsa da un brivido. L'ispettore Evans sapeva che erano tutte sciocchezze, tuttavia ne rimase impressionato.

«L'avverto... non dovrà fare un errore. Se lo farà, vedo chiaramente il risultato: una morte.»

Strano, maledettamente strano! Una morte. Curioso che andasse a toccare proprio quel soggetto!

«Se farò un errore, il risultato sarà una morte? È così?»

«Sì.»

«In questo caso» disse Evans alzandosi e porgendo la mezza corona «non devo fare un errore, eh?»

Aveva parlato in tono apparentemente leggero, ma quando uscì dalla tenda, strinse i denti e la sua faccia prese un'aria dura. Facile a dirsi... non altrettanto facile a farsi. Non doveva prendere un abbaglio. Una vita, una preziosa vita umana dipendeva dalla sua abilità.

E non c'era nessuno che potesse aiutarlo. Adocchiò pensosamente la figura dell'amico Haydock in lontananza. Nessun aiuto da quella parte. «Non destare il can che dorme» era il motto di Haydock. Ma, in questo caso, non era di nessuna utilità.

Haydock stava parlando con una donna. Poi questa si allontanò e venne avanti, in direzione dell'ispettore Evans che la riconobbe. Era la signora Merrowdene. Seguendo l'impulso, Evans si mise deliberatamente sulla sua strada.

La signora Merrowdene era una donna piuttosto piacente. Aveva una fronte spaziosa e serena, due bellissimi occhi castani, e l'espressione placida. Pareva una Madonna italiana e quest'impressione era accentuata particolarmente dalla scelta della pettinatura, con i capelli divisi nel mezzo e pettinati con due bande lisce che le nascondevano le orecchie. Aveva una voce profonda, un po' indolente.

Sorrise a Evans, come se fosse contenta di vederlo.

«Mi era sembrato che fosse lei, signora Anthony... cioè, signora Merrowdene» disse.

Aveva commesso quella svista deliberatamente, osservandola senza farsi notare. Vide che sbarrava gli occhi, trasaliva con il fiato sospeso. Ma le sue pupille non ebbero un attimo di incertezza. Lo fissò con espressione sicura di sé, e fiera.

«Stavo cercando mio marito» disse in tono pacato. «Lo ha visto?»

«Era laggiù, in quella direzione, l'ultima volta che l'ho visto.»

Si avviarono affiancati da quella parte, chiacchierando tranquillamente e piacevolmente. L'ispettore si accorse che la propria ammirazione aumentava ad ogni passo. Che donna! Che autocontrollo! Che equilibrio fantastico! Una donna straordinaria... e molto pericolosa. Sì, ne era sicuro... molto pericolosa.

Continuava a sentirsi vagamente a disagio, pur non nascondendosi la soddisfazione per il passo iniziale che aveva compiuto. Le aveva fatto capire di averla riconosciuta. Ciò l'avrebbe messa in guardia. Non avrebbe osato compiere un'azione avventata. C'era la questione di Merrowdene. A poterlo avvisare...

Trovarono l'ometto che fissava distrattamente una bamboletta di porcellana che aveva vinto alla pesca da un *penny*. Sua moglie propose di rientrare a casa e lui acconsentì subito. La signora Merrowdene si voltò all'ispettore.

«Non vuole rientrare con noi a prendere una tazza di tè in santa pace, signor Evans?»

C'era una lieve nota di sfida nella sua voce. Almeno così gli parve.

«Grazie, signora Merrowdene, mi farà molto piacere.»

Rientrarono, chiacchierando di argomenti piacevoli, banali. Il sole splendeva, spirava una brezza leggera, tutto intorno a loro era piacevole e usuale.

La cameriera era fuori, alla Festa, spiegò la signora Merrowdene, quando arrivarono nel grazioso villino dall'aria un po' vecchiotta. Lei andò nella sua camera a togliersi il cappello, poi tornò ad apparecchiare per il tè e a mettere il bricco a bollire sul fornello d'argento. Da uno scaffale vicino al focolare prese tre scodelline e tre piattini.

«Prenderemo un tè cinese speciale» spiegò. «E noi, lo beviamo sempre alla cinese... adoperiamo queste scodelline, e non le tazze.»

Si interruppe, guardò più attentamente in una di esse e la cambiò con un'altra, mentre si lasciava sfuggire una piccola esclamazione di disappunto.

«George... ma sei terribile. Hai adoperato di nuovo queste scodelline.»

«Scusami, cara» disse il professore con rammarico. «Ma sono così comode! Quelle che ho ordinato, non sono ancora arrivate.»

«Uno di questi giorni ci avvelenerai tutti» disse sua moglie con una mezza risata. «Mary le trova nel tuo laboratorio e le riporta qui senza mai pensare a lavarle a meno che non contengano qualcosa che salta subito all'occhio. Insomma, l'altro giorno ne hai usata una per il cianuro di potassio. Andiamo, George! È terribilmente pericoloso.»

Merrowdene parve un po' irritato.

«Mary non deve togliere gli oggetti che stanno nel mio laboratorio. Non bisogna che tocchi niente in quella stanza!»

«Però noi ci lasciamo spesso le nostre tazze dopo aver preso il tè! Come fa lei, a distinguere? Sii ragionevole, caro.»

Il professore andò nel suo laboratorio borbottando tra sé e la signora Merrowdene, con un sorriso, versò l'acqua sul tè e spense, soffiandoci sopra, la fiamma del piccolo fornello d'argento.

Evans era perplesso. Tuttavia gli pareva di intravedere un barlume di luce. Per qualche suo motivo particolare, la signora Merrowdene stava giocando a carte scoperte. Doveva essere questa la "disgrazia"? Stava parlando di tutto ciò per prepararsi deliberatamente, e anticipatamente, un alibi? Di modo che, un bel giorno, avvenuta la "disgrazia", Evans sarebbe stato obbligato a fornire una testimonianza a lei favorevole. Che stupida, se era così, perché prima che si arrivasse a quel punto...

D'un tratto restò con il fiato sospeso. La signora Merrowdene aveva versato il tè nelle tre scodelline. Una, l'aveva posta davanti a lui, un'altra davanti a se stessa e la terza su un tavolino accanto al fuoco e alla poltrona dove sedeva, generalmente, suo marito, e fu proprio mentre deponeva quest'ultima che uno strano sorrisetto si disegnò sulle sue labbra. Fu quel sorrisetto a dire tutto.

Lui capì!

Una donna singolare... una donna pericolosa. Nessuna attesa... nessun preparativo. Quel pomeriggio... quello stesso pomeriggio... con lui presente, come testimone. L'audacia di quel piano era tale da farlo restare senza fiato.

Era intelligente... maledettamente intelligente. Lui non avrebbe potuto provare nulla. La signora Merrowdene contava sul fatto che Evans non avrebbe avuto alcun sospetto... semplicemente perché era "troppo presto". Una donna che pensava e agiva con la rapidità del lampo.

Respirò a fondo e si sporse verso di lei.

«Signora Merrowdene, io sono un uomo capriccioso, pieno di ghiribizzi strani. Vorrebbe essere tanto gentile da accontentarmi in uno di essi?»

Lei lo guardò con aria interrogativa, ma senza sospettare.

Evans si alzò, prese la scodellina che le stava di fronte e andò al tavolino per sostituirla a quella che c'era sopra. Poi prese in mano quest'ultima e gliela depose davanti.

«Voglio vederla bere questa.»

Gli occhi della donna fissarono i suoi: erano fermi, insondabili. Lentamente impallidì.

Allungò una mano, sollevò la scodellina. Lui trattenne il fiato.

E se avesse commesso uno sbaglio, fin dal principio?

La signora Merrowdene la portò alle labbra... all'ultimo momento, con un brivido, si allungò a vuotarla rapidamente in un vaso dove cresceva una felce. Poi tornò a sedersi come prima e lo guardò con aria spavalda.

Lui tirò un lungo sospiro di sollievo, e riprese il suo posto.

«Ebbene?» disse lei.

La sua voce era cambiata: lievemente beffarda... piena di sfida.

Lui rispose in tono asciutto, pacato.

«È una donna molto intelligente, signora Merrowdene. Credo che mi abbia compreso. Non deve... ripetersi. Sa cosa voglio dire?»

«So cosa vuole dire.»

La voce di lei era piana, priva di espressione. Lui fece segno di sì con la testa, soddisfatto. Era una donna intelligente, e non voleva finire impiccata.

«Una lunga vita a lei e a suo marito» disse Evans in tono significativo e si portò la scodellina di tè alle labbra.

Poi la sua espressione mutò. La sua faccia si deformò orribilmente... cercò di alzarsi... di gridare... Il suo corpo si irrigidì... diventò cianotico. Ricadde scompostamente nella poltrona... in preda alle convulsioni.

La signora Merrowdene si chinò a osservarlo. Un sorrisetto le affiorò sulle labbra. Gli parlò... con molta dolcezza, sommessamente.

«Ha commesso un errore, signor Evans. Ha pensato che volessi uccidere George. Una cosa stupida da parte sua... molto stupida.»

Restò seduta un minuto a osservare l'uomo morto, il terzo che aveva minacciato di metterle i bastoni fra le ruote e di separarla dall'uomo che amava.

Il suo sorriso si allargò. Sembrò, ancor più di prima, una Madonna. Poi alzò la voce e chiamò:

«George... George... Oh, vieni qui. Ho paura che sia successa una terribile disgrazia. Il povero signor Evans...»

La lanterna

Indubbiamente era una vecchia casa. La piazza era vecchia, e aveva quell'aria un po' sdegnosa che assumono a volte le città ammassate intorno a una cattedrale. Il numero 19 dava l'impressione di essere un rudere fra i ruderi, solo più antico, e si ammantava di una patriarcale solennità. Torreggiava più grigio sul grigio, più altezzoso sull'altezzoso, più gelido sul gelido. Severo, minaccioso e segnato da quella particolare desolazione che impregna tutte le case da tempo disabitate, regnava sovrano sugli altri edifici.

In qualsiasi altra città si sarebbe guadagnata la fama di casa infestata, ma Weyminster era refrattaria ai fantasmi e non li considerava rispettabili, a meno che fossero il vanto di un nobile casato. Così nessuno parlava del numero 19 come di "una casa infestata"; nondimeno era rimasta, per anni, nell'albo dei VENDESI o AFFITTASI.

La signora Lancaster guardò la casa con aria d'approvazione mentre l'agente immobiliare, ben lieto di potersene sbarazzare, apriva la porta e inondava la cliente di informazioni e commenti elogiativi.

«Ma da quanto tempo è vuota?» tagliò corto la signora Lancaster, ponendo fine a quel diluvio verbale.

Il signor Raddish (della Raddish & Foplow) si fece un pochino confuso. «E... ehm... da un po' di tempo.» Voleva essere una risposta casuale.

«Questo lo capisco anch'io» osservò seccamente la signora Lancaster.

L'ingresso, scarsamente illuminato, era gelido, gelido in modo quasi sinistro. Una donna con più immaginazione sarebbe rabbrividita, ma la signora Lancaster era una persona pratica. Era alta, con una folta massa di capelli scuri spruzzati di grigio e occhi azzurri piuttosto freddi.

Ispezionò la casa dall'attico alla cantina, facendo di quando in quando una domanda pertinente. Finita l'ispezione tornò in una delle stanze frontali (quelle che davano sulla piazza) e squadrò l'agente con aria risoluta.

«Cosa c'è che non va, qui dentro?»

Il signor Raddish fu colto di sorpresa.

«Be', una casa senza mobili è sempre un po' triste» tentò di parare.

«Sciocchezze» ribatté la Lancaster. «L'affitto che chiede è ridicolo, per una casa del genere. Puramente simbolico. Quindi, dev'esserci una ragione. La casa è infestata?»

Il signor Raddish trasalì, ma non disse niente.

La signora Lancaster lo fissò in modo penetrante. Dopo qualche istante parlò di nuovo.

«Naturalmente io non credo ai fantasmi e alle baggianate del genere, quindi se il motivo per cui la casa è rimasta sfitta è questo, non m'importa affatto. La servitù, d'altra parte, è molto credulona e si lascia facilmente spaventare. È per questo che le chiedo di dirmi *che cosa*, sì, che cosa infesta esattamente questo posto.»

«Io, ehm... non lo so» balbettò l'agente immobiliare.

«Sono sicura di sì, invece» rispose la signora con la massima calma. «Non posso prendere la casa senza saperlo. Dunque, si vuole decidere? C'è stato un assassinio?»

«Oh, no!» protestò il signor Raddish, sconvolto dall'idea che qualcosa di così anomalo potesse capitare nella rispettabile piazza. «Si tratta solo... solo di un bambino.»

«Un bambino?»

«Sì.»

«Non conosco la storia in tutti i particolari» continuò riluttante l'agente immobiliare. «E inoltre esistono parecchie varianti. Comunque, circa trent'anni fa un uomo di nome Williams prese in affitto il numero diciannove. Non si sapeva niente di lui, e non aveva servitori; non aveva amici e nelle ore diurne usciva raramente. Aveva però un bambino, un ragazzetto che si supponeva fosse suo figlio. Dopo un paio di mesi si recò a Londra, ma aveva appena messo piede nella metropoli che fu riconosciuto come l'autore di un misterioso crimine. Non ho mai saputo esattamente di che si trattasse, ma doveva essere qualcosa di grave, perché piuttosto che consegnarsi alla polizia l'uomo si sparò. Nel frattempo il bambino continuò a vivere in questa casa, dalla quale non si era mai mosso. Per un po' il cibo gli fu sufficiente, ed egli si limitò ad aspettare giorno dopo giorno l'arrivo del padre. Per sua sfortuna questi gli aveva ordinato di non uscire per nessuna ragione e di non rivolgere la parola a sconosciuti. Era un bambino piccolo, debole, fragile, e non si sarebbe mai sognato di disobbedire all'ordine. Di notte i vicini, ignari della partenza del padre, lo sentivano piangere e lamentarsi nella spaventosa desolazione della casa vuota.»

Il signor Raddish fece una pausa.

«Alla fine... ehm... il bimbo morì d'inedia.» Questa tragica conclusione fu detta nello stesso tono di chi osservi che sta cominciando a piovere.

«E sarebbe il fantasma del bambino, quello che infesta la casa?» chiese la signora Lancaster.

«Non c'è niente di fondato, mi creda» si affrettò a rassicurarla Raddish. «Nessuno ha mai *visto* niente. I sostenitori di questa storia dicono di aver *sentito*, è ridicolo, un bambino che piange e si lamenta.»

La signora si diresse alla porta d'ingresso.

«La casa mi piace» annunciò. «Per un prezzo simile non troverò niente di così adatto. Ci penserò e le darò la risposta.»

«È molto accogliente, vero, papà?»

La signora Lancaster dette un'occhiata di approvazione alla nuova casa. Tappeti dai colori vivaci, mobili lucidi, suppellettili e ninnoli avevano trasformato il lugubre aspetto del numero 19.

L'uomo al quale si era rivolta era un anziano signore dalle spalle ricurve e un delicato volto ascetico. Il signor Winburn non somigliava per niente alla figlia, anzi, non si sarebbe potuto immaginare contrasto maggiore di quello offerto dalla risoluta praticità di lei e dalla sognante astrazione di lui.

«Certo» rispose il vecchietto con un sorriso. «A nessuno verrebbe in mente che è una casa infestata.»

«Papà, non dire sciocchezze! È il nostro primo giorno qui!»

Il signor Winburn sorrise.

«Va bene, mia cara, faremo come se i fantasmi non esistessero.»

«E per favore» continuò la signora Lancaster «non dire una parola davanti a Geoff. È così impressionabile!»

Geoff era il figlio della signora Lancaster, e con il nonno e la mamma completava la famiglia.

La pioggia cominciava a battere contro i vetri: pit-pat, pit-pat.

«Senti» disse il signor Winburn. «Non sembrano piedini?»

«Sembra più che altro pioggia» rispose lei con un sorriso.

«Ma *questo*, *questo* è un rumore di passi!» gridò il padre, piegandosi per ascoltare meglio.

La signora scoppiò a ridere di cuore.

Anche il padre si mise a ridere. Stavano prendendo il tè in sala, e lui sedeva con le spalle alla scala. Ora si voltò e vide il nipote, il piccolo Geoff, che scendeva con circospezione, affascinato e al tempo stesso intimidito dalla casa nuova.

Le scale erano di quercia e non c'era tappeto. Il bambino attraversò la sala e si fermò accanto a sua madre. Il signor Winburn trasalì, perché aveva udito distintamente un altro paio di piedini sulle scale, come se qualcuno seguisse Geoffrey. Piedini che si trascinavano, che facevano fatica... Scrollò le spalle, incredulo. "La pioggia, non c'è dubbio" pensò fra sé.

«Vorrei un pasticcino» disse Geoff con l'aria distaccata di chi sta trattando una questione della massima importanza.

La madre si affrettò a esaudire la richiesta.

«Ebbene, ragazzo, che te ne pare della casa nuova?»

«Mi piace un sacco» rispose Geoffrey con la bocca piena.

«Ma proprio un sacco.» Dopo quest'affermazione, segno evidente della massima soddisfazione, il bambino tacque e sgranocchiò i suoi pasticcini alla massima velocità possibile.

Fatto sparire l'ultimo dolce dalla coppa riprese a parlare.

«Mamma, Jane dice che c'è una soffitta, qui. Posso esplorarla? Troverò una porta segreta, vero? Jane dice che non c'è, ma invece c'è; e le *condutture dell'acqua*, che bellezza, le vedrò e mi metterò a giocare! E la caldaia? Posso vedere la caldaia?» Pronunciò queste ultime parole con tale delizia che il nonno si sentì vergognoso di non condividerne l'infantile entusiasmo. Tutto quello che riusciva a vedere, con gli occhi della mente, era dell'acqua calda che in realtà non era calda, e una pila di conti dell'idraulico da saldare.

«Andremo in soffitta domani, caro» disse la signora Lancaster. «Perché non fai un po' di costruzioni, eh? Potresti creare una bella casa, o un apparecchio, non so.»

«Non voglio fare una casa.»

«Fai una bella casa.»

«No, una casa no. E nemmeno un apparecchio.»

«Allora costruisci una caldaia» suggerì il nonno.

Geoffrey s'illuminò.

«Con le condutture?»

«Con quante condutture vuoi.»

Geoffrey corse felice a prendere le costruzioni.

Continuava a piovere. Il signor Winburn ascoltava. Sì, era senz'altro la pioggia quella che aveva udito, ma il suono era identico ai passi di un bambino.

Quella notte fece uno strano sogno.

Sognò di trovarsi in una città tutta popolata di bambini: non c'erano adulti, solo bambini, e a migliaia. Quando lo videro – lui, straniero – gli corsero incontro e gridarono: «L'hai portato?». Come se capisse ciò che intendevano, il signor Winburn scosse la testa tristemente, in segno di diniego. A questo punto i bimbi scappavano e cominciavano a singhiozzare amaramente.

Il sogno si dileguò e il signor Winburn si ritrovò nel suo letto, ma il pianto continuò a risuonargli nelle orecchie. Era perfettamente sveglio, eppure lo sentiva distintamente. Poi ricordò che Geoffrey dormiva al piano di sotto, mentre il lamento veniva dall'alto. Si mise a sedere e accese un fiammifero. I singhiozzi cessarono di colpo.

Il signor Winburn non parlò alla figlia né del sogno né di ciò che aveva udito poi; ma col passare delle ore il fenomeno si ripeté, e in pieno giorno. Certo, il vento sibilava nel camino, ma questo era diverso: un suono distinto, inconfondibile. Piccoli disperati singhiozzi.

Come non tardò a scoprire, l'anziano signore non era il solo a udirli. La governante, per esempio, borbottò alla cameriera che "non credeva che l'istitutrice facesse il suo dovere, perché il povero signorino Geoffrey aveva pianto a dirotto, nelle prime ore del mattino". Ma Geoffrey era sceso a colazione raggiante di felicità e salute. Il signor Winburn sapeva che non era stato suo nipote a piangere, ma l'altro bimbo, i cui passettini l'avevano fatto trasalire più di una volta.

Solo la signora Lancaster non sentiva niente. Forse le sue orecchie non erano abbastanza fini per percepire i suoni di un altro mondo.

Un giorno, tuttavia, anche lei ricevette una sorpresa.

«Mammina» disse Geoffrey in tono lamentoso «vorrei che mi lasciassi giocare con quel ragazzino.»

Lei alzò gli occhi dallo scrittoio e sorrise.

«Che ragazzino, Geoff?»

«Non so come si chiama. Era su in soffitta, seduto sul pavimento, e piangeva. Quando mi ha visto è scappato. Penso che sia *timido*.» (L'ultima frase fu detta in tono vagamente sprezzante.) «Non è come un ragazzo cresciuto. Poi, quando mi sono messo a giocare con le costruzioni, l'ho visto di nuovo che mi spiava dalla porta. Mi pareva solo come un cane e da come guardava ho capito che voleva giocare con me. Gli ho detto: "Entra, costruisci un apparecchio", ma lui non ha risposto ed è rimasto a guardare, come se vedesse un mucchio di cioccolata e la mamma gli avesse detto di non prenderla.» Geoff sospirò: evidentemente anche lui aveva tristi memorie al riguardo. «Ma quando ho chiesto a Jane chi era quello e se potevo giocare con lui, mi ha risposto che non c'erano altri ragazzi in casa e che non dovevo dire le bugie. Jane non mi piace, mamma.»

La signora Lancaster si alzò.

«E invece ha ragione lei. Non c'è nessun ragazzo.»

«Ma l'ho visto! Oh, mamma, fammici giocare. È così solo e triste! Voglio fare in modo che si senta meglio.»

La signora stava per replicare, ma suo padre scosse la testa.

«Geoff» disse il nonno con dolcezza «quel ragazzino è veramente solo. Forse puoi fare qualcosa per alleviarlo, ma devi scoprire tu il modo, come in un indovinello. Hai capito?»

«Devo scoprirlo da solo perché sto diventando *grande*, è così, nonno?»

«Perché stai diventando *grande*, sì.»

Quando il bambino uscì la signora Lancaster ebbe un moto d'impazienza verso il padre.

«Papà, è assurdo! Incoraggiare Geoffrey a credere agli sciocchi racconti delle cameriere!»

«Nessuna cameriera gli ha detto niente. Lui ha visto ciò che io ho solo *udito*. Forse lo vedrei anch'io, se avessi la sua età.»

«Ma sono sciocchezze! Perché io non vedo e non sento nessun ragazzino, eh?»

Il signor Winburn sorrise: un sorriso stanco, curioso, e non disse niente.

«Dimmi perché» insisté la figlia. «E dimmi perché gli hai messo in testa che può aiutare quella... cosa. È impossibile.»

Il vecchio la fissò col suo sguardo pensieroso.

«E chi lo dice? Ricordati queste parole:

Quale Lanterna diede il Destino
Ai suoi Bambini sperduti nel buio?
"Un sesto senso" il Cielo rispose.

«Geoffrey ce l'ha... un sesto senso, come tutti i bambini. È solo quando cresciamo che perdiamo questa facoltà. A volte, da vecchi, ne scorgiamo di nuovo il bagliore, ma è nell'infanzia che la Lanterna brilla più intensamente. Ecco perché credo che Geoffrey possa aiutare il suo amico.»

«Non capisco» mormorò debolmente la signora Lancaster.

«Nemmeno io, ma quel... quel bambino è in pena e vuol essere liberato. Come? Non lo so, però è spaventoso pensarci: è un bimbo, una creatura, e gli si spacca il cuore dal dolore.»

Un mese dopo questa conversazione Geoffrey si ammalò gravemente. Il vento dell'est aveva soffiato forte e lui non era un ragazzo robusto. Il medico scuoté la testa e disse che si trattava di un caso grave. Col signor Winburn fu ancora più esplicito, ammettendo che non c'erano speranze. «In ogni caso non sarebbe vissuto a lungo» aggiunse. «Da troppo tempo soffre di questa malattia polmonare.»

Accudendo il figlio malato, la signora Lancaster sentì per la prima volta la presenza dell'altro bambino. Dapprima i singhiozzi le parvero confondersi col vento, poi pian piano si fecero più distinti, inconfondibili. Alla fine fu in grado di udirli anche nei momenti di assoluto silenzio: singhiozzi di bimbo, di un bimbo solo, disperato e affranto.

Man mano che Geoffrey peggiorava, parlava con sempre maggior frequenza del piccolo amico. Nel delirio gridava: «Voglio aiutarlo ad andar via, lo voglio!».

Al delirio seguì uno stato letargico. Geoffrey stava immobile, a stento respirava, perso nell'oblio. Non si poteva far altro che guardare e aspettare. Poi venne una notte chiara, calma, senza un alito di vento.

Improvvisamente il ragazzo tremò, aprì gli occhi e fissò la porta aperta alle spalle di sua madre. Cercò di parlare, e chinandosi la signora Lancaster colse le sue ultime parole.

«Eccomi, sto arrivando.» Poi reclinò il capo.

La madre attraversò la stanza in preda al terrore e andò in cerca del signor Winburn. Da qualche parte, intorno a loro, l'altro bambino era scoppiato a ridere. Felici, irrefrenabili, argentine, le risate echeggiavano fra le pareti.

«Ho paura, ho paura» gemette lei.

Il signor Winburn le mise un braccio intorno alle spalle,

con aria protettiva. Un alito improvviso di vento li fece trasalire, ma morì presto.

Le risate erano cessate, e al loro posto si sentiva un debole rumore, così debole che a stento si riusciva a distinguerlo. Passi, passi leggeri che si allontanavano.

Pit-pat, pit-pat, il fruscio alternato dei piedini. Ma ora... che strano... pareva che *un altro paio* di piedini si fosse unito al primo, e che si muovesse in modo più rapido e leggero.

Il fruscio giunse alla porta, la superò, i passettini erano chiarissimi. Pit-pat, pit-pat, due bambini che marciavano insieme.

La signora Lancaster alzò gli occhi, terrorizzata.

«Adesso sono *due! Sono due!*»

Bianca di paura guardò il lettino del figlio, nell'angolo, ma il signor Winburn la invitò gentilmente a guardare nella direzione opposta, oltre la porta.

«Là» disse semplicemente.

Pit-pat, pit-pat... sempre più deboli e lontani.

E poi silenzio.

LE INDAGINI DI HERCULE POIROT

La tragedia di Marsdon Manor

Ero stato chiamato fuori città per qualche giorno e al mio ritorno trovai Poirot intento a chiudere le cinghie della sua valigetta.

«*À la bonne heure*, Hastings. Temevo che non sarebbe tornato per accompagnarmi.»

«È stato chiamato a risolvere un caso?»

«Sì, anche se devo ammettere che tutto considerato l'affare non mi sembra promettente. La compagnia assicuratrice Northern Union mi ha chiesto di indagare sulla morte di un certo signor Maltravers che qualche settimana fa si è assicurato sulla vita presso di loro per la grossa somma di cinquantamila sterline.»

«Sì?» commentai molto interessato.

«Naturalmente, nella polizza c'era la solita clausola sul suicidio. Nel caso si fosse tolto la vita entro il periodo di un anno il premio sarebbe andato perduto. Il signor Maltravers era stato debitamente visitato dal medico della società e, pur essendo un uomo non più molto giovane, era risultato in ottima salute. E invece mercoledì scorso – l'altro ieri – il cadavere del signor Maltravers è stato trovato nelle vicinanze di casa sua nell'Essex, a Marsdon Manor, e la causa della morte viene descritta come una sorta di emorragia interna. Questo di per se stesso non sarebbe strano, ma ultimamente sono corse sinistre voci sulla situazione finanziaria del signor Maltravers e la Northern Union ha accertato, senza possibilità di dubbi, che il defunto era sull'orlo della bancarotta. Ora, questo cambia le cose in modo piuttosto notevole. Maltravers aveva una moglie giovane e bella e si ipotizza che egli abbia raggranellato tutto il denaro contante possibile per pagare i premi di un'assicurazione sulla vita a beneficio di sua moglie e poi si sia tolto la vita. Cose del genere non sono troppo rare. Il mio amico Alfred Wright, che è uno dei direttori della Northern Union, mi ha chiesto di indagare sul caso ma, come le ho già detto, non spero di avere molto successo. Se la causa della morte fosse stato un attacco cardiaco sarei più fiducioso. Un attacco cardiaco spesso può essere ascritto all'incapacità del medico generico locale di scoprire di che cosa è morto realmente il suo paziente, ma un'emorragia sembra una causa piuttosto chiara. Tuttavia non possiamo fare altro che alcune indagini necessarie. Cinque minuti per fare la valigia, Hastings, poi prenderemo un tassì per Liverpool Street.»

All'incirca un'ora dopo scendevamo dal treno alla piccola stazione di Marsdon Leigh. Indagini svolte alla stazione ci informarono che Marsdon Manor era a circa un miglio di distanza. Poirot decise di andare a piedi e ci avviammo lungo la via principale.

«Qual è il nostro piano?» chiesi.

«Per prima cosa andrò a trovare il dottore. Ho appurato che a Marsdon Leigh c'è un unico dottore, Ralph Bernard.»

La casa in questione era una specie di villino elegante, un po' arretrato rispetto alla strada. Una targa di ottone sul cancello recava il nome del medico. Percorremmo il vialetto e suonammo il campanello.

Risultò che eravamo arrivati al momento buono. Era orario di visita e non c'erano pazienti in attesa. Il dottor Bernard era un uomo di mezza età dalle spalle larghe e curve, con una gradevole vaghezza nei modi.

Poirot si presentò e spiegò lo scopo della nostra visita, aggiungendo che le compagnie assicurative erano tenute a indagare molto accuratamente in casi come quello.

«Certo, certo» disse il dottor Bernard in tono esitante. «Suppongo che essendo un uomo così ricco si fosse assicurato sulla vita per una grossa cifra, vero?»

«Lo considerava un uomo ricco, dottore?»

L'altro parve piuttosto stupito.

«Non lo era? Aveva due macchine, sa? E Marsdon Manor è una residenza piuttosto grande e costosa, anche se credo che l'abbia pagata molto poco.»

«Ho saputo che ultimamente aveva perso molto denaro» disse Poirot osservando attentamente la porta.

L'altro tuttavia si limitò a scuotere il capo con espressione mesta.

«Davvero? E allora meno male che per sua moglie ci sia quell'assicurazione sulla vita. È una giovane creatura bella e affascinante ma tremendamente sconvolta da quella disgrazia. Una massa di nervi, poverina. Ho cercato di risparmiarla il più possibile ma era fatale che lo shock fosse notevole.»

«Ultimamente ha curato il signor Maltravers?»

«Mio caro signore, non l'ho mai curato.»

«Come?»

«Il signor Maltravers, a quanto so, era un membro della Christian Science... o qualcosa del genere.»

«Ma lei ha visto il cadavere?»

«Certo, sono stato chiamato da un aiutante giardiniere.»

«E la causa della morte era chiara?»

«Chiarissima. C'era del sangue sulle labbra ma la maggior parte dell'emorragia era interna.»

«Si trovava ancora dove era stato rinvenuto?»

«Sì, il corpo non era stato toccato. Era steso sul limitare di un piccolo frutteto. Evidentemente era andato a caccia di cornacchie perché al suo fianco c'era un piccolo fucile di quelli che si usano per sparare alle cornacchie. L'emorragia deve essere avvenuta all'improvviso, sicuramente dovuta a un'ulcera gastrica.»

«Quindi non si può pensare che gli abbiano sparato, vero?»

«Mio caro signore!»

«Chiedo scusa» disse umilmente Poirot. «Ma se la mia memoria non sbaglia, in un recente caso di omicidio il medico ha dichiarato trattarsi di attacco cardiaco per poi cambiare parere quando la polizia ha fatto notare che il morto aveva una ferita da proiettile in testa.»

«Non troverete nessuna ferita da proiettile sul corpo del signor Maltravers» disse seccamente il dottor Bernard. «E ora, signori, se non c'è altro...»

Capimmo l'antifona.

«Buongiorno, dottore, e molte grazie per aver risposto così gentilmente alle nostre domande. Tra l'altro, lei non ha considerato necessaria un'autopsia?»

«No di certo.» Il dottore divenne paonazzo. «La causa della morte era chiara e nella mia professione non vediamo la necessità di sconvolgere inutilmente i parenti di un paziente morto.»

E, voltatosi, ci sbatté bruscamente la porta in faccia.

«Che ne pensa del dottor Bernard, Hastings?» mi chiese Poirot mentre ci dirigevamo verso Marsdon Manor.

«Mi è sembrato un antiquato somaro.»

«Esatto, il suo giudizio sul carattere delle persone è sempre profondo, amico mio.»

Lo guardai un po' a disagio, ma lui sembrava molto serio. Tuttavia negli occhi gli sfrecciò un lampo malizioso quando aggiunse subdolamente:

«Cioè, quando non c'è di mezzo una bella donna!»

Lo guardai freddamente.

Al nostro arrivo la porta ci fu aperta da una cameriera di mezza età. Poirot le porse il proprio biglietto da visita e una lettera della compagnia di assicurazione indirizzata alla signora Maltravers. Ci fece accomodare in un salottino e andò ad avvertire la padrona. Dopo una decina di minuti la porta si aprì e sulla soglia comparve una figuretta snella in gramaglie.

«Monsieur Poirot?» bisbigliò.

«Madame!» Poirot balzò galantemente in piedi e si diresse subito verso di lei. «Non so dirle quanto mi dispiace disturbarla così, ma cosa vuole, *les affaires*... non conoscono pietà.»

La signora Maltravers si lasciò accompagnare da lui verso una poltrona. Aveva gli occhi rossi di pianto ma ciò nonostante la sua straordinaria bellezza appariva evidente. Doveva avere ventisette o ventotto anni, era biondissima, con grandi occhi azzurri e una graziosa bocca imbronciata.

«Si tratta dell'assicurazione di mio marito, vero? Ma devo proprio essere importunata adesso, così presto?»

«Coraggio, mia cara signora, coraggio! Vede, il suo defunto marito si era assicurato sulla vita per una cifra piuttosto importante e in casi simili la compagnia assicuratrice deve sempre fare accurate indagini. Può star sicura che farò tutto quello che sta in me per renderle queste pratiche il meno sgradevoli possibile. Potrebbe riassumermi i tristi eventi di mercoledì?»

«Stavo cambiandomi per il tè quando è arrivata la cameriera a dirmi che uno dei giardinieri era venuto di corsa. Aveva trovato...»

La voce le si spense e Poirot le strinse la mano con gesto comprensivo.

«Capisco, basta così! Ha visto suo marito prima della disgrazia?»

«L'avevo visto all'ora di pranzo. Ero andata in paese per comperare dei francobolli e credo che lui fosse rimasto nei paraggi di casa a trafficare in giardino.»

«A sparare alle cornacchie?»

«Sì, di solito si portava appresso il fucile e io da lontano ho sentito qualche sparo.»

«Dov'è il fucile adesso?»

«Credo sia nell'atrio.»

Mi fece strada fuori dalla stanza e andò a prendere l'arma che porse a Poirot il quale la esaminò con curiosità.

«Sono stati sparati due colpi, vedo» osservò restituendoglielo. «E ora, signora, se potessi vedere...»

Si interruppe delicatamente.

«L'accompagnerà la cameriera» mormorò lei girando il capo.

La cameriera, subito chiamata, condusse Poirot di sopra. Io rimasi con la deliziosa e sfortunata donna. Non sapevo se avrei fatto bene a parlare o a stare zitto. Azzardai una o due considerazioni generiche alle quali lei rispose distrattamente e, di lì a pochi minuti, Poirot ci raggiunse.

«La ringrazio per la cortesia, madame, non penso che la disturberemo più per questa faccenda. A proposito, conosce la situazione finanziaria di suo marito?»

Lei scosse la testa.

«Niente di niente. Sono molto stupida negli affari, io.»

«Capisco, quindi non può darci nessuna idea della ragione per cui aveva deciso all'improvviso di assicurarsi sulla vita? A quanto mi è stato detto, non l'aveva mai fatto in precedenza.»

«Be', ci eravamo sposati solo da poco più di un anno ma, quanto alla ragione per cui si è assicurato sulla vita, è che era assolutamente sicuro che non sarebbe vissuto a lungo. Era persuaso che sarebbe morto presto. Aveva già avuto un'emorragia e sapeva che un'altra gli sarebbe stata fatale. Ho cercato di scacciare queste cupe paure, ma non vi sono riuscita. Ahimè, aveva fin troppa ragione!»

Con le lacrime agli occhi si accomiatò da noi con molta dignità. Poirot, mentre ci incamminavamo per il vialetto, fece un gesto caratteristico.

«*Eh bien*, ecco tutto! Torniamo a Londra, amico mio, sembra che in questa trappola per topi non ci sia neanche un topo, eppure...»

«Eppure che cosa?»

«Una lieve discrepanza, tutto qui! L'ha notata? No? Comunque la vita è piena di discrepanze e certamente quell'uomo non si può essere tolto la vita: non esiste veleno che possa avergli riempito la bocca di sangue, no, no, devo rassegnarmi al fatto che qui tutto è chiaro e pulito... ma chi è quello?»

Un giovane alto stava venendo verso di noi a passi affrettati. Ci passò davanti senza nemmeno accennare a un saluto. Osservai che non aveva l'aspetto malato e che il suo volto magro e abbronzatissimo faceva pensare che vivesse in un clima tropicale. Un giardiniere che stava scopando le foglie aveva smesso un attimo di lavorare e Poirot si affrettò ad avvicinarglisi.

«Mi dica per favore, chi è quel signore? Lo conosce?»

«Non ricordo come si chiami, signore, anche se l'ho sentito nominare. La settimana scorsa, il martedì, si è fermato qui una notte.»

«Presto, *mon ami*, seguiamolo.»

Ci affrettammo a seguire la figura che si allontanava sempre più lungo il vialetto. Intravedemmo una persona vestita di nero sul terrazzo sul fianco della casa. La nostra preda svoltò e noi la seguimmo e così fummo testimoni dell'incontro.

La signora Maltravers quasi barcollò e sbiancò notevolmente in volto.

«Lei!» disse con un sussulto. «Pensavo che fosse in mare... in viaggio per l'Africa Orientale.»

«Ho ricevuto alcune notizie dai miei avvocati e mi sono dovuto fermare» spiegò il giovanotto. «Inaspettatamente è morto in Scozia un mio vecchio zio, e mi ha lasciato del denaro. Date le circostanze, ho ritenuto opportuno annullare il viaggio. Poi ho letto la brutta notizia sul giornale e sono venuto a vedere se posso fare qualcosa. Le servirà qualcuno che si occupi di tutto in questo periodo.»

In quel momento si resero conto della nostra presenza. Poirot fece un passo avanti e con molte scuse spiegò di aver dimenticato il bastone nell'atrio. Piuttosto riluttante, mi parve, la signora Maltravers fece le dovute presentazioni.

«Monsieur Poirot, il capitano Blake.»

Seguirono alcuni minuti di conversazione durante i quali Poirot riuscì a farsi dire dal capitano Blake che alloggiava all'Anchor Inn. Il bastone non fu trovato (cosa non sorprendente del resto), Poirot si scusò di nuovo e ce ne andammo.

Tornammo in paese a grande velocità e Poirot si diresse direttamente all'Anchor Inn.

«Ci piazziamo qui fino al ritorno del nostro amico capitano» mi spiegò. «Ha notato che ho calcato sulla notizia del nostro ritorno a Londra col primo treno? Forse lei ha pensato che intendessi davvero farlo, ma non è così. Ha notato la faccia della signora Maltravers quando ha visto il giovane Blake? Era chiaramente sbalordita e lui... *eh bien*, mi è sembrato molto preso da lei, non le è parso? Ed è stato qui martedì sera, la sera prima che Maltravers morisse. Dobbiamo indagare su quello che ha fatto il capitano Blake, Hastings.»

Di lì a mezz'ora vedemmo la nostra preda che si avvicinava

alla locanda. Poirot uscì, la abbordò e di lì a poco la condusse nella stanza che avevamo preso.

«Stavo spiegando al capitano Blake la ragione della nostra presenza qui» mi disse. «Può capire, *monsieur le capitaine*, quanto io sia ansioso di stabilire quale era la condizione mentale del signor Maltravers immediatamente prima della sua morte. Al tempo stesso, non desidero turbare la signora Maltravers indebitamente ponendole domande penose. Ora, visto che lei era qui prima del fatto, forse può fornirci informazioni altrettanto preziose.»

«Farò tutto quello che posso per aiutarvi, certo» rispose il giovane capitano. «Ma temo di non aver notato nulla fuori dell'ordinario. Vede, anche se Maltravers era un vecchio amico dei miei genitori, io non lo conoscevo molto bene.»

«Lei è arrivato... quando?»

«Martedì pomeriggio. Sono andato in città mercoledì mattina presto dato che la mia nave partiva da Tilbury verso mezzogiorno, ma ho cambiato programma in seguito ad alcune notizie che ho ricevuto, come credo mi abbia sentito dire alla signora Maltravers.»

«Intendeva ritornare in Africa Orientale, ho capito bene?»

«Sì, sono lì dall'inizio della guerra... un grande paese.»

«Esatto, ora, di che cosa avete parlato durante la cena martedì sera?»

«Oh, non lo so, dei soliti argomenti vari. Maltravers ha chiesto notizie dei miei, poi abbiamo discusso del problema dei danni di guerra che i tedeschi dovrebbero pagare, quindi la signora Maltravers mi ha fatto un mucchio di domande sull'Africa Orientale e io ho raccontato loro un po' di aneddoti. Tutto qui, credo.»

«Grazie.»

Poirot rimase in silenzio per un po', poi disse con voce gentile: «Col suo permesso vorrei tentare un piccolo esperimento. Ci ha detto tutto quello che sa consapevolmente, ora voglio interrogare il suo subconscio».

«Psicanalisi?» chiese Blake visibilmente allarmato.

«Oh, no, no» lo rassicurò Poirot. «Vede, si tratta quasi di

un gioco: io le dico una parola, lei risponde con un'altra parola, eccetera, qualunque parola, la prima che le viene in mente. Vogliamo cominciare?»

«D'accordo» disse Blake lentamente, ma sembrava a disagio.

«Annoti le parole, per favore, Hastings» mi chiese Poirot, poi prese dalla tasca il suo grosso cipollone e lo posò sul tavolo di fianco a sé. «Cominciamo pure. Giorno.»

Seguì un attimo di silenzio poi Blake rispose: «*Notte*».

Poirot continuò e mano mano le risposte venivano più in fretta.

«Nome» disse Poirot.

«*Luogo.*»

«Bernard.»

«*Shaw.*»

«Martedì.»

«*Cena.*»

«Viaggio.»

«*Nave.*»

«Paese.»

«*Uganda.*»

«Racconto.»

«*Leoni.*»

«Fucile per cornacchie.»

«*Fattoria.*»

«Sparo.»

«*Suicidio.*»

«Elefante.»

«*Zanne.*»

«Denaro.»

«*Avvocati.*»

«Grazie, capitano Blake, forse può dedicarmi altri cinque minuti tra circa mezz'ora?»

«Certamente.» Il giovane lo guardò curiosamente e si asciugò la fronte mentre si alzava.

«E ora, Hastings» disse Poirot sorridendomi quando la porta fu chiusa alle spalle del giovanotto «capisce tutto, vero?»

«Non so che cosa voglia dire.»
«Quell'elenco di parole non le dice niente?»
Esaminai l'elenco ma fui costretto a scuotere la testa.
«L'aiuterò. Per cominciare, Blake ha risposto entro il limite normale di tempo, senza pause cosicché possiamo presumere che non abbia segreti colpevoli da nascondere. "Giorno" seguito da "notte" e "luogo" dopo "nome". Sono associazioni normali. Ho cominciato il lavoro vero con "Bernard", che avrebbe potuto suggerirgli il dottore se lo avesse per caso conosciuto. Evidentemente no. Dopo la nostra recente conversazione ha risposto "cena" al mio "martedì", ma a "viaggio" e "paese" ha risposto con "nave" e "Uganda" dimostrando chiaramente che importante per lui era il suo viaggio all'estero e non quello che lo aveva portato fin qui. "Racconto" gli ricorda una storiella sui leoni che ha raccontato durante la cena. Quando ho detto "fucile per cornacchie" mi ha risposto del tutto inaspettatamente "fattoria". Quando ho detto "sparo" ha detto subito "suicidio"; l'associazione sembra chiara. Un uomo che lui conosce si è suicidato con un fucile per cornacchie in una fattoria. Non dimentichi che il giovane pensa ancora agli aneddoti che ha raccontato durante la cena. Penso che lei sia d'accordo con me, saremo vicini alla verità se richiamerò il capitano Blake e gli chiederò di ripetermi la storia di quel suicidio che ha raccontato durante la cena martedì sera.»
Blake non cercò di tergiversare.
«Sì, ora che ci penso ho raccontato loro quella storia. C'è stato un tale che si è ucciso in una fattoria. L'ha fatto con un fucile per cornacchie sparandosi nel palato e il proiettile è finito nel cervello. I dottori erano assolutamente incapaci di capire: non si vedeva nulla, a parte un po' di sangue sulle labbra, ma che cosa...»
«Che cosa ha a che vedere col signor Maltravers? Vedo che non sa che l'hanno trovato con un fucile per cornacchie al fianco.»
«Vuole dire che la mia storia gli ha dato l'idea di... oh, ma è spaventoso!»

«Non si angosci, lo avrebbe fatto comunque in un modo o nell'altro. Bene, devo telefonare a Londra.»

Poirot ebbe una lunga conversazione al telefono e quando ritornò era sovrappensiero. Se ne andò in giro da solo per tutto il pomeriggio e soltanto alle sette di sera annunciò che non poteva più rimandare oltre ma doveva dare la notizia alla giovane vedova. La mia comprensione era andata a lei senza alcuna riserva. Essere rimasta senza un soldo, con la certezza che il marito si era ucciso per assicurarle il futuro era un peso molto grave da sopportare per qualunque donna. Avevo tuttavia la segreta speranza che il giovane Blake potesse rivelarsi capace di consolarla dopo che il primo dolore si fosse placato. Era evidente che la ammirava enormemente.

La nostra conversazione con lei fu penosa. Si rifiutò con violenza di credere ai fatti che Poirot le prospettava e quando alla fine fu persuasa proruppe in un pianto amaro. L'autopsia rivelò che i nostri sospetti erano certezze. Poirot era molto dispiaciuto per la povera donna ma alla fin fine era stato assunto dalla compagnia di assicurazione e che poteva fare? Mentre si preparava ad andarsene disse con dolcezza alla signora Maltravers:

«Madame, lei soprattutto dovrebbe sapere che i morti non esistono!»

«Che cosa intende dire?» chiese lei balbettando e spalancando gli occhi.

«Ha mai preso parte a qualche seduta spiritica? Lei è dotata di poteri medianici, lo sa?»

«Mi è stato detto, ma lei crede nello spiritismo?»

«Madame, ho visto cose strane. Sa che in paese dicono che in questa casa ci sono gli spiriti?»

Lei annuì e in quel momento la cameriera venne ad annunciare che la cena era servita.

«Non volete fermarvi a mangiare qualcosa?»

Accettammo riconoscenti e io pensai che la nostra presenza avrebbe forse potuto distrarla un po' dai suoi dispiaceri.

Avevamo appena finito di mangiare quando fuori dalla porta si udì un urlo e poi rumore di porcellana infranta. Sobbalzammo e la cameriera comparve tenendosi una mano sul cuore.

«C'era un uomo... fermo sul corridoio.»

Poirot si precipitò fuori per tornare subito indietro.

«Non c'è nessuno.»

«Davvero, signore?» chiese con voce flebile la cameriera. «Oh, mi ha fatto prendere uno spavento!»

«Ma perché?»

Lei abbassò la voce a un bisbiglio.

«Ho pensato... che fosse il padrone... sembrava proprio lui.»

Vidi la signora Maltravers sussultare e ricordai l'antica superstizione secondo la quale un suicida non può riposare in pace. Sicuramente l'aveva ricordata anche lei, perché un attimo dopo afferrò gridando il braccio di Poirot.

«Non avete sentito? Quei tre colpi alla finestra? È così che lui era solito picchiare sui vetri quando faceva il giro della casa.»

«No, è stata l'edera,» esclamai «l'edera che sbatte contro il vetro.»

Una specie di terrore si stava impadronendo di noi. La cameriera era sconvolta e quando il pasto ebbe fine la signora Maltravers supplicò Poirot di non andare via subito. Era terrorizzata al pensiero di restare da sola. Sedevamo nel salottino, il vento si era intensificato e correva gemendo per tutta la casa con un sibilare sinistro. Due volte la porta della stanza si aprì lentamente e ogni volta lei si aggrappò a me con un gemito terrorizzato.

«Ah, ma questa porta è stregata» esclamò irosamente Poirot. Si alzò e andò a chiuderla un'altra volta, poi girò la chiave nella toppa. «La chiudo a chiave, così!»

«Non lo faccia» ansimò lei. «Se dovesse aprirsi adesso...»

E stava ancora parlando quando l'impossibile accadde. La porta chiusa a chiave si aprì lentamente. Non riuscivo a vedere nel corridoio dal punto in cui stavo seduto ma lei e Poirot vi si trovavano proprio di fronte. La signora Maltravers diede in un lungo grido voltandosi verso Poirot.

«Lo ha visto... lì, nel corridoio!» gridò.

Lui la fissava con un'espressione perplessa, poi scosse il capo.

«L'ho visto... mio marito... deve averlo visto anche lei, vero?»

«Madame; non ho visto nulla. Lei non sta bene... è sconvolta...»

«Sto benissimo... io... oh mio Dio...»

D'un tratto, senza alcun preavviso, le luci tremolarono, poi si spensero e dall'oscurità giunsero tre colpi forti. Udii la signora Maltravers gemere.

E poi... vidi!

L'uomo che avevo visto sul letto al piano di sopra se ne stava lì di fronte a noi, illuminato da una vaga luce spettrale. C'era del sangue sulle labbra ed egli teneva la mano destra protesa a indicare qualcosa. All'improvviso dalla mano parve sprigionarsi una luce brillante che passò sopra di me e sopra Poirot e ricadde sulla signora Maltravers. Vidi il suo volto bianco e terrorizzato e vidi qualcos'altro!

«Dio mio, Poirot!» esclamai. «Guardi la sua mano, la mano destra, è tutta rossa!»

Anche lei si guardò la mano e crollò al suolo.

«Sangue!» urlò istericamente. «Sì, è sangue, l'ho ucciso io. Sono stata io. Lui mi stava insegnando come si fa a sparare e io ho messo la mano sul grilletto e ho premuto. Salvatemi da lui... salvatemi... lui è tornato!»

La voce si spense in un gorgoglio.

«Luce» disse Poirot in tono secco.

La luce si accese come per magia.

«Ecco fatto» continuò. «Ha sentito, Hastings? E lei, Everett? Oh, tra l'altro, questo è il signor Everett, un esponente piuttosto valido dell'arte teatrale. Gli ho telefonato questo pomeriggio. Il trucco ha funzionato, vero? Somiglia molto al defunto e, con una torcia tascabile e la necessaria fosforescenza, l'effetto è stato magnifico! Se fossi in lei, Hastings, non le toccherei la mano destra, la vernice rossa è difficile da togliere. Vede, quando si sono spente le luci, io le ho preso la mano.

Tra l'altro, non dobbiamo perdere il treno. Fuori della finestra c'è l'ispettore Japp. È una brutta notte... ma è riuscito a far passare il tempo battendo di tanto in tanto sulla finestra.»

«Vede,» continuò Poirot mentre camminavamo con passo deciso nel vento e nella pioggia «c'era una piccola discrepanza. Il dottore sembrava ritenere che il defunto fosse un membro della Christian Science e chi avrebbe potuto dargli quest'impressione se non la signora Maltravers? Ma a noi la stessa signora ce lo ha rappresentato come un uomo molto apprensivo circa la propria salute. E poi, perché è rimasta così sconvolta dalla ricomparsa del giovane Blake? E infine, anche se so che le convenzioni prevedono che una donna debba manifestare il suo dolore per la morte del marito, non mi sono piaciute quelle palpebre così eccessivamente arrossate. Non le ha notate, Hastings? No? Glielo dico sempre, lei non vede nulla!

«Be', c'erano due possibilità. La storia raccontata dal capitano Blake aveva suggerito al signor Maltravers un metodo ingegnoso per suicidarsi oppure l'altra persona che l'aveva ascoltata, la moglie, vi aveva ravvisato un metodo altrettanto ingegnoso per commettere un omicidio? Ero propenso a optare per il secondo caso. Per spararsi nel modo indicato Maltravers avrebbe dovuto premere il grilletto con l'alluce, almeno così immagino. Se lo avessero trovato senza uno stivale lo avremmo certamente saputo, un particolare così strano non sarebbe passato inosservato.

«Eppure, come le ho già detto, io ero più propenso a pensare che si trattasse di omicidio e non di suicidio, ma capivo di non avere nemmeno l'ombra di una prova a sostegno di questa mia teoria. Ecco la ragione dell'elaborata piccola commedia che lei ha visto recitare questa sera.»

«Nemmeno ora capisco molto bene i particolari di questo delitto» dissi io.

«Cominciamo dall'inizio. Una donna, giovane e bella, ma anche astuta e calcolatrice al corrente della *débâcle* finanziaria del marito e stanca dell'anziano compagno che ha sposato solo per i soldi, lo convince ad assicurarsi sulla vita per una grossa cifra, poi cerca il modo per portare a termine il suo piano. Per puro caso le viene fornita una idea straordinaria dalla strana storia che il giovane ufficiale racconta a cena. Il pomeriggio successivo, quando lei pensa che *monsieur le capitaine* sia in alto mare, la signora passeggia col marito nel parco attorno alla casa. "Che storia curiosa ci ha raccontato ieri sera" gli dice. "Come può un uomo uccidersi in quel modo? Fammi vedere come si potrebbe fare!" E quel povero sciocco... glielo fa vedere. Si pone la canna del fucile in bocca. Lei si china, abbassa il dito sul grilletto e ridendo gli chiede: "E adesso, se io premessi il grilletto?".

«E poi... e poi, Hastings... lo preme davvero!»

Il mistero di Hunter's Lodge

«Dopo tutto» mormorò Poirot «è possibile che stavolta io non muoia.»

Poiché venivano da un malato ora convalescente di influenza, accolsi quelle parole come rivelatrici di un benefico ottimismo. Io stesso avevo sofferto precedentemente di quel disturbo e Poirot ne era stato colpito subito dopo. Ora stava seduto sul letto appoggiato ai cuscini, la testa avvolta in una sciarpa di lana, e stava sorseggiando lentamente una tisana particolarmente cattiva che avevo preparato seguendo le sue direttive. I suoi occhi si posarono con piacere su una fila ordinatamente disposta di flaconcini di medicine che ornavano la mensola del camino.

«Sì, sì» continuò il mio piccolo amico. «Sarò di nuovo me stesso, il grande Hercule Poirot, il terrore dei malvagi! Pensi, *mon ami*, che c'è un piccolo paragrafo dedicato a me su "Society Gossip". Ma sì, eccolo: Criminali, potete uscire liberamente! Hercule Poirot – e credetemi è un vero e proprio Ercole – il nostro investigatore preferito non può acciuffarvi. Sapete perché? Perché è ammalato, a letto con l'influenza!»

Risi.

«Buon per lei, Poirot, sta diventando una vera e propria figura pubblica. E per fortuna in questo periodo non ha perso nulla di particolarmente interessante.»

«Questo è vero. I pochi casi che ho dovuto rifiutare non mi hanno dato rimpianti.»

La nostra padrona di casa cacciò la testa dentro la porta.

«Signore, c'è giù una persona che vuole vedere il signor

Poirot e lei, capitano. Vedendolo molto agitato, anche se è un perfetto gentiluomo, mi sono permessa di prendere il suo biglietto da visita.»

Mi porse il cartoncino e io lessi: «Roger Havering».

Poirot mi fece un cenno con la testa a indicarmi la libreria e obbedientemente andai a prendere il volume del *Chi è?* Poirot me lo prese di mano e sfogliò rapidamente le pagine.

«Secondo figlio del 5° barone di Windsor. Sposato nel 1913 con Zoe, quarta figlia di William Crab.»

«Hm!» dissi. «Ho l'impressione che sia la ragazza che recitava al Frivolity, solo che allora si faceva chiamare Zoe Carris Brook. Ricordo che aveva sposato un rampollo di nobile famiglia prima della guerra.»

«Le dispiace, Hastings, scendere e sentire dal nostro visitatore quali guai ha? Gli porti le mie scuse.»

Roger Havering era un uomo sulla quarantina, ben piantato e di bell'aspetto. La faccia era contratta e sebbene si controllasse era evidentemente in preda a una grande agitazione.

«Capitano Hastings? Mi hanno detto che è il socio di monsieur Poirot. È assolutamente necessario che lui venga con me nel Derbyshire oggi.»

«Temo che sia impossibile» gli risposi. «Poirot è a letto malato, ha l'influenza.»

La sua faccia si oscurò.

«Santo cielo, questo è un brutto colpo per me.»

«Il problema per cui vuole consultarlo è molto grave?»

«Mio Dio, sì! Mio zio, il migliore amico che io abbia al mondo, è stato barbaramente assassinato stanotte.»

«Qui a Londra?»

«No, nel Derbyshire. Ero in città e stamane ho ricevuto un telegramma da mia moglie. Non appena l'ho ricevuto ho deciso di venire a pregare monsieur Poirot di occuparsi del delitto.»

«La prego di scusarmi un momento» dissi colpito da un'idea improvvisa.

Mi precipitai di sopra e, con poche succinte parole, misi Poirot al corrente della situazione. Lui mi pose qualche domanda.

«Capisco, capisco, vuole andarci lei, vero? Bene, perché no? Ormai dovrebbe conoscere i miei metodi. Le chiedo solo di riferirmi ogni cosa giorno per giorno e di seguire alla lettera tutte le istruzioni che le telegraferò.»

Cosa che accettai di buon grado.

Un'ora dopo sedevo di fronte a Roger Havering, in una carrozza di prima classe della Midland Railway che si allontanava rapidamente da Londra.

«Per cominciare, capitano Hastings, le dirò che Hunter's Lodge, dove stiamo andando e dove ha avuto luogo la tragedia, è soltanto un piccolo capanno da caccia nel cuore delle paludi del Derbyshire. La nostra vera residenza è vicino a Newmarket e solitamente prendiamo in affitto un appartamento in città durante la stagione invernale. Di Hunter's Lodge si occupa una governante che è perfettamente in grado di fare tutto quello di cui abbiamo bisogno quando ci rechiamo lì per un occasionale fine settimana. Naturalmente durante la stagione di caccia ci portiamo appresso qualcuno dei nostri camerieri da Newmarket. Mio Dio, il signor Harrington Pace (come forse saprà, mia madre era una Pace di New York) negli ultimi tre anni era venuto a vivere con noi. Non era mai andato d'accordo con mio padre e nemmeno con mio fratello maggiore e ho il sospetto che, essendo io stesso una specie di figliol prodigo, ciò abbia contribuito ad aumentare il suo affetto per me anziché diminuirlo. Naturalmente io sono povero e mio zio era ricco: in altre parole era lui che comandava ma, anche se per certi versi era esigente, non era difficile andare d'accordo con lui e vivevamo tutti e tre in buona armonia. Due giorni fa mio zio, che si sentiva piuttosto stanco perché ce l'eravamo spassata un po' troppo in città, ha proposto di andare per qualche giorno nel Derbyshire. Mia moglie ha telegrafato alla signora Middleton, la governante, e siamo partiti il pomeriggio stesso. Ieri sera sono dovuto tornare in città, ma mia moglie e mio zio sono rimasti lì e stamattina ho ricevuto questo telegramma.»

Me lo porse:

Vieni subito, zio Harrington ucciso ieri sera. Porta buon investigatore se possibile ma vieni subito. Zoe.

«E allora per il momento non possiede alcun particolare dell'incidente?»

«No, suppongo che ci sarà tutto sui giornali della sera; indubbiamente la polizia se ne starà già occupando.»

Erano circa le tre quando arrivammo alla piccola stazione di Elmer's Dale. Di lì un tragitto di cinque miglia in macchina ci condusse davanti a un piccolo edificio di pietra grigia in mezzo a una scabra brughiera.

«Un luogo solitario» osservai con un brivido.

Havering annuì.

«Cercherò di liberarmene, non potrei più vivere qui.»

Aprimmo il cancello e stavamo percorrendo lo stretto vialetto che conduceva alla porta di quercia quando una figura familiare ci venne incontro.

«Japp!» esclamai.

L'ispettore di Scotland Yard mi sorrise amichevolmente prima di rivolgersi al mio compagno.

«Il signor Havering, vero? Sono stato mandato da Londra a occuparmi di questo caso e vorrei scambiare due parole con lei, se possibile, signore.»

«Mia moglie...»

«Ho già visto la signora e anche la governante, signore. Non la tratterrò a lungo, ma sono ansioso di tornare in paese, ora che ho visto tutto quello che c'era da vedere.»

«Finora non so ancora nulla di quanto...»

«Esattamente» disse Japp in tono blando. «Ma ci sono uno o due particolari sui quali vorrei comunque la sua opinione. Il capitano Hastings mi conosce, andrà lui in casa ad avvertire che sta arrivando. Che ne ha fatto del piccolo uomo, capitano Hastings?»

«È a letto con l'influenza.»

«Davvero? Mi dispiace. Il fatto che lei sia qui senza di lui mi fa uno strano effetto, è come vedere una carrozza senza cavallo che la traini.»

Su questa sua battuta piuttosto inopportuna mi allontanai verso la casa. Suonai il campanello dato che Japp si era chiuso la porta alle spalle. Di lì a poco mi fu aperto da una donna di mezza età vestita di nero.

«Il signor Havering arriverà a momenti» le spiegai. «È stato trattenuto dall'ispettore. Sono venuto con lui da Londra per occuparmi di questo caso. Forse lei potrebbe dirmi brevemente che cosa è successo ieri sera.»

«Prego, entri, signore.» Chiuse la porta e restammo fermi nel vestibolo fiocamente illuminato. «È stato ieri sera dopo cena, signore, che è venuto quell'uomo. Ha chiesto di vedere il signor Pace, signore, e, quando mi sono resa conto che parlava allo stesso modo ho pensato che fosse un amico americano del signor Pace. L'ho fatto entrare nella sala delle armi e poi sono andata a dirlo al signor Pace. Non mi aveva voluto dire il nome, il che naturalmente era un po' strano, ora che ci penso. L'ho detto al signor Pace e lui mi è sembrato un po' sorpreso, ma ha detto alla signora: "Scusami, Zoe, vado a vedere che cosa vuole quel tizio". Se n'è andato e io sono tornata in cucina, ma di lì a poco ho sentito delle voci, pareva che stessero litigando, e sono uscita sul corridoio. Nello stesso momento è uscita anche la signora e proprio allora c'è stato uno sparo, quindi un orribile silenzio. Siamo corse nella sala delle armi ma la porta era chiusa a chiave e abbiamo dovuto fare il giro e raggiungere la finestra. Era aperta e nella stanza c'era il signor Pace ferito e sanguinante.»

«E dell'uomo che ne è stato?»

«Deve essersene andato dalla finestra, signore, prima che noi arrivassimo.»

«E dopo?»

«La signora Havering mi ha mandata a chiamare la polizia, una camminata di cinque miglia. Sono tornati con me e l'agente è stato qui tutta la notte, poi stamattina è arrivato un signore della polizia di Londra.»

«Come era l'uomo che è venuto a trovare il signor Pace?»

La governante rifletté.

«Aveva la barba nera, signore, ed era di mezza età. Portava

un cappotto leggero. Oltre al fatto che parlava come un americano, non ho notato molto di lui.»

«Capisco. Ora vorrei vedere la signora Havering.»

«È di sopra, signore, devo avvertirla?»

«Sì, per favore. Le dica che il signor Havering è fuori con l'ispettore Japp e che il signore che è venuto con lui da Londra è ansioso di parlarle al più presto possibile.»

«Benissimo, signore.»

Provavo una febbrile impazienza di conoscere tutti i fatti. Japp aveva due o tre ore di vantaggio su di me e la sua ansia di andarsene mi incitava a non perdere tempo.

La signora Havering non mi fece aspettare a lungo. Di lì a pochi minuti udii un passo leggero scendere le scale e quando alzai gli occhi vidi una giovane donna molto bella che scendeva verso di me. Indossava un giubbetto color fiamma che metteva in risalto la snellezza quasi efebica della sua figura. Sui capelli scuri portava un cappellino di pelle color rosso fiamma. Nemmeno la tragedia era riuscita a offuscare la sua vitalità.

Mi presentai e lei annuì.

«Certo che ho sentito parlare spesso di lei e del suo collega, monsieur Poirot. Avete fatto insieme cose meravigliose, vero? Mio marito è stato molto bravo a mettersi in contatto con voi subito. Ora vuole farmi delle domande? È il modo più semplice, vero, per conoscere tutto quello che vuole sapere su questa orribile faccenda.»

«Grazie, signora Havering. Mi dica, per favore, a che ora è arrivato quell'uomo?»

«Doveva essere poco prima delle nove, avevamo finito di cenare e stavamo seduti a bere il caffè e a fumarci una sigaretta.»

«Suo marito era già partito per Londra?»

«Sì, col treno delle diciotto e quindici.»

«È andato in macchina alla stazione, o a piedi?»

«La nostra macchina non è qui, ne hanno mandata una dal garage di Elmer's Dale per consentirgli di prendere il treno in orario.»

«Il signor Pace era normale?»

«Assolutamente normale, in tutto e per tutto.»

«È in grado di descrivermi l'uomo che è venuto a chiedere di lui?»

«Mi dispiace, non l'ho visto. La signora Middleton l'ha fatto subito passare nella sala delle armi e poi è venuta a dirlo a mio zio.»

«E che cosa ha detto suo zio?»

«Mi è sembrato piuttosto irritato, ma è andato subito. Circa cinque minuti dopo ho sentito le loro voci, gridavano, sono corsa nell'atrio e mi sono quasi scontrata con la signora Middleton. Poi abbiamo udito lo sparo. La porta della sala delle armi era chiusa dall'interno e abbiamo dovuto fare il giro della casa per entrare dalla finestra. Naturalmente c'è voluto un po' di tempo e l'assassino intanto era scappato. Il mio povero zio...» le mancò la voce «gli hanno sparato alla testa, ho visto subito che era morto. Ho mandato la signora Middleton a chiamare la polizia e ho badato a non toccare nulla nella stanza, lasciando tutto come l'avevo trovato.»

Approvai con un cenno del capo.

«E ora, mi dica, l'arma?»

«Be', posso tirare a indovinare, capitano Hastings. Sulla parete erano appese un paio di pistole di mio marito, ne manca una. L'ho fatto notare alla polizia e si sono portati via l'altra pistola. Suppongo che sapranno qualcosa di più preciso quando avranno estratto il proiettile.»

«Posso andare nella sala delle armi?»

«Certo, la polizia dovrebbe avere finito, il cadavere è stato portato via.»

Mi accompagnò sulla scena del delitto. In quel momento entrò Havering e, dopo essersi frettolosamente scusata con me, sua moglie gli corse incontro. Fui lasciato solo a condurre la mia indagine.

Tanto vale che confessi subito che fu una cosa piuttosto deludente. Nei romanzi polizieschi gli indizi abbondano, mentre qui non riuscii a trovare nulla che mi colpisse, che sembrasse fuori del normale, a parte una grossa macchia di sangue sul tappeto dove probabilmente era caduta la vittima. Esaminai ogni cosa con estrema cura e scattai un paio di fotografie della stanza con la piccola macchina fotografica che mi ero portato appresso. Esaminai anche il terreno fuori dalla finestra ma appariva calpestato cosi pesantemente che ritenni inutile sprecare tempo. No, avevo visto tutto quello che c'era da vedere a Hunter's Lodge. Dovevo tornare a Elmer's Dale e mettermi in contatto con Japp. Di conseguenza mi accomiatai dagli Havering e fui portato via di lì con la macchina che ci aveva condotti dalla stazione.

Trovai Japp al Matlock Arms e lui mi portò subito a vedere il cadavere. Harrington Pace era stato un uomo piccolo, asciutto e sbarbato, di aspetto tipicamente americano. Gli avevano sparato alla nuca e da breve distanza.

«Si è girato per un momento» osservò Japp «e l'altro ha preso la pistola e gli ha sparato. Quella che ci ha consegnato la signora Havering era carica e suppongo che lo fosse anche l'altra. La gente fa delle strane idiozie: pensi, tenere due pistole cariche appese alla parete di casa!»

«Che cosa pensa della faccenda?» chiesi, mentre ci lasciavamo alle spalle la tetra stanza.

«Be', tanto per cominciare terrei d'occhio Havering. Oh, sì!» aggiunse in seguito alla mia esclamazione di stupore «ci sono nel passato di Havering alcuni incidenti poco chiari. Quando era ragazzo a Oxford c'è stata una strana faccenda per una firma su un assegno di suo padre, tutto messo a tacere, naturalmente. Inoltre, ora è pesantemente indebitato e si tratta di quel genere di debiti per i quali non gli conveniva rivolgersi allo zio se voleva essere sicuro che suo zio facesse testamento a suo favore. Sì, lo terrei d'occhio. È per questo che ho voluto parlargli prima che vedesse la moglie, ma le loro dichiarazioni collimano perfettamente. Sono stato alla stazione e non c'è dubbio che sia partito col treno delle diciotto e quindici. Il treno arriva a Londra verso le ventidue e trenta. Egli dichiara di essere andato direttamente al suo club e il suo alibi mi è stato confermato... non può aver ucciso qui suo zio alle nove mettendosi una barba nera sulla faccia!»

«A proposito, stavo proprio per chiederle che cosa pensa della barba.»

Japp strizzò gli occhi.

«Penso che sia cresciuta molto in fretta... nelle cinque miglia che vanno da Elmer's Dale a Hunter's Lodge. Gli americani che ho conosciuto sino a ora sono quasi tutti sbarbati. Sì, è tra i soci americani del signor Dale che dovremo cercare l'assassino. Prima ho interrogato la governante, poi la padrona di casa e le due storie collimano, ma mi dispiace che la signora Havering non abbia potuto vedere quel tipo. È una donna in gamba e avrebbe potuto notare qualche dettaglio che ci avrebbe messo sulla buona strada.»

Mi sedetti per scrivere un lungo e minuzioso resoconto a Poirot. Prima di impostare la lettera fui in grado di aggiungere altre informazioni.

La polizia aveva fatto estrarre il proiettile; era stato sparato da una pistola identica a quella che era ora nelle mani della polizia. Tutte le mosse del signor Havering la sera in questione erano state controllate e verificate e si era dimostrato senza possibilità di dubbio che era effettivamente arrivato a Londra col treno in questione. Ma c'era un terzo fatto sensazionale. Nella mattinata un signore di città, abitante a Ealing, nell'attraversare Haven Green per raggiungere la stazione ferroviaria, aveva visto un pacco avvolto in carta marrone e infilato tra i binari. L'aveva aperto e aveva visto che conteneva una pistola. Aveva consegnato il pacco alla sede locale di polizia e, prima di sera, si era appurato che si trattava della pistola che stavamo cercando, quella uguale all'arma consegnata dalla signora Havering. L'arma aveva sparato un proiettile.

Aggiunsi tutto questo al mio rapporto. Al mattino seguente, mentre facevo la prima colazione, arrivò un telegramma da Poirot:

Naturalmente l'uomo dalla barba nera non era Havering, solo lei o Japp potevate avere un'idea simile. Mi telegrafi descrizione governante e vestiti che indossava quel mattino. Lo stesso per la signora Havering. Non perda tempo a fotografare interni che risultano sottoesposti e per niente artistici.

Lo stile di Poirot mi parve inutilmente faceto. Immaginai che fosse anche un pochino geloso perché io mi trovavo sul posto con tutte le possibilità di occuparmi del caso. La sua richiesta di descrivergli gli abiti indossati dalle due donne mi parve semplicemente ridicola ma obbedii e lo feci chiamando a raccolta tutte le mie capacità.

Alle undici arrivò la risposta telegrafica di Poirot:

Consigli Japp arrestare governante prima che sia troppo tardi.

Attonito portai il telegramma a Japp che imprecò sottovoce.

«Si può credere a monsieur Poirot: se lo dice lui ci deve essere qualcosa di vero; e dire che ho appena notato quella donna. Non so se posso spingermi fino al punto di arrestarla ma la farò sorvegliare. Andremo subito lì a darle un'altra occhiata.»

Ma era troppo tardi. La signora Middleton, quella tranquilla donna di mezza età che era parsa tanto normale e rispettabile, era svanita come fumo nell'aria. Il suo baule era rimasto lì ma conteneva soltanto normali indumenti. Non c'era alcuna traccia della sua identità o di dove potesse essere andata.

Dalla signora Havering ci facemmo dire tutto ciò che poteva sapere:

«L'ho assunta circa tre settimane fa quando la signora Hemery, la nostra vecchia governante, se n'è andata. Me l'ha mandata l'agenzia della signora Selbourne, che sta in Mount Street, un'organizzazione piuttosto conosciuta. È lì che mi rivolgo quando devo assumere il personale. Mi hanno mandato parecchie donne, ma questa signora Middleton mi è sembrata la migliore e oltretutto aveva splendide referenze. L'ho assunta lì per lì e l'ho comunicato all'agenzia. Non riesco a credere che ci fosse qualcosa in lei che non andava, mi è parsa una donna così tranquilla e gentile!»

La faccenda certo era misteriosa. Anche se era chiaro che la donna non avrebbe potuto commettere il delitto, dato che al momento in cui era stato sparato il colpo di pistola la signora Havering si trovava con lei nell'atrio, doveva tuttavia avere qualche nesso con l'omicidio altrimenti perché sarebbe fuggita così all'improvviso?

Telegrafai le ultime notizie a Poirot e gli proposi di tornare a Londra e di fare qualche indagine all'agenzia di Selbourne.

La risposta di Poirot fu immediata:

Inutile informarsi presso agenzia. Non devono mai averne sentito parlare. Scopra con quale mezzo è andata a Hunter's Lodge quando si è presentata la prima volta.

Sia pure perplesso, obbedii agli ordini. I mezzi di trasporto a Elmer's Dale erano limitati. Il garage del posto aveva due vecchie Ford e c'erano anche due calessi che partivano dalla stazione. Nessuno di questi mezzi era stato usato quel giorno. Interrogata, la signora Havering mi spiegò di aver dato alla donna il denaro per il viaggio nel Derbyshire e per il noleggio di una macchina o di un calesse fino a Hunter's Lodge. Solitamente alla stazione c'era sempre una delle due Ford per i casi di necessità. Prendendo in considerazione il fatto che quella sera fatale nessuno alla stazione aveva notato l'arrivo di uno sconosciuto sia barbuto che no, tutto sembrava portare alla conclusione che l'assassino fosse giunto sul posto con una macchina che lo aveva atteso nei pressi, per consentirgli la fuga e che quella medesima macchina avesse portato lì anche la misteriosa governante. Potrei aggiungere che l'agenzia di Londra confermò il pronostico di Poirot. Non avevano mai avuto nei loro registri una donna che si chiamava Middleton. Avevano ricevuto la richiesta della signora Havering e le avevano mandato parecchie candidate. Quando aveva inviato il denaro per il servizio offerto, la signora aveva omesso di comunicare quale persona avesse scelto.

Tornai a Londra piuttosto abbattuto. Trovai Poirot sistemato su una poltrona accanto al fuoco, con addosso una vestaglia di seta molto vistosa.

Mi accolse molto affettuosamente.

«*Mon ami* Hastings! Come sono contento di vederla! Provo veramente un grande affetto per lei. E lei, si è divertito? Ha girato in lungo e in largo con il buon Japp? Avete interrogato e indagato a sazietà?»

«Poirot!» esclamai «questa faccenda è un mistero, non sarà mai risolta.»

«È vero che probabilmente non ci potremo coprire di gloria in questa storia.»

«Proprio no, è un osso duro.»

«Oh, ma io sono bravo in queste cose. Non è questo che mi mette in imbarazzo. So chi ha ucciso il signor Harrington Pace.»

«Lo sa? Come l'ha scoperto?»

«Le risposte illuminanti che lei ha dato ai miei telegrammi mi hanno fornito la verità. Senta, Hastings, esaminiamo i fatti con metodo e con ordine. Il signor Harrington Pace è uomo con un notevole patrimonio, che alla sua morte passerà senz'altro al nipote. Punto primo: si sa che il nipote è in condizioni finanziarie disperate. Punto secondo: si sa anche che il nipote è... diciamo, un uomo dalla moralità piuttosto elastica. Punto terzo...»

«Ma Roger Havering, a quanto si è dimostrato, ha fatto il viaggio sino a Londra.»

«*Précisement*, e di conseguenza, dato che Roger Havering ha lasciato Elmer's Dale alle diciotto e quindici e il signor Pace non può essere stato ucciso prima che lui andasse via, altrimenti il dottore, esaminando il cadavere, avrebbe capito che l'ora non era quella dichiarata, possiamo concludere con una certa sicurezza che il signor Havering *non* ha sparato a suo zio; ma c'è una signora Havering, Hastings.»

«Impossibile! La governante era con lei quando è stato sparato il colpo.»

«Ah, sì, la governante, ma è scomparsa.»

«Verrà rintracciata.»

«Non credo. Non le pare che ci sia qualcosa di stranamente sfuggente riguardo a quella governante, Hastings? Ne sono stato subito colpito.»

«Suppongo che abbia recitato la sua parte e poi se la sia filata giusto in tempo.»

«E quale era la sua parte?»

«Be', presumibilmente fare entrare in casa il suo complice, l'uomo dalla barba nera.»

«Oh, no, non era quella la sua parte! La sua parte è quella cui lei ha accennato or ora, e cioè fornire un alibi alla signora Havering per il momento in cui è stato sparato il colpo di pistola. E nessuno la troverà mai, *mon ami*, perché non esiste. Non c'è una simile persona! come dice anche il suo grande Shakespeare.»

«Era Dickens» mormorai non riuscendo a nascondere un sorriso. «Ma che cosa intende dire, Poirot?»

«Intendo dire che Zoe Havering prima di sposarsi faceva l'attrice, che lei e Japp avete visto la governante nel vestibolo buio, una figura vaga di mezza età, vestita di nero e dalla voce sommessa e infine che né lei né Japp, e nemmeno la polizia locale presso la quale la governante si è recata, avete mai visto la signora Middleton e la sua padrona insieme. Per quella donna astuta e audace è stato un gioco da ragazzi. Col pretesto di andare a chiamare la padrona corre di sopra, si infila un giubbotto di colore vivace e un cappello a cui erano attaccati dei riccioli neri per far dimenticare la grigia governante. Qualche abile ritocco, eliminato il trucco precedente, una spolveratura di rosso sulle guance e la brillante Zoe Havering scende la scala e parla con quella sua tipica voce chiara e squillante. Nessuno si occupa in modo particolare della governante. E perché dovrebbe? Non c'è nulla che la colleghi al delitto, anche lei ha un alibi.»

«Ma la pistola che hanno trovato a Healing? Non può averla messa lì la signora Havering.»

«No, questo è stato compito di Roger Havering. È stato un errore da parte loro perché mi hanno messo sulla strada giusta. Un uomo che ha commesso un omicidio con una pistola che ha trovato sul posto la butterebbe via subito, non se la porterebbe appresso fino a Londra. No, il motivo era evidente: i criminali volevano concentrare l'interesse della polizia su un luogo molto lontano dal Derbyshire, erano ansiosi di allontanare al più presto la polizia da Hunter's Lodge. Naturalmente la pistola trovata a Healing non era quella con cui è stato ucciso il signor Pace. Roger Havering ne aveva estratto un proiettile, l'aveva portata a Londra, era andato dritto filato al suo club per crearsi un alibi, quindi era andato rapidamente a Healing, un tragitto di circa venti minuti, aveva messo il pacchetto con la pistola dove era stato poi trovato ed era tornato in città. Sua moglie, quell'affascinante creatura, dopo cena spara tranquillamente al signor Pace: ricorda che gli hanno sparato alle spalle? Anche questo è un altro punto importante! Ricarica la pistola e la rimette a posto, quindi dà l'avvio alla sua piccola, disperata recitazione.»

«È incredibile» mormorai affascinato «e tuttavia...»

«E tuttavia vero. *Bien sûr*, amico mio, è vero. Ma quanto a portare questa preziosa coppia davanti alla giustizia è un altro paio di maniche. Bene, Japp farà quello che può, gli ho scritto dandogli ogni particolare, ma temo, Hastings, che saremo costretti a lasciare quei due al Fato oppure al *Bon Dieu*, come preferisce.»

«I malvagi fioriscono come un verde albero di alloro» gli rammentai.

«Ma a un prezzo, Hastings, sempre a un prezzo *croyez moi*!»

Le previsioni di Poirot furono confermate. Japp, anche se persuaso della verità di quella teoria, non riuscì a mettere insieme le prove necessarie per ottenere una condanna.

L'enorme patrimonio del signor Pace passò nelle mani dei suoi assassini. Tuttavia la Nemesi li raggiunse. Quando lessi sul giornale che l'onorevole Roger Havering e sua moglie erano tra le vittime del grave incidente aereo occorso sulla linea Londra-Parigi seppi che giustizia era stata fatta.

La maledizione della tomba egizia

Ho sempre ritenuto che una delle più avvincenti e drammatiche tra le molte avventure da me divise con Poirot fosse quella delle nostre indagini per una serie di strane morti seguite alla scoperta e all'apertura della tomba del Re Men-her-Ra.

Non molto dopo la scoperta della tomba di Tutankamen, fatta da lord Carnavon, sir John Willard e il signor Bleibner di New York, continuando i loro scavi non lontano dal Cairo, nei pressi delle Piramidi di Gizeh trovarono inaspettatamente una serie di camere funerarie. La loro scoperta suscitò enorme interesse. La tomba sembrava essere quella del Re Men-her-Ra, uno di quegli oscuri sovrani dell'Ottava Dinastia, periodo in cui l'antico regno andava disgregandosi. Di quel periodo si sapeva ben poco e i giornali diedero grande rilievo alla notizia della scoperta.

Di lì a poco accadde un fatto che colpì profondamente il pubblico: sir John Willard morì all'improvviso di attacco cardiaco.

I giornali specializzati in notizie sensazionali colsero al volo l'opportunità per far rivivere tutte le vecchie superstizioni collegate con la sfortuna portata da alcuni tesori egizi. La sfortunata mummia del British Museum – quella vecchissima storia – fu di nuovo tirata in ballo con rinnovato vigore, e per quanto smentita dal museo ebbe il suo momento di rinnovata gloria.

Quindici giorni dopo il signor Bleibner morì per un avvelenamento del sangue e di lì a pochi giorni un suo nipote si sparò un colpo di pistola a New York. La maledizione di Men-her-Ra era l'argomento del giorno e il magico potere dell'antico e ormai scomparso Egitto fu di nuovo fanaticamente esaltato.

Proprio in quel periodo Poirot ricevette un conciso biglietto da lady Willard, vedova del defunto archeologo, in cui la nobildonna gli chiedeva di andarla a trovare a casa sua in Kensington Square. Lo accompagnai.

Lady Willard era una donna alta e magra. Portava un lutto stretto. Il suo volto sconvolto era una testimonianza eloquente del recente dolore.

«È stato gentile a venire così in fretta, monsieur Poirot.»

«Sono a sua disposizione, lady Willard. Voleva consultarmi?»

«So che lei è un investigatore, ma non è solo in questa veste che desidero consultarla. So anche che è un uomo dalle vedute originali, ha immaginazione, esperienza del mondo; mi dica, monsieur Poirot, che cosa pensa del sovrannaturale?»

Prima di rispondere Poirot esitò un attimo. Parve riflettere, poi disse:

«Cerchiamo di capirci, lady Willard. Quella che mi ha posto non è una domanda generica, ha un interesse personale, vero? Si riferisce indirettamente alla morte di suo marito, vero?»

«Esatto» ammise lei.

«Vuole che io indaghi sulle circostanze della sua morte, vero?»

«Voglio che appuri per mio conto, con precisione, quanto c'è di pettegolezzo giornalistico e quanto c'è di obiettivamente vero su quanto è successo. Tre morti, monsieur Poirot – ciascuna spiegabile presa di per se stessa, ma che nell'insieme formano un coincidenza quasi incredibile – e tutte avvenute un mese dopo l'apertura della tomba! Semplice superstizione o una potente maledizione del passato che agisce in un modo che la scienza moderna non sa spiegare, non lo so. Ma resta il fatto: tre morti! E ho paura, monsieur Poirot, ho una tremenda paura che la lista delle sciagure non sia finita.»

«Per chi teme?»

«Per la vita di mio figlio. Quando è giunta la notizia della morte di mio marito io ero malata. È andato là mio figlio, che era appena tornato da Oxford. Ha portato a casa... il corpo ma ora è ritornato in Egitto, nonostante le mie preghiere e le mie suppliche. È così affascinato da quel lavoro che intende prendere il posto del padre e proseguire gli scavi. Lei forse mi ritiene una donna sciocca e ingenua ma, monsieur Poirot, ho paura. E se lo spirito del sovrano morto non fosse ancora placato? Forse le sembrerà che io stia dicendo delle stupidaggini...»

«No davvero, lady Willard» si affrettò a ribattere Poirot. «Anch'io credo nella forza della superstizione, una delle forze più potenti che il mondo abbia mai conosciuto.»

Lo guardai stupito. Non avrei mai detto che Poirot potesse essere superstizioso. Ma l'ometto parlava seriamente.

«Quello che lei realmente desidera è che io protegga suo figlio, vero? Farò del mio meglio per tenerlo lontano dal male.»

«Sì, questo potrebbe essere possibile in una situazione normale, ma se si trattasse di un'influenza occulta?»

«Lady Willard, nei testi medievali si trovano molti modi per combattere la magia nera. Forse loro ne sapevano più di noi moderni, nonostante la nostra tanto vantata scienza. E ora veniamo ai fatti, affinché io possa avere un'idea più precisa. Suo marito è sempre stato un appassionato egittologo, vero?»

«Sì, fin da quando era giovane. Era considerato una delle più grandi autorità viventi su questo argomento.»

«Ma a quanto ho saputo il signor Bleibner era più o meno dilettante, no?»

«Sì, era un uomo molto ricco che si occupava in modo alquanto disinvolto di tutto ciò che eccitava la sua fantasia. Mio marito era riuscito a interessarlo all'egittologia ed è il suo denaro che è servito a finanziare questa spedizione.»

«E il nipote? Che sa di lui? Faceva parte del gruppo?»

«Non credo. In effetti non ho mai saputo della sua esistenza fino al giorno in cui ho letto della sua morte. Non penso proprio che lui e il signor Bleibner fossero in rapporti molto stretti: lui non aveva mai accennato all'esistenza di altri parenti.»

«Chi erano le altre persone che facevano parte del gruppo?»

«Il dottor Tosswill, un funzionario di poca importanza del British Museum, il signor Schneider del Metropolitan Museum di New York, un giovane segretario americano, il dottor Ames che segue la spedizione come medico e Hassan, il devoto servo indigeno di mio marito.»

«Ricorda il nome del segretario americano?»

«Harper, credo, ma non ne sono sicura. Non era da molto tempo al servizio del signor Bleibner, questo lo so. Un giovanotto molto simpatico.»

«Grazie, lady Willard.»

«Se c'è qualcos'altro che...»

«Per il momento nulla. Si fidi di me e stia sicura che farò tutto quello che è umanamente possibile per salvare suo figlio.»

Non erano parole propriamente rassicuranti e vidi che, quando lui le pronunciò, lady Willard ebbe un sussulto. Tuttavia, al tempo stesso, il fatto che lui non avesse dileggiato le sue paure sembrava costituire per lei un sollievo.

Quanto a me, fino a quel momento non avevo mai sospettato che Poirot avesse una vena così profonda di superstizione. Abbordai l'argomento con lui mentre ci dirigevamo verso casa. I suoi modi erano gravi e seri.

«Ma sì, Hastings, credo in queste cose. Non deve sottovalutare la forza della superstizione.»

«Che cosa faremo al riguardo?»

«*Toujours pratique*, il buon Hastings! *Eh bien*, tanto per cominciare telegraferemo a New York per avere maggiori particolari sulla morte del giovane signor Bleibner.»

Quindi Poirot mandò il telegramma. La risposta fu precisa e circostanziata. Da diversi anni il giovane Rupert Bleibner si trovava in cattive acque. Era un fannullone e la famiglia gli aveva dato del denaro perché se ne stesse lontano, cosa che lui aveva fatto, andandosene nelle isole del Mare del Sud; ma due anni prima era tornato a New York e lì era sceso sempre più in basso. Il fatto più significativo, a mio parere, era che di recente era riuscito a farsi prestare denaro a sufficienza per andare in Egitto. «Lì ho un amico al quale posso chiedere soldi in prestito» aveva dichiarato. Tuttavia i suoi piani erano andati storti. Era tornato a New York imprecando contro lo zio avaro che teneva più alle ossa di re morti e scomparsi da secoli che non alla propria carne e al proprio sangue. La morte di sir John Willard era avvenuta durante il suo soggiorno in Egitto. A New York Rupert si era tuffato ancora una volta nella sua vita dissipata e poi, senza alcun preavviso, si era tolto la vita lasciando una lettera che conteneva alcune strane frasi. Sembrava scritta in un accesso improvviso di rimorso. Parlava di se stesso come di un reietto e di un disgraziato e la lettera concludeva con la dichiarazione che persone come lui era meglio fossero morte. Una vaga teoria mi balzò alla mente. Non avevo mai realmente creduto alla vendetta di faraoni morti da secoli. In tutta quella faccenda mi parve ravvisare un delitto molto più moderno. Se quel giovanotto avesse deciso di eliminare lo zio, e avesse scelto il veleno, e se per errore era stato sir John Willard a ricevere la dose fatale, lo sciagurato giovane poteva essersene tornato a New York ossessionato dal delitto commesso. Lì lo aveva raggiunto la notizia della morte di suo zio, allora rendendosi conto di quanto fosse stato inutile il suo delitto e sconvolto dal rimorso si era tolto la vita.

Spiegai la mia ipotesi a Poirot che parve interessato.

«Quello che ha pensato è ingegnoso, decisamente ingegnoso; potrebbe persino essere vero. Ma questa spiegazione tralascia la fatale influenza della tomba.»

Scrollai le spalle.

«Continua a credere che c'entri in qualche modo?»

«A tal punto, *mon ami*, che domani partiamo per l'Egitto.»

«Come?» esclamai sbalordito.

«Proprio così.» Un'espressione di consapevole eroismo si diffuse sul volto di Poirot che con un gemito proseguì: «Ma oh! il mare! Quell'odioso mare!».

Una settimana dopo passeggiavamo sulla sabbia dorata del deserto. Il sole caldo martellava la nostra testa. Poirot, il ritratto dell'infelicità, appassiva al mio fianco. L'ometto non era un buon viaggiatore. Per lui i quattro giorni di viaggio per mare da Marsiglia erano stati lunghi e angosciosi. Era sbarcato ad Alessandria come l'ombra di se stesso, aveva persino perso il suo solito aspetto impeccabile. Arrivati al Cairo, eravamo subito andati al Mena House Hotel, che sorge all'ombra delle Piramidi.

Il fascino dell'Egitto si era impadronito di me, ma non di Poirot. Vestito esattamente come a Londra, portava in tasca una piccola spazzola per gli abiti e combatteva una guerra senza sosta contro la polvere che si accumulava sui suoi indumenti scuri.

«Guardi, Hastings» si lamentava. «Guardi i miei stivaletti di vernice, di solito così belli lustri! La sabbia dentro mi fa male e quella fuori offende l'occhio. E per di più il caldo affloscia i miei baffi...»

«Ammiri la Sfinge» lo invitai. «Persino io avverto il mistero e il fascino che emana.»

Poirot la guardò con aria insoddisfatta.

«Non sembra felice!» affermò. «E come potrebbe esserlo, semisepolta così disordinatamente nella sabbia. Ah, questa maledetta sabbia!»

«Via, c'è molta sabbia anche in Belgio» gli rammentai, ricordando una vacanza trascorsa a Knocke-sur-Mer in mezzo alle *dunes impeccables*, come si leggeva sulla guida.

«Ma non a Bruxelles» rispose Poirot guardando pensoso le piramidi. «È vero che per lo meno hanno un aspetto solido e geometrico, ma la loro superficie è di una irregolarità assai sgradevole. E i palmizi non mi piacciono. Per di più non li piantano nemmeno allineati!»

Tagliai corto a quelle sue lamentele proponendogli di avviarci verso l'accampamento. Dovevamo raggiungerlo a dorso di cammello. Gli animali ci stavano pazientemente aspettando inginocchiati, accuditi da alcuni pittoreschi ragazzini capeggiati da un loquace interprete.

Sorvolo sullo spettacolo di Poirot sul cammello. Cominciò gemendo e lamentandosi e finì urlando, gesticolando e invocando la Vergine Maria e ogni santo del calendario. Alla fine smontò ignominiosamente e concluse il viaggio su un piccolo mulo. Devo ammettere che un cammello al trotto non è uno scherzo per un dilettante e io rimasi con le membra irrigidite per diversi giorni.

Finalmente ci avvicinammo al luogo degli scavi. Un uomo abbronzato con la barba grigia, abiti bianchi e il casco, ci venne incontro.

«Monsieur Poirot e il capitano Hastings? Abbiamo ricevuto il vostro telegramma, mi spiace che non sia venuto nessuno a prendervi al Cairo, ma un avvenimento imprevisto ha completamente sconvolto i nostri piani.»

Poirot impallidì. La mano, che aveva infilato nella tasca per prendere la spazzola, si immobilizzò.

«Un'altra morte?» mormorò.

«Sì.»

«Sir Guy Willard?» esclamai.

«No, capitano Hastings. Il mio collega americano, il signor Schneider.»

«E la causa?» chiese Poirot.

«Tetano.»

Sbiancai in volto. Mi parve di avvertire tutt'attorno un'atmosfera malefica, sottile e minacciosa. Un pensiero orribile mi lampeggiò per la mente: e se fossi io la vittima successiva?

«*Mon Dieu!*» disse Poirot con voce bassissima. «Non capisco, è orribile! Mi dica, monsieur, si è trattato di tetano, senza ombra di dubbio?»

«Penso di sì, ma il dottor Ames glielo potrà spiegare meglio di me.»

«Ah, certo, lei non è il dottore.»

«Mi chiamo Tosswill.»

Quello era dunque l'esperto britannico che lady Willard aveva descritto come un funzionario di poca importanza del British Museum. In lui c'era qualcosa di serio e nel contempo deciso che me lo rese simpatico.

«Se volete venire con me» continuò il dottor Tosswill, «vi accompagnerò da sir Guy Willard. È molto ansioso e mi ha pregato di avvisarlo subito del vostro arrivo.»

Fummo condotti attraverso l'accampamento fino a una

grande tenda. Il dottor Tosswill alzò il lembo che fungeva da porta e ci fece passare. All'interno sedevano tre uomini.

«Sono arrivati monsieur Poirot e il capitano Hastings, sir Guy» disse Tosswill.

Il più giovane dei tre uomini si alzò di scatto e ci venne incontro. Nei suoi modi c'era una certa impulsività che mi rammentò sua madre. Non era abbronzato come gli altri e il suo pallore, sottolineato dalle ombre sotto gli occhi, lo faceva apparire più vecchio dei suoi ventidue anni. Chiaramente si sforzava di reggere alla grave tensione cui era sottoposto.

Mi presentò gli altri due, il dottor Ames, un uomo sulla trentina dall'aspetto molto efficiente con le tempie striate di argento, e il signor Harper, il segretario, un giovanotto asciutto e simpatico, con i classici occhiali cerchiati di tartaruga.

Dopo alcuni minuti di banale conversazione quest'ultimo uscì, seguito dal dottor Tosswill, e noi restammo soli con sir Guy e il dottor Ames.

«La prego di fare tutte le domande che vuole, monsieur Poirot» disse Willard. «Siamo completamente sbalorditi da questa strana serie di sciagure, ma non si tratta, non può trattarsi che di pure coincidenze.»

Nei suoi modi c'era un nervosismo che smentiva un po' quelle parole. Poirot lo stava osservando attentamente.

«Davvero questo lavoro le interessa tanto, sir Guy?»

«Certo, qualunque cosa accada, qualunque cosa ne consegua, il lavoro procederà. Questo è poco ma sicuro.»

Poirot si girò di scatto verso l'altro.

«Che cosa ha da dire al riguardo, *monsieur le docteur*?»

«Be',» rispose l'altro in tono strascicato «nemmeno io sono favorevole ad abbandonare il lavoro.»

Poirot fece una delle sue smorfie espressive.

«Allora, *évidemment*, dobbiamo scoprire cosa sta succedendo. Quando è avvenuta la morte del signor Schneider?»

«Tre giorni fa.»

«Sicuro che si trattasse di tetano?»

«Sicurissimo.»

«Non poteva trattarsi per esempio di avvelenamento da stricnina?»

«No, monsieur Poirot, capisco dove vuole arrivare, ma si è trattato di un chiaro caso di tetano.»

«Non avete iniettato un antidoto?»

«Certo che l'abbiamo fatto» rispose seccamente il dottore. «Abbiamo tentato tutto il possibile.»

«Avevate qui l'antidoto?»

«No, ce lo siamo procurato dal Cairo.»

«C'è stato qualche altro caso di tetano all'accampamento?»

«No, nessuno.»

«È sicuro che la morte del signor Bleibner non fosse stata causata dal tetano?»

«Assolutamente sicuro. Aveva un graffio sul pollice che si è infettato, dando luogo alla setticemia. Posso dire che a un profano può sembrare più o meno la stessa cosa, ma le due cose sono assolutamente diverse.»

«Quindi abbiamo quattro casi di morte, ognuno diverso dall'altro: attacco cardiaco, avvelenamento del sangue, suicidio e tetano.»

«Esattamente, monsieur Poirot.»

«Ed è sicuro che non vi sia nulla che può collegare tra loro i quattro casi?»

«Non la capisco bene.»

«Glielo spiegherò meglio. Qualcuno di questi quattro uomini ha compiuto qualche azione che potesse apparire irrispettosa allo spirito di Men-her-Ra?»

Il dottore fissò Poirot con espressione attonita.

«Sta scherzando, monsieur Poirot, certo non l'avranno convinta a credere a quelle stupide chiacchiere!»

«Assolutamente insensate» mormorò irosamente Willard.

Poirot rimase placidamente immobile, sbattendo un po' le palpebre dei suoi occhi verdi da gatto.

«Allora lei non ci crede, *monsieur le docteur*?»

«No, signore, non ci credo» affermò il dottore con enfasi. «Sono un uomo di scienza e credo solo a quello che la scienza insegna.»

«Allora non c'era scienza nell'antico Egitto?» chiese Poirot a bassavoce. Non attese la risposta, tra l'altro il dottor Ames sembrava piuttosto perplesso in quel momento. «No, non mi risponda, ma mi dica invece che cosa pensano di tutte queste morti gli indigeni che lavorano con lei.»

«Potrei dire» rispose il dottor Ames «che quando i bianchi perdono la testa gli indigeni non si comportano diversamente. Devo ammettere che sono sempre più, come direbbe lei, spaventati.»

«Me lo immagino» disse Poirot in tono incolore.

Sir Guy si chinò verso di noi.

«Non crederete...» esclamò in tono incredulo «non crederete a... oh, ma è assurdo! Se lo pensate non sapete nulla dell'antico Egitto.»

Per tutta risposta Poirot prese di tasca un libriccino, un vecchio volume malconcio. Mentre lo tendeva all'altro vidi il titolo: *La magia degli egizi e dei caldei*. Poi, girandosi di scatto, uscì dalla tenda a grandi passi.

Il dottore mi fissò.

«Quale è la sua piccola idea?»

La frase, così familiare sulle labbra di Poirot, venendo da un altro mi fece sorridere.

«Non lo so esattamente» confessai. «Credo che abbia intenzione di esorcizzare gli spiriti maligni.»

Andai a cercare Poirot e lo trovai intento a parlare col giovane dalla faccia scarna che era stato segretario del defunto signor Bleibner.

«No» stava dicendo il signor Harper. «Faccio parte della spedizione da soli sei mesi. Sì, conoscevo piuttosto bene gli affari del signor Bleibner.»

«Può dirmi qualcosa di suo nipote?»

«È arrivato qui un giorno, non aveva l'aria cattiva. Non l'avevo mai conosciuto prima. Qualcuno degli altri lo conosceva già, Ames, credo, e Schneider. Suo zio non è stato affatto contento di vederlo. Poco dopo il suo arrivo si sono subito messi a litigare. "Non un centesimo!" gli urlava il vecchio, "non un centesimo, né adesso né quando sarò morto. Intendo lasciare il mio denaro per continuare il lavoro della mia vita. Oggi stesso ne ho parlato con il signor Schneider." E poi ancora, sempre sullo stesso argomento. Il giovane Bleibner se n'è tornato al Cairo.»

«Era in buona salute?»

«Il vecchio?»

«No, il giovane.»

«Credo che abbia accennato a qualcosa che non andava, ma non doveva trattarsi di una cosa grave altrimenti me ne ricorderei.»

«A proposito, il signor Bleibner ha lasciato un testamento?»

«Per quanto ne sappiamo, no.»

«Lei resterà con la spedizione, signor Harper?»

«No, signore, no di certo. Partirò per New York non appena avrò sistemato un po' le cose qui. Rida pure, se vuole, ma non intendo essere la vittima successiva di quel dannato Men-her-Ra. Colpirà anche me, se rimango qui.»

Il giovane si asciugò il sudore dalla fronte.

Poirot si voltò e, girando il capo sopra la spalla, disse con un sorriso singolare:

«Si ricordi, una delle sue vittime è morta a New York.»

«Oh, all'inferno!» disse con vigore il signor Harper.

«Quel giovanotto è nervoso» mi disse più tardi Poirot. «È sull'orlo, proprio sull'orlo...»

Guardai Poirot con curiosità ma il suo sorriso enigmatico non mi rivelò nulla. In compagnia di sir Guy Willard e del dottor Tosswill andammo a fare il giro degli scavi. I reperti più importanti erano stati portati al Cairo, ma alcuni degli arredi tombali erano molto interessanti. L'entusiasmo del giovane baronetto era evidente, ma mi parve di avvertire un pizzico di nervosismo nei suoi modi, come se non riuscisse completamente a sfuggire alla minaccia che pareva gravare sull'atmosfera del cantiere. Quando entrammo nella tenda che ci era stata assegnata per darci una lavata prima di partecipare alla cena, una figura alta e scura in tunica bianca si scostò per lasciarci passare, facendo un gesto pieno di grazia e mormorando un saluto in arabo. Poirot si fermò.

«Tu sei Hassan, il servitore del defunto sir John Willard?»

«Ho servito il mio padrone sir John, ora servo suo figlio.» Si avvicinò a noi e abbassò ancora di più la voce. «Dicono che lei sia una persona saggia, capace di trattare con gli spiriti maligni. Faccia andare via di qui il mio giovane padrone, c'è della malvagità attorno a noi.»

E con un brusco gesto, senza attendere risposta, si allontanò a grandi passi.

«Malvagità» bisbigliò Poirot. «È vero, l'avverto anch'io!»

Il pasto non fu molto allegro. Il dottor Tosswill tenne banco conversando a lungo e piacevolmente sugli scavi e le antichità egizie. Proprio mentre ci apprestavamo a ritirarci per andare a riposare, sir Guy afferrò Poirot per un braccio e gli indicò qualcosa. Una figura oscura si muoveva in mezzo alle tende. Non era umana: riconobbi chiaramente la figura con la testa di cane che avevo visto scolpita sulle pareti della tomba.

A quella vista mi si raggelò il sangue nelle vene.

«*Mon Dieu!*» mormorò Poirot facendosi vigorosamente il segno della croce. «È Anubi, dalla testa di sciacallo, il dio che accompagna le anime dei morti.»

«Qualcuno ci sta prendendo in giro» esclamò il dottor Tosswill alzandosi indignato.

«È andato nella sua tenda, Harper» borbottò sir Guy, pallidissimo in volto.

«No» affermò Poirot scuotendo la testa «in quella del dottor Ames.»

Il dottore lo fissò incredulo, poi ripeté le parole di Tosswill: «Qualcuno ci sta prendendo in giro, andiamo, lo acciufferemo.»

Si precipitò con passo energico all'inseguimento dell'apparizione misteriosa. Lo seguii, ma per quanto cercassimo non riuscimmo a trovare anima viva che fosse passata da quella parte. Quando tornammo, piuttosto turbati, trovammo Poirot intento a prendere energiche misure, a suo modo, per la propria sicurezza personale. Era affaccendato a circondare la nostra tenda di varie iscrizioni e disegni tracciati nella sabbia. Riconobbi la stella a cinque punte, o Pentagon, ripetuta varie volte. Al tempo stesso, come era sua consuetudine, stava facendo una improvvisata conferenza sulla stregoneria e sulla magia in genere. La magia bianca contrapposta a quella nera, con riferimenti vari, buttati qua e là, al Ka e al *Libro dei Morti*.

La cosa parve suscitare il massimo disprezzo del dottor Tosswill che scostatomi, letteralmente furibondo, esclamò:

«Sciocchezze, signore» il suo tono era aggressivo. «Vere e proprie sciocchezze. Quest'uomo è un impostore, non conosce la differenza tra le superstizioni del medioevo e le credenze dell'antico Egitto. Non ho mai sentito in vita mia un tale guazzabuglio di ignoranza e di creduloneria.»

Calmai l'eccitato esperto e raggiunsi Poirot nella tenda. Il mio piccolo amico sorrideva allegramente.

«Ora possiamo dormire in pace» dichiarò in tono soddisfatto. «E un po' di sonno mi ci vuole proprio. Ho un'emicrania abominevole. Ah, cosa darei per una buona tisana!»

Come in risposta alla sua preghiera la tenda fu sollevata e comparve Hassan con una tazza fumante che offrì a Poirot. Risultò che si trattava di camomilla, una bevanda di cui egli è smodatamente ghiotto. Ringraziammo Hassan, dopo che io ebbi rifiutato la sua offerta di una tazza anche per me e ancora una volta restammo soli. Dopo essermi spogliato rimasi per un po' sulla porta a guardare il deserto.

«Un luogo meraviglioso» dissi ad alta voce «e un lavoro meraviglioso, ne avverto il fascino. Questa vita nel deserto, questa ricerca nel cuore di una civiltà svanita! Certo, Poirot, avverte anche lei questo fascino, vero?»

Non ebbi risposta e mi voltai un po' irritato ma la mia irritazione si trasformò subito in preoccupazione. Poirot era riverso sul rozzo divano, il volto orribilmente contratto. Accanto a lui c'era la tazza vuota. Mi precipitai al suo fianco poi corsi fuori e attraversai l'accampamento raggiungendo la tenda del dottor Ames.

«Dottor Ames!» gridai «venga subito!»

«Cosa è successo?» chiese il dottore comparendo in pigiama.

«Il mio amico sta male, sta morendo. La camomilla, non lasci che Hassan fugga dall'accampamento.»

Il dottore si precipitò fulmineamente verso la nostra tenda. Poirot era ancora nella posizione in cui si trovava quando ero uscito.

«Straordinario!» esclamò Ames. «Sembra un colpo apoplettico. Cosa ha detto che ha bevuto?» Prese la tazza vuota.

«Solo che non l'ho bevuta» disse una voce placida.

Ci voltammo sbalorditi. Poirot era seduto sul letto e sorrideva.

«No» continuò con voce dolce «non l'ho bevuta. Mentre il mio buon amico Hastings apostrofava la notte, io ho colto l'occasione per versare la camomilla non in gola ma in una bottiglietta che manderò ad analizzare. No» disse mentre il dottore faceva un movimento improvviso, «da uomo di buonsenso capirà che la violenza non serve. Durante l'assenza di Hastings, quando è venuto a chiamarla, ho avuto il tempo per mettere la bottiglietta al sicuro. Presto, Hastings, lo tenga!»

Fraintesi l'ansia di Poirot. Desideroso di salvare il mio amico mi avventai coprendolo col mio corpo ma il gesto veloce del medico aveva un altro significato. Si portò la mano alla bocca, un amaro odore di mandorle riempì l'aria, lui barcollò e cadde in avanti.

«Un'altra vittima» disse Poirot in tono grave «ma l'ultima. Forse è la soluzione migliore. Aveva tre morti sulla coscienza.»

«Il dottor Ames?» chiesi stupefatto. «Ma pensavo che lei credesse veramente a un qualche antico maleficio.»

«Mi ha frainteso, Hastings, quello che intendevo dire è che credo nella terrificante forza della superstizione. Per prima cosa bisogna riuscire a stabilire se una serie di casi mortali sono sovrannaturali. Si potrebbe quasi pugnalare un uomo in piena luce del giorno e attribuirlo a qualche maledizione, tanto è fortemente radicato nella specie umana l'istinto a credere nel sovrannaturale. Sin dal primo momento ho sospettato che un uomo si stesse avvalendo di questo istinto. Immagino che l'idea gli sia venuta con la morte di sir John Willard, che ha dato subito l'avvio a una ridda di superstizioni. Da quanto sono riuscito a capire, nessuno traeva alcun vantaggio particolare dalla morte di sir John, ma per quanto riguarda il signor Bleibner, la faccenda era diversa. Bleibner era ricchissimo. Le informazioni ricevute da New York contenevano alcuni particolari piuttosto suggestivi. Tanto per cominciare, ci è stato detto che il giovane Bleibner aveva affermato di avere un buon amico in Egitto dal quale poteva farsi dare dei soldi. Tutti hanno implicitamente creduto che si trattasse dello zio, ma a me è parso che, se così fosse stato, lo avrebbe detto apertamente. Invece le sue parole sembravano suggerire un compagno di bagordi. Un altro particolare: aveva raccolto faticosamente la somma sufficiente per andare in Egitto, suo zio si era rifiutato apertamente di anticipargli anche un solo centesimo e tuttavia lui è riuscito a pagarsi il viaggio di ritorno a New York. Qualcuno doveva avergli prestato denaro.»

«Ma tutte queste non sono prove» obiettai.

«C'è dell'altro. Hastings, spesso si pronunciano parole in senso metaforico e queste vengono prese alla lettera. Può succedere anche il contrario. In questo caso delle parole che andavano intese alla lettera sono state prese metaforicamente. Il giovane Bleibner ha detto chiaramente: "Sono un lebbroso", ma nessuno si è reso conto che si è ucciso perché pensava di aver contratto veramente quell'orribile malattia.»

«Come?» chiesi.

«Si è trattato dell'abile invenzione di una mente diabolica. Il giovane Bleibner soffriva di un disturbo di poco rilievo della pelle. Era vissuto nei Mari del Sud dove questo genere di disturbo è abbastanza comune. Ames era un suo vecchio amico, un medico abbastanza famoso e Bleibner non si sarebbe mai sognato di mettere in dubbio la sua parola. Quando sono arrivato qui i miei sospetti erano divisi tra Harper e il dottor Ames, ma presto mi sono reso conto che solo il dottore poteva avere perpetrato e nascosto i crimini e da Harper ho appreso che egli conosceva già da prima il giovane Bleibner. Indubbiamente quest'ultimo aveva precedentemente fatto testamento o assicurato la propria vita a favore del dottore, il quale ha visto la possibilità di diventare ricco. Gli è stato facile inoculare i micidiali germi nel signor Bleibner, dopo di che il nipote, disperato per la terribile notizia datagli dal suo amico, si è sparato. Il signor Bleibner, quali che fossero le sue intenzioni, non aveva fatto testamento. La sua fortuna sarebbe passata al nipote e da lui al dottore.»

«E il signor Schneider?»

«Non possiamo essere sicuri. Ricorda che anche lui conosceva il giovane Bleibner. Forse ha avuto dei sospetti. Oppure il dottore può aver pensato che un'ulteriore morte immotivata e insensata avrebbe rafforzato ancora di più la spirale delle superstizioni. Inoltre le dirò un interessante particolare psicologico, Hastings. Un assassino prova sempre un desiderio impellente di ripetere il suo delitto, se ha avuto successo. In lui si radica la convinzione di poterlo ripetere. Di qui le mie paure per il giovane Willard. La figura di Anubi che ha visto stasera era Hassan travestito secondo i miei ordini. Volevo vedere se sarei riuscito a spaventare il dottore. Ma ci sarebbe voluto ben più del sovrannaturale per spaventarlo. Mi ero reso conto che non aveva del tutto creduto alla mia pretesa di credere nell'occulto. La piccola commedia che avevo recitato per lui non lo aveva tratto in inganno. Sospettavo che si sarebbe sforzato di fare di me la sua prossima vittima. Ah, ma nonostante *la mer maudite*, l'atroce calura e la sabbia irritante, le piccole cellule grigie hanno funzionato ancora!»

Si dimostrò che Poirot aveva perfettamente ragione. Alcuni anni prima il giovane Bleibner, in preda ai fumi dell'alcol, aveva fatto uno scherzoso testamento secondo cui «il mio portasigarette, che tanto ammiri, e ogni altra cosa che mi appartenga quando morirò sono da intendersi come debito verso il mio buon amico Robert Ames, che una volta mi salvò la vita impedendomi di annegare».

Il caso fu messo a tacere e, ancor oggi, la gente parla dell'impressionante serie di morti collegate alla scoperta della tomba di Men-her-Ra come della prova che la vendetta di un faraone dell'antichità ha colpito i dissacratori della sua tomba, credenza che, come mi ha indicato Poirot, è contraria alle credenze e al pensiero degli egizi.

Il furto di gioielli al Grand Metropolitan

«Poirot» dissi «un cambiamento d'aria le farebbe bene.»
«Le sembra, *mon ami*?»
«Ne sono sicuro.»
«Eh... eh?» disse il mio amico sorridendo. «Allora è tutto predisposto, vero?»
«Verrà?»
«Dove intende portarmi?»
«A Brighton. Un mio amico della City mi ha dato un ottimo consiglio e... be', ho denaro da spendere. Credo che un fine settimana al Grand Metropolitan farebbe a entrambi un mucchio di bene.»
«Grazie, accetto con molta riconoscenza. È buono a pensare a un vecchio come me. E un buon cuore vale tanto quanto tutte le piccole cellule grigie. Sì, sì, io che le sto parlando rischio a volte di dimenticarmene.»
L'implicazione sottintesa in quella frase non mi garbava molto. Ho l'impressione che a volte Poirot sia un po' portato a sottovalutare le mie capacità mentali. Ma il suo piacere era così evidente che accantonai la mia leggera irritazione.
«Bene, allora è tutto a posto» mi affrettai a rispondergli.
Sabato sera cenammo al Grand Metropolitan in mezzo a gente gaia. Tutto il mondo sembrava essersi dato convegno a Brighton. Gli abiti erano meravigliosi e i gioielli – a volte portati più con amore dell'esibizione che non con buon gusto – erano stupendi.
«È uno spettacolo!» mormorò Poirot. «Qui gli arricchiti sono di casa, vero, Hastings?»

«Così si dice» risposi io. «Ma limitiamoci a sperare che non lo siano tutti.»

Poirot si guardò attorno con aria placida.

«Alla vista di tanti gioielli rimpiango di non aver dedicato il mio cervello al crimine invece che all'investigazione. Che magnifica occasione per un ladro in gamba! Osservi, Hastings, quella donna robusta accanto al pilastro; è praticamente coperta di gioielli.»

Seguii il suo sguardo.

«Ma è la signora Opalsen!» esclamai.

«La conosce?»

«Non molto bene. Suo marito è un ricco agente di borsa che ha fatto un sacco di soldi con il recente boom petrolifero.»

Dopo cena nell'atrio ci imbattemmo nei signori Opalsen e li presentai a Poirot. Chiacchierammo per qualche minuto e finimmo per prendere il caffè insieme.

Poirot ebbe parole di ammirazione per alcune delle gemme più costose che la signora esibiva sul vasto petto e lei si rischiarò di colpo in viso.

«È proprio un hobby per me, monsieur Poirot, io *adoro* i gioielli. Ed conosce questa mia debolezza e ogni volta che gli affari gli vanno bene mi regala un gioiello. Le interessano le pietre preziose?»

«Di tanto in tanto ci ho avuto a che fare, madame. La mia professione mi ha messo in contatto con alcuni dei più famosi gioielli del mondo.»

Raccontò, usando per discrezione degli pseudonimi, la storia di gioielli appartenenti a una casa regnante mentre la signora Opalsen lo ascoltava senza parole e con il fiato sospeso.

«Ecco!» esclamò mentre lui finiva «sembra proprio un romanzo! Sa, io ho delle perle che hanno una storia. Sono ritenute tra le più belle del mondo: sono perfettamente uguali e di colore meraviglioso. Devo proprio andare di sopra a prenderle!»

«Oh! madame» protestò Poirot «siete troppo amabile. La prego di non disturbarsi!»

«Desidero proprio mostrargliele!»

La pettoruta signora attraversò con passo piuttosto vivace l'atrio verso l'ascensore. Il marito, che stava chiacchierando con me, guardò Poirot con espressione incuriosita.

«Oh, le perle!» disse Opalsen con un sorriso soddisfatto. «Vale proprio la pena di vederle. E costano un bel po', tra l'altro! Tuttavia è un buon investimento; potrei prendere quello che ho pagato quando voglio, e forse anche di più. E può darsi che ci sia anche costretto, se le cose continuano ad andare come stanno andando ora. Nella City il denaro scarseggia. Tutte queste maledette tasse sui profitti di guerra!» Continuò a chiacchierare lanciandosi in spiegazioni tecniche che non ero in grado di capire.

Fu interrotto da un giovane cameriere che si avvicinò e gli mormorò qualcosa all'orecchio.

«Eh... come? Vengo subito. Non si è sentita male, vero? Scusatemi, signori.»

Si allontanò bruscamente. Poirot si appoggiò e accese una delle sue piccole sigarette russe poi, con cura meticolosa, sistemò le tazze vuote di caffè in una fila ordinata e guardò raggiante il risultato.

Passarono diversi minuti ma gli Opalsen non ritornarono.

«Strano» osservai dopo un po'. «Mi chiedo quando torneranno.»

Poirot osservò le spirali di fumo che salivano, poi disse in tono pensoso:

«Non torneranno.»

«Perché?»

«Perché, amico mio, è successo qualcosa.»

«Che genere di cosa? Come lo sa?» chiesi incuriosito.

Poirot sorrise.

«Qualche momento fa il direttore è uscito frettolosamente dal proprio ufficio ed è corso di sopra. Sembrava molto agitato. Il giovane cameriere sta chiacchierando animatamente con uno dei lift. Il campanello dell'ascensore è squillato tre volte, ma lui non ci ha fatto caso. Inoltre persino i camerieri sono *distraits* e per distrarre un cameriere...» Poirot scosse il capo con aria decisa. «Deve essere successo qualcosa di veramente importante. Ah, proprio come pensavo! Ecco la polizia!»

Due uomini erano appena entrati nell'atrio dell'albergo, uno era in divisa, l'altro in borghese. Si rivolsero a un cameriere e furono subito accompagnati di sopra. Qualche minuto dopo il giovane cameriere ridiscese e si avvicinò al tavolo dove eravamo seduti.

«Il signor Opalsen chiede se vuole salire.»

Poirot scattò agilmente in piedi. Si sarebbe detto che aspettasse la convocazione. Lo seguii non meno alacremente.

L'appartamento degli Opalsen era al primo piano. Dopo aver bussato alla porta il cameriere si ritirò e ci fu detto di entrare. Ci trovammo davanti a una strana scena. La stanza era la camera da letto della signora Opalsen; accasciata su una poltrona, la signora era in preda a un violento accesso di pianto. Era uno spettacolo straordinario perché le lacrime formavano grandi solchi nella cipria di cui la pelle era pesantemente ricoperta. Il signor Opalsen camminava su e giù irosamente. I due funzionari di polizia erano in piedi al centro della stanza e uno teneva in mano un blocco di appunti. Accanto al camino, spaventata da morire, una cameriera dell'albergo e, all'altro capo della stanza, una francese, ovviamente la cameriera personale della signora Opalsen, stava piangendo e torcendosi le mani con un'intensità dolorosa che gareggiava con quella della sua padrona.

Poirot entrò in mezzo a quel pandemonio, lindo e sorridente. Immediatamente, con un'energia sorprendente in una persona di quella mole, la signora Opalsen scattò dalla poltrona e gli si avvicinò.

«Ecco, Ed può dire quello che vuole, ma io credo nel destino, ci credo davvero. Era destino che incontrassi lei stasera e ho la sensazione che se lei non riuscirà a recuperare le mie perle nessuno ci riuscirà.»

«La prego, madame, si calmi.» Poirot le picchiettò la mano con fare consolatorio. «Si rassicuri, andrà tutto bene, Hercule Poirot l'aiuterà.»

Il signor Opalsen si rivolse all'ispettore di polizia.

«Non ci sono obiezioni al fatto che... io... abbia chiamato questo signore, vero?»

«Nessuna, signore» rispose l'altro con educazione ma con totale indifferenza. «Forse ora che sua moglie si sente meglio ci racconterà come sono andate le cose.»

La signora Opalsen guardò Poirot con espressione di impotenza. Lui la riaccompagnò alla poltrona.

«Si sieda, signora, e ci racconti tutta la storia senza agitarsi.»

La signora Opalsen si asciugò gli occhi con gesto deciso e cominciò a parlare.

«Dopo cena sono salita per prendere le mie perle perché volevo mostrarle al signor Poirot qui presente. La cameriera e Célestine erano entrambe nella stanza come al solito...»

«Chiedo scusa, madame, ma che cosa intende dire con "come al solito"?»

La signora Opalsen diede la spiegazione.

«Ho ordinato che nessuno entri in questa stanza a meno che non ci sia anche Célestine, la nostra cameriera. La cameriera dell'albergo rifà la stanza al mattino in presenza di Célestine e ritorna nel pomeriggio per preparare i letti, sempre nelle stesse condizioni; non entra mai nella stanza in altre occasioni.

«Bene, come stavo dicendo,» proseguì la signora Opalsen «sono salita, mi sono avvicinata a quel cassetto» indicò il cassetto destro in basso della toilette «ho preso il mio portagioielli e l'ho aperto. Tutto pareva essere in ordine, ma le perle non c'erano!»

L'ispettore era indaffarato a scrivere sul suo blocco di appunti. «Quando le ha viste l'ultima volta?» chiese.

«Quando sono scesa a cenare c'erano.»

«Ne è sicura?»

«Sicurissima. Ero incerta se metterle o no. Ma alla fine ho deciso per gli smeraldi e le ho riposte di nuovo nel portagioielli.»

«Chi ha chiuso a chiave il portagioielli?»

«Io. Tengo la chiave su una catenina attorno al collo» e la sollevò per mostrarcela mentre parlava.

L'ispettore la esaminò e scrollò le spalle.

«Il ladro doveva avere un duplicato della chiave, non è difficile, la serratura è semplice. Che cosa ha fatto dopo aver chiuso a chiave il portagioielli?»

«L'ho rimesso nel cassetto in basso dove lo metto sempre.»

«Non ha chiuso a chiave il cassetto?»

«No, non lo faccio mai; la cameriera rimane nella stanza fino a che salgo io e quindi non ce n'è bisogno.»

Il viso dell'ispettore divenne più grigio.

«Vuole dire che i gioielli c'erano quando è scesa a cenare e che da quel momento *la cameriera non ha mai lasciato la stanza*?»

All'improvviso, come se per la prima volta l'orrore della situazione in cui si trovava le fosse apparso in tutta la sua chiarezza, Célestine emise un urlo lacerante e, avventandosi verso Poirot, gli riversò addosso un torrente di parole incoerenti.

Quell'allusione era infame! Lei sospettata di derubare madame! Era noto che la polizia era di una stupidità incredibile! Ma monsieur, che era francese...

«Belga» la interruppe Poirot, ma Célestine non fece caso alla correzione.

Monsieur non sarebbe restato lì a vedere come veniva falsamente accusata mentre l'infame cameriera dell'albergo se ne sarebbe andata libera. Non le era mai garbata quella donna sfrontata dalla faccia rossa, una ladra nata. Fin dall'inizio lei lo aveva detto che non era una donna onesta e l'aveva anche tenuta attentamente d'occhio quando rifaceva la stanza di madame! Che quegli idioti di poliziotti la perquisissero e ci si sarebbe stupiti se non le avrebbero trovato addosso le perle di madame!

Sebbene quell'arringa fosse stata pronunciata in un francese veloce e virulento Célestine l'aveva inframmezzata con dovizia di gesti e la cameriera era riuscita a capire per lo meno una parte del significato di quelle parole. Arrossì violentemente.

«Se questa straniera dice che io ho preso le perle è una bugia!» dichiarò con veemenza «non le ho mai neanche viste.»

«Perquisitela!» gridò l'altra. «Le troverete, come vi dico.»

«Sei una bugiarda, mi senti?» disse la cameriera dell'albergo avanzando verso l'altra. «Le hai rubate tu e vuoi dare la colpa a me. Ma come, se io ero entrata in questa stanza solo tre minuti prima che arrivasse la signora e tu te ne stavi seduta qui, come fai sempre, come un gatto che sorveglia il topo!»

L'ispettore guardò Célestine con aria inquisitiva. «È vero? Non ha mai lasciato la stanza?»

«Non l'ho mai lasciata sola nella stanza» ammise con riluttanza Célestine «anche se sono andata in camera mia attraverso quella porta due volte, una per prendere del filo e un'altra per prendere le forbici. Deve averlo fatto in quei momenti.»

«Ma se non sei stata via neanche un minuto» ribatté irosamente la cameriera. «Sei schizzata fuori e rientrata subito. Vorrei proprio che la polizia mi perquisisse, non ho niente da temere *io*.»

In quel momento si udì bussare alla porta. L'ispettore andò ad aprirla e si rischiarò in volto quando vide chi c'era.

«Oh!» esclamò. «Siamo fortunati. Avevo mandato a chiamare una delle nostre ispettrici ed è arrivata. Se non le dispiace, potrebbe andare con lei nell'altra stanza.»

Guardò la cameriera che varcò la soglia con la testa alta mentre l'ispettrice la seguiva da vicino.

La cameriera francese singhiozzando si era lasciata cadere su una poltrona. Poirot si guardava attorno nella stanza le cui caratteristiche principali ho esemplificato con uno schizzo.

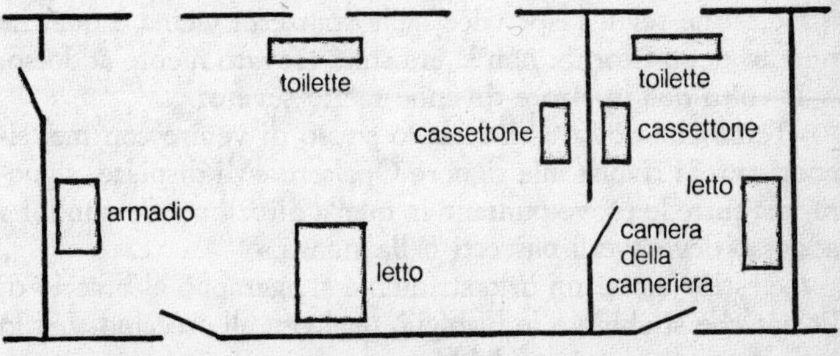

«Dove conduce quella porta?» chiese indicando con un cenno del capo la porta accanto alla finestra.

«Nell'appartamento adiacente, credo» rispose l'ispettore. «È chiusa col saliscendi da questa parte.»

Poirot, attraversata la stanza, si avvicinò alla porta, provò ad aprirla, poi ritrasse il saliscendi e riprovò di nuovo.

«E anche dall'altra parte» osservò. «Bene, e questa possiamo eliminarla.»

Si avvicinò alle finestre esaminandole una alla volta.

«E anche qui... niente, nemmeno un balcone.»

«Anche se ci fosse» disse spazientito l'ispettore «non vedo come questo potrebbe aiutarci se la cameriera non ha mai lasciato la stanza.»

«*Évidemment*» disse Poirot imperturbabile. «Visto che mademoiselle è sicura di non aver lasciato la stanza...»

Fu interrotto dalla ricomparsa della cameriera e dell'ispettrice di polizia.

«Niente» disse quest'ultima laconicamente.

«Vorrei ben vedere» disse in tono oltraggiato la cameriera. «E quella donnaccia francese dovrebbe vergognarsi di diffamare una ragazza onesta!»

«Suvvia, suvvia, ragazza mia, è tutto a posto» disse l'ispettore aprendo la porta. «Nessuno sospetta di lei. Vada pure a riprendere il suo lavoro.»

La cameriera si voltò avviandosi malvolentieri.

«Perquisirete anche *lei*?» chiese indicando Célestine.

«Sì, sì!» le chiuse la porta in faccia e girò la chiave nella toppa.

Célestine seguì l'ispettrice nella stanzetta vicina e qualche minuto dopo ritornò: non le era stato trovato niente addosso.

Il volto dell'ispettore divenne molto severo.

«Temo che dovrò chiederle lo stesso di venire con me, signorina.» Si rivolse alla signora Opalsen. «Mi dispiace, signora, ma tutte le prove puntano in quella direzione. Se non li ha addosso deve averli nascosti nella stanza.»

Célestine emise un urlo stridulo e si aggrappò al braccio di Poirot che si chinò e le bisbigliò qualcosa all'orecchio. Lei lo guardò con espressione dubbiosa.

«Sì, sì, *mon enfant*, le assicuro che è meglio non opporre resistenza.» Poi si rivolse all'ispettore: «Permette, monsieur, un piccolo esperimento, puramente per mia soddisfazione?».

«Dipende da cosa si tratta» rispose il funzionario di polizia che non voleva impegnarsi.

Poirot si rivolse ancora una volta a Célestine.

«Ci ha detto di essere andata in camera sua a cercare del filo. Dove si trovava?»

«Sul ripiano della cassettiera, monsieur.»

«E le forbici?»

«Anche quelle erano lì.»

«La disturberei troppo, mademoiselle, se le chiedessi di ripetere quei due movimenti? Ha detto di essere seduta qui a lavorare?»

Célestine sedette e poi, a un cenno di Poirot, si alzò, passò nella stanza vicina, prese un oggetto dalla cassettiera e ritornò.

Poirot divideva la propria attenzione tra i movimenti della donna e un grande orologio a cipolla che teneva nel palmo della mano.

«Ancora una volta, per favore, mademoiselle.»

Quando anche la seconda prestazione ebbe avuto luogo lui annotò qualcosa sulla sua agenda e rimise l'orologio in tasca.

«Grazie, mademoiselle, e grazie a lei, monsieur» fece un cenno del capo all'ispettore «per la sua cortesia.»

L'ispettore parve piuttosto divertito da quella eccessiva gentilezza. Célestine se ne andò in un mare di lacrime accompagnata dall'ispettrice e dal funzionario in borghese.

Poi, dopo essersi brevemente scusato con la signora Opalsen, l'ispettore fece mettere a soqquadro tutta la stanza. Estrasse cassetti, aprì armadi, disfece completamente il letto e picchiò sul pavimento. Il signor Opalsen guardava la scena con aria scettica.

«Crede davvero di ritrovarle?»

«Sì, signore, è abbastanza logico pensarlo. Non ha avuto tempo di portarle fuori dalla stanza. Il fatto che la signora abbia scoperto il furto così presto ha sconvolto i suoi piani. No, devono essere qui. Una delle due cameriere deve averle nascoste... ed è assai improbabile che sia stata la cameriera dell'albergo.»

«Più che improbabile... è impossibile» affermò Poirot con calma.

«Come?» L'ispettore lo guardò con occhi spalancati.

Poirot sorrise con modestia.

«Le darò una dimostrazione. Hastings, mio buon amico, prenda il mio orologio, con cura, è un'eredità di famiglia! Poco fa ho cronometrato i movimenti di mademoiselle; la prima assenza dalla stanza è durata dodici secondi, la seconda quindici. Ora osservi le mie azioni. Madame sarà così gentile da darmi la chiave del portagioielli. Grazie. Il mio amico Hastings avrà la gentilezza di dirmi via.»

«Via!» dissi.

Con velocità quasi incredibile Poirot tirò con forza il cassetto della toilette, tolse il portagioie, inserì la chiave nella serratura, aprì il portagioie, prese un gioiello, chiuse a chiave il portagioie, lo rimise nel cassetto che richiuse. Il tutto con movimenti veloci come il fulmine.

«E allora, *mon ami*?» chiese col fiato mozzo.

«Quarantasei secondi» risposi.

«Visto?» si guardò attorno. «La cameriera non avrebbe nemmeno avuto il tempo di tirar fuori la collana, tanto meno di nasconderla.»

«E allora non ci resta che l'altra cameriera» disse l'ispettore con soddisfazione riprendendo la sua ricerca. Passò nella stanza della cameriera francese.

Poirot aveva un'espressione accigliata e pensosa. All'improvviso sparò una domanda al signor Opalsen.

«La collana... indubbiamente era assicurata, vero?»

«Sì» rispose lui con una certa esitazione «lo era.»

«Ma che importanza ha?» interruppe la signora Opalsen in tono piagnucoloso. «È la mia collana che voglio, era unica. Nessuna cifra potrebbe mai consolarmi di non averla più.»

«Comprendo, madame» rispose Poirot in tono consolatorio. «Comprendo perfettamente. Per la *femme* il sentimento è tutto, non è vero? Ma monsieur, che non ha una sensibilità altrettanto grande, troverà nel fatto una lieve consolazione.»

«Certo, certo» disse il signor Opalsen in tono piuttosto incerto. «Tuttavia...»

Fu interrotto da un urlo di trionfo dell'ispettore. Questi rientrò nella stanza con qualcosa che gli penzolava tra le dita.

Con un grido la signora Opalsen si alzò dalla sedia. Era un'altra donna.

«Oh, oh, la mia collana!»

Se la portò al petto con entrambe le mani. Noi ci facemmo attorno a lei.

«Dov'era?» chiese Opalsen.

«Nel letto della cameriera, tra le molle. Deve averla rubata e nascosta lì prima che la cameriera dell'albergo arrivasse.»

«Permette, madame?» chiese con delicatezza Poirot e, presale la collana dalle mani, la esaminò attentamente; poi gliela restituì con un inchino.

«Temo, madame, che dovrà consegnarcela per il momento» disse l'ispettore. «Ne abbiamo bisogno per stendere l'accusa. Ma sarà restituita al più presto.»

Il signor Opalsen si accigliò.

«È necessario?»

«Temo di sì, signore, è una semplice formalità.»

«Oh, lascia che la prenda, Ed!» esclamò sua moglie. «Mi sentirò più sicura. Non riuscirei a chiudere occhio al pensiero che qualcun altro potrebbe cercare di impadronirsene. Quella disgraziata! Non l'avrei mai creduto possibile!»

«Su, su mia cara, non prendertela così.»

Sentii una lieve pressione sul braccio. Era Poirot.

«Vogliamo filarcela, amico mio? I nostri servigi non sono più necessari»

Tuttavia quando fummo fuori esitò e poi con mia grande sorpresa osservò:

«Mi piacerebbe vedere la stanza attigua.»

La porta non era chiusa a chiave e noi entrammo. La stanza, una grande camera doppia, non era occupata. Si vedeva che non era stata fatta la polvere da un bel po' e il mio sensibile amico fece una smorfia caratteristica mentre passava il dito su un segno rettangolare sopra un tavolo accanto alla finestra.

«Il *service* lascia a desiderare» osservò in tono asciutto.

Stava guardando pensoso fuori dalla finestra, in assorta meditazione.

«Allora?» chiesi io con impazienza. «Perché siamo venuti qui?»

Lui sobbalzò.

«*Je vous demande pardon, mon ami*, volevo vedere se la porta era veramente chiusa a chiave anche da questa parte.»

«Be',» dissi dando un'occhiata alla porta comunicante con la stanza che avevamo appena lasciata «*è* chiusa a chiave.»

Poirot annuì. Sembrava ancora assorto nei suoi pensieri.

«E comunque» continuai io «che cosa importa? Il caso è chiuso. Vorrei che avesse avuto più possibilità di mettersi in luce. Ma si trattava di quel genere di caso che nemmeno un idiota come quell'ispettore poteva non risolvere.»

Poirot scosse il capo.

«Il caso non è chiuso, amico mio. Non sarà chiuso fino a che non scopriremo chi ha rubato le perle.»

«Ma è stata la cameriera!»

«Perché dice questo?»

«Ma come!» balbettai «le hanno trovate... addirittura sotto il suo materasso.»

«Via, via» disse con impazienza Poirot. «Non erano quelle le perle.»

«Come?»

«Un'imitazione, *mon ami*.»

Quell'affermazione mi lasciò senza fiato. Poirot sorrideva placido.

«Il buon ispettore ovviamente non si intende affatto di gioielli. Ma tra un po' ci sarà un bel trambusto!»

«Andiamo!» esclamai tirandolo per un braccio.

«Dove?»

«Dobbiamo dirlo subito agli Opalsen.»

«Non credo.»

«Ma quella povera donna...»

«*Eh bien*, quella povera donna, come lei la chiama, passerà una notte più tranquilla pensando che il suo gioiello è al sicuro.»

«Ma il ladro potrebbe fuggire con le perle!»

«Come al solito, amico mio, parla senza riflettere. Come fa a sapere che le perle messe al sicuro così attentamente dalla signora Opalsen non fossero le false e che il vero furto non abbia avuto luogo molto prima?»

«Oh!» dissi io attonito.

«Proprio così» affermò Poirot raggiante. «Ricominciamo da capo.»

Fece strada fuori dalla stanza, si fermò un momento come per riflettere, quindi percorse il corridoio fino in fondo fermandosi fuori dalla stanzetta in cui si riunivano cameriere e camerieri dei rispettivi piani. Una cameriera in particolare in quel momento sembrava tener banco in mezzo a un gruppetto e stava raccontando le sue ultime esperienze a un pubblico attento. Si fermò a metà di una frase mentre Poirot si chinava davanti a lei con la solita compitezza.

«Scusi se la disturbo, ma le sarò grato se vorrà aprirmi la porta della stanza del signor Opalsen.»

La donna si alzò di buon grado e la seguimmo di nuovo per il corridoio. La stanza del signor Opalsen era sull'altro lato del corridoio e la porta era di fronte alla camera di sua moglie. La cameriera l'aprì col passe-partout e noi entrammo.

Poirot la fermò prima che lei se ne andasse.

«Un momento, tra gli effetti del signor Opalsen ha visto un biglietto come questo?»

Le mostrò un cartoncino bianco molto lucido e di tipo poco comune. La cameriera lo prese e lo esaminò attentamente.

«No, signore, non posso dire di averlo visto ma comunque è il cameriere che per lo più ha a che fare con le camere dei clienti di sesso maschile.»

«Capisco. Grazie.»

Poirot riprese il biglietto e la donna se ne andò. Il mio amico parve riflettere per un po', poi fece un brusco e breve cenno del capo.

«Per favore, Hastings, suoni il campanello, tre volte, per il cameriere.»

Obbedii divorato dalla curiosità. Nel frattempo Poirot aveva svuotato per terra il cestino della carta straccia e stava rapidamente esaminandone il contenuto.

Di lì a poco il cameriere arrivò e Poirot gli pose la stessa domanda di prima dandogli da esaminare il biglietto. Ma la risposta fu la stessa. Il cameriere non aveva mai visto un biglietto di quel genere particolare tra gli effetti del signor Opalsen. Poirot lo ringraziò e lui si ritirò, piuttosto malvolentieri, dopo aver dato un'occhiata curiosa al cestino rovesciato e alla carta straccia che c'era per terra.

Era difficile che non avesse udito la pensosa osservazione di Poirot che stava di nuovo rovistando in mezzo alle carte: «E la collana era assicurata per una forte cifra...».

«Poirot!» esclamai «capisco...»

«Non capisce niente, amico mio» rispose lui subito. «Come al solito niente di niente. È incredibile... ma è così. Torniamo nelle nostre stanze.»

Lo facemmo in silenzio. Una volta in camera, con mia enorme sorpresa, Poirot si cambiò rapidamente di abito.

«Stasera vado a Londra,» mi spiegò «è essenziale.»

«Come?»

«Assolutamente. Il vero lavoro, quello del cervello (ah! quelle coraggiose piccole cellule grigie) è stato fatto. Vado a cercare la conferma. E la troverò! È impossibile ingannare Hercule Poirot!»

«Un giorno o l'altro farà fiasco» osservai piuttosto disgustato da quella sua vanità.

«Non si arrabbi, la prego, *mon ami*. Conto su di lei perché mi faccia un piacere... sulla sua amicizia.»

«Certo» risposi io subito, vergognandomi un po' della mia suscettibilità. «Di che si tratta?»

«La manica della giacca che ho tolto... le dispiacerebbe spazzolarla? Vede, c'è rimasta sopra un po' di polverina bianca. Indubbiamente mi avrà visto passare il dito attorno al cassetto della toilette, vero?»

«No, non l'ho notato.»

«Dovrebbe badare a quello che faccio, amico mio. In tal modo mi sono messo la polvere sul dito e, dato che ero un po' sovraeccitato, me lo sono sfregato sulla manica; un'azione irrazionale che deploro... contraria a tutti i miei principi.»

«Ma che cosa era quella polvere?» chiesi, non particolarmente interessato ai principi di Poirot.

«Non era certo il veleno dei Borgia» ribatté lui ammiccando. «Vedo che la sua immaginazione sta lavorando. Direi che si tratta di talco.»

«Talco?»

«Sì. I mobilieri lo usano per far scorrere agevolmente i cassetti.»

«Vecchia volpe, avevo pensato che stesse elaborando qualcosa di molto eccitante!»

«*Au revoir*, amico mio, scappo. Volo!»

La porta si chiuse alle sue spalle. Con un sorriso in parte di derisione e in parte di affetto presi la giacca e tesi la mano per prendere la spazzola per i vestiti.

Il mattino dopo, non avendo avuto notizie di Poirot, uscii a fare una passeggiata, incontrai dei vecchi amici e pranzai al loro albergo. Nel pomeriggio andammo a fare un giro in macchina, una gomma bucata ci fece ritardare e quando tornai al Grand Metropolitan erano le otto passate.

La prima cosa che mi si parò davanti agli occhi fu Poirot che, incastrato tra gli Opalsen, sembrava ancor più minuto del solito. Sulla sua faccia c'era un'espressione raggiante di placida soddisfazione.

«*Mon ami* Hastings!» esclamò e balzò in piedi per venirmi incontro. «Mi abbracci amico mio, tutto è andato a meraviglia!»

Fortunatamente l'abbraccio fu solo accennato, cosa di cui con Poirot non si è mai sicuri.

«Vuole dire...» cominciai io.

«Dico che è assolutamente meraviglioso!» interferì la signora Opalsen con un gran sorriso sul volto grasso. «Non ti avevo detto, Ed, che se non fosse riuscito lui a trovare le mie perle non ci sarebbe riuscito nessun altro?»

«L'hai detto, mia cara, l'hai detto e avevi ragione.»

Guardai con espressione di impotenza Poirot e lui mi restituì l'occhiata.

«Il mio amico inglese è in alto mare. Sieda e le racconterò come è andata tutta questa faccenda che si è conclusa così felicemente.»

«Conclusa?»

«Ma sì, sono stati arrestati.»

«Chi è stato arrestato?»

«La cameriera e il cameriere dell'albergo, *parbleu*! Non aveva sospettato? Nemmeno quando prima di andarmene ho accennato al talco?»

«Ha detto che lo usano i mobilieri.»

«Certo... per far scivolare bene i cassetti. Qualcuno voleva che quel cassetto scivolasse fuori e dentro senza fare il minimo rumore. Di chi poteva trattarsi? Ovviamente solo della cameriera dell'albergo. Il piano era così ingegnoso che non è subito balzato agli occhi, neppure a quelli di Hercule Poirot.

«Ascolti la dinamica dei fatti: il cameriere è nella stanza vuota vicina, in attesa. La cameriera francese lascia la stanza. Veloce come un fulmine la cameriera dell'albergo spalanca il cassetto, ne toglie il portagioielli e, dopo aver aperto il saliscendi, lo passa attraverso la porta. Il cameriere apre con tutta calma col duplicato della chiave che si è procurato, toglie la collana e aspetta. Célestine di nuovo lascia la stanza e... pst!... in un lampo il portagioie viene ripassato di là e rimesso nel cassetto.

«Arriva madame e il furto è scoperto. La cameriera chiede di essere perquisita con virtuosa indignazione e lascia la stanza senza macchia. La collana fasulla che loro si sono procurati è stata nascosta nella mattinata dalla cameriera sotto il materasso della cameriera francese: un colpo da maestri questo!»

«Ma perché è andato a Londra?»

«Ricorda il biglietto da visita?»

«Certo. Mi ha lasciato perplesso e mi lascia tuttora... pensavo...»

Esitai con delicatezza, dando un'occhiata al signor Opalsen.

Poirot rise di gusto.

«*Une blague* a beneficio del cameriere. Il biglietto era un cartoncino con una superficie appositamente predisposta per le impronte digitali. Sono andato dritto filato a Scotland Yard, ho chiesto del nostro vecchio amico l'ispettore Japp e gli ho spiegato i fatti. Come avevo sospettato, è risultato che le impronte digitali erano quelle di due noti ladri di gioielli ricercati dalla polizia. Japp è tornato qui con me. I ladri sono stati arrestati e la collana è stata scoperta in possesso del cameriere. Una coppia astuta, Hastings, ma carente nel *metodo*. Le ho già detto, Hastings, almeno trentasei volte, che senza metodo...»

«Almeno trentaseimila volte» lo interruppi. «Ma dove non ha funzionato il loro metodo?»

«*Mon ami*, è un ottimo piano assumere un posto di cameriere o cameriera, ma non bisogna fingere di lavorare. Non hanno spolverato una stanza vuota e di conseguenza, quando lui ha deposto il portagioielli sul tavolino accanto alla porta comunicante, questo oggetto ha lasciato una traccia di forma rettangolare...»

«Me la ricordo!» esclamai.

«Prima ero indeciso poi... *ho saputo!*»

Seguì un momento di silenzio.

«E io ho riavuto le mie perle» disse la signora Opalsen come una specie di coro greco.

«Bene» dissi io. «Sarà meglio che vada a mangiare qualcosa.»

Poirot mi accompagnò.

«Questo dovrebbe significare gloria per lei» osservai io.

«*Pas du tout*» ribatté Poirot tranquillamente. «Japp e l'ispettore locale si divideranno il merito, ma» si batté una mano sulla tasca «ho qui un assegno del signor Opalsen e, come dice lei, amico mio? questo fine settimana non è andato secondo i piani, vogliamo tornare qui la settimana prossima, questa volta a mie spese?»

La sparizione del signor Davenheim

Poirot e io stavamo aspettando per il tè il nostro vecchio amico, l'ispettore Japp di Scotland Yard. Eravamo seduti davanti al tavolino da tè in attesa del suo arrivo. Poirot aveva appena finito di sistemare con cura tazze e piattini che la nostra padrona di casa usava buttare sul tavolo invece di disporli con cura. Aveva anche respirato pesantemente sopra la teiera di metallo lustrandola poi con un fazzoletto di seta. Il bricco stava per bollire e non lontano, in una ciotola di smalto, c'era una densa crema di cioccolato che a Poirot piaceva molto più di quello che lui descriveva come «il vostro veleno inglese».

Da sotto si udì bussare con fermezza e pochi minuti dopo entrò Japp con passo vivace.

«Spero di non essere in ritardo» disse salutandoci. «A dire il vero sono stato a parlare con Miller che si occupa del caso Davenheim.»

Drizzai le orecchie. Negli ultimi tre giorni i giornali non avevano fatto altro che parlare della strana scomparsa del signor Davenheim, socio anziano della Davenheim e Salmon, famosi banchieri e finanzieri. Il sabato era uscito di casa e da allora non era più stato visto. Ero impaziente di estorcere a Japp qualche particolare interessante.

«Pensavo» osservai «che al giorno d'oggi dovrebbe essere quasi impossibile "scomparire".»

Poirot spostò di un millimetro il vassoio con il pane imburrato e disse in tono brusco:

«Sia preciso, amico mio, che cosa intende per "scomparire"? A quale categoria di scomparsa si riferisce?»

«Perché, le scomparse sono classificate ed etichettate?» chiesi ridendo.

Anche Japp sorrise e Poirot ci guardò accigliato.

«Certo! Le categorie sono tre: la prima, la più comune, è la scomparsa volontaria; la seconda è il caso, di cui si fa molto abuso, della "perdita di memoria", che qualche volta, anche se raramente, è autentica; terzo, omicidio ed eliminazione, con più o meno successo, del cadavere. Si riferisce a tutte e tre quando dice che è quasi impossibile scomparire?»

«Direi quasi di sì. Capiterà forse che qualcuno perda la memoria, ma certamente ci sarà sempre chi lo riconoscerà, soprattutto nel caso di un uomo conosciuto come è Davenheim. Inoltre i corpi non possono essere fatti sparire nel nulla, presto o tardi saltano fuori nascosti in luoghi solitari o in bauli. Tutti i nodi vengono al pettine. Allo stesso modo l'impiegato disonesto, oppure colui che abbandona la famiglia, sono destinati a essere ritrovati in questi tempi dove ormai l'uso del telefono e del telegrafo dilaga. Può essere estradato dai paesi stranieri; i porti e le stazioni ferroviarie sono sorvegliati e, quanto a nascondersi in questo paese, i suoi lineamenti e il suo aspetto saranno familiari a chiunque legga un quotidiano. Deve fare i conti con la civiltà.»

«*Mon ami,*» disse Poirot «commette un errore. Lei non prende in considerazione il fatto che un uomo deciso a eliminare un altro uomo – o se stesso in senso figurato – potrebbe essere quella rara macchina che è l'uomo metodico. Potrebbe mettere in quell'impresa intelligenza, talento e un accurato studio dei particolari; in tal caso non vedo perché non dovrebbe riuscire a beffare la polizia.»

«Ma non lei, suppongo» chiese Japp di buon umore strizzandomi l'occhio «non potrebbe beffare lei, vero, monsieur Poirot?»

Poirot si sforzò di apparire modesto con ben scarso successo. «Io? Anche, perché no? È vero che il mio approccio a tali problemi si basa sulla scienza esatta e la precisione matematica, cose ahimè fin troppo rare nella nuova generazione di investigatori!»

Japp sorrise ancora più apertamente.

«Non so» disse. «Miller, che si occupa di questo caso, è un uomo in gamba. Potete essere certi che non trascurerà un'impronta digitale, cenere di sigaro e tantomeno una briciola di pane. I suoi occhi vedono tutto.»

«Come, *mon ami*,» ribatté Poirot «i passeri di Londra. Tuttavia non mi rivolgerei a questo uccellino marrone per risolvere il problema della scomparsa di Davenheim.»

«Via, monsieur, non vorrà minimizzare il valore dei particolari nelle indagini?»

«Niente affatto. Queste cose vanno bene a loro modo, il pericolo è che assumano un'indebita importanza. La maggior parte dei particolari è insignificante, soltanto uno o due sono vitali. È il cervello, le piccole cellule grigie» si batté una mano sulla fronte «la cosa su cui bisogna basarsi. I sensi inducono in errore. Bisogna cercare la verità dal di dentro, non dal di fuori.»

«Non vorrà dire, monsieur Poirot, che si appresterebbe a risolvere un caso senza muoversi dalla sedia, vero?»

«È esattamente quello che voglio dire, purché abbia a disposizione i fatti. Io mi considero un consulente specializzato.»

Japp si batté il ginocchio. «Che mi venga un colpo se non la prenderò sulla parola. Scommetto una banconota da cinque che non è in grado di mettere le mani – o magari di dirmi dove io posso mettere le mani – sul signor Davenheim, vivo o morto, entro una settimana.»

Poirot rifletté. «*Ehi bien, mon ami*, accetto, *le sport* è la passione di voi inglesi. Adesso... I fatti.»

«Sabato scorso, come sua abitudine, Davenheim, ha preso il treno delle dodici e quaranta da Victoria Station diretto a Chingside dove si trova la sua lussuosa casa di campagna, che si chiama "I Cedri". Dopo pranzo ha passeggiato sulla sua proprietà dando varie istruzioni ai giardinieri. Tutti concordano nell'affermare che i suoi modi erano assolutamente normali e come al solito. Dopo aver preso il tè ha cacciato la testa nel budoir di sua moglie dicendole che sarebbe andato a fare due passi in paese per imbucare delle lettere. Ha aggiunto che aspettava un certo signor Lowen per questioni di affari. Se fosse arrivato prima del suo ritorno bisognava farlo passare in studio e chiedergli di aspettare. Poi è uscito dalla porta principale, ha percorso con calma il vialetto, ha varcato il cancello e... non è più stato visto. Da quel momento è completamente svanito.»

«Interessante, molto interessante... un problemino affascinante» mormorò Poirot. «Continui, mio buon amico.»

«Circa un quarto d'ora dopo un uomo alto e bruno con folti baffi neri ha suonato il campanello e ha spiegato di aver appuntamento con il signor Davenheim. Ha detto di chiamarsi Lowen ed è stato fatto passare nello studio come aveva ordinato il banchiere. È passata quasi un'ora e il signor Davenheim non è tornato. Alla fine il signor Lowen ha suonato il campanello per chiamare il cameriere e ha spiegato di non poter attendere oltre dato che doveva riprendere il treno per tornare in città.

«La signora Davenheim si è scusata per l'assenza del marito, che appariva inspiegabile, visto che lui le aveva detto di aspettare un ospite. Il signor Lowen ha ripetuto di essere dispiaciuto e se ne è andato.

«Bene, come tutti sanno, il signor Davenheim non è tornato. La domenica mattina di buon'ora la polizia è stata informata della scomparsa ma non è riuscita a risolvere nulla. Sembrava che il signor Davenheim si fosse letteralmente volatilizzato. Non era andato all'ufficio postale e nemmeno era stato visto attraversare il paese. Alla stazione erano sicuri che non era partito con nessun treno, e la sua macchina non aveva lasciato il garage. Se avesse noleggiato una macchina richiedendo che lo venisse a prendere in qualche punto isolato è quasi sicuro che a quest'ora, considerata l'alta ricompensa offerta per qualunque notizia, l'autista di tale macchina si sarebbe fatto avanti per dire quello che sa. È vero che a cinque miglia di distanza, a Enfield, si svolgeva una gara ippica di scarso rilievo e che se lui fosse andato a piedi fino a quella stazione avrebbe potuto passare inosservato in mezzo alla folla. Ma subito dopo su tutti i giornali sono state pubblicate una sua foto e una descrizione accurata, e fino a ora nessuno è riuscito a dare qualche notizia. Naturalmente abbiamo ricevuto molte lettere da ogni parte dell'Inghilterra, ma finora tutti gli indizi sono stati deludenti.

«Lunedì mattina è stata fatta un'ulteriore scoperta sensazionale. Dietro una *portière* nello studio del signor Davenheim c'è una cassaforte. Questa cassaforte era stata scassinata e svuotata. Le finestre erano chiuse saldamente dall'interno il che fa scartare la possibilità di un normale ladro a meno che, naturalmente, un complice all'interno della casa non le abbia richiuse dopo. D'altro canto, dato che domenica la casa era stata in subbuglio è probabile che il furto possa essere stato compiuto il giorno prima, sabato, e che nessuno se ne sia accorto fino a lunedì.»

«*Précisément*» disse Poirot seccamente. «Bene, è stato arrestato *ce pauvre* monsieur Lowen?»

Japp sorrise. «Non ancora, ma è sotto severa sorveglianza.»

Poirot annuì. «Che cosa è stato portato via dalla cassaforte, lo sa?»

«Stiamo esaminando questo problema con l'altro socio della banca e con la signora Davenheim. Pare che contenesse una grossa cifra in titoli al portatore e una forte somma in banconote dato che era stata appena conclusa una importante transazione di affari. C'era anche un piccolo patrimonio in gioielli. Tutti i gioielli della signora Davenheim erano riposti nella cassaforte. Negli ultimi anni per suo marito era diventata una passione acquistarne e non passava mese che non le facesse il dono di qualche rara e preziosa gemma.»

«Nel complesso un buon bottino» disse Poirot pensosamente. «E adesso, che cosa si sa di questo Lowen? Qualcuno sa di che genere di affari dovesse parlare con Davenheim quella sera?»

«Be', sembra che apparentemente i due non fossero in buoni termini. Lowen è uno speculatore, ma di piccolo calibro. Tuttavia è riuscito una o due volte a soffiare qualche buon affare a Davenheim, anche se pare che raramente si incontrassero o persino che non si siano mai incontrati. Dovevano parlare di certe azioni sudamericane e per questo Davenheim gli aveva dato appuntamento.»

«Davenheim aveva interessi anche in Sud America?»

«Credo di sì. La signora Davenheim ha accennato al fatto che lui aveva trascorso tutto lo scorso autunno a Buenos Aires.»

«Qualche guaio nella vita familiare? Marito e moglie andavano d'accordo?»

«Direi che la vita familiare era serena e tranquilla. La signora Davenheim è una donna gentile, non molto intelligente. Mi sembra proprio una nullità.»

«Allora non dobbiamo cercare lì la soluzione del mistero. Lui aveva qualche nemico?»

«Aveva moltissimi rivali nel campo della finanza, e indubbiamente molte persone sulle quali ha avuto la meglio in alcuni affari non hanno una simpatia particolare per lui. Ma è improbabile che qualcuna di queste persone lo abbia eliminato e, se anche così fosse, dov'è il cadavere?»

«Esatto. Come sostiene Hastings, i cadaveri hanno l'abitudine di venire alla luce con una pertinacia fatale.»

«Tra l'altro, uno dei giardinieri afferma di aver visto una persona aggirare la casa e dirigersi verso il roseto. La lunga porta finestra dello studio si apre sul roseto e spesso il signor Davenheim entrava e usciva di lì. Ma il giardiniere era piuttosto lontano, stava allestendo un riparo per i cetrioli e non è in grado di dire se si trattasse del suo padrone o meno. Inoltre non è nemmeno in grado di stabilire un'ora precisa, ma deve essere stato prima delle sei, dato che i giardinieri smettono il lavoro a quell'ora.»

«E quando il signor Davenheim ha lasciato la casa?»

«Verso le cinque e mezzo, o giù di lì.»

«Che cosa c'è dietro il roseto?»

«Un lago.»

«Con un capanno per le barche?»

«Sì. Vi sono un paio di barchini. Suppongo stia pensando al suicidio, monsieur Poirot, vero? Be', posso dirle che Miller andrà domani lì per far dragare quel tratto di lago. Ecco che tipo di uomo è Miller!»

Poirot fece un vago sorriso e si rivolse a me. «Hastings, per favore, mi passi quella copia del "Daily Megaphone". Se ricordo bene, c'è una fotografia insolitamente chiara, dell'uomo scomparso.»

Mi alzai, trovai il giornale che mi era stato richiesto, e Poirot esaminò con attenzione i lineamenti del volto.

«Hum...!» mormorò. «Porta i capelli piuttosto lunghi e ondulati, ha grossi baffi, barbetta a punta e sopracciglia cespugliose. Gli occhi sono scuri?»

«Sì.»

«Capelli e barba tendenti al grigio?»

L'ispettore annuì. «Bene, monsieur Poirot, che cosa ha da dirmi? Chiaro come la luce del sole, no?»

«Al contrario, molto oscuro.»

L'uomo di Scotland Yard parve compiaciuto.

«Il che mi dà grandi speranze di risolvere il caso» concluse Poirot in tono placido.

«Come?»

«Quando un caso è oscuro, a me sembra buon segno. Se una cosa è chiara come la luce del giorno... *eh bien*, non si fidi! qualcuno ha fatto in modo da renderla tale.»

Japp scosse la testa quasi con espressione di compatimento. «Bene, ciascuno la pensi come vuole. Ma non è male vedere la strada che si ha davanti con chiarezza.»

«Io non vedo,» mormorò Poirot «chiudo gli occhi... e penso.»

Japp sospirò. «Bene, ha un'intera settimana in cui pensare.»

«E mi farà sapere tutti i nuovi sviluppi che si avranno, per esempio il risultato delle fatiche dell'ispettore Miller che lavora così duramente e ha occhi di lince?»

«Certo, questo rientra nei patti.»

«Mi sembra una vergogna, vero?» mi disse Japp mentre lo accompagnavo alla porta «è come derubare un bambino.»

Con un sorriso non potei fare a meno di dichiararmi d'accordo. Stavo ancora sorridendo quando rientrai nella stanza.

«*Eh bien!*» disse subito Poirot. «Si prende gioco di papà Poirot, vero?» Agitò il dito verso di me. «Non si fida delle sue cellule grigie, vero? Oh, non si confonda! Discutiamo di questo problemino che, per quanto incompleto, lo ammetto, indica però già alcuni punti interessanti.»

«Il lago!» dissi io eloquentemente.

«E ancora di più del lago, il capanno delle barche!»

Guardai Poirot di sottecchi. Sorrideva in quel suo modo del tutto impenetrabile e mi resi conto che, almeno per il momento, sarebbe stato del tutto inutile continuare a interrogarlo.

Non sapemmo nulla di Japp fino alla sera successiva, quando arrivò verso le nove. Dall'espressione del suo volto capii subito che non vedeva l'ora di comunicarci qualcosa.

«*Eh bien*, amico mio» osservò Poirot. «Va tutto bene? Ma non mi dica che avete scoperto il cadavere del signor Davenheim perché non la crederò.»

«Non abbiamo scoperto il cadavere ma abbiamo trovato i suoi *vestiti*... gli abiti che indossava quel giorno. Che ne dice?»

«Mancano altri indumenti da casa?»

«No, il suo maggiordomo è sicurissimo. Il resto del guardaroba è intatto. Ma c'è dell'altro. Abbiamo arrestato Lowen. Una delle cameriere che ha il compito di chiudere le finestre delle camere da letto afferma di aver visto Lowen arrivare verso lo studio attraverso il roseto all'incirca alle sei e un quarto. Ciò vorrebbe dire una decina di minuti prima che lui lasciasse la casa.»

«Che cosa dice Lowen di questo?»

«Per prima cosa ha negato di aver mai lasciato lo studio, ma la cameriera era sicura e allora lui ha finto di aver dimenticato di essere uscito dalla porta finestra per guardare un'insolita specie di rose. Una storia che non regge! E stanno venendo in luce nuove prove contro di lui. Il signor Davenheim portava sempre un grosso anello d'oro con un diamante al mignolo della mano destra. Bene, questo anello è stato impegnato sabato sera a Londra da un tizio che si chiama Billy Kellett! È già noto alla polizia, è stato in carcere tre mesi l'autunno scorso per aver rubato l'orologio di un vecchio signore. Sembra che abbia tentato di impegnare l'anello in cinque posti diversi, che sia riuscito solo nell'ultimo, si sia preso un'enorme sbronza con il ricavo, abbia aggredito un agente di polizia e per questo sia stato arrestato. Sono andato con Miller in Bow Street e l'ho visto. Adesso è abbastanza sobrio e devo ammettere che l'abbiamo un po' spaventato dicendogli che potrebbe essere accusato di omicidio. Ecco quello che lui racconta, ed è una storia piuttosto strana.

«Sabato si è recato alle corse di Enfield anche se si potrebbe dire che sono le spille da cravatta l'oggetto del suo interesse e non le scommesse. Comunque la giornata gli è andata male, è stato sfortunato. Procedeva lungo la strada per Chingside e si è seduto in un fosso per riposarsi prima di arrivare in paese. Qualche minuto dopo ha visto un uomo arrivare lungo la strada che porta al villaggio, "un signore dalla pelle scura, con grandi baffi, un elegantone di città" così lo ha descritto.

«Kellet era seminascosto da un mucchio di pietre. Poco prima di arrivargli vicino l'uomo si è guardato attorno rapidamente e, vedendo che la strada sembrava deserta, ha preso un minuscolo oggetto dalla tasca e l'ha gettato oltre la siepe. Poi ha proseguito verso la stazione. Ora, l'oggetto che aveva scaraventato oltre la siepe era caduto facendo un lieve tintinnio il che aveva suscitato la curiosità di quel relitto umano che stava nel fosso. Ha cominciato a guardarsi attorno e dopo una breve ricerca ha scoperto l'anello! Questa è la storia che racconta Kellett. È corretto affermare che Lowen la nega recisamente ed è chiaro che non si può contare per nulla sulla parola di un uomo come Kellett perché c'è il legittimo dubbio che abbia incontrato Davenheim sul vialetto, lo abbia derubato e ucciso.»

Poirot scosse la testa.

«Molto improbabile, *mon ami*. Non aveva modo di liberarsi del cadavere. A quest'ora sarebbe stato ritrovato. Inoltre, il modo scoperto in cui ha impegnato l'anello fa ritenere assai improbabile che abbia ucciso per impadronirsene. In terzo luogo, un ladro raramente è un assassino. In quarto luogo, dato che è in prigione da sabato sarebbe una coincidenza troppo strana che egli sia in grado di dare una descrizione così accurata di Lowen.»

Japp annuì. «Non dico che lei non abbia ragione, tuttavia non si riuscirà a far prendere molto sul serio a una giuria la prova fornita da un ex carcerato. Quello che mi sembra strano è che Lowen non sia riuscito a trovare un modo migliore per liberarsi dell'anello.»

Poirot scrollò le spalle. «Alla fin fine, se fosse stato rinvenuto nelle vicinanze, si sarebbe potuto credere che Davenheim stesso lo avesse gettato via.»

«Ma perché toglierlo al cadavere?»

«Ci potrebbe essere un motivo per questo» rispose Japp. «Sa che oltre il lago un cancello immette al colle e a tre minuti di distanza a piedi si arriva... pensi bene... a un *forno per la calce*.»

«Santo cielo!» esclamai. «Vuole dire che la calce potrebbe aver distrutto il cadavere ma non essere riuscita a intaccare il metallo dell'anello?»

«Esattamente.»

«Mi sembra» dissi «che questo spieghi tutto. Che orribile delitto!»

Ci voltammo entrambi a guardare Poirot che sembrava assorto, le sopracciglia aggrottate, come se fosse stato teso in un violento sforzo mentale. Avevo l'impressione che finalmente il suo acuto intelletto stesse per avere la meglio. Quale sarebbero state le sue prime parole? Non ci lasciò a lungo nel dubbio. Con un sospiro, si rilassò e voltatosi verso Japp chiese:

«Ha idea, amico mio, se il signore e la signora Davenheim, occupassero la stessa camera da letto?»

La domanda sembrava così assurdamente inopportuna che per un attimo Japp ed io lo fissammo in silenzio. Poi Japp scoppiò a ridere. «Santo cielo, monsieur Poirot, immaginavo che sarebbe venuto fuori con qualcosa di sbalorditivo. Quanto alla sua domanda, non lo so.»

«Potrebbe appurarlo?» chiese Poirot con strana insistenza.

«Oh, certo, se lo vuole *veramente* sapere.»

«*Merci, mon ami.* Le sarò obbligato se me lo farà sapere.»

Japp lo guardò ancora per qualche minuto ma Poirot sembrava essersi dimenticato di noi.

L'ispettore scosse tristemente la testa guardandomi e mormorò: «Povero amico! La guerra è stata troppo per lui!» e si ritirò delicatamente dalla stanza.

Poiché Poirot sembrava assorto in un sogno a occhi aperti, presi un foglio di carta e mi divertii a scarabocchiarvi qualche appunto. La voce del mio amico mi fece sussultare. Era uscito dalle sue fantasticherie e appariva sveglio e attento.

«*Que faites vous là, mon ami?*»

«Stavo buttando giù quelli che mi sembrano i punti più interessanti di questa faccenda.»

«Finalmente è diventato metodico!» commentò Poirot in tono di approvazione.

Nascosi il mio compiacimento. «Vuole che glieli legga?»

«Senz'altro.»

Mi schiarii la gola.

«Uno: tutte le prove stanno a indicare che Lowell è la persona che ha forzato la cassaforte.

«Due: ce l'aveva con Davenheim.

«Tre: ha mentito la prima volta in cui ha dichiarato di non aver mai lasciato lo studio.

«Quattro: se si accetta per vero quello che dice Billy Kellett, Lowen è senz'altro implicato.»

Mi interruppi. «Bene?» chiesi perché mi pareva di aver messo il dito sui punti essenziali.

Poirot mi guardò con compatimento e scosse la testa lentamente. «*Mon pauvre ami*, non è proprio portato! Non sa mai capire quale è il particolare importante e per di più il suo modo di ragionare è sbagliato.»

«Perché?»

«Prendiamo i suoi quattro punti.

«Uno: il signor Lowen non poteva sapere che avrebbe avuto la possibilità di aprire la cassaforte. È venuto per una discussione di affari, non poteva sapere prima che il signor Davenheim si sarebbe assentato per andare a imbucare una lettera e che, di conseguenza, lui sarebbe rimasto solo nello studio!»

«Avrebbe potuto approfittare dell'occasione» suggerii.

«E gli strumenti? I signori di città non si portano appresso gli strumenti da scasso nell'evenienza di una possibilità di questo genere! E, *bien entendu*, quella cassaforte non si apre con un temperino!»

«Bene, e allora passiamo al numero due.»

«Dice che Lowen ce l'aveva su con Davenheim. Quello che intende è che una o due volte ha avuto la meglio su di lui in qualche affare. In ogni caso non si porta rancore a un uomo che si è battuto, è più probabile che accada il contrario. Se rancore c'era doveva stare dalla parte del signor Davenheim.»

«Non può negare che ha mentito quando ha detto che non ha mai lasciato lo studio, vero?»

«No, ma può darsi che fosse spaventato. Ricorda, erano appena stati scoperti nel lago i vestiti dell'uomo scomparso. Ovviamente, come al solito, avrebbe fatto meglio a dire la verità.»

«E il quarto punto?»

«Questo glielo concedo. Se la storia che racconta Kellett è vera, Lowen è innegabilmente implicato; è questo che rende la cosa così interessante.»

«Allora sono riuscito a capire un punto essenziale!»

«Forse... ma ha completamente trascurato i due punti più importanti. Quelli che senz'altro racchiudono l'indizio per scoprire tutta la verità.»

«E quali sono, per favore?»

«Uno, la passione per i gioielli che si era impadronita del signor Davenheim in questi ultimi anni. Due, il suo viaggio a Buenos Aires nello scorso autunno.»

«Poirot, sta scherzando?»

«Sono serissimo. Ah maledizione, spero che Japp non si dimentichi della mia piccola commissione.»

Ma l'ispettore, che era entrato nello spirito del gioco, se ne era ricordato così bene che verso le undici del giorno successivo Poirot ricevette un telegramma. Su sua richiesta lo aprii e lo lessi a voce alta:

Marito e moglie dall'inverno scorso occupavano stanze separate.

«Ah!» esclamò Poirot. «E ora siamo a metà giugno! È risolto.»

Lo guardai con gli occhi spalancati.

«Non ha del denaro depositato alla Banca Davenheim e Salmon, *mon ami*?»

«No» risposi io perplesso. «Perché?»

«Perché le consiglierei di ritirarlo... prima che sia troppo tardi.»

«Perché, che cosa si aspetta?»

«Mi aspetto un grosso tracollo tra pochi giorni, forse anche prima. Il che mi fa venire in mente che dobbiamo ricambiare la cortesia di Japp con una *dépêche*. Una matita per favore e un modulo, *voilà*! "Le consiglio di ritirare eventuale denaro depositato presso la banca in questione." La cosa lo renderà perplesso, il buon Japp! I suoi occhi si spalancheranno... tanto! Non capirà assolutamente nulla... fino a domani... o a dopodomani!»

Io continuavo a essere scettico ma il giorno dopo fui costretto a rendere il dovuto tributo alle notevoli capacità del mio amico. Su tutti i giornali c'erano titoli a caratteri cubitali che annunciavano il sensazionale fallimento della banca Davenheim. La scomparsa del famoso finanziere assumeva un aspetto affatto diverso alla luce della rivelazione delle condizioni finanziarie della banca.

Non eravamo ancora a metà della prima colazione quando la porta si spalancò e Japp entrò. Nella mano sinistra aveva un giornale, in quella destra il telegramma di Poirot che appoggiò con violenza sul tavolo davanti al mio amico.

«Come ha fatto a saperlo, monsieur Poirot? Come diavolo ci è riuscito?»

Poirot gli fece un sorriso placido. «Ah, *mon ami*, dopo il suo telegramma è stata una certezza! Fin dall'inizio, vede, ho pensato che il furto fosse piuttosto importante. Gioielli, denaro in contanti, titoli al portatore – tutto così accuratamente predisposto... per... chi? Bene, il buon monsieur Davenheim era una di quelle persone che pensano soltanto a se stesse. Sembrava quasi sicuro che avesse predisposto tutto... per se stesso! Poi quella passione che gli era nata in questi ultimi anni per l'acquisto di gioielli! Semplicissimo. Ha convertito il denaro di cui si è appropriato alla banca in gioielli, molto probabilmente sostituendoli con duplicati, e ha riposto in luogo sicuro, sotto un altro nome, un patrimonio considerevole che avrebbe potuto godere appieno a tempo debito dopo aver fatto perdere le sue tracce. Portato a termine questo piano prende appuntamento con il signor Lowen (che in passato è stato abbastanza imprudente da attraversare una o due volte la strada del grand'uomo), forza la cassaforte, e dà ordine che l'ospite sia introdotto nello studio, poi se ne esce di casa per andare... dove?»

Poirot si interruppe, tese la mano per prendere un altro uovo sodo e, aggrottando la fronte, mormorò: «È davvero insopportabile che ogni gallina deponga un uovo di misura diversa! Che simmetria ci può essere su un tavolo della prima colazione? Quanto meno al negozio dovrebbero vagliarne ogni dozzina a seconda della misura!».

«Non si preoccupi per le uova» disse spazientito Japp. «Lasci che le depongano anche quadrate se a loro garba. Ci dica dove è andato il nostro amico quando ha lasciato "I Cedri", voglio dire, se lo sa!»

«*Eh bien*, è andato nel suo nascondiglio. Ah, questo monsieur Davenheim! ci sarà qualche malformazione nelle sue cellule grigie ma bisogna dire che sono di prima qualità.»

«Sa dove si nasconde?»

«Certo, ha avuto un'idea molto ingegnosa.»

«Per amor di Dio, allora ce lo dica!»

Poirot raccolse delicatamente tutti i frammenti di guscio dal piatto, li mise nel portauovo e vi posò sopra il guscio vuoto. Effettuata questa piccola operazione sorrise alla vista del risultato ordinato, poi ci guardò sorridendo con affettuosità.

«Via, amici, siete intelligenti. Ponetevi la domanda che io ho posto a me stesso: "se io fossi quell'uomo dove mi nasconderei?". Hastings, lei che ne dice?»

«Be',» risposi io «penso che non scapperei, resterei a Londra, dove ferve la vita; mi sposterei in autobus e con la sotterranea e scommetto dieci contro uno che non sarei mai riconosciuto. Nella folla si è al sicuro.»

Poirot si rivolse con espressione interrogativa verso Japp.

«Non sono d'accordo. Sparire subito è l'unica probabilità di farcela. Avrei avuto tutto il tempo possibile per preparare in anticipo le cose, avrei fatto attendere un panfilo con i motori accesi e me ne sarei partito in uno degli angoli più remoti del mondo prima che scoppiasse il pandemonio!»

Guardammo entrambi Poirot: «E lei che ne dice, monsieur?».

Per un attimo rimase silenzioso, poi uno stranissimo sorriso gli aleggiò sul volto.

«Amici miei, se io volessi sfuggire alla polizia, sapete *dove* mi nasconderei? *In un carcere.*»

«*Come?*»

«Cercate monsieur Davenheim per metterlo in prigione quindi non vi sognate di andare a vedere se non ci è già dentro.»

«Che intende dire?»

«Mi ha detto che madame Davenheim non è una donna molto intelligente. Tuttavia suppongo che se la portasse in Bow Street e la mettesse a confronto con quel Billy Kellett lei lo riconoscerebbe! Malgrado si sia rasato la barba e i baffi e le sopracciglia cespugliose e si sia tagliato i capelli molto corti. Una donna riconosce quasi sempre il proprio marito anche se il resto del mondo si può lasciare trarre in inganno.»

«Billy Kellett? Ma è noto alla polizia!»

«Non le ho detto che Davenheim è un uomo astuto? Ha preparato il suo alibi molto tempo prima. L'autunno scorso non è stato a Buenos Aires: stava creando il personaggio di Billy Kellett, si faceva tre mesi di carcere in modo che la polizia non avesse sospetti al momento giusto; si ricordi che era in ballo un grosso patrimonio oltre che la sua libertà. Valeva la pena di fare le cose per bene. Solo che...»

«Sì?»

«*Eh! bien*, dopo ha dovuto portare una barba finta e una parrucca, ha dovuto di nuovo *truccarsi da se stesso* e dormire con una barba finta non è facile, è troppo facile che si scopra il trucco! Non può correre il rischio di continuare a condividere la stanza con sua moglie. Lei ha appurato per conto mio che negli ultimi sei mesi, o forse da quando è tornato dal suo finto viaggio a Buenos Aires lui e la signora Davenheim hanno occupato stanze separate. A questo punto ho avuto la certezza, tutto combaciava. Il giardiniere che ha immaginato di aver visto il suo padrone fare il giro della casa aveva ragione; infatti il nostro amico è andato al capanno delle barche, ha indossato i suoi abiti da vagabondo che sicuramente erano stati nascosti affinché il suo maggiordomo non li vedesse. Ha buttato gli altri nel lago e si è accinto ad attuare il suo piano impegnando l'anello in modo da farsi notare e aggredendo quindi un poliziotto in modo da farsi condurre al sicuro nel carcere di Bow Street dove nessuno si sarebbe sognato di cercarlo!»

«È impossibile» mormorò Japp.

«Lo chieda a madame» disse il mio amico sorridendo.

Il giorno successivo accanto al piatto di Poirot c'era una raccomandata. Lui aprì la busta dalla quale svolazzò fuori una banconota da cinque sterline. Il mio amico aggrottò le sopracciglia.

«Ah, *sacré*, ma che me ne faccio? Ho molti rimorsi. *Ce pauvre* Japp. Ah, ho un'idea. Faremo una cenetta noi tre! Questo mi consola, è stato davvero troppo facile, me ne vergogno. Io, che non deruberei un bambino... *mille tonnerres*! *Mon ami*, che cosa ha da ridere così?»

L'espresso per Plymouth

Alec Simpson, della Regia Marina, passò dalla banchina di Newton Abbot in una carrozza di prima classe dell'espresso per Plymouth. Un portabagagli lo seguì con una pesante valigia. L'uomo stava per issarla sulla rete, ma il giovane ufficiale lo fermò.

«No... la lasci sul sedile. Più tardi la sposterò io. Ecco tenga.»

Il portabagagli se ne andò con una lauta mancia.

Gli sportelli vennero chiusi con un tonfo, una voce stentorea rammentò:

«Soltanto fino a Plymouth. Per Torquay si cambia. Plymouth è la prossima fermata.»

Un sibilo, poi il treno si mosse lentamente uscendo dalla stazione.

Il tenente Simpson aveva tutto lo scompartimento per sé. L'aria gelida di dicembre lo indusse ad alzare il vetro del finestrino. Annusò un po' perplesso, corrugando la fronte. C'era un odore, lì dentro! Gli ricordava la degenza in ospedale e l'operazione alla gamba. Sì, era proprio odore di cloroformio!

Riabbassò il vetro e cambiò posto, dando le spalle alla locomotiva. Cavò di tasca la pipa e l'accese. Per un momento si accontentò di fumare, guardando fuori nella notte.

Finalmente si riscosse, aprì la valigia e ne tolse un fascio di giornali e riviste illustrate, poi la richiuse e tentò di spingerla sotto il sedile dirimpetto. Non ci riuscì. A un certo punto era come bloccata da un invisibile ostacolo. Il giovane spinse più forte, cominciando a stizzirsi, ma la valigia continuò a sporgere per metà nello scompartimento.

«Perché diavolo non va dentro?» borbottò Simpson, e dopo averla tirata nel passaggio con uno strattone si chinò a sbirciare sotto il sedile...

Un istante dopo un urlo lacerò il silenzio, e il possente convoglio si arrestò come controvoglia, costretto dall'imperioso comando del segnale d'allarme.

«*Mon ami*,» disse Poirot «so che le interessa molto il mistero dell'espresso per Plymouth. Legga qui.»

Presi il biglietto che mi gettò attraverso la tavola. Il messaggio era breve e conciso.

Egregio Signore,
le sarò grato se potesse venire da me al più presto.
Con stima,

Ebenezer Halliday

Non afferrando il nesso, interrogai Poirot con lo sguardo.

Per tutta risposta, lui diede di piglio al giornale e lesse forte:

«La scorsa notte è stata fatta una scoperta sensazionale. Un giovane ufficiale di Marina, che rientrava a Plymouth, ha trovato sotto un sedile del suo scompartimento il cadavere di una donna pugnalata al cuore. L'ufficiale ha manovrato subito il segnale d'allarme provocando l'istantaneo arresto del treno. La donna, dell'apparente età di trent'anni, non è stata ancora identificata.

«Poi segue questo: La donna trovata morta sull'espresso per Plymouth è stata identificata come la consorte dell'onorevole Rupert Carrington. Capisce adesso, amico mio? Se no, le offro un altro particolare: prima di sposarsi, la signora Carrington si chiamava Flossie Halliday... figlia del vecchio Halliday, il re americano dell'acciaio.»

«E lui si rivolge a lei, Poirot? Magnifico!»

«Gli ho reso un piccolo favore in passato... per una faccenda di titoli al portatore. E una volta che ero stato invitato in gran pompa a Parigi, ho avuto modo di conoscere mademoiselle Flossie e di ricevere un mucchio d'informazioni sul suo conto. *La jolie petite pensionnaire*! Aveva anche *une jolie dot*! Le procurò dei dispiaceri. Lei stava per concludere un pessimo affare.»

«Di che genere?»

«Un certo conte de la Rochefour. *Un bien mauvais sujet*! Lei direbbe tipaccio. Il classico avventuriero che sa come abbindolare una fanciulla romantica. Per fortuna il padre se ne accorse in tempo. La riportò in America di gran carriera. Qualche anno dopo appresi che si era sposata, ma non so niente di suo marito.»

«Uhm!» dissi. «Non c'è niente di buono da sapere. Ha sperperato i suoi quattrini negli ippodromi, e suppongo che i dollari del vecchio Halliday gli siano piovuti addosso come una manna. Chi volesse un giovane mascalzone seducente e privo di scrupoli, difficilmente riuscirebbe a scovarne uno più perfetto di lui.»

«Ah! povera piccina! *Elle n'est pas bien tombée*!»

«Immagino che Carrington abbia dimostrato chiaramente fin dal principio che era stato il denaro ad attirarlo, non la ragazza. La loro unione è durata pochissimo. Di recente avevo sentito parlare di un'imminente separazione legale.»

«Il vecchio Halliday non è uno sciocco. Senza dubbio ha vincolato saldamente il denaro a sua figlia, cautelandosi contro ogni evenienza.»

«Più che probabile. A ogni modo è voce generale che l'onorevole Carrington sia completamente al verde.»

«Ah-ah! Mi domando se...»

«Se... che cosa?»

«Amico mio, mi dia almeno il tempo di respirare. Vedo che il caso l'appassiona. Verrebbe volentieri dal signor Halliday con me? Qui all'angolo c'è un posteggio di tassì.»

In pochi minuti arrivammo davanti alla fastosa dimora che il magnate americano aveva preso in affitto in Park Lane. Fummo fatti accomodare nella biblioteca, dove quasi subito ci raggiunse un omone corpulento e vigoroso, dallo sguardo penetrante e il mento aggressivo.

«Caro signor Poirot,» disse il signor Halliday «credo che sia superfluo spiegarle perché l'ho chiamato. Avrà letto i giornali, e io non sono il tipo che se ne sta con le mani in mano ad aspettare gli eventi. Ho saputo per caso che era a Londra, e mi è venuto in mente l'ottimo lavoro che svolse per quei miei titoli. Non c'è pericolo ch'io dimentichi un nome. Il fior fiore di Scotland Yard si sta occupando della cosa, ma io conto personalmente su di lei. Il denaro non è un ostacolo. Avevo accumulato i dollari per la mia bambina... e adesso lei non c'è più. Li spenderò fino all'ultimo centesimo per acciuffare il maledetto che l'ha uccisa! È tutto chiaro? Tocca a lei farmi una controproposta.»

Poirot abbozzò un inchino.

«Accetto l'incarico, *monsieur*, tanto più volentieri in quanto a Parigi ebbi l'occasione di vedere diverse volte sua figlia. Ora la prego di espormi le circostanze concernenti il suo viaggio a Plymouth, e ogni altro particolare che a suo avviso possa inserirsi nel quadro dell'accaduto.»

«Per cominciare» precisò Halliday «non era diretta a Plymouth. Andava a trascorrere alcuni giorni nella tenuta della duchessa di Swansea, ad Avonmead Court, dov'era invitata una folta compagnia di persone. Ha lasciato Londra alle dodici e un quarto da Paddington, è arrivata a Bristol, dove doveva cambiare, alle due e cinquanta. I principali espressi per Plymouth passano da Westbury e non si avvicinano in nessun modo a Bristol, dopo le fermate di Weston, Taunton, Exeter e Newton Abbot. Mia figlia viaggiava sola nella sua carrozza prenotata fino a Bristol, ma nel vagone adiacente, di terza classe, c'era la sua cameriera.»

Poirot annuì, e il signor Halliday riprese:

«Il soggiorno ad Avonmead Court si annunciava molto divertente, movimentato da balli e feste, perciò mia figlia aveva con sé quasi tutti i suoi gioielli... per un valore complessivo di forse centomila dollari.»

«*Un moment*!» lo interruppe Poirot. «Chi aveva in custodia i gioielli? Sua figlia o la cameriera?»

«Se ne incaricava sempre mia figlia, che li teneva in una valigetta di marocchino blu.»

«Continui, *monsieur*.»

«A Bristol la cameriera, Jane Mason, dopo aver radunato i bagagli, si preparava a seguire le istruzioni della sua padrona. Si è meravigliata enormemente quando mia figlia le ha comunicato che non intendeva scendere a Bristol, e che invece proseguiva. Ha detto poi alla Mason di scaricare i bagagli, di depositarli alla stazione, di sedersi nella saletta da tè, ma le ha raccomandato di aspettarla in stazione, perché sarebbe tornata indietro con un treno del pomeriggio. Pur essendo stupefatta, la cameriera ha obbedito. Ha depositato i bagagli, bevuto qualche tazza di tè. Ma i treni si sono susseguiti per tutto il pomeriggio, e mia figlia non è comparsa. Arrivato anche l'ultimo treno, la Mason ha lasciato i bagagli al deposito e si è cercata un alberghetto nei pressi della stazione per trascorrervi la notte. Stamane ha letto la tragedia nei giornali ed è rientrata col primo treno.»

«Che cosa potrebbe giustificare l'improvviso cambiamento di programma di sua figlia?»

«Le riferisco quello che so. Stando al resoconto di Jane Mason, a Bristol mia figlia non era più sola nello scompartimento. C'era anche un uomo affacciato al finestrino. La Mason non ha potuto vederlo in faccia.»

«Il treno era del tipo dotato di corridoio, immagino.»

«Infatti.»

«Da che parte era il corridoio?»

«Dalla parte della banchina. Flossie aveva parlato con la Mason per l'appunto nel corridoio.»

«E a lei non è sorto il dubbio... mi scusi!» Si alzò e raddrizzò il calamaio, che era appoggiato un po' di sghembo. «*Je vous demande pardon*» aggiunse nel risedersi. «Tutto quello che è storto mi dà ai nervi. Strano, non le pare? Dicevo, *monsieur*, a lei non è sorto il dubbio che è stato forse l'inatteso incontro a modificare il programma di sua figlia?»

«Sembrerebbe l'ipotesi più attendibile.»

«Ha un'idea di chi possa essere il gentiluomo in questione?»

Il miliardario esitò un attimo, poi rispose:
«No... non saprei proprio.»
«Veniamo allora... alla scoperta del cadavere.»
«È stato scoperto da un giovane ufficiale di Marina che ha dato subito l'allarme. C'era un medico sul treno. Ha esaminato il corpo. Mia figlia era stata prima cloroformizzata, poi pugnalata. Secondo il medico doveva essere morta da circa quattro ore, perciò non molto tempo dopo aver lasciato Bristol... probabilmente tra Bristol e Weston, o al massimo tra Weston e Taunton.»
«E la valigetta dei gioielli?»
«La valigetta dei gioielli, signor Poirot, era sparita.»
«Ancora una domanda, *monsieur*. I beni di sua figlia... chi li eredita, con la sua morte?»
«Appena sposata, Flossie fece un testamento in cui destinava tutto a suo marito.» Ebbe ancora un istante d'esitazione, poi proseguì: «Tanto vale che glielo dica, signor Poirot: considero mio genero un mascalzone, privo d'ogni senso morale, e seguendo il mio consiglio, Flossie stava per separarsi legalmente da lui... una conclusione che non si presentava affatto complicata. Io avevo preso ogni precauzione affinché, lei vivente, mio genero non potesse accedere alle sue sostanze. Ma benché fossero separati di fatto già da qualche anno, lei esaudiva le frequenti richieste di denaro del marito, pur di evitare uno scandalo. La situazione stava diventando intollerabile e decisi di porvi fine. Flossie si convinse a darmi retta, e i miei legali ricevettero l'ordine d'iniziare la procedura».
«Dov'è *monsieur* Carrington?»
«In città. Credo che ieri fosse in campagna, ma la scorsa notte è tornato.»
Poirot rifletté un momento. Poi disse:
«È tutto, *monsieur*.»
«Desidera vedere la cameriera, Jane Mason?»
«Gliene sarei grato.»
Halliday suonò il campanello e passò la disposizione al domestico.
Di lì a pochi minuti entrò nella stanza Jane Mason, una

donna dignitosa, dalla fisionomia dura, impassibile davanti alla tragedia come soltanto i servitori di gente d'alto rango sanno essere.

«Mi permette qualche domanda? La sua padrona era normale ieri mattina, prima di partire? Non sembrava eccitata o turbata?»

«Oh no, signore!»

«Invece a Bristol è cambiata?»

«Sì, signore. Era sconvolta, nervosa... tanto che aveva l'aria di non sapere quello che diceva.»

«Cosa le disse esattamente?»

«Ecco, signore, da quanto riesco a ricordare disse: "Mason, devo cambiare il mio programma. È successo qualcosa... insomma, contrariamente al previsto non scendo più qui. Devo proseguire. Porti giù i bagagli e li depositi alla stazione. Poi prenda un tè e mi aspetti in stazione".

«"Qua fuori, signora?" ho chiesto.

«"Sì, sì. Non si allontani da qui. Io tornerò indietro con un altro treno. Non so a che ora. Molto tardi, può darsi".

«"Benissimo, signora." Non spettava a me farle delle domande, ma mi sembrava tutto molto strano.»

«Non era nello stile della sua padrona, vero?»

«Proprio così, signore.»

«Che cosa ha pensato?»

«Ecco, signore, ho pensato che c'entrasse in qualche modo il signore che era nella stessa carrozza. La signora non parlava con lui, ma si è girata un paio di volte come per chiedergli se si stesse comportando nel modo giusto.»

«Però non l'ha visto in faccia, il signore?»

«No, signore. È stato tutto il tempo con la schiena girata.»

«È in grado di descriverlo?»

«Portava un soprabito di colore marrone rossiccio e un berretto da viaggio. Era alto e piuttosto slanciato, e i capelli sulla nuca erano scuri.»

«Non lo conosceva?»

«Oh, direi proprio di no, signore.»

«Non era per caso il suo padrone, il signor Carrington?»

La Mason apparve attonita.

«Oh! Direi proprio di no, signore!»

«Ma non ne è *sicura*?»

«Era più o meno della sua taglia, signore... ma non mi è neanche passato per la mente che potesse essere lui. Lo vediamo così di rado... Però non potrei nemmeno dire che non era lui!»

Poirot raccattò uno spillo dal tappeto e lo esaminò accigliato. Poi riprese: «L'uomo avrebbe potuto salire sul treno a Bristol, prima che lei arrivasse alla carrozza?».

La Mason si concentrò.

«Sì, signore, credo di sì. Il mio scompartimento era molto affollato e ho impiegato parecchi minuti a uscire... e anche sulla banchina c'era un mucchio di gente, così non potevo camminare in fretta. Ma, in questo caso, lui avrebbe parlato con la mia padrona soltanto per un paio di minuti. Allora mi era sembrato più probabile che fosse arrivato lungo il corridoio.»

«Senz'altro più probabile...»

Poirot fece una pausa, ancora accigliato.

«Vuole sapere com'era vestita la mia padrona, signore?»

«I giornali hanno fornito qualche particolare, ma non mi dispiace sentirlo confermare da lei.»

«In testa aveva un cappellino di volpi bianche, signore, con una veletta bianca a pallini. E indossava un completo a giacca blu... il blu che chiamano elettrico.»

«Un insieme molto vistoso, mi pare!»

«Sì» intervenne il signor Halliday. «L'ispettore Japp spera che questo aiuti a stabilire il luogo dov'è avvenuto il delitto. Chi l'ha vista, non può non ricordarla.»

«*Précisément*! La ringrazio, *mademoiselle*.»

La cameriera uscì dalla stanza.

«Bene!» Poirot balzò in piedi. «Qui non ho più niente da fare... ma la pregherò, *monsieur*, di dirmi tutto. Ma *proprio tutto*!»

«L'ho già detto.»

«È certo?»

«Certissimo.»

«Allora non abbiamo altro da aggiungere. Sono costretto a rifiutare l'incarico.»

«Perché?»

«Perché non è stato sincero con me.»

«Le assicuro...»

«No, lei mi nasconde qualcosa.»

Seguì un intervallo di silenzio, poi Halliday si cavò di tasca un foglio e lo porse al mio amico.

«Immagino che sia questo che vuole, signor Poirot... ma è pazzesco... mi chiedo come fa a conoscerne l'esistenza!»

Poirot sorrise e spiegò il foglio. Si trattava di una lettera scritta a mano, in corsivo. Poirot lesse forte:

Chère madame, *è con infinito piacere che aspetto di rivederla. Dopo la sua amabile risposta alla mia lettera, mi sforzo invano di dominare la mia impazienza. Non ho mai dimenticato i giorni trascorsi a Parigi. È semplicemente crudele che domani debba lasciare Londra. A ogni modo tra non molto, forse prima di quanto possa pensare, avrò la gioia di poter contemplare ancora una volta la bella dama... la cui immagine ha sempre regnato suprema nel mio cuore.*

Rinnovo qui, chère madame, *l'assicurazione dei miei sentimenti devoti e inalterati.*

Armand de la Rochefour

Con un inchino, Poirot restituì la lettera a Halliday.

«Se non sbaglio, *monsieur*, ignorava che sua figlia intendeva riprendere a frequentare il conte de la Rochefour?»

«La notizia è stata come un fulmine a ciel sereno! Ho trovato la lettera nella borsetta di mia figlia. Come probabilmente sa, signor Poirot, il seducente conte è un avventuriero della peggior specie.»

Poirot annuì.

«Ma deve dirmi come faceva a essere al corrente della lettera.»

Il mio amico sorrise.

«*Monsieur*, non ne ero affatto al corrente. Ma seguire delle orme o riconoscere la cenere di alcune sigarette non è sufficiente per fare di un uomo un agente investigativo: dev'essere anche un bravo psicologo! Sapevo che disprezzava suo genero e non si fidava di lui. Carrington trae beneficio dalla morte di sua figlia, la descrizione dell'uomo misterioso fornita dalla cameriera gli calza abbastanza bene. Eppure lei non si è gettato sulle sue tracce! Come mai? Perché i suoi sospetti sono orientati in tutt'altra direzione. Quindi mi nascondeva qualcosa.»

«Ha ragione, signor Poirot. Ero convinto che il colpevole fosse Rupert, prima di trovare questa lettera che, lo confesso, mi ha scombussolato in modo orribile.»

«Capisco. Il conte dice: "Tra non molto, forse prima di quanto possa pensare". Evidentemente voleva evitare che la notizia della sua ricomparsa giungesse alle sue orecchie. È stato lui a salire sul treno delle due e un quarto a Londra, e poi a percorrere il corridoio fino allo scompartimento di sua figlia? Se la memoria non m'inganna, anche il conte de la Rochefour è alto e bruno!»

Il miliardario annuì.

«Bene, *monsieur*, ora la saluto. Presumo che Scotland Yard abbia un elenco dei gioielli.»

«Infatti. Dovrebbe esserci l'ispettore Japp, se desidera vederlo.»

Japp era un nostro vecchio amico, e accolse Poirot con una sorta di affettuoso disprezzo.

«E lei come sta, *monsieur*? Niente rancori tra noi, anche se le nostre vedute differiscono spesso. Come andiamo con le "piccole cellule grigie"? Sono in forma?»

Poirot gli sorrise radioso.

«Funzionano, mio buon Japp. Parola d'onore, funzionano!»

«Allora siamo a cavallo. Secondo lei è stato l'onorevole Rupert o un malandrino? Naturalmente teniamo d'occhio i soliti covi della malavita. Così sapremo dove vanno a finire i pezzi di vetro, perché l'autore del colpo non li ha certo rubati per guardarli brillare. Ci scommetterei! Io sto cercando di scoprire dov'era ieri Rupert Carrington. C'è come un'ombra di mistero su questo particolare. Ho messo un uomo a sorvegliarlo.»

«Eccellente precauzione, se non fosse in ritardo di un giorno» osservò cortesemente Poirot.

«Ha sempre la battuta pronta, *monsieur* Poirot. Be', vado a Paddington. Bristol, Weston, Taunton: ecco il mio itinerario. Arrivederci.»

«Stasera verrà a comunicarmi l'esito del viaggio?»

«Non mancherò, se sarò di ritorno.»

«Il nostro ispettore crede nel moto» mormorò Poirot, appena il nostro amico ci ebbe lasciato. «Lui viaggia, misura le impronte, raccoglie fango e cenere di sigarette! È indaffaratissimo! E zelante in sommo grado! Se gli parlassi di psicologia, lo sa come reagirebbe, amico mio? Scoppierebbe a ridere! Direbbe a se stesso: "Quel povero Poirot! Sta invecchiando! diventa senile!". Japp è la "giovane generazione che bussa alla porta". E *ma foi*! Sono tanto occupati a bussare, i giovani, che non si accorgono quando la porta è aperta!»

«E lei, che progetti ha?»

«Dal momento che abbiamo *carte blanche*, spenderò tre pence per telefonare al Ritz... dove, forse lo avrà notato, risiede il conte. Dopo di che, siccome ho i piedi un po' umidi e ho starnutito due volte, tornerò nelle mie stanze e mi farò una tisana sul fornello ad alcool.»

Non rividi Poirot fino al mattino seguente. Lo trovai che terminava placidamente di far colazione.

«Ebbene?» chiesi trepidante. «Che cos'è accaduto?»

«Niente.»

«Ma... Japp?»

«Non si è fatto vivo.»

«Il conte?»

«Ha lasciato il Ritz l'altro ieri.»

«Il giorno del delitto?»

«Sì.»

«Allora è tutto chiaro! Rupert Carrington è fuori causa.»

«Soltanto perché il conte de la Rochefour ha lasciato il Ritz? Corre troppo, amico mio.»

«A ogni modo bisogna seguirlo, arrestarlo! Ma quale sarebbe il suo movente?»

«Centomila dollari di gioielli sarebbero un buon movente per chiunque. Ma secondo me, la domanda giusta è un'altra: perché ucciderla? Perché non limitarsi a rubarle i gioielli? Lei non l'avrebbe denunciato.»

«Come mai?»

«Per il semplice fatto che è una donna, *mon ami*. Era stata innamorata di lui. Perciò avrebbe subìto il furto in silenzio. E il conte, che di psicologia femminile se ne intende... e ciò spiega i suoi successi... lo sapeva benissimo. D'altra parte, se è stato Rupert Carrington a ucciderla... perché le avrebbe portato via i gioielli, esponendosi fatalmente al rischio di venir incriminato?»

«Pura messinscena.»

«Può darsi che abbia ragione, amico mio. Ah, ecco Japp! Lo riconosco da come bussa.»

L'ispettore appariva raggiante.

«Salve, Poirot. Sono appena tornato. Ho eseguito un buon lavoretto! E lei?»

«Io ho riordinato le idee» rispose seraficamente Poirot.

Japp rise di gusto.

«Il nostro amico accusa gli anni» mi alitò nell'orecchio. «A noi giovani non è necessario» disse forte.

«*Quel dommage*!» commentò Poirot.

«Allora, le interessa sapere che cos'ho combinato?»

«Mi permetta di tirare a indovinare! Ha rinvenuto il coltello che è stato usato per il delitto, di fianco ai binari tra Weston e Taunton, e ha intervistato il giornalaio che a Weston aveva parlato con la signora Carrington!»

Il viso di Japp si afflosciò.

«Come diavolo fa a saperlo? Non mi dirà che il merito è delle sue onnipotenti "piccole cellule grigie"!»

«Mi fa piacere, sentirla ammettere una volta tanto che sono *onnipotenti*! Per caso aveva dato al giornalaio uno scellino di mancia?»

«No, mezza corona!» Japp, che aveva un'indole fondamentalmente gioviale, ridacchiò. «Sono delle spendaccione queste ricche americane!»

«E ne consegue che il giornalaio si ricorda di lei.»

«Si capisce. Mezza corona non gliela regalano tutti i giorni. La signora lo ha chiamato e si è fatta portare due riviste illustrate. Sulla copertina di una c'era una ragazza vestita di blu. "S'intona coi miei abiti" pare abbia detto la signora. Oh, lui se la ricorda perfettamente. Quanto a me, ero più che soddisfatto. Stando al referto del medico, il delitto dev'essere stato commesso prima di Taunton. Ho dedotto che l'assassino si è liberato subito del coltello e l'ho cercato di fianco ai binari. E finalmente... eccolo! A Taunton ho svolto una sommaria indagine a proposito del nostro uomo, ma la stazione è piuttosto grande ed era improbabile che qualcuno lo avesse notato. Immagino che sarà tornato a Londra con un treno successivo.»

Poirot annuì.

«Più che possibile.»

«Ma al mio ritorno ho fatto un'altra scoperta clamorosa. I gioielli sono già in circolazione! Il grosso smeraldo è stato impegnato la notte scorsa... da un tale ben noto nell'ambiente della malavita. Chi crede che sia?»

«Non saprei... ma è sicuramente basso di statura.»

Japp sussultò.

«Ha azzeccato! È proprio un tappo. Si tratta di Red Narky.»

«Chi è Red Narky?» domandai.

«Un abilissimo ladro di gioielli, signore. Ma rifugge dal delitto. Di solito lavora con una donna... Gracie Kidd. Questa volta però sembra che lei non ci fosse... a meno che non sia partita per l'Olanda col resto del bottino.»

«Ha arrestato Narky?»

«Naturalmente. Ma non dimentichi, l'uomo che vogliamo è l'altro... quello che è partito col treno della signora Carrington. È stato lui a organizzare il colpo, può esserne certo. Salvo che Narky non canterà, essendo un suo amico.»

Gli occhi di Poirot erano diventati verdissimi.

«Credo» disse dolcemente «di poter trovare l'amico di Narky, se le fa piacere.»

«Una piccola ispirazione, eh?» Japp scrutò intensamente Poirot. «È fantastico vedere come resiste bene sulla breccia, alla sua età e tutto quanto. Una fortuna del diavolo, niente da dire.»

«Può darsi, può darsi» mormorò il mio amico. «Hastings, il mio cappello. E la spazzola. Ecco! Le soprascarpe, se piove ancora! Non bisogna cancellare gli effetti della tisana. *Au revoir*, Japp!»

«Buona fortuna, Poirot.»

Poirot fermò il primo tassì di passaggio e indirizzò l'autista verso Park Lane.

Quando ci fermammo davanti all'abitazione di Halliday, balzò a terra, pagò l'autista e suonò il campanello. Parlò sottovoce al domestico che venne ad aprire, e l'uomo ci condusse immediatamente di sopra. Giunti all'ultimo piano, fummo introdotti in una linda cameretta.

Poirot si guardò attorno per la stanza e puntò lo sguardo su un bauletto nero. S'inginocchiò davanti al bauletto, esaminò le etichette ed estrasse un pezzetto di filo di ferro dalla tasca.

«Preghi il signor Halliday di voler cortesemente salire quassù» disse al domestico.

L'uomo uscì, e Poirot forzò con mano esperta la serratura del baule. In capo a pochi istanti sollevò il coperchio. Poi rovistò tra gli indumenti che conteneva, spargendoli via via sul pavimento.

Passi pesanti risuonarono su per le scale, e Halliday entrò nella stanza.

«Che cosa diavolo sta facendo?» domandò allibito.

«Cercavo questo, *monsieur*.»

Poirot tolse dal baule una giacca e una gonna di panno di un colore blu brillante, e un cappellino di volpi bianche.

«Perché fruga nel mio baule?»

Mi girai e vidi che anche la cameriera, Jane Mason, era entrata nella stanza.

«Se vuole gentilmente chiudere la porta, Hastings... Grazie

mille. Ecco, resti lì, addossato contro la porta. E ora, signor Halliday, mi permetta di presentarle Gracie Kidd, alias Jane Mason, che tra un momento andrà a raggiungere il suo complice, Red Narky, sotto l'amabile scorta dell'ispettore Japp.»

Poirot scartò le lodi con un gesto.
«È stato facile!»
Si servì un'altra porzione di caviale.
«Fu l'insistenza della donna sull'abbigliamento della sua padrona a colpirmi innanzi tutto. Perché le premeva tanto attirare la nostra attenzione sui vestiti della signora? Mi balenò alla mente che per quanto riguardava la presenza di un misterioso uomo nella carrozza del treno, a Bristol, avevamo soltanto la parola della cameriera. Se consideravamo esclusivamente le dichiarazioni del medico, la signora Carrington poteva essere stata assassinata *prima* di arrivare a Bristol. Ma in tal caso, la cameriera doveva per forza essere una complice. E se era una complice, evidentemente le faceva comodo raccogliere qualche altra testimonianza a suffragio della sua. L'abbigliamento della signora Carrington dava nell'occhio. Spesso le cameriere hanno molta voce in capitolo nella scelta del vestiario delle loro padrone. Ebbene, se dopo Bristol qualcuno avesse visto una signora in completo a giacca di un blu smagliante e con un cappellino di pelliccia, sarebbe stato pronto a giurare di aver visto la signora Carrington.
«Mi sforzai di ricostruire i fatti. La cameriera si era procurata un duplicato delle vesti. Insieme col suo complice aveva cloroformizzato e pugnalato la signora Carrington tra Londra e Bristol, probabilmente approfittando di una galleria. Il cadavere venne fatto rotolare sotto il sedile, e la cameriera prese il posto della signora. A Weston deve farsi notare. In che modo? È abbastanza logico servirsi di un giornalaio. E per essere più tranquilla, gli elargisce una lauta mancia. In più, attira la sua attenzione sul colore del proprio vestito, paragonandolo a quello stampato su una rivista. Subito dopo che il treno ha lasciato Weston, getta il coltello dal finestrino per creare un falso luogo del delitto, poi si cambia... o s'infila sulle vesti un

lungo impermeabile, abbottonandolo ben bene. A Tauton scende dal treno, e appena possibile torna a Bristol dove il suo complice ha debitamente depositato i bagagli. Lui le consegna lo scontrino e riparte per Londra. Lei aspetta sulla banchina, recita la sua parte, pernotta in albergo, e il mattino dopo torna in città... esattamente come ci ha riferito.

«Quando Japp è rientrato dalla sua spedizione, mi ha fornito la conferma delle mie deduzioni. Inoltre mi ha detto che un noto furfante aveva già messo in circolazione i gioielli. Chiunque fosse, fisicamente doveva essere giusto il contrario dell'uomo descritto da Jane Mason. Quando ho saputo che si trattava di Red Narky, che ha sempre lavorato con Gracie Kidd... be', ho capito dove dovevo cercare la donna.»

«E il conte?»

«Quanto più ci pensavo, tanto meno ero tentato di sospettare di lui. Il nostro gentiluomo tiene troppo alla sua pelle per arrischiarsi a uccidere. Non potevo credere a un'azione tanto inconsulta.»

«Ebbene, signor Poirot,» disse Halliday «sono in debito con lei. Si tratta di un grosso debito. E l'assegno che le firmerò dopo pranzo sarà ben lungi dal saldarlo.»

Poirot sorrise modestamente, e mi sussurrò:

«Japp mieterà gli allori ufficiali, benissimo. Ma se lui ha catturato il lupo mannaro... il montone dal vello d'oro è toccato a me!»

L'eredità dei Lemesurier

Ho investigato molti strani casi in compagnia di Poirot, ma nessuno, credo, è paragonabile alla straordinaria serie di eventi che incatenò il nostro interesse per molti anni, e che alla fine mise a dura prova la sagacia di Poirot. Una sera, durante la guerra, la nostra attenzione fu attratta dalle vicende della famiglia Lemesurier. Da poco Poirot e io eravamo tornati ad abitare insieme, rinnovando i primi tempi della nostra amicizia in Belgio. Lui aveva sbrigato una faccenduola per il ministero della Difesa, conseguendo un brillante risultato... e cenavamo al Carlton con un ufficiale superiore, che nel corso del pasto rivolse a Poirot un mucchio di elogi. L'ufficiale dovette congedarsi perché aveva un appuntamento e noi finimmo il caffè con calma, disponendoci a seguire il suo esempio.

Mentre lasciavamo la sala, udii una voce che mi parve familiare e mi girai. Vidi il capitano Vincent Lemesurier, un giovane che avevo conosciuto in Francia. Era con un uomo più anziano, e la rassomiglianza tra i due attestava che erano consanguinei. Infatti ci fu presentato come il signor Hugo Lemesurier, zio del mio giovane amico.

Non conoscevo intimamente il capitano Lemesurier, ma era un ragazzo simpatico e un po' svagato. Ricordai d'aver sentito che apparteneva a una famiglia antica e di rigidi principi con una proprietà nel Northumberland che risaliva a prima della Riforma. Poirot e io non avevamo fretta, e all'invito del giovane ci sedemmo al loro tavolino, iniziando una piacevole conversazione su argomenti svariati. Il più anziano dei Lemesurier era un uomo sulla quarantina, a cui le spalle curve conferivano un'aria intellettuale. Al momento era impegnato in un lavoro di ricerca chimica per conto del governo.

La nostra conversazione fu interrotta da un giovanotto alto e bruno che si avvicinò al tavolino. Appariva profondamente agitato.

«Grazie al Cielo vi ho trovati!» esclamò.

«Che cosa c'è, Roger?»

«Tuo padre, Vincent. Una brutta caduta da cavallo.»

Lo trasse in disparte e non udii il resto.

Poco dopo i nostri due amici si accomiatarono in gran fretta. Il padre di Vincent Lemesurier aveva avuto un grave incidente mentre addestrava un puledro, e si temeva che non superasse la notte. Vincent era divenuto pallido come un cencio e appariva assai scosso dalla notizia. In un certo senso ne fui stupito, perché da un breve scambio che avevamo avuto sull'argomento in Francia, mi era sembrato che lui e suo padre non fossero in rapporti particolarmente buoni. Quindi quella manifestazione di affetto filiale mi sorprese.

Il giovanotto bruno, che ci era stato presentato come un cugino, il signor Roger Lemesurier, rimase indietro e noi tre uscimmo insieme.

«Una curiosa vicenda» osservò il giovanotto. «Forse potrebbe interessare il signor Poirot. Ho sentito parlare di lei, signor Poirot... da Higginson.» Higginson era l'ufficiale nostro amico. «Dice che lei è un asso in psicologia.»

«Sì, sono appassionato di psicologia» ammise cauto il mio amico.

«Non ha visto l'espressione di mio cugino? Era terrificato dalla paura. Non sa perché? Una maledizione grava da anni sulla famiglia! Le interessa conoscere la storia?»

«Sarebbe gentile a raccontarmela.»

Roger Lemesurier guardò l'orologio.

«Abbiamo tempo. Devo trovarmi con loro a King's Cross. Be', signor Poirot, i Lemesurier sono una famiglia antica. Nel medioevo, un Lemesurier aveva cominciato a nutrire sospetti sul conto di sua moglie. L'aveva trovata in una situazione compromettente. Lei giurò di essere innocente, ma il vecchio barone Hugo non volle sentir ragioni. Avevano un figlio, e lui negò di esserne il padre, dichiarando che era sicuramente figlio di un altro e che quindi non gli spettava l'eredità. Ho dimenticato come la punì... probabilmente con una tortura medievale, forse murò vivi la donna e il ragazzo. A ogni modo li uccise entrambi: lei morì protestandosi innocente e lanciando contro la famiglia Lemesurier la sua maledizione: nessun primogenito dei Lemesurier avrebbe mai ereditato... Be', il tempo passò e l'innocenza della signora fu dimostrata al di sopra di ogni dubbio. Credo che Hugo abbia vestito il saio e abbia trascorso il resto dei suoi giorni in un convento. Da allora nessun primogenito riuscì mai a ereditare la proprietà che andò sempre ai fratelli, ai nipoti, al secondogenito... mai al maggiore. Il padre di Vincent era il secondo di cinque figli: il maggiore morì bambino. Naturalmente, per tutta la guerra, Vincent fu convinto di essere condannato. Ma, stranamente, furono uccisi i suoi due fratelli minori mentre lui rimase illeso.»

«Una storia interessante» disse Poirot pensoso. «Ma adesso suo padre è moribondo ed erediterà Vincent, in quanto figlio maggiore?»

«Esattamente. La maledizione non ha resistito alle tensioni della vita moderna e si è esaurita.»

Poirot scrollò la testa, come a deprecare il tono ironico dell'altro. Roger Lemesurier guardò di nuovo l'orologio e dichiarò che doveva andare.

Il giorno dopo apprendemmo il seguito della tragedia. Fummo informati che il capitano Vincent Lemesurier era morto tragicamente. Viaggiava verso il Nord col treno postale scozzese: durante la notte doveva aver aperto lo sportello ed era precipitato sulla massicciata. Si ritenne che lo choc per l'incidente di suo padre, in aggiunta a quello provocato dai bombardamenti, gli avesse procurato una temporanea insanità mentale. Fu citata la strana superstizione sul conto della famiglia Lemesurier: il nuovo erede, Ronald Lemesurier, era il fratello del padre di Vincent il cui unico figlio era morto nella battaglia della Somme.

Il casuale incontro con Vincent, l'ultima sera della sua vita, aumentò il nostro interesse nei riguardi della famiglia Lemesurier. Due anni dopo, apprendemmo che Ronald Lemesurier, già invalido all'epoca della sua designazione come erede della proprietà, era morto. Gli succedeva il fratello John, un uomo gagliardo e robusto, con un figlio studente a Eton.

Senza dubbio un tragico destino incombeva sui Lemesurier. Pochi giorni dopo il ragazzo si sparò accidentalmente. La morte del padre, in seguito alla puntura di una vespa, fece sì che la proprietà andasse al fratello minore dei cinque... Hugo, che ricordavamo d'aver incontrato quella sera fatale al Carlton.

A parte i commenti sull'incredibile serie di tragedie che si era abbattuta sui Lemesurier, non avevamo altri interessi nelle loro vicende... ma per noi si avvicinava il momento di esercitare un ruolo più attivo.

Un mattino fu annunciata la signora Lemesurier. Era una donna sulla trentina, alta e scattante, in apparenza piena di determinazione e di buon senso. Parlava con un lieve accento straniero.

«Il signor Poirot? Lieta di conoscerla. Qualche anno fa ha conosciuto mio marito, Hugo Lemesurier. Ma probabilmente se ne è dimenticato.»

«Ricordo benissimo, signora. Ci siamo incontrati al Carlton.»

«Lei è magnifico, signor Poirot. Sono molto preoccupata.»

«Per che cosa, signora?»

«Il mio figlio maggiore... ho due ragazzi, sa. Ronald di otto anni e Gerald di sei.»

«Procediamo, signora. Come mai è preoccupata per il piccolo Ronald?»

«Signor Poirot, negli ultimi sei mesi è scampato tre volte alla morte per un soffio: una volta ha rischiato d'annegare, quest'estate quand'eravamo in Cornovaglia... una volta è caduto dalla finestra della sua camera... e una volta ha ingerito della ptomaina.»

Il viso di Poirot rivelò sin troppo chiaramente i suoi pensieri, perché la signora Lemesurier si affrettò ad aggiungere:

«Forse mi giudica una sciocca che vede un elefante al posto di una mosca.»

«Nemmeno per sogno, signora. È comprensibile che una madre sia preoccupata in simili circostanze, ma non vedo come possa aiutarla. Non sono *le bon Dieu*, per dominare le onde... per la finestra della camera dei ragazzi, le suggerisco una griglia di ferro... e quanto al cibo, chi può eguagliare le cure di una madre?»

«Ma perché la vittima degli incidenti è sempre Ronald e mai Gerald?»

«Il caso, signora... *le hasard*.»

«Lo crede proprio?»

«Che cosa crede lei, signora... e suo marito?»

Un'ombra passò sul viso della signora Lemesurier.

«È inutile rivolgersi a Hugo... si rifiuta d'ascoltare. Come forse sa, si dice che la famiglia sia perseguitata da una maledizione... nessun primogenito può ereditare. Hugo ci crede. È assai superstizioso. Quando gli esprimo i miei timori dà la colpa alla maledizione, dicendo che non possiamo sfuggire. Ma io sono americana, signor Poirot, e non credo alle maledizioni. Al massimo, dà lustro a una famiglia di antiche origini. Quando Hugo mi conobbe, avevo soltanto una particina in una commedia musicale... e pensai che una maledizione di famiglia fosse una cosa affascinante. Il genere di storia che si ama raccontare presso il caminetto nelle serate invernali. Ma quando vengono coinvolti i propri figli... io li adoro. Farei qualsiasi cosa per loro.»

«Così non crede alla leggenda di famiglia, signora?»

«Una leggenda può recidere il fusto di un'edera?»

«Che cosa sta dicendo, signora?» chiese Poirot stupefatto.

«Ho detto, può una leggenda... o un fantasma, se preferisce... recidere il fusto di un'edera? Non mi riferisco a quanto è accaduto in Cornovaglia. Un ragazzo può spingersi troppo al largo e trovarsi in difficoltà... anche se Ronald ha imparato a nuotare a quattro anni. Ma per l'edera è diverso. Entrambi i ragazzi sono dei discoli. Hanno scoperto di potersi arrampicare su e giù aggrappandosi all'edera. Lo facevano sempre. Un giorno... Gerald era assente... Ronald lo fece una volta di troppo, l'edera cedette e lui cadde. Per fortuna se la cavò con lievi escoriazioni. Ma io scesi ed esaminai l'edera: il fusto era stato tagliato, signor Poirot... tagliato deliberatamente.»

«Quanto mi dice è molto grave, signora. Il ragazzo minore era assente da casa, in quel momento?»

«Sì.»

«Ed era assente anche all'epoca dell'avvelenamento da ptomaina?»

«No, c'erano tutt'e due.»

«Strano» mormorò Poirot. «Quali altre persone risiedono nella casa, signora?»

«La signorina Saunders, la governante dei bambini, e John Gardiner, il segretario di mio marito...»

La signora Lemesurier fece una pausa. Sembrava imbarazzata.

«E poi?»

«Il maggiore Roger Lemesurier, che credo abbia conosciuto quella sera, passa molto tempo con noi.»

«Ah, sì... È un cugino, non è vero?»

«Un lontano cugino. Non appartiene al nostro ramo della famiglia. Eppure credo che adesso sia il parente più prossimo di mio marito. È una cara persona e gli siamo molto affezionati. I ragazzi stravedono per lui.»

«Ha insegnato lui ai ragazzi come arrampicarsi sull'edera?»

«Forse. Spesso li incita a combinare marachelle.»

«Signora, mi scusi per quello che ho detto prima. Il pericolo è reale e credo che abbia bisogno di assistenza. Le propongo di invitarci per un periodo da lei. Suo marito avrà obiezioni?»

«Oh, no. Ma riterrà che sia tutto inutile. Mi sembra d'impazzire all'idea che stia con le mani in mano, ad aspettare che il bambino muoia.»

«Si calmi, signora. Affronteremo la situazione con metodo.»

Preparammo i bagagli e il giorno seguente partimmo per il Nord. Poirot appariva assorto. A un tratto emerse dai suoi pensieri e domandò:

«Vincent Lemesurier è caduto da un treno come questo?»
Calcò sulla parola «caduto»
«Allora non sospetta l'intervento di qualcuno?» chiesi di rimando.
«Non ha notato, Hastings, che alcuni degli incidenti mortali capitati ai Lemesurier presentano dei lati diciamo... sospetti? Prendiamo Vincent, per esempio. Poi lo studente di Eton... un incidente con la rivoltella è sempre ambiguo. Supponiamo che il ragazzo sia caduto dalla finestra della sua camera e abbia battuto la testa... non sembrerebbe molto più naturale? Ma perché soltanto *un* bambino, Hastings? Chi si avvantaggerebbe della sua morte? Il suo fratellino minore, un bimbo di sette anni! È assurdo!»
«Forse in seguito si occuperebbero dell'altro» dissi, senza la minima idea di chi fossero «loro».
Poirot scosse la testa, insoddisfatto.
«Avvelenamento da ptomaina» disse. «L'atropina produce più o meno gli stessi sintomi. Sì, occorre la nostra presenza.»
La signora Lemesurier ci accolse con entusiasmo. Poi ci condusse nello studio di suo marito e ci lasciò con lui. Era molto cambiato da quando lo avevo visto l'ultima volta. Aveva le spalle più cadenti e il suo viso appariva d'un pallore grigiastro. Ascoltò le spiegazioni di Poirot riguardo alla nostra presenza nella casa.
«Il solito buon senso di Sadie!» disse infine. «Rimanga pure, signor Poirot, e la ringrazio d'essere venuto... ma sta scritto, sta scritto. È difficile infrangere la legge. Noi Lemesurier lo *sappiamo*... nessuno di noi può sfuggire alla maledizione.»
Poirot accennò al fusto dell'edera reciso, ma Hugo non apparve molto impressionato.
«Sarà stato un giardiniere distratto... ma è il destino che l'ha voluto. E ascolti, signor Poirot: il giorno fatale non tarderà molto a venire.»
«Perché dice questo?»
«Perché anch'io sono maledetto. L'anno scorso sono andato da un medico. Soffro di un male incurabile... e la fine è vici-

na. Ma prima che io muoia, Ronald mi precederà. Sarà Gerald a ereditare.»

«E se dovesse capitare qualcosa anche al suo figlio minore?»

«Non gli succederà niente. La maledizione non incombe su di lui.»

«Ma in caso contrario?» insisté Poirot.

«Il prossimo erede è mio cugino Roger.»

Fummo interrotti. Un uomo alto e prestante, con capelli ricciuti color rame, entrò con un fascio di carte in mano.

«Adesso sono occupato, Gardiner» disse Hugo Lemesurier. Poi aggiunse: «Il mio segretario, il signor Gardiner».

Il segretario s'inchinò leggermente, mormorò una frase d'occasione e uscì. Nonostante la sua prestanza, qualcosa in lui m'ispirava repulsione. Poco dopo lo dissi a Poirot, mentre passeggiavamo nel bel parco che circondava la casa. Con mia sorpresa, lui si mostrò d'accordo.

«Sì, Hastings, ha ragione. Quell'uomo non mi piace. È troppo bello. Sarà sempre uno scansafatiche. Ah, ecco i bambini.»

La signora Lemesurier veniva verso di noi, affiancata dai due bambini. Erano dei bei ragazzi... il minore, bruno come sua madre, il maggiore coi riccioli di fiamma. Ci diedero di buon grado la mano e manifestarono un'immediata simpatia per Poirot. Poi fummo presentati alla signorina Saunders, una donnetta scialba che completava la compagnia.

Per qualche giorno facemmo una vita assai piacevole... sempre all'erta, ma senza risultato. I ragazzi stavano benone e niente turbava la tranquillità. Il quarto giorno dopo il nostro arrivo, venne come ospite il maggiore Roger Lemesurier. Non era cambiato molto... era allegro e gioviale come una volta, con la stessa abitudine di prender le cose alla leggera. Era evidentemente l'idolo dei bambini, che accolsero il suo arrivo con grida di gioia e subito lo trascinarono in giardino a giocare agli indiani. Notai che Poirot li seguiva con discrezione.

Il giorno dopo tutti, bambini compresi, fummo invitati al tè da lady Claygate, la cui casa era adiacente a quella dei Lemesurier. La signora Lemesurier propose anche a noi di andare, ma apparve sollevata quando Poirot rifiutò dicendo che preferiva restare a casa.

Quando gli altri furono andati, Poirot si mise al lavoro. Sembrava un cane da caccia. Credo che nessun angolo della casa sia rimasto inesplorato... eppure eseguì l'opera con tanta delicatezza che i suoi movimenti non diedero nell'occhio. Ma alla fine non mi apparve soddisfatto. Prendemmo il tè sul terrazzo con la signorina Saunders, che non era stata invitata da lady Claygate.

«I ragazzi si divertiranno» mormorò, con voce atona. «Spero che si comportino bene, che non rovinino le aiuole e che non vadano vicino alle api...»

Poirot si fermò con la tazza a mezz'aria. Pareva che avesse visto un fantasma.

«Le api?» tuonò.

«Sì, signor Poirot, le api. Ci sono tre alveari. Lady Claygate è orgogliosa delle sue api.»

«Api!» gridò di nuovo Poirot. Poi balzò dalla tavola e si mise a passeggiare su e giù sul terrazzo con le dita intrecciate dietro la nuca. Non capivo come mai si fosse agitato così sentendo menzionare le api.

In quel momento sentimmo tornare la macchina. Quando la compagnia arrivò, Poirot era sulla soglia.

«Ronald è stato punto» annunciò Gerald eccitato.

«Non è niente» disse la signora Lemesurier. «La ferita non si è nemmeno gonfiata. L'abbiamo tamponata con un po' d'ammoniaca.»

«Fammi vedere, ragazzo mio» disse Poirot. «Dov'è?»

«Qui, sul collo» rispose Ronald con aria d'importanza. «Ma non mi fa male. Papà ha detto: "Sta' fermo... hai un'ape sul collo". Io sono rimasto fermo e lui me l'ha tolta, ma prima l'ape mi ha punto. Non ho sentito molto male, soltanto una punturina. E non ho pianto perché sono grande e l'anno prossimo vado a scuola.»

Poirot esaminò il collo del bimbo e si rizzò di nuovo. Mi prese un braccio e mormorò:

«Stasera, *mon ami*... stasera ci daremo da fare. Non dica niente... a nessuno.»

Rifiutò di spiegarsi meglio e per tutta la sera fui tormentato dalla curiosità. Si ritirò presto e io seguii il suo esempio. Mentre salivamo, mi artigliò il braccio e mi impartì le sue istruzioni.

«Non si spogli. Aspetti un po' di tempo, poi spenga la luce e mi raggiunga qui.»

Obbedii, e più tardi lo trovai ad aspettarmi. Con un gesto mi indusse a non parlare e raggiungemmo con prudenza l'ala della casa dove erano situate le camere dei ragazzi. Ronald aveva una stanzetta tutta per sé. Entrammo e ci appostammo in un angolo buio. Il respiro del bimbo era regolare.

«Sta dormendo saporitamente» sussurrai.

Poirot annuì.

«Drogato» mormorò.

«Perché?»

«Perché non possa gridare per...»

«Per che cosa?» chiesi.

«Per la puntura dell'ago ipodermico, *mon ami*! Silenzio, smettiamo di parlare... anche se per un po' non succederà niente.»

Ma Poirot aveva torto. Dopo nemmeno dieci minuti la porta fu socchiusa delicatamente e qualcuno entrò nella stanza. Udii un respiro affannoso. Dei passi si avvicinarono al letto, e a un tratto vi fu un clic. La luce di una torcia elettrica cadde sul bimbo addormentato... colui che la reggeva era invisibile nell'ombra. Il misterioso individuo posò la torcia. Con la mano destra estrasse una siringa, e con la sinistra toccò il collo del bambino...

Poirot e io scattammo nello stesso istante. La torcia rotolò sul pavimento e lottammo con l'intruso nell'oscurità. La sua forza era straordinaria. Finalmente riuscimmo a sopraffarlo.

«La luce, Hastings. Devo vederlo in faccia... anche se temo di conoscerlo sin troppo bene.»

"Anch'io" pensai, mentre cercavo a tentoni la torcia. Per un momento, spinto dalla mia avversione per lui, avevo sospettato del segretario. Ma adesso sapevo che colui che avrebbe beneficiato della morte dei due piccoli cugini era il mostro che stavamo per scoprire.

Sentii la torcia sotto il piede. La raccolsi e la accesi. Il fascio luminoso cadde sul viso di... Hugo Lemesurier, il padre del ragazzo!

«Impossibile» mormorai con la voce rauca. «Impossibile!»

Lemesurier era privo di conoscenza. Poirot e io lo portammo in camera sua e lo deponemmo sul letto. Poirot si chinò e gli tolse qualcosa dalla mano destra. Era una siringa ipodermica... Rabbrividii.

«Che cos'era? Veleno?»

«Acido formico, credo.»

«Acido formico?»

«Sì. Probabilmente ottenuto dalle termiti. È un chimico, non ricorda? La morte sarebbe stata attribuita alla puntura di un'ape.»

«Dio mio!» mormorai. «Suo figlio! E se lo aspettava?»

Poirot annuì gravemente.

«Sì. Ha la mente malata, naturalmente. Credo che la storia di famiglia sia divenuta un'ossessione, per lui. Il suo desiderio di ereditare la proprietà deve averlo spinto a commettere la lunga serie di crimini. Forse l'idea gli venne quella notte, quando viaggiava in treno con Vincent. Non poteva ammettere che la predizione fosse smentita. Il figlio di Ronald era già morto, e Ronald stesso non sarebbe vissuto a lungo.

«Predispose l'incidente della rivoltella, e... ho cominciato a sospettarlo poco fa... uccise suo fratello John con lo stesso espediente, iniettandogli acido formico nella vena iugulare. Così le sue ambizioni furono realizzate e lui divenne il padrone della proprietà. Ma il suo trionfo fu di breve durata... scoprì di soffrire di un male incurabile. Era ossessionato dall'idea che nessun primogenito dei Lemesurier avrebbe mai ereditato. Forse predispose anche l'incidente del bagno, esortando il bambino a nuotare troppo al largo. Ma dopo il fallimento di questo piano, recise il fusto dell'edera e in seguito avvelenò il cibo del ragazzo.»

«Diabolico!» mormorai con un brivido. «E astutamente congegnato!»

«Sì, *mon ami*, nulla è più sconvolgente della lucidità di uno psicopatico... tranne forse la straordinaria follia di una persona sana! All'inizio, perlomeno, la sua pazzia non mancava di metodo.»

«E pensare che sospettavo di Roger!»

«Più che naturale, *mon ami*. Sapevamo che anche lui aveva viaggiato con Vincent, quella notte. Sapevamo che era il prossimo erede dopo Hugo e i bambini. Ma il nostro sospetto non era suffragato dai fatti. Il fusto dell'edera fu reciso mentre soltanto il piccolo Ronald era in casa... ma Roger avrebbe avuto interesse a sopprimere entrambi i ragazzi. Allo stesso modo, soltanto il cibo di Ronald era avvelenato. E oggi, quando sono tornati a casa, ho scoperto d'avere soltanto la parola del padre di Ronald, che il piccolo era stato punto. Mi sono ricordato dell'altro caso di morte causato da una puntura di vespa... e ho capito!»

Hugo Lemesurier morì pochi mesi dopo in una clinica dov'era stato ricoverato. La sua vedova si risposò un anno dopo col signor John Gardiner, il segretario dai capelli di fiamma. Ronald ereditò la proprietà del padre e continuò a crescere sano e vigoroso.

«Bene» dissi a Poirot. «Un'altra illusione è svanita. È riuscito a sfatare la maledizione dei Lemesurier.»

«Non ne sono sicuro» disse Poirot pensoso. «Ho i miei dubbi.»

«Cioè?»

«*Mon ami*, le risponderò con una parola significativa... *rosso*!»

«Sangue?» chiesi in un bisbiglio.

«La sua immaginazione ha sempre un qualcosa di sanguinario, Hastings! Mi riferivo a qualcosa di molto più prosaico... il colore dei capelli del piccolo Ronald Lemesurier.»

Accadde in Cornovaglia

«La signora Pengelley» annunciò la nostra padrona di casa e si ritirò con discrezione.

Molte persone strane venivano a consultare Poirot ma, a mio parere, la donna che stava ferma sulla soglia della stanza con aria imbarazzata e giocherellava nervosamente con il bavero di piume, era la più strana di tutte: una donna magra, sciupata, sulla cinquantina. Vestiva un completo a giacca spigato, aveva un bel po' di catene d'oro al collo, e i capelli grigi erano sormontati da un singolare cappello che non le donava affatto. Nelle cittadine di provincia ogni giorno s'incontrano tipi come la signora Pengelley.

Poirot le andò incontro e l'accolse cordialmente, rendendosi conto del suo manifesto imbarazzo.

«*Madame*! Si accomodi, prego. Il mio collega, il capitano Hastings.»

La signora sedette, mormorando in tono incerto: «Lei è *monsieur* Poirot l'investigatore?».

«Al suo servizio, *madame*.»

Ma la nostra ospite stentava a parlare. Sospirava, si torceva le mani e diventava sempre più rossa in viso.

«Posso fare qualcosa per lei, *madame*, eh?»

«Be'... pensavo... cioè, vede...»

«La prego, *madame*, continui, continui...»

Incoraggiata, la signora Pengelley riprese il controllo di sé.

«È così, signor Poirot... non voglio aver niente a che fare con la polizia. No, non andrei alla polizia per niente al mondo. Ma tuttavia sono in un grosso guaio... eppure non so ancora se devo...»

S'interruppe bruscamente.

«Io non ho niente a che vedere con la polizia. Le indagini che svolgo sono assolutamente private» dichiarò Poirot.

La signora Pengelley captò l'ultima parola: «Privato... ecco che cosa voglio... Niente chiacchiere e pettegolezzi, o cose sui giornali. Scrivono cose cattive e dopo le famiglie non possono più tirar su la testa per la vergogna. E poi non è che io sia proprio sicura... è un'idea orribile che mi è venuta, e non riesco assolutamente a cavarmela dalla testa». S'interruppe per riprendere fiato. «E forse sto facendo un gravissimo torto al povero Edward. È un pensiero orribile per una moglie. Ma oggi si leggono cose del genere, ogni tanto.»

«Mi permette... è di suo marito che sta parlando?»

«Sì.»

«E lo sospetta di... che cosa?»

«Non mi viene nemmeno da dirlo, signor Poirot. Ma si leggono fatti del genere... e quelle povere anime non sospettano di niente.»

Cominciavo a disperare che la poveretta fosse in grado di venire a una conclusione. Ma la pazienza di Poirot era pari all'esigenza di chi la sollecitava.

«Parli senza paura, *madame*. Pensi a quale gioia proverà se riuscirò a dimostrare che i suoi sospetti sono infondati.»

«È vero... qualsiasi cosa è meglio di questa opprimente incertezza. Oh, *monsieur* Poirot, penso che mi stia avvelenando!»

«Che cosa glielo fa pensare?»

La signora Pengelley, abbandonata ogni reticenza, si tuffò in un resoconto particolareggiato che sarebbe stato più confacente per le orecchie del suo medico curante.

«Dolori e nausea dopo i pasti, eh?» chiese pensosamente Poirot. «Lei ha un medico curante, *madame*? Che cosa ne dice?»

«Dice che si tratta di gastrite acuta, *monsieur* Poirot. Ma io capisco che è perplesso e imbarazzato, e continua a cambiarmi le medicine, ma non c'è niente che serva.»

«Gli ha accennato delle sue paure?»

«No, davvero, signor Poirot. Potrebbe spargersi la voce. E forse è davvero gastrite. Comunque, è stranissimo, ma ogni volta che Edward è via per il weekend, io sto di nuovo benissimo. Persino Freda se n'è accorta, mia nipote, *monsieur* Poirot. E poi c'è quella bottiglia di diserbante per le piante che, a detta del giardiniere, lui non ha mai adoperato, eppure è mezza vuota.»

Guardò con espressione supplicante Poirot, che le sorrise con aria di rassicurazione e prese un blocco d'appunti e una matita.

«Procediamo con ordine, *madame*. Dunque lei e suo marito abitate... dove?»

«Polgarwith, un piccolo centro agricolo nella Cornovaglia.»

«Ci state da parecchio?»

«Quattordici anni.»

«E la sua famiglia è composta da lei e da suo marito? Niente figli?»

«No.»

«Ma una nipote, mi pare che abbia detto.»

«Sì, Freda Stanton, figlia dell'unica sorella di mio marito. Sta con noi da otto anni... cioè stava fino alla settimana scorsa.»

«Oh! E che cosa è successo la settimana scorsa?»

«Da qualche tempo la situazione non era più molto simpatica. Non so che cosa abbia preso Freda. Era diventata così scortese e impertinente, con un carattere davvero urtante e, alla fine, un bel giorno è esplosa in una scenata, è andata via e si è presa un appartamento in città. Da allora non l'ho più vista. Meglio lasciare che torni in sé. Così dice il signor Radnor.»

«Chi è il signor Radnor?»

Un po' dell'imbarazzo iniziale riaffiorò nella signora Pengelley.

«Oh... è... solo un amico. Un giovanotto molto simpatico.»

«Qualcosa tra lui e sua nipote?»

«Niente di niente» rispose lei con enfasi.

Poirot spostò l'argomento.

«Lei e suo marito avete, presumo, una buona situazione finanziaria?»

«Sì, direi proprio di sì.»

«Il denaro è suo o di suo marito?»

«Oh, è tutto di Edward, io non ho niente.»

«Vede, *madame*, nel mio lavoro, a volte devo essere anche brutale. Dobbiamo cercare un motivo. Suo marito, non l'avvelenerebbe solo *pour passer le temps*! Conosce qualche ragione per cui dovrebbe desiderare di eliminarla?»

«C'è quella sgualdrinella bionda che lavora per lui» disse la signora Pengelley, lasciandosi prendere dall'ira. «Mio marito fa il dentista, signor Poirot; e secondo lui è assolutamente necessario avere una bella ragazza, per dirla con le sue parole, con i capelli corti e il camice bianco, che gli fissi gli appuntamenti e prepari l'occorrente per i pazienti. Ho avuto sentore che c'è qualcosa tra loro, anche se naturalmente lui giura che è tutto falso.»

«Quella bottiglia di diserbante, *madame*, chi l'ha ordinata?»

«Mio marito... un anno fa, circa.»

«Sua nipote... dunque, ha del denaro suo?»

«Una cinquantina di sterline all'anno, direi. Sarebbe ben contenta di tornare e accudire la casa per Edward, se io me ne andassi.»

«Allora lei ha pensato alla possibilità di lasciare suo marito?»

«Non intendo permettergli di fare tutti i suoi comodi. Le donne non sono più schiave calpestate, come ai vecchi tempi, *monsieur* Poirot.»

«Mi congratulo con lei per il suo spirito di indipendenza, *madame*, ma siamo pratici. Lei oggi torna a Polgarwith?»

«Sì, sono venuta con il pretesto di una gita. Il treno è partito alle sei di stamane, e riparte alle cinque del pomeriggio.»

«*Bien*! Non ho cose molto urgenti per il momento da sbrigare. Posso dedicarmi alla sua piccola vicenda. Domani sarò a

Polgarwith. Dobbiamo dire che Hastings, il mio amico qui presente, è un suo lontano parente, figlio di una sua seconda cugina? E che io sono il suo stravagante amico straniero? Nel frattempo, mangi solo quello che prepara con le sue stesse mani, o che viene fatto sotto i suoi occhi. Ha una cameriera di cui si fida?»

«Jessie è una bravissima ragazza; ne sono certa.»

«Allora a domani, *madame*, e abbia coraggio!»

Poirot accompagnò cerimoniosamente la signora alla porta, quindi tornò con aria pensosa alla propria sedia. La sua concentrazione, comunque, non era tanto profonda da non permettergli di vedere per terra due piccolissimi ciuffi di piume che la donna aveva strappati con dita agitate dal proprio bavero. Li raccolse con attenzione e li lasciò cadere nel cestino della carta straccia.

«Che cosa ne pensa del caso, Hastings?»

«Direi che è un brutto affare.»

«Sì, se quanto sospetta la nostra amica è vero. Ma lo è poi? Se una moglie soffre di gastrite ed è incline all'isterismo, povero marito!»

«Pensa che si tratti solo di così poco?»

«Ah, *voilà*!... non lo so, Hastings. Ma il caso mi interessa. Mi interessa enormemente. Perché, vede, decisamente non ha caratteristiche nuove. Donde, la teoria dell'isterismo. Eppure la signora Pengelley non mi sembra una donna isterica. Sì, se non erro, ci troviamo davanti a un dramma umano molto commovente. Mi dica, Hastings, quali ritiene siano i sentimenti della signora Pengelley per il marito?»

«Lealtà in lotta con la paura?» suggerii io.

«E tuttavia, di solito, una donna accuserà chiunque, tranne il marito. Si aggrapperà alla fiducia che ha in lui, nel male e nel bene.»

«È l'altra donna che complica la faccenda.»

«Sì. L'affetto può trasformarsi in odio, sotto lo stimolo della gelosia. Ma l'odio condurrebbe la signora Pengelley alla polizia, non da me. Vorrebbe il clamore, lo scandalo. No, no, mettiamo in azione le piccole cellule grigie. Perché è venuta da me? Perché venga dimostrato che i suoi sospetti sono sbagliati? Oppure... perché venga dimostrato che sono *giusti*? Ah, qui abbiamo qualcosa che non capisco... un fattore sconosciuto. È una magnifica attrice, la nostra signora Pengelley? No, era sincera, giurerei che era sincera e pertanto sono interessato. Guardi l'orario dei treni per Polgarwith, la prego.»

Il treno migliore della giornata era quello in partenza all'una e cinquanta da Oddington, che sarebbe arrivato a Polgarwith poco dopo le sette. Il viaggio fu privo di avvenimenti di rilievo e dovetti svegliarmi da un piacevole pisolino per scendere alla piccola e deprimente stazione. Portammo il nostro bagaglio all'Hotel Duchy e dopo una cena leggera, Poirot mi propose di uscire a far due passi, per passare a render visita alla mia cosiddetta cugina.

La casa dei Pengelley era un poco arretrata rispetto alla strada, e davanti aveva un antiquato giardinetto. Il profumo delle violacciocche e della reseda arrivava portato dalla brezza serotina. Sembrava impossibile collegare pensieri di violenza con il fascino di quel vecchio mondo. Poirot suonò e bussò alla porta. Poiché nessuno rispondeva, suonò di nuovo. Stavolta, dopo un breve intervallo, la porta fu aperta da una cameriera scarmigliata. Aveva gli occhi rossi e aspirava rumorosamente col naso.

«Desideriamo vedere la signora Pengelley» spiegò Poirot. «Possiamo entrare?»

La donna lo fissò. Poi, con singolare immediatezza, rispose: «Non ha saputo? È morta. Stasera... circa mezz'ora fa.»

Sbalorditi restammo a fissarla.

«Di che cosa è morta?» riuscii finalmente a chiedere.

«C'è chi potrebbe dirlo.» Si guardò in fretta dietro le spalle. «Se non fosse per il fatto che devo restare a vegliare quella poveretta, farei la mia valigia e me ne andrei stasera stessa. Ma non intendo lasciarla da sola senza nessuno che la vegli. Non spetta a me dire qualcosa, e certo non dirò niente... ma tutti lo sanno. Se ne parla in tutta la città. E se il signor Radnor non scriverà al ministro degli Interni, qualcun altro lo farà. Il medico può dire quello che vuole. Non ho forse visto io stessa con i miei occhi il padrone prendere proprio stasera il diserbante dal ripiano? E lui non ha forse fatto un balzo quando si è girato e mi ha vista lì ferma a guardarlo? E con la cena della signora già sul tavolo, sul vassoio che le dovevo portare? Finché resto in questa casa non metterò un solo boccone di cibo in bocca!»

«Dove abita il dottore che curava la sua padrona?»

«Il dottor Adams. Dietro l'angolo, in High Street. La seconda casa.»

Poirot si voltò, allontanandosi bruscamente. Era pallidissimo.

«Per una ragazza che non intendeva dir niente questa ha detto un bel po' di cose!» osservai in tono asciutto.

Poirot batté la mano stretta a pugno nel palmo dell'altra.

«Un idiota, un idiota criminale, questo sono stato, Hastings. Mi sono tanto vantato delle mie piccole cellule grigie e adesso ho perso una vita umana, una vita che era venuta da me per essere salvata. Non mi sarei mai sognato che potesse succedere qualcosa così alla svelta. Che il buon Dio mi perdoni, ma non immaginavo minimamente che potesse in effetti succedere qualcosa. La sua storia mi era parsa fasulla. Siamo arrivati alla casa del dottore. Vediamo che cosa può dirci.»

Il dottor Adams era il tipo del medico cordiale dal viso rubizzo che si trova nei romanzi. Ci accolse abbastanza compitamente ma, non appena accennammo al motivo della nostra visita, il suo volto rosso divenne paonazzo.

«Maledette idiozie! Tutte maledette idiozie, ogni parola! Non mi occupavo forse io del caso? Gastrite, gastrite pura e semplice. Questa città è un vespaio di pettegolezzi... un mucchio di vecchie linguacciute e assetate di scandali si riuniscono e inventano Dio sa che cosa! Leggono quei giornaletti da quattro soldi pieni di scurrilità e subito sono felici di poter trovare qualcuno nella loro città che viene avvelenato. Vedono una bottiglia di diserbante su un ripiano e in un battibaleno la loro fantasia si sbriglia e girano con la preda penzolante tra le labbra. Conosco Edward Pengelley... non avvelenerebbe nemmeno un cane di sua nonna. E perché dovrebbe avvelenare sua moglie? Me lo dice lei?»

«C'è una cosa, forse, *monsieur le docteur*, che lei non sa.»

E, molto succintamente, *monsieur* Poirot raccontò i particolari più salienti della visita fattaci dalla signora Pengelley. Nessuno sarebbe potuto restare più sbalordito del dottor Adams. Gli occhi sembravano volergli schizzare fuori dalle orbite.

«Che Dio mi protegga!» esclamò. «Quella poveretta doveva essere pazza! Perché non me ne ha parlato? Questa era la cosa da fare.»

«E vedere ridicolizzate le sue paure?»

«Niente affatto, niente affatto. Mi vanto di essere un uomo di mentalità aperta.»

Poirot lo guardò e sorrise. Il medico era chiaramente più turbato di quanto non volesse ammettere. Mentre uscivamo da casa sua, Poirot scoppiò a ridere.

«Quel tipo è ostinato come un mulo! Ha detto che era gastrite, gastrite deve essere! Ciò nonostante, non è molto tranquillo.»

«Qual è la nostra mossa successiva?»

«Torniamo alla locanda a trascorrere una notte d'orrore su quei vostri letti della piccola provincia inglese, *mon ami*! Una cosa da far pietà, i letti inglesi a basso costo!»

«E domani?»

«*Rien à faire*. Dobbiamo tornare in città e aspettare gli sviluppi della situazione.»

«È piuttosto deludente» dissi. «Supponiamo che non ve ne siano?»

«Ce ne saranno, glielo prometto. Il nostro vecchio dottore può scrivere tutti i certificati che vuole! Non può impedire, però, a varie centinaia di lingue di parlare. E parleranno con notevoli risultati, glielo posso assicurare!»

Il treno partiva alle undici del mattino seguente. Prima di avviarci verso la stazione, Poirot espresse il desiderio di vedere la signorina Freda Stanton, la nipote che ci era stata nominata dalla signora Pengelley. Trovammo la casa dove alloggiava senza troppe difficoltà. Le faceva compagnia un giovanotto alto e bruno, che lei piuttosto imbarazzata ci presentò come il signor Jacob Radnor.

Freda Stanton era una ragazza graziosissima, di quell'antica bellezza delle donne di Cornovaglia: capelli e occhi scuri, e guance rosate. Gli occhi scuri lampeggiavano, rivelando un temperamento che non sarebbe stato prudente stuzzicare.

«Povera zietta!» disse quando Poirot si fu presentato ed ebbe spiegato la ragione della sua visita. «È tremendamente triste! Tutta la mattina non ho fatto altro che pentirmi di non essere stata più gentile e più paziente con lei.»

«Hai sopportato molto, Freda» la interruppe Radnor.

«Sì, Jacob, ma io so di avere un caratteraccio... In fin dei conti, era solo stupidità da parte della zia. Avrei dovuto riderci sopra e non badarci. Certo, era molto sciocca nella sua persuasione che lo zio stesse avvelenandola. Stava peggio dopo ogni cosa che lui le dava da mangiare... ma sono certa che era solo suggestione. Aveva deciso che sarebbe stata peggio e stava realmente peggio...»

«Qual è stata la ragione effettiva del vostro disaccordo, *mademoiselle*?»

Freda Stanton esitò, guardando Radnor. Il giovane signore fu pronto a capire.

«Devo andare, Freda. Ci vediamo stasera. Buon giorno, signori. State andando alla stazione, suppongo?»

Poirot rispose di sì, poi Radnor si accomiatò.

«Siete fidanzati, vero?» chiese Poirot, con un sorriso furbesco.

Freda Stanton arrossì e ammise che era vero.

«E questa era in realtà la causa della rottura con la zia» aggiunse.

«Non approvava il matrimonio?»

«Oh, non tanto questo! Ma vede, lei...» la ragazza si interruppe.

«Sì?» la incoraggiò con delicatezza Poirot.

«Mi sembra una cosa piuttosto orribile da dire di lei... adesso che è morta. Ma non capirà mai, se non glielo dico. La zia aveva una infatuazione terribile per Jacob.»

«Davvero?»

«Sì, non è assurdo? Aveva passato la cinquantina e lui non ne ha ancora compiuti trenta! Ma era così. Era pazza di lui! Alla fine le ho dovuto dire che ero *io* la donna che lui corteggiava... e allora lei si è comportata in modo orribile. Non ha voluto credere a una sola mia parola ed è stata scortese e insultante, al punto che non c'è da stupirsi se ho perso la calma. Ne ho parlato con Jacob e abbiamo deciso che la cosa migliore da fare per il momento era che io me ne andassi via di casa, fino a che lei fosse tornata in sé. Povera zietta... penso che fosse in uno strano stato!»

«Sembrerebbe senz'altro di sì! Grazie, *mademoiselle*, per avermi chiarito la situazione.»

Mi stupii un po', quando trovammo Radnor ad aspettarci in strada.

«Posso intuire ciò che Freda vi ha detto» osservò. «È stata proprio una faccenda spiacevolissima. E, come potete immaginare, oltremodo imbarazzante per me. Inutile che stia ad assicurarvi che non è colpa mia. Dapprima ero contento perché pensavo che la vecchia aiutasse Freda e me. Una situazione assurda e molto spiacevole.»

«Quando vi sposerete?»

«Presto, spero. Ora, *monsieur* Poirot, per essere sincero con lei, io so qualcosa in più di Freda. Lei ritiene suo zio innocente. Non ne sono tanto sicuro. Ma posso dirvi una cosa: terrò la bocca chiusa su quello che so. Non intendo svegliare il cane che dorme! Non voglio che lo zio della mia futura moglie sia processato e impiccato per omicidio!»

«Perché mi dice tutto questo?»

«Perché ho sentito parlare di lei, e so che è un uomo in gamba. È possibile che riesca a scoprire qualcosa contro di lui. Ma chiedo, a che pro? Quella poveretta ormai non può più essere aiutata, e sarebbe stata l'ultima persona al mondo a volere uno scandalo. Santo Cielo! Si rivolterebbe nella tomba solo a pensarci!»

«Probabilmente in questo ha ragione. Allora lei desidera... che io metta la cosa a tacere.»

«Questa è la mia idea. Ammetterò sinceramente di essere egoista in questa faccenda. Devo fare la mia strada... e la sto facendo... La mia attività di sartoria e la vendita di articoli di abbigliamento mi sta andando bene.»

«Quasi tutti siamo egoisti, signor Radnor! Però non tutti sono disposti ad ammetterlo così liberamente... Farò quello che mi chiede... ma le dico in tutta franchezza che non riuscirà a mettere a tacere la cosa.»

«Perché no?»

Poirot alzò un dito. Era giorno di mercato, e noi stavamo proprio passandoci davanti... dall'interno proveniva un frastuono di voci.

«La voce del popolo... per questo, signor Radnor... Ah, dobbiamo scappare, se no perdiamo il treno!»

«Interessantissimo, vero, Hastings?» chiese Poirot mentre il treno usciva sbuffando dalla stazione.

Aveva tolto di tasca un pettinino e uno specchietto microscopico e stava ravviandosi meticolosamente i baffi, la cui simmetria si era lievemente alterata durante la nostra vivace corsa per prendere il treno.

«A quanto pare, lei lo pensa» dissi io. «Per me, è tutto piuttosto sordido e sgradevole. Non c'è alcun mistero.»

«Sono d'accordo con lei, non c'è alcun mistero.»

«Suppongo si debba accettare la versione piuttosto straordinaria dataci dalla ragazza dell'infatuazione della zia? Quella mi è parsa la parte più fasulla. Era una donna tanto gentile e rispettabile...»

«Non c'è niente di straordinario in questo... è una cosa comunissima. Se leggesse i giornali attentamente, vedrebbe che spesso una donna gentile e rispettabile di quell'età lascia il marito con cui ha vissuto per vent'anni, e a volte anche un'intera nidiata di figli, per legare la propria vita a quella di un uomo molto più giovane di lei. Lei ammira *les femmes*, Hastings; si inchina di fronte a tutte quelle che sono belle e hanno il buon gusto di sorriderle; ma dal punto di vista psicologico non sa nulla di loro. Nell'autunno della vita di una donna, viene sempre il momento di follia in cui lei aspira all'amore, all'avventura... prima che sia troppo tardi. Può senz'altro succedere anche a una donna che è moglie di un rispettabile dentista, in una piccola città di provincia!»

«E pensa che...»

«Che un uomo astuto possa approfittare di un momento del genere.»

«Non definirei Pengelley un uomo così astuto» mormorai sopra pensiero. «Ha tutta la città addosso. Eppure suppongo che abbia ragione. Gli unici due che sanno qualcosa, Radnor e il dottore, vogliono entrambi mettere a tacere la cosa. E il marito in certo qual modo ci è riuscito. Mi spiace che non l'abbiamo visto, il signor Pengelley!»

«Può togliersi subito questa voglia, basta che torni col prossimo treno e inventi un molare dolente.»

Lo guardai attentamente.

«Vorrei sapere che cosa ha trovato di tanto interessante in questa faccenda.»

«Il mio interesse è riassunto molto a proposito in una sua osservazione, Hastings. Dopo aver parlato con la cameriera, ha detto che, per essere una persona che non intendeva dire una parola, aveva detto molto.»

«Oh!» esclamai in tono incerto. Poi ritornai alla mia critica iniziale. «Mi domando perché lei non abbia tentato di vedere Pengelley?»

«*Mon ami*, gli do soltanto tre mesi. Poi lo vedrò quante volte vorrò... sul banco degli imputati.»

Una volta tanto pensai che le previsioni di Poirot si sarebbero dimostrate errate. Il tempo passò e non saltò fuori un bel nulla sul caso Pengelley. Altre faccende ci tennero occupati e io mi ero quasi dimenticato di quella tragedia, quando mi fu bruscamente riportata alla memoria da una breve notiziola sul giornale: diceva che le autorità competenti avevano autorizzato l'esumazione della salma della signora Pengelley.

Pochi giorni dopo il misterioso caso della Cornovaglia era l'argomento principale di ogni giornale. A quanto risultava, i pettegolezzi non erano mai finiti... quando era stato annunciato il fidanzamento del vedovo con la signorina Marks, le lingue si erano messe a funzionare più che mai. Infine, era stata inviata una petizione e il cadavere era stato esumato. Ed erano state scoperte forti quantità di arsenico nel corpo. Il signor Pengelley era stato arrestato e accusato dell'omicidio di sua moglie.

Poirot e io assistemmo alle sedute preliminari della causa. Le prove erano più o meno quelle che si potevano prevedere. Il dottor Adams ammise che i sintomi di avvelenamento per arsenico potrebbero essere facilmente scambiati per quelli di una gastrite. Il perito fornì la sua testimonianza; la cameriera riversò in aula un torrente di informazioni, la maggior parte delle quali fu ridimensionata, ma che certo contribuì a rafforzare nel pubblico l'idea della colpevolezza del dottor Pengelley. Freda Stanton dichiarò che sua zia stava sempre peggio ogni volta che mangiava il cibo preparatole dal marito. Jacob Radnor raccontò come fosse capitato in casa Pengelley il giorno in cui la signora era morta, e avesse visto il marito mentre stava rimettendo sul ripiano della dispensa la bottiglia di diserbante e, sul tavolo vicino, il vassoio su cui era posata la cena della signora Pengelley. Poi la signorina Marks, la segretaria dai capelli biondi, fu convocata in aula, pianse, ebbe una crisi isterica e ammise che tra lei e il suo datore di lavoro c'erano stati «rapporti» e che lui le aveva promesso di sposarla se fosse successo qualcosa a sua moglie. Pengelley si riservò di preparare la propria difesa e fu rinviato a giudizio.

Jacob Radnor ci accompagnò alla locanda.

«Vede, signor Radnor,» disse Poirot «avevo ragione. La voce del popolo ha parlato... e non è stata una voce debole. Questo caso non è stato messo a tacere.»

«Aveva proprio ragione» sospirò Radnor. «Pensa che lui abbia qualche probabilità di cavarsela?»

«Be', si è riservato di difendersi in un secondo tempo. Deve avere qualcosa... un asso nella manica, come dite voi inglesi. Vuole entrare con noi?»

Radnor accettò l'invito. Ordinai due whisky con soda e una tazza di cioccolata. L'ultima ordinazione provocò costernazione e dubitai molto che sarebbe stata portata.

«Certo,» continuò Poirot «ho molta esperienza in faccende di questo genere. E vedo solo una possibilità di scampo per il nostro amico.»

«E cioè?»

«Che lei firmi questa carta.»

Con la sveltezza di un prestigiatore esibì un foglio tutto scritto.

«Che cos'è?»

«La confessione che lei ha ucciso la signora Pengelley.»

Seguì un silenzio brevissimo, poi Radnor rise.

«Deve essere pazzo!»

«No, no, amico mio, non sono pazzo. Lei è venuto qui, ha avviato una piccola attività di lavoro, aveva poco denaro. Il signor Pengelley era un uomo abbiente. Ne ha conosciuto la nipote; lei era sensibile alle sue attenzioni. Ma la piccola rendita che Pengelley avrebbe potuto darle se si sposava non era sufficiente per lei. Doveva liberarsi di entrambi, zia e zio: in tal caso, il danaro sarebbe andato alla nipote. Come ha predisposto tutto ingegnosamente! Ha fatto la corte a quella povera donna di mezza età priva di fascino, sino a farla diventare sua schiava. Ha fatto nascere in lei dubbi sul marito. E così prima ha scoperto che lui la tradiva, poi, sempre sobillata da lei, che tentava di avvelenarla. Frequentava la casa; aveva quindi l'occasione di introdurre l'arsenico nel cibo che lei mangiava. Ma stava molto attento a non farlo quando il marito era assente. Essendo donna, la signora Pengelley non ha tenuto per sé quel sospetto. Ne ha parlato alla nipote, indubbiamente anche ad altre amiche. Lei aveva un solo problema: riuscire a tener separati i suoi rapporti con le due donne, e neanche questo era così difficile come sembrava. Ha spiegato alla zia che, per non insospettire suo marito, doveva fingere di corteggiare la nipote. E quanto alla ragazza, non ha dovuto darsi molto da fare per persuaderla: lei non avrebbe mai seriamente considerato sua zia una possibile rivale.

«Ma a un certo punto, la signora Pengelley ha preso una decisione e, senza dirle nulla, è venuta a consultarmi. Se avesse potuto essere rassicurata, oltre ogni possibilità di dubbio, che il marito stava tentando di avvelenarla, avrebbe avuto le migliori giustificazioni per lasciarlo e per legare la propria vita alla sua... perché, secondo quella poveretta, era ciò che lei, Radnor, desiderava. Ma lei, invece, non lo desiderava affatto. Non voleva certo che un investigatore venisse a curiosare in quella casa. È lì mentre il signor Pengelley sta preparando un po' di cena alla moglie e lei versa la dose fatale nel piatto. Il resto è facile. Ansioso, in apparenza, di metter le cose a tacere, segretamente, invece, le istiga. Ma ha fatto i conti senza Hercule Poirot, mio intelligente giovane amico.»

Radnor era mortalmente pallido, ma riusciva ancora a reagire con arroganza.

«Interessantissimo e ingegnosissimo, ma perché mi dice tutto questo?»

«Perché, signore, rappresento non la legge, ma la signora Pengelley. Per riguardo a lei, le do una possibilità di scampo. Firmi questa carta e avrà ventiquattr'ore di vantaggio... ventiquattr'ore prima che metta la cosa nelle mani della polizia.»

Radnor esitò.

«Non può dimostrare nulla.»

«Davvero? Io sono Hercule Poirot. Guardi fuori della finestra, *monsieur*. Ci sono due uomini in strada. Hanno ordine di non perderla di vista.»

Radnor si avvicinò a grandi passi alla finestra e scostò la tendina, poi si ritrasse imprecando.

«Vede, Radnor? Firmi... è la sua unica possibilità.»

«Che garanzie ho che...»

«Manterrò la parola? È la parola di Hercule Poirot. Firma? Bene. Hastings, sia tanto gentile da sollevare a metà la tendina sul lato sinistro. È il segnale che il signor Radnor può andarsene indisturbato.»

Livido, imprecando sottovoce, Radnor si affrettò a uscire dalla stanza. Poirot annuiva con aria gentile.

«Un vigliacco! L'ho subito capito!»

«Mi sembra, Poirot, che lei si sia comportato in modo criminale!» esclamai incollerito. «Predica sempre contro il sentimentalismo. Ed ecco che lascia fuggire un pericoloso criminale per puro sentimentalismo.»

«Non si trattava di sentimentalismo... si trattava di lavoro» rispose Poirot. «Non vede, amico mio, che non abbiamo l'ombra di una prova contro di lui? Devo alzarmi in aula a dire a dodici stolidi abitanti della Cornovaglia che *io* Hercule Poirot, *so*? Riderebbero di me. L'unica possibilità a disposizione era quella di spaventarlo e ottenere in tal modo una confessione. Quei due passanti casuali che ho visto in strada mi sono tornati utili. Le spiace riabbassare quella tendina, Hastings? Non che ci fosse una ragione particolare per sollevarla. Faceva parte della *mise en scène*.

«Bene, bene, dobbiamo mantenere la parola. Ventiquattr'ore, ho detto? Il signor Pengelley penerà ancora per un po'... e direi che se lo merita, perché, badi, ha tradito sua moglie. Io sono molto rigoroso sugli obblighi familiari, come sa. Ah, bene, dunque ventiquattr'ore e poi? Ho molta fiducia in Scotland Yard. Lo prenderanno, *mon ami*, lo prenderanno.»

Doppia colpa

Ero andato a trovare il mio amico Poirot che aveva un mucchio di lavoro, purtroppo, in quei giorni. Era diventato talmente celebre che ogni ricca signora che avesse perduto un bracciale o il gattino prediletto si precipitava ad assicurarsi i servizi del grande Hercule Poirot. Il mio piccolo amico era uno strano miscuglio di parsimonia fiamminga e di fervore artistico, e accettava molti casi anche se per lui di poco interesse, cedendo a quel primo istinto decisamente predominante.

Ma ne accettava anche altri in cui la ricompensa in denaro poteva essere modesta, se non addirittura nulla, perché il problema lo interessava. Il risultato era, come ho già detto, che aveva un mucchio di lavoro. Finì per ammetterlo anche con me e quindi non incontrai molta resistenza quando gli proposi di accompagnarmi a passare una settimana di vacanza a Ebermouth, la famosa località turistica della costa meridionale.

Avevamo già trascorso quattro giornate molto piacevoli quando Poirot mi venne a cercare con una lettera aperta in mano.

«*Mon ami*, si ricorda Joseph Aarons, quel mio amico che fa l'agente teatrale?»

Assentii dopo averci pensato un momento. Gli amici di Poirot erano così tanti e di un genere talmente vario! Ne aveva tutta una gamma che andava dagli spazzini ai duchi.

«*Et bien*, Hastings, Joseph Aarons si trova a Charlock Bay. Non sta affatto bene e, fra l'altro, ha un piccolo problema che lo assilla. Mi prega di andare a trovarlo e io credo, *mon ami*, che aderirò alla sua richiesta. È un amico fedele, il buon Joseph Aarons, e mi ha molto aiutato in passato.»

«Certamente, se lo crede opportuno» risposi. «Charlock Bay è un posto magnifico e non ci sono mai stato neanch'io.»

«Allora uniremo l'utile al dilettevole» disse Poirot. «Vuole informarsi dei treni?»

«Probabilmente bisognerà cambiare un paio di volte» risposi con una smorfia. «Sa bene come sono quegli accelerati di provincia! Qualche volta occorre una giornata intera di viaggio per andare dalla costa settentrionale alla costa meridionale del Devon!»

Dopo aver preso le dovute informazioni, scoprii che il viaggio si poteva fare con un solo cambio a Exeter e che i treni erano buoni. Stavo tornando in fretta con le informazioni da Poirot quando, passando per caso davanti agli uffici delle autolinee Speedy, vidi scritto in vetrina:

Domani. Escursione di una intera giornata a Charlock Bay. Partenza ore 8,30. Viaggio attraverso alcuni dei paesaggi più belli del Devon.

Andai a chiedere qualche notizia più precisa sulla gita e ritornai all'albergo pieno di entusiasmo. Disgraziatamente, trovai molto difficile convincere Poirot.

«Amico mio, cos'è questa passione per gli autobus? Il treno, è tanto più sicuro! Le gomme non scoppiano; gli incidenti non succedono. Non c'è troppa aria che dà fastidio. I finestrini possono essere chiusi, e non si sente nessuna corrente!»

Accennai garbatamente ai vantaggi dell'aria fresca che erano stati i primi ad attirarmi verso la gita in autobus.

«E se piove? Il vostro clima anglosassone è così incerto.»

«L'autobus ha un tetto che si può aprire e chiudere. E poi, se diluvia, l'escursione non si fa.»

«Ah!» disse Poirot. «Speriamo che piova.»

«Naturalmente, se pensa che...»

«No, no, *mon ami*. Ci tiene tanto a questa gita in autobus!

Quanto a me, ho il cappotto pesante e due sciarpe.» Sospirò. «Ma avremo tempo sufficiente a Charlock Bay?»

«Temo che bisognerà restarci a dormire. Vede, l'itinerario della gita è questo: si passa da Dartmoor. Ci si ferma per il pranzo a Monkhampton. Si arriva a Charlock Bay verso le quattro e l'autobus riparte alle cinque, per ritornare qui alle dieci di sera.»

«Ah, è così!» disse Poirot. «E c'è gente che lo fa per divertimento! Naturalmente ci faranno una riduzione sul prezzo del biglietto, dal momento che non facciamo il viaggio di ritorno.»

«Temo che sia piuttosto improbabile.»

«Deve insistere.»

«Via, Poirot, non faccia il tirchio. Guadagna soldi a palate!»

«Amico mio, non si tratta di tirchieria. Ma di senso degli affari. Se fossi un milionario, farei lo stesso: sarei disposto a pagare soltanto il giusto.»

Come avevo previsto, Poirot era destinato a vedere fallire le proprie speranze su questo punto. L'impiegato che vendeva i biglietti allo sportello degli uffici delle autolinee Speedy fu calmo, impassibile, ma irremovibile. La sua opinione era che dovevamo tornare con l'autobus. Anzi arrivò addirittura a insinuare che avremmo dovuto pagare un supplemento extra per il vantaggio che ci veniva offerto di poter lasciare l'autobus a Charlock Bay.

Sconfitto, Poirot pagò la somma richiesta e lasciò l'ufficio.

«Gli inglesi non hanno il senso del denaro» brontolò. «Non ha notato, Hastings, quel giovanotto che ha pagato la tariffa intera e ha accennato alla eventualità di fermarsi addirittura a Monkhampton?»

«Non mi pare. A dire la verità...»

«Già, stava osservando quella bella ragazza che ha fissato il posto numero cinque, quello vicino al suo. Ah sì, amico mio, l'ho visto! Ed è per questo motivo che, mentre io stavo per prenotare i posti tredici e quattordici, che sono centrali e quindi più riparati degli altri dalle correnti d'aria, si è spinto avanti, in modo scortese davvero!, e ha detto che i numeri tre e quattro andavano meglio!»

«Via, Poirot» borbottai arrossendo.

«Capelli castano con riflessi ramati: sempre quei riflessi ramati!»

«Valeva comunque la pena di guardare lei piuttosto che quello strano giovanotto!»

«Dipende dai punti di vista. Secondo me il giovanotto era interessante.»

Qualcosa di curioso nell'intonazione di Poirot mi spinse a lanciargli una rapida occhiata. «Perché? Cosa vuole dire?»

«Oh! Non si agiti. Mi interessava perché stava cercando di farsi crescere i baffi e, finora, i risultati non erano soddisfacenti.» Poirot accarezzò delicatamente i suoi splendidi mustacchi. «È un'arte» mormorò «quella di farsi crescere i baffi! E io sento una grande simpatia per tutti coloro che ci si provano.»

Con Poirot è sempre molto difficile capire se parla seriamente oppure se si sta divertendo a spese del suo prossimo. Pensai che era più opportuno non aggiungere altro.

Il mattino seguente il tempo era magnifico e splendeva il sole. Una giornata davvero stupenda! Poirot, comunque mi fece chiaramente capire che non voleva correre rischi. Si mise un panciotto di lana e l'impermeabile. Sull'impermeabile indossò un cappotto e si avvolse intorno al collo due sciarpe. Non solo, ma portava anche il suo vestito di lana più pesante. Prima di partire inghiottì un paio di compresse antinfluenzali e si munì di una congrua scorta di altre dello stesso genere.

Con noi, avevamo un paio di valigette. Ne aveva una anche la graziosa ragazza notata il giorno prima e osservai che ne portava una con sé anche il giovanotto che, a quanto mi era sembrato di capire, aveva attirato l'interesse di Poirot. Quanto gli altri partecipanti alla gita, nessuno era fornito di bagaglio. Il conducente si preoccupò di sistemare le valigie nel bagagliaio e ognuno salì al proprio posto.

Poirot, con un tocco di malizia (almeno così pensai), scelse per sé il posto vicino alla graziosa ragazza e mi assegnò l'altro dei due che avevamo prenotato. Però si affrettò quasi subito a fare ammenda per quel suo gesto. L'uomo che occupava il numero sei era un tizio rumoroso e buontempone, con la barzelletta sempre pronta, e Poirot chiese a bassa voce alla ragazza se non voleva cambiare posto con lui. Lei accettò immediatamente, con visibile gratitudine, e una volta avvenuto il cambiamento, si mise a conversare con noi. Poco dopo chiacchieravamo allegramente tutti e tre.

Evidentemente era molto giovane (non doveva avere più di diciannove anni) e ingenua come una bambina. Ci confidò quasi subito la ragione del suo viaggio. A quanto ci sembrò di capire, aveva da svolgere un incarico per la zia, proprietaria di un interessantissimo negozio di antichità a Ebermouth.

Questa zia si era trovata in ristrettezze finanziarie in seguito alla morte di suo padre e aveva pensato di dedicarsi al commercio degli oggetti antichi sfruttando un piccolo capitale e il bellissimo arredamento della casa che il padre le aveva lasciato. Aveva avuto un grande successo e, nel suo ambiente, si era fatta un nome. La ragazza, Mary Durrant, era andata a vivere con la zia per imparare quella professione che le piaceva moltissimo e che preferiva notevolmente all'altra alternativa che, altrimenti, le sarebbe stata offerta: quella di diventare istitutrice o dama di compagnia.

Poirot annuì interessato: approvava anche lui quella scelta.

«Mademoiselle avrà successo, ne sono certo» disse galantemente. «Ma voglio darle un piccolo consiglio. Non abbia troppa fiducia del prossimo, mademoiselle. Nel mondo ci sono tanti mascalzoni, tanti furfanti; ce ne possono essere perfino qui sull'autobus con noi. Bisognerebbe stare in guardia, essere sempre sospettosi!»

Lei rimase a guardarlo a bocca aperta, e Poirot fece ancora segno di sì con un'espressione piena di saggezza.

«Ma certo, proprio come dico io. Chi lo sa? Perfino io, che sto parlando con lei adesso, potrei essere un malfattore della peggior specie.»

E strizzò l'occhio allegramente di fronte alla sua faccia stupita.

Ci fermammo a Monkhampton per il pranzo e, dopo aver mormorato qualche parola al cameriere, Poirot riuscì ad assicurarsi un tavolo per tre vicino alla finestra. Nel cortile erano parcheggiati almeno una ventina di pullman provenienti da ogni parte della contea. La sala da pranzo dell'albergo era piena e il frastuono considerevole.

«Certe volte lo "spirito delle vacanze" può anche dar noia» osservai con una smorfia.

Mary Durrant fu d'accordo con me. «Ebermouth, adesso, è completamente rovinata, d'estate. Mia zia dice sempre che, una volta, era diverso. Ora non si riesce a camminare sul marciapiede per la gran folla!»

«Ma è utile per il commercio, mademoiselle.»

«Per il nostro, non particolarmente. Noi vendiamo soltanto oggetti rari e preziosi. Non abbiamo *bric-à-brac* da poco prezzo. Mia zia ha clienti in tutta l'Inghilterra. Se vogliono un tavolo o una sedia di un determinato periodo, oppure una porcellana particolare, le scrivono e, presto o tardi, lei procura il pezzo richiesto. È proprio quello che è successo in questo caso.»

La guardammo con interesse e lei si affrettò a spiegarci il perché. Un americano, un certo J. Baker Wood, era un conoscitore e collezionista di miniature. Qualche tempo prima era stata offerta sul mercato d'antiquariato una serie di miniature preziosissime e la signora Elizabeth Penn, la zia di Mary, le aveva comprate. Aveva scritto al signor Wood descrivendogliele e proponendogli un prezzo per l'intera serie. Lui aveva risposto immediatamente, dichiarando che era disposto ad acquistarle se le miniature erano davvero come venivano descritte e chiedendo che gli fossero portate da qualcuno, mentre si trovava a Charlock Bay per poterle esaminare. E così lei, in qualità di rappresentante della ditta, stava portando le miniature.

«Sono deliziose, naturalmente,» disse «ma non riesco a immaginare come una persona possa spendere, per averle, tutti quei soldi. Cinquecento sterline! Sono di Cosway? Sì, Cosway, oppure mi sbaglio? Mi confondo così facilmente!»

Poirot sorrise: «Non ha molta esperienza eh, mademoiselle?».

«Manco di qualsiasi preparazione» disse Mary con tristezza. «Non mi hanno mai insegnato niente nel campo dell'antichità, e c'è tanto da imparare.»

Sospirò. Poi d'un tratto sbarrò gli occhi.

Era seduta di fronte alla finestra e adesso il suo sguardo era fisso sul cortile. Mormorando rapidamente qualche parola di scusa, si alzò di scatto e uscì dalla sala da pranzo quasi correndo. Tornò qualche minuto dopo, un po' ansante e imbarazzata.

«Scusate se sono scappata via in quel modo. Mi era sembrato di vedere un uomo che prendeva la mia valigetta dal pullman. Gli sono corsa dietro e poi ho scoperto che, invece, si trattava della sua. Assomiglia moltissimo a quella che ho io. Mi sono sentita così sciocca! Sembrava che volessi accusarlo di avermela rubata!»

E scoppiò a ridere a quell'idea.

Poirot non rise affatto. «Di chi si trattava, mademoiselle? Mi descriva quest'uomo.»

«Aveva un vestito marrone. Un giovanotto molto esile, con un paio di baffetti appena accennati.»

«Ah!» esclamò Poirot. «Il nostro amico di ieri, Hastings. Mademoiselle, conosce questo giovanotto? Lo ha mai visto prima?»

«No, mai. Perché?»

«Niente. Abbastanza curioso... ecco.» E si chiuse in un ostinato silenzio, senza più prendere parte alla nostra conversazione finché non fu strappato dal suo mutismo con qualcosa che disse ancora Mary Durrant.

«Come ha detto, mademoiselle?»

«Ho detto che durante il viaggio di ritorno dovrò stare attenta ai "malfattori", come li chiama lei. Credo che il signor Wood paghi sempre i suoi acquisti in contanti. E se avrò con me biglietti di banca per cinquecento sterline, finirò per richiamare l'attenzione di qualcuno di loro!»

Rise, ma anche questa volta non riuscì a strappare un sorriso a Poirot, che invece le chiese in quale albergo avrebbe alloggiato a Charlock Bay.

«All'Ancora. È piccolo e non è caro, ma molto buono.»

«Ma guarda!» disse Poirot. «All'Ancora. Proprio dove avevamo deciso di prendere le camere anche Hastings e io. Che strano!»

E mi strizzò l'occhio.

«Vi fermate molto a Charlock Bay?» domandò Mary.

«Soltanto una notte. Ho qualche affare da sbrigare laggiù. Però sono sicuro che lei, mademoiselle, non sarebbe capace di indovinare qual è la mia professione.»

Notai che Mary prendeva in considerazione diverse possibilità e finiva poi per scartarle tutte, forse per prudenza. Alla fine azzardò l'ipotesi che Poirot potesse essere un prestigiatore. Il mio amico ne rimase incredibilmente divertito.

«Che idea! Crede che tiri fuori i conigli dal cappello? No, mademoiselle! Io sono l'opposto di un prestigiatore! Faccio ricomparire le cose che scompaiono!» E si chinò in avanti, con un gesto enfatico, per dare maggior efficacia a quello che stava per dire: «È un segreto, mademoiselle, ma glielo confiderò ugualmente: faccio l'investigatore».

E si appoggiò allo schienale della sedia soddisfatto dell'effetto che aveva ottenuto. Mary Durrant lo fissava ammutolita.

La conversazione non poté prolungarsi perché un suono di clacson ci annunciò che dovevamo prepararci a ripartire.

Mentre uscivo con Poirot feci qualche commento sull'incantevole fascino della nostra compagna di tavola. Poirot si dichiarò d'accordo con me.

«Sì, è incantevole. Ma non è anche un po' sciocca?»

«Sciocca?»

«Suvvia, non si offenda. Una ragazza può essere bellissima, avere i capelli con i riflessi ramati ma essere ugualmente una scioccherella. È il massimo della idiozia fare a due perfetti sconosciuti le confidenze che lei ci ha fatto.»

«Si sarà resa conto che eravamo due persone perbene.»

«Quella che dice, amico mio, è una stupidaggine. La piccola

sciocca ha dichiarato che dovrà stare attenta quando avrà con sé cinquecento sterline. Ma ce le ha anche adesso!»

«In miniature.»

«Precisamente. In miniature. E fra una cosa e l'altra non c'è poi una gran differenza, *mon ami*!»

«Ma non lo sa nessuno, eccetto noi.»

«E il cameriere e le persone che erano sedute al tavolo vicino al nostro. E, senza dubbio, qualche altro a Ebermouth! Mademoiselle Durrant è affascinante, ma se io fossi la signora Elizabeth Penn, prima di tutto, insegnerei alla mia assistente un po' di buon senso!» Tacque per un attimo, e poi disse, con voce del tutto differente: «Vede, amico mio, sarebbe la cosa più facile del mondo portar via una valigia da uno di questi pullman mentre sono tutti a tavola!».

«Ma, Poirot, qualcuno potrebbe sempre vedere.»

«E cosa vedrebbe? Una persona che prende il suo bagaglio dal pullman. Naturalmente se ci si comporta in un modo molto disinvolto, nessuno può avere motivo di ficcare il naso in cose che non lo riguardano.»

«Vuole dire..., Poirot, sta forse insinuando che... Ma quel giovanotto vestito di marrone... era proprio la sua valigetta?»

Poirot si accigliò. «Così sembrerebbe. D'altra parte, Hastings, è un po' strano che non sia andato a ritirare la valigetta prima, appena siamo arrivati qui. E avrà osservato che non era a pranzo con noi.»

«Se la signorina Durrant non avesse scelto a tavola il posto di fronte alla finestra, non l'avrebbe neppure notato» mormorai, come parlando tra me.

«Ma dal momento che quel tizio ha preso proprio la sua valigetta, non ha importanza» disse Poirot. «Non pensiamoci più, *mon ami*.»

Ciononostante, quando riprendemmo i nostri posti e ripartimmo a gran velocità, ne approfittò per dare a Mary Durrant una lezione sui pericoli dell'indiscrezione che lei accolse bonariamente, ma con l'aria di considerarla una presa in giro.

Arrivammo a Charlock Bay verso le quattro e fummo tanto fortunati da trovare due camere all'Ancora, una pensioncina deliziosa, dall'aria vecchiotta, situata in una stradicciola poco frequentata. Poirot aveva appena tirato fuori dalla sua valigia il minimo indispensabile e stava applicando qualche cosmetico ai folti mustacchi in preparazione della visita che era in procinto di fare a Joseph Aarons, quando si sentì bussare freneticamente alla nostra porta.

Gridai: «Avanti!» e, con profonda sorpresa, vidi apparire Mary Durrant, pallidissima e con gli occhi pieni di lacrime.

«Le chiedo scusa, ma mi è successa una cosa terribile, la peggiore che potesse capitarmi» disse rivolgendosi a Poirot. «Non mi ha detto di essere investigatore?»

«Che cosa è successo, mademoiselle?»

«Ho aperto la mia valigetta. Le miniature erano in un astuccio quadrato di coccodrillo... chiuso a chiave, naturalmente. E ora, guardi!»

Mary Durrant gli mostrò un piccolo astuccio quadrato di coccodrillo. Il coperchio penzolava dalla cerniera. Poirot lo prese fra le mani. L'astuccio era stato forzato: e con che vigore! I segni erano fin troppo visibili, Poirot lo esaminò e annuì.

«Le miniature?» domandò.

«Sparite. Sono state rubate. E adesso? Cosa faccio?»

«Non si preoccupi» dissi. «Il mio amico è Hercule Poirot. Deve pur aver sentito parlare di lui!»

«Monsieur Poirot! Il grande monsieur Poirot!»

Poirot era tanto vanesio da non poter nascondere il suo compiacimento di fronte allo stupore riverente della ragazza. «Sì, bambina mia» disse. «Sono proprio io. Metta pure nelle mie mani questa faccenda. Farò tutto il possibile. Ma ho paura, ho molta paura che sia troppo tardi. Mi dica, anche la serratura della sua valigetta è stata forzata?» Lei scosse la testa.

«Per favore, me la faccia vedere.»

Andammo insieme nella sua camera e Poirot osservò con ogni cura la valigetta. Era stata aperta con la chiave, su questo non c'era dubbio.

«Abbastanza semplice, fra l'altro. Le serrature di tutte le valigie si assomigliano. *Eh bien*, bisogna telefonare alla polizia e metterci in contatto con il signor Baker Wood senza perdere un minuto! Me ne occupo io.» Andai con lui e gli domandai cosa aveva voluto dire, affermando che era troppo tardi.

«*Mon cher*, ho detto, proprio oggi, di essere l'opposto del prestigiatore... che io faccio ricomparire le cose scomparse... Ma supponiamo che qualcuno mi abbia preceduto. Non capisce? Fra un minuto, tutto le sarà chiaro.»

E scomparve nella cabina del telefono. Ne uscì cinque minuti più tardi con un'espressione molto grave. «Proprio come temevo. Mezz'ora fa una signora si è presentata al signor Wood con le miniature. Ha detto di venire da parte della signorina Penn. Lui le ha trovate magnifiche e le ha subito comperate, pagandole in contanti.»

«Mezz'ora fa, prima del nostro arrivo qui...»

Poirot ebbe un sorrisetto enigmatico. «Gli autobus della Speedy, saranno velocissimi, ma una macchina poteva arrivare qui, da Monkhampton, un'ora prima di noi.»

«E adesso, cosa facciamo?»

«Caro Hastings, sempre così pratico, lei! Informiamo la polizia e... sì, credo proprio che avremo anche un colloquio con il signor Baker Wood.»

Il programma venne seguito a puntino. La povera Mary Durrant era sconvolta e temeva che la zia avrebbe dato a lei la colpa di quello che era successo.

«Probabilmente lo farà» osservò Poirot mentre ci incamminavamo verso l'Hotel Bellavista dove alloggiava il signor Wood. «E con ragione. Ma pensi un po'! Come si fa a lasciare oggetti per un valore di cinquecento sterline in una valigetta e andarsene tranquillamente a pranzo? A ogni modo, *mon ami*, in questa storia ci sono un paio di punti molto curiosi. Quell'astuccio, perché è stato forzato?»

«Per tirarne fuori le miniature.»

«Ma non è una stupidaggine? Immaginiamo che il nostro ladro, all'ora di pranzo, sia andato ad armeggiare fra le valigie con il pretesto di tirare fuori la propria. Non sarebbe stato più semplice aprire la valigetta, trasferire l'astuccio chiuso nella propria e andarsene, senza perder tempo a forzare la serratura?»

«Voleva assicurarsi che ci fossero dentro le miniature!»

Poirot non mi sembrò molto convinto, ma in quel momento ci fecero entrare nel piccolo appartamento che il signor Wood occupava all'albergo e non ci fu più tempo per prolungare la discussione.

Provai immediatamente una grande antipatia per lui.

Era un omone dall'aspetto volgare, vestito con eccessiva ricercatezza, che portava un anello con un grosso brillante. Era agitato, e chiassoso.

Naturalmente, non aveva avuto alcun sospetto. E perché? Quella donna aveva con sé le miniature. E bellissime per di più! I numeri delle banconote con cui le aveva pagate? No, non aveva pensato ad annotarli. E chi era questo signor... ehm... Poirot... Per venirgli a fare tutte quelle domande?

«Non le chiederò più niente, monsieur, ad eccezione di una sola cosa. Vorrei che mi descrivesse la donna che è venuta con le miniature. Era giovane e graziosa?»

«Nossignore, niente affatto. Assolutamente, no! Una donna alta, di mezza età, con i capelli grigi, la pelle del viso a chiazze violacee e un po' di peluria sul labbro superiore.»

«Baffetti... Ha sentito, eh, Poirot» esclamai mentre ce ne andavamo.

«Sì, grazie, Hastings, non ho ancora perduto l'uso delle orecchie!»

«Che uomo sgradevole!»

«Ah, non ha certamente un modo di fare simpatico!»

«Ormai dovremmo identificare il ladro senza difficoltà» osservai.

«È una persona candida, Hastings. Non sa che esiste ciò che si chiama alibi?»

«Crede che abbia un alibi?»

Poirot rispose con una frase imprevedibile: «Lo spero sinceramente per lui».

«Il guaio, vede,» cominciai «è questo: a lei piacciono le cose difficili.»

«Ha perfettamente ragione, *mon ami*. Non mi piace, come si potrebbe dire?, l'uccello che sta fermo sul ramo.»

La profezia di Poirot fu pienamente giustificata. Il nostro compagno di viaggio con il vestito marrone risultò un certo Norton Kane, che si era diretto subito all'albergo George di Monkhampton e ci era rimasto tutto il pomeriggio. L'unica prova contro di lui era quella fornita dalla signorina Durrant, la quale aveva dichiarato di averlo visto estrarre la valigetta dal bagagliaio del pullman mentre eravamo a pranzo.

«Il che, in se stesso, non è un gesto che possa suscitare sospetti» osservò Poirot, meditabondo.

Dopo questa affermazione, sprofondò in un lungo silenzio rifiutandosi di discutere ulteriormente l'argomento e dicendo, se insistevo per sapere qualcosa di più, che stava meditando sui baffi, in generale, e che mi consigliava di fare altrettanto.

Venni a sapere che aveva chiesto a Joseph Aarons di fornirgli tutte le informazioni che poteva raccogliere sul signor Baker Wood. Dato che stavano tutti e due nello stesso albergo, c'era la possibilità che Aarons potesse ottenere qualche notizia più facilmente di noi. Se riuscì a sapere qualcosa, se la tenne per sé.

Mary Durrant, dopo vari colloqui con la polizia, era tornata a Ebermouth con uno dei primi treni del mattino. Noi pranzammo con Joseph Aarons e, dopo il pranzo, Poirot mi annunciò che aveva risolto nel modo più soddisfacente il problema dell'agente teatrale e che potevamo ritornare a Ebermouth quando volevamo.

«Ma non con l'autobus, *mon ami*; questa volta prenderemo il treno.»

«Ha paura che le rubino il portafogli o non ha voglia di incontrare un'altra damigella nei guai?»

«Sono due cose, Hastings, che potrebbero capitarmi anche in treno. No, ho fretta di rientrare a Ebermouth perché voglio proseguire le indagini di quel caso.»

«Quale caso?»

«Ma sì, amico mio. Mademoiselle Durrant mi aveva supplicato di aiutarla. Per il semplice fatto che ormai la faccenda è nelle mani della polizia, non vedo perché non dovrei più interessarmene. Sono venuto qui per fare un piacere a un vecchio amico, ma non si potrà mai dire che Hercule Poirot abbia abbandonato al suo destino una persona sconosciuta nel momento del bisogno!» e si rizzò su tutta la sua statura con aria magniloquente.

«Secondo me, ha un interesse per questo caso già da parecchio tempo prima» ribattei. «Nell'ufficio delle autolinee, quando ha adocchiato per la prima volta il giovanotto, anche se non riesco a capire che cosa potesse aver attirato la sua attenzione.»

«No, davvero, Hastings? Eppure dovrebbe essere facile! Bene, bene, rimarrà un mio piccolo segreto.»

Ci fu anche un breve colloquio con l'ispettore di polizia incaricato delle indagini prima della nostra partenza. L'ispettore aveva interrogato Norton Kane e aveva detto a Poirot, in confidenza, che il comportamento del giovanotto l'aveva colpito piuttosto sfavorevolmente.

«Ma non riesco a capire quale sia stato il trucco di cui si è servito. Proprio non lo so» aveva ammesso. «Potrebbe aver affidato la refurtiva a un complice, a bordo di una macchina più veloce del pullman. Ma è solo una teoria. Per avere una conferma, dovremmo trovare il complice e l'automobile.» Poirot annuì pensieroso.

«Crede che i fatti si siano svolti in questo modo?» gli domandai, quando fummo seduti in treno.

«No, amico mio, non si sono svolti così. Ma in un modo molto più abile e intelligente.»

«Non vuole dirmelo?»

«Non ancora. Mi conosce, è una mia debolezza. Mi piace conservare i miei piccoli segreti fino alla fine.»

«E la fine sarà prossima?»

«Molto prossima, ormai.»

Arrivammo a Ebermouth che erano appena passate le sei e Poirot si fece condurre immediatamente da un tassì a un negozio sull'insegna del quale c'era scritto "Elizabeth Penn". Era chiuso, ma Poirot suonò il campanello e poco dopo Mary si presentò alla porta.

«Entrate, entrate, per favore. Conoscerete la zia» disse.

E ci fece passare nel retrobottega. Un'anziana signora venne avanti: aveva i capelli candidi e sembrava quasi una miniatura anche lei, con quella carnagione bianca e rosea e gli occhi celesti! Sulle spalle curve portava una mantellina di merletto antico, di valore incalcolabile.

«Lei è il grande monsieur Poirot?» domandò con una voce piuttosto bassa e ben modulata. «Mary mi ha detto tutto. Non riesco a crederci. E ci aiuterà? Ci darà un consiglio per uscire da questa situazione?»

Poirot la fissò un momento e poi si inchinò.

«Mademoiselle Penn... l'effetto è incantevole. Ma dovrebbe davvero farsi crescere i baffi.»

La signorina Penn si lasciò sfuggire un'esclamazione soffocata di stupore, e fece qualche passo indietro.

«Ieri non è venuta in negozio, vero?»

«Ci sono stata al mattino. Poi mi è venuto un tremendo mal di testa e sono andata direttamente a casa.»

«Non a casa, mademoiselle. Per farsi passare il mal di testa ha provato un cambiamento d'aria, non è vero? L'aria di Charlock Bay è molto corroborante.»

Mi prese per un braccio e mi sospinse verso la porta. Qui si fermò e continuò a parlare, voltando appena la testa a guardarla. «Deve capire che so tutto. Questa piccola... farsa... deve cessare.»

C'era una sfumatura di minaccia nella sua voce. La signorina Penn, pallidissima, annuì senza dire parola. Poirot si rivolse alla ragazza.

«Mademoiselle,» disse in tono pieno di gentilezza «è giovane e bella. Ma se continuerà a partecipare a questi piccoli affari, la bellezza e il fascino che ha finiranno nascosti dietro le mura di una prigione e io, Hercule Poirot, le dico che sarebbe un vero peccato!»

Poi uscì in strada e io lo seguii sbalordito.

«Ho provato un grande interesse fin dal principio, *mon ami*. Quando quel giovanotto ha prenotato il posto solo fino a Monkhampton, ho visto che la ragazza lo aveva subito adocchiato e gli aveva rivolto tutta la sua attenzione. Ora mi domando: perché? Non è il tipo che si fa guardare da una donna per il suo aspetto, quello! Quando siamo partiti, ho avuto subito l'impressione che dovesse succedere qualcosa. Chi ha visto quel giovanotto armeggiare tra le valigie? Mademoiselle, e mademoiselle soltanto! E non dimentichiamo il posto che ha scelto a tavola, di fronte alla finestra: una scelta molto poco femminile. Poi viene a raccontarci la storia del furto... l'astuccio con la serratura forzata è inconcepibile, manca di logica. E il risultato? Il signor Baker Wood paga con denaro contante – e, badi, con biglietti di banca "buoni" – degli oggetti rubati. Le miniature sarebbero state restituite necessariamente alla signorina Penn. E lei le avrebbe rivendute subito, guadagnando mille sterline al posto di cinquecento soltanto. Ho fatto qualche indagine con molta discrezione. I suoi affari vanno piuttosto male. Allora mi sono detto: zia e nipote sono d'accordo!»

«Dunque, non ha mai sospettato Norton Kane?»

«*Mon ami*! Con quei baffetti? Un criminale è completamente sbarbato oppure ha un paio di baffi consistenti, da poter mettere e togliere al momento opportuno. Ma che occasione per l'intelligentissima signorina Penn! Una donna anziana, curva, con quella carnagione bianca e rosea, che abbiamo visto anche noi! Però se si tiene dritta, porta un paio di scarpe di misura superiore alla sua, si altera la carnagione con un trucco abile e, con un tocco da artista, aggiunge qualche rado peluzzo sul labbro superiore... E poi? Un tipo mascolino, ha detto il signor Wood e... "un uomo travestito" pensiamo subito noi!»

«È andava veramente a Charlock ieri, nel pomeriggio?»

«Certo. Il treno, come ricorderà di avermi detto, parte di qui alle undici e arriva a Charlock alle due. Quanto al ritorno, si fa ancora più in fretta: è quello con il quale siamo tornati anche noi. Parte da Charlock alle quattro e cinque e arriva qui alle sei e un quarto. Naturalmente, le miniature non sono mai state in quell'astuccio. Quello è stato forzato abilmente, con un altro tocco da artista, prima di essere messo nella valigetta. Mademoiselle Mary doveva soltanto trovare una coppia di idioti facilmente colpiti dal suo fascino e pronti a schierarsi in sua difesa al momento opportuno! Ma uno dei due idioti non era un idiota... era Hercule Poirot!»

L'insinuazione mi piacque poco. Mi affrettai a osservare: «Allora, quando diceva di voler aiutare una persona sconosciuta che si era trovata nei guai mi stava volutamente ingannando!».

«Non l'ho mai ingannata, Hastings. Le permetto soltanto di ingannarsi da solo. Mi riferivo al signor Baker Wood, uno sconosciuto, anzi uno straniero.» La sua faccia si incupì. «Ah! Quando penso alla truffa, all'ignobile estorsione, vuole che non mi senta di proteggere uno straniero in visita nel suo paese? Non sarà una persona simpatica, il signor Baker Wood... no, di certo! Ma è pur sempre uno straniero, Hastings! Gli stranieri devono darsi man forte fra loro! E io, non posso che essere dalla parte degli stranieri!»

Doppio indizio

«Ma soprattutto nessuna pubblicità» ripeté, forse per la quattordicesima volta, il signor Marcus Hardman.

La parola pubblicità era stata pronunciata durante tutto il colloquio con la regolarità di un *leitmotiv*. Il signor Hardman era un ometto piuttosto pingue, con le mani curatissime e una lagnosa voce tenorile. A modo suo, era quasi una celebrità: si può dire che la sua professione fosse quella di fare la vita mondana. Era ricco ma non, poi, tantissimo e spendeva assiduamente i suoi quattrini per divertirsi in mezzo all'alta società. Aveva l'hobby del collezionismo. E l'anima del collezionista. Antichi merletti, antichi ventagli, antichi gioielli: niente di smaccato o troppo modesto per Marcus Hardman.

Quando Poirot e io, rispondendo a una convocazione urgente, eravamo arrivati da lui, avevamo trovato l'ometto nelle tormentose spire dell'indecisione. Date le circostanze, si ribellava violentemente all'idea di chiamare la polizia. D'altra parte, non chiamarla sarebbe stato come adattarsi supinamente alla perdita di alcuni degli oggetti più belli della sua collezione. Aveva scelto Poirot come compromesso.

«I miei rubini, monsieur Poirot, e la collana di smeraldi... dicono che appartenesse a Caterina de' Medici. Oh, la collana di smeraldi!»

«Se volesse riferirmi le circostanze della loro sparizione» provò a suggerirgli con gentilezza Poirot.

«È quello che sto cercando di fare. Ieri nel pomeriggio ho invitato un po' di gente per il tè. Una riunione informale: saremo stati sei o sette non di più. Ho già dato uno o due tè di questo genere durante la stagione mondana e – anche se non toccherebbe a me dirlo – sono stati un vero successo. Un po' di buona musica: Nacora, il pianista e Katherine Bird, la contralto australiana, nel salone di musica. Be', un po' prima, all'inizio della riunione, avevo mostrato agli ospiti la mia collezione di gioielli medioevali. Li tengo in quella piccola cassaforte laggiù. È sistemata come una specie di scrigno, all'interno: l'ho fatta foderare di velluto colorato perché le gemme vi risaltino meglio. Poi abbiamo esaminato i ventagli, in quella teca appesa alla parete. Infine siamo passati di là, per far musica. È stato solo quando tutti se ne sono andati via che ho scoperto la cassaforte svuotata del suo contenuto! Probabilmente non l'avevo richiusa bene e qualcuno ha colto quell'opportunità per saccheggiarla! I rubini, monsieur Poirot, la collana di smeraldi... una collezione che ho impiegato tutta la vita a mettere insieme! Cosa darei per ricuperarla! Ma non si deve fare nessuna pubblicità a quello che è successo! Mi capisce, vero, monsieur Poirot? Si tratta dei miei ospiti, di amici personali! Sarebbe uno scandalo terribile!»

«Chi è stata l'ultima persona a lasciare questa camera quando siete passati nel salone di musica?»

«Il signor Johnston. Lo conosce, forse? Il milionario sudafricano. Ha affittato recentemente la casa degli Abbotbury in Park Lane. Ricordo che è rimasto indietro per qualche minuto. Ma non può essere stato certamente lui! No, no!»

«Qualcuno dei suoi ospiti è forse tornato in questa camera durante il pomeriggio sotto un pretesto qualsiasi?»

«Ero preparato a sentirmi fare questa domanda, monsieur Poirot. Sì, tre degli invitati sono rientrati qui. La contessa Vera Rossakoff, il signor Bernard Parker e lady Runcorn.»

«Mi parli un po' di loro.»

«La contessa Rossakoff è un'affascinante dama russa, che apparteneva all'*ancien régime*. È venuta a vivere da noi solo da poco tempo. Mi aveva già salutato e sono rimasto piuttosto sorpreso di ritrovarla poi in questo stesso locale, a fissare, apparentemente in estasi, la teca dei ventagli. Sa cosa le dico, monsieur Poirot? Che più ci penso, più questo particolare mi sembra sospetto! Non è d'accordo con me?»

«Estremamente sospetto: ma sentiamo cosa hanno fatto gli altri.»

«Parker è venuto semplicemente a prendere una custodia in cui conservo certe miniature che volevo mostrare a lady Runcorn.»

«E lady Runcorn?»

«Come immagino che sappia, lady Runcorn è una donna di mezza età, provvista di una considerevole forza di carattere, la quale dedica la maggior parte del suo tempo a varie opere benefiche. È tornata indietro solo per ricuperare la borsetta che aveva lasciata in qualche posto.»

«*Bien, monsieur*. Dunque abbiamo quattro possibili persone sospette. La contessa russa, *la grande dame* inglese, il milionario sudafricano e il signor Bernard Parker. Chi *è* il signor Parker, a proposito?»

La domanda imbarazzò considerevolmente il signor Hardman.

«È... ehm... un giovanotto. Be', ecco, è un giovanotto che conosco.»

«Questo, l'avevo già dedotto per conto mio» rispose Poirot in tono grave. «Ma cosa fa, questo signor Parker?»

«È un giovanotto elegante, fa la vita mondana. Forse non è proprio quel che si dice un tipo molto in vista, se così posso esprimermi!»

«E come ha fatto a diventare amico suo?»

«Be'... in un paio di occasioni... ha svolto qualche piccolo incarico per me.»

«Continui, monsieur» disse Poirot.

Hardman lo guardò con due occhi che chiedevano pietà. Evidentemente l'ultima cosa che desiderava era proprio continuare a parlare. Ma, dal momento che Poirot manteneva un silenzio inesorabile, si decise a capitolare.

«Vede, monsieur Poirot, il fatto che mi interesso di gioielli antichi non è un mistero. Qualche volta capita di doversi disfare per necessità di un oggetto che fa parte dell'eredità di famiglia... qualcosa che, badi bene, nessuno vorrebbe mai vendere apertamente sul mercato e neppure a un commerciante di preziosi. Ma una vendita fatta a me, in privato, è del tutto differente. Parker organizza l'affare nei minimi dettagli, si tiene in contatto con le due parti interessate, e in questo modo si evita ogni situazione imbarazzante. Non solo, ma mi fornisce anche tutte le informazioni possibili in materia! Per esempio la contessa Rossakoff ha portato dalla Russia qualche gioiello di famiglia. E ci terrebbe molto a venderli. Bernard Parker avrebbe dovuto occuparsi delle trattative di questo affare...»

«Capisco» disse Poirot pensieroso. «E ha piena fiducia nel signor Parker?»

«Non ho motivo di pensare il contrario.»

«Fra queste quattro persone, chi sospetta?»

«Oh, monsieur Poirot, che domanda! Sono amici, per me, come le ho già detto. Non sospetto nessuno di loro... oppure tutti, come preferisce!»

«Non sono d'accordo. Lei sospetta una di queste quattro persone. Non si tratta della contessa Rossakoff. Non si tratta del signor Parker. Dunque, chi sarebbe? Lady Runcorn o il signor Johnston?»

«Mi mette con le spalle al muro, monsieur Poirot, davvero! Sono molto ansioso di non far nascere uno scandalo. Lady Runcorn appartiene a una delle più antiche famiglie inglesi; è vero, però, è disgraziatamente vero che sua zia, lady Caroline, soffriva di una forma di malattia mentale molto triste. Naturalmente tutti gli amici ne erano al corrente e la sua cameriera si affrettava a restituire il più in fretta possibile i cucchiaini da tè o quel che altro era! Capisce, quindi, la mia posizione!»

«Dunque lady Runcorn aveva una zia cleptomane. Molto interessante. Mi permette di dare un'occhiata alla cassaforte?»

Mentre il signor Hardman assentiva, Poirot spalancò lo sportello della cassaforte e cominciò a osservarne attentamente l'interno. Ci trovammo di fronte a una serie di ripiani vuoti, foderati di velluto.

«Anche adesso, lo sportello non si chiude come dovrebbe» mormorò Poirot, mentre lo muoveva avanti e indietro. «Chissà perché! Ah, ecco, ho trovato! C'è un guanto impigliato nel cardine. Un guanto da uomo.»

E lo tese al signor Hardman.

«Non è mio!»

«Ah! Ma qui c'è qualcos'altro!» Poirot si chinò rapidamente e raccolse un piccolo oggetto dal piano più basso della cassaforte: si trattava di un portasigarette piatto, nero.

«Il mio portasigarette!» esclamò il signor Hardman.

«Il suo portasigarette? Niente affatto, monsieur. Queste non sono le sue iniziali!»

E gli indicò il monogramma, formato da due lettere intrecciate, in platino.

Hardman lo prese in mano.

«Ha ragione» ammise. «È molto simile al mio ma le iniziali sono diverse. Una *P* e una *B*. Santo cielo... Parker!»

«Già si direbbe proprio così» disse Poirot. «Un giovanotto piuttosto distratto... specialmente se anche il guanto è suo. Il che significherebbe che abbiamo un doppio indizio, vero?»

«Bernard Parker!» mormorò Hardman. «Che sollievo! Bene, monsieur Poirot. Lascio a lei l'incarico di recuperare i gioielli. Affidi pure la faccenda alla polizia se lo crede opportuno... cioè, se è certo che il colpevole sia lui.»

«Vede, amico mio» mi disse Poirot mentre lasciavamo insieme la casa del signor Hardman. «Costui si è fatto una legge per le persone titolate e un'altra per quelle che non lo sono. Quanto a me, non ho ancora ricevuto un titolo nobiliare e, quindi, mi schiero dalla parte di coloro che non ce l'hanno. Provo una certa simpatia per questo giovanotto. Tutta questa faccenda è abbastanza strana, non le pare? Hardman sospetta lady Runcorn; io sospetto la contessa e Johnston; e invece il nostro uomo sarebbe questo sconosciutissimo signor Parker.»

«Perché sospettava gli altri due?»

«*Parbleu*! È una cosa talmente semplice farsi passare per

una profuga russa o un milionario sudafricano! Qualsiasi donna può dire di essere una contessa russa; qualsiasi uomo può affittare una casa in Park Lane e dichiarare di essere un milionario sudafricano. Chi vuole che li contraddica? Adesso, però, mi accorgo che stiamo passando per Bury Street. Il nostro distrattissimo, giovane amico, abita qui. Proviamo a battere il ferro finché è caldo.»

Il signor Bernard Parker era in casa. Lo trovammo avvolto in una vestaglia dai vistosi colori, dove predominavano il rosso e l'arancione. Mi è capitato di rado di provare tanta antipatia per qualcuno come per questo giovanotto dalla faccia pallida, l'aria effeminata, la pronuncia blesa, più per un vezzo che perché lo fosse in realtà.

«Buongiorno, monsieur» disse Poirot con tono vivace. «Vengo adesso da casa Hardman. Ieri, durante il ricevimento, qualcuno ha rubato al signor Hardman tutti i suoi gioielli. Le posso fare una domanda, monsieur? È suo questo guanto?»

I processi mentali del signor Parker non sembravano molto rapidi. Fissò il guanto come se facesse un po' fatica a raccapezzarsi.

«Dove lo ha trovato?» domandò infine.

«È suo, monsieur?»

Il signor Parker sembrò, a questo punto, disposto a parlare.

«No, non è mio» affermò.

«E questo portasigarette?»

«Assolutamente no. Ne ho uno d'argento che porto sempre con me.»

«Benissimo, monsieur. Affiderò alla polizia la soluzione di questo mistero.»

«Un momento! Calma! Se fossi in lei, non mi sognerei di fare una cosa del genere» esclamò il signor Parker manifestando un'evidente preoccupazione. «Gente maledettamente antipatica, quelli della polizia. Aspetti un momento. Vado a parlare con il vecchio Hardman. Ehi, aspetti un momento!»

Ma Poirot dimostrò, molto decisamente, che preferiva andarsene senza indugio.

«Gli abbiamo fornito un argomento per qualche meditazione utile, eh?» ridacchiò. «Domani staremo a vedere cosa è successo.»

Invece eravamo destinati a occuparci del caso Hardman quello stesso pomeriggio. La porta di casa nostra si spalancò senza il minimo preavviso e un ciclone in forma umana invase la nostra intimità portando con sé un vortice di zibellino (faceva freddo come solo in Gran Bretagna può far freddo in una giornata di giugno) e un cappello letteralmente ricoperto delle piume ottenute dopo un vero e proprio massacro di struzzi. La contessa Vera Rossakoff aveva un personalità alquanto esuberante ed estroversa.

«Lei è monsieur Poirot? Lo sa quel che ha fatto? Ha accusato quel povero ragazzo! Una cosa infame. Scandalosa. Lo conosco. È un pulcino. Non sarebbe mai capace di rubare! Ha fatto tutto il possibile per me! E adesso dovrei star qui a guardarlo martirizzare e torturare senza muovere un dito?»

«Mi dica, madame, questo portasigarette appartiene al signor Parker?» E Poirot le mostrò l'astuccio nero.

La contessa tacque un momento, intanto che lo esaminava con attenzione.

«Sì, è suo. Lo riconosco. E con ciò? l'ha trovato in quella stanza? Ci sono stati tutti e suppongo che gli sia caduto senza che se ne accorgesse. Ah, voi poliziotti... Siete peggio delle Guardie Rosse...»

«E questo guanto? Sarebbe del signor Parker anche questo?»

«Come faccio a saperlo? I guanti si somigliano tutti. Non cerchi di impedirmelo... voglio fare qualcosa... quel ragazzo dev'essere rimesso in libertà. La sua posizione deve essere chiarita. Sarà obbligato a farlo! Venderò i miei gioielli e le darò molto denaro.»

«Madame...»

«Siamo d'accordo, allora? No, no, non discuta. Quel povero figliolo! È venuto da me con le lacrime agli occhi! "Ti salverò" gli ho detto. "Andrò da quest'uomo... quest'orco... questo mostro! Lascia fare a Vera." Adesso tutto è sistemato e me ne vado.»

Senza tante cerimonie, con la stessa disinvoltura con cui era entrata, uscì turbinosamente, lasciando nella stanza una scia di intenso profumo esotico.

«Che donna!» esclamai. «E che pellicce!»

«Ah, sì, quelle dovevano essere vere sul serio. È possibile che una falsa contessa porti pellicce autentiche? Via, Hastings, questa è una mia piccola battuta di spirito... No, credo proprio che sia russa. Ah, dunque, così il signorino Parker è andato a lamentarsi con lei!»

«Il portasigarette è suo. Mi chiedo se anche il guanto...»

Con un sorriso Poirot tirò fuori di tasca un secondo guanto e lo andò a posare vicino all'altro. Non c'erano dubbi: facevano parte dello stesso paio.

«Dove è andato a prendere il secondo, Poirot?»

«Era abbandonato sul tavolo dell'anticamera, insieme a un bastone da passeggio, in Bury Street. Sì, bisogna proprio ammettere che il signor Parker è un giovanotto disordinato. Bene, bene, *mon ami*. Dobbiamo tirare le somme. Tanto per salvare le apparenze, farò una visitina in Park Lane.»

Inutile dire che accompagnai il mio amico. Johnston era fuori ma potemmo parlare con il suo segretario. Così, si venne a sapere che Johnston era arrivato solo di recente dal Sudafrica, e non era mai stato in Inghilterra, prima d'ora.

«Si interessa di pietre preziose, eh?» azzardò Poirot.

«Forse sarebbe più giusto parlare di miniere d'oro» rise il segretario.

Poirot venne via da questo colloquio molto pensieroso. Qualche ora più tardi, quella stessa sera, lo trovai intento a studiare una grammatica russa.

«Santo cielo, Poirot!» esclamai. «Sta imparando il russo per poter conversare con la contessa nella sua lingua natia?»

«Certo che quella signora non sembra affatto disposta a prestar orecchio all'inglese che parlo io, caro amico!»

«Via, Poirot, i russi di nobile stirpe non parlano, invariabilmente, un ottimo francese?»

«È una miniera di informazioni, Hastings! Sì, ecco, smetterò subito di occuparmi delle complicazioni dell'alfabeto russo.»

E buttò da parte il libro con un gesto drammatico. Ma non era soddisfatto. Nei suoi occhi avevo visto un certo scintillio particolare che conoscevo anche troppo bene! Un segno che Poirot era contento di sé!

«Forse» dissi con aria saccente «sospetta che non sia veramente russa. E così, vuole metterla alla prova?»

«Oh, no, è proprio russa: su questo non ci sono dubbi.»

«E allora...»

«Se vuole davvero farsi una buona reputazione di detective con il caso del signor Hardman, Hastings, non posso che raccomandarle *I primi elementi della lingua russa*, un sussidio di valore inestimabile.»

Poi scoppiò a ridere e non volle aggiungere altro. Andai a raccogliere il libro dal pavimento e cominciai a osservarlo con grande curiosità. Tuttavia non riuscii a capire a cosa volesse alludere Poirot con quel consiglio.

La mattina successiva non ci arrivò nessuna notizia relativa al furto dei gioielli ma non mi sembrò che questo fatto preoccupasse il mio amico. A colazione mi annunciò che voleva andare a far visita al signor Hardman al più presto. Trovammo ancora in casa l'anziano e mondanissimo piccolo uomo, il quale ci sembrò un poco più calmo del giorno precedente.

«E allora, monsieur Poirot, ci sono notizie?»

Poirot gli tese un foglio di carta.

«Questa è la persona che ha trafugato i gioielli, monsieur. Devo rimettere il caso nelle mani della polizia? Oppure preferisce recuperare le sue pietre preziose senza che la polizia ficchi il naso in questa storia?»

Il signor Hardman stava fissando il foglietto. Dopo un po', riuscì a ritrovare un filo di voce.

«Incredibile! Straordinario. Preferirei senz'altro che non nascesse uno scandalo. Le do *carte blanche*, monsieur Poirot. Sono certo della sua discrezione.»

Il passo successivo di Poirot fu quello di chiamare un tassì e di ordinare all'autista di condurci al Carlton. Quando ci arrivammo, chiese di parlare con la contessa Rossakoff. Pochi minuti dopo ci fecero entrare nell'appartamento che la dama russa occupava. Lei ci venne incontro a mani tese, avvolta in un magnifico *negligée* di uno strano tessuto a disegni barbarici.

«Monsieur Poirot!» esclamò. «Ci è riuscito? Ha potuto chiarire la posizione di quel povero ragazzo?»

«*Madame la comtesse*, il suo amico, il signor Parker non corre assolutamente alcun rischio di essere arrestato.»

«Oh, è davvero un uomo intelligente, lei! Magnifico! E come ha fatto in fretta, oltre a tutto!»

«D'altra parte avevo promesso al signor Hardman che i gioielli gli sarebbero stati restituiti oggi stesso.»

«E allora?»

«Di conseguenza, madame, le sarei estremamente obbligato se volesse consegnarmeli senza indugio. Sono davvero spiacente di doverle fare tanta fretta ma ho un tassì giù alla porta dell'albergo... nel caso fossi costretto a recarmi a Scotland Yard; e, noi belgi, madame, abbiamo un carattere molto parsimonioso!»

La contessa aveva acceso una sigaretta. Per qualche secon do rimase seduta dove si trovava, perfettamente immobile, soffiando dalle narici il fumo che si alzava in sottili volute nell'aria, e fissando senza batter ciglio Poirot. Infine scoppiò in una risata e si alzò. Si avvicinò a uno scrittoio, aprì un cassetto e ne tirò fuori una borsa di seta nera che lanciò, con un gesto elegante, a Poirot. Il suo tono, quando ci rivolse la parola, era garbato, frivolo e privo di qualsiasi emozione.

«Noi russi, al contrario, siamo prodighi» disse. «E per praticare la prodigalità, disgraziatamente ci vuole denaro. Non occorre che guardi nella borsa. Ci sono tutti.»

Poirot si alzò in piedi.

«Mi congratulo con lei, madame, per la sua intelligenza e prontezza.»

«Ah! Cos'altro potevo fare, dal momento che ha il tassì alla porta?»

«È troppo gentile. Rimarrà a lungo a Londra?»

«Temo di no... per colpa sua.»

«Accetti le mie scuse.»

«Forse ci incontreremo ancora... chissà.»

«Me lo auguro.»

«Io... no!» esclamò la contessa con una risata. «È un gran complimento che le faccio, dicendo questo... ci sono pochi uomini al mondo di cui io abbia paura. Addio.»

«Addio, *madame la comtesse*. Ah, scusi... dimenticavo! Mi permetta di restituirle il portasigarette.»

Con un inchino, le porse il piccolo astuccio nero che avevamo trovato nella cassaforte. Lei lo prese senza mutare affatto la sua espressione... si limitò solo ad alzare leggermente un sopracciglio e a mormorare: «Capisco!».

«Che donna!» esclamò Poirot, in tono pieno di entusiasmo, mentre scendevamo le scale. «*Mon Dieu, quelle femme*! Non una parola di protesta, non un tentativo di *bluff*! Una rapida occhiata e ha saputo misurare in pieno la sua posizione. Ascolti quel che le dico, Hastings: una donna che sa accettare la sconfitta a questo modo... con un sorriso così noncurante... farà molta strada! È pericolosa, ha nervi di acciaio, è...» inciampò, rischiando di cadere.

«Se provasse a moderare un po' il suo entusiasmo e a guardare dove mette i piedi, forse sarebbe meglio!» provai a suggerirgli. «Quando ha cominciato a sospettarla?»

«*Mon ami*, è stato il guanto *con* il portasigarette... il doppio indizio, vogliamo chiamarlo così?... che mi ha lasciato perplesso. Bernard Parker poteva aver lasciato cadere facilmente, e senza accorgersene, o l'uno o l'altro dei due oggetti, ma era un po' curioso che li avesse perduti tutti e due! Ah, no, sarebbe stato *un po' troppo*! Al tempo stesso, se qualcuno fosse andato a piazzarli nella cassaforte per incriminare Parker, uno solo poteva essere più che sufficiente... o il portasigarette o il guanto... non tutti e due, lo ripeto ancora una volta! Così, sono stato costretto a concludere che uno di quei due oggetti *non* apparteneva a Parker. In principio ho immaginato che fosse suo il portasigarette, e il guanto, no. Ma quando ho scoperto l'altro guanto dello stesso paio, ho capito che si trattava del contrario. E allora, di chi era quel portasigarette? Non poteva certo appartenere a lady Runcorn, questo era evidente! Le iniziali non corrispondevano. Il signor Johnston? Poteva essere suo, soltanto nel caso che si fosse presentato qui da noi sotto falso nome. Dopo aver parlato con il suo segretario, mi è stato subito chiaro che si trattava di una persona al di sopra di ogni sospetto. Non avevo notato nessuna reticenza da parte sua quando abbiamo accennato al passato del signor Johnston. La contessa, allora? A quanto avevo sentito dire, pareva che avesse portato con sé dalla Russia qualche gioiello: le sarebbe bastato togliere le pietre preziose dalle montature e non so se, in seguito, sarebbe stato possibile identificarle. Cosa c'era di più facile che prendere uno dei guanti lasciati in anticamera da Parker e metterlo nella cassaforte? Ma, *bien sûr*, non aveva certo intenzione di lasciarci cadere anche il proprio portasigarette!»

«Se l'astuccio era suo, perché c'erano sopra le iniziali *B.P.*? Quelle della contessa sono *V.R.*»

Poirot mi rivolse un angelico sorriso.

«Infatti, *mon ami*; ma nell'alfabeto russo, *V* si scrive *B*, mentre *R* si scrive *P*.»

«Accidenti! Non poteva certo aspettarsi che lo indovinassi! Non so il russo, io!»

«Neanch'io l'ho mai saputo, Hastings. Ecco perché ho comperato quella grammatica e ho richiamato la sua attenzione sui rudimenti di quella lingua.»

Sospirò. «Una donna straordinaria. Ho la sensazione, amico mio... una sensazione molto precisa... che la incontrerò di nuovo. Ma chissà dove?»

La dama velata

Avevo osservato che da qualche tempo Poirot stava diventando sempre più irrequieto e sempre più insoddisfatto. Ultimamente non avevamo avuto casi interessanti, nulla in cui il mio amico potesse esercitare il suo acuto ingegno e le sue notevoli capacità deduttive. Quel mattino scaraventò a terra il giornale con un "Uff!" spazientito. Era la sua esclamazione favorita, che sembrava esattamente lo starnuto di un gatto.

«Mi temono, Hastings. I delinquenti della vostra Inghilterra mi temono! Quando c'è il gatto i piccoli topi non si avvicinano più al formaggio.»

«Penso che la maggioranza di quella gente ignori la sua esistenza!» risposi ridendo.

Poirot mi fissò con espressione di rimprovero. Immagina sempre che tutto il mondo pensi e parli di Hercule Poirot. A Londra certo si era fatto un nome, ma stentavo molto a credere che la sua presenza avesse seminato il terrore nel mondo della malavita londinese.

«Che ne pensa di quella rapina in pieno giorno alla gioielleria di Bond Street l'altro ieri?» chiesi.

«Un bel colpo» rispose Poirot in tono di approvazione «anche se non è il mio ramo. *Pas de finesse, seulement de l'audace*! Un tizio spacca con un bastone impiombato la vetrina di una gioielleria e afferra un po' di pietre preziose. Alcuni meritevoli cittadini lo prendono immediatamente; arriva un agente di polizia. Gli trovano i gioielli addosso. Viene condotto alla sede di polizia e lì si scopre che le pietre sono false. Aveva passato quelle vere a un complice – uno dei suddetti meritevoli cittadini. L'uomo andrà in prigione, certo; ma quando ne uscirà lo aspetterà un discreto gruzzolo. Sì, non è stato ideato male! Ma io potrei far meglio di tanto. A volte, Hastings, mi spiace di avere un'indole così morale. Lavorare contro la legge una volta tanto sarebbe piacevole.»

«Si rallegri, Poirot; sa di essere l'unico nel suo campo.»

«Ma che cosa offre il mio campo oggi?»

Raccolsi il giornale da terra.

«C'è un inglese che è stato misteriosamente ucciso in Olanda» dissi.

«Dicono sempre così, poi scoprono che aveva mangiato pesce in scatola e che la morte è stata perfettamente naturale.»

«Be', è proprio deciso a brontolare!»

«*Tiens*!» disse Poirot che si era avvicinato con passo pigro alla finestra. «Qui sotto, per la strada, c'è quella che nei romanzi chiamano "una dama pesantemente velata". Sta salendo i gradini, suona il campanello... viene a consultarci. Ecco forse finalmente qualcosa di interessante. Quando una donna, giovane e graziosa come quella si copre il volto in quel modo, c'è di mezzo una storia importante.»

Un minuto dopo la nostra visitatrice fu fatta passare. Come aveva detto Poirot, era coperta da un fitto velo sul volto. Non riuscimmo a distinguere i lineamenti finché non sollevò la veletta di nero pizzo spagnolo. E allora mi resi conto che l'intuizione di Poirot era stata esatta: la giovane era graziosa, con capelli biondi e grandi occhi azzurri. A giudicare dalla costosa semplicità del suo abbigliamento, dedussi subito che apparteneva ai livelli più elevati della società.

«Monsieur Poirot,» disse la giovane donna con voce dolce e melodiosa «sono in un guaio molto serio. Stento a credere che lei sia in grado di aiutarmi, ma ho sentito parlare di lei in modo così lusinghiero che sono venuta qui proprio come ci si rivolge all'ultima speranza per pregarla di fare l'impossibile.»

«L'impossibile mi è sempre piaciuto» rispose Poirot. «La prego, continui, mademoiselle.»

La nostra bella visitatrice esitò.

«Ma deve essere sincera» soggiunse Poirot. «Non ometta alcun particolare.»

«Mi fiderò di lei» disse bruscamente la giovane. «Ha mai sentito parlare di lady Millicent Castle Vaughan?»

Alzai gli occhi, vivamente interessato. Pochi giorni prima era comparso sui giornali l'annuncio del fidanzamento di lady Millicent con il giovane duca di Southshire. Sapevo che era la quinta figlia di un pari irlandese squattrinato e il duca di Southshire era uno dei migliori partiti d'Inghilterra.

«Lady Millicent sono io» disse la ragazza. «Avrà forse letto la notizia del mio fidanzamento. Dovrei essere una delle ragazze più felici sulla terra. Invece, oh, monsieur Poirot, sono in un guaio spaventoso! C'è un uomo, un uomo orrendo, si chiama Lavington e lui... non so nemmeno come dirlo. C'è una lettera che io scrissi... allora avevo soltanto sedici anni. E lui.... lui...»

«Una lettera che lei ha scritto a questo signor Lavington?»

«Oh, no... non a lui! A un giovane soldato... ne ero molto innamorata... morì in guerra.»

«Capisco» disse Poirot con gentilezza.

«Era una lettera stupida, una lettera indiscreta ma, in realtà, monsieur Poirot, non più di tanto. Ma contiene frasi... che potrebbero assumere un significato diverso.»

«Capisco» disse Poirot. «E il signor Lavington è venuto in possesso di questa lettera?»

«Sì. Lui minaccia di mandarla al duca se non gli pagherò una somma enorme, una somma che io non ho assolutamente la possibilità di raccogliere.»

«Quello sporco verme!» esclamai. «Le domando scusa, lady Millicent.»

«Non sarebbe più saggio confessare tutto al suo futuro marito?»

«Non oso, monsieur Poirot. Il duca ha un carattere piuttosto particolare, è geloso e sospettoso e portato a credere sempre al peggio.»

«Santo Cielo!» mormorò Poirot con una smorfia espressiva. «E che cosa dovrei fare io, milady?»

«Pensavo che forse io potrei chiedere al signor Lavington di parlare con lei. Gli direi che l'ho autorizzato a discutere della faccenda. Forse lei riuscirà a ridurre la richiesta.»

«Che cifra ha chiesto?»

«Ventimila sterline... impossibile. Dubito di riuscire anche solo a trovarne mille.»

«Potrebbe farsi prestare il denaro sulla base del suo prossimo matrimonio... ma dubito che riuscirebbe a ottenere anche solo la metà della cifra. Inoltre... *eh bien*! mi ripugna che lei paghi! No, l'ingegno di Hercule Poirot sconfiggerà i suoi nemici. Mi mandi questo signor Lavington. È probabile che porti con sé la lettera?»

La giovane scosse il capo in cenno di diniego.

«Non credo. È molto prudente!»

«Suppongo che non ci sia da dubitare che egli abbia veramente la lettera.»

«Me l'ha mostrata quando sono stata a casa sua.»

«È stata a casa sua? Un gesto molto imprudente, milady!»

«Davvero? Ma ero così disperata! Speravo che le mie suppliche lo commuovessero.»

«*Oh, là là!* I Lavington che esistono al mondo non si commuovono per le suppliche delle belle giovani! È probabile invece che gli abbiano dimostrato quanta importanza lei dia a quel documento. Dove abita questo compito gentiluomo?»

«Buona Vista, a Wimbledon. Ci sono andata dopo il crepuscolo...» Poirot gemette. «Alla fine gli ho detto che avrei informato la polizia ma lui si è limitato a ridere in modo orrendo, pieno di scherno. "Mia cara lady Millicent, faccia pure, se vuole!" mi ha detto.»

«Sì, non è certo una faccenda per la polizia, questa» mormorò Poirot.

«"Ma io credo che lei si comporterà in modo più furbo!" ha continuato lui. "Vede, la lettera è qui, in questa scatoletta cinese!" E l'ha sollevata in modo che potessi vederla. Ho cercato di prendergliela dalle mani ma lui è stato più veloce di me. Con un orribile sorriso ha ripiegato la lettera e l'ha rimessa nella scatoletta di legno. "Qui sarà al sicuro, può starne certa" mi ha detto. “E poi la scatola stessa sta in un nascondiglio così ingegnoso che non riuscirebbe a trovarla mai e poi mai.” I miei occhi si sono posati sulla piccola cassaforte a muro e lui ha scosso la testa ridendo: “Ho una cassaforte più sicura di quella” ha detto. Oh, che essere odioso! Monsieur Poirot, crede di potermi aiutare?»

«Abbia fiducia in papà Poirot. Troverò un modo.»

Le rassicurazioni erano una gran bella cosa certo, pensai mentre Poirot accompagnava galantemente la sua bella cliente giù per le scale, ma a me sembrava che avremmo avuto un osso duro da maneggiare. Lo dissi chiaro e tondo a Poirot quando tornò. Lui annuì miseramente.

«Sì... la soluzione non balza all'occhio. Quel signor Lavington ha il coltello per il manico. Per il momento non vedo come riusciremo a raggirarlo.»

Il signor Lavington si presentò regolarmente quel pomeriggio. Lady Millicent aveva rispettato la verità quando lo aveva descritto come un essere odioso. Tale era il mio desiderio di cacciarlo a pedate giù dalle scale che provai un vero e proprio prurito alla punta dello stivale. Era pieno d'arie e di boria, rise con scherno quando Poirot gli fece qualche delicato accenno alla faccenda e in genere si dimostrò del tutto padrone della situazione. Non potei fare a meno di pensare che Poirot non era certo al meglio della sua fama. Sembrava scoraggiato e mortificato.

«Bene, signore» disse Lavington prendendo il cappello «a quanto pare, non sembra che facciamo molti progressi. Le cose stanno così: lascerò che lady Millicent se la cavi a buon mercato... dato che è una giovane tanto affascinante.» Ebbe un sorriso orrendo. «Facciamo diciottomila. Io parto per Parigi oggi... un affaruccio da sistemare laggiù... tornerò martedì. Se il denaro non sarà pagato entro martedì sera, la lettera arriverà al duca. Non mi dica che lady Millicent non può trovare quel denaro. Ci sono alcuni suoi amici gentiluomini che sarebbero più che disposti a fare un piacere a una donna tanto carina offrendole un prestito... se lei saprà scegliere la strada giusta.»

Arrossii violentemente e feci un passo avanti, ma Lavington nel finire la frase era già uscito in fretta dalla stanza.

«Dio mio!» esclamai. «Bisogna far qualcosa. Mi sembra che la prenda un po' alla leggera, Poirot.»

«Ha un gran cuore, amico mio, ma le sue cellule grigie sono in pessime condizioni. Non desidero colpire il signor Lavington per le mie capacità. Più mi considera pusillanime, meglio è.»

«Perché?»

«È curioso» disse in un bisbiglio Poirot come se stesse ricordando qualcosa «come io abbia espresso il desiderio di lavorare contro la legge proprio prima che arrivasse lady Millicent!»

«Entrerà in casa di quell'uomo mentre lui è assente?» chiesi con un sussulto.

«A volte, Hastings, i suoi processi mentali funzionano sorprendentemente in fretta.»

«E se si portasse via la lettera?»

Poirot scosse il capo.

«È alquanto improbabile. Evidentemente ha un nascondiglio in casa sua che ritiene piuttosto inespugnabile.»

«Quando faremo... la cosa?»

«Domani sera. Partiremo da qui verso le undici.»

All'ora prestabilita ero pronto per avviarmi. Avevo indossato un vestito scuro e un cappello di feltro nero. Poirot mi sorrise con gentilezza.

«Vedo che si è vestito per la parte» notò. «Andiamo a prendere la sotterranea per Wimbledon.»

«Non ci portiamo nulla appresso? Utensili per penetrare nella casa?»

«Mio caro Hastings, Hercule Poirot non adotta metodi tanto rozzi.»

Tacqui, mortificato, ma la mia curiosità era all'erta.

Fu proprio a mezzanotte che entrammo nel piccolo giardino periferico di Buona Vista. La casa era buia e silenziosa. Poirot si diresse subito verso una finestra sul retro, sollevò senza far rumore il telaio scorrevole e mi ordinò di entrare.

«Come sapeva che questa finestra sarebbe stata aperta?» bisbigliai perché mi sembrava davvero fantastico.

«Perché stamane ho provveduto a segare il paletto.»

«Cosa?»

«Ma sì, è stato semplicissimo. Mi sono presentato qui, con un biglietto da visita fasullo e con un ufficiale dell'ispettore Japp. Ho detto di essere stato mandato, su raccomandazione di Scotland Yard, per applicare certi congegni antifurto che il signor Lavington desiderava fossero sistemati in sua assenza. La governante mi ha accolto con entusiasmo. Sembra che qui ultimamente vi siano stati due tentativi di furto – evidentemente la nostra ideuzza è venuta in mente anche ad altri clienti del signor Lavington... anche se non è stato portato via nulla di valore. Ho esaminato tutte le finestre, ho fatto le mie piccole sistemazioni, ho proibito alla servitù di toccare le finestre fino al giorno dopo, dato che erano collegate elettricamente, e mi sono congedato con buona grazia.»

«Davvero, Poirot, è meraviglioso!»

«*Mon ami*, è stato semplicissimo. E ora, al lavoro! La servitù dorme al piano più alto della casa, cosicché non corriamo il rischio di svegliarla.»

«Presumo che la cassaforte sia infissa nella parete da qualche parte, vero?»

«Cassaforte! Sciocchezze! Non c'è nessuna cassaforte. Il signor Lavington è un uomo intelligente. Vedrà, avrà senz'altro scovato un nascondiglio molto più intelligente della cassaforte. La cassaforte è il primo posto dove si va a cercare.»

Dopo di che iniziammo una ispezione metodica di tutta la casa. Ma dopo aver frugato e cercato per varie ore, non avevamo trovato nulla. Vidi addensarsi sul volto di Poirot i sintomi della collera.

«*Ah, sapristi*! Hercule Poirot sconfitto. Mai! Stiamo calmi. Ragioniamo. Riflettiamo. *Enfin*! Mettiamo in funzione le piccole cellule grigie.»

Tacque per un po', corrugando la fronte nella concentrazione, poi nei suoi occhi intravidi la luce verde che conoscevo tanto bene.

«Sono stato un idiota! In cucina!»

«In cucina!» esclamai. «Ma è impossibile. La servitù!»

«Esatto. Proprio quello che direbbero novantanove persone su cento. E proprio per questa ragione la cucina è il luogo ideale da scegliere. È piena di oggetti casalinghi di ogni genere. *En avant*, in cucina.»

Lo seguii, molto scettico e lo osservai mentre si tuffava nei cestini del pane, nelle casseruole col coperchio e ficcava la testa nel forno. Alla fine, stanco di osservarlo, tornai nello studio. Ero persuaso che lì e soltanto lì, avremmo trovato il nascondiglio. Feci un'altra ricerca di un minuto e notai che erano le quattro e un quarto e che di lì a poco sarebbe spuntata l'alba, quindi tornai in cucina.

Con mio grande stupore vidi che ora Poirot era in piedi dentro il cesto del carbone, del tutto incurante del suo bel vestito chiaro che si era sporcato di nero. Fece una smorfia.

«Ma sì, amico mio, è contrario a tutti i miei istinti rovinare così il mio aspetto esteriore, ma lei che farebbe?»

«Ma Lavington non può aver nascosto la lettera sotto il carbone.»

«Se adoperasse gli occhi vedrebbe che non sto esaminando il carbone.»

Allora vidi che sul ripiano dietro il deposito del carbone erano ammucchiati alcuni ceppi di legna. Poirot li stava togliendo a uno a uno con agilità. D'un tratto ebbe un'esclamazione roca:

«Il coltello, Hastings!»

Glielo porsi. Mi parve di vedere che lo conficcava nel legno e di colpo il ceppo si aprì in due parti. Era stato accuratamente segato in due e all'interno, nel centro, c'era una cavità. Fu da quella cavità che Poirot prese una scatoletta di legno cinese.

«Ben fatto!» esclamai fuori di me per l'entusiasmo.

«Piano, Hastings! Non alzi tanto la voce. Su, andiamocene prima che l'alba ci sorprenda ancora qui.»

Facendosi scivolare in tasca la scatola balzò con agilità fuori del cesto di carbone, si spazzolò come meglio gli riuscì, quindi, lasciando la casa allo stesso modo in cui eravamo entrati, ci dirigemmo rapidamente verso Londra.

«Ma che nascondiglio pazzesco!» esclamai. «Chiunque avrebbe potuto usare quel ceppo!»

«In luglio? Hastings? Ed era il ceppo in fondo al mucchio... un nascondiglio molto ingegnoso. Ah, ecco un tassì! E adesso a casa, per una lavata e una dormita rilassante.»

Dopo l'eccitazione della notte dormii fino a tardi nella mattinata. Quando finalmente scesi nel soggiorno prima dell'una mi stupii nel vedere Poirot, seduto comodamente in poltrona, la scatola cinese aperta al suo fianco, intento a leggere con calma la lettera che ne aveva tolta.

Mi sorrise calorosamente e batté sul foglio di carta che aveva in mano.

«Aveva ragione, quella lady Millicent. Il duca non avrebbe mai perdonato questa lettera. Contiene alcune espressioni affettuose tra le più stravaganti che mi sia mai capitato di trovare.»

«Davvero, Poirot!» dissi piuttosto disgustato, «non penso che avrebbe dovuto leggere la lettera. È il genere di cose che non si fanno.»

«Hercule Poirot le fa» rispose imperturbabile il mio amico.

«E un'altra cosa» soggiunsi «non credo che l'aver usato il biglietto da visita ufficiale di Japp sia stata una buona mossa.»

«Ma io non stavo facendo una partita a scacchi, Hastings! Mi stavo occupando di un caso.»

Scrollai le spalle. Non si può discutere sui punti di vista.

«Un passo sulle scale, deve essere lady Millicent» disse Poirot.

La nostra bella cliente entrò con espressione ansiosa sul volto, espressione che si tramutò in gioia alla vista della lettera e della scatola che Poirot le mostrò.

«Oh, monsieur Poirot! È meraviglioso! Come ha fatto?»

«Ho usato metodi piuttosto biasimevoli, milady. Ma il signor Lavington non ci farà causa. Questa è la sua lettera, vero?»

Lei la scorse.

«Sì. Oh, come potrò mai ringraziarla? È un uomo meraviglioso! Meraviglioso! Dov'era nascosta?»

Poirot glielo disse.

«Che abilità!» Prese la scatoletta dalla tavola. «Questa la terrò come ricordo...»

«Avevo sperato, milady, che mi avrebbe permesso di tenerla... sempre come ricordo.»

«Spero di mandarle un ricordo migliore... il giorno del mio matrimonio. Vedrà che non mi giudicherà un'ingrata, monsieur Poirot.»

«Il piacere di averle reso un servizio sarà per me più di un assegno... quindi mi consenta di conservare la scatola.»

«Oh, no, monsieur Poirot, devo assolutamente tenerla io» protestò lei ridendo.

Tese la mano ma Poirot fu più svelto di lei. Strinse la propria mano sulla scatola.

«Non credo.» Il tono era cambiato.

«Che cosa vuole dire?» La voce di lei sembrava diventata più stridula.

«In ogni caso, mi consenta di prendere il resto di ciò che vi è contenuto. Noterà che la cavità originale è stata ridotta della metà. Nella parte alta la lettera compromettente, in quella bassa...»

Fece un gesto agile, poi tese la mano. Sul palmo vi erano quattro grosse pietre luccicanti e due perle altrettanto grosse di un biancore perlaceo.

«I gioielli rubati in Bond Street giorni fa, penso» mormorò Poirot. «Ce lo confermerà Japp.»

Con mio enorme stupore Japp in persona uscì dalla stanza da letto di Poirot e si fece avanti.

«Un suo vecchio amico, credo» disse Poirot compitamente a lady Millicent.

«Sono in trappola!» esclamò lady Millicent, con un totale cambiamento di modi. «Vecchio demonio!» Guardò Poirot con un'espressione di timore reverenziale quasi affettuoso.

«Bene, Gertie, mia cara!» disse Japp. «Il gioco è fatto stavolta, mi pare. Che buffo rivederti così presto! Abbiamo preso anche il tuo amico, il signore che è venuto qui l'altro giorno facendosi passare per Lavington. Quanto a Lavington stesso, alias Croker, alias Reed, mi chiedo chi della banda gli abbia cacciato un coltello nella schiena in Olanda qualche giorno fa... Pensavate che avesse con sé la refurtiva, eh? E invece no! Vi ha ingannati alla perfezione... l'aveva nascosta in casa. Avevate già fatto cercare da due dei vostri uomini e poi avevi incaricato della ricerca il nostro Poirot che, per un colpo di fortuna spettacolare, l'ha trovata!»

«Le piace parlare, eh?» disse l'ex lady Millicent. «Si calmi, su. Vengo via senza far storie. Non potrà dire che non mi comporto da perfetta nobildonna, e tutto il resto... vero?»

«Le scarpe non erano giuste» disse Poirot in tono sognante, mentre io me ne stavo lì troppo stupefatto per riuscire a dire qualcosa. «Ho fatto le mie piccole osservazioni sulla vostra nazione britannica: una signora, una vera signora sta sempre molto attenta alle scarpe. Avrà abiti sdruciti, ma calzerà scarpe di classe. Ora la nostra lady Millicent indossava abiti costosi e di lusso e calzava scarpe a buon mercato. Non era molto probabile che io o lei avessimo mai avuto modo di vedere la vera lady Millicent, che è stata molto poco a Londra, e questa ragazza aveva una somiglianza superficiale che poteva andar bene. Come dico, sono state le scarpe che hanno destato i miei sospetti e poi il suo racconto e il velo... tutto un po' troppo melodrammatico, non è così? La scatola cinese con una finta lettera compromettente doveva essere nota a tutta la banda, ma il ceppo di legno è stata un'idea del defunto signor Lavington. *Eh, par exemple*, Hastings, spero che non ferirà più il mio orgoglio come ha fatto l'altro ieri affermando che la categoria dei delinquenti non mi conosce. *Ma foi*, arrivano persino al punto di usarmi dove essi stessi falliscono!»

La scatola di cioccolatini

Era una notte di tempesta. Fuori il vento ululava malignamente e la pioggia si avventava contro le finestre a grandi raffiche. Poirot e io sedevamo davanti al camino, le gambe distese per scaldarci alla fiamma crepitante. Fra di noi avevamo un tavolino basso. Sul ripiano, dalla mia parte, c'era una bevanda molto calda, da quella di Poirot una tazza di cioccolata densa che non avrei bevuto per nulla al mondo. Poirot sorseggiò quel liquido marrone scuro dalla tazza di porcellana rosa e sospirò soddisfatto.

«*Quelle belle vie*!» mormorò.

«Sì, è proprio un buon vecchio mondo» mi dichiarai d'accordo. «Eccomi qui, con un buon lavoro e c'è anche lei, il famoso...»

«*Oh, mon ami*!» protestò Poirot.

«Ma è famoso, e giustamente! Quando penso alla sua lunga serie di successi, resto veramente senza parole. Non credo sappia cosa sia l'insuccesso!»

«Sarebbe un bell'originale colui che osasse affermare una cosa di questo genere!»

«No, seriamente, lei ha mai avuto un insuccesso?»

«Moltissimi, caro amico. Che cosa vuole farci? La fortuna non può essere sempre dalla nostra parte. In certi casi, sono stato chiamato troppo tardi. Molto spesso un altro, che cercava di colpire lo stesso bersaglio, è arrivato prima di me. Due volte mi sono ammalato proprio quand'ero sul punto di arrivare alla soluzione. Bisogna accettare sia gli alti che i bassi, mio caro!»

«Non intendevo questo» gli dissi. «Ha mai completamente sbagliato un caso, proprio per colpa sua?»

«Ah, capisco! Vuole sapere se non mi sono mai reso ridicolo? Questo, be'... una volta, caro amico...» disse e un sorriso lento e riflessivo gli si dischiuse sul volto. «Sì, una volta mi sono reso veramente un po' ridicolo.»

Si mise eretto sulla sedia.

«Vede, amico mio, io so che ha tenuto un elenco di tutti i miei piccoli successi. Bene, ora dovrei aggiungere una storia alla sua raccolta, la storia di un insuccesso.»

Si chinò in avanti e aggiunse un po' di legna al fuoco. Poi, dopo essersi accuratamente pulito le mani con uno strofinaccio appeso a un chiodo accanto al camino, si appoggiò allo schienale e cominciò la sua storia.

«La storia di cui le parlo» disse Poirot «è accaduta in Belgio, molti anni fa. Eravamo nel periodo della terribile lotta tra Chiesa e Stato in Francia.

«Monsieur Paul Déroulard era un deputato francese abbastanza noto. Sapevano tutti ormai che lo attendeva il portafoglio di ministro. Faceva parte del partito anticlericale ed era previsto che, qualora avesse avuto accesso al potere, sarebbe stato costretto ad affrontare una forte opposizione generale.

«Per molti versi, era uno strano uomo: pur non fumando e non bevendo, era... diciamo poco scrupoloso per altre cose. Capisce, Hastings? C'erano di mezzo le donne...

«Si era sposato qualche anno prima con una giovane di Bruxelles, che gli aveva portato una dote sostanziosa. Indubbiamente il denaro gli era stato utile per la carriera, perché la famiglia di lui non era ricca anche se, volendolo, Déroulard poteva farsi chiamare barone.

«Non erano nati figli dal matrimonio e la moglie era morta due anni dopo. Tra il patrimonio che gli aveva lasciato c'era una casa in Avenue Louise a Bruxelles.

«Fu in quella casa che, improvvisamente, Déroulard morì. L'evento coincise, tra l'altro, con le dimissioni dalla carica del ministro di cui avrebbe dovuto ereditare il portafoglio. Tutti i giornali pubblicarono lunghi resoconti della sua carriera e, soprattutto, della sua morte, avvenuta all'improvviso una sera dopo cena. Il decesso fu attribuito a un infarto.

«A quel tempo, *mon ami*, io ero in servizio nella polizia belga. La morte di Paul Déroulard non mi interessò particolarmente. Come sa, io sono un buon cattolico e quindi non condividevo affatto le sue idee.

«Tre giorni dopo quel fatto iniziai le mie vacanze. Un mattino qualcuno venne a trovarmi a casa: una signora, il volto nascosto da una veletta a trama fitta, ma evidentemente molto giovane. E mi resi subito conto che si trattava di una signora della buona società.

«"Lei è monsieur Hercule Poirot?" mi chiese con voce bassa e dolce.

«Chinai la testa in cenno d'assenso.

«"Della squadra investigativa?"

«Di nuovo chinai la testa e le dissi: "Si accomodi, prego, mademoiselle".

«Lei prese posto poi scostò la veletta. Il suo viso era delizioso, sebbene fosse striato di lacrime e teso da un'ansia profonda.

«"Monsieur, so che adesso è in vacanza. Quindi potrà accettare di occuparsi di un caso in privato. Non voglio chiamare la polizia."

«Scossi il capo. "Temo che quanto lei mi chiede sia impossibile, mademoiselle. Anche se sono in vacanza, appartengo pur sempre alla polizia."

«Lei si chinò in avanti. "*Écoutez, monsieur*, le chiedo solo di indagare. Poi sarà perfettamente libero di riferire alla polizia i risultati della sua indagine. Se ciò che io credo è vero, occorrerà senz'altro l'intervento della polizia."

«Questo metteva la faccenda sotto una luce diversa e, senza tergiversare oltre, mi posi al suo servizio.

«Un leggero rossore le aveva soffuso le guance. "La ringrazio, monsieur. Le chiedo di indagare sulla morte di Paul Déroulard."

«"*Comment?*" chiesi io, stupito.

«"Monsieur, non ho nulla su cui basarmi, nulla se non il mio istinto femminile, ma sono convinta che monsieur Déroulard non è morto di morte naturale!"

«"Ma certamente i dottori..."

«"I dottori possono anche sbagliare. Era un uomo robusto, nel pieno delle forze... Ah, monsieur Poirot, la prego, mi aiuti."

«La povera piccola era quasi fuori di sé. Se continuava così mi si sarebbe inginocchiata davanti per implorarmi. Cercai di consolarla: "L'aiuterò, mademoiselle. Sono sicuro che le sue paure sono infondate. Ma vedremo. Innanzi tutto, la prego di descrivermi chi abita nella casa".

«"I domestici, naturalmente, Jeannette, Félicie, e Denise, la cuoca. La cuoca è lì da molti anni, le altre sono tutte ragazze di campagna. Poi c'è François, ma anche lui è un vecchio servitore. Poi c'è la mamma di monsieur Déroulard, che viveva con lui, infine ci sono io. Io mi chiamo Virginie Mesnard. Sono una cugina povera della defunta madame Déroulard, la moglie di monsieur Paul, e faccio parte del *ménage* da tre anni. Le ho descritto le persone di casa, però c'erano anche due ospiti."

«"Chi sono?"

«"Monsieur de Saint Alard, un vicino di monsieur Déroulard in Francia e un amico inglese, mister John Wilson."

«"Stanno ancora lì?"

«"Wilson sì, ma de Saint Alard se n'è andato ieri."

«"E qual è il suo piano, mademoiselle Mesnard?"

«"Se lei si presenterà a casa tra mezz'ora, io avrò trovato un pretesto per giustificare la sua presenza. Sarà meglio che si presenti come una persona che si occupa di giornalismo. Dirò che viene da Parigi e che ha un biglietto di presentazione da parte di monsieur de Saint Alard. Madame Déroulard è debole di salute e non baderà molto ai particolari."

«Così entrai in quella casa e, dopo una breve conversazione con la madre del defunto, una figura imponente e aristocratica, anche se malata e stanca, potei girare liberamente per tutta la casa.

«Mi chiedo, amico,» continuò Poirot «se può immaginare le

difficoltà del compito che mi aspettava. Questi erano i fatti: un uomo era morto tre giorni prima e, se la morte non era stata naturale, esisteva solo una possibilità: avvelenamento!

«Non avevo avuto modo di vedere il cadavere, e quindi nessuna possibilità di esaminare o di analizzare i mezzi con cui il veleno poteva essere stato somministrato. Non c'erano indizi, né falsi né veri, da prendere in esame. Era stato avvelenamento? Era morto di morte naturale? Io, Hercule Poirot, senza nulla che mi aiutasse a decidere, non sapevo che pesci pigliare.

«Prima interrogai i domestici e, con il loro aiuto, ricapitolai la serata. Badai soprattutto al cibo che era stato servito per cena e al mezzo con cui era stato servito. La minestra era stata servita dallo stesso monsieur Déroulard, da una zuppiera, poi erano seguite delle cotolette, quindi del pollo e, infine, una composta di frutta. Il tutto sistemato sul tavolo e servito da lui stesso. Il caffè era stato portato in un bricco e lasciato in tavola. Nulla, non c'era nulla, *mon ami*! Impossibile avvelenare una persona senza avvelenare anche gli altri!

«Dopo cena, madame Déroulard si era ritirata nel suo appartamento e mademoiselle Virginie l'aveva accompagnata. I tre uomini erano rimasti nello studio di monsieur Déroulard e avevano chiacchierato per un po', poi, a un tratto, senza alcun preavviso, Déroulard era crollato pesantemente al suolo.

«Monsieur de Saint Alard si era precipitato fuori e aveva detto a François di andare a cercare un medico immediatamente, aggiungendo che, senza dubbio, si trattava di un caso di apoplessia. Quando il dottore era arrivato, il paziente era ormai morto.

«Il signor John Wilson, a cui mademoiselle Virginie mi presentò, era il tipo classico dell'inglese di mezza età. Il suo racconto, riferito in un inglese francesizzato, fu sostanzialmente uguale a quello degli altri: Déroulard era diventato molto rosso e poi era caduto al suolo.

«Mi recai quindi sul posto dove era successa la tragedia, nello studio, e fui lasciato solo, su mia richiesta. Finora, nulla poteva sostenere la teoria di mademoiselle Virginie. Ero persuaso che si era montata la testa: evidentemente aveva nutrito una passione romantica per il defunto, e ciò non le consentiva di considerare quel caso con obiettività. Tuttavia, osservai ogni cosa nello studio con cura meticolosa.

«Era possibile che una siringa ipodermica fosse stata introdotta nella sedia del defunto in modo da provocare una sorta di iniezione fatale? E la puntura minuta poteva essere sfuggita ai medici?

«Ma non scoprii nulla che sostenesse la mia teoria. Mi gettai su quella stessa poltrona con un gesto di disperazione.

«"*Enfin*, mi arrendo!" dissi ad alta voce. "Non c'è nessun indizio, tutto è normalissimo."

«Appena dette quelle parole i miei occhi caddero su una grande scatola di cioccolatini posata sul tavolinetto vicino, e il mio cuore diede un balzo. Forse quella non costituiva un indizio della causa che aveva provocato la morte di monsieur Déroulard, ma c'era quanto meno qualcosa che usciva dalla normalità. Sollevai il coperchio, la scatola era intatta, non toccata. Non mancava un solo cioccolatino... Ma questo rendeva la stranezza che mi aveva colpito ancora più evidente,· perché c'era effettivamente una cosa strana: la scatola era di colore rosa e il coperchio di colore azzurro.

«Ora, penso si possa trovare un nastro azzurro su una scatola rosa o viceversa, ma la scatola di un colore e il coperchio di un altro decisamente no, questo non l'avevo mai visto!

«Non mi sembrava ancora che il piccolo incidente mi potesse essere oltremodo utile, ma decisi di indagare. Chiamai François e gli chiesi se il suo padrone era stato ghiotto di dolci. Un sorriso vagamente malinconico gli illuminò il volto vecchio e rugoso.

«"Ghiottissimo, signore. Voleva sempre avere cioccolatini in casa. Non beveva vino, ma i dolci... ne andava matto."

«"Ma questa scatola è ancora intatta!"

«Alzai il coperchio per mostrargliela.

«"*Pardon, monsieur*, ma il giorno della sua morte abbiamo comprato una nuova scatola perché l'altra era quasi finita."

«"Quindi, l'altra scatola è stata svuotata il giorno della sua morte" dissi lentamente.

«"Sì, monsieur, l'ho trovata vuota il mattino dopo e l'ho buttata via."

«"Di solito monsieur Déroulard mangiava dolci a ogni ora del giorno?"

«"Di solito dopo cena, signore."

«Cominciai a capire qualcosa.

«"François, sai essere discreto?"

«"Se è necessario sì, monsieur."

«"*Bon*. Allora sappi che io appartengo alla polizia. Puoi trovarmi l'altra scatola?"

«"Senza alcun dubbio, monsieur, deve essere nella spazzatura."

«Uscì e qualche minuto dopo ritornò con un oggetto ricoperto di polvere. Era la copia esatta della scatola che avevo in mano io, salvo che la scatola era azzurra e il coperchio rosa.

«Ringraziai François e gli raccomandai ancora di essere discreto, quindi uscii dalla casa di Avenue Louise.

«Poi chiamai il dottore che aveva visitato monsieur Déroulard. Con lui il compito fu più difficile. Si trincerò dietro un muro di fraseologia dotta, ma intuii che non era tanto sicuro del caso quanto gli sarebbe piaciuto esserlo.

«"Ci possono essere molte cause misteriose per una morte da infarto" osservò, quando io riuscii a smantellare la sua diagnosi ufficiale. "Una collera improvvisa, una violenta emozione, dopo una cena pesante... Un accesso di rabbia, il sangue va alla testa... e pstt!... ecco fatto!"

«"Ma monsieur Déroulard non aveva avuto alcuna emozione violenta."

«"No? Io ho accertato che aveva avuto un alterco con monsieur de Saint Alard."

«"E per quale ragione?"

«"È evidente... monsieur de Saint Alard è cattolico. La loro amicizia era rovinata dal problema della incomprensione tra Chiesa e Stato. Non passava giorno che non discutessero. E agli occhi di monsieur de Saint Alard, Déroulard era quasi un anticristo."

«La cosa era tanto inattesa che mi diede da pensare.

«"Un'altra domanda, dottore. Sarebbe possibile introdurre una dose letale di veleno in un cioccolatino?"

«"Sarebbe possibilissimo, penso" disse il dottore lentamente. "L'acido prussico sarebbe l'ideale, non c'è possibilità di evaporazione, e una dose minima può essere inghiottita senza difficoltà, ma mi sembra una supposizione un po' azzardata. Un cioccolatino pieno di morfina o di stricnina..." Fece una smorfia. "Capisce, monsieur Poirot, basterebbe un morso e l'incauto che l'ha dato non ne avrebbe per molto."

«"Grazie, *monsieur le docteur*."

«Allora andai da alcuni farmacisti che stavano in quella zona. Quando si è della polizia è tutto facile: ebbi le informazioni senza alcuna difficoltà. Solo in un caso mi fu detto che era stata venduta una sostanza velenosa per la casa di monsieur Déroulard. Erano gocce di solfato di atropina per madame Déroulard. L'atropina è un veleno potente; i sintomi dell'avvelenamento da atropina sono assai somiglianti a quelli dell'avvelenamento da ptomaina, ma non c'era alcuna rassomiglianza con quelli che stavo esaminando. Inoltre la ricetta era vecchia. Madame Déroulard soffriva di cataratta a entrambi gli occhi.

«Stavo per uscire dalla farmacia molto scoraggiato, quando il farmacista mi richiamò.

«"*Un moment*, monsieur Poirot, ricordo la ragazza che venne con la ricetta... ha detto qualcosa circa il fatto di dover andare dal farmacista inglese... provi lì."

«Andai alla farmacia inglese ed ebbi l'informazione che desideravo: il giorno della morte di Déroulard la farmacia inglese aveva fatto una ricetta per Mr. John Wilson. Niente di strano: delle pillole di trinitrina. Chiesi che me le facessero vedere. Il farmacista me le mostrò e il mio cuore si mise a battere, perché erano minuscole tavolette di cioccolato.

«"Sono velenose?" chiesi.

«"No, monsieur."

«"Può descrivermi gli effetti?"

«"Abbassano la pressione del sangue. Si danno per alcune forme di disturbi del cuore, angina pectoris, per esempio. Alleviano la tensione arteriale, l'arteriosclerosi..."

«Lo interruppi: "Queste parole non mi dicono nulla. Mi dica solo se fanno venire un rossore sul volto".

«"Certo."

«"E se mangiassi dieci o dodici, di questi cioccolatini, che mi succederebbe?"

«"Non le consiglierei di provarci" mi rispose seccamente.

«"Ma mi ha detto che non sono velenosi."

«"Ci sono molte cose cosiddette *non* velenose che possono uccidere un uomo" rispose il farmacista.

«Uscii dal negozio molto sollevato. Finalmente qualcosa cominciava a marciare!

«Ora sapevo che John Wilson aveva avuto il mezzo per compiere il delitto... ma il motivo? Era venuto in Belgio per affari e aveva chiesto a Déroulard, che conosceva superficialmente, di trovargli un alloggio. Non c'era apparentemente nulla che, con la morte di Déroulard, potesse avvantaggiarlo.

«Inoltre, da indagini svolte in Inghilterra, seppi che soffriva da alcuni anni di una forma dolorosa di angina pectoris e, pertanto, aveva diritto di avere le pillole in suo possesso. Tuttavia, ero persuaso che qualcuno avesse preso la scatola dei cioccolatini, avesse aperto quella piena per errore e avesse tolto l'ultimo cioccolatino della vecchia scatola, mettendo dentro tante tavolette di trinitrina, quante ce ne potevano stare. I cioccolatini erano grandi, quella scatola quindi aveva potuto contenere almeno venti tavolette di trinitrina. Ma chi l'aveva fatto?

«Nella casa c'erano due ospiti. John Wilson aveva avuto la possibilità di farlo, de Saint Alard il motivo. Bisogna ricordare che era un fanatico e che non c'è nulla di peggio di un fanatico religioso. Forse si era impossessato della trinitrina di John Wilson?

«Mi venne un'altra idea... Perché Wilson non aveva più trinitrina?

«Sicuramente doveva averne portata parecchia dall'Inghilterra.

«Andai ancora una volta nella casa di Avenue Louise, Wilson era fuori, ma vidi Félicie, la cameriera, che stava facendo la stanza. Le chiesi subito se per caso al signor Wilson non era mancata una scatoletta dalla stanza da bagno.

«La ragazza rispose di sì. Aggiunse che la colpa era stata data a lei. Che il signore inglese aveva pensato che lei l'avesse rotta e non lo volesse confessare, mentre lei non l'aveva mai toccata. Indubbiamente, era colpa di Jeannette che andava sempre a curiosare nelle stanze altrui...

«Calmai quel fiume di parole e la congedai. Sapevo tutto quello che mi serviva. Ora dovevo solo dimostrare che avevo ragione. E questo non era facile. Io ero sicuro che de Saint Alard aveva preso il flacone di compresse dalla stanza da bagno di John Wilson, ma per convincere gli altri avrei dovuto dare delle prove e non ne avevo.

«Non importava. Io sapevo: questa era la cosa più positiva di tutte.

«Andai a parlare con mademoiselle Mesnard e le chiesi l'indirizzo di monsieur de Saint Alard. Un'espressione turbata le apparve sul volto.

«"Perché lo vuole, monsieur?"

«"Mademoiselle, è necessario."

«Parve in dubbio. "Non può dirle nulla. È un uomo i cui pensieri non appartengono a questo mondo, non osserva quello che gli accade attorno."

«"Può darsi, mademoiselle. Tuttavia, è un vecchio amico di monsieur Déroulard. Ci possono essere cose che solo lui è in grado di dirmi... cose del passato, piccoli intrighi, vecchie storie d'amore... chissà."

«La ragazza arrossì e si morse le labbra. "Come vuole... ma, a questo punto, credo di essermi sbagliata. È stato davvero gentile ad accogliere la mia preghiera, ma ero sconvolta, molto sconvolta. Capisco ora che non c'è alcun mistero da risolvere. La prego, abbandoni le indagini, monsieur."

«La guardai attentamente.

«"Mademoiselle, a volte un segugio ha difficoltà a trovare una pista, ma quando l'ha trovata... non c'è nulla al mondo che lo fermerà, se è un buon segugio! E io, mademoiselle, sono monsieur Poirot e mi considero un ottimo segugio."

«Senza dire un'altra parola, lei si girò e uscì. Qualche attimo dopo ritornò in camera, con l'indirizzo scritto su un foglio di carta.

«Lasciai la casa. François mi aspettava fuori. Mi guardò con ansia.

«"Non ci sono notizie, monsieur?"

«"Finora nessuna, amico mio."

«"Oh, povero monsieur Déroulard!" sospirò. "Anch'io la pensavo come lui, non sono cattolico. Invece, in tutta la casa le donne sono molto religiose... forse questa è una cosa buona. Madame e mademoiselle sono *très pieuses*."

«Mademoiselle Virginie *très pieuse*? Pensando al volto striato di lacrime che avevo visto il primo giorno, me lo domandai.

«Ottenuto l'indirizzo di monsieur de Saint Alard, non persi tempo. Mi recai nelle Ardenne, al castello in cui abitava, ma ci vollero diversi giorni per escogitare un pretesto per essere ammesso nella casa. Alla fine vi riuscii, nella veste di idraulico. Fu questione di un minuto causare una piccola perdita di gas nella stanza da bagno. Andai a prendere gli utensili necessari per quel lavoro e feci in modo da ritornare in un'ora in cui, dalle informazioni raccolte, sapevo che avrei avuto campo libero. Non avevo idea di quello che dovevo cercare. La sola cosa che mi serviva certo non l'avrei trovata: de Saint Alard non avrebbe corso il rischio di tenerla in casa.

«Tuttavia, quando notai il piccolo armadio sopra il lavandino, non potei resistere alla tentazione di vedere quello che c'era dentro. Aprii lo sportello e, quando si spalancò, vidi un mucchio di bottiglie e di flaconi.

«Ne presi uno con mano tremante e non potei reprimere un'esclamazione. Tenevo in mano un flacone con l'etichetta della farmacia inglese! Su di essa si leggevano le parole: *Trinitrina, una tavoletta in caso di necessità, su prescrizione medica. Per il signor John Wilson.*

«Controllai la mia emozione, chiusi l'armadietto, misi il flacone in tasca e continuai la riparazione con metodo. Quindi uscii dal castello e presi il treno, per tornare al più presto a Bruxelles. Arrivai tardi quella sera. Stavo scrivendo un biglietto per il prefetto, quando mi fu portata una busta.

«Era una lettera della vecchia signora Déroulard, che mi invitava ad andare subito in Avenue Louise.

«François mi aprì la porta.

«"*Madame la Baronne* l'attende." Mi condusse al suo appartamento. L'anziana signora era seduta in una grande poltrona. Non c'era traccia di mademoiselle Virginie.

«"Monsieur Poirot" mi disse la vecchia signora. "Ho saputo che lei non è quello che ha finto di essere, ma un poliziotto."

«"È vero, madame."

«"È venuto qui per indagare sulle circostanze della morte di mio figlio, vero?"

«"È vero, madame."

«"Vorrei che mi dicesse che progressi ha fatto."

«Esitai. "Prima vorrei sapere come lo ha saputo, madame."

«"Da una persona che non è più in questo mondo."

«Le sue parole e il modo in cui le pronunciò mi fecero correre un brivido lungo la schiena. Non riuscii a parlare.

«"Pertanto, monsieur, la prego di dirmi quali progressi ha fatto nelle indagini."

«"Madame, le indagini sono concluse."

«"Allora, mio figlio?"

«"Fu ucciso deliberatamente."

«"E sa da chi?"

«"Sì, madame."

«"Chi allora?"

«"Monsieur de Saint Alard."

«L'anziana signora scosse la testa.

«"Si sbaglia, monsieur, de Saint Alard è incapace di un simile crimine."

«"Ho le prove in mano."

«"La prego di dirmi tutto." Stavolta obbedii, rifacendo passo per passo la strada che mi aveva portato alla verità. Lei mi ascoltò attentamente. Alla fine scosse la testa.

«"Sì, è proprio come lei dice tranne per un dettaglio. Non è monsieur de Saint Alard che ha ucciso mio figlio. Sono stata io, sua madre."

«La fissai e lei continuò ad annuire con gesti lenti.

«"Ho fatto bene a mandarla a chiamare. È la Provvidenza del buon Dio che Virginie me l'abbia detto, prima di partire per il convento. Ascolti, monsieur Poirot, mio figlio era un uomo malvagio. Perseguitava la Chiesa. Faceva una vita peccaminosa e trascinava alla perdizione altre anime. Ma c'è anche di peggio. Ai tempi del suo matrimonio, uscii dalla mia stanza un mattino e vidi mia nuora in cima alle scale. Stava leggendo una lettera. Vidi mio figlio avvicinarsi alle sue spalle, darle una spinta e farla cadere giù dalle scale. E quando la raccolsero, mia nuora era morta. Mio figlio era un assassino e solo io, sua madre, solo io lo sapevo."

«Chiuse gli occhi per un momento: "Lei non può capire, monsieur, la mia angoscia, la mia disperazione. Che dovevo fare? Denunciarlo alla polizia? Non ci riuscivo. Era mio dovere, ma ero troppo debole. E poi, chi mi avrebbe creduta? I miei occhi non vedono più bene da qualche tempo. Avrebbero detto che mi ero sbagliata. E così rimasi in silenzio, ma la coscienza mi rimordeva di continuo. Tacendo, ero anch'io un'assassina. Mio figlio ereditò il denaro di sua moglie. Con questo denaro diventò molto ricco. E di lì a poco avrebbe avuto anche la carica di ministro. E poi c'era Virginie; lei, povera bella ragazza, era affascinata da mio figlio. Mio figlio aveva uno strano potere sulle donne. E io capii quello che sarebbe successo, e non potevo far nulla per impedirlo. Non l'avrebbe mai sposata. L'avrebbe costretta a cedere alle sue brame e poi l'avrebbe abbandonata. E allora capii che cosa dovevo fare. Certo, era mio figlio, gli avevo dato la vita... Ma ero responsabile: aveva ucciso una donna e ora avrebbe ucciso un'altra anima! Andai nella stanza di mister Wilson e presi il flacone con la medicina. Mi aveva detto ridendo una volta che ce n'era abbastanza per uccidere un uomo. Entrai nello studio, aprii la scatola dei cioccolatini che stava sempre sulla scrivania, e per sbaglio aprii la scatola nuova. Ma c'era anche l'altra sul tavolo. In quella vecchia c'era un solo cioccolatino, e questo semplificava le cose. Nessuno li mangiava, tranne mio figlio e Virginie. Avrei tenuto Virginie con me quella notte. Tutto andò come avevo progettato...".

«S'interruppe, chiuse gli occhi per un minuto e poi li riaprì.

«"Monsieur Poirot, sono nelle sue mani. Mi dicono che non ho molto da vivere. Sono pronta a rispondere delle mie azioni davanti a Dio. Devo risponderne anche davanti agli uomini?"

«Esitai: "Ma il flacone vuoto? Come è finito nelle mani di monsieur de Saint Alard?".

«"Quando venne a salutarmi, glielo feci scivolare in tasca, non sapevo come liberarmene. Sono inferma, non posso muovermi senza aiuto e trovare quella bottiglietta vuota in camera mia avrebbe destato molti sospetti. Capisce, monsieur? Non volevo che fosse sospettato monsieur de Saint Alard. Non mi sarei mai sognata di fare una simile cattiva azione. Pensavo che il suo maggiordomo avrebbe trovato la boccetta vuota e l'avrebbe buttata via."

«Chinai la testa. "Capisco, madame" dissi.

«"La sua decisione, monsieur?" La voce era ferma. La testa alta.

«Mi alzai.

«"Madame, devo accomiatarmi. Ho fatto le mie indagini e non sono riuscito a trovare nulla. Il caso è chiuso."»

Hercule Poirot tacque per un attimo, poi disse tranquillamente:

«È morta una settimana dopo. Mademoiselle Virginie ha preso il velo. Questa, amico mio, è la storia. Devo ammettere che non faccio una bella figura.»

«Ma non è stato un insuccesso» dichiarai io. «Che cosa poteva fare, in quelle circostanze?»

«Che diavolo, *mon ami*!» esclamò Poirot, fermandosi di colpo. «Non capisce quanto sono stato stupido? Il mio cervello non ha funzionato per niente. Per tutto il tempo avevo avuto l'indizio nelle mani e non me ne ero accorto.»

«Quale indizio?»

«La scatola di cioccolatini! Non capisce? Chi, avendo una buona vista, avrebbe commesso un simile errore? Sapevo che madame Déroulard soffriva di cataratta e le gocce di atropina me lo avevano rivelato. C'era solo una persona in casa la cui vista era tale da consentire un simile errore: la persona che non aveva capito quale era il coperchio da mettere sulla scatola. La scatola di cioccolatini mi aveva messo sulla strada giusta, eppure sino alla fine non avevo capito quale era il suo vero significato! Tutta la mia analisi psicologica era sbagliata. Se monsieur de Saint Alard fosse stato l'assassino, non avrebbe mai tenuto quella bottiglietta di pillole con sé. Trovarla era stata una prova della sua innocenza. Avevo anche saputo da mademoiselle Virginie che lui era una persona distratta. Come vede, mi ero sbagliato! Questa storia l'ho raccontata solo a lei, non ci faccio una bella figura! Una vecchia signora commette un delitto semplicissimo e io, Hercule Poirot, sbaglio in questo modo... Non sopporto questo pensiero. Dimentichiamolo... anzi, no, ricordiamolo! E, se qualche volta le sembrerò un po' presuntuoso, il che non è improbabile... me lo ricordi!»

Nascosi un sorriso.

«Amico mio, basterà che lei dica: "la scatola di cioccolatini", e io capirò.»

«D'accordo!»

«In fin dei conti» disse Poirot in tono riflessivo «è stata un'esperienza utile... Indubbiamente io, il miglior cervello d'Europa, posso permettermi di essere magnanimo!»

«La scatola di cioccolatini!» mormorai con voce bassa.

«Come, *mon ami*?»

Guardai la faccia innocente di Poirot mentre si chinava verso di me con aria curiosa. Devo dire che spesso lui mi aveva fatto oggetto della sua ironia ma, anche se non possedevo il cervello più formidabile d'Europa, potevo permettermi di essere magnanimo a mia volta.

«Niente, niente!» mentii e accesi la pipa, sorridendo.

Il mistero della cassapanca spagnola

I

Puntualissimo come sempre, Hercule Poirot entrò nella stanzetta in cui la signorina Lemon, la sua efficiente segretaria, aspettava istruzioni per la giornata.

A prima vista la signorina Lemon sembrava essere composta interamente di angoli, il che soddisfaceva l'esigenza di simmetria di Poirot.

Non che Hercule Poirot spingesse la sua passione per la precisione geometrica fino alle donne, al contrario era un uomo all'antica e aveva la tipica debolezza continentale per le curve, potremmo dire per le curve voluttuose. Gli piaceva che le donne *fossero* donne. Gli piacevano rigogliose, dai colori marcati, esotiche. C'era stata una certa contessa russa... ma questo molto tempo prima, una follia dei giorni passati.

Non aveva mai considerato la signorina Lemon come una donna. Era una macchina umana, uno strumento di precisione e la sua efficienza era pazzesca. Aveva quarantotto anni ed era abbastanza fortunata da non avere il minimo di immaginazione.

«Buongiorno, signorina Lemon.»

«Buongiorno, signor Poirot.»

Poirot si installò alla scrivania, la signorina Lemon gli mise davanti la posta del mattino, ordinatamente classificata. Tornò a sedersi e attese, pronta, blocco e matita in mano.

Ma quel mattino ci sarebbe stato un leggero cambiamento nella routine. Poirot aveva portato con sé il giornale del mattino e lo stava scorrendo con interesse. I titoli di prima pagina erano cubitali: IL MISTERO DELLA CASSAPANCA SPAGNOLA. ULTIMISSIMI SVILUPPI.

«Ha letto i giornali del mattino, presumo, signorina Lemon.»

«Sì, signor Poirot. Le notizie da Ginevra non sono molto buone.»

Poirot con un ampio gesto del braccio scartò le notizie di Ginevra.

«Una cassapanca spagnola» si chiese sovrappensiero. «Sa dirmi, signorina Lemon, che cos'è esattamente una cassapanca spagnola?»

«Suppongo, signor Poirot, che si tratti di una cassapanca originaria della Spagna.»

«È una supposizione ragionevole. Dunque non sa nulla di più preciso?»

«Credo che solitamente risalgano al periodo elisabettiano. Sono grandi, con diversi fregi di ottone, piuttosto belli se ben tenuti e lucidati. Mia sorella ne ha comperata una a una vendita e ci tiene dentro la biancheria di casa. È molto bella.»

«Sono sicuro che in casa di qualunque sua sorella tutti i mobili devono essere ben tenuti» rispose Poirot con un cenno aggraziato del capo.

La signorina Lemon rispose mestamente che al giorno d'oggi la servitù non sapeva che cosa volesse dire l'olio di gomito. Poirot parve un po' perplesso, ma decise di non indagare sul recondito significato della misteriosa frase "olio di gomito".

Abbassò di nuovo gli occhi sul giornale studiando i nomi: il maggiore Rich, il signore e la signora Clayton, il comandante McLaren, il signore e la signora Spence. Nomi, niente altro che nomi per lui. Che si riferivano però a degli esseri umani dotati di personalità, di sentimenti, odio, amore, paura. Un dramma questo, in cui lui, Hercule Poirot, non aveva un ruolo. Eppure gli sarebbe piaciuto moltissimo! Sei persone a un ricevimento, nella sala una grande cassapanca spagnola accostata al muro, sei persone cinque delle quali parlavano, mangiavano al buffet, mettevano dischi sul grammofono, ballavano mentre la sesta giaceva *morta nella cassapanca spagnola*...

Ah, pensò Poirot, come sarebbe piaciuto al mio caro amico Hastings! A quali romantici voli di fantasia si sarebbe abbandonato! Quali sciocchezze avrebbe detto! Ah, *ce cher* Hastings, in questo momento, oggi, quanto mi manca... invece...

Sospirò e guardò la signorina Lemon la quale, con l'intelligenza che la contraddistingueva, resasi conto che Poirot non era dell'umore adatto per dettare lettere, aveva tolto la copertina della macchina per scrivere e aspettava il momento opportuno per portarsi avanti con del lavoro arretrato. Nulla avrebbe potuto interessarle meno di quella sinistra cassapanca spagnola contenente cadaveri.

Poirot sospirò e studiò la fotografia di un volto. Le riproduzioni su un giornale non sono mai molto buone, e questa era decisamente sfocata... ma che volto! *La signora Clayton, moglie dell'ucciso...*

D'impulso spinse il giornale verso la signorina Lemon.

«Guardi» le chiese «guardi questa faccia.»

La signorina Lemon guardò la faccia, con espressione obbediente, senza la minima traccia di emozione.

«Cosa ne pensa, signorina Lemon? Questa è la signora Clayton.»

La signorina Lemon prese il giornale, guardò con indifferenza la fotografia e osservò:

«Somiglia un po' alla moglie del direttore della nostra banca, quando noi abitavamo a Croydon Heath.»

«Interessante» disse Poirot. «La prego, sia così gentile da raccontarmi la storia della moglie del suo direttore di banca.»

«Be', non è una storia molto piacevole, signor Poirot.»

«Lo avevo immaginato, continui.»

«Si era parlato molto... della signora Adams e di un giovane artista. Poi il signor Adams si è sparato, ma la signora Adams non ha voluto sposare l'altro che ha preso del veleno... però sono riusciti a salvarlo e poi la signora Adams ha sposato un giovane avvocato. Credo che ci siano stati altri guai dopo, solo che noi ce ne eravamo andati da Croydon Heath e io non ho più avuto notizie al riguardo.»

Hercule Poirot annuì con serietà.

«Era bella?»

«Be', non proprio quello che si intende per bella... ma sembrava ci fosse qualcosa in lei...»

«Precisamente. Cos'è quel qualcosa che possiedono... le sirene di questo mondo, le Elene di Troia, le Cleopatre...?»

La signorina Lemon infilò vigorosamente un foglio nella macchina per scrivere.

«Veramente, signor Poirot, non ci ho mai pensato, mi sembra tutto molto sciocco. Se la gente facesse il proprio lavoro e non pensasse a simili quisquilie sarebbe molto meglio.»

Avendo così sistemato il problema della fragilità e della passione degli esseri umani, la signorina Lemon lasciò che le dita sfiorassero i tasti della macchina per scrivere, attendendo con impazienza di poter cominciare il proprio lavoro.

«Questo è il suo punto di vista» disse Poirot «e in questo momento desidera poter continuare il suo lavoro. Ma il suo lavoro, signorina Lemon, non è solo di stenografare le mie lettere, schedare la mia corrispondenza, occuparsi delle mie telefonate, battere a macchina le mie lettere... tutte cose che lei fa in modo ammirevole. Io non mi occupo solo di documenti ma anche di esseri umani e anche lì mi serve aiuto.»

«Certamente, signor Poirot» disse la signorina Lemon con pazienza. «Cosa vuole che faccia?»

«Questo caso mi interessa. Le sarei grato se volesse esaminare quello che scrivono tutti i giornali al riguardo e anche le notizie che danno i giornali della sera... dovrà farmi un riassunto dei fatti.»

«Benissimo, signor Poirot.»

Poirot si ritirò nel suo salottino con un sorriso mesto sul volto.

«È davvero un'ironia della sorte» disse tra sé «che dopo il mio caro amico Hastings io debba avere a che fare con la signorina Lemon. Si potrebbe immaginare un contrasto più grande? *Ce cher* Hastings... come si sarebbe divertito! Come sarebbe venuto a parlarmene mettendo nella luce più romantica ogni particolare, prendendo per Vangelo ogni parola che i giornali hanno pubblicato al riguardo. E invece la mia povera signorina Lemon non si divertirà affatto con quello che le ho chiesto di fare!»

A tempo debito la signorina Lemon gli portò un foglio battuto a macchina.

«Ecco le informazioni che voleva, signor Poirot. Temo però che non possano essere considerate attendibili. I giornali riportano resoconti molto diversi. Non garantisco che i fatti dichiarati siano precisi più del sessanta per cento.»

«La sua è probabilmente una valutazione prudenziale» mormorò Poirot. «Grazie, signorina Lemon, per la pena che si è data.»

I fatti erano sensazionali ma abbastanza chiari. Il maggiore Charles Rich, uno scapolo benestante, aveva dato un ricevimento nel suo appartamento per alcuni amici. Gli amici erano il signore e la signora Clayton, il signore e la signora Spence e un certo comandante McLaren. Il comandante McLaren era un vecchissimo amico sia di Rich che dei Clayton. Il signore e la signora Spence, una coppia più giovane, erano conoscenze relativamente recenti. Arnold Clayton lavorava al ministero del Tesoro, e Jeremy Spence era un impiegato statale di modesto rilievo. Il maggiore Rich aveva quarantotto anni, Arnold Clayton cinquantacinque, il comandante McLaren quarantasei e Jeremy Spence trentasette. Secondo il giornale la signora Clayton aveva qualche anno meno del marito. All'ultimo momento una persona non aveva potuto partecipare alla serata. Il signor Clayton era stato chiamato in Scozia per affari urgenti e si pensava che avesse lasciato la stazione di King's Cross con il treno delle otto e quindici.

La serata era andata come vanno di solito queste serate. Sembrava che non si fosse trattato di una festa sfrenata e nemmeno che si fosse bevuto eccessivamente. Era finita verso le undici e quarantacinque. I quattro ospiti se ne erano andati insieme in un tassì. Il comandante McLaren era sceso per primo al suo club, quindi gli Spence avevano lasciato Margharita Clayton a Cardigan Gardens, poco lontano da Sloane Street e avevano proseguito fino a casa loro, a Chelsea.

La macabra scoperta era stata fatta il mattino seguente dal cameriere del maggiore Rich, William Burgess, che non abitava nella casa. Arrivava il mattino presto per riordinare il soggiorno prima di svegliare il padrone col primo tè del mattino. Era stato proprio mentre puliva la stanza che Burgess si era stupito nel vedere una grossa macchia sul tappeto chiaro nel punto in cui c'era la cassapanca spagnola. Sembrava che la macchia fosse filtrata attraverso la cassapanca e il maggiordomo aveva subito sollevato il coperchio per guardare dentro. Era rimasto agghiacciato nel trovarvi il cadavere del signor Clayton, pugnalato alla gola.

Seguendo il primo impulso, Burgess si era precipitato in strada e aveva cercato il poliziotto più vicino.

Questi erano i fatti nudi e crudi. Ma c'erano altri particolari. La polizia aveva portato la notizia subito alla signora Clayton che ne era rimasta "completamente sconvolta". Aveva visto il marito per l'ultima volta poco dopo le sei della sera prima. Era tornato a casa molto irritato perché l'avevano chiamato in Scozia per un affare urgente in merito a certe proprietà che possedeva. Aveva insistito con la moglie perché andasse alla festa senza di lui. Poi era andato al club di cui lui e McLaren erano membri, aveva bevuto un bicchiere col suo amico e gli aveva spiegato la situazione. Quindi aveva detto, guardando l'orologio, che avrebbe fatto appena in tempo, mentre si recava a King's Cross, a salire un attimo dal maggiore Rich per spiegargli come stavano le cose. Aveva tentato di telefonargli ma sembrava che la linea fosse guasta.

A detta di William Burgess, il signor Clayton era arrivato all'appartamento verso le 7,55. Il maggiore Rich era fuori ma il suo ritorno era atteso da un momento all'altro, e quindi Burgess aveva proposto al signor Clayton di entrare ad attendere in casa. Questi aveva risposto di non avere tempo ma aveva aggiunto che sarebbe entrato per scrivere un biglietto. Aveva spiegato che stava recandosi a King's Cross a prendere il treno. Il maggiordomo lo aveva fatto entrare nel salottino ed era tornato in cucina per preparare le tartine per la serata.

Non aveva udito rientrare il suo padrone ma, una decina di minuti dopo, il maggiore Rich aveva fatto una capatina in cucina e gli aveva detto di andare subito a prendere delle sigarette turche, le preferite dalla signora Spence. Il maggiordomo lo aveva fatto ed era tornato per consegnarle al suo padrone nel salottino. Il signor Clayton non c'era, ma il maggiordomo naturalmente aveva pensato che fosse andato via.

La storia del maggiore Rich era breve e semplice. Il signor Clayton non era nell'appartamento quando lui era arrivato e non aveva nemmeno idea che ci fosse stato. Non aveva trovato alcun biglietto e aveva saputo per la prima volta del viaggio in Scozia del signor Clayton quando era arrivata la signora Clayton insieme agli altri.

Nei giornali della sera c'erano altri due particolari. La signora Clayton "prostrata" aveva lasciato il proprio appartamento di Cardigan Gardens e si riteneva fosse andata a stare presso amici.

L'altro particolare veniva dato tra le ultimissime notizie: il maggiore Charles Rich era stato accusato dell'omicidio di Arnold Clayton ed era stato incarcerato.

«Dunque così stanno le cose» disse Poirot alzando gli occhi sulla signorina Lemon. «L'arresto del maggiore Rich era prevedibile, ma che storia notevole! Una storia veramente notevole, non le sembra?»

«Suppongo che fattacci del genere accadano, signor Poirot» rispose la signorina Lemon senza il minimo interesse.

«Oh, certo! Accadono tutti i giorni o quasi, ma di solito, per quanto deplorevoli, sono comprensibili.»

«È una faccenda molto spiacevole.»

«E sicuramente per la vittima deve essere molto spiacevole essere pugnalato a morte e cacciato in una cassapanca spagnola... estremamente spiacevole. Ma quando dico che si tratta di una storia notevole mi riferisco al comportamento del maggiore Rich.»

In tono vagamente disgustato la signorina Lemon ribatté:

«Sembra vi sia un accenno al fatto che il maggiore Rich e la signorina Clayton fossero molto... ma si trattava di un semplice accenno e non di un fatto dimostrato e di conseguenza non l'ho incluso.»

«Ha fatto molto bene, ma è una deduzione che balza all'occhio. È tutto quello che ha da dirmi?»

La signorina Lemon ebbe un'espressione perplessa. Poirot sospirò e sentì la mancanza della ricca e colorita fantasia del suo amico Hastings. Discutere di un caso con la signorina Lemon era un compito arduo.

«Pensi un momento al maggiore Rich. È innamorato della signora Clayton... ammettiamolo... vuole liberarsi del marito, ammettiamo pure questo... la signora Clayton è innamorata di lui, e hanno una relazione. Bene, che fretta c'era? Il signor Clayton non vuole forse dare il divorzio alla moglie? No, non parlo di questo, parlo del maggiore Rich, che è un militare a riposo e a volte si dice che i militari non hanno molto cervello. Però, *tout de même*, questo maggiore Rich è davvero, può essere un perfetto imbecille?»

La signorina Lemon non rispose, considerando la cosa una domanda puramente retorica.

«Be'?» chiese Poirot. «Lei che ne pensa di tutta questa faccenda?»

«Che cosa ne penso io?» La signorina Lemon era sbalordita.

«*Mais oui*... lei!»

La signorina Lemon preparò il proprio cervello allo sforzo che le veniva richiesto. Non era portata a nessun genere di speculazione mentale, a meno che non le venisse richiesto. Nei momenti di riposo il suo cervello era impegnato solo nella ideazione di un sistema di schedatura assolutamente perfetto, era la sua unica ricreazione mentale.

«Be'...» cominciò a dire, poi si interruppe.

«Si limiti a dirmi quello che è successo, quello che lei pensa sia successo quella sera. Il signor Clayton sta scrivendo un biglietto nel salottino, il maggiore Rich rientra... e poi?»

«Trova il signor Clayton. I due... suppongo, litigano, il maggiore Rich lo pugnala, poi vedendo quello che ha fatto... mette il cadavere nella cassapanca. In fin dei conti gli ospiti potrebbero arrivare da un momento all'altro.»

«Sì, sì. Gli ospiti arrivano! Il cadavere è nella cassapanca. La serata finisce, gli ospiti se ne vanno e poi?»

«Be', poi, suppongo, il maggiore Rich va a letto e... oh!»

«Ah!» ribatté Poirot. «Adesso lo capisce. Ha assassinato un uomo, ne ha nascosto il cadavere nella cassapanca e poi... se ne va tranquillamente a letto senza preoccuparsi minimamente del fatto che alla mattina il maggiordomo scoprirà il delitto.»

«Il maggiordomo potrebbe anche non guardare all'interno della cassapanca?»

«Con un'enorme pozza di sangue sul tappeto sotto di essa?»

«Forse il maggiore Rich non si è reso conto che c'era del sangue.»

«Non sarebbe un po' troppo sbadato se non guardasse?»

«Ma se era molto sconvolto?» suggerì la signorina Lemon.

Poirot alzò le mani in un gesto disperato.

La signorina Lemon ne approfittò per uscire di fretta dalla stanza.

II

Il mistero della cassapanca spagnola non era cosa che riguardasse in senso stretto Poirot. Al momento egli era impegnato in una delicata missione per conto di un'importante società petrolifera: sembrava che uno dei funzionari di rango più elevato fosse implicato in una questione piuttosto equivoca. La faccenda era tenuta segreta, era molto importante e c'era di mezzo molto denaro. Era sufficientemente complicata da esigere tutta l'attenzione di Poirot, ma presentava il grande vantaggio di richiedere pochissima attività fisica. Era una faccenda sofisticata e incruenta. Il crimine ai più alti livelli.

Il mistero della cassapanca spagnola invece era un dramma emozionante, una qualità che, come aveva spesso detto ad Hastings, poteva essere molto sopravvalutata, e Hastings infatti lo faceva spesso. Su questo punto era stato spesso severo con *ce cher* Hastings e invece adesso eccolo qui, che si comportava più o meno come avrebbe potuto fare il suo amico, ossessionato dalle belle donne, dai crimini passionali, dalla gelosia, dall'odio e da tutte le altre romantiche cause di omicidio! Voleva sapere tutto al riguardo. Voleva sapere come era il maggiore Rich e come era il suo maggiordomo Burgess, e come era Margharita Clayton (anche se pensava di saperlo) e come era stato il defunto Arnold Clayton (poiché riteneva il carattere della vittima di un omicidio di primaria importanza) e persino come erano il comandante McLaren, il fedele amico, il signore e la signora Spence, i conoscenti di data recente.

E non riusciva proprio a immaginare come avrebbe potuto soddisfare tale curiosità!

Anche più tardi, nel corso della giornata, Poirot tornò a riflettere su quel caso.

Perché tutta quella faccenda lo prendeva tanto? Dopo aver riflettuto, decise che ciò avveniva perché – stando a come i fatti erano stati riferiti – era più o meno impossibile! Sì, c'era un che di euclideo.

Ricominciò a ragionare sugli avvenimenti plausibili, tra i due uomini c'era stato un litigio. La causa: presumibilmente una donna. Un uomo aveva ucciso l'altro in un accesso di furia. Sì, questo poteva accadere, anche se sarebbe stato più logico che il marito avesse ucciso l'amante. Invece... l'amante aveva ucciso il marito. Lo aveva accoltellato con un pugnale (?), un'arma piuttosto improbabile. Forse la madre del maggiore Rich era italiana? Certamente da qualche parte ci doveva essere un indizio che spiegava la scelta di un pugnale come arma del delitto. Comunque, bisognava accettare il pugnale (alcuni giornali lo chiamavano stiletto!), era a portata di mano ed era stato usato. Il cadavere era stato nascosto nella cassapanca e ciò era normale e inevitabile. Non si trattava di un delitto premeditato e, dato che il maggiordomo doveva ritornare da un momento all'altro e i quattro invitati erano attesi di lì a poco, questa sembrava l'unica soluzione possibile.

La festa si era svolta normalmente, gli ospiti si erano congedati, il maggiordomo aveva già lasciato la casa... e... il maggiore Rich se ne era andato a letto!

Per capire come ciò possa essere accaduto era necessario conoscere il maggiore Rich e appurare che genere di uomo era un individuo che si comportava con tanto sangue freddo.

Potrebbe darsi che, sopraffatto dall'orrore per quanto aveva compiuto e per la tensione sopportata per un'intera serata nel tentativo di apparire normale, avesse preso un sonnifero qualunque o un tranquillante grazie al quale era sprofondato in un sonno pesantissimo che si era protratto al di là dell'ora solita a cui si risvegliava? Possibile. Oppure si era trattato di un caso, gratificante per uno psicologo, in cui il senso di colpa aveva fatto sì che nel suo subconscio il maggiore Rich desiderasse che il delitto fosse scoperto. Per essere in grado di decidere su questo punto bisognava vedere il maggiore Rich. Tutto riportava a...

In quel momento squillò il telefono. Poirot lasciò che suonasse per un po' prima di rendersi conto che la signorina Lemon, dopo avergli portato le lettere da firmare, se n'era andata da un pezzo e che probabilmente George era uscito.

Sollevò il ricevitore.

«Il signor Poirot?»

«Al telefono!»

«Oh, che meraviglia!» Poirot sbatté leggermente le palpebre per il fervore dell'affascinante voce femminile. «Parla Abbie Chatterton.»

«Oh, lady Chatterton, come posso esserle utile?»

«Venendo al più presto possibile a un ricevimento semplicemente fantastico che sto per dare. Non soltanto per il ricevimento... si tratta di una cosa affatto diversa. Ho *bisogno* di lei. È assolutamente essenziale. La prego, la prego, la prego non mi lasci nei guai! *Non mi dica* che non può!»

Poirot non si sarebbe sognato di rifiutare l'invito. Lord Chatterton, oltre a essere un pari del regno e a fare di tanto in tanto un noiosissimo discorso alla Camera dei Lord, era una persona assolutamente poco interessante, ma lady Chatterton era uno dei gioielli più splendidi di quello che Poirot definiva *le haut monde*.

Tutto quello che faceva o diceva era originale. Aveva cervello, bellezza, originalità e vitalità sufficiente a mandare un razzo sulla luna.

La giovane donna intanto gli ripeteva:

«Ho *bisogno* di lei. Faccia a quei suoi meravigliosi baffi una deliziosa arricciatina e *venga*!»

La preparazione non fu così veloce. Poirot prima dovette farsi una meticolosa toilette alla quale aggiunse l'arricciatina ai baffi, dopo di che si avviò.

La porta della magnifica dimora di lady Chatterton, in Cheriton Street, era spalancata e dall'interno proveniva un rumore di animali in rivolta allo zoo. Lady Chatterton, che stava giostrando con due ambasciatori, un giocatore di calcio e un pastore evangelico americano, li scartò con la rapidità di un prestigiatore e raggiunse Poirot.

«Signor Poirot, è meraviglioso vederla! No, non beva quel cattivo martini, ho qualcosa di speciale per lei... una specie di *sirop* che bevono gli sceicchi del Marocco. È di sopra, nel mio salottino.»

Condusse Poirot di sopra e si fermò per dirgli, girando il capo sopra la spalla:

«Non ho rimandato questa serata perché è assolutamente essenziale che nessuno sappia che sta succedendo qualcosa di particolare e ho promesso al personale dei premi spropositati se non si fanno sfuggire una parola di bocca. In fin dei conti nessuno vuole che la propria casa sia presa d'assedio dai giornalisti e la povera cara ne ha già passate troppe.»

Lady Chatterton non si fermò sul pianerottolo del primo piano ma continuò a salire.

Il fiato mozzo, e piuttosto sbalordito, Hercule Poirot la seguì.

Lady Chatterton si fermò, diede una rapida occhiata verso il basso al di sopra della balaustra, quindi spalancò una porta esclamando nel contempo:

«Te l'ho portato, Margharita! Te l'ho portato, eccolo!»

Con espressione trionfante si scostò per fare passare Poirot, quindi fece rapidamente le presentazioni.

«Questa è Margharita Clayton, una mia carissima amica.

L'aiuterà, vero? Margharita, questo è quel meraviglioso Hercule Poirot. Farà tutto quello che vorrai, lo farà, vero, caro signor Poirot?»

E, senza aspettare la risposta che dava ovviamente per scontata (non per nulla in tutta la sua vita lady Chatterton era stata una bellezza molto viziata), schizzò fuori dalla porta, giù per le scale, dicendo nel contempo, piuttosto scorrettamente: «Devo tornare da quella orribile gente...».

La donna che stava seduta su una sedia accanto alla finestra si alzò e gli si avvicinò. L'avrebbe riconosciuta anche se lady Chatterton non gliene avesse fatto il nome. Ecco la fronte molto ampia, i capelli neri che dipartivano da essa come ali, gli occhi grigi distanziati. Indossava un abito aderente di un nero opaco, dal collo alto, che metteva in risalto la bellezza del corpo e il candore di magnolia della pelle. Era un volto insolito; più che bello, era uno di quei volti stranamente proporzionati che si vedono a volte nei dipinti prerinascimentali italiani. C'era in lei una sorta di semplicità medievale, una strana innocenza che poteva essere, pensò Poirot, più devastante di qualunque sofisticazione voluttuosa. Quando parlava lo faceva con una sorta di candore infantile.

«Abbie sostiene che lei mi aiuterà...»

Lo guardò con espressione seria e interrogativa.

Per un attimo lui rimase del tutto immobile, esaminandola attentamente, ma in un modo che non aveva nulla di scortese. Era più l'occhiata gentile ma scrutatrice che un famoso medico potrebbe dare a un nuovo paziente.

«È sicura, madame?» disse lui alla fine «che io *possa* aiutarla?»

Un lieve rossore le salì alle guance.

«Non so quello che intende.»

«Madame, cosa vuole che faccia?»

«Oh!» lei parve sorpresa. «Pensavo che sapesse chi sono.»

«So chi è. Suo marito è stato ucciso... pugnalato, e un certo maggiore Rich è stato arrestato e accusato del delitto.»

Il rossore aumentò.

«Il maggiore Rich *non* ha ucciso mio marito.»

Veloce come un fulmine, Poirot ribatté:
«Perché no?»
Lei lo guardò stupita. «Come?»
«L'ho confusa perché non ho posto la domanda che pongono tutti, la polizia, gli avvocati... "perché il maggiore ha ucciso Arnold Clayton?". Ma io le chiedo la cosa contraria, le chiedo, madame, come mai è sicura che il maggiore Rich *non* lo abbia ucciso?»
«Perché» rispose lei dopo un attimo di silenzio, «conosco molto bene il maggiore Rich.»
«Conosce molto bene il maggiore Rich» ripeté Poirot con voce incolore.
Si interruppe, poi chiese bruscamente:
«Quanto bene?»
Non riuscì a stabilire se lei avesse capito che cosa lui avesse inteso dire e pensò: ecco una donna o molto semplice o molto furba... pensò anche che molta gente doveva essersi posta questa domanda su Margharita Clayton.
«Quanto bene?» lei lo guardava con espressione dubbiosa. «Cinque anni, no, quasi sei.»
«Non è esattamente quello che intendevo sapere... deve rendersi conto, madame, che dovrò porle alcune domande indiscrete. Forse lei mi dirà la verità, forse mentirà. A volte per una donna è necessario mentire. Le donne devono difendersi e la menzogna può essere un'ottima arma. Ma ci sono tre persone, madame, alle quali una donna dovrebbe dire la verità: al padre confessore, al parrucchiere e all'investigatore privato... se si fida di lui. Lei si fida di me, madame?»
Margharita Clayton trasse un profondo respiro.
«Sì» disse. «Mi fido.» E aggiunse: «Devo».
«Benissimo, allora. Che cosa vuol che faccia? Che scopra chi ha ucciso suo marito?»
«Suppongo... di sì.»
«Ma non è questo l'essenziale, vero? Allora vuole che scagioni dai sospetti il maggiore Rich, vero?»
Lei annuì subito, con espressione riconoscente.
«Questo... e questo soltanto, vero?»

Poirot si rese conto che era una domanda inutile: Margharita Clayton era una donna che vedeva una cosa sola alla volta.

«E adesso» le disse «un'indiscrezione: lei e il maggiore Rich vi amate, vero?»

«Vuole dire se abbiamo una relazione? No.»

«Ma lui era innamorato di lei?»

«Sì.»

«E lei... è innamorata di lui?»

«Credo di sì.»

«Non ne è sicura?»

«Lo sono... ora.»

«Ah, quindi non amava suo marito?»

«No.»

«Risponde con semplicità ammirevole, la maggior parte delle donne vorrebbe dilungarsi a spiegare quali sono esattamente i loro sentimenti. Da quanto tempo era sposata?»

«Da undici anni.»

«Vuole parlarmi un po' di suo marito? Che tipo di uomo era?»

Lei aggrottò la fronte.

«È difficile da spiegare. Non so veramente che tipo di uomo fosse Arnold. Era un uomo molto tranquillo... molto riservato. Non si sapeva mai che cosa pensasse. Era intelligente, naturalmente... tutti sostenevano che era brillante, nel suo lavoro, voglio dire... lui non... come posso dire... lui non parlava mai di se stesso...»

«Era innamorato di lei?»

«Oh, sì. Doveva esserlo altrimenti non gli sarebbe importato tanto...» si interruppe bruscamente.

«Degli altri uomini? È questo che stava per dire? Che era geloso?»

Di nuovo lei ripeté:

«Doveva esserlo.» Poi, quasi pensasse che la frase necessitava di un'ulteriore spiegazione, proseguì: «A volte non parlava per giornate intere...».

Poirot annuì con aria pensosa.

«La violenza... che è entrata nella sua vita... è la prima volta che la affronta?»

«Violenza?» chiese lei aggrottando la fronte, poi avvampando.

«È... vuole dire... si riferisce a quel povero ragazzo che si è sparato?»

«Sì» rispose Poirot. «Penso che sia proprio questo che intendo.»

«Non avevo idea che lui provasse un sentimento del genere... ero dispiaciuta per lui... sembrava così timido... così solitario. Doveva essere, penso, molto nevrotico. E ci sono stati due italiani... un duello... era ridicolo! Comunque, nessuno è rimasto ucciso, grazie a Dio. E onestamente non mi importava di nessuno di loro! E non ho mai finto che mi importasse.»

«No, si limitava a esserci! E dove si trova lei, accadono guai! Ho già visto fatti del genere nella mia vita. È proprio perché a lei non importa che gli uomini diventano pazzi. Ma del maggiore Rich le importa. Quindi dobbiamo fare il possibile...»

Tacque per qualche attimo.

Lei se ne stava seduta guardandolo con aria seria.

«Ora passiamo dalla personalità, che spesso è l'elemento veramente importante, ai fatti. Io so solo quello che ho letto sui giornali. Dai fatti che mi risultano, le persone che hanno avuto l'opportunità di uccidere suo marito sono soltanto due. *Soltanto due* avrebbero potuto ucciderlo: il maggiore Rich e il maggiordomo del maggiore Rich.»

In tono caparbio lei ribatté:

«So che non è stato Charles a ucciderlo.»

«E allora deve essere stato il maggiordomo, è d'accordo?»

In tono dubbioso lei rispose: «Capisco quello che vuole dire...».

«Ma ha dei dubbi in merito, vero?»

«È che sembra... impossibile!»

«Eppure la *possibilità* c'è. Indubbiamente suo marito è andato nell'appartamento, dato che il suo cadavere è stato trovato lì. Se quanto afferma il maggiordomo è vero, è stato il maggiore Rich a ucciderlo, ma se quanto racconta il maggiordomo fosse falso? In tal caso è stato lui a ucciderlo e a nascondere il cadavere nella cassapanca prima del ritorno del padrone. Dal suo punto di vista un ottimo sistema per liberarsi del cadavere. Gli basta "osservare la macchia di sangue" il mattino dopo e "scoprirla". I sospetti cadranno subito su Rich.»

«Ma perché avrebbe dovuto voler uccidere Arnold?»

«Ah, perché? Il motivo non è evidente, altrimenti la polizia lo avrebbe scoperto. Può darsi che suo marito sapesse qualcosa che andava a discredito del maggiordomo e che stesse per informarne il maggiore Rich. Suo marito le ha mai detto qualcosa su questo Burgess?»

Lei scosse la testa.

«Pensa che lo avrebbe fatto... se fosse stato il caso?»

Lei si accigliò.

«È difficile da dirsi, forse no. Arnold non parlava mai molto della gente, gliel'ho detto che era riservato. Non era... non è mai stato un uomo loquace.»

«Era un uomo che decideva da solo il da farsi... sì. Ora, quale è il suo parere su Burgess?»

«Non è il tipo di uomo che si nota molto. Un cameriere discreto, all'altezza del lavoro, non eccessivamente raffinato.»

«Che età ha?»

«Sui trentasette, trentotto, credo. Durante la guerra era attendente ma non credo abbia fatto la carriera militare.»

«Da quanto tempo era col maggiore Rich?»

«Non da molto. Penso un anno e mezzo.»

«Mai notato nulla di strano nei suoi modi, nei confronti di suo marito?»

«Non andavamo lì molto spesso. No, non ho osservato nulla di nulla.»

«E ora mi parli della serata. Per che ora era l'invito?»

«Tra le otto e un quarto e le otto e mezzo.»

«E che genere di serata doveva essere?»

«Be', ci sarebbe stato da bere, e poi una specie di cena fredda... di solito ottima. *Foie gras* e pane tostato, salmone affumicato, qualche volta c'era anche un piatto caldo di riso,

Charles aveva una ricetta speciale che gli avevano dato nel Medio Oriente... anche se è più adatta per l'inverno. Poi di solito ascoltavamo un po' di musica, Charles aveva appena comperato un ottimo impianto stereofonico. Mio marito e Jock McLaren amavano molto i dischi classici e poi c'era musica da ballo... gli Spence sono appassionati ballerini. Una serata tranquilla e informale. Charles è un ottimo padrone di casa.»

«E quella sera in particolare... era proprio come tutte le altre sere? Ha notato qualcosa di insolito... di fuori posto?»

«Di fuori posto?» lei si accigliò per un attimo. «Quando ha detto che io... no, non ricordo. C'era qualcosa...» scosse di nuovo la testa. «No... per rispondere alla sua domanda, durante la serata non c'è stato assolutamente nulla di insolito. Ci siamo divertiti, tutti sembravano rilassati e contenti.» Rabbrividì. «E pensare che invece per tutto il tempo...»

Poirot alzò rapidamente una mano.

«Non ci pensi. Gli affari che di solito portavano suo marito in Scozia... che cosa ne sa?»

«Non molto. C'era stato un contrattempo che riguardava la vendita di un terreno appartenente a mio marito. Sembrava che l'affare fosse andato in porto, poi all'improvviso è saltata fuori una difficoltà.»

«Che cosa le ha detto esattamente suo marito?»

«È entrato con un telegramma in mano e, per quanto posso ricordare, ha detto: "È molto irritante. Dovrò prendere il treno della sera per Edimburgo e domattina andare subito da Johnston... un vero guaio, se penso che finalmente l'affare sembrava andare in porto!". Poi ha aggiunto: "Vuoi che telefoni a Jock perché venga a prenderti?" e io ho risposto: "Sciocchezze, prenderò un tassì", poi lui ha detto che Jock o gli Spence mi avrebbero riaccompagnata a casa. Io gli ho chiesto se voleva fare una valigia e lui mi ha risposto che si sarebbe limitato a cacciare qualcosa in una borsa e a fare un rapido spuntino al club prima di prendere il treno. Poi se n'è andato e... è stata l'ultima volta in cui l'ho visto.»

La voce le si ruppe a quelle ultime parole.

Poirot la guardò intensamente.

«Le ha mostrato il telegramma?»

«No.»

«Un vero peccato.»

«Perché lo dice?»

Non le rispose e invece chiese, in tono vivace:

«E adesso parliamo di affari. Chi sono gli avvocati che difendono il maggiore Rich?»

Glielo disse e lui prese nota dell'indirizzo.

«Vuole scrivere qualche parola agli avvocati per presentarmi? Devo prendere accordi per vedere il maggiore Rich.»

«Lui... il processo è stato rinviato di una settimana.»

«Naturalmente, questa è la procedura. Le spiacerebbe scrivere anche due righe al comandante McLaren e ai suoi amici Spence? Voglio vedere tutti, ed è essenziale che non mi buttino subito fuori della porta.»

Quando lei si fu alzata dallo scrittoio Poirot disse:

«Un'altra richiesta. Io, ovviamente, terrò conto delle mie impressioni, ma voglio avere anche le sue sul comandante McLaren e sul signore e la signora Spence.»

«Jock è uno dei nostri più vecchi amici, lo conosco da quando ero bambina. All'apparenza è una persona arcigna, ma in realtà è un tesoro, è sempre lo stesso, è una persona sulla quale si può contare. Certo non è allegro e divertente, ma è molto solido. Arnold e io ci fidavamo molto del suo giudizio.»

«E indubbiamente è anche lui innamorato di lei, vero?» gli occhi di Poirot ammiccarono leggermente.

«Oh, sì» rispose Margharita serenamente. «È stato sempre innamorato di me, ma ormai è diventata una specie di abitudine.»

«E gli Spence?»

«Sono divertenti, un'ottima compagnia, Linda Spence è una ragazza davvero intelligente, ad Arnold piaceva chiacchierare con lei, ed è anche attraente.»

«Siete amiche?»

«Lei e io? In certo qual modo sì. Ma non so se mi è *veramente* simpatica. È troppo maligna.»

«E suo marito?»

«Oh, Jeremy è delizioso! È un intenditore di musica e anche di pittura. Lui e io andiamo spesso insieme alle mostre...»

«Ah, be', appurerò.» Le prese la mano. «Madame, spero che non rimpiangerà di aver chiesto il mio aiuto.»

«Perché dovrei rimpiangerlo?» spalancò gli occhi.

«Non si sa mai» le rispose misteriosamente Poirot.

«E io... io non lo so» disse a se stesso mentre scendeva le scale. Il cocktail-party era ancora in piena effervescenza ma lui evitò di lasciarsi catturare e uscì.

«No» ripeté «non lo so.»

Era a Margharita Clayton che stava pensando.

Quella ingenuità apparentemente infantile, quell'aria così pura e innocente... ma si trattava solo del suo modo di essere oppure celava qualcos'altro? Nel Medioevo c'erano state donne simili, donne di cui la storia non era riuscita a dare un giudizio. Pensò a Maria Stuarda, la regina di Scozia. Aveva saputo lei quella notte a Kirk o'Fields di quello che stava per accadere, oppure era completamente innocente? Le avevano forse detto qualcosa i cospiratori, oppure no? Era una di quelle donne semplici e infantili che riescono a dire a se stesse "non lo so" e a credervi? Avvertiva il fascino che emanava da Margharita Clayton ma non era del tutto sicuro di lei...

Donne simili, anche se innocenti, potevano provocare crimini.

Donne simili potevano essere esse stesse, negli intenti e nelle mire, criminali anche se non vere e proprie esecutrici.

La mano che teneva il coltello non era mai la loro... quanto a Margharita Clayton, no, lui proprio non lo sapeva!

III

Hercule Poirot non trovò molta collaborazione da parte degli avvocati del maggiore Rich. Come già si aspettava.

Riuscirono a fargli capire, sia pure senza dirlo chiaramente, che nell'interesse del loro cliente era meglio che la signora Clayton non tentasse di aiutarlo.

Aveva fatto loro la visita per pura "correttezza". Aveva abbastanza agganci al ministero degli Interni e al CID per ottenere un colloquio con il prigioniero.

L'ispettore Miller, che si occupava del caso Clayton, non era uno dei preferiti di Poirot. Tuttavia in quell'occasione non si dimostrò ostile, soltanto sprezzante.

«Non posso perdere molto tempo con quel vecchio impiccione» aveva detto al sergente suo assistente prima che Poirot fosse fatto entrare. «Tuttavia dovrò essere gentile.»

«Deve proprio tirar fuori dei conigli dal cappello se pensa di riuscire a far qualcosa, signor Poirot, per questo caso» osservò con allegria. «Nessun altro tranne Rich può aver ucciso quel tizio.»

«A parte il maggiordomo.»

«Oh, sì, le concedo il maggiordomo! Ma come pura possibilità. Non scoprirà nulla, per quanto lo riguarda. Non c'è il minimo movente.»

«Di questo non può essere così sicuro. I moventi sono cose curiose.»

«Be', non conosceva Clayton e il suo passato è pulito. A quanto risulta è sano di mente. Che altro vuole?»

«Voglio appurare che Rich non ha commesso il delitto.»

«Per compiacere la signora, vero?» l'ispettore Miller sorrise maligno. «Ha affascinato anche lei, suppongo. È notevole, vero? Quando si tratta di qualche vendetta, *cherchez la femme*. Sa, avrebbe potuto farlo lei se ne avesse avuta l'opportunità.»

«Questo *no*!»

«Si stupirebbe. Una volta ho conosciuto una donna del genere. Ha eliminato un paio di mariti senza nemmeno un battito di palpebre dei suoi azzurri occhi innocenti. E ogni volta ne ha avuto il cuore infranto. Se la giuria avesse solo potuto, l'avrebbe assolta. E se non è successo è solo perché le prove erano schiaccianti.»

«Be', amico mio, non discutiamo. Quello che così audacemente le chiedo sono alcuni particolari pratici su quanto è accaduto. I giornali pubblicano notizie, ma non sempre la verità!»

«Che cosa vuole, devono divertirsi! Che cosa le interessa sapere?»

«L'ora più precisa possibile della morte.»

«Non può essere tanto precisa dato che il cadavere è stato esaminato solo il mattino successivo. Hanno calcolato che la morte può essere avvenuta tredici o dieci ore prima, cioè tra le sette e le dieci della sera precedente... accoltellato alla giugulare... la morte deve essere stata quasi istantanea.»

«E l'arma?»

«Una specie di stiletto italiano, molto piccolo, affilato come un rasoio. Nessuno l'aveva mai visto prima e neppure sa da dove venga, ma finiremo per saperlo... è questione di tempo e di pazienza.»

«Non potrebbe essere stato afferrato nel corso di un alterco?»

«No, il maggiordomo afferma che non esisteva un oggetto simile nell'appartamento.»

«Quello che mi interessa è il telegramma» affermò Poirot. «Il telegramma che convocava Arnold Clayton in Scozia... una convocazione vera?»

«No. Non c'era stato nessun contrattempo per quanto riguarda la cessione del terreno, o quel che era. Tutto procedeva normalmente.»

«E allora chi ha mandato il telegramma? Perché presumo *vi fosse* un telegramma.»

«Ci deve essere stato... Non ci fideremmo della signora Clayton, ma il signor Clayton ha detto anche al maggiordomo di essere stato convocato telegraficamente in Scozia e l'ha detto anche al comandante McLaren.»

«A che ora ha visto il comandante McLaren?»

«Avevano fatto uno spuntino al loro club, il Combined Services, verso le sette e un quarto. Poi Clayton ha preso un tassì ed è arrivato all'appartamento di Rich poco prima delle otto. Dopo di che...» Miller allargò le mani.

«Quella sera qualcuno ha notato qualcosa di strano nel comportamento di Rich?»

«Oh, be', sa com'è la gente. Quando succede qualcosa a tutti sembra di aver notato un mucchio di dettagli che non aveva mai notato prima: per esempio, la signora Spence afferma che per tutta la serata lui è stato *distrait*, che non sempre ha risposto a tono. Come se avesse qualcosa per la testa. E ci credo, se aveva un cadavere nascosto nella cassapanca! Si stava domandando come diavolo se ne sarebbe liberato!»

«E come mai non se n'è liberato?»

«Questo proprio non riesco a capirlo, forse gli è mancato il coraggio. Ma è stata una follia lasciarlo lì fino al giorno dopo. Quella notte aveva qualche probabilità di cavarsela. Non c'è portiere di notte e avrebbe benissimo potuto portare la sua macchina davanti a casa, cacciare il cadavere nel portabagagli, molto ampio, recarsi in campagna e buttarlo da qualche parte. Qualcuno poteva forse vederlo mettere il cadavere in macchina, ma tutti gli appartamenti danno su una via secondaria e c'è un cortile che si può attraversare con la macchina. Diciamo che alle tre di notte aveva buone probabilità di non essere visto. E invece che cosa fa? se ne va a letto, dorme fino a tardi al mattino dopo e si sveglia con la polizia in casa!»

«È andato a letto e ha dormito bene come potrebbe farlo un innocente.»

«La pensi pure così se le garba, ma lei stesso ci crede veramente?»

«Dovrò lasciare questo interrogativo in sospeso fino a che non avrò parlato io stesso con l'accusato.»

«Pensa di poter riconoscere un innocente quando lo vede? Non è tanto facile.»

«So che non è facile, e non mi azzarderei a dire che ci riuscirei. Quello che voglio poter appurare è se quell'uomo è stupido come sembra.»

IV

Poirot non aveva intenzione di vedere Charles Rich prima di aver visto tutti gli altri.

Cominciò dal comandante McLaren.

Questi era un uomo alto, scuro di pelle, poco comunicativo e aveva un volto dai lineamenti irregolari, ma non brutto. Era un uomo timido col quale non era facile parlare, ma Poirot insistette.

Tenendo tra le mani il biglietto di Margharita, McLaren disse quasi con riluttanza:

«Bene, se Margharita vuole che le dica tutto quello che posso, naturalmente lo farò anche se non so cosa ci sia da dire. Ha già saputo tutto. Ma qualunque cosa Margharita voglia... ho sempre fatto quello che ha voluto fin da quando aveva sedici anni. Ha un modo di fare, sa...»

«Lo so» rispose Poirot e proseguì: «Per prima cosa vorrei che rispondesse molto francamente a una domanda: pensa che il maggiore Rich sia colpevole?».

«Sì, credo di sì. Non lo dirò se Margharita vuole ritenerlo innocente, ma il fatto è che non c'è un'altra spiegazione. Maledizione, quell'uomo deve essere colpevole.»

«Correva cattivo sangue tra lui e il signor Clayton?»

«Neanche per sogno. Arnold e Charles erano molto amici, è questo che rende tutta questa tragedia sconcertante.»

«Forse l'amicizia del maggiore Rich con la signora Clayton...»

Fu interrotto.

«Bahhh! che idiozia! Tutti i giornali lo insinuano fra le righe. Queste maledette insinuazioni! La signora Clayton e Rich erano buoni amici ed è tutto! Margharita ha un mucchio di amici. *Io* sono suo amico, lo sono da anni e non c'è niente che il mondo intero non possa sapere. Lo stesso vale per Charles e per Margharita.»

«Allora non pensa che avessero una relazione?»

«No di certo!» McLaren era furibondo. «Non dia retta a quella tigre di donna che è la signora Spence, direbbe qualunque malignità.»

«Ma forse il signor Clayton sospettava che *ci potesse* essere qualcosa tra sua moglie e il maggiore Rich.»

«Le posso assicurare che non lo pensava assolutamente! Se

l'avesse fatto lo avrei saputo. Arnold e io eravamo molto uniti.»

«Che tipo di uomo era? Lei più di qualunque altro dovrebbe saperlo.»

«Be', Arnold era piuttosto tranquillo, ma intelligente... molto brillante, credo quello che viene definito un genio della finanza. Aveva una posizione piuttosto importante alla Tesoreria, sa?»

«Ho sentito.»

«Leggeva molto, faceva raccolta di francobolli. E amava moltissimo la musica. Non ballava e non gli piaceva molto uscire.»

«Secondo lei era un matrimonio felice?»

La risposta del comandante McLaren non venne subito. Sembrava che egli stesse cercando di chiarirsi le idee.

«Sono cose difficili da capire... sì, credo che fossero felici. Lui le era devoto nel suo modo tranquillo e sono sicuro che lei gli voleva bene. Non c'era la possibilità che si dividessero, se è questo che pensa. Forse non avevano molto in comune.»

Poirot annuì. Non avrebbe ottenuto molto di più. «Ora mi parli di quella sera. Il signor Clayton ha cenato con lei al club. Che cosa le ha detto?»

«Mi ha detto che doveva andare in Scozia e sembrava piuttosto seccato. Ma non abbiamo cenato, non c'era tempo. Abbiamo preso solo dei panini e un drink. Lui, cioè. Io ho solo bevuto. Ero invitato a quella cena fredda, come sa.»

«Il signor Clayton le ha accennato a un telegramma?»

«Sì.»

«Glielo ha mostrato?»

«No.»

«Le ha detto che sarebbe andato da Rich?»

«Non ne era sicuro. Anzi, ha detto che non credeva di averne il tempo. Ha detto: "Potrà spiegarglielo Margharita, o anche tu" e poi ha aggiunto: "Vedi di accompagnarla a casa". Poi se n'è andato. Il tutto era molto naturale e semplice.»

«Non aveva quindi il minimo sospetto che il telegramma fosse fasullo?»

«Lo era?» il comandante McLaren parve attonito.

«Evidentemente sì.»
«Che strano...» il comandante McLaren parve entrare in una specie di coma ma ne emerse all'improvviso per dire:
«Questo è davvero strano, voglio dire, perché? Perché qualcuno doveva *volere* che lui andasse in Scozia?»
«Certo questa è una domanda che richiede una risposta.»
Hercule Poirot se ne andò, lasciando il comandante chiaramente perplesso per la cosa.

V

Gli Spence abitavano in una minuscola casa a Chelsea.
Linda Spence accolse Poirot con enorme piacere.
«Mi dica» chiese «mi dica *tutto* di Margharita. Dov'è?»
«Non glielo posso dire, madame.»
«Si è nascosta bene! Margharita è molto abile in questo genere di cose! Ma sarà chiamata a testimoniare al processo, vero? A questo non può sfuggire.»
Poirot la guardò con espressione di apprezzamento. Pur malvolentieri decise che era attraente secondo la moda del momento che voleva le donne simili a orfane denutrite. Non era il tipo che a lui piaceva. I capelli artisticamente scompigliati aureolavano vaporosamente il volto. Gli occhi furbi lo fissavano da un volto un po' trascurato, privo di trucco tranne che per la bocca che era di un color ciliegia vivido. Indossava un enorme maglione giallo pallido che le scendeva quasi fino alle ginocchia e aderenti pantaloni neri.
«Qual è il suo ruolo in questa storia?» chiese la signora Spence. «Fare uscire in qualche modo l'amichetto di prigione? È questo? Che illusione!»
«Allora lei pensa che sia colpevole?»
«Certo, chi altri potrebbe avere commesso il delitto?»
Quello, pensò Poirot, era proprio il problema. Ma evitò di rispondere ponendo un'altra domanda.
«Come le è parso quella sera fatale il maggiore Rich? Come al solito, o diverso?»

Linda Spence strizzò gli occhi in atteggiamento riflessivo:

«No, non era lui, era... diverso.»

«In che modo diverso?»

«Be', sicuramente se uno ha appena pugnalato un uomo a sangue freddo...»

«Ma lei allora non sapeva che lui avesse appena pugnalato un uomo a sangue freddo, vero?»

«No, no di certo.»

«E allora come ha capito che era diverso? In che modo?»

«Be'... *distrait*. Oh, non so, ma riflettendoci sopra dopo ho deciso che senz'altro c'era *qualche cosa*.»

Poirot tirò un sospiro.

«Chi è arrivato per primo?»

«Noi, Jim e io. E poi Jock e infine Margharita.»

«Quando si è parlato per la prima volta del fatto che il signor Clayton era andato in Scozia?»

«Quando è arrivata Margharita. Ha detto a Charles: "Arnold è tremendamente spiacente, è dovuto precipitarsi a Edimburgo col treno della notte". E Charles ha detto: "Oh, che peccato" e poi Jock ha detto: "Mi spiace, pensavo lo sapeste già". E ci siamo messi a bere.»

«Il maggiore Rich non ha mai accennato al fatto di aver visto il signor Clayton quella sera? Non ha detto che, mentre si recava alla stazione, era passato da lui?»

«Non che io abbia sentito.»

«Strano, vero, quel telegramma?»

«Strano, perché?»

«Era fasullo: nessuno a Edimburgo ne sa nulla.»

«Ah, è così! Me l'ero chiesto.»

«Ha qualche idea in merito al telegramma?»

«Direi che è piuttosto lampante.»

«Cosa intende dire esattamente?»

«Mio caro,» disse Linda «non faccia l'ingenuo. Uno sconosciuto fa sgombrare il marito e, per quella notte, in ogni caso, la strada è libera.»

«Vuole dire che il maggiore Rich e la signora Clayton avevano progettato di passare la notte insieme?»

«Non sarebbe la prima volta, vero?» chiese Linda con aria divertita.

«E quindi il telegramma è mandato dall'uno o dall'altra?»

«Non mi sorprenderebbe.»

«Pensa che il maggiore Rich e la signora Clayton avessero una relazione?»

«Diciamo che non mi stupirei se l'avessero, non lo so per certo.»

«Il signor Clayton sospettava?»

«Arnold era una persona straordinaria. Molto controllato, se capisce quello che voglio dire. Ma penso che lui sapesse. Però era il tipo di uomo che non l'avrebbe mai lasciato capire. Chiunque avrebbe pensato che fosse un uomo arido e privo di sentimenti, ma io sono sicura che dentro non era affatto così. La strana cosa è che mi sarei stupita molto meno se fosse stato Arnold ad accoltellare Charles e non il contrario. Ho l'impressione che Arnold fosse un uomo pazzamente geloso.»

«Interessante!»

«Anche se, in verità, era più probabile che eliminasse Margharita. Otello... quel genere di cose. Sa, Margharita aveva un effetto stupefacente sugli uomini.»

«È una bella donna» disse Poirot, minimizzando opportunamente il fascino di un'altra donna.

«Era più che bella. *Aveva* qualcosa. Accendeva tutti gli uomini, impazzivano per lei, poi si girava e li guardava con una specie di stupore attonito che li rincretiniva.»

«*Une femme fatale*.»

«Probabilmente così la definirebbe un francese.»

«La conosce bene?»

«Mio caro, è una delle mie migliori amiche... e non mi fiderei di lei neanche un po'!»

«Ah» disse Poirot e spostò l'argomento sul comandante McLaren.

«Jock? Il vecchio fedele? È un tesoro. Nato per essere l'amico di famiglia. Lui e Arnold erano davvero amici intimi. Penso che Arnold con lui si aprisse più che con chiunque altro e naturalmente era il gattone di Margharita. Le era devoto da anni.»

«E il signor Clayton era geloso anche di lui?»

«Geloso di Jock? Che idea! Margharita vuole sinceramente bene a Jock ma non credo che abbia mai pensato a lui in quel senso. In realtà penso che nessuno lo farebbe... non so perché... è un peccato perché è tanto caro.»

Poirot passò a prendere in esame il maggiordomo ma, oltre ad affermare che preparava un ottimo *side-car*, Linda Spence sembrava non aver alcuna idea riguardo a Burgess e non essersi quasi accorta di lui.

Ma fu molto veloce nel capire.

«Suppone che potrebbe essere stato lui a uccidere Arnold con la stessa facilità con cui lo ha fatto Charles? Mi sembra follemente improbabile.»

«Questa sua osservazione mi deprime, madame. Ma mi sembra (anche se probabilmente lei non sarà d'accordo) che sia altrettanto follemente improbabile non che il maggiore Rich possa avere ucciso Arnold Clayton, ma che l'abbia ucciso nel modo in cui l'ha ucciso.»

«Per lo stiletto? Sì, certo non è in carattere con la persona. Sarebbe stato più probabile un corpo contundente. O forse avrebbe potuto strangolarlo, vero?»

Poirot sospirò.

«Siamo tornati a Otello, sì, Otello. Mi ha dato una piccola idea...»

«Davvero? Che cosa...» si udì il rumore di una chiave nella serratura e una porta si aprì. «Oh, ecco Jeremy. Vuole parlare anche con lui?»

Jeremy Spence era un uomo piacevole sulla trentina, ben curato nella persona, e dalla discrezione quasi ostentata. La signora Spence disse che doveva andare in cucina a dare un'occhiata allo stufato e se ne andò lasciandoli soli.

Jeremy Spence non aveva assolutamente nulla della schiettezza accattivante della moglie. Chiaramente era molto seccato di essere immischiato in quella faccenda e le sue risposte furono improntate a un attento riserbo. Conoscevano i

Clayton da poco, Rich lo conoscevano un po' meno. A lui era parso una persona simpatica. Per quanto riuscisse a ricordare gli era parso assolutamente normale, la sera in questione. Clayton e Rich erano sempre sembrati in buoni termini. Tutta quella faccenda sembrava assolutamente inspiegabile.

Nel corso di tutta la conversazione Jeremy Spence fece chiaramente capire a Poirot che non vedeva l'ora che se ne andasse via. Era compìto ma non più di tanto.

«Temo» disse Poirot «che queste domande non la garbino, vero?»

«Be', abbiamo già subìto un lungo interrogatorio dalla polizia e penso che sia sufficiente. Abbiamo detto tutto quello che sappiamo e che abbiamo visto. Ora... vorrei dimenticarmene.»

«Ha tutta la mia comprensione. È molto spiacevole essere mischiati in questa storia. Sentirsi chiedere non solo quello che si sa e quello che si è visto ma magari anche quello che si pensa, vero?»

«Meglio non pensarci.»

«Ma se si può evitarlo? Lei pensa, ad esempio, che anche la signora Clayton sia stata complice? Che abbia complottato con Rich per uccidere il marito?»

«Santo cielo, no!» Spence sembrava costernato. «Non immaginavo che si potesse pensare a una cosa del genere.»

«Sua moglie non ha accennato a questa possibilità?»

«Oh, Linda! Sa come sono le donne... si cacciano sempre il coltello in corpo. Margharita non suscita mai molto calore nelle persone del suo sesso, è troppo bella. Ma sicuramente questa teoria su un complotto di Rich e di Margharita per uccidere... è assurda!»

«Non sarebbe la prima volta! L'arma, ad esempio. È il tipo di arma che potrebbe avere una donna più che un uomo.»

«Vuole dire che la polizia è riuscita a risalire a lei... non è possibile, voglio dire...»

«Io non so nulla» lo interruppe Poirot e se ne andò in gran fretta.

Dall'espressione costernata sul volto di Spence si disse che aveva dato a quel signore qualcosa su cui riflettere!

VI

«Mi perdoni se lo dico, signor Poirot, ma non vedo in che modo possa essermi di aiuto.»

Poirot non rispose. Stava guardando con aria pensosa l'uomo che era stato accusato di aver ucciso l'amico Arnold Clayton.

Stava guardando la mascella decisa, la testa stretta. Un uomo snello e scuro, atletico e vigoroso. In lui c'era qualcosa del levriero. Un uomo il cui volto non rivelava alcunché e che aveva accolto il suo visitatore con una notevole mancanza di cordialità.

«Mi rendo conto che la signora Clayton l'ha mandata con le migliori intenzioni ma, molto francamente, credo che sia stata piuttosto imprudente. Imprudente sia per lei che per me.»

«Vuole dire?»

Rich si diede un'occhiata nervosa alle spalle, ma il secondino di guardia era alla distanza regolamentare. Rich abbassò la voce.

«Devono trovare un movente per questa ridicola accusa; cercheranno di affermare che c'era... un legame tra la signora Clayton e me. E questo, sono certo che la signora Clayton glielo abbia detto, è del tutto falso. Siamo amici, niente di più. Ma certo è consigliabile che non faccia alcuna mossa in mio favore, vero?»

Hercule Poirot ignorò quella domanda e invece estrapolò una parola dal discorso dell'altro.

«Ha detto "accusa ridicola". Diciamo che l'accusa non risponde alla verità, ma non che è *ridicola*.»

«Io non ho ucciso Arnold Clayton.»

«E allora chiamiamola una falsa accusa, ma non ridicola. Al contrario, è molto plausibile e questo deve saperlo molto bene.»

«Posso solo dire che a me sembra assurda.»

«Dirlo non le servirà molto. Dobbiamo pensare a qualcosa di più utile.»

«Ho degli avvocati che mi difendono. A quanto ho saputo hanno incaricato un eminente legale per difendermi. Non posso accettare l'uso della parola "noi" che lei ha usato.»

Inaspettatamente Poirot sorrise.

«Ah!» disse nella sua inflessione più straniera. «Mi ha messo una pulce nell'orecchio. Benone, me ne vado. Volevo vederla e l'ho vista. Mi sono già informato sulla sua carriera: è passato a pieni voti a Sandhurst e di lì allo Staff College e poi sempre più su. Oggi mi sono fatto un giudizio su di lei. Non è uno stupido.»

«E che c'entra tutto questo?»

«E come se c'entra. È impossibile che un uomo delle sue capacità abbia commesso un omicidio nel modo in cui è stato commesso questo. Benissimo. È innocente. Mi parli del suo maggiordomo Burgess.»

«Burgess?»

«Sì, se non ha ucciso lei Clayton deve essere stato Burgess. La conclusione sembra irrefutabile, ma perché? Ci deve essere un perché. È l'unica persona che conosce Burgess abbastanza bene da poter cercare di dare una risposta. Perché, maggiore Rich, perché?»

«Non riesco a immaginarlo, assolutamente non ci riesco. Oh, ho seguito la sua stessa linea di ragionamento. Sì, Burgess ha avuto l'opportunità, è l'unica persona oltre a me ad averla avuta. Ma proprio non riesco a crederci. Burgess non è il tipo di uomo che si possa immaginare in grado di uccidere qualcuno.»

«Che cosa ne pensano i suoi legali?»

La bocca di Rich si strinse in una smorfia dura.

«I miei legali passano il tempo a chiedermi, in modo molto persuasivo, se per caso nella mia vita non ho sofferto di amnesie durante le quali non ricordo quello che faccio.»

«Siamo a questo punto?» disse Poirot. «Bene, forse scopriremo che è Burgess a soffrire di amnesie. È pur sempre un'idea. E adesso parliamo dell'arma. Gliel'hanno mostrata e le hanno chiesto se le appartiene, vero?»

«Non mi appartiene e non l'ho mai vista in vita mia.»

«Non le appartiene. Ma è proprio sicuro di non averla mai vista in vita sua?»

«No.» Seguì una lieve esitazione. «In effetti si tratta di una specie di ninnolo... si vedono nelle case della gente.»

«Forse nel salottino di una signora. Forse in quello della signora Clayton.»

«Sicuramente NO!»

L'ultima parola gli uscì dalle labbra con molta forza e il secondino alzò gli occhi.

«*Très bien*. Certamente no... e non c'è bisogno di gridare. Ma una volta, in un qualche posto ha visto qualcosa di simile. Ho ragione?»

«Non credo... forse... in qualche negozio di curiosità.»

«Ah, è molto probabile.» Poirot si alzò. «Ora me ne vado.»

VIII

«E ora» disse Hercule Poirot «Burgess, sì, finalmente Burgess.»

Aveva appreso qualcosa sulle persone di quella vicenda, su di loro da loro stesse e dagli altri. Ma nessuno gli aveva dato informazioni su Burgess, nessun accenno, nessun indizio sul genere di persona.

Quando vide Burgess capì anche perché.

Il maggiordomo lo stava aspettando nell'appartamento del maggiore Rich, avvertito del suo arrivo da una telefonata del comandante McLaren.

«Sono Hercule Poirot.»

«Sì, signore, vi stavo aspettando.»

Burgess teneva aperta la porta con gesto deferente e Poirot entrò in un piccolo atrio quadrato dove una porta sul lato sinistro immetteva nel soggiorno. Burgess prese il cappello e il cappotto di Poirot e lo seguì nel soggiorno.

«Ah!» disse Poirot guardandosi attorno. «Dunque è qui che è accaduto?»

«Sì, signore.»

Un tipo tranquillo, Burgess. Il volto bianco, il corpo un po' allampanato, le spalle e le braccia tenute in modo goffo, una voce piatta con un accento che Poirot non conosceva, forse della costa orientale. Probabilmente un uomo piuttosto nervoso ma peraltro senza nessun altro carattere ben definito. Era difficile associarlo a un'azione fattiva di qualunque genere. Si poteva ipotizzare un assassino tutto al negativo?

Aveva quegli occhi azzurri smorti piuttosto sfuggenti che chi non è osservatore spesso associa alla disonestà. Eppure un bugiardo può guardare in faccia con occhio audace e sicuro.

«Che ne sarà dell'appartamento?» si informò Poirot.

«Me ne occupo per ora io, signore. Il maggiore Rich ha predisposto perché io sia pagato e lo tenga in ordine fino a che... fino a che...»

Abbassò gli occhi con un senso di disagio.

«Fino a che...» lo incitò Poirot a proseguire.

E quindi aggiunse in tono piuttosto pratico: «Be', direi che il maggiore Rich sarà sicuramente rinviato a giudizio. Il caso sarà discusso probabilmente entro tre mesi».

Burgess scrollò il capo, non per negare, semplicemente con aria perplessa.

«Non sembra veramente possibile.»

«Che il maggiore Rich sia un assassino?»

«Tutto. Quella cassapanca...»

Il suo sguardo si spostò verso l'altra parte della stanza.

«Ah, dunque quella è la famosa cassapanca?»

Era un mobile gigantesco di legno lustro molto scuro, con delle borchie di ottone, una grande maniglia pure di ottone e una serratura antiquata.

«Niente male» disse Poirot avvicinandosi.

Era accostata alla parete accanto alla finestra, vicino a un mobiletto moderno per i dischi. Dall'altra parte c'era una porta socchiusa parzialmente nascosta da un grosso paravento di cuoio dipinto.

«Di lì si va nella camera da letto del maggiore» spiegò il maggiordomo.

Poirot annuì. Posò lo sguardo sull'altra parte della stanza dove vide due grammofoni stereofonici, ciascuno su un tavolino basso con i fili penduli. C'erano poltrone e un grande tavolo. Sulle parete una serie di stampe giapponesi. La stanza era bella e confortevole, ma non lussuosa.

Tornò a guardare William Burgess.

«Deve essere stato un grosso shock per lei fare quella scoperta» disse gentilmente.

«Oh, lo è stato, signore, non me lo dimenticherò mai.» Il maggiordomo cominciò a parlare in modo torrenziale; le parole gli si riversavano fuori dalle labbra. Forse pensava che ripetendo quella storia sarebbe finalmente riuscito a togliersela dalla testa.

«Avevo fatto il giro della stanza, signore, a riordinare e a portare via i bicchieri. Mi ero appena chinato per raccogliere un paio di olive da terra quando ho visto sul tappeto una macchia scura che sembrava di ruggine. No, il tappeto ora non c'è più, è in tintoria, la polizia ha finito di esaminarlo. Che cosa sarà mai, ho pensato e quasi per scherzo mi sono detto: "potrebbe essere sangue, ma da dove viene? Che cosa hanno rovesciato?". E poi ho visto che veniva dalla cassapanca... su questo lato, vede? dove c'è una fessura. E ho detto, senza ancora pensare a nulla di particolare: "Ma che diamine...?" e poi ho sollevato il coperchio così (fece seguire l'azione alle parole) ed eccolo lì, il corpo di un uomo reclinato su se stesso e ripiegato su un fianco... come se fosse addormentato. E quel brutto coltello o pugnale straniero che gli sporgeva dal collo. Non me lo dimenticherò mai, mai, fintanto che vivrò! Lo shock... capisce, il fatto di non aspettarsi...»

Trasse un profondo respiro.

«Ho lasciato ricadere il coperchio e sono corso fuori dell'appartamento giù in strada, alla ricerca di un agente di polizia e per fortuna... ne ho trovato uno proprio dietro l'angolo.»

Poirot lo guardò con aria pensosa. La rappresentazione, se era tale, appariva eccellente. E cominciò a temere che non si trattasse di una rappresentazione... ma che le cose fossero andate proprio così.

«Non ha pensato di svegliare prima il maggiore Rich?» chiese.

«Non mi è neanche passato per la mente, signore, con la paura che avevo preso... io... volevo solo uscire di lì» deglutì «e cercare aiuto.»

Poirot annuì.

«Si è reso conto che si trattava del signor Clayton?» chiese.

«Avrei dovuto, signore, ma, sa, non penso proprio. Naturalmente non appena sono tornato con l'agente di polizia ho esclamato: "Ma è il signor Clayton" e lui dice: "Chi è il signor Clayton?" e io dico: "Era qui ieri sera".»

«Ah!» esclamò Poirot. «Ieri sera... ricorda esattamente quando è arrivato qui il signor Clayton?»

«Non al minuto, ma più o meno verso le otto meno un quarto, direi...»

«Lo conosceva bene?»

«Lui e la signora sono venuti qui spesso durante l'anno e mezzo del mio servizio qui.»

«Le è parso come al solito?»

«Penso di sì. Un po' ansante, ma aveva probabilmente fretta, doveva prendere il treno, almeno così ha detto.»

«Suppongo che avesse una borsa, dato che andava in Scozia, vero?»

«No, signore. Credo che avesse fatto aspettare un tassì in strada.»

«È rimasto male quando ha saputo che il maggiore Rich non c'era?»

«Non l'ho notato. Ha detto solo che avrebbe scritto due righe. È venuto qua dentro, si è avvicinato alla scrivania e io sono tornato in cucina. Ero un po' in ritardo nella preparazione delle uova all'acciuga. La cucina è in fondo al corridoio e di lì non si sente molto bene. Non ho udito uscire lui né rientrare il padrone... ma era prevedibile.»

«E dopo?»

«Il maggiore Rich mi ha chiamato. Era qui fermo sulla soglia e mi ha detto che si era dimenticato le sigarette turche per la signora Spence e che dovevo uscire subito a comprarle. Così ho fatto. Gliele ho portate e le ho messe sul tavolino lì. Ovviamente ho pensato che il signor Clayton se ne fosse già andato per prendere il treno.»

«E nel periodo in cui il maggiore Rich era fuori e lei era in cucina non è venuto nessun altro?»

«No, signore, nessuno.»

«Può esserne sicuro?»

«E come poteva essere entrato qualcuno, signore? Avrebbe dovuto suonare il campanello.»

Poirot scosse la testa. Come avrebbe potuto entrare qualcuno?

Gli Spence, McLaren e anche la signora Clayton, lo sapeva già, potevano rendere conto di ogni minuto del loro tempo. McLaren era stato al club con dei conoscenti, gli Spence prima di uscire di casa avevano ricevuto un paio di amici per un drink. Margharita Clayton aveva parlato al telefono con un'amica. Non che lui pensasse a quella gente come a possibili assassini. Ci sarebbero stati metodi molto migliori per uccidere Arnold Clayton che non quello di seguirlo fino all'appartamento in cui c'era un cameriere e in cui si aspettava il ritorno del padrone di casa da un momento all'altro. No, gli era anche passata per la testa la vaga possibilità di un "misterioso sconosciuto", qualcuno uscito dal passato apparentemente impeccabile di Clayton, qualcuno che lo aveva riconosciuto per la strada e lo aveva seguito fin lì. Quindi lo aveva aggredito con lo stiletto, aveva nascosto il cadavere nella cassapanca ed era fuggito. Melodramma puro, del tutto estraneo alla logica e alla probabilità, più adatto a romantici romanzi storici... alla cassapanca spagnola.

Riattraversò la stanza e si avvicinò alla cassapanca, sollevò il coperchio che si alzò silenziosamente.

Con un filo di voce Burgess disse: «È stata lavata bene, signore, me ne sono occupato io».

Poirot si chinò, poi con una lieve esclamazione si abbassò ancora di più e tastò con le dita.

«Questi fori... sulla parte posteriore e su un lato... hanno l'aria... sembrano essere stati fatti molto di recente.»

«Fori, signore?» il maggiordomo si chinò a guardare. «Non potrei davvero dirlo, non li avevo mai notati.»

«Non si vedono molto, ma ci sono. E secondo lei, quale sarebbe il loro scopo?»

«Davvero non saprei, signore, forse qualche animale... voglio dire uno scarafaggio o qualcosa del genere. Forse qualche insetto che rode il legno?»

«Qualche animale?» chiese Poirot. «Mi stupirei.»

Riattraversò la stanza.

«Quando è venuto qui a portare le sigarette c'era qualcosa nella stanza che le è sembrato diverso. Una qualunque cosa? Sedie spostate? Il tavolo, qualcosa del genere?»

«È strano che me lo chieda, signore, però ora che me lo fa notare, sì, c'era qualcosa. Quel paravento laggiù, che ripara dalla corrente la stanza da letto, era spostato un po' più a sinistra.»

«Così?» chiese Poirot, muovendosi rapidamente.

«Ancora un po' di più... esatto.»

Il paravento teneva già nascosta circa metà della cassapanca e, come era stato messo ora, la nascondeva quasi completamente.

«Perché, secondo lei, è stato spostato?»

«Non ci ho pensato, signore.»

(Un'altra signorina Lemon!)

In tono dubbioso Burgess aggiunse:

«Forse per lasciare più libero l'accesso alla stanza da letto... perché le signore potessero andare a lasciarvi i loro cappotti.»

«Forse, ma ci potrebbe essere un altro motivo.» L'espressione di Burgess era di curiosità. «Ora il paravento nasconde la cassapanca e anche il tappeto che era sotto. Se il maggiore Rich avesse accoltellato il signor Clayton di lì a poco il sangue avrebbe cominciato a sgocciolare attraverso le fessure alla base della cassapanca, qualcuno se ne sarebbe potuto accorgere... come se ne è accorto lei il mattino successivo e per questo... il paravento è stato spostato.»

«Non ci avevo pensato, signore.»

«Come sono le luci qua dentro, forti o deboli?»

«Ora le faccio vedere, signore.»

Il maggiordomo accostò rapidamente le tende e accese un paio di lampade che diffondevano una luce soffusa, ma non abbastanza forte, anche solo per poter leggere. Poirot alzò gli occhi verso il lampadario appeso al soffitto.

«Quello non era acceso signore. Lo si usa molto poco.»

Nella luce bassa Poirot si guardò attorno e il maggiordomo disse:

«Non credo che possa vedere macchie di sangue, signore, è troppo buio.»

«Credo che abbia ragione. E allora, perché è stato spostato il paravento?»

Burgess rabbrividì.

«È tremendo pensare che un signore così buono come il maggiore Rich abbia potuto fare una cosa simile.»

«Lei è sicuro che sia stato lui a farlo? Perché lo ha fatto, Burgess?»

«Be', aveva fatto la guerra, naturalmente, potrebbe aver riportato qualche ferita alla testa. Ho sentito dire che a volte gli effetti si rivelano dopo anni. A un tratto uno diventa strano e non sa più quello che fa. E, a quanto si dice, il più delle volte aggredisce le persone più vicine e più care. Pensa che si possa essere trattato di questo?»

Poirot lo guardò e con un sospiro si girò.

«No, non è andata così.»

Con l'abilità di un prestigiatore infilò una banconota frusciante nella mano di Burgess.

«Oh, grazie signore, ma veramente io non...»

«Mi ha aiutato» disse Poirot. «Mostrandomi questa stanza, mostrandomi quello che c'è nella stanza, mostrandomi quello che è accaduto quella sera. L'impossibile non è mai impossibile, se lo ricordi. Avevo detto che c'erano solo due possibilità... mi sbagliavo, ce n'è una terza.» Diede di nuovo un'occhiata attorno alla stanza ed ebbe un lieve brivido. «Riapra le tende, lasci che entri luce e aria, questa stanza ne ha bisogno. Ha bisogno di tornare pulita. Credo che passerà molto tempo prima che sia purificata da ciò che l'ha macchiata: il ricordo persistente dell'odio.»

A bocca aperta Burgess porse a Poirot cappello e cappotto. Sembrava attonito. Poirot, al quale piaceva fare affermazioni incomprensibili, uscì in strada a passo vivace.

VIII

Quando Poirot tornò a casa fece una telefonata all'ispettore Miller.

«Che ne è stato della borsa di Clayton? Sua moglie ha detto che ne aveva preparata una.»

«Era al club, l'aveva lasciata al portiere, poi se la deve essere dimenticata ed è andato via di lì senza.»

«Che cosa c'era dentro?»

«Quello che ci si aspetta che ci sia: un pigiama, una camicia di ricambio, l'occorrente per la toilette.»

«Molto preciso.»

«Che cosa si aspettava che ci fosse?»

Poirot ignorò la domanda e disse:

«Quanto allo stiletto, le consiglio di interrogare la donna delle pulizie della signora Spence. Le chieda se ha mai visto qualcosa del genere per casa.»

«La signora Spence?» chiese Miller con un fischio. «È questo il modo in cui lavora il suo cervello? Gli Spence, quando è stato mostrato loro lo stiletto non l'hanno riconosciuto.»

«Li interroghi di nuovo.»

«Vuole dire...»

«Poi mi faccia sapere quello che hanno risposto.»

«Non riesco a immaginare che cosa pensa di aver scoperto!»

«Legga l'*Otello*, Miller. Consideri i personaggi dell'*Otello*, ce n'è sfuggito uno.»

Tolse la comunicazione, quindi telefonò a lady Chatterton, ma la linea era occupata.

Riprovò un po' più tardi ma ancora senza successo. Chiamò il proprio maggiordomo, George, e gli chiese di continuare a rifare il numero fino a che non avesse ottenuto risposta. Sapeva che lady Chatterton al telefono era un'incorreggibile chiacchierona.

Sedette su una poltrona, si tolse le scarpe di vernice, stiracchiò le dita dei piedi e si appoggiò allo schienale.

«Sono vecchio, mi stanco facilmente...» il suo volto si illuminò. «Ma le cellule... funzionano ancora, lentamente... ma funzionano... L'*Otello*, sì. Chi è stato a parlarne? Ah, sì, la signora Spence. La borsa... il paravento... il cadavere sistemato come una persona addormentata. Un omicidio astuto. Premeditato, progettato... e credo... *pregustato*!»

George annunciò che lady Chatterton era in linea.

«Parla Hercule Poirot, madame. Posso parlare con la sua ospite?»

«Ma certo! Oh, monsieur Poirot, è meraviglioso, ha già risolto il caso?»

«Non ancora» rispose Poirot. «Ma non siamo lontani.»

Subito si udì la voce di Margharita, dolce, tranquilla.

«Madame, quando le ho chiesto se aveva notato qualcosa fuori posto quella sera si è accigliata come se avesse ricordato qualcosa... che però le è sfuggito subito dopo. Non si trattava forse di come era sistemato il paravento quella sera?»

«Il paravento? Ma certo... non era al suo solito posto.»

«Ha ballato quella sera?»

«Per un po'.»

«Con chi ha ballato di più?»

«Con Jeremy Spence, è un ballerino meraviglioso. Charles è bravo ma non eccezionale. Lui ballava con Linda e ogni tanto ci scambiavamo... Jock McLaren non sa ballare, lui era addetto alla scelta dei dischi.»

«Dopo avete ascoltato musica classica?»

«Sì.»

Seguì un silenzio e Margharita disse:

«Signor Poirot, che cos'è... tutto questo? Ha... c'è... *speranza*?»

«Lei ha mai saputo, madame, quello che prova la gente che le sta attorno?»

Con voce vagamente stupita lei rispose:
«Penso... di sì.»
«Io penso di no, penso che non ne abbia idea. Penso che questa sia la tragedia della sua vita, ma tragedia per gli altri, non per lei.
«Qualcuno oggi mi ha parlato di Otello. Le ho chiesto se suo marito era geloso e lei mi ha risposto che doveva esserlo, ma lo ha detto con noncuranza. Lo ha detto come potrebbe averlo fatto Desdemona, senza rendersi conto del pericolo. Anch'essa riconosceva la gelosia, ma non la capiva, perché lei non l'aveva mai provata e non avrebbe mai potuto provarla. Credo fosse del tutto inconsapevole della forza di una grande passione fisica. Amava il marito col fervore romantico di chi adora l'eroe, amava l'amico Cassio con innocenza, come un caro compagno... credo che, per quella sua immunità alla passione, facesse impazzire gli uomini... sto dicendole cose che hanno un senso, madame?»
Vi fu un silenzio, poi Margharita rispose con voce dolce, calma e un po' sbalordita:
«Io non... non capisco proprio quello che sta dicendo...»
Poirot sospirò e disse in tono più pratico:
«Questa sera verrò a farle visita.»

IX

L'ispettore Miller non era uomo che si lasciasse convincere facilmente, ma nemmeno Hercule Poirot era uomo di cui potersi liberare fino a che non aveva ottenuto ciò che voleva. L'ispettore Miller brontolò ma alla fine capitolò:
«... anche se non so che cosa c'entri con questo lady Chatterton...»
«Non c'entra in realtà. Ha offerto rifugio a un'amica, tutto qui.»
«E per quegli Spence... come ha fatto a saperlo?»
«Che lo stiletto veniva da lì? Ho tirato semplicemente a indovinare. Me l'ha fatto venire in mente qualcosa che ha detto

Jeremy Spence. Io gli ho accennato alla possibilità che lo stiletto appartenesse a Margharita Clayton e lui ha dimostrato di sapere con certezza che *non* le apparteneva.» Si interruppe. «Che cosa hanno detto?» chiese con una certa curiosità.

«Hanno ammesso che somigliava molto a un pugnale che usavano come soprammobile che avevano, ma che era andato perso qualche settimana prima e di cui si erano completamente dimenticati. Suppongo che Rich lo abbia preso lì.»

«Il signor Jeremy Spence è un uomo a cui piace andare sul sicuro» commentò Hercule Poirot e tra sé borbottò: «Qualche settimana fa... oh, sì, il piano è cominciato molto tempo fa».

«Eh, come ha detto?»

«Siamo arrivati» disse Poirot. Il tassì si fermò davanti alla casa di lady Chatterton in Cheriton Street. Poirot pagò la corsa.

Margharita Clayton li aspettava nella stanza di sopra. Alla vista di Miller il suo volto si indurì.

«Io non sapevo...»

«Non sapeva chi era l'amico che le avevo detto sarebbe venuto con me?»

«L'ispettore Miller non è mio amico.»

«Questo dipende dal fatto che lei voglia o meno che giustizia sia fatta, signora Clayton. Suo marito è stato assassinato...»

«E ora dobbiamo parlare di chi lo ha ucciso» si affrettò a dire Poirot. «Possiamo sedere, madame?»

Lentamente, Margharita sedette di fronte ai due uomini, su una sedia dallo schienale alto.

«Vi chiedo» disse Poirot rivolgendosi a entrambi «di ascoltarmi con pazienza. Credo di sapere che cosa è successo quella fatale sera nell'appartamento del maggiore Rich... tutti noi ci siamo basati su un presupposto falso, il presupposto che solo due persone avessero avuto l'opportunità di nascondere il corpo nella cassapanca, e cioè il maggiore Rich o William Burgess. Ma ci sbagliavamo: quella sera nell'appartamento c'era una terza persona che aveva l'opportunità di farlo.»

«E chi era?» chiese in tono scettico Miller. «L'addetto all'ascensore?»

«No, *Arnold Clayton*.»

«Come? Ha nascosto il proprio corpo? È pazzo?»

«Naturalmente non un corpo morto, ma uno vivo. In parole semplici si è nascosto nella cassapanca, è già ripetutamente successo nel corso della storia. La *Sposa morta* di Mistletoe Bough, Iachi che aveva delle mire sulla virtù di Imogene, e così via. Ci ho pensato non appena ho visto che di recente nella cassapanca erano stati fatti dei fori. Perché? Erano stati fatti perché nella cassapanca potesse esserci aria a sufficienza. Perché il paravento quella sera è stato spostato dalla sua solita posizione? Per nascondere la cassapanca alla vista delle persone che si trovavano nella stanza. Per consentire all'uomo che vi si era nascosto di sollevare di tanto in tanto il coperchio e cambiare posizione e per sentire meglio quello che succedeva.»

«Ma perché?» domandò Margharita con gli occhi spalancati per lo stupore. «Perché Arnold avrebbe dovuto nascondersi nella cassapanca?»

«Proprio lei me lo chiede, madame? Suo marito era un uomo geloso, incapace di esprimersi, molto controllato come ha detto la sua amica, la signora Spence. La sua gelosia continuava a salire, lo tormentava! Era o no l'amante di Rich? Non lo sapeva, *doveva* saperlo! E così "un telegramma dalla Scozia", un telegramma che non è mai stato spedito e che nessuno ha visto mai! La borsa da viaggio viene preparata e convenientemente dimenticata al club; lui si reca all'appartamento in un'ora in cui sa che probabilmente Rich non c'è... dice al maggiordomo che vuole scrivere un biglietto e, non appena rimane solo, pratica dei fori nella cassapanca, sposta il paravento e si infila nella cassapanca. Quella sera saprà la verità. Forse sua moglie resterà lì dopo che gli altri se ne saranno andati via. Forse andrà via ma tornerà. Quella sera quell'uomo disperato, sconvolto dalla gelosia *saprà*...»

«Non mi vuole dire che si è pugnalato da solo?» la voce di Miller era incredula. «Sciocchezze!»

«Oh, no, l'ha pugnalato qualcun altro, qualcuno che sapeva che lui era là dentro. È stato un omicidio senz'altro, un omicidio accuratamente progettato, premeditato da molto tempo.

Pensi agli altri personaggi dell'Otello. È Jago che avremmo dovuto ricordarci. Un continuo e sottile stillicidio avvelena la mente di Arnold Clayton, accenni, sospetti. L'onesto Jago, il fedele amico, l'uomo a cui si crede sempre! Arnold Clayton gli credeva, Arnold Clayton ha lasciato che si giocasse sulla sua gelosia. Si è lasciato portare al culmine della gelosia. Il piano di nascondersi nella cassapanca era un'idea di Arnold? Forse lui pensava che lo fosse... e così la scena viene preparata. Lo stiletto, sottratto discretamente qualche settimana prima, è pronto. Siamo alla serata: le luci sono basse, il grammofono è in funzione, due coppie ballano, l'unico senza compagna è indaffarato con i dischi che stanno nell'armadietto vicino alla cassapanca spagnola e al paravento che la nasconde. Scivola dietro il paravento, solleva il coperchio e colpisce... audace, ma facilissimo!»

«Ma Clayton avrebbe gridato!»

«No, se drogato» rispose Poirot. «Secondo quanto ha detto il maggiordomo, il corpo era nella posizione di una persona addormentata. Clayton era effettivamente addormentato, drogato dall'unica persona che avrebbe potuto drogarlo, l'uomo con cui aveva bevuto un aperitivo al club.»

«Jock?» La voce di Margharita si levò alta con stupore infantile. «Jock? Il caro vecchio Jock. No! Lo conosco da sempre! Perché mai Jock...»

Poirot si voltò verso di lei.

«Perché due italiani si sono battuti in duello per lei? Perché un giovane si è sparato? Jock McLaren è un uomo introverso, forse si era rassegnato a essere il suo fedele amico e di suo marito, ma poi arriva anche il maggiore Rich: è troppo! Con l'odio e il desiderio nel cuore progetta quello che è quasi il delitto perfetto, un duplice delitto perché è quasi certo che Rich ne sarà ritenuto colpevole. E, quando Rich e suo marito saranno entrambi eliminati... lui pensa che lei potrebbe appoggiarsi a lui. E forse, madame, lo avrebbe fatto... vero?»

Lei lo fissava con occhi spalancati per l'orrore...

Quasi inconsapevolmente bisbigliò:

«Forse... non so...»

L'ispettore Miller si intromise, parlando con tono improvvisamente autorevole.

«Questo resoconto fila, Poirot, lo ammetto; ma è una teoria, niente di più. Non c'è un briciolo di prova. Probabilmente non una sola parola corrisponde alla verità.»

«È tutto vero.»

«Ma non ci sono *prove*. Nulla in base a cui poter agire.»

«Si sbaglia, credo che McLaren, se lo accuserete lo ammetterà. Cioè, lo ammetterà se gli si dirà che Margharita Clayton sa...»

Poirot si interruppe e aggiunse:

«Perché, quando avrà saputo *questo*, saprà anche che ha perduto... che il delitto perfetto è stato inutile.»

Il sogno

Hercule Poirot diede un'occhiata attenta e ponderata alla casa. I suoi occhi si soffermarono sull'ambiente circostante, le botteghe, la massiccia struttura di uno stabilimento a destra, gli isolati di modeste costruzioni divise in appartamenti che aveva di fronte.

Infine i suoi occhi si posarono di nuovo su Northway House: una casa grandiosa che apparteneva chiaramente a un'epoca più antica, quando prati verdeggianti dovevano aver circondato la sua opulenta arroganza. Adesso era un anacronismo, sommerso e dimenticato nel mare turbinoso della Londra moderna e neanche un uomo su cinquanta avrebbe saputo dire dove fosse situata.

Non solo, ma poche persone avrebbero saputo dire a chi apparteneva per quanto il suo proprietario fosse uno degli uomini più ricchi del mondo. Ma il denaro può soffocare la pubblicità come stimolarla. Benedict Farley, questo eccentrico milionario, aveva preferito non strombazzare ai quattro venti la sua scelta in fatto di abitazione. Del resto, anche lui si faceva vedere in giro raramente. Di tanto in tanto appariva ai consigli di amministrazione e la sua figura asciutta, il naso a becco e la voce rauca dominavano facilmente l'assemblea dei direttori. A parte questo, era una figura nota per l'aura di leggenda che lo circondava. Famose erano le sue strane avarizie e le incredibili generosità, oltre ai particolari più personali – la celeste vestaglia a *patchwork* che, certo, doveva avere almeno ventotto anni, e il suo regime alimentare composto invariabilmente di zuppa di cavolo e caviale. C'era il suo odio per i gatti. Tutti fatti risaputi dalla gente.

E li sapeva anche Hercule Poirot. Anzi solo questo sapeva dell'uomo al quale stava andando a far visita. La lettera in una tasca del cappotto gli diceva ben poco di più.

Dopo aver osservato quella malinconica pietra miliare di un tempo ormai passato, salì i gradini della porta e schiacciò il bottone del campanello lanciando contemporaneamente un'occhiata all'elegante orologio da polso che aveva finalmente sostituito un altro favorito, il grosso cipollone da tasca di un precedente periodo della sua vita. Sì, erano le 9 e 30 precise. Come sempre, Hercule Poirot spaccava il minuto.

La porta venne aperta dopo il giusto intervallo di tempo. Un esemplare perfetto di maggiordomo si delineò contro la luce dell'atrio.

«Il signor Benedict Farley?» domandò Hercule Poirot.

Lo sguardo impersonale lo sfiorò da capo a piedi, non offensivo ma efficiente.

«Ha un appuntamento, signore?» domandò la voce cortese.

«Sì.»

«Il suo nome?»

«Hercule Poirot.»

Il maggiordomo si fece da parte. Hercule Poirot entrò. Il maggiordomo chiuse la porta dietro di lui.

Ma c'era un'ultima formalità da espletare prima che le sue abili mani prendessero il cappello e il bastone del visitatore.

«Mi scusi, signore. Ma devo chiederle una lettera.»

Con un gesto lento e deliberato, Poirot si tolse di tasca la lettera piegata in quattro e la porse al maggiordomo. Quest'ultimo le diede appena un'occhiata, poi la restituì con un inchino. Il suo contenuto era semplice:

Northway House, W.8

Monsieur Hercule Poirot.
Egregio signore,
il signor Benedict Farley gradirebbe chiedere un suo consiglio. Se

è conveniente per lei, sarebbe lieto di riceverla all'indirizzo di cui sopra alle 9,30 di domani (giovedì) sera.

Devotissimo.
Hugo Cornworthy
(segretario)

P.S.: Per favore, porti con sé questa lettera.

Il maggiordomo liberò Poirot con gesti rapidi e abili di cappello, bastone e soprabito. Poi disse: «Vuole seguirmi nell'ufficio del signor Cornworthy?».

Lo precedette per un'ampia scalinata. Poirot lo seguì osservando con l'aria di chi li sa apprezzare gli *objects d'art* di un tipo spiccatamente opulento e ridondante! I suoi gusti, in fatto d'arte, erano sempre stati alquanto *bourgeois*.

Al piano superiore il maggiordomo bussò a una porta.

Le sopracciglia di Hercule Poirot si alzarono lievemente: era la prima nota stonata. I migliori maggiordomi non bussano alle porte. Eppure questo, senza dubbio, era un maggiordomo di prima classe!

Si trattava, per così dire, del primo contatto con le eccentricità di un milionario.

Dall'interno ci fu una risposta. Il maggiordomo spalancò la porta. Annunciò: «Il signore che aspettava, signore». E di nuovo, Poirot provò la sensazione che venivano deliberatamente infrante le regole più ortodosse.

Poirot entrò. Era un locale discretamente vasto, arredato come un ufficio. Mobili di metallo per raccogliere il materiale di archivio, libri di consultazione, un paio di poltrone e un'imponente scrivania coperta di carte e documenti. Gli angoli della stanza erano in ombra perché l'unica luce proveniva da una grande lampada col paralume verde posata su un tavolino accanto al bracciolo di una delle poltrone. Era disposta in modo da gettare la luce su chi entrava dalla porta. Hercule Poirot sbatté le palpebre, quando si accorse che la lampadina doveva essere di almeno 150 watts. Nella poltrona sedeva una figura esile, avvolta – appunto! – in una vestaglia a *patchwork*, Benedict Farley. Teneva la testa un po' avanti, secondo un suo atteggiamento caratteristico, e il naso a becco sporgeva come quello di un uccello. Un ciuffo di capelli bianchi che sembrava la cresta di un pappagallo gli si alzava dalla fronte. I suoi occhi scintillavano dietro le spesse lenti mentre sogguardava con sospetto il suo visitatore.

«Ehi», disse infine, e la sua voce era stridula e rauca. «Così lei sarebbe Hercule Poirot, ehi?»

«Al suo servizio» disse educatamente Poirot, e si inchinò con una mano sullo schienale di una seggiola.

«Sieda, sieda» disse il vecchio in tono stizzoso.

Hercule Poirot sedette sotto la piena luce della lampada. Dall'ombra sembrava che il vecchio lo studiasse con attenzione.

«Come faccio a sapere che è Hercule Poirot, ehi?» domandò di cattivo umore. «Me lo dica un po', ehi?»

Di nuovo Poirot tirò fuori di tasca la lettera e la tese a Farley.

«Sì» ammise il milionario con riluttanza. «È quella. È quella che ho fatto scrivere al mio segretario, a Cornworthy!» La ripiegò e gliela restituì. «Dunque è proprio lei, vero?»

Con lieve gesto della mano Poirot disse:

«Le assicuro che non c'è nessun trucco.»

Benedict Farley scoppiò all'improvviso in una risatina. «Già, è quello che dice il prestidigitatore prima di tirar fuori un pesciolino rosso dal cappello. Nessun trucco. E dirlo fa già parte dell'imbroglio, sa?»

Poirot non rispose. Farley esclamò improvvisamente:

«Pensa che io sia un vecchio sospettoso? E, infatti, lo sono. Mai fidarsi di nessuno! Ecco il mio motto. Non ci si può fidare di nessuno quando si è ricchi! No, no, non va bene.»

«Desiderava consultarmi?» mormorò gentilmente Poirot cercando di riportarlo in argomento.

Il vecchio annuì.

«Precisamente. Comprare sempre il meglio. Ecco il mio motto. Andare dall'esperto e non badare a spese. Avrà notato, monsieur Poirot, che non le ho chiesto qual è il suo onorario. Mi manderà la parcella in seguito. E io non toglierò un centesimo da quello che le devo. Quegli idioti della latteria credevano di potermi far pagare le uova due scellini e nove pence quando il prezzo di mercato è di due scellini e sette pence. Sono un branco di imbroglioni! Io non mi lascio imbrogliare. Invece l'uomo-eccezione, il primo in senso assoluto, è diverso. Vale il denaro che chiede. Anch'io sono il primo in senso assoluto, e lo so.»

Hercule Poirot non rispose. Ascoltava con la testa leggermente piegata sulla spalla.

Ed era pienamente conscio di provare un gran senso di delusione. Non avrebbe saputo definirlo con esattezza, però. Fino a quel momento, Benedict Farley si era rivelato assolutamente identico all'idea che il pubblico si faceva di lui, eppure Poirot era deluso.

"Quest'uomo" disse tra sé, disgustato, "è una montatura, nient'altro che una montatura!"

Aveva conosciuto altri milionari, persone quanto mai eccentriche anche quelle, ma quasi in tutti i casi aveva trovato in loro una forza particolare, o perlomeno un'energia interiore che imponeva rispetto. Se portavano una vestaglia di stoffa a *patchwork*, era perché preferivano portare una vestaglia di quel genere. Ma la vestaglia di Benedict Farley (o perlomeno questa era l'impressione di Poirot) era, sostanzialmente, un costume da teatro, e quell'uomo stesso era, sostanzialmente, un istrione.

Ripeté ancora, con voce che non rivelava niente di quello che provava: «Desiderava consultarmi, signor Farley?».

Bruscamente, i modi del milionario cambiarono.

Si sporse in avanti. La sua voce si abbassò fino a diventare un rauco sussurrio:

«Sì. Sì. Voglio sentire quello che mi dice... quello che pensa. Scegliere sempre il meglio! Ecco la mia abitudine! Il dottore migliore... il detective migliore...»

«Fino a questo momento, monsieur, non capisco.»

«Naturalmente» ribatté Farley, tagliente. «Non ho ancora cominciato a raccontare.»

Si sporse di nuovo in avanti e gli rivolse a bruciapelo una domanda: «Cosa ne sa, monsieur Poirot, dei sogni?».

Le sopracciglia del detective si alzarono. Si sarebbe aspettato qualsiasi cosa, ma non questo.

«Le raccomanderei il *Libro dei Sogni di Napoleone*, per questo, signor Farley, oppure lo psicologo più alla moda di Harley Street.»

Benedict Farley rispose asciutto: «Li ho già provati, tutti e due».

Ci fu una pausa, poi il milionario riprese a parlare, in principio quasi in un bisbiglio, poi con una voce che diventava sempre più alta:

«È lo stesso sogno, una notte dopo l'altra. E io ho paura, dico... ho paura... È sempre lo stesso. Sono seduto nella mia camera, adiacente a questa. Seduto alla scrivania, scrivo. C'è un orologio a muro, di là, e io lo guardo e leggo l'ora, esattamente le tre e ventotto minuti. Sempre la stessa ora, capisce?»

«Sì.»

«E quando vedo l'ora so che cosa devo fare, monsieur Poirot. Non voglio... mi ripugna... ma devo farlo.»

La sua voce si era fatta stridula.

«E che cosa dovrebbe fare?» domandò Poirot, imperturbabile.

Benedict Farley rispose con voce rauca: «Alle tre e ventotto minuti apro il secondo cassetto a destra della scrivania, tiro fuori la pistola, la carico e mi avvicino alla finestra. E poi... e poi...».

«Sì?»

Benedict Farley disse, in un sussurrio:

«Poi mi sparo.» Un silenzio.

Infine Poirot chiese: «Questo è il sogno? E si ripete ogni notte?».

«Sì.»

«E cosa succede dopo che si è sparato?»

«Mi sveglio.»

Poirot annuì, pensieroso. «Tanto per avere un chiarimento, posso sapere se tiene una pistola proprio in quel cassetto?»

«Sì.»

«Perché?»

«L'ho sempre fatto. È meglio essere preparati.»

«Preparati a che cosa?»

Farley rispose stizzito: «Un uomo nella mia posizione deve sempre stare in guardia. Tutti i ricchi hanno dei nemici».

Poirot non volle insistere. Rimase in silenzio un momento o due e poi disse: «Per quale ragione, mi ha mandato a chiamare?».

«Glielo dico subito. Per prima cosa ho consultato un medico, anzi tre.»

«Sì?»

«Il primo disse che la colpa era del mio regime alimentare. Era un uomo anziano. Il secondo, un giovanotto che segue le teorie più moderne nella medicina, mi assicurò che alla radice di tutto c'era un determinato avvenimento della mia infanzia, accaduto a quell'ora precisa del pomeriggio, le tre e ventotto minuti. Secondo lui, io sono talmente deciso a non ricordare quell'avvenimento che questo gesto di auto-distruzione è un simbolo con il quale esprimo il mio rifiuto.»

«E il terzo dottore?» domandò Poirot.

La voce di Farley si levò, stridula.

«Anche lui è un giovanotto. E ha una teoria strampalata! Asserisce che la vita mi è talmente insopportabile da farmi desiderare di metterle fine! Ma, dal momento che ammettere questo fatto significherebbe ammettere che sono un fallito, io rifiuto questa verità quando sono sveglio. Invece, quando dormo, tutte le inibizioni cadono e mi accingo a fare *quello che è il mio reale desiderio*. Mettere fine alla mia vita.»

Poirot disse: «L'opinione di questo specialista, dunque, sarebbe che, inconsciamente, aspira al suicidio?».

Benedict Farley strillò eccitato:

«Ed è impossibile... impossibile. Sono perfettamente felice. Ho tutto quello che desidero... tutto quello che il denaro può comprare. È incredibile solo supporre una cosa del genere!»

Poirot lo guardò con interesse. Forse qualcosa nelle mani colte da un tremito, nella querula asprezza della voce, lo avvertì che quel diniego era *troppo* veemente. Ma si limitò a dire:

«E la mia parte, in tutto questo, quale sarebbe, monsieur?»

Benedict Farley si placò di colpo. E si mise a battere enfaticamente con un dito sul tavolino che aveva di fianco.

«Esiste un'altra possibilità. E se è così, soltanto lei può saperlo. È famoso, ha risolto centinaia di casi... casi fantastici, inimmaginabili! Se c'è qualcuno che può saperlo, è lei.»

«Sapere che cosa?»

La voce di Farley si abbassò fino a diventare un mormorio.

«Supponiamo che qualcuno voglia ammazzarmi. Potrebbe riuscirci in questo modo? Potrebbero riuscire a farmi fare questo sogno una notte dopo l'altra?»

«Ipnotismo, vuole dire?»

«Sì.»

«Sarebbe possibile, immagino» disse infine Poirot dopo averci pensato.

«Non ha mai incontrato un caso del genere, durante tutta la sua esperienza di investigatore?»

«Proprio di questo genere, no.»

«Capisce vero, quello a cui alludo? Vengo costretto a fare lo stesso sogno una notte dopo l'altra, finché un giorno la suggestione è talmente forte *che compio quel gesto*! Faccio quel che ho sognato così spesso: mi uccido!»

Lentamente Hercule Poirot scosse la testa.

Farley domandò: «Non lo crede possibile?».

«*Possibile?*» Poirot scosse la testa. «Non è una parola con la quale mi piace aver a che fare.»

«Però lo crede improbabile?»

«Estremamente improbabile.»

Benedict Farley mormorò: «Lo dice anche il dottore». Poi la sua voce si fece di nuovo acuta: «Ma perché faccio questo sogno? Perché, perché?».

Hercule Poirot scosse la testa. Benedict Farley esclamò bruscamente: «È sicuro che non le è mai capitato un caso simile, con tutte le esperienze che ha avuto?».

«Mai.»

«Era quello che volevo sapere.»

Delicatamente, Hercule Poirot si raschiò la gola.

«Mi permette una domanda?»

«Quale sarebbe? Quale sarebbe? Dica pure quello che vuole.»

«Chi sospetta che voglia ucciderla?»

«Nessuno. Assolutamente nessuno» ribatté Farley, tagliente.

Poirot insistette: «Però le era balenata questa idea?».

«Volevo sapere... se esisteva questa possibilità.»

«Parlando per esperienza, dovrei dire di no. A proposito, è mai stato ipnotizzato?»

«No, naturalmente! Cosa crede? Che mi sarei prestato a una simile idiozia?»

«Allora posso dire che la sua teoria è assolutamente improbabile.»

«Ma il sogno, babbeo che non è altro... il sogno.»

«Certo il sogno è interessante» disse Poirot soprappensiero. Fece una pausa, poi continuò; «Mi piacerebbe vedere l'ambiente in cui si svolge questa scena drammatica... la scrivania, l'orologio a muro e la pistola».

«Naturalmente. La conduco nell'altra stanza.»

Raccogliendosi intorno al corpo le pieghe della vestaglia, il vecchio fece per alzarsi dalla poltrona. Ma tornò a sedersi improvvisamente, come se lo avesse colpito un'idea.

«No» disse. «Non c'è niente di là. Le ho spiegato io tutto quello che c'era da spiegare.»

«Preferirei vederlo con i miei occhi...»

Benedict Farley ribatté: «Non ce n'è bisogno. Mi ha già dato il suo parere».

Poirot si strinse nelle spalle. «Come preferisce.» Si alzò in piedi. «Sono spiacente di non aver potuto esserle di aiuto, signor Farley.»

Benedict Farley stava fissando il vuoto davanti a sé.

«Non voglio tante complicazioni» ringhiò. «Le ho descritto i fatti; non sa come spiegarli. La faccenda è chiusa. Può mandarmi la parcella per la consultazione.»

«Non mancherò di farlo» disse il detective seccamente. E si avviò alla porta.

«Si fermi un momento» gli gridò dietro il milionario. «Quella lettera... la voglio.»

«La lettera del suo segretario?»
«Sì.»
Le sopracciglia di Poirot si alzarono. Estrasse di tasca il foglio ripiegato e lo porse al vecchio. Quest'ultimo lo scrutò, poi lo appoggiò sul tavolino di fianco a sé con un cenno affermativo.
Hercule Poirot si avviò di nuovo alla porta. Era perplesso. Il suo cervello continuava a pensare e ripensare alla storia che gli era stata raccontata. Eppure in tutto quel turbinio di pensieri c'era qualcosa che gli dava fastidio. Qualcosa che non era chiaro. Ma riguardava lui stesso, Hercule Poirot, non Benedict Farley.
Era con la mano sul pomo della porta, quando, in un lampo, tutto gli fu chiaro. Lui, Hercule Poirot, stava rendendosi colpevole di un errore! Tornò a voltarsi.
«Molte, molte scuse! Ma ero tanto interessato al suo problema che ho commesso un errore. La lettera che le ho appena consegnato... ho infilato la mano nella tasca destra per sbaglio... invece che nella sinistra...»
«E allora? Cosa c'è? Cos'è questa storia?»
«La lettera che le ho appena consegnato... è della mia lavandaia la quale mi chiede scusa per il trattamento subito dai miei disgraziati colletti.» Poirot stava sorridendo, confuso. Cacciò la mano nella tasca sinistra. «Ecco la sua lettera.»
Benedict Farley la afferrò con malagrazia, borbottando: «Maledizione! Perché non sta attento a quello che fa?».
Poirot recuperò il messaggio della lavandaia, mormorò qualche garbata parola di scusa e uscì dalla stanza. Si fermò per un attimo sul pianerottolo che era spazioso. Proprio di fronte a lui c'era un'antica panca di quercia dietro una tavola da refettorio. Sul tavolo erano disposte varie riviste. C'erano anche due poltrone e un tavolino con un vaso di fiori. Pensò che assomigliava alla sala d'attesa di un dentista.
Il maggiordomo era nell'atrio, da basso, e aspettava di accompagnarlo alla porta.
«Posso chiamarle un tassì, signore?»
«No, grazie. È una bella serata. Faccio quattro passi.»

Hercule Poirot si fermò un momento sul marciapiede, aspettando una sosta nel traffico per attraversare la strada.

Una ruga profonda gli si era disegnata sulla fronte.

"No" si disse. "Non capisco proprio. Non ha senso. È sgradevole da ammettere ma io, Hercule Poirot, sono completamente sconcertato."

Questo avrebbe potuto considerarsi il primo atto di un dramma. Il secondo seguì una settimana dopo. Cominciò con una telefonata da parte di un certo John Stillingfleet, medico.

Costui disse, con assoluta mancanza di decoro professionale:

«Pronto, è lei Poirot, vecchio ronzino? Sono Stillingfleet.»

«Ah, sì, caro amico. Cosa c'è?»

«Telefono da Northway House... la casa di Benedict Farley.»

«Ah, sì» disse Poirot e dal tono della sua voce si poté capire che il suo interesse si fosse notevolmente acuito. «Che ne è di mister Farley?»

«Farley è morto. Si è sparato oggi nel pomeriggio.»

Una pausa e poi Poirot disse:

«Sì?»

«Mi accorgo che non è sopraffatto dalla sorpresa. Ne sapeva qualcosa, vecchio mio?»

«Cosa glielo fa pensare?»

«Abbiamo trovato una lettera che le ha mandato Farley, per darle un appuntamento press'a poco una settimana fa.»

«Capisco.»

«Abbiamo qui un ispettore della polizia, mite come un agnello... bisogna andarci cauti, sa, quando uno di questi milionari si manda al Creatore da solo. Mi sono chiesto se non poteva fare un po' di luce su questo caso. Se la sua risposta è affermativa, non verrebbe qui?»

«Vengo subito.»

«Buon per lei, vecchio mio. C'è qualcosa di losco, qui dentro, che richiede una determinata prassi date le circostanze, eh?»

Poirot si limitò a ripetere che sarebbe uscito di casa immediatamente.

«Non vuole vuotare il sacco al telefono, eh? Ha perfettamente ragione. A presto.»

Un quarto d'ora dopo Poirot era seduto nella biblioteca, un locale lungo e stretto che dava sulla facciata posteriore di Northway House, al piano terreno. Nel locale c'erano altre cinque persone: l'ispettore Barnett, il dottor Stillingfleet, la signora Farley, vedova del milionario, Joanna Farley, la sua unica figlia, e Hugo Cornworthy, il suo segretario.

L'ispettore Barnett aveva un aspetto da vecchio soldato, e sembrava pieno di discrezione. Il dottor Stillingfleet, che, professionalmente, aveva uno stile del tutto diverso da quello che usava al telefono, era un uomo giovane, alto, con la faccia magra, sulla trentina. La signora Farley, lo si vedeva alla prima occhiata, doveva essere molto più giovane del marito. Era una bella donna con i capelli neri. Aveva la bocca dura, e i suoi occhi non rivelavano niente di quelli che potevano essere i suoi sentimenti. Sembrava perfettamente controllata. La figliastra, Joanna Farley, aveva i capelli biondi e la faccia piena di lentiggini. Il naso a becco e il mento aguzzo erano un'eredità paterna. I suoi occhi erano intelligenti e acuti. Hugo Cornworthy, il segretario, era un giovanotto dall'aria piuttosto scialba, vestito molto correttamente. Pareva intelligente ed efficiente.

Dopo i saluti e le presentazioni, Poirot descrisse con semplicità le circostanze della sua visita e la storia che Benedict Farley gli aveva raccontato. Non poté certo lamentarsi di mancanza d'interesse da parte dei presenti.

«La storia più straordinaria che abbia mai sentito» esclamò l'ispettore. «Un sogno, eh?... Ne sapeva qualcosa, signora Farley?»

Lei chinò la testa. «Mio marito me ne aveva accennato. L'aveva profondamente sconvolto. Io... io gli dissi che doveva essere indigestione... il suo regime alimentare, come lei sa, era molto particolare; gli suggerii di parlarne con il dottor Stillingfleet.»

Il giovanotto, così chiamato in causa, scosse la testa. «Non mi consultò. Da quello che dice monsieur Poirot devo arguire che si è rivolto ai professori di Harley Street.»

«Vorrei la sua opinione su questo punto, dottore» disse Poirot. «Il signor Farley mi raccontò di aver consultato tre specialisti. Cosa ne pensa delle loro teorie?»

Stillingfleet aggrottò le sopracciglia.

«È difficile dirlo. Deve tener conto del fatto che ciò che le è stato raccontato non era esattamente il responso dei medici. Ma l'interpretazione di un profano.»

«Vuole dire che aveva sbagliato la fraseologia?»

«Non esattamente; voglio dire che è logico che gli avessero descritto il suo caso in termini professionali, che lui capì in parte erroneamente e, in seguito, cercò di riferire con le proprie parole.»

«Quindi, ciò che mi ha detto non era l'esatto responso degli specialisti.»

«Nell'insieme sì, solo che l'ha travisato leggermente, mi capisce?»

«Sappiamo quali sono i medici consultati?» domandò Poirot, dopo aver annuito, pensieroso.

La signora Farley scosse la testa.

La figliastra intervenne:

«Nessuno di noi immaginava che fosse andato a consultarne uno!»

«Poirot disse: «Le aveva parlato del suo sogno?».

La ragazza scosse la testa.

«E a lei, signor Cornworthy?»

«No, non mi aveva detto assolutamente niente. Ho scritto quella lettera, che il signor Farley mi aveva dettato, ma non avevo la minima idea del motivo per cui desiderava consultarla. Pensavo avesse a che fare con qualche irregolarità amministrativa.»

Poirot domandò: «E adesso vogliamo parlare dei fatti reali? Cioè del modo in cui è avvenuta la morte del signor Farley?».

Dopo aver guardato con aria interrogativa la signora Farley e il dottor Stillingfleet, l'ispettore Barnett decise di assumersi il compito di portavoce:

«Il signor Farley aveva l'abitudine di lavorare nel proprio studio al primo piano, ogni pomeriggio. A quanto ho saputo, c'era la prospettiva di una grossa fusione di certe società commerciali...»

Guardò Hugo Cornworthy, il quale disse: «Le Consolidated Coach Lines».

«Per questo» continuò Barnett «il signor Farley aveva acconsentito a concedere un'intervista a due giornalisti. Non capita di frequente, in cinque anni è successo una volta sola, mi pare. Di conseguenza, due cronisti arrivarono alle tre e un quarto, l'ora stabilita per l'appuntamento. Aspettarono fuori dalla porta del signor Farley al primo piano. Alle tre e venti, arrivò un fattorino dall'ufficio delle Consolidated Coach Lines con dei documenti urgenti. Quando il fattorino uscì di nuovo, il signor Farley lo accompagnò fino alla porta del suo studio e, di lì, parlò con i due rappresentanti della stampa.

«"Mi spiace di dovervi fare aspettare, signori, ma devo sbrigare un affare urgente. Faccio più in fretta che posso."

«I due uomini, i signori Adams e Stoddart, gli assicurarono che avrebbero aspettato finché era necessario. Lui rientrò nello studio, chiuse la porta e nessuno più lo vide vivo!»

«Continui» disse Poirot.

«Un po' dopo le quattro,» proseguì l'ispettore «il signor Cornworthy uscì dal suo ufficio, adiacente a quello del signor Farley, e rimase sorpreso di vedere i due giornalisti che aspettavano ancora di essere ricevuti. Doveva far firmare al signor Farley qualche lettera e pensò che avrebbe fatto meglio a ricordargli che c'erano quei due signori. Quindi entrò nello studio del signor Farley. Al primo momento credette che la stanza fosse vuota. Poi scorse una scarpa che sporgeva da dietro la scrivania (che è situata davanti alla finestra) e vi si precipitò. Qui vide il signor Farley disteso sul pavimento con una pistola accanto.

«Il signor Cornworthy uscì precipitosamente dalla stanza e disse al maggiordomo di telefonare al dottore e, su consiglio di quest'ultimo, informò anche la polizia.»

Poirot chiese: «Il rumore dello sparo è stato sentito da qualcuno?».

«No. Qui il traffico è molto rumoroso, e la finestra del pianerottolo era spalancata. Fra autocarri e clacson di macchine è molto improbabile che qualcuno se ne accorgesse.»

Poirot era pensieroso. «A che ora si presume sia morto?» domandò.

Stillingfleet disse:

«Ho esaminato il corpo appena sono arrivato... cioè, alle quattro e trentuno minuti. Il signor Farley era deceduto almeno da un'ora.»

La faccia di Poirot era molto seria.

«Quindi sembra possibile che la sua morte sia avvenuta all'ora che menzionò, alle tre e ventotto minuti.»

«Esattamente» disse Stillingfleet.

«Nessuna impronta sulla pistola?»

«Sì, quelle del signor Farley.»

«E la pistola?»

L'ispettore riprese il suo racconto:

«Era quella che teneva nel secondo cassetto di destra della scrivania, proprio come le aveva detto. La signora Farley l'ha identificata senza esitazione. Per di più, capisce, c'è un solo modo di entrare nella stanza, per la porta che dà sul pianerottolo. I due giornalisti erano seduti proprio di fronte a quella porta e giurano che nessuno è passato di lì dal momento in cui il signor Farley ha parlato con loro a quello in cui il signor Cornworthy l'ha aperta per entrare nello studio del signor Farley poco dopo le quattro.»

«Quindi esistono validi motivi per supporre che il signor Farley si sia suicidato?»

L'ispettore abbozzò un sorriso: «Non ci sarebbe stato il minimo dubbio se non esistesse un piccolo particolare che non va trascurato».

«E quale sarebbe?»

«La lettera scritta a lei.»

Anche Poirot sorrise.

«Capisco. Quando c'è di mezzo Hercule Poirot, si fa strada immediatamente il sospetto di un delitto!»

«Precisamente» rispose l'ispettore secco secco. «Tuttavia, dopo che ha chiarito la situazione...»

Poirot lo interruppe: «Un minutino». Si rivolse alla signora Farley: «Suo marito non è mai stato ipnotizzato?».

«Mai.»

«Aveva studiato l'argomento dell'ipnotismo? Era un soggetto che lo interessava?»

Lei scosse la testa. «Non mi pare.»

D'un tratto l'autocontrollo di cui aveva dato prova fino a quel momento l'abbandonò: «Quell'orribile sogno! È assurdo! Incredibile! Che dovesse farlo tutte le notti, una dopo l'altra e poi... e poi... È come se fosse stato *perseguitato e spinto* alla morte!».

Poirot ricordò di aver sentito Benedict Farley che ripeteva: «*Mi accingo a fare quello che è il mio reale desiderio. Metter fine alla mia vita*».

Disse: «Le è mai venuto in mente che suo marito potesse provare la tentazione di suicidarsi?».

«No... perlomeno... qualche volta era molto strano.»

La voce di Joanna Farley interloquì, limpida e sdegnosa: «Papà non si sarebbe mai ucciso. Era troppo pieno di attenzioni per se stesso».

Il dottor Stillingfleet disse: «Generalmente non sono le persone che minacciano di suicidarsi a mettere in pratica questo tragico proposito, sa, signorina Farley? Ecco perché, qualche volta, i suicidi sono inspiegabili».

Poirot si alzò in piedi. «Potrei vedere la stanza dove è avvenuta la tragedia?» domandò.

«Certo. Dottor Stillingfleet, lo accompagni lei.»

Il dottore salì con Poirot al piano di sopra.

Lo studio di Benedict Farley, molto più ampio di quello del segretario, era arredato lussuosamente con capaci poltrone di cuoio, un folto tappeto e una stupenda scrivania di proporzioni fuori dell'ordinario.

Poirot passò dietro a quest'ultima dove si vedeva una macchia scura sul tappeto, proprio davanti alla finestra. Ricordò il milionario che diceva: «*Alle tre e ventotto minuti apro il secondo cassetto a destra della scrivania, tiro fuori la pistola che vi tengo abitualmente, la carico e mi avvicino alla finestra. E poi... e poi mi sparo*».

Annuì lentamente. Poi disse:

«La finestra era aperta come adesso?»

«Sì. Ma nessuno avrebbe potuto entrare da quella parte.»

Poirot mise fuori la testa. Non c'era né davanzale né parapetto, e neanche qualche tubo di scarico nelle vicinanze. Neanche un gatto avrebbe potuto avere accesso allo studio entrando di lì. Di fronte si alzava il muraglione di confine dello stabilimento, una parete vuota, senza finestre.

Il medico disse: «Strano studio per un uomo così ricco! Guarda su un muro che sembra quello di una prigione».

«Già» disse Poirot. Tirò dentro la testa e rimase a fissare quell'estensione compatta di mattoni. «Credo» disse «che quel muro sia importante.»

Stillingfleet lo guardò incuriosito. «Vuole dire... da un punto di vista psicologico?»

Poirot era tornato alla scrivania. Distrattamente, o almeno questa fu l'impressione che poteva dare, prese un paio di mollette retrattili, a scatto. Premette i manici e le branche scattarono, estendendosi in tutta la loro lunghezza. Delicatamente, Poirot se ne servì per raccogliere un fiammifero spento che si trovava vicino a una seggiola, a più di un metro di distanza e successivamente, lo depositò con ogni cura nel cestino della carta straccia.

«Quando avrà finito di gingillarsi con quella roba...» disse Stillingfleet in tono irritato.

«Un'invenzione ingegnosa...» mormorò Poirot e appoggiò di nuovo le mollette retrattili sulla scrivania. Poi domandò: «Dove erano la signora Farley e la figliastra all'ora del... la morte?».

«La signora stava riposando nella sua camera che si trova al piano superiore a questo. La signorina Farley stava dipingendo nel suo studio all'ultimo piano della casa.»

Hercule Poirot tamburellò distrattamente con le dita sul tavolo per un minuto o due. Infine disse:

«Vorrei vedere la signorina Farley.»

Stillingfleet gli lanciò un'occhiata piena di curiosità e poi lasciò la stanza. Nel giro di un paio di minuti la porta si aprì e Joanna Farley entrò.

«Le dispiacerebbe se le facessi qualche domanda?»

La ragazza ricambiò freddamente il suo sguardo. «Prego, mi domandi pure quello che vuole.»

«Sapeva che suo padre teneva una pistola nella scrivania?»

«No.»

«Dove era, lei e sua madre... cioè la sua matrigna... è giusto?»

«Sì, Louise è la seconda moglie di mio padre. Ha soltanto otto anni più di me. Stava dicendo...?»

«Dov'eravate giovedì della settimana scorsa. Anzi, più precisamente, giovedì sera?»

«Giovedì? Mi lasci un po' pensare. Oh, sì, eravamo andate a teatro. A vedere *Il cagnolino si mise a ridere.*»

«Suo padre non si era offerto di accompagnarvi?»

«Non andava mai a teatro.»

«Cosa faceva di solito, alla sera?»

«Se ne stava qui seduto a leggere.»

«Non era un uomo molto socievole?»

La ragazza lo guardò dritto negli occhi. «Mio padre» disse «aveva una personalità singolarmente sgradevole. Nessuno, che vivesse a continuo contatto con lui, poteva volergli bene.»

«Questa è un'affermazione estremamente candida, mademoiselle.»

«Le sto facendo risparmiare tempo, monsieur Poirot. Capisco perfettamente dove vuole andare a mirare. La mia matrigna ha sposato papà per i suoi soldi. Io vivo qui in casa perché non ho il denaro necessario per vivere altrove. C'è un uomo che vorrei sposare... un uomo povero... e mio padre si è affrettato a fargli perdere l'impiego. Lui voleva che facessi un buon matrimonio... una cosa facile, visto che dovevo essere la sua erede!»

«Eredita lei il patrimonio di suo padre?»

«Sì. Cioè, ha lasciato a Louise, la mia matrigna, duecentocinquantamila sterline esenti dalle tasse, e poi ci sono altri legati, ma il resto viene a me.» Sorrise improvvisamente. «Quindi, vede, monsieur Poirot, che io avevo un motivo per desiderare la morte di mio padre!»

«Mi accorgo che ha ereditato la sua intelligenza!»

La ragazza, con aria pensierosa, disse: «Papà era intelligente... Lo si capiva appena si stava un po' con lui, che aveva forza, e capacità di dirigere gli altri... solo che tutte queste qualità erano inacidite, era diventato cattivo, amaro. Non gli restava più umanità...».

Hercule Poirot esclamò sommessamente: «*Grand Dieu*, sono un grande imbecille...».

Joanna Farley si avviò alla porta: «C'è altro?».

«Ancora due piccole domande. Queste mollette retrattili...» e prese in mano l'arnese «erano sempre sulla scrivania?»

«Sì. Papà le adoperava per raccogliere gli oggetti. Non gli piaceva chinarsi.»

«Un'altra domanda: suo padre aveva la vista buona?»

Joanna lo guardò, sbarrando gli occhi. «Oh, no, non ci vedeva per niente! Voglio dire che non ci vedeva senza occhiali. Aveva sempre avuto una vista debolissima, fin da bambino.»

«Ma, con gli occhiali?»

«Oh, allora, naturalmente, ci vedeva benissimo.»

«Poteva leggere i giornali e la stampa molto piccola?»

«Oh, sì.»

«È tutto, mademoiselle.» Mentre Joanna usciva dalla stanza, Poirot mormorò: «Che stupido sono stato. Ce l'avevo qui, sotto il naso, per tutto il tempo. E non lo vedevo, proprio perché era così vicino».

Si sporse un'altra volta dalla finestra. Giù, in basso, nello stretto passaggio che divideva la casa dallo stabilimento, vide un piccolo oggetto nero.

Hercule Poirot annuì soddisfatto. Ridiscese in biblioteca.

Gli altri erano ancora lì. Poirot si rivolse al segretario: «Vorrei che mi raccontasse dettagliatamente le circostanze esatte in cui il signor Farley mi ha fatto convocare. Per esempio, quando le ha dettato quella lettera?»

«Mercoledì pomeriggio... verso le cinque e mezzo, se ben ricordo.»

«Aveva dato qualche direttiva particolare sul modo in cui impostarla?»

«Mi disse di impostarla personalmente.»
«E lei ha fatto ciò che chiedeva?»
«Sì.»
«Aveva dato istruzioni speciali al maggiordomo in previsione della mia visita?»
«Sì. Mi disse di avvertire Holmes (Holmes è il maggiordomo) che sarebbe venuto a fargli visita un signore alle nove e mezzo di sera. Doveva domandare a quel signore il suo nome. E doveva anche farsi mostrare la lettera.»
«Precauzioni abbastanza curiose, non trova?»
Cornworthy si strinse nelle spalle.
«Il signor Farley era un uomo abbastanza stravagante.»
«Nessun'altra istruzione?»
«Sì. Mi disse di prendermi una serata di libertà.»
«E lei?»
«Subito dopo aver cenato, sono andato al cinema.»
«Quando è ritornato?»
«Sono entrato con la mia chiave alle undici e un quarto.»
«Ha visto ancora il signor Farley quella sera?»
«No.»
«E lui non ha accennato alla questione la mattina successiva?»
«No.»
Poirot fece una pausa, poi riprese: «Quando sono arrivato, non sono stato introdotto nello studio del signor Farley».
«No. Mi aveva detto di riferire a Holmes di farla passare nel mio ufficio.»
«Per quale motivo?»
Cornworthy scosse la testa. «Non chiedevo mai spiegazioni degli ordini del signor Farley» disse asciutto. «Si sarebbe risentito.»
«Generalmente, riceveva i visitatori nel suo studio?»
«Di solito. Ma non sempre. Qualche volta li riceveva anche nel mio ufficio.»
«C'era un motivo?»
Hugo Cornworthy ci pensò un momento. «No... non mi pare. A dire la verità non ci ho mai fatto caso.»

Rivolgendosi alla signora Farley, Poirot domandò:

«Permette che suoni per chiamare il maggiordomo?»

«Certamente, monsieur Poirot.»

Molto corretto, molto educato, Holmes rispose al campanello.

«Ha suonato, signora?»

La signora Farley gli indicò Poirot con un gesto. Holmes si voltò educatamente verso di lui: «Sì, signore?».

«Quali erano le sue istruzioni, Holmes, giovedì sera quando sono venuto?»

Holmes si schiarì la gola, poi disse:

«Dopo cena il signor Cornworthy mi disse che aspettava un certo monsieur Hercule Poirot alle nove e mezzo. Dovevo accertarmi che quello fosse il nome del signore e verificare l'esattezza dell'informazione guardando una lettera. Poi dovevo accompagnarlo nell'ufficio del signor Cornworthy, di sopra.»

«Le era stato anche detto di bussare alla porta?»

Un'espressione di disgusto si disegnò sulla faccia del maggiordomo.

«Quello era uno degli ordini del signor Farley. Dovevo sempre bussare quando accompagnavo un visitatore... cioè una persona che veniva per ragioni di affari» aggiunse.

«Ah, ecco perché mi aveva lasciato perplesso! Le erano state date altre istruzioni a mio riguardo?»

«Nossignore. Il signor Cornworthy mi disse quello che le ho appena ripetuto, e poi uscì.»

«Che ore erano?»

«Le nove meno dieci, signore.»

«In seguito, ha ancora visto il signor Farley?»

«Sì, signore, gli ho portato un bicchiere di acqua calda come al solito, alle nove.»

«E in quel momento si trovava nel proprio studio o nell'ufficio del signor Cornworthy?»

«Era nel proprio studio, signore.»

«Non ha notato niente di diverso dal solito nella stanza?»

«Diverso dal solito? Nossignore.»

«Dov'erano la signora e la signorina Farley?»

«Erano andate a teatro, signore.»

«Grazie, Holmes.»

Holmes si inchinò e uscì. Poirot si rivolse alla vedova del milionario.

«Ancora una domanda, signora Farley: suo marito aveva una buona vista?»

«No. Senza occhiali, no.»

«Era molto miope?»

«Oh, sì, senza gli occhiali non poteva far niente.»

«Ne aveva parecchie paia?»

«Sì.»

«Ah!» esclamò Poirot. Si appoggiò allo schienale della seggiola. «Credo che questo concluda il caso...»

Nella stanza calò il silenzio. Tutti guardavano Poirot che, comodamente seduto, si stava accarezzando i baffi con aria compiaciuta. Sulla faccia dell'ispettore si leggeva la perplessità; il medico, John Stillingfleet, aveva aggrottato le sopracciglia; il segretario lo fissava semplicemente, senza capire; la signora Farley lo guardava attonita e Joanna Farley incuriosita.

Il silenzio fu rotto dalla signora Farley. «Non capisco, signor Poirot» disse con voce stizzita. «Il sogno...»

«Sì» ammise Poirot. «Il sogno era molto importante.»

La signora Farley fu colta da un brivido. Disse:

«Non ho mai creduto al soprannaturale prima d'ora, ma adesso... sognare una notte dopo l'altra quello che è accaduto...»

«È straordinario!» esclamò il medico. «Straordinario! Se non avessimo la sua parola, Poirot, cioè se non lo sapessimo direttamente da lei...» Tossicchiò imbarazzato. «Le chiedo scusa, signora Farley. Se il signor Farley in persona non avesse raccontato questa storia...»

«Precisamente» disse Poirot. I suoi occhi, socchiusi fino a quel momento, si spalancarono. «*Se Benedict Farley non mi avesse raccontato...*»

Tacque per un momento, sfiorando con gli occhi quella cerchia di facce smarrite.

«Dovete capirmi: la sera della mia visita qui sono avvenute

determinate cose che non ero stato capace di spiegarmi. Prima di tutto, perché insistere tanto sul fatto che dovevo portare con me quella lettera?»

«Identificazione» suggerì Cornworthy.

«No, no, caro giovanotto. Via, andiamo, è un'idea troppo ridicola. Ci doveva essere qualche ragione ben più valida. Perché il signor Farley non mi domandò soltanto di mostrare quella lettera ma pretese addirittura che gliela lasciassi! E c'è di più. Anche dopo, non la stracciò e venne ritrovata fra le sue carte questo pomeriggio. Perché l'ha conservata?»

Si sentì la voce di Joanna Farley: «Voleva, nel caso gli succedesse qualcosa, che tutto quello che riguardava il suo strano sogno fosse risaputo».

Poirot annuì con aria di approvazione.

«È astuta, mademoiselle! Quello deve... anzi può essere l'unico motivo di aver conservato la lettera. Morto lui, la storia dello strano sogno doveva essere raccontata. Il sogno era molto importante. Il sogno, mademoiselle, era vitale!»

Poi proseguì: «Adesso arrivo al secondo punto. Dopo aver sentito la sua storia, domandai al signor Farley di mostrarmi la scrivania e la pistola. Per un attimo sembrò che volesse alzarsi per farlo, poi improvvisamente rifiutò. Perché quel rifiuto?».

Questa volta, nessuno suggerì una risposta.

«Proverò a fare questa domanda in un modo diverso. *Cosa c'era nella stanza accanto che il signor Farley non voleva farmi vedere?*»

Ancora silenzio.

«Sì,» disse Poirot «è difficile, questo, da spiegare. Eppure ci doveva essere qualche ragione... una ragione impellente per cui il signor Farley mi ricevette nell'ufficio del suo segretario e si rifiutò di punto in bianco di condurmici. *In quella stanza c'era qualcosa che lui non poteva correre il rischio di farmi vedere.*

«E adesso vengo alla terza cosa inesplicabile che accadde quella sera. Mentre stavo uscendo il signor Farley mi chiese di consegnargli la lettera che avevo ricevuto. Inavvertitamente gli diedi un messaggio della mia lavandaia. Lui gli diede un'occhiata e lo depose sul tavolino vicino a sé. Prima di lasciare la stanza, scoprii il mio errore e mi affrettai a mettervi riparo. Poi, lasciai questa casa e... lo ammetto... mi trovai completamente in alto mare! L'intera faccenda e soprattutto l'ultimo fatterello che era avvenuto, mi sembravano del tutto incomprensibili.»

Si guardò intorno, passando con gli occhi dall'una all'altra faccia.

«Non capite?»

Stillingfleet disse: «Non riesco proprio a vedere cosa c'entri la sua lavandaia, Poirot».

«La mia lavandaia» disse Poirot «è stata molto importante. Quella sciagurata donna che mi rovina i colli delle camicie, per la prima volta in vita sua è stata utile a qualcuno. Non ditemi che non capite! Il signor Farley lanciò un'occhiata a quel messaggio... *un'occhiata* avrebbe dovuto bastargli per accorgersi che era la lettera sbagliata... e invece non lo capì. *Per quale motivo? Perché non ci vedeva bene.*»

«Ma non portava gli occhiali?» domandò vivacemente l'ispettore Barnett.

Hercule Poirot sorrise: «Sì» disse. «Aveva gli occhiali. È proprio quello che rende così interessante questo dettaglio.»

Si sporse in avanti.

«Il sogno del signor Farley era molto importante. Vedete, sognava di suicidarsi. E poco tempo dopo, si suicidò veramente. Cioè, diciamo che era solo in una stanza e venne ritrovato con una pistola vicino, e nessuno era entrato o uscito da quella stanza nell'arco di tempo in cui doveva essersi tirato un colpo di pistola. Questo significa, vero, che doveva essere stato un suicidio!»

«Sì» disse Stillingfleet.

Hercule Poirot scosse la testa.

«Al contrario» disse. «È stato un delitto. Un delitto insolito, studiato con estrema intelligenza.»

Si sporse ancora in avanti, battendo un dito sul tavolo, con gli occhi verdi che luccicavano.

«Perché il signor Farley non mi permise di entrare nel suo studio quella sera? Cosa c'era in quella stanza che io non dovevo assolutamente vedere? Io credo, amici miei, che si trattasse di Benedict Farley in persona!»

Sorrise alle facce attonite. «Sì, sì, non è un'assurdità, quella che ho detto. Perché il signor Farley con il quale stavo parlando non aveva potuto accorgersi della differenza fra due lettere totalmente diverse? Perché, *mes amis*, era un uomo *con una vista normale* che portava un paio di lenti potentissime. Lenti che rendevano praticamente cieco un uomo con una vista normale... Non è così, dottore?»

«È così, naturalmente» mormorò Stillingfleet.

«E perché, mentre parlavo con il signor Farley, provai l'impressione di parlare con un istrione, con un attore che recitava una parte, caricando le tinte? Perché era effettivamente così! Considerate un momento la scena. Una camera semibuia, la lampada con il paralume verde disposta in modo da riversare una luce accecante sull'interlocutore della persona seduta in poltrona. Che cosa ho visto io?... la famosa vestaglia di stoffa a *patchwork*, il naso a becco (così trasformato per mezzo di una sostanza molto utile – un tipo particolare di mastice da trucco che si adopera in teatro), quel ciuffo bianco di capelli, le lenti fortissime che nascondevano gli occhi. Quali prove ci sono che il signor Farley abbia davvero avuto un sogno? Solo quella fornita *dalla signora Farley*. Quali prove ci sono che Benedict Farley tenesse una pistola nella scrivania? Soltanto la storia che mi è stata raccontata, e la parola della signora Farley. Due sono state le persone che hanno organizzato e messo in atto questo imbroglio: la signora Farley e il segretario, Ugo Cornworthy. Cornworthy scrisse la lettera a me, diede le istruzioni al maggiordomo, uscì, apparentemente per andare al cinema, e invece rientrò subito dopo, servendosi della chiave di casa in suo possesso, tornò nella sua camera, si truccò e recitò la parte di Benedict Farley.

«E ora, veniamo a questo pomeriggio. Si presenta l'opportunità che Cornworthy stava aspettando. Ci sono due testimoni sul pianerottolo pronti a giurare che nessuno è entrato o uscito dallo studio di Benedict Farley. Cornworthy aspetta un momento in cui il traffico è più rumoroso e più intenso, poi si sporge dalla finestra del suo ufficio lì vicino e con quell'utile aggeggio, le mollette retrattili a scatto, che ha portato via dalla scrivania di Farley, avvicina un oggetto alla finestra dell'altra stanza. Benedict Farley viene a vedere. Cornworthy ritira rapidamente le molle, e mentre Farley si sporge fuori e sulla strada passa un traffico pesante composto in gran parte di autocarri, gli spara con la pistola che teneva già pronta. Ricorderete che, di fronte, c'è un muro senza finestre. Nessuno può aver assistito al delitto. Cornworthy aspetta un'altra mezz'ora, poi raccoglie un fascio di carte, vi nasconde dentro le mollette e la pistola ed esce sul pianerottolo, passando nella stanza vicina. Mette di nuovo quell'aggeggio sulla scrivania, preme le dita del cadavere sulla pistola, la lascia cadere sul pavimento e si precipita fuori con la notizia del *suicidio* di Benedict Farley.

«Fa in modo che venga ritrovata la lettera spedita a me e che io arrivi con la mia storia, la storia che ho udito *dalla viva voce del signor Farley in persona*... del suo stranissimo sogno... di come si sentisse quasi istigato al suicidio! Qualche credulone discuterà la teoria dell'ipnotismo ma il risultato principale sarà quello di confermare, senza ombra di dubbio, come la mano che stringeva la pistola non fosse altro che quella di Benedict Farley stesso.»

Gli occhi di Poirot si posarono sulla faccia della vedova: che sgomento, che pallore, che terrore cieco!

«E al momento opportuno» concluse con dolcezza «ci sarebbe stato il finale rosa. Duecentocinquantamila sterline e due cuori che battono all'unisono...»

Il dottor Stillingfleet ed Hercule Poirot si incamminarono lungo la facciata laterale di Northway House. Alla loro destra si alzava l'imponente muraglione di confine dello stabilimento. Sopra di loro, a sinistra, c'erano le finestre di Benedict Farley e Hugo Cornworthy. Hercule Poirot si fermò a raccogliere un piccolo oggetto: un gatto nero, di pezza.

«*Voilà*» disse. «Ecco quello che Hugo Cornworthy protese,

stretto fra le branche delle mollette, verso i vetri di Farley. Si ricorda che odiava i gatti? Be', naturale che si precipitasse alla finestra!»

«Ma, buon Dio, perché Cornworthy non è uscito a raccoglierlo, dopo averlo lasciato cadere qua sotto?»

«E come faceva? Avrebbe sollevato qualche sospetto. In fondo se veniva trovato, cosa si poteva pensare? Che qualche bambino si era intrufolato qua dentro e l'aveva dimenticato o perduto.»

«Sì» ammise il medico con un sospiro. «Probabilmente è quello che avrebbe pensato una persona qualsiasi. Ma lo sa, vecchio mio, che fino all'ultimo minuto ho creduto che ci volesse dare la spiegazione del delitto per mezzo di qualche raffinata teoria psicologica sulla suggestione? Scommetto che anche quei due hanno creduto la stessa cosa! Brutta gente, questi Farley. Come è crollata, lei. Forse Cornworthy aveva una speranza di cavarsela finché lei non ha perduto la testa e non ha cercato di rovinarle i connotati con quelle unghie! Ho fatto appena in tempo a salvarla!» Tacque per un attimo, poi disse:

«Però la ragazza mi piace. Ha mordente, e cervello. Suppongo che mi considererebbero subito un cacciatore di dote se tentassi qualche approccio, vero?»

«Arriva troppo tardi, caro amico. C'è già qualcuno. La morte del padre ha aperto loro la strada della felicità.»

«A ben pensarci, aveva un motivo *anche lei* per desiderare che un padre così sgradevole venisse eliminato.»

«Il motivo e l'opportunità non sono tutto, dottore» disse Hercule Poirot. «Bisogna anche avere il temperamento criminale!»

«Mi domando se sarebbe capace di commettere un delitto, Poirot» chiese il medico. «Scommetto che riuscirebbe a farla franca. Anzi, a ben pensarci, sarebbe fin *troppo* facile per lei. Voglio dire che questa eventualità non va neanche presa in considerazione; sarebbe assolutamente troppo poco sportivo.»

«Questo» concluse Poirot «è un concetto tipicamente anglosassone.»

La torta di more

Hercule Poirot stava cenando col suo amico Henry Bonnington al Gallant Endeavor, in King's Road, a Chelsea.

Al signor Bonnington il Gallant Endeavor piaceva molto. Gli piaceva l'atmosfera tranquilla, gli piaceva il cibo che era semplice e inglese: lì non servivano un mucchio di pasticci elaborati.

Molly, la cameriera che lo accoglieva come un vecchio amico, si vantava di ricordarsi quello che ai suoi clienti piaceva o non piaceva riguardo il cibo.

«Buonasera, signori» disse mentre i due uomini prendevano posto a un tavolo d'angolo. «Oggi siete fortunati: tacchino ripieno di castagne, è il vostro piatto preferito, vero? E poi abbiamo un buonissimo Stilton! Prima volete la minestra oppure del pesce?»

Sistemato il problema del cibo e del vino, il signor Bonnington si appoggiò allo schienale della sedia con un sospiro e spiegò il tovagliolo mentre Molly si allontanava veloce.

«Una ragazza in gamba quella!» disse in tono di approvazione. «Una volta era una vera bellezza. C'erano artisti che le facevano il ritratto, e se ne intende di cibo per di più... e questo è molto più importante. Di solito non ci si può fidare delle donne per quanto riguarda il cibo. Molte donne, quando escono con un uomo che piace loro, non notano nemmeno quello che mangiano. Si limitano a ordinare la prima cosa che vedono.»

Hercule Poirot scosse la testa. «*C'est terrible!*»

«Grazie al cielo gli uomini non sono così» disse in tono compiaciuto il signor Bonnington.

«Mai?» negli occhi di Hercule Poirot passò un lampo divertito.

«Be', forse quando sono molto giovani» concesse il signor Bonnington. «Giovani pupazzi! La gioventù di oggi è tutta uguale, non ha fegato, non ha vigore. Non mi interessano i giovani e io» aggiunse con rigorosa imparzialità «non interesso loro. Può darsi che abbiano ragione! Ma a sentirli parlare si penserebbe che un uomo non ha il diritto di essere *vivo* dopo i sessanta anni! A giudicare dal loro comportamento ci si stupisce che la maggior parte di essi non abbiano contribuito ad aiutare i propri genitori anziani ad abbandonare il mondo.»

«È possibile che lo facciano» disse Poirot.

«Ha una bella mentalità, devo dire, Poirot. Tutto questo lavoro da poliziotto affossa i suoi ideali.»

Hercule Poirot sorrise. «Tuttavia, sarebbe interessante fare una statistica delle morti incidentali oltre i cinquant'anni. Le assicuro che anche a lei le statistiche farebbero nascere strane idee. Ma mi parli di lei, amico mio, come vanno le cose?»

«Un disastro!» rispose il signor Bonnington. «Ecco quello che non va nel mondo, troppi disastri e troppi paroloni. Paroloni che servono a nascondere i disastri, così come una salsa molto piccante copre il fatto che il pesce che vi giace sotto non è di ottima qualità. È per questo che dico sempre: datemi un onesto filetto di sogliola senza nessuna salsa pasticciata sopra.»

Molly lo servì in quello stesso momento ed egli borbottò la sua approvazione.

«Conosce quello che mi piace, ragazza mia» disse.

«È un cliente piuttosto regolare, non è così, signore? È facile intuirlo.»

Hercule Poirot disse: «Allora alla gente piacciono sempre le stesse cose. Non amano un cambiamento di tanto in tanto?»

«Non gli uomini, signori. Alle signore piace la varietà. I signori scelgono sempre la stessa cosa.»

«Che cosa le ho appena detto?» borbottò Bonnington. «Delle donne non ci si può assolutamente fidare in fatto di cibo!»

Si guardò intorno nel locale.

«Il mondo è buffo. Vede quello strano vecchio con la barba seduto nell'angolo? Molly potrà dirle che è sempre qui martedì e giovedì sera, sono quasi dieci anni ormai che ci viene... è una specie di caratteristica del locale. Eppure nessuno sa come si chiami, dove abiti e che attività eserciti. È strano, a pensarci bene.»

Quando la cameriera portò il tacchino le disse: «Vedo che il Vecchio è sempre lì nel suo angolo».

«Esatto, signore, i suoi giorni sono il martedì e il giovedì. Tranne che la settimana scorsa è venuto qui di *lunedì* e la cosa mi ha sconvolta. In un primo momento ho pensato di essermi sbagliata e che fosse martedì! Ma è venuto anche la sera dopo e quindi il lunedì è stato una specie di extra.»

«Un'interessante deroga alle abitudini» mormorò Poirot. «Mi domando qual è stato il motivo.»

«Se vuole il mio parere, signore, credo che avesse una qualche preoccupazione, era molto teso.»

«Perché pensa questo? Per il modo in cui si è comportato?»

«No, signore, non per questo. Era molto silenzioso come al solito, non dice mai granché, tranne "buona sera" quando entra e quando se ne va. No, si è trattato della sua *ordinazione*.»

«La sua ordinazione?»

«Forse lei riderà di me» Molly arrossì. «Ma quando un cliente viene da dieci anni, si impara a sapere quello che gli piace e quello che non gli piace. Ha sempre detestato il pasticcio di rognone e le more e non l'ho mai visto prendere una volta il minestrone. Invece quel lunedì sera ha ordinato una minestra di verdure, bistecca e pasticcio di rognone e torta di more! Era come se non notasse nemmeno quello che ordinava!»

«Sa,» disse Hercule Poirot «trovo quello che mi dice straordinariamente interessante.»

Molly parve gratificata e se ne andò.

«Bene, Poirot» disse Henry Bonnington con una risatina. «Sentiamo qualche deduzione, secondo il suo stile.»

«Preferirei sentire prima le sue.»

«Vuole che faccia la parte di Watson, vero? E va bene: il vecchio è andato dal medico e questi gli ha cambiato la dieta.»

«Minestra di verdure, bistecca, pasticcio di rognone e torta di more? Non vedo nessun dottore dare una dieta del genere.»

«Non si illuda, vecchio mio, i medici sono capaci di tutto.»

«È l'unica soluzione che le viene in mente?»

Henry Bonnington rispose con tono più serio: «Suppongo che ci sia una sola spiegazione possibile. Il nostro sconosciuto era preda di un qualche grosso turbamento mentale, era tanto agitato da non accorgersi di quello che ordinava o mangiava». Tacque per un momento e poi disse: «E invece lei mi dirà che ha intuito ciò che gli passava per la mente. Mi dirà magari che stava preparandosi a commettere un delitto».

Rise delle sue stesse parole.

Hercule Poirot non rise.

In seguito ammise che era seriamente preoccupato. Sostenne che già in quel momento avrebbe dovuto avere un'idea di quello che sarebbe successo.

Secondo i suoi amici questa idea era assolutamente assurda.

Circa tre settimane dopo Hercule Poirot e Bonnington si rividero, questa volta nella metropolitana.

Si fecero un cenno di saluto ondeggiando appesi alle maniglie vicine. Poi a Piccadilly Circus vi fu un esodo generale e trovarono posto proprio all'estremità anteriore del mezzo, un posticino tranquillo dato che nessuno saliva o scendeva di lì.

«A proposito» disse il signor Bonnington «si ricorda quel vecchio che avevamo notato al Gallant Endeavor? Non mi stupirei se fosse passato nel mondo dei più. Non viene da un'intera settimana e Molly è piuttosto preoccupata.»

Hercule Poirot si eresse e i suoi occhi lampeggiarono.

«Davvero?» esclamò. «Davvero?»

Bonnington continuò: «Si ricorda che io avevo pensato che fosse andato da un medico e che questi lo avesse messo a dieta? La storia della dieta è assurda, naturalmente, ma non mi stupirei se lui avesse consultato un medico circa la propria salute e il dottore gli avesse dato una notizia sconvolgente. Questo spiegherebbe come mai ha ordinato senza notare quello che faceva. Molto probabilmente lo shock provato deve averlo spedito all'altro mondo prima del tempo. I dottori dovrebbero stare attenti a quello che dicono ai loro clienti».

«Di solito lo fanno» rispose Hercule Poirot.

«Io scendo qui» disse il signor Bonnington. «Arrivederci. Non credo che sapremo mai chi era quel vecchio e nemmeno come si chiamava. Il mondo è buffo!»

E scese in fretta.

Hercule Poirot, che era rimasto seduto con espressione accigliata, sembrava non pensare che il mondo fosse poi tanto buffo. Andò a casa e diede alcuni ordini al suo fedele maggiordomo George.

Hercule Poirot passò il dito su un elenco di nomi di persone defunte entro un raggio delimitato della città.

Il suo dito si fermò.

«Henry Gascoigne. Sessantanove anni. Potrei provare da questo.»

Più tardi nel corso della giornata Hercule Poirot sedeva nello studio del dottor MacAndrew poco lontano da King's Road; il dottore era un uomo alto, uno scozzese dai capelli rossi e dalla faccia intelligente.

«Gascoigne?» chiese. «Sì, esatto. Un vecchio eccentrico. Viveva solo in una di quelle vecchie case abbandonate che vengono demolite per ricostruire isolati di appartamenti moderni. Non l'avevo mai curato prima, ma l'avevo visto in giro e sapevo chi era. È stato il garzone del lattaio a dare l'allarme. Le bottiglie di latte avevano cominciato ad accumularsi dietro la porta. Alla fine i vicini hanno chiamato la polizia che ha sfondato la porta e lo ha trovato. Era caduto dalla scala e si era rotto l'osso del collo. Indossava una vecchia vestaglia con la cintura sfilacciata e può benissimo darsi che si sia inciampato dentro.»

«Capisco» disse Hercule Poirot. «Molto semplice, un incidente.»

«Esatto.»

«Aveva parenti?»

«Un nipote che veniva a trovare suo zio una volta al mese. Ramsey, si chiama George Ramsey e anche lui è medico, vive a Wimbledon.»

«Da quanto tempo era morto il signor Gascoigne quando l'ha visto lei?»

«Ah» disse il dottor MacAndrew. «Da non meno di quarantotto ore e non più di settantadue. L'hanno trovato il mattino del giorno sei. In effetti siamo stati anche più precisi di tanto. Aveva nella tasca della vestaglia una lettera scritta il giorno tre, impostata a Wimbledon nel pomeriggio e consegnata più o meno verso le nove e venti di sera. Questo stabilisce l'ora della morte a dopo le nove e venti della sera del tre. Il che si accorda con il contenuto dello stomaco e con i processi digestivi. Aveva mangiato circa due ore prima della morte. L'ho esaminato la mattina del sei e la sua condizione fisica indicava che la morte era avvenuta circa sessanta ore prima, verso le dieci di sera del giorno tre.»

«Tutto quadra. Ditemi, quando è stato visto l'ultima volta vivo?»

«È stato visto quella stessa sera verso le sette in King's Road, giovedì tre, e ha cenato al Gallant Endeavor verso le sette e trenta. Pare che andasse a cena lì tutti i giovedì.»

«Non aveva altri parenti? Solo quel nipote?»

«C'era un fratello gemello. Tutta la faccenda è piuttosto curiosa. Non si vedevano da anni. Da giovane Henry voleva fare l'artista, ma non valeva nulla. Pare invece che l'altro fratello, Anthony Gascoigne, avesse sposato una donna molto ricca e avesse rinunciato all'arte... e i fratelli avevano litigato per questo. Non si sono visti più da allora, credo. Ma, stranamente, *sono morti entrambi lo stesso giorno*. Il maggiore è spirato all'una del pomeriggio del tre. Mi è già capitato di sentire di due gemelli morti lo stesso giorno in parti diverse del mondo! Probabilmente è solo una coincidenza... però è successo proprio così.»

«La moglie del fratello è viva?»

«No, è morta qualche anno fa.»

«Dove abitava Anthony Gascoigne?»
«Aveva una casa a Kingston Hill. Da quanto mi dice il dottor Ramsey, era una specie di recluso.»
Hercule Poirot annuì pensosamente.
Lo scozzese lo guardò con occhi penetranti. «Cosa ha in testa esattamente, monsieur Poirot?» chiese in tono brusco. «Io ho risposto alle sue domande, come era mio dovere, date le credenziali che mi ha mostrato, ma non capisco assolutamente di che si tratta.»
Poirot rispose parlando lentamente: «Un semplice caso di morte incidentale. È questo che lei ha detto. Quello che ho in mente io è una cosa altrettanto semplice: un semplice spintone».
Il dottor MacAndrew parve sbalordito.
«In altre parole, omicidio! Ha qualche motivo per crederlo?»
«No, è una semplice supposizione» rispose Poirot.
«Ci deve essere qualcosa...» insistette l'altro.
Poirot non parlò.
MacAndrew disse: «Se è del nipote, Ramsey, che sospetta, le posso senz'altro dire subito che si sbaglia. Dalle otto e trenta fino a mezzanotte Ramsey ha giocato a bridge a Wimbledon, secondo quanto è risultato all'inchiesta».
Poirot mormorò: «E presumibilmente il suo alibi è stato controllato. La polizia è in genere molto attenta».
«Forse lei sa qualcos'altro che depone contro di lui?» chiese il dottore.
«Non sapevo nemmeno che esistesse fino a che lei non me ne ha parlato.»
«Allora sospetta di qualcun altro?»
«No, no, non è di questo che si tratta. Io mi occupo delle abitudini dell'animale uomo. Sono questioni molto importanti. E il defunto signor Gascoigne le ha infrante, capisce?»
«Non capisco proprio.»
Hercule Poirot sorrise, si alzò e il dottore si alzò a sua volta.
«Sa,» disse ancora MacAndrew «francamente non riesco a

vedere nulla di minimamente sospetto nella morte di Henry Gascoigne.»

Il piccolo uomo allargò le mani. «Io sono un uomo ostinato, un uomo che ha un'ideuzza e niente che la sostenga! Tra l'altro, dottor MacAndrew, Henry Gascoigne portava la dentiera?»

«No, i suoi denti erano in eccellente stato. Cosa notevole davvero alla sua età.»

«Se li curava molto perché erano bianchi e ben puliti, vero?»

«Sì, li ho notati in modo particolare.»

«Non erano scoloriti per caso?»

«No. Non credo che fosse un fumatore, se è questo che intende.»

«Non intendevo proprio questo... era soltanto una mia idea dalla quale probabilmente non salterà fuori nulla! Buongiorno, dottor MacAndrew e grazie per la sua gentilezza.»

Strinse la mano al dottore e se ne andò.

«E adesso,» disse ad alta voce «occupiamoci della mia idea.»

Al Gallant Endeavor sedette alla stessa tavola che aveva occupato con Bonnington. La cameriera che lo servì non era Molly. Gli disse che Molly era in vacanza.

Erano le sette in punto ed Hercule Poirot non ebbe alcuna difficoltà a chiacchierare con la giovane riguardo al vecchio signor Gascoigne.

«Sì,» disse lei «veniva qui da anni ma nessuna di noi ragazze sapeva come si chiamasse. Lo abbiamo saputo dai giornali quando c'è stata l'inchiesta e abbiamo visto anche la sua fotografia. Ho detto a Molly: "Guarda, è il nostro Vecchio!" come eravamo solite chiamarlo.»

«La sera della sua morte ha cenato qui, vero?»

«Esatto. Giovedì tre. Veniva sempre di giovedì. Martedì e giovedì, puntuale come un orologio.»

«Suppongo che non ricordi quello che ha mangiato per cena.»

«Zuppa indiana con curry e pasticcio di carne di manzo, o

era montone? No, pasticcio di carne di manzo e poi torta di more e mele, e formaggio. E poi pensare che se ne è tornato a casa e quella stessa sera è caduto dalla scala! Dicono che è stata colpa della cintura sfilacciata della vestaglia. Certo i suoi vestiti erano in condizioni squallide: antiquati, male assortiti e malridotti eppure lui aveva un'aria... come se fosse veramente *qualcuno*. Oh, qui viene ogni sorta di gente!»

Se ne andò.

Hercule Poirot cominciò a mangiare la sogliola.

Munito della presentazione di un personaggio altolocato, Hercule Poirot non ebbe difficoltà alcuna a farsi ricevere dal coroner del distretto.

«Uno strano personaggio, il defunto Gascoigne» disse il coroner. «Un uomo solo ed eccentrico; ma la sua morte sembra suscitare un insolito interesse.» Mentre parlava, fissava con curiosità il suo visitatore.

Hercule Poirot scelse le parole con cura. «Alcune circostanze collegate a questo fatto, monsieur, rendono auspicabile un'indagine.»

«Bene, come posso aiutarla?»

«Penso sia di sua competenza decidere se i documenti esibiti in tribunale debbano essere distrutti o archiviati. Nella tasca della vestaglia di Henry Gascoigne è stata trovata una lettera, vero?»

«Vero.»

«Una lettera del nipote, il dottor George Ramsey, non è così?»

«Esatto. La lettera è stata esibita all'inchiesta per poter stabilire l'ora della morte.»

«Questa lettera è stata archiviata?»

Hercule Poirot attese piuttosto ansiosamente la risposta e, quando gli fu detto che la lettera c'era, trasse un respiro di sollievo. Dopo che gliela ebbero portata la esaminò con una certa cura. Era stata scritta con una penna stilografica in una calligrafia piuttosto confusa. Diceva:

Caro zio Henry
mi spiace dirti che non ho avuto successo per quanto riguarda zio Anthony. Non ha manifestato alcun entusiasmo all'idea di una tua visita e non ha voluto darmi alcuna risposta in merito alla tua richiesta di dimenticare il passato. Naturalmente lui è molto malato e la sua mente è molto indebolita. Ho l'impressione che la fine sia molto vicina. Quasi non si ricordava di te. Mi dispiace di aver fallito in questo tentativo, ma ti assicuro che ho fatto del mio meglio.

Il tuo affezionato nipote,
George Ramsey

La lettera era datata tre novembre. Poirot guardò il timbro postale sulla busta: ore sedici e trenta.

Mormorò: «Tutto perfetto, vero?».

Il suo obiettivo successivo fu Kingston Hill. Dopo qualche difficoltà e tramite l'esercizio di una insistenza gioviale, ottenne di poter parlare con Amelia Hill, cuoca-governante del defunto Anthony Gascoigne.

Inizialmente la signora Hill fu piuttosto rigida e sospettosa ma, alle lunghe, la cordialità affascinante di quello straniero dall'aspetto curioso fece effetto. La signora Amelia Hill cominciò a lasciarsi andare.

Si ritrovò, come era successo a molte altre donne prima di lei, a riversare i suoi guai in seno a un ascoltatore molto comprensivo.

Da quattordici anni si occupava della casa del signor Gascoigne e non era certo un compito facile, no davvero! Molte altre donne sarebbero crollate sotto i pesi che lei aveva dovuto sopportare! Certo il povero signore era eccentrico, non si poteva negarlo; notevolmente attaccato al denaro – era una specie di mania – anche se era così ricco! Ma la signora Hill lo aveva servito fedelmente e lo aveva sopportato e naturalmente si era aspettata un *ricordino*. Ma no, niente di niente! Soltanto un vecchio testamento in cui lasciava tutto il denaro alla moglie e, nel caso questa lo avesse preceduto, al fratello Henry. Un testamento fatto tanti anni prima. Non era giusto!

A poco a poco Hercule Poirot riuscì a distoglierla dal tema principale della cupidigia insoddisfatta. Quella era davvero un'ingiustizia crudele! Era giusto che la signora Hill si sentisse offesa e stupita. Era noto che il signor Gascoigne era molto avaro. Si diceva persino che il defunto avesse rifiutato di aiutare il suo unico fratello. La signora Hill probabilmente era al corrente di questo dettaglio.

«È per questo che il dottor Ramsey era venuto a trovarlo?» chiese la signora Hill. «Sapevo che doveva trattarsi di qualcosa che riguardava il fratello, ma pensavo che si trattasse solo del fatto che il fratello voleva riconciliarsi con lui perché avevano litigato anni fa.»

«A quanto ho saputo» disse Poirot «il signor Gascoigne si è rifiutato decisamente.»

«Abbastanza vero» ammise la signora Hill con un cenno del capo. «Con voce un po' flebile ha detto: "Henry, cos'è questa storia di Henry? Non lo vedo da anni e non voglio vederlo. È un tipo litigioso Henry". Solo questo.»

La conversazione poi si riportò sulle lagnanze speciali della signora Hill e sul comportamento poco generoso dell'avvocato del defunto.

Con qualche difficoltà Hercule Poirot si accomiatò, cercando di non interrompere troppo bruscamente la conversazione.

Dopo cena si recò a Helmcrest in Dorset Road, Wimbledon, la residenza del dottor George Ramsey.

Il dottore era in casa. Hercule Poirot fu fatto passare nello studio e di lì a poco il dottore entrò nella stanza. Si era chiaramente appena alzato da tavola.

«Non sono un paziente, dottore» disse Hercule Poirot. «E la mia visita forse può essere considerata un'impertinenza, ma io credo nelle trattative semplici e dirette. Non mi vanno gli avvocati coi loro metodi contorti e prolissi.»

Aveva manifestamente suscitato l'interesse di Ramsey. Il dottore era un uomo di mezza età, ben rasato, con capelli castani ma ciglia quasi bianche che facevano apparire gli occhi smorti e spenti. I suoi modi erano decisi e non privi di umorismo.

«Avvocati?» chiese inarcando le sopracciglia. «Li odio! Mi incuriosisce, mio caro signore, la prego si accomodi.»

Poirot sedette, poi tolse dalla tasca un biglietto da visita che porse al dottore. Le ciglia bianche di George Ramsey sbatterono.

Poirot si chinò verso di lui e disse in tono confidenziale: «Molti dei miei clienti sono donne».

«Naturalmente» disse il dottor George Ramsey ammiccando lievemente.

«Naturalmente, come dice lei» si dichiarò d'accordo Poirot. «Le donne diffidano della polizia, preferiscono le indagini private. Non vogliono che i loro guai vengano resi pubblici. Una donna anziana qualche giorno fa è venuta da me. Era molto infelice per colpa di un marito col quale aveva litigato molti anni prima. Il marito di quella donna era suo zio, il defunto signor Gascoigne.»

George Ramsey divenne violaceo: «Mio zio? Sciocchezze! Sua moglie è morta anni fa».

«Non suo zio il signor *Anthony* Gascoigne, suo zio il signor *Henry* Gascoigne.»

«Zio Henry! Ma lui non era sposato.»

«Oh sì che lo era» ribatté Hercule Poirot mentendo spudoratamente. «Non ci sono dubbi, la signora mi ha persino portato il certificato di matrimonio.»

«È una menzogna!» esclamò George Ramsey il cui volto ora era viola come una prugna. «Non ci credo, mente spudoratamente.»

«Un vero peccato, no?» disse Poirot. «Ha commesso un delitto per niente.»

«Delitto?» chiese Ramsey con voce tremula. I suoi occhi smorti erano terrorizzati.

«Tra l'altro» disse Poirot «vedo che ha mangiato di nuovo la torta di more. Un'abitudine poco saggia. Dicono che le more siano piene di vitamine ma per altri versi possono essere micidiali. In questa occasione particolare, ho l'impressione che abbiano contribuito a mettere una corda attorno al collo di un uomo, al suo collo, dottor Ramsey.»

«Vede, *mon ami*, ıa sua tesi era sbagliata.» Hercule Poirot sorridendo placido attraverso il tavolo al suo amico agitò una mano in modo eloquente. «Un uomo in preda a un grave stress mentale non sceglie proprio quel periodo per far qualcosa che non ha mai fatto in precedenza. I suoi riflessi si limitano a seguire la via della minor resistenza. Un uomo sconvolto potrebbe magari uscire a cena in pigiama... ma sarà il suo pi giama e non quello di qualcun altro.

«Un uomo che non ama la minestra densa, il pasticcio di rognone e le more, all'improvviso una sera ordina tutte e tre le cose. *Lei dice* che lo fa perché pensa a qualcos'altro, ma *io dico che un uomo che ha qualcosa per la testa ordinerà automaticamente il piatto che ha quasi sempre ordinato in precedenza.*

«*Eh bien*, allora che altra spiegazione ci potrebbe essere? Non riuscivo assolutamente a trovarne una ragionevole ed ero preoccupato. Era tutto sbagliato.

«Poi lei mi ha detto che quell'uomo era morto. Per la prima volta nel corso di molti anni era stato assente un martedì e un giovedì. Questo mi è piaciuto ancor meno. Una strana ipotesi mi è balzata alla mente e se era giusta l'affermazione *quell'uomo era morto*... Ho fatto delle indagini. L'uomo era *effettivamente* morto, proprio morto. In altre parole il pesce cattivo era stato ricoperto di salsa!

«Era stato visto in King's Road alle sette. Aveva cenato qui alle sette e trenta, due ore prima di morire. Tutto combaciava: la prova del contenuto dello stomaco, la prova della lettera, la salsa era troppa! Non si riusciva più a vedere assolutamente il pesce.

«Il devoto nipote ha scritto la lettera, il devoto nipote aveva un bellissimo alibi per l'ora della morte. Una morte semplicissima: una caduta dalle scale. Semplice incidente? Oppure omicidio? Tutti sostengono che si è trattato della prima possibilità.

«Il devoto nipote è l'unico parente sopravvissuto. Il devoto nipote erediterà... ma c'è poi qualcosa da ereditare? Lo zio è notoriamente povero.

«Ma c'è un fratello. Un fratello che a suo tempo ha sposato

una moglie ricca e abita in una grande casa lussuosa in Kingston Hill. Parrebbe che la ricca moglie gli abbia lasciato tutto il denaro. Vede la sequenza: la moglie ricca lascia il denaro ad Anthony, Anthony lascia il denaro a Henry, il denaro di Henry va a George. L'asse ereditario è completo.»

«In teoria è molto bello» disse il signor Bonnington. «Ma cosa ha fatto lei in concreto?»

«Una volta che *si sa*... di solito si riesce a ottenere ciò che si vuole. Henry era morto due ore dopo il *pasto* e questa è l'unica cosa di cui all'inchiesta si sono occupati. Ma supponiamo che quel pasto non fosse la cena bensì il *pranzo*. Si metta al posto di George. George vuole i soldi, li desidera moltissimo; Anthony Gascoigne sta morendo ma la sua morte non serve a George. Il denaro di Anthony va a Henry e Henry potrebbe vivere ancora per anni. Quindi anche Henry deve morire – e prima è meglio è – ma la sua morte deve aver luogo *dopo* quella di Anthony e, nel contempo, George deve avere un alibi. L'abitudine di Henry di cenare regolarmente al ristorante due sere alla settimana suggerisce un alibi a George. Dato che è una persona prudente prima esperimenta il piano che ha in mente. *Impersona suo zio un lunedì sera al ristorante in questione.*

«Tutto procede bene, al ristorante lo accettano per lo zio. Lui è soddisfatto. Deve solo aspettare che zio Anthony sia in punto di morte. Arriva il momento. Spedisce una lettera a suo zio il pomeriggio del due novembre, ma appone la data del tre. Viene in città il pomeriggio del tre, va da suo zio e porta a compimento il suo piano. Una spinta violenta ed ecco che zio Henry finisce giù per le scale.

«Va alla ricerca della lettera che gli ha scritto e la ficca nella tasca della vestaglia di suo zio. Alle sette e trenta è al Gallant Endeavor completo di barba e di sopracciglia cespugliose. Non ci sono dubbi sul fatto che il signor Henry Gascoigne è vivo alle sette e mezzo. Poi una rapida metamorfosi in un gabinetto pubblico e ritorno a tutta velocità alla macchina per recarsi a Wimbledon dove passa la serata a giocare a bridge. Un alibi perfetto.»

Il signor Bonnington lo guardò. «Ma il timbro postale sulla lettera?»

«Oh, è stato molto semplice. Il timbro postale era sporco. Perché? Perché era stato modificato con l'aiuto del nerofumo e la data era stata trasformata dal due al tre novembre. Una cosa che non si nota, *a meno che non la si cerchi appositamente*. E poi c'erano le more.»

«Le more?»

«Sì, la torta di more! George alla fin fine non si è rivelato un attore abbastanza bravo. *Somigliava* a suo zio e *camminava* come suo zio e *parlava* come suo zio e aveva la barba e le sopracciglia come suo zio, ma si è dimenticato di *mangiare* come suo zio. Ha ordinato i piatti che gli piacevano.

«Le more anneriscono i denti, i denti del cadavere non erano anneriti, eppure Henry Gascoigne quella sera al Gallant Endeavor aveva mangiato le more. Ma nello stomaco non sono state trovate tracce di more. Mi sono informato questa mattina. E George è stato così stupido da non buttare via la barba e ciò che gli era servito per truccarsi. Oh! Un numero di prove maggiore di quanto ve ne fosse bisogno. Sono andato da George e l'ho smascherato. Tra l'altro aveva di nuovo mangiato le more. Una persona ingorda molto interessata al cibo. *Eh bien*, l'ingordigia lo manderà sulla forca, a meno che io non mi sia sbagliato di grosso.»

La cameriera portò due porzioni di torta alle more e alle mele.

«Le porti via» disse il signor Bonnington. «Non si è mai abbastanza prudenti. Mi porti una porzione di zuppa inglese!»

Nido di vespe

John Harrison uscì di casa e si fermò un momento sulla terrazza che dava sul giardino. Era un uomo alto, con la faccia emaciata, cadaverica. Generalmente aveva un aspetto piuttosto triste e cupo ma quando, come ora, le sue fattezze irregolari si addolcivano in un sorriso, diventava subito molto attraente.

John Harrison aveva una vera passione per il giardino che mai era sembrato tanto bello come in quella sera di agosto, piena di tutto il languore dell'estate. Le rose rampicanti erano ancora magnifiche; l'aria colma degli effluvi profumati del pisello odoroso.

Un cigolio ben familiare fece voltare di scatto la testa a Harrison. Chi stava entrando dal cancelletto del giardino? Un attimo ancora e, sul viso, gli apparve un'espressione di profonda meraviglia perché la figura elegante e piena di ricercatezza della persona che stava venendo avanti sul vialetto, era l'ultima che si sarebbe aspettato di vedere in quella parte del mondo.

«Ma è meraviglioso!» esclamò Harrison. «Monsieur Poirot!»

Ed effettivamente si trattava proprio del famoso Hercule Poirot la cui rinomanza di investigatore era dilagata per tutto il Regno Unito e all'estero.

«Sì» disse quest'ultimo «sono io. Una volta, mi ha detto: "Qualora le capitasse di passare da queste parti, venga a trovarmi". L'ho preso in parola ed eccomi qui!»

«E io ne sono felicissimo» disse Harrison, con calore. «Venga a sedersi e a bere qualcosa.»

Con un gesto ospitale, indicò un tavolo sulla veranda, sul quale era radunato un assortimento di bottiglie.

«Grazie» disse Poirot, lasciandosi cadere su una poltrona di vimini. «Immagino che non abbia qualche sciroppo, vero? No, no, lo pensavo infatti. Allora un po' di acqua di seltz semplice... senza whisky.» E aggiunse con voce piena di rammarico mentre l'altro gli metteva vicino un bicchiere: «Ahimè! mi si sono afflosciati i baffi. È il caldo!».

«E cosa l'ha condotta in questo angolino sperduto?» domandò Harrison mentre si lasciava cadere anche lui su un'altra poltrona. «È in gita di piacere?»

«No, *mon ami*, sono venuto per affari!»

«Affari? In questo posto fuori del mondo?»

Poirot annuì gravemente. «Ma certo, caro amico, non tutti i delitti vengono commessi in mezzo alla folla, eh?»

L'altro si mise a ridere. «Immagino che sia stata un'osservazione un po' stupida, la mia. Ma su quale delitto, in particolare, è venuto a indagare qui... glielo posso chiedere, oppure è meglio evitarlo?»

«Può chiederlo» rispose l'investigatore. «Anzi, preferisco che me lo chieda.»

Harrison lo squadrò incuriosito. Intuì che c'era qualcosa di insolito nel comportamento del suo interlocutore. «Ha detto che sta facendo delle indagini su un atto criminoso» disse sondando il terreno con una certa esitazione. «Si tratta di un caso grave?»

«Del genere più grave che ci sia.»

«Vuole dire...»

«Un delitto.»

Hercule Poirot pronunciò questa parola con un tono tanto grave che Harrison ne rimase profondamente colpito. L'investigatore lo stava guardando fisso e, ancora una volta, Harrison credette di scorgere qualcosa di tanto inusitato in quello sguardo da non sapere come procedere. Infine disse: «Non ho sentito parlare di nessun delitto».

«No» disse Poirot «non può averne sentito parlare.»

«Chi è stato assassinato?»

«Finora» ribatté Hercule Poirot «nessuno.»

«Cosa?»

«Ecco perché ho detto che era impossibile che ne abbia sentito parlare. Sto facendo delle indagini su un delitto che non è ancora avvenuto.»

«Ma, senta un po', è assurdo!»

«Niente affatto. Se si possono fare le indagini su un delitto prima ancora che accada, è molto meglio che non essere costretti a farle in un secondo tempo. Si potrebbe perfino... è una probabilità modesta... impedirlo.»

Harrison lo fissò a occhi sbarrati. «Non starà parlando seriamente, monsieur Poirot, vero?»

«E invece sì. Sono serissimo.»

«È davvero convinto che stia per essere commesso un assassinio? Oh, ma è inconcepibile!»

Hercule Poirot concluse la prima parte della frase senza badare all'esclamazione di stupore dell'altro.

«A meno che non riusciamo a impedirlo. Sì, *mon ami*, è proprio questo che voglio dire.»

«Noi?»

«Sì, lo ha notato, vero, ho detto "riusciamo". Mi occorre la sua collaborazione.»

«È per questo che è venuto qui?»

Di nuovo, Poirot lo guardò e, di nuovo, qualcosa di indefinibile diede a Harrison una vaga sensazione di inquietudine.

«Sono venuto qui, signor Harrison, perché... be'... perché mi è simpatico.»

E subito aggiunse, con un tono di voce completamente diverso: «Vedo, monsieur Harrison, che ha un nido di vespe, qui. Dovrebbe distruggerlo».

Il modo brusco in cui aveva cambiato argomento lasciò Harrison perplesso. Aggrottò le sopracciglia, senza capire. Seguì lo sguardo di Poirot e disse, con voce alquanto stupita: «Effettivamente è quello che ho intenzione di fare. O, diciamo meglio, che farà il giovane Langton. Ricorda Claude Langton? Era invitato anche lui alla stessa cena alla quale ci siamo conosciuti noi due. Deve venire stasera a distruggerlo. Pare che sia un genere di lavoro che gli piace».

«Ah!» esclamò Poirot, «e come avrebbe intenzione di farlo?»

«Adoperando petrolio e una siringa nebulizzatrice da giardino. Anzi, porterà qui la sua; ha una misura più conveniente della mia.»

«Però c'è anche un altro mezzo per distruggerli, vero?» domandò Poirot. «Non lo si fa anche con il cianuro di potassio?»

Harrison parve leggermente sorpreso. «Sì, ma è roba un po' pericolosa, quella. È sempre un rischio averla in casa.»

Poirot annuì gravemente. «Sì, è un veleno mortale.» Attese un attimo e poi ripeté con la stessa voce grave di prima: «Veleno mortale».

«Molto utile a chi vuol far fuori la suocera, eh?» rincarò Harrison con una risata.

Ma Hercule Poirot rimase serio. «È ben sicuro, monsieur Harrison, che monsieur Langton sia deciso a distruggere quel vespaio con il petrolio?»

«Sicurissimo, perché?»

«Una semplice curiosità. Nel pomeriggio, poco fa, ero nel negozio del farmacista di Barchester e, per uno degli acquisti che ho fatto, sono stato obbligato a firmare il registro in cui si annotano le vendite di sostanze velenose. Ho osservato la registrazione precedente alla mia, l'ultima. Si trattava di un acquisto di cianuro di potassio ed era stato firmato da Claude Langton.»

Harrison lo guardò sbalordito. «È strano» disse. «Proprio l'altro giorno Langton mi diceva che non gli sarebbe mai saltato in mente di adoperare quella roba; anzi, ha dichiarato che non dovrebbe neppure essere venduta per questo scopo.»

Poirot spostò lo sguardo in direzione delle rose. La sua voce era molto sommessa, e pacata, quando fece una domanda: «Le è simpatico, Langton?».

L'altro trasalì. Sembrava che la domanda lo cogliesse del tutto impreparato. «Io... io..., voglio dire... certo, che mi è simpatico. Perché dovrebbe essere il contrario?»

«Mi chiedevo semplicemente se le è simpatico» disse Poirot placidamente.

E poiché il suo interlocutore non rispondeva, continuò: «Mi sono chiesto anche un'altra cosa, e cioè se lei sia simpatico a Langton!».

«Si può sapere a che cosa vuole mirare, monsieur Poirot? C'è qualcosa in queste sue parole che mi sfugge.»

«Ebbene, sarò sincero. Lei è fidanzato, monsieur Harrison. Sta per sposarsi. Conosco la signorina Molly Deane. È una ragazza affascinante, molto bella. Prima di essere fidanzata con lei, era fidanzata con Claude Langton. Lo ha piantato, per lei!»

Harrison fece segno di sì.

«Non chiedo quali siano stati i motivi che l'hanno spinta a farlo; può darsi che avesse delle giustificazioni. Però, c'è una cosa che voglio dirle: non mi sembra illogico supporre che Langton non abbia né dimenticato né perdonato.»

«È in errore, monsieur Poirot. Le garantisco che sbaglia. Langton è sempre stato uno sportivo e ha accettato la situazione con animo virile. È stato incredibilmente bravo e buono nei miei confronti... anzi ha cercato addirittura di dimostrarsi pieno di simpatia e di cordialità.»

«E questo non la colpisce come un fatto insolito? Ha usato la parola "incredibilmente", eppure non mi sembra che consideri "incredibile" il comportamento di quel giovanotto!»

«Cosa vuole dire, monsieur Poirot?»

«Voglio dire» disse Poirot, e una nuova tonalità si era insinuata nella sua voce, «che un uomo può nascondere il proprio odio finché non giunge il momento opportuno.»

«Odio?» Harrison scosse la testa e scoppiò in una risata.

«Gli inglesi sono molto sciocchi» disse Poirot. «Credono di poter ingannare chiunque. Ma sono convinti di non poter essere ingannati da nessuno. E proprio perché sono coraggiosi ma sciocchi, qualche volta muoiono quando potrebbero benissimo evitarlo.»

«È un avvertimento quello che mi vuole dare?» chiese Harrison a bassa voce. «Adesso capisco... ciò che mi ha lasciato perplesso e dubbioso. Mi vuole mettere in guardia contro Claude Langton. Oggi è venuto qui per avvertirmi...»

Poirot annuì. Harrison si alzò di scatto. «Ma è pazzo, monsieur Poirot. Questa è l'Inghilterra. Non succedono cose di questo genere, qui. I corteggiatori respinti non vanno in giro a pugnalare alle spalle la gente, o ad avvelenarla. E poi, sbaglia per quel che riguarda Langton. Quel ragazzo non farebbe male a una mosca.»

«Non è la vita delle mosche che mi preoccupa» disse Poirot senza perdere la calma. «E per quanto dica che monsieur Langton non sarebbe capace di ucciderne neanche una, dimentica che già in questo momento si sta preparando a togliere la vita a parecchie migliaia di vespe.»

Harrison non rispose subito. A sua volta il piccolo detective scattò in piedi e, avanzando verso l'amico, gli pose una mano sulla spalla. Era talmente agitato che si mise quasi a scuotere l'altro, che era un omone, mentre gli sussurrava nell'orecchio: «Su, amico mio, svegliarsi, svegliarsi bisogna! E poi, guardi... guardi dove sto indicando. Là, sull'argine, vicino a quella radice d'albero. Vede le vespe che tornano pacificamente a casa alla fine della giornata? Fra neppure un'ora, tutto sarà distrutto – ma loro non lo sanno. Non c'è nessuno che glielo vada a dire. A quanto sembra, non hanno un Hercule Poirot. Le ho detto, monsieur Harrison, che sono venuto giù per affari. Be', il delitto è il mio mestiere. Ed è affar mio preoccuparmene prima che sia avvenuto, come dopo. A che ora verrà monsieur Langton per distruggere il vespaio?».

«Langton non oserebbe mai...»

«A che ora?»

«Alle nove. Ma le dico che si sbaglia. Langton non...»

«Questi inglesi!» gridò Poirot, accalorandosi. Poi afferrò cappello e bastone e si avviò per il vialetto, fermandosi un attimo ad aggiungere, voltando appena la testa sulla spalla: «Non rimango a discutere con lei. Finirei soltanto per andare in collera. Però mi ha capito? Ha capito che tornerò alle nove?».

Harrison aprì la bocca per parlare ma Poirot non gliene offrì il destro. «So bene ciò che direbbe: "Langton non oserebbe mai" eccetera, eccetera. Ah, Langton non... Comunque, sarò di ritorno per le nove. Ma, sì, mi divertirà... mettiamolo sotto questa forma... mi divertirà veder distruggere un nido di vespe! Un altro dei vostri sport anglosassoni!»

Non attese risposta e percorse a passo rapido il vialetto; poi uscì dal cancelletto cigolante. Non appena si trovò sulla strada, il suo passo si fece meno affrettato. La sua vivacità scomparve, la faccia diventò grave e prese un'espressione preoccupata. A un certo punto tirò fuori di tasca l'orologio e lo consultò. Le lancette segnavano le otto e dieci minuti. «Più di tre quarti d'ora» mormorò. «Chissà, forse avrei fatto meglio ad aspettare.»

Il suo passo si fece ancora più lento; sembrò quasi sul punto di tornare indietro. Parve assalito da qualche vago presentimento. Tuttavia se ne liberò risolutamente e continuò a camminare in direzione del villaggio. Ma aveva l'aria ancora preoccupata, e un paio di volte scosse la testa come una persona che non è del tutto soddisfatta.

Mancavano ancora pochi minuti alle nove quando si avvicinò nuovamente al cancello del giardino. Era una serata limpida e silenziosa; soltanto una lievissima brezza faceva frusciare appena appena le foglie. Forse c'era qualcosa di vagamente sinistro in tanto silenzio, come la quiete che precede la tempesta.

Il passo di Poirot si fece impercettibilmente più affrettato. D'un tratto si sentì in preda alla angoscia... e pieno di incertezza. Temeva qualcosa, ma senza ben sapere di che si trattasse.

E in quel momento il cancello del giardino si aprì e Claude Langton ne uscì rapido. Trasalì, quando vide Poirot.

«Oh... ehm... buona sera.»

«Buona sera, monsieur Langton. È in anticipo.»

Langton lo fissò. «Non capisco quello che vuole dire.»

«Ha già distrutto il nido di vespe?»

«A dir la verità no.»

«Oh!» disse Poirot sottovoce. «Così, non ha distrutto il nido di vespe. E cos'ha fatto, allora?»

«Oh, mi sono semplicemente seduto un po' a far quattro chiacchiere con il veccio Harrison. Adesso, però, devo scappare, monsieur Poirot. Non immaginavo che fosse rimasto da queste parti!»

«Avevo qualche affare da sbrigare, capisce?»

«Oh! Bene, troverà Harrison sulla terrazza. Spiacente ma non posso fermarmi.»

E si allontanò a passo affrettato. Poirot lo seguì con lo sguardo. Un giovanotto nervoso, di aspetto piacente ma con la bocca della persona debole di carattere!

«Così, troverò Harrison sulla terrazza» mormorò Poirot. «Strano.» Oltrepassò il cancello e percorse il piccolo viale. Harrison era seduto su una sedia, vicino al tavolo. Era immobile e non voltò neanche la testa quando Poirot gli venne vicino.

«Ah! *Mon ami*» disse Poirot. «Si sente bene, vero?»

Ci fu una lunga pausa, e infine Harrison disse con una voce molto strana, attonita: «Come ha detto?».

«Ho detto... si sente bene?»

«Bene? Sì, che sto bene. Perché non dovrei star bene?»

«Nessun brutto effetto? Ottimamente!»

«Brutto effetto? E perché dovrei sentire qualche brutto effetto?»

«Per via della soda per lavare.»

Harrison si riscosse di colpo. «Soda per lavare? Cosa sta dicendo?»

Poirot fece un gesto di scusa. «Mi rammarico infinitamente che sia stato necessario, ma gliene ho messa un po' in tasca.»

«Mi ha messo qualcosa in tasca? E perché diavolo l'ha fatto?»

Harrison lo stava fissando. Poirot, allora, si mise a parlare sommessamente, in tono impersonale, come un conferenziere che si adatti a dar spiegazioni a un bambino.

«Vede, uno dei vantaggi, o degli svantaggi, di essere investigatore sta nel fatto che si può fare la conoscenza di molte persone che rientrano nella classe dei criminali. E questa gente può insegnare un sacco di cose interessanti e curiose. Una volta, per esempio, c'era un borsaiolo... mi sono interessato di lui perché, per un caso molto raro, non aveva fatto quello che tutti dicevano che avesse fatto, e così sono riuscito a farlo assolvere. E costui, pieno di gratitudine, mi ha ripagato nell'unico modo che gli è venuto in mente... cioè, mi ha insegnato qualche trucchetto del mestiere.

«Di conseguenza, sono capace di vuotar le tasche a un individuo, se me ne viene l'estro, senza che lui se ne accorga. Gli metto una mano sulla spalla, mi eccito, tremo tutto e lui non sente niente. Eppure, così riesco a trasferire dalla sua tasca alla mia ciò che vi era contenuto, lasciandoci, invece, un po' di soda per lavare.

«Vede» continuò Poirot con voce assorta, «se un uomo vuole versare un po' di veleno, rapidamente in un bicchiere, senza che nessuno lo osservi, deve tenerlo nella tasca destra della giacca; non c'è altro posto che sia adatto. Così sapevo che sarebbe stato lì.»

Si infilò una mano in tasca e ne estrasse qualche cristallino bianco, dalla forma irregolare. «Pericolosissimo...» mormorò «portarlo in giro così... sciolto.»

Con calma, senza affrettarsi, tirò fuori da un'altra tasca una bottiglietta a imboccatura larga, vi fece scivolare i cristalli, si avvicinò al tavolo e la riempì di acqua naturale. Poi, dopo averla ben chiusa con il turacciolo, la agitò finché i cristalli non furono completamente disciolti. Harrison lo fissava affascinato.

Soddisfatto della soluzione ottenuta, Poirot si avvicinò al vespaio. Tolse il turacciolo dalla bottiglietta, allungò una mano restandone distante il più possibile e versò la soluzione nel vespaio, poi, indietreggiò di uno o due passi e rimase a guardare.

Qualche vespa che stava ritornando al nido, vi si posò, ebbe un lieve tremito e poi rimase immobile. Altre ne uscirono per morire. Poirot continuò a osservarle per un minuto o due e infine, dopo aver fatto segno di sì più volte con la testa, tornò alla veranda.

«Una morte rapida» disse. «Una morte rapidissima.»

Harrison aveva ritrovato la voce. «Fino a che punto sa?»

Poirot guardò dritto davanti a sé. «Come le dicevo, ho letto sul registro della farmacia il nome di Claude Langton. Ciò che non le ho raccontato, invece, è che – quasi subito dopo – mi è capitato di incontrarlo. Mi ha detto di aver acquistato del cianuro di potassio dietro sua richiesta, Harrison... per distruggere un vespaio. La cosa mi ha colpito perché mi sembrava un po' strana, caro amico, soprattutto in quanto ricordavo bene come, al pranzo di cui mi ha parlato, lei stesso aveva sostenuto i meriti superiori del petrolio e denunciato l'acquisto di cianuro come pericoloso e inutile.»

«Prosegua.»

«Sapevo qualcos'altro. Avevo visto Claude Langton e Molly Deane insieme in un momento in cui non credevano di essere visti da nessuno. Non so quale litigio di innamorati li avesse spinti, in origine, a lasciarsi e avesse fatto finire Molly nelle sue braccia, Harrison, ma mi sono accorto subito che ogni malinteso era stato dimenticato e che la signorina Deane stava tornando al primo amore.»

«Vada avanti.»

«Sapevo anche qualcosa di più, amico mio. L'altro giorno mi trovavo in Harley Street e l'ho visto uscire dallo studio di un medico. È un medico che conosco, so per quale malattia lo si va a consultare e, poi, avevo notato l'espressione della sua faccia! Mi è capitato di vederla solo una o due volte in vita mia, ma è difficile confonderla. Si tratta dell'espressione di un uomo che ha sentito pronunciare la propria sentenza di morte. Sbaglio o no?»

«Ha perfettamente ragione. Mi ha dato due mesi di vita.»

«Lei, caro amico, non mi ha visto, perché aveva ben altro a cui pensare. Ma io ho letto qualcos'altro sulla sua faccia... proprio quello che gli uomini cercano di nascondere, come dicevo questo stesso pomeriggio. Ho visto l'odio, amico mio. Non si preoccupava minimamente di nasconderlo, perché era persuaso che non ci fosse nessuno a osservarla.»

«Avanti!» disse Harrison.

«Non c'è molto altro da dire. Sono venuto giù, ho visto per

puro caso il nome di Langton sul registro delle sostanze velenose come le ho spiegato, ho incontrato il giovanotto e sono venuto qui da lei. Le ho preparato qualche trappola. Ha negato di aver chiesto a Langton di procurarsi il cianuro, o perlomeno si è mostrato sorpreso sentendo parlare dell'acquisto del veleno. Non appena mi ha visto apparire, è rimasto sorpreso ma, subito dopo, ha intuito come capitasse a proposito la mia visita qui, e ha incoraggiato i miei sospetti. Da Langton sapevo che sarebbe venuto qui alle otto e mezzo. Lei mi ha detto di aspettarlo per le nove, pensando che sarei tornato e avrei trovato tutto già finito. Quindi, sapevo tutto.»

«Perché è venuto?» esclamò Harrison «Ah, se almeno non si fosse fatto vedere!»

Poirot si raddrizzò sulla persona. «Le ho spiegato che il delitto è il mio mestiere» disse.

«Delitto? Suicidio, vorrà dire.»

«No.» La voce di Poirot si levò, alta e sonante. «Parlo di delitto. La sua morte sarebbe stata rapida e facile, ma la morte che aveva preparato per Langton era la peggior morte di cui un uomo possa morire. Era stato lui ad acquistare il veleno, lui a venire a trovarla, Harrison; e – qui – sareste rimasti soli. Lei sarebbe morto improvvisamente, nel suo bicchiere si sarebbe trovato il cianuro e Claude Langton sarebbe morto impiccato. Ecco il suo piano.»

Di nuovo Harrison si lasciò sfuggire un gemito.

«Perché è venuto? Perché?»

«Gliel'ho già detto, ma c'è anche un'altra ragione. Mi era simpatico. Ascolti, *mon ami*; lei sta per morire, ha perduto la ragazza che amava ma c'è ancora una cosa che non è assolutamente: un assassino. E adesso mi dica: è contento o no della mia visita?»

Ci fu una brevissima pausa e poi Harrison si raddrizzò sulla persona. Sul suo volto era affiorata una dignità nuova... l'espressione di un uomo che ha sconfitto quanto di più abietto e vile può esserci in lui. Allungò una mano attraverso il tavolo.

«Grazie a Dio, è venuto!» esclamò. «Grazie a Dio, è venuto!»

Il rubino

«Sono davvero molto spiacente...» disse il signor Hercule Poirot. Fu interrotto. In modo non scortese. Un'interruzione delicata, abile, convincente piuttosto che contestativa. «La prego, non rifiuti subito, signor Poirot. Il governo lo considera un grave problema. La sua collaborazione sarà molto apprezzata in alto loco.»

«Lei è troppo gentile» Hercule Poirot agitò una mano. «Ma non posso veramente impegnarmi per quanto mi chiede. In questa stagione dell'anno...»

Il signor Jesmond lo interruppe una seconda volta.

«Natale!» disse in tono persuasivo. «Un Natale tradizionale, all'antica, nella campagna inglese.»

Hercule Poirot rabbrividì. L'idea della campagna inglese in quella stagione dell'anno non lo attraeva proprio.

«Un bel Natale all'antica!» Il signor Jesmond accentuò il significato della frase.

«Io... io non sono inglese» disse Hercule Poirot. «Al mio paese, Natale è per i bambini. Noi festeggiamo l'Anno Nuovo.»

«Ah!» esclamò il signor Jesmond. «Ma in Inghilterra il Natale è una grande istituzione, e le assicuro che lei lo vedrebbe nel modo migliore a Kings Lacey. È una vecchia, magnifica casa, sa? Si figuri che un'ala risale al quattordicesimo secolo.»

Poirot rabbrividì di nuovo. Il pensiero di una residenza inglese di campagna che risaliva al quattordicesimo secolo lo riempiva di apprensione. Troppe volte aveva sofferto nelle storiche case di campagna inglesi. Guardò con espressione di apprezzamento il suo confortevole appartamento in stile moderno, con i caloriferi e con gli ultimissimi ritrovati della tecnica per eliminare qualsiasi tipo di corrente d'aria.

«Durante l'inverno» dichiarò con fermezza «non mi muovo da Londra.»

«Non so se lei si rende conto, signor Poirot, di quanto grave sia la faccenda.» Il signor Jesmond diede un'occhiata alla persona che lo accompagnava, poi guardò di nuovo Poirot.

L'altra persona fino a quel momento non aveva parlato, a parte un educato e formale «Piacere» alle presentazioni. Ora stava seduto, guardandosi le scarpe ben lustrate, con un'espressione di estremo abbattimento sul volto color caffè. Si trattava di un giovanotto che non doveva avere più di ventitré anni, ed era manifestamente in uno stato di totale infelicità.

«Sì, sì» disse Hercule Poirot. «Certo la faccenda è grave. Lo capisco. Sua Altezza ha tutta la mia più sentita comprensione.»

«La situazione è di estrema delicatezza» affermò il signor Jesmond.

Poirot spostò lo sguardo dal giovane al suo interlocutore più anziano. Volendo riassumere l'atteggiamento del signor Jesmond in una sola parola, la parola giusta sarebbe «discrezione». Tutto nel signor Jesmond era discreto. Gli abiti di buon taglio ma per nulla vistosi, la voce gradevole di persona colta che raramente si staccava da una sorta di pacata monotonia, i capelli color castano chiaro che andavano diradandosi un poco sulle tempie, il volto pallido e serio. A Hercule Poirot pareva di aver conosciuto non un solo signor Jesmond, ma una dozzina di signori Jesmond nella sua vita, e sapeva che tutti, presto o tardi, usavano la frase: «Una situazione di estrema delicatezza».

«La polizia» disse Hercule Poirot «sa essere molto discreta, lo sa?»

Il signor Jesmond scosse il capo con fermezza.

«La polizia, no» disse. «Rientrare in possesso di... ehm...

ciò che vogliamo recuperare implicherebbe inevitabilmente la necessità di procedere per vie legali, e noi sappiamo tanto poco! Sospettiamo, ma non sappiamo.»

«Lei ha tutta la mia comprensione» ripeté Hercule Poirot.

Ma se immaginava che la sua comprensione potesse avere un qualsiasi significato per i due ospiti, si sbagliava. Non volevano la sua comprensione, volevano un aiuto concreto da lui. Il signor Jesmond ricominciò a parlare delle delizie del Natale inglese.

«Sta estinguendosi, sa,» disse «il vero Natale all'antica. La gente ormai lo trascorre negli alberghi. Ma un Natale inglese con tutta la famiglia riunita, i bambini, i regali, l'albero, il tacchino e il dolce di prugne, i petardi, l'uomo di neve fuori dalla finestra...»

Per amore della precisione, Hercule Poirot intervenne.

«Per fare un uomo di neve bisogna avere la neve» osservò con severità. «E la neve non si può avere su ordinazione, nemmeno per un Natale inglese.»

«Stavo parlando con un mio amico proprio oggi, uno che lavora all'ufficio meteorologico» dichiarò il signor Jesmond «e lui mi assicura che con tutta probabilità per Natale la neve ci sarà.»

Era la cosa sbagliata da dire. Hercule Poirot rabbrividì con maggior orrore.

«La neve in campagna» dichiarò «sarebbe ancor più abominevole. Una grande casa di pietra fredda e la neve!»

«Nient'affatto» ribadì il signor Jesmond. «Le cose sono molto cambiate negli ultimi dieci anni. Riscaldamento centrale a gasolio.»

«Hanno il riscaldamento centrale a gasolio a Kings Lacey?» chiese Poirot. Per la prima volta parve indeciso.

Il signor Jesmond colse la palla al balzo. «Proprio così» disse. «È un magnifico impianto di acqua calda. Caloriferi in tutte le stanze da letto. Le assicuro, mio caro signor Poirot, Kings Lacey è la comodità fatta e finita durante l'inverno. Forse troverà la casa fin troppo calda.»

«Questo è del tutto improbabile» disse Hercule Poirot.

Con l'abilità dovuta all'esperienza, il signor Jesmond fece deviare un poco l'argomento.

«Può comprendere il tremendo dilemma in cui ci troviamo» disse in tono confidenziale.

Hercule Poirot annuì. Il problema, in effetti, non era semplice. Un futuro giovane sovrano, figlio unico del capo di un importante e ricco principato dinastico dell'India, era arrivato a Londra da qualche settimana. Il paese stava attraversando un periodo di malcontento e di irrequietezza. Per quanto fedele al padre, il cui sistema di vita era rimasto fermamente orientale, l'opinione pubblica aveva qualche dubbio sul giovane erede. Le sue follie erano di marca prettamente occidentale e, in quanto tali, considerate con disapprovazione.

Tuttavia, da poco era stato annunciato ufficialmente il suo fidanzamento. Doveva sposare una consanguinea, una giovane che, pur avendo studiato a Cambridge, si guardava bene dal manifestare qualsiasi propensione alle mode occidentali nel proprio paese. Il giorno delle nozze era già stato annunciato e il giovane principe aveva fatto un viaggio in Inghilterra, portando con sé alcuni dei famosi gioielli della famiglia, per farli montare in stile più moderno da Cartier. Tra questi, il celebre rubino, che era stato tolto dalla pesante collana antiquata in cui era incastonato e al quale i noti gioiellieri francesi avevano dato una nuova linea. E fin qui, tutto bene... Dopo di che, ecco l'imprevedibile!

Che un giovanotto tanto ricco e con gusti tanto conviviali commettesse qualche follia di tipo un po' allegrotto era ammissibile. Si presuppone, infatti, che i giovani principi si divertano spesso in tal modo. Che il principe portasse l'amichetta del momento a far due passi per Bond Street e le offrisse un bracciale di smeraldi o una spilla di diamanti come ricompensa per le ore piacevoli concesse, sarebbe stato considerato come affatto naturale e giusto. Equivalente, in certo qual modo, alle Cadillac che suo padre offriva alla danzatrice favorita del momento.

Ma il principe era stato assai più indiscreto di tanto. Lusingato dall'interesse della giovane amica, le aveva mostrato il famoso rubino nella sua nuova montatura e, infine, era stato tanto imprudente da concederle di portarlo per una sola sera.

La storia era breve e triste. La signorina si era allontanata per incipriarsi il naso, durante la cena. Il tempo era passato. Lei non era tornata. Era uscita dal locale da una porta di servizio, e da quel momento era scomparsa nel nulla. La cosa importante e terribile era che con lei era scomparso anche il rubino nella sua nuova montatura.

Erano fatti che non potevano essere resi di pubblico dominio senza che comportassero conseguenze terribili. Il rubino era qualcosa di più di un semplice rubino, era una proprietà storica di grande significato, e le circostanze in cui era scomparso erano tali che qualsiasi indebita pubblicità al riguardo poteva provocare gravissime conseguenze politiche.

Il signor Jesmond non era uomo da esporre i fatti con un linguaggio semplice. Li avvolgeva, in effetti, in un gran mare di parole.

Hercule Poirot non sapeva chi fosse esattamente il signor Jesmond. Nel corso della sua carriera ne aveva conosciuti molti di tipi come Jesmond. Non era stato specificato se appartenesse al ministero dell'Interno, al Foreign Office o a qualche branca più discreta dei servizi pubblici. Agiva, comunque, nell'interesse del Commonwealth. Il rubino doveva essere recuperato.

Il signor Poirot, insisteva delicatamente il signor Jesmond, era l'unica persona in grado di riuscire in un'impresa tanto difficile.

«Forse... sì,» ammise Hercule Poirot «ma lei è in grado di dirmi troppo poco. Accenni vaghi, sospetti; non è molto su cui basarsi.»

«Via, signor Poirot, certo non è cosa superiore alle sue capacità. Lei riesce sempre ad avere successo.»

«Non riesco sempre ad averlo, purtroppo.»

La modestia era solo d'obbligo. Era chiaro, infatti, dal tono di voce del signor Poirot, che per lui assumersi la responsabilità di portare a buon fine una missione significava riuscirvi veramente.

«Sua Altezza è molto giovane» disse il signor Jesmond. «Sarebbe triste se tutta la sua vita dovesse essere distrutta a causa di una sciocchezza giovanile.»

Poirot guardò con occhi gentili il giovane che sedeva abbattuto di fronte a lui.

«Quando si è giovani è il momento di far follie» disse in tono di incoraggiamento «e per un giovanotto qualsiasi non è una cosa grave. Il buon papà che paga, il bravo avvocato di famiglia che aiuta a districare i fili della sgradevole matassa, il giovanotto che impara grazie alla esperienza fatta, e tutto finisce per il meglio. In una posizione come la sua, invece, è davvero molto difficile. Il suo matrimonio incombe...»

«Ecco, proprio questo...» Per la prima volta il giovanotto prese la parola: «Vede, la mia fidanzata è molto seria. Prende la vita sul serio. A Cambridge le hanno inculcato tanti ideali seri. Al mio paese si devono creare scuole. Si deve pensare all'istruzione. Ci devono essere molte cose. Tutto in nome del progresso, capisce? Della democrazia. Dice che non sarà come era ai tempi di mio padre. Naturalmente, lei sa che io mi prendo qualche libertà a Londra, ma lo scandalo no. No! È lo scandalo che conta. Vede, questo è un rubino famosissimo. Ha una storia lunga alle spalle. Molto spargimento di sangue... molti morti».

«Morti!» esclamò pensoso Hercule Poirot. Guardò il signor Jesmond. «Si spera di non arrivare a questo, no?»

Il signor Jesmond fece un rumore strano con le labbra, come una gallina che ha deciso di deporre l'uovo e poi ci ha ripensato.

«No, no, davvero» disse in tono abbastanza disgustato. «Indubbiamente non si mette neppure in discussione una cosa del genere.»

«Non si può mai sapere» disse Poirot. «Chiunque si sia impossessato del rubino, o altri che desiderano entrarne in possesso, non si fermeranno davanti a una bazzecola simile, amico mio.»

«Non penso davvero» disse il signor Jesmond, in tono più disgustato che mai «sia il caso di formulare previsioni così cupe. Del tutto inutili.»

«Io» ribatté Hercule Poirot, diventando di colpo molto sostenuto «esploro tutte le strade, come gli uomini politici.»

Il signor Jesmond lo guardò con aria dubitativa. Riprendendo il dominio di sé, disse: «Bene, posso ritenere che tutto sia a posto, allora, signor Poirot? Andrà a Kings Lacey?».

«E come spiegare la mia presenza lì?» chiese Hercule Poirot.

Il signor Jesmond ebbe un sorriso fiducioso.

«Questo, credo, si può fare con molta facilità. Le assicuro che risulterà del tutto normale. Troverà la famiglia Lacey deliziosa. Gente piacevolissima.»

«E lei non mi ha ingannato in merito al riscaldamento centrale?»

«No, davvero.» Il signor Jesmond sembrava sinceramente addolorato della sfiducia del suo interlocutore. «Le assicuro che troverà tutte le comodità.»

«*Tout le confort moderne*» mormorò tra sé Hercule Poirot, ricordando eventi passati. «*Et bien*, accetto.»

La temperatura nella lunga stanza di soggiorno di Kings Lacey era più che confortevole, mentre Hercule Poirot sedeva a chiacchierare con la signora Lacey accanto a una delle grandi finestre a più luci.

La signora non era intenta a fare del *petit point*, o a ricamare fiori su seta. Sembrava assorta nel prosaico compito di orlare strofinacci da cucina. Mentre cuciva, parlava con una voce bassa e pensosa che Poirot trovava affascinante.

«Spero che la nostra festa di Natale le piacerà, signor Poirot» gli stava dicendo. «È tutto in famiglia, sa? Mia nipote, un altro nipote e un suo amico; Bridget, che è l'altra mia nipote, Diana, una cugina, e David Welwyn, un nostro vecchio amico. Una festa proprio in famiglia. Ma Edwina Morecombe mi ha detto che è proprio quello che lei desidera vedere. Un Natale inglese all'antica. E niente potrebbe essere più all'antica di noi. Sa, mio marito vive completamente nel passato. Vuole che tutto sia com'era quando aveva dodici anni ed era solito venire a trascorrere qui le vacanze.» Sorrise. «Tutte le stesse vecchie cose: l'albero di Natale, i regali, la zuppa d'ostriche, il tacchino – due tacchini: uno lesso e uno arrosto, il dolce di prugne con l'anello nascosto dentro, i ranuncoli e tutte le altre cose. E ci vorrebbero i sei pence d'argento puro. Ci sono, tuttavia, i dolci tradizionali, le prugne di Elvas e quelle di Carlsbad, e le mandorle e l'uva passa, e la frutta candita e lo zenzero. Oh, Santo Cielo, mi sembra di elencare il catalogo delle merci di un grande magazzino!»

«Lei sta stimolando i miei succhi gastrici, *madame*.»

«Probabilmente dopo faremo una tremenda indigestione» disse la signora Lacey. «Oggi non si è più abituati a mangiare tanto, vero?»

Fu interrotta da urla fortissime e da scrosci di risa fuori della finestra. Diede un'occhiata.

«Non so che cosa stiano facendo fuori. Qualche gioco, sicuramente. Ho sempre temuto che i giovani si annoiassero a fare il Natale qui. Invece è proprio il contrario. Guardi, mio figlio e mia figlia e i loro amici, quand'erano ragazzi... erano piuttosto sofisticati in merito al Natale. Secondo loro si trattava di stupidaggini senza senso, dava troppo da fare e sarebbe stato molto meglio andare in qualche locale pubblico a ballare. Ma mi risulta che la generazione più giovane ora trova terribilmente attraente stare in casa per Natale. E poi» aggiunse in tono pratico la signora Lacey «i ragazzi in età scolare hanno sempre appetito, no? Io penso che a scuola li lascino morir di fame... In fin dei conti, sappiamo tutti che i ragazzi di quell'età mangiano più di tre uomini vigorosi messi insieme.»

Poirot rise e disse: «È stato molto gentile da parte sua e di suo marito includermi così nella festa di famiglia».

«Ne siamo entrambi felici, le assicuro» disse la signora Lacey. «Troverà Horace un po' orso, ma non gli badi. È fatto così.»

Ciò che in realtà suo marito, il colonnello Horace Lacey, aveva detto era: «Non capisco perché vuoi invitare uno di questi maledetti stranieri per Natale. Non possiamo invitarlo un'altra volta? Non sopporto gli stranieri! Va bene, va bene, è stata Edwina Morecombe a chiedertelo. Mi piacerebbe sapere che cos'ha a che fare con lei! Perché non l'ha invitato da lei per Natale?».

«Perché sai benissimo che Edwina va sempre al Claridge, no?»

Il marito l'aveva guardata con occhi penetranti e aveva chiesto:

«Non starai combinando qualcosa, vero, Em?»

«Qualcosa?» Em aveva spalancato gli occhi celesti. «No di certo! Perché mai?»

Il vecchio colonnello aveva riso, una risata profonda, gorgogliante.

«Non giurerei sulla mia mano destra, conoscendoti, Em. Quando tu hai quell'aria così innocente è proprio perché stai combinando qualcosa.»

Ora, ripensando a quella conversazione, la signora Lacey disse:

«Edwina mi ha detto che forse lei avrebbe potuto aiutarci... certo che non so proprio in che modo, ma mi ha detto che degli amici del marito erano stati molto contenti del suo intervento in... una faccenda analoga alla nostra... Io, be'... forse sa di che cosa sto parlando, vero?»

Poirot la guardò con espressione incoraggiante. La signora Lacey era vicina alla settantina, diritta come un bastone, con capelli candidi, guance rosate, occhi azzurri, un nasino ridicolo e un mento deciso.

«Se posso fare qualcosa, ne sarò felice» disse Poirot. «A quanto ho capito, mi pare si tratti di una spiacevole storia di infatuazione da parte di un giovane...»

La signora Lacey annuì.

«Sì. Sembra straordinario che io debba... anzi voglia parlarne con lei. In fin dei conti, lei è un perfetto estraneo per la famiglia.»

«E anche straniero, per di più» disse Poirot, comprensivo.

«Sì, ma questo, per un certo verso, facilita le cose. Edwina pensava che forse lei, come dire, potrebbe sapere qualcosa di utile al riguardo di questo giovanotto... di Desmond Lee-Wortley.»

Poirot tacque un momento, per ammirare, dentro di sé, l'abilità del signor Jesmond e la facilità con cui si era servito di lady Morecombe per raggiungere il proprio scopo.

«A quanto mi risulta, questo giovane non ha un'ottima reputazione, vero?» chiese delicatamente.

«No davvero. Una pessima reputazione. Ma per quanto riguarda Sarah, la cosa non ha alcuna importanza. Non serve mai, vero, dire alle ragazze che un uomo ha una cattiva reputazione. Anzi, le sprona ad attaccarsi ancora di più.»

«Ha davvero ragione» confermò Poirot.

«Ai tempi della mia gioventù» proseguì la signora Lacey... «Oh, che tempi lontani, santo Cielo!... ci avvertivano di star attente a certi giovanotti e, naturalmente, con questo non facevano che aumentare il nostro interesse, e se riuscivamo a ballare con loro, ad appartarci con loro nel buio della serra...» rise. «E pensare che io non permettevo a Horace di far nulla di ciò che voleva fare...

«Nostro figlio fu ucciso in guerra. Mia nuora morì quando è nata Sarah, che è sempre stata con noi, l'abbiamo allevata noi. Forse poco saggiamente... non so. Ma pensavamo che bisognava lasciarla sempre libera di fare quello che voleva.»

«È giusto, mi sembra. Non si può andare contro lo spirito dei tempi.»

«No, è proprio quello che pensavo anch'io» dichiarò la signora Lacey. «E naturalmente, oggi le ragazze godono di una libertà del tutto giustificata. Ma, a volte, finisce per non esserlo del tutto, giustificata... voglio dire.»

Poirot la guardò, con aria interrogativa, ma non premette per avere una spiegazione, visto che la signora Lacey ora taceva, come se volesse raccogliere bene le idee prima di dargli una spiegazione equilibrata e chiara.

La signora Lacey guardò Hercule Poirot a sua volta.

«Il fatto è che Sarah è entrata in quel giro di giovani che vanno contro le regole stabilite. Voglio dire, si rifiuta di andare alle serate, di partecipare ai balli dati in onore delle debuttanti, di fare, insomma, quelle cose che fanno tutte le ragazze della buona società. Si è presa due stanze non precisamente eleganti a Chelsea, accanto al fiume, e porta quegli indumenti strani che piacciono a un certo genere di gioventù, calze nere o verdi, quelle calze pesantissime che secondo me danno prurito alle gambe. E va in giro senza lavarsi e senza pettinarsi.»

«*Ça c'est tout à fait naturel*» ribatté Poirot. «È la moda di oggi. Poi passa.»

«Sì, lo so» disse la signora Lacey. «Di queste cose non mi preoccupo. Ma, vede, si è legata a quel Desmond Lee-Wortley e lui ha proprio una brutta reputazione. Vive più o meno a carico di fanciulle abbienti. E, a quanto pare, loro impazziscono per lui. Stava quasi per sposare la figlia degli Hope, ma loro sono riusciti a farla porre sotto tutela, o qualcosa del genere. Ed è questo che intende fare anche Horace. Sostiene che deve farlo per proteggerla. Ma, secondo me, non è una buona idea. Voglio dire, signor Poirot, scapperanno e andranno in Irlanda o in Scozia o in Argentina. Da qualche parte, insomma, dove si sposeranno, oppure nemmeno si sposeranno e staranno insieme. E poi, nel caso nascesse anche un bambino, bisogna cedere, non è vero? Lasciare che si sposino e pazienza. E magari dopo qualche anno finiscono col lasciarsi, e poi s'incontra un bravo ragazzo, tanto bravo che diventa anche un po' noioso, lo si sposa e ci si sistema in definitiva nella routine di una vita normale. Ma è triste, a mio parere, se c'è di mezzo anche un figlio, perché non è la stessa cosa essere allevato da un patrigno, per quanto bravo possa essere. No, secondo me è molto meglio come avveniva ai tempi nostri, quando io ero giovane, voglio dire. Ci si innamorava del primo giovanotto che si conosceva ed era sempre il tipo meno indicato. Io ho avuto una passione tremenda per un ragazzo che si chiamava... come si chiamava? Che strano, non riesco a ricordarmi il nome adesso... Ah, il cognome era Tibbit! Il giovane Tibbit! Mio padre gli aveva proibito di frequentare la nostra casa, ma lui si faceva invitare alle stesse feste e ballavamo sempre insieme. E, a volte, andavamo in giardino a sederci su una panchina, e ogni tanto gli amici organizzavano qualche picnic e ci invitavano insieme. Certo, era tutto molto eccitante e proibito e ci divertivamo un mondo. Ma nessuna ragazza arrivava... al punto delle ragazze di oggi, no? E così, dopo un po', il giovane Tibbit si è dissolto nel nulla, per quanto mi riguardava. E quando l'ho rivisto, quattro anni dopo, mi sono stupita e mi sono chiesta che cosa mai avessi trovato in lui! Un tipo tanto insulso! Appariscente, sa, ma la conversazione era assolutamente piatta.»

«Si pensa sempre che gli anni della propria gioventù siano i più belli» commentò Poirot in tono piuttosto sentenzioso.

«Lo so. Ma è stancante. E non dovrebbe esserlo. Comunque, non voglio che Sarah, che è in verità una cara ragazza, sposi Desmond Lee-Wortley. Lei e David Welwyn, che risiede qui, erano tanto amici e si volevano così bene, e speravamo davvero che tutto si risolvesse al meglio. Horace e io speravamo proprio che, essendo cresciuti insieme, finissero per sposarsi. Ma naturalmente adesso lei lo trova noioso ed è completamente affascinata da Desmond.»

«Non capisco, madame» disse Poirot. «Il giovanotto ora è qui, in casa.»

«Quello l'ho voluto io» rispose la signora Lacey. «Horace era deciso a vietarle di vederlo e tutto il resto. Certo, ai tempi di Horace, il padre o il tutore della ragazza si sarebbero recati a casa del giovanotto con un frustino! Horace voleva assolutamente proibire che lui venisse a casa nostra e proibire a Sarah di vederlo. Gli ho detto che era proprio l'atteggiamento sbagliato. "No," gli ho detto "invitalo qui. Lo faremo venire per Natale." Naturalmente mio marito ha dichiarato ch'ero pazza. Ma io ho ribattuto: "In ogni caso, caro, tentiamo. Facciamo in modo che Sarah lo veda nel nostro ambiente e in casa nostra, noi saremo gentilissimi ed educatissimi con lui, e forse le risulterà meno interessante".»

«Credo che abbia ragione, madame» disse Poirot. «Il suo punto di vista è molto saggio. Più saggio di quello di suo marito.»

«Be', lo spero, quanto meno» rispose la signora Lacey in tono dubitativo. «Per ora, comunque, non mi pare che funzioni molto bene. Ma certo, lui è qui solo da un paio di giorni.» Nella guancia un po' avvizzita comparve d'un tratto una fossetta. «Le confesserò una cosa, signor Poirot: non riesce a essere antipatico neppure a me. Non voglio dire che mi piace sul serio, se ci ragiono sopra col cervello, ma avverto il suo fascino. Oh, sì, capisco che cosa trovi Sarah in lui. Però sono sufficientemente vecchia e ho sufficiente esperienza per sapere che è un uomo privo di valore. Anche se la sua compagnia mi diverte. Penso, comunque» aggiunse un po' pensosa «che abbia qualche dote buona. Ha chiesto se può portar qui sua sorella... È stata operata ed era in ospedale. Ci ha detto che per lei era molto triste stare sola in una clinica durante il Natale e si chiedeva se ci avrebbe dato fastidio portarla qui. Ha assicurato che le avrebbe portato lui i pasti in camera per non disturbarci. Questo è carino da parte sua, non è vero, signor Poirot?»

«È indice di premura» rispose Poirot, riflettendo «che sembra quasi non in carattere con la persona.»

«Oh, non so. Si può provare affetto per la propria famiglia e al tempo stesso desiderare di catturare una fanciulla abbiente. Sarah diverrà molto ricca; non certo con quanto le lasceremo noi, che non sarà davvero gran che, perché quasi tutto il patrimonio liquido e la casa andranno a Colin, mio nipote. Ma la madre di Sarah era davvero ricca, e Sarah erediterà tutto, a compimento dei ventun anni. Adesso ne ha venti. No, io penso che Desmond sia stato proprio carino a pensare alla sorella, e non ci ha nemmeno fatto credere che questa ragazza sia una cosa eccezionale. Credo faccia la stenodattilografa a Londra, in qualche ufficio di non so che cosa. E lui ha mantenuto la parola, portandole in camera i pasti, come aveva detto. Non sempre, naturalmente, ma abbastanza spesso. Quindi penso che qualcosa di buono in lui ci sia. Ma in ogni caso» concluse con voce ferma la signora Lacey «non voglio che Sarah lo sposi.»

«Da quanto ho sentito e mi è stato detto» disse Poirot «sarebbe effettivamente un vero e proprio disastro.»

«Lei pensa di poterci essere utile in qualche modo?» domandò la signora Lacey.

«Credo sia possibile» rispose Poirot. «Non voglio tuttavia

promettere troppo. Perché i tipi come il signor Desmond Lee-Wortley sono furbi, cara signora. Ma non si disperi. Forse qualcosina si può tentare. Farò del mio meglio, se non altro a titolo di riconoscenza e di ringraziamento per l'invito ricevuto in casa vostra.» Si guardò attorno. «Non è facile oggi festeggiare il Natale come si deve.»

«No davvero.» La signora Lacey sospirò. Si chinò in avanti. «Sa, signor Poirot, che cosa sogno realmente io? Che cosa mi piacerebbe moltissimo?»

«Mi dica, madame.»

«Vorrei tanto un villino piccolo, moderno. No, forse non proprio moderno. No, forse non proprio un villino, ma una casa piccola, moderna, facile da far funzionare; una casa costruita nel parco di questa nostra proprietà, magari, in cui vivere, con una cucina dotata di tutti gli ultimissimi congegni della tecnica moderna, e senza corridoi. Tutto semplice e facile.»

«È un'idea molto pratica, madame.»

«Ma non posso metterla in pratica» rispose la signora Lacey. «Mio marito adora questa casa. Adora viverci. Non gli importa di avere qualche scomodità, non gli pesano le manchevolezze della casa e detesterebbe, è proprio la parola giusta, vivere in una casa piccola e moderna in mezzo al parco.»

«E quindi lei si sacrifica ai suoi desideri?»

La signora Lacey si eresse sulla sedia. «Non lo considero un sacrificio, signor Poirot. Ho sposato mio marito con il desiderio di renderlo felice. È stato un buon marito e mi ha reso felice per tutti questi anni, e quindi desidero a mia volta dare felicità a lui.»

«E continuerete ad abitare qui» concluse il signor Poirot.

«In realtà non è troppo scomodo.»

«No, no» si affrettò a dire Hercule Poirot. «Al contrario, è confortevolissimo. Il riscaldamento centrale e l'acqua calda sono perfetti.»

«Abbiamo speso un mucchio di denaro per rendere la casa confortevole e abitabile. Siamo riusciti a vendere un po' di terra. Buona per costruirci su case, così dicono. Per fortuna è sull'altro lato del parco e dalla nostra casa non si vedrà nulla. In realtà è un appezzamento di terreno piuttosto brutto, senza una bella vista, ma ci hanno pagato un buon prezzo. E così siamo riusciti a fare un bel po' di migliorie.»

«Ma la servitù, madame?»

«Oh, be', questo è un problema meno difficile di quanto non appaia. Certo non si può pensare di essere serviti come una volta. Ma dal paese vengono varie persone. Due donne al mattino, altre due per preparare il pranzo e lavare i piatti e alcune altre la sera. C'è molta gente che vuole lavorare solo poche ore al giorno. Naturalmente per il Natale siamo molto fortunati. La mia cara signora Ross viene sempre ad aiutarmi, per Natale. È una cuoca meravigliosa. Di prima classe davvero. Si è ritirata dieci anni fa, ma in qualsiasi caso di emergenza mi viene ad aiutare. Poi c'è il buon Peverell.»

«Il maggiordomo?»

«Sì. Anche lui è ormai pensionato, ma abita nella villetta vicino al terreno da caccia. È così affezionato a noi che insiste per venire ad aiutare in occasione del Natale e delle altre feste. Davvero sono terrorizzata, signor Poirot, quando è qui, perché è vecchio e gli tremano le mani, e ho paura, quando prende qualcosa di pesante, che lo lasci cadere. È un'angoscia osservarlo. E poi ha il cuore in cattive condizioni e temo che si affatichi troppo. Ma se non gli permettessi di venire ne sarebbe molto addolorato e si offenderebbe. Fa osservazioni strane e gesti di disapprovazione quando vede lo stato in cui è l'argenteria, ma, dopo tre giorni che è qui, è tutto di nuovo pulito e lustro. Sì, è un caro amico fedele!» Sorrise a Poirot. «Quindi, vede, siamo tutti pronti per trascorrere un Natale felice. E anche bianco!» aggiunse, guardando fuori della finestra. «Vede, comincia a nevicare. Ah, stanno rientrando i ragazzi. Deve conoscerli, signor Poirot.»

Poirot fu presentato con la debita forma. Prima a Colin e a Michael, il nipote dei Lacey e il suo compagno di scuola, due bei ragazzi di quindici anni, compiti e simpatici, uno bruno e l'altro biondo. Poi alla loro cugina Bridget, coetanea o quasi, con bei capelli neri e un temperamento sprigionante vitalità.

«E questa è mia nipote Sarah» disse la signora Lacey.

Poiret guardò con un certo interesse Sarah, una ragazza attraente, con una massa di capelli rossi. I suoi modi gli parvero un po' tesi, e l'atteggiamento portato un poco alla sfida, ma appariva molto legata alla nonna.

«E questo è il signor Lee-Wortley.»

Il signor Lee-Wortley, Desmond cioè, indossava un maglione da pescatore e jeans scuri e aderenti. Aveva i capelli piuttosto lunghi ed era dubbio che al mattino si fosse rasato. Un altro giovanotto, del tutto diverso, fu presentato subito dopo a Poirot; era David Welwyn, un tipo solido e tranquillo, dal sorriso gradevole, manifestamente amante dell'acqua e sapone. C'era anche un'altra persona, una bella ragazza dallo sguardo penetrante che fu presentata come Diana Middleton.

Fu portato il tè con vassoi ben forniti di tartine, biscotti e torte di tre tipi diversi. I ragazzi più giovani apprezzarono molto lo spuntino. Per ultimo arrivò il colonnello Lacey, che in tono distratto commentò: «E il tè? Ah, c'è, è vero».

La moglie gliene porse una tazza mentre lui prendeva due tartine, e guardava con occhio severo Desmond Lee-Wortley, sedendo il più lontano possibile da lui. Il colonnello era un uomo grosso, con sopracciglia cespugliose e volto rubizzo, segnato dall'esposizione all'aria aperta. Lo si sarebbe potuto scambiare per un contadino più che per il padrone di casa.

«Ha cominciato a nevicare. Sarà un Natale bianco.»

Dopo il tè il gruppo si disperse.

«Adesso andranno a divertirsi col registratore» disse la signora Lacey a Poirot. Guardò con aria indulgente il nipote che usciva dalla stanza, parlandone con il tono di chi dice: «i bambini ora vanno a divertirsi con i loro soldatini di piombo».

«Ormai la tecnica non ha più segreti per loro» aggiunse «e ne parlarno da esperti.»

Michael e Bridget, invece, avevano deciso di andare al lago per vedere se fosse abbastanza ghiacciato da consentire un po' di pattinaggio.

«Pensavamo di poterlo già fare stamattina» disse Michael

«ma il il vecchio Hodgins ce lo ha proibito. È sempre così tremendamente prudente!»

«Andiamo a fare una passeggiata, David?» chiese Diana Middleton con voce piana.

David esitò per un istante, posando gli occhi sulla testa rossa di Sarah, che stava accanto a Desmond con una mano posata sul braccio di lui e lo guardava in viso.

«D'accordo» rispose David. «Andiamo.»

Diana gli infilò una mano sotto il braccio e insieme si diressero verso la porta che si apriva sul giardino.

«Andiamo anche noi, Desmond?» chiese Sarah. «In casa fa troppo caldo.»

«E chi ha voglia di camminare?» rispose Desmond Lee-Wortley. «Tiro fuori la macchina e andiamo a bere qualcosa al Cinghiale Macchiato.»

Sarah ebbe un attimo di esitazione prima di dire:

«Andiamo al Camino Bianco, a Ledbury, è più divertente!»

Anche se per nulla al mondo lo avrebbe confessato apertamente, a Sarah non garbava, anzi provava una repulsione quasi viscerale all'idea di entrare nel bar del paese con Desmond. In certo qual modo, non era nella tradizione di Kings Lacey. Le donne di Kings Lacey non avevano mai frequentato il Cinghiale Macchiato. Aveva la vaga sensazione che, se ci fosse andata, avrebbe fatto un torto al colonnello e a sua moglie. «E perché no?», anticipò tra sé la domanda che le avrebbe fatto Desmond. E per un attimo si sentì esasperata, perché lui avrebbe dovuto capire quel suo rifiuto. Non si può dare un dispiacere a due persone tanto care come il nonno e la nonna... a meno che non si tratti proprio di una cosa necessaria. Erano stati davvero tanto buoni a lasciarle fare la vita che voleva, a capire che aveva le sue ragioni se voleva abitare da sola a Chelsea, e ad accettare, sia pure a malincuore, di invitare Desmond. Ma questo era naturalmente merito di Em, la nonna. Ed Em era sempre stata una donna straordinaria.

Quando Desmond uscì per prendere la macchina, Sarah mise di nuovo la testa nella stanza di soggiorno.

«Andiamo al Camino Bianco a bere qualcosa» disse.

Nella sua voce c'era un lieve tono di sfida, ma la signora Lacey non parve rendersene conto.

«Be', cara, sono certa che sarà una passeggiata simpatica. David e Diana sono usciti a far due passi. Sono così contenta! Ho avuto una idea felice quando ho invitato qui Diana. È così triste restar vedova quando si hanno solo ventidue anni. Spero proprio che si risposi presto.»

Sarah la guardò, stupita.

«Che cos'hai in testa, nonna?»

«Ho il mio piccolo piano, cara» rispose la signora Lacey con allegria. «Credo che vada proprio bene per David. Certo, lo so che lui era terribilmente innamorato di te, Sarah, ma tu non lo vuoi, e mi rendo conto che non è il tuo tipo. Non voglio però che lui sia infelice, e penso che Diana gli possa andare proprio bene.»

«Sei sempre quella che vuole combinare matrimoni, tu!» disse Sarah.

«Lo so. Le anziane signore lo fanno sempre. Non pensi che sarebbe proprio adatta a David?»

«Non direi» rispose Sarah. «Credo che Diana sia troppo... chiusa, troppo seria. Penso che David sposandola si annoierebbe molto.»

«Be', vedremo!» rispose la signora Lacey. «Comunque, a te David non interessa, vero?»

«No di certo» si affrettò a rispondere Sara. E aggiunse, in tono basso: «Ma a te Desmond, piace, vero?».

«Certo, è un caro ragazzo» rispose l'anziana signora.

«Al nonno non piace per niente.»

«Be', non potevi pensare che fosse entusiasta... vero?» le chiese in tono ragionevole la signora Lacey. «Ma finirà col cambiare idea quando si sarà abituato. Non devi fargli fretta, mia cara. La gente anziana cambia idea molto lentamente, e il nonno, lo sai, è molto ostinato.»

«Non mi importa di quello che pensa o dice il nonno» rispose la ragazza. «Sposerò Desmond quando mi garberà.»

«Lo so, cara, lo so... Ma cerca di essere realista al riguardo. Il nonno potrebbe darti un mucchio di guai... lo sai. Sei ancora minorenne. Tra un anno potrai fare quello che ti pare e piace. Penso che entro quel periodo il nonno avrà anche cambiato idea.»

«Tu sei dalla mia parte, vero, cara?» chiese Sarah, e gettò le braccia al collo della nonna, dandole un bacio affettuoso.

«Voglio che tu sia felice» rispose la signora Lacey. «Ah, ecco il tuo giovanotto che arriva con la macchina. Sai, mi piacciono i pantaloni aderenti che sono di moda per i giovani, oggi. Hanno un aspetto così elegante... il guaio è che mettono in risalto le ginocchia nodose...»

"Sì" pensò Sarah tra sé... "Desmond ha le ginocchia nodose... Non lo avevo mai notato prima."

«Vai cara, divertiti» disse la signora Lacey.

L'anziana signora guardò la nipote salire sulla macchina, poi, ricordando l'ospite, entrò in biblioteca. Vide che Hercule Poirot stava schiacciando un piacevole pisolino nella poltrona, e aveva il sorriso sulle labbra. Soddisfatta, passò in cucina a conferire con la signora Ross per i preparativi culinari.

«Via, bellezza» disse Desmond a Sarah. «La tua famiglia ti tiene il broncio perché vai al bar con me? È gente molto arretrata, sai?»

«Non mi tiene affatto il broncio» rispose subito Sarah, mentre sedeva accanto a lui.

«Che idea è stata quella di invitare uno sconosciuto come quel Poirot per Natale! È un investigatore, no? Che bisogno ha di investigare in casa vostra vorrei sapere!»

«Oh! Non è qui professionalmente. Edwina Morecombe, la mia madrina, ci ha chiesto di invitarlo. Credo che si sia ritirato dalla professione da qualche anno ormai.»

«Sembra un vecchio ronzino sfiancato» disse Desmond.

«Vuole vedere un Natale tradizionale all'inglese, credo» rispose Sarah in tono vago.

Desmond ebbe una risata sarcastica. «Tutto ciarpame; non so come puoi sopportarlo.»

Sarah gettò i capelli rossi all'indietro con un gesto della mano e il suo mento si sporse in modo aggressivo.

«A me piace molto» dichiarò in tono di sfida.

«Non è possibile, bellezza! Piantiamoli tutti in asso domani e andiamocene da qualche parte per conto nostro.»

«Non potrei mai fare una cosa simile.»

«E perché no?»

«Perché li offenderei.»

«Oh, scemenze! Sai che a me questa robaccia sentimentale dà il vomito!»

«Be', a me no, ma...» Sarah si interruppe. Si era resa conto, d'un tratto, e ne provava quasi un senso di colpa, che lei invece aspettava con impazienza le celebrazioni del Natale. Le piaceva, ma si vergognava di ammetterlo con Desmond. Non era moderno godere della festività natalizia e della vita di famiglia, secondo lui. Le spiaceva quasi di aver fatto venire Desmond a casa per quell'occasione. Era più divertente vederlo a Londra che non a casa, in mezzo alla famiglia.

Mentre Desmond e Sarah se ne andavano per conto loro, i ragazzi più giovani, insieme con Bridget, ritornavano dal lago continuando a discutere con veemenza sul fatto di poterci o meno pattinare sopra. Cominciava a cadere qualche fiocco di neve e, guardando il cielo, si poteva prevedere che di lì a poco ci sarebbe stata una bella nevicata.

«Andrà avanti per tutta la notte» disse Colin. «Scommetto che per la mattina di Natale ne avremo un bel po'.»

La prospettiva era gradevole e allettante.

«Faremo un pupazzo di neve» disse Michael.

«Santo Cielo... non ho più fatto un pupazzo di neve da quando avevo quattro anni.»

«Non credo sia molto facile farlo» intervenne Bridget. «Voglio dire, bisogna sapere come si fa.»

«Potremmo farlo somigliante al signor Poirot» disse Colin. «Mettergli un paio di baffi neri. Ne abbiamo un paio finti nello scatolone delle maschere per il Carnevale.»

«Non capisco» disse Michael pensosamente «come abbia potuto mai fare l'investigatore, quel Poirot. Non lo vedo capace di travestirsi.»

«È vero» ribatté Bridget. «E nemmeno si riesce a immaginarlo andare in giro con un microscopio alla ricerca di indizi, oppure a rilevare impronte...»

«Ho un'idea» disse Colin. «Prepariamogli uno spettacolo.»

«Che cosa intendi per spettacolo?» chiese Bridget.

«Be', gli allestiremo una specie di assassinio.»

«Che idea fantastica!» esclamò Bridget. «Vuoi dire un cadavere steso in mezzo alla neve... qualcosa del genere?»

«Sì. Gli darebbe l'impressione di trovarsi nel suo brodo, non ti pare?»

Bridget ridacchiò.

«Non so se arriverei fino a questo punto.»

«Se nevica» continuò Colin «avremo la scenografia perfetta. Un cadavere e le impronte... dovremo pensarci su molto bene. Portar via al nonno uno dei suoi pugnali e procurarci del sangue.»

Si fermarono, dimentichi della neve che ora scendeva più fitta, e presero a discutere animatamente del piano.

«Nell'aula vecchia della scuola c'è una scatola di colori. Potremmo mescolarne un po' per riuscire a ottenere un color sangue... rosso-cremisi, mi pare.»

«No, il rosso-cremisi dà un po' troppo sul rosato» disse Bridget. «Ci vuole un po' più marroncino.»

«Chi farà da cadavere?» chiese Michael.

«Io!» si affrettò a rispondere Bridget.

«Oh, senti, sono stato io il primo a pensarci!» protestò Colin.

«Oh, no, no. Devo farlo assolutamente io. Deve essere una ragazza. È più eccitante. Una bella ragazza senza vita stesa sulla neve.»

«Bella ragazza! Ah! Ah!» rise Michael.

«Ho anche i capelli neri» disse Bridget.

«E che c'entra?»

«Be', sulla neve faranno spicco, e indosserò il mio pigiama rosso.»

«Se metti il pigiama rosso non si vedono le macchie di sangue» dichiarò in tono pratico Michael.

«Ma farebbe tanto effetto stagliandosi sulla neve bianca.» Era sempre Bridget che parlava. «E ha i risvolti bianchi, sapete, così le macchie rosse potrebbero essere messe sui risvolti. Oh, sarà formidabile, eh? Pensate che ci cascherà, il poveretto?»

«Ci cascherà se noi predisponiamo tutto bene» disse Michael. «Ci saranno le tue impronte sulla neve e quelle di un'altra persona, che andranno fino al cadavere e se ne allontaneranno... quelle di un uomo, naturalmente. Poirot non dovrà toccarle e non potrà quindi avvicinarsi troppo e vedere che non sei morta realmente. Ma non pensate...» Michael si interruppe, colpito da un'idea improvvisa, mentre gli altri lo guardavano, «che si arrabbierà?»

«Oh, non credo» ribatté Bridget con facile ottimismo. «Sono sicura che capirà che lo abbiamo fatto soltanto per divertirlo un po'. Una specie di regalo di Natale.»

«Non credo proprio che dovremmo farlo il giorno di Natale» disse Colin in tono pensoso. «Non penso che al nonno piacerà molto.»

«E allora per il giorno di Santo Stefano!»

«Perfetto, mi va benissimo» disse Michael.

«E ci sarà anche più tempo per i preparativi» continuò Bridget. «In fin dei conti, abbiamo un mucchio di particolari da predisporre. Andiamo a dare un'occhiata alla scatola delle maschere.» E si affrettarono a rientrare.

La serata fu molto indaffarata. Agrifoglio e vischio erano stati portati in enormi quantità in casa, e un albero di Natale era stato allestito in un angolo della sala da pranzo. Tutti contribuirono ad addobbarlo; appesero anche rami di agrifoglio sopra i quadri e il vischio sopra la porta dell'atrio.

«Non avevo idea che si facessero ancora cose tanto arcaiche» disse Desmond a Sarah, con un sorrisetto ironico.

«Lo abbiamo sempre fatto» si difese Sarah subito.

«Che motivo sarebbe questo?»

«Oh, non essere noioso, Desmond! Io lo trovo divertente.»

«Sarah, non è possibile!»

«Be', forse non proprio, ma per un certo verso lo è.»

«Chi affronta la neve per andare alla Messa di mezzanotte?» chiese la signora Lacey alle dodici meno venti.

«Io no. Vieni, Sara!» dichiarò Desmond con fermezza.

Tenendole una mano sopra il braccio la spinse verso la biblioteca e lì si avvicinò all'armadietto dei dischi.

«Ci sono dei limiti, mia cara» le disse. «La Messa di mezzanotte!»

«Sì» disse Sarah, in tono rassegnato.

In mezzo a risate, a scalpiccio di piedi e alla distribuzione di cappotti, la maggior parte delle altre persone se ne uscì per andare in chiesa. I due ragazzi, David, Bridget e Diana si avviarono nella neve che continuava a cadere. Il tragitto sino alla chiesa era di una decina di minuti. Le loro risate si spensero man mano che si allontanavano dalla casa.

«Messa di mezzanotte!» esclamò il colonnello Lacey. «Da giovane non ci andavo mai alla Messa di mezzanotte... La Messa di mezzanotte... non è per me!» Poi, guardando verso Poirot: «Mi scusa, vero, signor Poirot?».

«Non si preoccupi per me.»

«Basta andare al mattino» disse il colonnello Lacey. «La bella vecchia Messa della domenica mattina, con tutti gli inni di Natale di una volta. E poi il pranzo... Non è così, Em?»

«Sì, caro. È quello che facciamo noi, d'accordo» gli rispose la moglie. «Ma ai giovani piace andare a mezzanotte in chiesa. Ed è bello effettivamente che ci vogliano andare.»

«Sarah e quel tizio non ci vogliono andare.»

«Be', caro, penso che tu ti sbagli» obiettò la signora Lacey. «Sarah, sai, ci voleva andare, ma non ha voluto dirlo.»

«Non capisco perché si preoccupi tanto dell'opinione di quello là.»

«È molto giovane, questo è il fatto» disse placidamente sua moglie. «Lei va a dormire, signor Poirot? Le auguro un sonno tranquillo.»

«E lei, signora? Non va ancora a letto?»

«Non ancora. Devo riempire le calze con i regalini. Oh, lo so che ormai sono tutti grandi, ma a loro piace trovare la sorpresa nella calza. Ci metto dentro delle stupidaggini, ma per loro è divertente.»

«Si da molto da fare per rendere questa casa felice il giorno di Natale. Apprezzo molto quello che fa, madame» disse Poirot. E portò alle labbra la mano della padrona di casa, in gesto di rispettoso omaggio.

«Ehm...» commentò il colonnello quando l'altro fu uscito dalla stanza. «Un tipo molto galante... Ti stima molto, a quanto vedo.»

La signora Lacey rise e subito le si formò quella deliziosa fossetta nella guancia.

«Hai osservato, caro Horace, che sono ferma proprio sotto il vischio?» E il tono della sua voce aveva la riservatezza di quello di una ragazzina diciottenne.

Hercule Poirot entrò nella propria camera. Era una stanza grande, con caloriferi molto caldi. Mentre si avvicinava al letto notò una busta sul cuscino. L'aprì e ne tolse un foglio di carta. Su di esso qualcuno aveva scritto in stampatello:

Non mangiare il dolce di Natale. Uno che ti augura ogni bene.

Hercule Poirot fissò il foglio. Corrugò la fronte. Poi commentò tra sé: "Ermetico e del tutto inaspettato".

Il pranzo natalizio ebbe inizio alle due, e fu veramente una cosa notevole. Enormi ceppi scoppiettavano allegramente nell'ampio camino, sopra il crepitio salivano le voci forti e piene di allegria. Era stata servita la zuppa di ostriche, poi erano arrivati due enormi tacchini ed erano ripartiti verso la cucina con ben poca carne sugli ossi. Infine il momento supremo, ecco, il dolce natalizio! Fu portato con grande cerimonia: il vecchio Peverell, le ginocchia e le mani tremanti per la debolezza degli ottant'anni suonati, non permetteva mai a nessun altro di portare in tavola il dolce di Natale! La signora Lacey sedeva, piena di apprensione, le mani strette in grembo nervosamente. Un Natale o l'altro, Peverell sarebbe finito lungo disteso a terra, morto, ne era certa. Tra il rischio di vederlo cadere a terra stecchito, oppure quello di offenderlo a un punto tale che probabilmente avrebbe preferito essere morto, la signora Lacey aveva dovuto scegliere la prima alternativa.

Il dolce era posato su un piatto d'argento. Sembrava un pallone: al centro era stato infilzato un ramo di agrifoglio a mo' di trionfante vessillo. Dal dolce si levavano, blu e viola, le fiammelle del brandy che lo inzuppava.

Una cosa la signora Lacey era riuscita a ottenere: che Peverell le ponesse il dolce davanti, in modo da poterlo distribuire lei ai commensali per non fargli fare il giro attorno alla tavola. Ebbe un sospiro di sollievo quando il piatto le fu posto davanti sano e salvo. I vari piatti furono passati rapidamente, e le fiamme lambivano ancora le varie porzioni.

«Esprima un desiderio, signor Poirot» disse Bridget; «presto, prima che le fiamme si spengano. Presto, nonna, passami il mio piatto.»

La signora Lacey alla fine si appoggiò allo schienale della sedia, con un sospiro soddisfatto. L'operazione «dolce di Natale» era riuscita alla perfezione! Ognuno aveva davanti a sé una fetta ancora fiammeggiante. Vi fu un attimo di silenzio attorno alla tavola, mentre ognuno esprimeva un desiderio dentro di sé.

Ma nessuno osservò l'espressione curiosa del signor Poirot mentre guardava la porzione di dolce che aveva davanti. *Non mangiare il dolce di Natale.* Che diavolo poteva significare quell'avvertimento sinistro? Non ci poteva essere nulla di diverso nella sua fetta di dolce, che gli era stata portata come era stato fatto per tutti gli altri. Sospirando, mentre ammetteva di essere stato preso in giro – e a lui non piaceva mai ammettere di essere stato preso in giro – impugnò le posate.

«Un po' di salsa di mele, signor Poirot?»

Poirot si servì abbondantemente di salsa di mele.

«Hai fatto fuori il mio brandy, eh, Em?» chiese il colonnello di buon umore, dall'altro capo della tavola. La signora Lacey gli strizzò l'occhio.

«La signora Ross insiste per avere il brandy migliore, tesoro. Sostiene che è tutta un'altra cosa.»

«Bene, bene» disse il colonnello. «Natale viene una volta l'anno, e la signora Ross è una gran cuoca.»

«Lo è davvero» commentò Colin. «Ha fatto un dolce favoloso!»

Delicatamente, quasi con cautela, Poirot attaccò la sua fetta. Ne mangiò un bel boccone. Era delizioso! Ne mangiò un altro boccone. Qualcosa fece un vago tintinnio nel suo piatto. Frugò con la forchetta. Bridget, che sedeva alla sua destra, gli venne in aiuto.

«Ha trovato qualcosa, signor Poirot?» chiese. «Chissà che cosa sarà.»

Poirot staccò un oggettino argenteo dall'uvetta che vi era attaccata.

«Oh... la margherita d'argento! Il signor Poirot ha trovato la margherita d'argento!»

Il signor Poirot immerse il bottoncino d'argento nella coppetta per sciacquarsi le dita, messa accanto al piatto, poi lo ripulì.

«È molto grazioso» disse.

«Questo significa che lei resterà per sempre scapolo» commentò Colin, per spiegargli il significato della cosa.

«C'è da aspettarselo» rispose serio il signor Poirot. «Sono scapolo da tanti anni, ed è improbabile che cambi proprio adesso.»

«Oh, non si può mai dire» intervenne Michael. «Ho letto ieri sul giornale che un tipo di novantacinque anni ha sposato una ventiduenne.»

«Mi incoraggia, allora» dichiarò il signor Poirot.

Il colonnello Lacey ebbe un'esclamazione improvvisa, e il suo viso divenne violaceo. Portò una mano alla bocca.

«Dannazione, Emmeline!» disse con voce tonante. «Perché diamine hai lasciato che la cuoca mettesse del vetro nel dolce?»

«Vetro?» esclamò sbalordita la signora Lacey.

Il colonnello tolse qualcosa di bocca. «Mi potevo spezzare un dente!» borbottò. «O inghiottire questo coso e farmi venire un attacco di appendicite!»

Lasciò cadere il frammento di vetro nella coppetta dell'acqua, lo ripulì e lo sollevò tenendolo tra le dita.

«Che Dio mi benedica!» esclamò. «È una pietra rossa. Sarà saltata via da una di quelle spillette fasulle di voi donne.»

«Permette?»

Con molta destrezza, il signor Poirot tese il braccio, passandolo davanti al suo vicino di sinistra, prese la pietra rossa dalle mani del colonnello e la esaminò attentamente. Come aveva detto il padrone di casa, era un'enorme pietra color rubino. La luce delle sue sfaccettature era brillante, mentre se la rigirava davanti agli occhi.

«Perbacco, pensate se fosse un rubino vero!» disse Michael.

«Forse è vero!» ribatté Bridget in tono speranzoso.

«Oh, non dir scemenze, Bridget. Sai che un rubino di quella misura varrebbe migliaia e migliaia di sterline. Vero, signor Poirot?»

«Certo» rispose Poirot.

«Ma quello che non capisco» commentò la signora Lacey «è come sia finito nel dolce.»

«Oh!» disse Colin, distratto dalla golosità che lo aveva spinto a riempirsi la bocca senza sosta. «A me è capitato il porcellino. Non è giusto.»

Bridget subito si mise a intonare: «Colin ha trovato il porcellino! Colin è l'avido porcellino che grugnisce sempre!».

«Io ho trovato l'anello» dichiarò Diana con voce cristallina.

«Buon per te, Diana, sarai la prima di noi che si sposa.»

«Io ho trovato il ditale» si lamentò Bridget.

«Bridget resterà una vecchia zitella» cantarono in coro i due ragazzi. «Bridget resterà una vecchia zitella!»

«Chi ha trovato la monetina?» chiese David. «Dentro c'è anche una monetina d'oro da dieci scellini. Lo so perché me l'ha confidato la signora Ross.»

«Credo di essere stato io il fortunato» dichiarò Desmond Lee-Wortley.

Tutti non poterono fare a meno di udire il commento del colonnello: «Non poteva essere che lui!».

«Anch'io ho trovato un anello!» disse David, e, guardando Diana, concluse: «Che strana coincidenza, vero?».

Le risate e le chiacchiere continuarono. Nessuno osservò che il signor Poirot, con aria distratta, come se pensasse ad altro, si era infilato in tasca la pietra rossa.

Dopo il dolce seguirono i biscotti mandorlati e il gelato. I membri più anziani del gruppo si ritirarono per schiacciare un pisolino, prima che venisse l'ora del tè quando si accendevano le luci dell'albero di Natale. Ma Hercule Poirot non andò a riposare. Si diresse verso l'enorme, antiquata cucina.

«È permesso?» chiese, guardandosi attorno con espressione raggiante. «Posso congratularmi con la cuoca per questo meraviglioso pranzo?»

Vi fu un attimo di silenzio, mentre la signora Ross avanzava con incedere maestoso verso di lui. Era un donnone; sembrava una attrice che sta recitando la parte di una nobildonna austera. Due donne dai capelli grigi, magre e alte, e una ragazza dalla chioma color paglia lavavano i piatti, ma erano semplici ancelle, perché la signora Ross era manifestamente la sovrana della cucina.

«Sono contenta che le sia piaciuto» disse, in tono di gentile e amabile concessione.

«Piaciuto!» esclamò Poirot. Con un gesto un po' stravagante si portò il dorso della mano alle labbra, vi posò un bacio e finse di soffiarlo verso l'alto. «Ma lei è un genio, signora Ross. Un genio! Non ho mai mangiato cose tanto deliziose in vita mia. La zuppa d'ostriche» fece uno schiocco con le labbra «e il ripieno del tacchino! Quelle castagne avevano un sapore unico, parola mia!»

«Be', è strano che lo abbia notato, signore!» rispose la signora Ross. «È una ricetta particolare, quel ripieno... mi è stata data da un cuoco australiano con cui ho lavorato tanti anni fa... Ma tutto il resto» aggiunse, «è normale cucina inglese.»

«E che cosa c'è di meglio?» chiese Poirot.

«Be', lei è molto gentile, signore. Naturalmente, dato che è straniero, avrebbe forse preferito un menu alla francese. Non che io non sia capace di prepararlo...»

«Sono certo che lei sarebbe capace di preparare qualunque cosa. Ma sono anche sicurissimo che lei sa che la cucina inglese – quella buona, non quella che si trova nei ristoranti o negli alberghi di seconda categoria – è molto apprezzata dai gourmet internazionali, e credo di non sbagliare quando dico che, all'inizio del XIX secolo, una speciale commissione fu mandata a Londra e tornò in Francia con la ricetta del vostro meraviglioso dolce di Natale. Pare che abbiano scritto: "Non abbiamo niente di simile in Francia. Vale la pena di fare un viaggio a Londra solo per assaggiare la varietà e l'eccellenza del dolce alle prugne che si fa per Natale!"» continuò il signor Poirot, ormai lanciato in una sorta di eloquenza rapsodica. «Come quello che abbiamo mangiato noi oggi, vero? Perché è un dolce fatto in casa, non comperato fuori, vero?»

«Sì, fatto in casa, signore. L'ho preparato io, con una mia ricetta speciale che faccio da tanti anni. Quando sono venuta qui la signora Lacey voleva ordinare il dolce da un pasticciere di Londra, per non farmi stancare. Ma io le ho detto che niente può eguagliare il dolce natalizio fatto in casa. E pensi, è stato preparato diversi giorni prima...» La signora Ross si era accalorata ora, come capiterebbe a un artista di gran livello. «Infatti, un buon dolce natalizio deve essere preparato con settimane di anticipo e lasciato riposare. Più riposa più diventa gustoso. Ricordo che quand'ero bambina e andavamo in chiesa ogni domenica, aspettavamo con impazienza la preghiera che fa: Oh Signore, infiammati, ti imploriamo..., perché era come un segnale per noi, per preparare il dolce di Natale durante quella settimana. E così, dopo quella domenica, mia madre iniziava a preparare tutto. Avremmo dovuto fare lo stesso anche quest'anno, qui. Invece siamo riusciti a prepararlo solo tre giorni fa, il giorno prima che arrivasse lei, signore. Comunque, ho fatto in modo di attenermi alle vecchie usanze egualmente. Ogni persona di questa casa è venuta in cucina a dare una rimescolata al dolce, mentre lo preparavo, e a esprimere il suo desiderio. È una vecchissima usanza, signore, che ho sempre tenuto a conservare.»

«Molto interessante» commentò Poirot. «Molto interessante. E così sono venuti tutti in cucina?»

«Sì, signore. I ragazzi e la signorina Bridget e il signore di Londra e sua sorella, e il signor David e la signorina Diana... anzi, scusi, dovevo dire la signora Middleton... e tutti hanno dato una mescolata.»

«Quanti dolci ha fatto? Soltanto uno?»

«No, quattro, signore. Due grandi e due più piccoli. Quello più grande lo serviremo per Capodanno, e quelli più piccoli sono per i signori Lacey, quando resteranno senza ospiti, qui, soli soletti.»

«Capisco, capisco...» disse Poirot.

«In effetti, oggi è stato servito il dolce sbagliato.»

«Sbagliato?» Poirot corrugò la fronte. «Come sarebbe a dire?»

«Be', signore, abbiamo una teglia grande per il Natale, per cuocervi il dolce. È di porcellana smaltata, con un disegno di vischio e agrifoglio sopra, e lo cuociamo sempre là dentro il dolce natalizio. Ma è successo un contrattempo. Questa mattina, quando Annie stava tirando fuori la teglia dal ripiano della dispensa, è inciampata e l'ha fatta cadere. Be', naturalmente non potevamo servire quello, non le pare, signore? Ci potevano essere schegge dentro. E così abbiamo dovuto servire quello che avevo destinato al Capodanno, che stava in una teglia normale. È una bella teglia anche quella, ma meno decorata dell'altra. E adesso non so quando ne avremo un'altra uguale, perché non le fanno più tanto grandi, oggi. Tutta robina di niente... non si trova più nemmeno un tegame di quelli in cui si possono friggere otto uova al burro! Ah, le cose non sono più come una volta.»

«È vero» rispose Poirot. «Ma oggi non è stato così. Questo Natale è stato come quelli di un tempo; non è così, signora Ross?»

La signora Ross ascoltò le parole del signor Poirot, quindi ebbe un sospiro.

«Sono contenta che le sia piaciuto questo nostro modo di festeggiare il Natale, signore. Certo oggi non ho più a disposizione l'aiuto che potevo avere una volta. Voglio dire, gente che abbia esperienza. Le ragazze di oggi...» abbassò un poco la voce «sono bene intenzionate e piene di buona volontà, ma non sono state... addestrate, mi capisce, vero, signore?»

«Certo che la capisco!» rispose monsieur Poirot. «Ma i tempi cambiano. Anche a me sembra tutto difficile, oggi.»

«Questa casa, vede» continuò la signora Ross «è troppo grande per la signora e per il colonnello. La padrona lo sa. Ne occupano in pratica solo un angolo, è molto diverso rispetto a come era un tempo. La casa torna viva, come si direbbe, a Natale, quando arriva tutta la famiglia.»

«È la prima volta, vero, che il signor Lee-Wortley e sua sorella sono venuti qui, no?»

«Sissignore.» Un accenno vago di riserbo si insinuò nella voce della signora Ross. «Lui è una brava persona... ma mi sembra che per la signorina Sarah sia un po' strano... Certo, a Londra la pensano diversamente su certe cose. Peccato che la sorella di lui stia così poco bene. Ha subìto un'operazione. Il primo giorno che era qui sembrava stesse bene, ma quello stesso giorno, dopo che abbiamo mescolato tutti il dolce in cucina, si è sentita di nuovo poco bene, e da allora è sempre rimasta a letto. Secondo me, si è alzata troppo presto dopo l'operazione. Ah, i medici, oggi, ti mandano via dall'ospedale che ancora non ti reggi in piedi. Guardi, per esempio, la moglie di mio nipote...» E la signora Ross si addentrò in un lungo e particolareggiato rapporto del trattamento ospedaliero riservato alla sua parentela, paragonando sfavorevolmente la differenza di considerazione e di sollecitudine di cui era stata fatta oggetto in passato la medesima.

Poirot le diede ragione, con la debita considerazione del caso.

«Mi resta comunque» disse «da ringraziarla per il pasto squisito e sontuoso. Mi consenta di mostrarle in modo, ahimè, assai poco adeguato al valore della sua cucina, il mio apprezzamento!» E dalla sua mano, una banconota frusciante passò in quella della signora Ross, che rispose con voce noncurante:

«Non dovrebbe disturbarsi, signore.»

«Insisto perché lei accetti, invece, insisto proprio.»

«Bene, è davvero tanto gentile, signore!» E la signora Ross accettò l'omaggio come un giusto riconoscimento alla propria perfezione culinaria. «E le auguro un felicissimo Natale e un prospero Anno Nuovo!»

La fine della giornata natalizia fu simile alla fine della maggior parte di tutte le giornate natalizie. Le luci dell'albero furono accese e per il tè fu servito un meraviglioso dolce, accolto con la debita approvazione, ma degustato piuttosto moderatamente. Più tardi vi fu una cena fredda.

Poirot e i padroni di casa andarono a letto presto.

«Buona notte, signor Poirot» disse la signora Lacey. «Spero si sia divertito.»

«È stata una magnifica giornata, madame, magnifica.»

«Ha l'aria molto pensierosa» commentò la padrona di casa.

«Sto pensando, infatti, al dolce di Natale.»

«L'ha trovato forse un po' pesante?» chiese con delicatezza la signora Lacey.

«No, no, non parlo dal punto di vista gastronomico. Ne sto considerando il significato.»

«Certo, è tradizionale. Bene, signor Poirot, buona notte e non sogni troppi pasticci di carne e troppi dolci natalizi.»

«Sì» mormorò tra sé il signor Poirot mentre si spogliava. «È un problema, certo, quel dolce di Natale... C'è qualcosa che non capisco.» Scosse la testa con espressione seccata. «Be'... vedremo.»

Dopo aver fatto alcuni preparativi, Poirot andò a letto, ma non per dormire.

Due ore dopo o giù di lì, la sua pazienza fu premiata. La porta della sua camera da letto si aprì silenziosamente. Poirot sorrise, divertito. Proprio come aveva previsto! La memoria gli riportò fugacemente la visione della tazza di caffè che tanto compitamente gli aveva offerto Desmond Lee-Wortley. Poco dopo, mentre Desmond gli voltava le spalle, lui aveva posato per un attimo la tazza sulla tavola. Poi l'aveva ripresa, e Desmond aveva avuto la soddisfazione, se di soddisfazione poteva trattarsi, di vedergli bere il caffè sino all'ultima goccia.

Ma ora un sorrisetto increspava le labbra baffute del signor Poirot, mentre rifletteva che non lui, ma qualcun altro, quella notte stava facendosi una gran bella dormita. "Quel simpatico giovane David" pensava Poirot "è preoccupato, infelice. Non gli farà male dormire un bel sonno profondo e distensivo. E adesso vediamo quello che succederà."

Restò completamente immobile, respirando con regolarità in modo da far pensare a un bel sonno disteso, e simulando di tanto in tanto un vago, vaghissimo accenno di sibilo, come di persona che russa.

Qualcuno si avvicinò al letto e si chinò su di lui. Poi soddisfatto, si girò e si diresse verso il ripiano della toletta. Alla luce di una minuscola pila elettrica la persona esaminò tutti gli oggetti personali del signor Poirot posati con ordine sulla mensola. Dita veloci frugarono nel portafogli, aprirono delicatamente tutti i cassetti, poi la ricerca fu estesa alle tasche degli abiti del signor Poirot. Infine, la persona si avvicinò al letto e con grande cautela infilò una mano sotto il cuscino. Ritirata la mano, rimase ferma per un attimo, quasi incerta sul da farsi. Fece un giro della stanza guardando in ogni angolo, entrò nella stanza da bagno, da dove riuscì di lì a poco. Quindi, con una fioca esclamazione di disappunto, uscì dalla stanza.

«Ah!» mormorò Poirot «ha avuto una delusione... Sì, una grossa delusione. Bah! Immaginare che Hercule Poirot potesse nascondere qualcosa in un luogo in cui sia facile trovarlo!» Poi, girandosi sull'altro fianco, si addormentò beatamente.

Fu svegliato il mattino successivo da qualcuno che bussava alla porta, non con violenza, ma insistentemente.

«*Qui est là?* Avanti, avanti.»

La porta fu aperta. Il viso rosso, il fiato mozzo, Colin stava sulla soglia, e alle sue spalle c'era Michael.

«Monsieur Poirot, monsieur Poirot.»

«Sì?» chiese Poirot, mettendosi seduto sul letto. «È il tè? Ah, no, sei tu, Colin... Che cosa è successo?»

Colin per un attimo non riuscì a parlare. Sembrava preda di

una forte emozione. In effetti, era stata la vista del copricapo notturno portato da Hercule Poirot ad avergli tolto la parola. Subito dopo riuscì a riprendersi e parlò.

«Io penso... signor Poirot, potrebbe aiutarci? È successa una cosa un po' tragica...»

«È successo qualcosa? Ma che cosa?»

«Si tratta di... Bridget. È là fuori, nella neve. Credo... non si muove, non parla... E... oh, sarà meglio che venga a dare una occhiata. Ho una paura terribile... potrebbe anche essere morta?»

«Come?» Poirot scartò le coperte del letto. «Mademoiselle Bridget... morta?»

«Credo... credo che qualcuno l'abbia ammazzata. C'è del sangue e... venga, venga, la prego.»

«Ma certo, certo. Vengo subito.»

Con grande senso pratico, Poirot infilò i piedi nelle scarpe e si buttò un cappotto foderato di pelliccia sopra il pigiama.

«Vengo» disse «vengo subito. Avete svegliato gli altri?»

«No. No. Finora non l'ho detto a nessuno, soltanto a lei. Pensavo che sarebbe stato meglio. I nonni non sono ancora alzati. Giù stanno preparando per la prima colazione, ma non ho detto niente a Peverell. Bridget... è sul retro della casa, vicino alla terrazza e alla porta-finestra della biblioteca.»

«Capisco. Fammi strada, ti seguirò!»

Voltandosi per non far vedere il sorriso felice che gli irradiava il volto, Colin fece strada per le scale. Uscirono dalla porta di servizio. Era una mattina limpida e il sole non era ancora alto all'orizzonte. Non nevicava in quel momento, ma durante la notte la neve era caduta fitta, e tutto era ormai ricoperto da un bianco tappeto compatto. Il mondo appariva puro e bianco e bello.

«Ecco!» disse Colin senza fiato. «Io... è... lì!» E con gesto drammatico, gli indicò il punto.

La scena era in effetti drammatica. Pochi metri più avanti Bridget era stesa nella neve. Indossava un pigiama color rosso vivo e una sciarpa bianca, macchiata di rosso. La testa era girata di lato e nascosta dalla massa dei capelli neri e sparsi sulla neve. Aveva un braccio sotto il corpo, l'altro teso di fuori, le dita artigliate. Al centro della macchia rossa era infilato il manico di un grosso coltello, ricurvo e intarsiato. Era un pugnale curdo, che il colonnello Lacey aveva mostrato agli ospiti la sera prima.

«*Mon Dieu!*» esclamò monsieur Poirot. «Sembra quasi una scena da teatro!»

Michael fece un rumore strano, come se stesse strozzandosi. Colin si affrettò a coprire il rumore dicendo: «Lo so... quasi non sembrerebbe vero, no? Suppongo che non si debbano toccare, vero?».

«Ah, sì... le impronte... No, dobbiamo badare a non toccarle, certo.»

«È quello che pensavamo» disse Colin. «Per questo non abbiamo lasciato che si avvicinasse nessuno; abbiamo subito chiamato lei. Ero sicuro che lei avrebbe saputo che cosa bisogna fare.»

«Comunque» dichiarò in tono deciso monsieur Poirot «prima dobbiamo vedere se è ancora viva. Non è così?»

«Be', sì... certo» disse Michael in tono dubitativo, «ma vede, noi pensavamo... voglio dire, non vorrei...»

«Ah, tu sei un tipo prudente! Hai letto troppi romanzi polizieschi. È importantissimo che nessuno tocchi nulla e che il cadavere sia lasciato come viene trovato, vero? Ma non possiamo essere certi che si tratti proprio di un cadavere, oppure possiamo? In fin dei conti, anche se la prudenza è ammirevole, l'umanità deve venire per prima cosa. Dobbiamo pensare al medico, no, prima di pensare alla polizia?»

«Oh, sì certo» rispose Colin, un po' sbalordito.

«Noi abbiamo pensato solo» si affrettò a intervenire Michael «che era meglio chiamare lei prima di qualsiasi altro.»

«E allora voi due restate dove siete. Io mi avvicinerò dall'altro lato, per non toccare le impronte. Sono impronte perfette, vero?... così chiare! Le orme dei piedi di un uomo e quelle di una donna, che vanno insieme verso il punto in cui lei è stesa al suolo. E poi quelle dell'uomo che tornano indietro, ma quelle della donna no.»

«Devono essere quelle dell'assassino!» disse con voce ansante Colin.

«Esatto» ribatté Poirot. «Le impronte dell'assassino! Un piede stretto e lungo, con uno strano tipo di scarpa. Molto interessante. Mi sembra facilmente riconoscibile... Sì, queste impronte saranno molto importanti.»

In quel momento Desmond Lee-Wortley uscì dall'ingresso di servizio, seguito da Sarah, e si avvicinarono entrambi al gruppetto.

«Che diamine state facendo tutti qua fuori?» chiese Desmond in tono piuttosto enfatico. «Vi ho visti dalla finestra della mia camera. Che succede? Dio mio! Che cos'è questo... sembra...»

«Esatto» disse Hercule Poirot. «Sembra un delitto, vero?»

Sarah ebbe un sussulto e lanciò un'occhiata sospettosa ai due ragazzi.

«Vuole dire che qualcuno ha ucciso la ragazza... come si chiama... Bridget?» chiese Desmond. «Perché mai qualcuno dovrebbe averla uccisa? È incredibile!»

«Ci sono molte cose che appaiono incredibili» disse Poirot. «Soprattutto prima della colazione del mattino, non le pare? È quanto sostiene uno dei vostri grandi classici. Ci sono sei cose impossibili prima del breakfast...» E aggiunse: «Per favore, aspettate qui tutti».

Facendo un giro cauto si avvicinò a Bridget e si chinò per un attimo sul corpo. Colin e Michael ora stavano cercando con difficoltà di reprimere il riso. Sarah si avvicinò ai due e chiese a bassa voce: «Che cosa avete combinato voi due?».

«La brava, vecchia Bridget!» disse in un bisbiglio Colin. «Non è meravigliosa? Non muove nemmeno un muscolo!»

«Non ho mai visto qualcuno con l'aria così morta come Bridget» sussurrò Michael.

Hercule Poirot si raddrizzò di nuovo.

«È una cosa terribile» disse. Ma nella voce c'era una commozione nuova.

Sopraffatti dall'allegria, Michael e Colin girarono entrambi le spalle a Poirot e, con voce strozzata, Michael chiese: «Che cosa... dobbiamo fare?».

«C'è un'unica cosa da fare» disse Poirot. «Dobbiamo chiamare la polizia. Qualcuno di voi vuole telefonare, o preferite che lo faccia io?»

«Io credo...» disse Colin «credo... che ne pensi, Michael?»

«Sì» disse Michael «adesso lo scherzo è finito.»

Si fece avanti. Per la prima volta pareva imbarazzato, insicuro. «Mi dispiace moltissimo» disse. «Spero che non si arrabbierà troppo... era... una specie di scherzo per Natale e tutto il resto, sa? Pensavamo di mettere in scena un omicidio per lei.»

«Pensavate di mettere in scena un omicidio per me?» chiese Poirot. «Allora questa è... questa è...»

«È una messinscena che abbiamo preparata noi...» spiegò Colin; «sa, per farla sentire a suo agio...».

«Ah!» esclamò Hercule Poirot. «Capisco. Mi avete fatto il pesce d'aprile; così si dice, no? Ma non è il primo aprile, oggi. È il 26 dicembre.»

«Non avremmo dovuto farlo» disse Colin. «Ma lei non si è arrabbiato molto, vero, signor Poirot? Via, Bridget!» chiamò la ragazza. «Alzati. Devi esser congelata, quasi come un cadavere vero.»

Ma la figura stesa nella neve non si mosse.

«Strano» disse Hercule Poirot. «A quanto pare non ti ha sentito.» Guardò i due ragazzi con occhi pensierosi. «È uno scherzo, dite? Siete certi che si tratta di uno scherzo?»

«E come no?» disse Colin ora a disagio. «Non volevamo far niente di male.»

«Ma allora come mai mademoiselle Bridget non si rialza da terra?»

«Non capisco» rispose Colin.

«Su, Bridget» intervenne Sarah «smettila di far la stupidina.»

«Ci spiace molto, signor Poirot» disse Colin, in tono apprensivo. «Davvero, ci scusiamo moltissimo.»

«Non occorre che vi scusiate» disse Poirot, in un tono strano di voce.

«Che cosa significa?» chiese Colin, fissandolo. Poi di nuovo si voltò a chiamare: «Bridget! Bridget! Che cosa succede? Perché non si tira su? Perché continua a star lì stesa?».

Poirot fece un cenno a Desmond Lee-Wortley.

«Lei, signor Lee-Wortley, venga qui un momento.»

Desmond si avvicinò.

«Le tasti il polso» disse Poirot.

Desmond Lee-Wortley si chinò. Tastò il braccio, quindi il polso.

«Non c'è polso...» Fissò Poirot. «Ha il braccio rigido. Santo Cielo! È morta davvero.»

Poirot annuì.

«Sì, è morta» disse. «Qualcuno ha trasformato la commedia in tragedia.»

«Qualcuno... chi?»

«Ci sono impronte di piedi che arrivano sin qui e poi tornano indietro. Un paio di queste impronte hanno una forte rassomiglianza con quelle che ha appena lasciate lei, signor Lee-Wortley, venendo fin qui.»

Desmond Lee-Wortley si girò di scatto, furioso come una belva.

«Che diavolo... mi sta accusando? Accusando me? È pazzo! Perché mai avrei dovuto ammazzarla?»

«Ah... perché mai? Vediamo... Me lo chiedo anch'io.»

Poirot si chinò e con molta delicatezza aprì le dita che la povera ragazza aveva strette a pugno.

Desmond respirò profondamente. Guardò con aria incredula. Nel palmo della mano della morta brillava un grosso rubino.

«È quella maledetta cosa che c'era nel dolce!» esclamò.

«Davvero?» chiese Poirot. «Ne è sicuro?»

«Certo!»

Con un movimento veloce, Desmond si chinò e tolse la pietra rossa dal palmo della mano di Bridget.

«Non dovrebbe farlo» gli disse Poirot in tono di rimprovero. «Non bisogna toccar nulla.»

«Non ho toccato il cadavere, no? Ma questa... questa cosa

potrebbe andar smarrita, e si tratta di prove... Bisogna chiamare subito la polizia. Vado a telefonare.»

Si girò rapidamente e corse verso la casa. Sarah si avvicinò subito a Poirot.

«Non capisco» disse in un sussurro. Aveva il volto livido. «Non capisco» ripeté. Prese Poirot per un braccio. «Che cosa intendeva dire... le impronte?»

«Guardi, signorina.»

Le impronte che conducevano al cadavere, e se ne allontanavano, erano le stesse di quelle che avevano accompagnato Poirot sino a Bridget e se ne erano allontanate.

«Vuole dire che... Desmond? Sciocchezze!»

D'un tratto il rombo di un motore squarciò l'aria limpida. Si voltarono tutti di scatto. Videro la macchina abbastanza chiaramente, mentre imboccava a velocità molto elevata il vialetto ghiaioso e Sarah riconobbe anche di chi era la vettura.

«È Desmond! È la macchina di Desmond» disse. «Deve essere andato a chiamare la polizia di persona, invece di telefonare.»

In quello stesso momento Diana Middleton uscì di corsa da casa e si unì a loro.

«Che cosa è successo?» chiese con voce ansante. «Desmond è entrato precipitosamente in casa. Ha detto che Bridget è stata ammazzata, poi ha cercato di telefonare, ma la linea era interrotta. Non riusciva ad avere risposta. Ha detto che qualcuno doveva aver tagliato i fili e che l'unica soluzione era andare subito con la macchina alla sede della polizia. Perché la polizia?»

Poirot fece un gesto.

«Bridget?» chiese Diana. «Ma deve essere uno scherzo. Avevo sentito dire qualcosa ieri sera... che volevano farle uno scherzo, signor Poirot, non è così?»

«Sì. L'idea era questa... farmi uno scherzo. Ma adesso entrate tutti in casa. Qui ci prenderemo dei terribili raffreddori e non possiamo far niente, finché il signor Lee-Wortley non sarà tornato con la polizia.»

«Ma sentite» disse Colin «non possiamo lasciare Bridget qui da sola...»

«Non serve a nulla che restiate qui» rispose con gentilezza Poirot. «Venite, è una cosa molto triste, una tragedia, lo so. Ma non possiamo far più nulla per aiutare mademoiselle Bridget. Quindi, andiamo in casa e beviamoci una tazza di tè, avanti!»

Tutti seguirono Hercule Poirot obbedientemente in casa. Peverell stava per suonare il gong. Se gli pareva straordinario che tutta la gente della casa fosse fuori e che Poirot comparisse in pigiama e cappotto, non lo diede a vedere. Peverell, alla sua tarda età, restava sempre il perfetto maggiordomo. Non notava nulla di quello che non gli veniva chiesto di notare. Passarono in sala da pranzo e sedettero. Quando tutti ebbero una tazza di caffè davanti e presero a sorseggiarlo, Poirot parlò:

«Devo raccontarvi una storia. Non posso darvi tutti i particolari. Ma posso darvi la trama, più o meno seguendo la logica. Riguarda un giovane principe indiano che è venuto in Inghilterra. Portava con sé un prezioso gioiello che doveva far montare modernamente, per regalarlo alla futura sposa, ma purtroppo, prima di ciò, ha fatto amicizia con una graziosa fanciulla. La graziosa fanciulla non era interessata in modo particolare al giovane principe, era invece molto interessata al prezioso gioiello... Tanto che un bel momento è scomparsa con il rubino, pietra di inestimabile valore e di importanza storica perché apparteneva alla famiglia del principe da molte generazioni.

«A questo punto, il povero giovane, come potrete ben capire, è nella peste. Anzitutto non si può permettere uno scandalo. Impossibile recarsi alla polizia. Perciò, viene da me, Hercule Poirot, e mi dice: "Mi ritrovi il prezioso e storico rubino." *Et bien*, quella fanciulla graziosa di cui parlavo poco prima ha un amico e l'amico ha già portato a compimento alcuni affari piuttosto dubbi, quanto a correttezza e serietà. Ha avuto a che fare con ricatti e ha venduto all'estero gioielli rubati.

E per di più è stato molto abile, perciò è sospettato, ma non ci sono prove contro di lui. Mi si informa che il predetto giovanotto trascorrerà il Natale in questa casa! È importante che la graziosa fanciulla, una volta in possesso del gioiello, scompaia per qualche tempo dalla circolazione, in modo che non le si facciano domande indiscrete e non venga costretta a parlare. Si fa in modo, dunque, che lei venga qui, a Kings Lacey, apparentemente in veste di sorella dell'abile giovanotto.»

Sarah ebbe un sussulto violento.

«Oh, no... non qui, con me presente!»

«Invece, sì» continuò Poirot. «E, grazie a qualche discreto maneggio, anch'io divento ospite della famiglia per Natale. Si racconta che la pseudo-sorella del predetto abile giovanotto sia appena uscita dall'ospedale. Quando arriva qui sta meglio. Ma poi giunge la notizia del mio arrivo... un investigatore piuttosto noto... Subito la fanciulla ha quello che si chiama uno shock e una ricaduta. Nasconde il rubino nel primo luogo che le viene in mente e poi, subito dopo, torna a starsene in camera propria, a letto. Non vuole che la veda, indubbiamente, perché nel caso io avessi una sua fotografia, la potrei riconoscere. Per lei, certo, la cosa è molto noiosa, ma deve restare invisibile, e suo fratello le porta i pasti in camera.»

«E il rubino?» chiese Michael.

«Probabilmente» disse Poirot «nell'attimo in cui il mio arrivo viene annunciato la fanciulla si trova in cucina con tutti voialtri, a ridere e a chiacchierare e a mescolare il dolce di Natale. Si tratta, in effetti, di due dolci, che vengono messi in due forme diverse, e la graziosa fanciulla nasconde il rubino sul fondo di una delle forme che contengono l'impasto del dolce. Non in quello che verrà servito il giorno di Natale. No, perché sa che quello si trova in una forma particolare. Lo mette nell'altra, quella che contiene il dolce che verrà mangiato il giorno dell'Anno Nuovo. Quel giorno lei sarà pronta per la partenza e, quando se ne andrà, indubbiamente il dolce prenderà il volo con lei. Ma, vedete, alle volte il destino è curioso. Il mattino stesso di Natale c'è un contrattempo. Il dolce di Natale nella sua forma speciale cade per terra e il recipiente va in pezzi. E allora che cosa si può fare? La buona signora Ross prende l'altro dolce e lo serve in tavola.»

«Santo Cielo!» esclamò Colin. «Vuole dire che il giorno di Natale, quando il nonno stava mangiando il dolce, ha trovato il rubino vero dentro? Quello che stava per spaccargli un dente?»

«Esatto!» rispose Poirot. «Immaginate che cosa ha passato il signor Desmond Lee-Wortley in quel momento. *Et bien*, che cosa succede poi? La pietra passa di mano in mano. Io la esamino e riesco, senza farmi notare, a infilarmela in tasca. In maniera distratta, come se la cosa non mi interessasse. Ma una persona osserva quello che ho fatto. E, quella stessa sera, mentre sono a letto, qualcuno entra in camera mia. Fruga dappertutto, ma non trova il rubino. Perché?»

«Perché» interferì con concitazione Michael «lei nel frattempo lo ha dato a Bridget. Questo vuole dire, vero? E anche questo... non capisco bene... voglio dire... Senta, che cosa è successo?»

Poirot gli sorrise.

«Adesso venite in biblioteca» disse «e guardate fuori dalla finestra. Vi mostrerò qualcosa che forse spiegherà il mistero.»

Fece strada e gli altri lo seguirono.

«Guardate ancora una volta la scena del delitto» disse Poirot, indicando fuori dalla finestra. Un'esclamazione di sbalordimento uscì dalle labbra di tutti i presenti. Non c'era più il cadavere steso in mezzo alla neve, sembrava non vi fosse più alcuna traccia della tragedia, a parte un po' di neve ammucchiata qua e là.

«Non è stato tutto un sogno, vero?» chiese Colin con un filo di voce. «Io... qualcuno ha portato via il cadavere?»

«Ah!... vedete?» chiese Poirot. «Il Mistero del Cadavere Scomparso.» Annuì con un cenno della testa e ammiccò.

«Santo Cielo!» esclamò Michael. «Signor Poirot... lei... lei, oh! ci ha presi in giro!»

Poirot ammiccò ancora più fortemente.

«È vero, ragazzi! Anch'io avevo preparato il mio scherzetto. Sapevo del vostro piccolo complotto, e allora ne ho ideato uno a mia volta, da contrapporre al vostro. Ah, *voilà mademoiselle* Bridget... Niente di grave, dopo l'immobilità assoluta nella neve, spero? Non mi perdonerei mai se si fosse buscata un'infreddatura.»

Bridget era entrata in quel momento nella stanza. Indossava una gonna pesante e un maglione di lana. Stava ridendo.

«Le ho mandato una tisana in camera» disse Poirot con severità. «L'ha bevuta?»

«Mi è bastata una sorsata» disse Bridget. «Sto benissimo. Ho recitato bene, signor Poirot? Perbacco, il braccio mi fa ancora male con quell'imbottitura che mi ha fatto mettere.»

«È stata magnifica, cara ragazza» disse Poirot. «Magnifica! Ma vede, nessuno qui ha ancora capito come sono andate le cose. Ieri sera, dunque, ho parlato con la signorina Bridget, le ho detto che sapevo del vostro piccolo complotto, e le ho chiesto se era disposta a recitare una parte anche per me. Lo ha fatto con molta abilità. E ha fatto lei le impronte, con un paio di scarpe del signor Lee-Wortley.»

Sarah disse, con voce dura:

«Ma a che scopo tutto questo, signor Poirot? Che senso ha avuto mandare Desmond a chiamare la polizia? Si arrabbieranno moltissimo quando scopriranno che è stato solo uno scherzo.»

«Ma io non penso assolutamente, mademoiselle, che il signor Lee-Wortley sia andato a chiamare la polizia» disse. «Il delitto è una cosa in cui il signor Lee-Wortley non intende affatto essere coinvolto. Non ha perso la testa... quando ha visto che c'era quell'unica possibilità per rimettere le mani sul rubino. L'ha preso, ha fatto finta che il telefono fosse guasto e si è precipitato al volante della sua macchina, con il pretesto di andare a chiamare la polizia. A mio parere, è stata l'ultima volta che voi lo avete visto, almeno per qualche tempo. Mi è stato detto che ha sistemi infallibili per sparire. Ha un suo aereo privato, vero, mademoiselle?»

Sarah annuì. «Sì!» rispose. «Pensavamo di...» si interruppe.

«Voleva che lei scappasse con lui in aereo, vero? *Et bien*, questo è un ottimo sistema per portar fuori da un paese un gioiello... Quando si scappa con una ragazza, e al fatto viene data pubblicità, non si è sospettati di aver contemporaneamente portato fuori del paese anche un gioiello che ha un inestimabile valore storico. Oh, sì, come mascheratura, la fuga con lei sarebbe stata perfetta!»

«Non ci credo... Non credo a una sola parola.»

«E allora lo chieda a sua sorella» disse Poirot, indicando con gesto compìto la porta. Sarah si girò di scatto.

Una bionda platinata era ferma sulla soglia. Indossava una pelliccia e aveva l'aria furibonda. Era evidentemente fuori di sé.

«Sorella un corno!» gridò, ed ebbe una risata roca, sgradevole. «Quel maiale non è mio fratello. Dunque se l'è svignata, e mi ha piantata qui a beccarmi tutte le colpe, eh? È stata tutta una sua idea! È lui che mi ha convinta. Ha detto che era denaro facile facile. Che non ci avrebbero perseguiti, per timore dello scandalo. Potevo sempre minacciarli di dire ai giornali che era stato Alì a regalarmi il gioiello... Desmond e io dovevamo dividerci il bottino a Parigi... e adesso quel maiale se la svigna senza di me! Oh! Lo ammazzerei!» Si voltò subito: «Prima me ne vado di qui... Qualcuno può chiamarmi un tassì?».

«Una macchina la sta attendendo fuori della porta, per accompagnarla alla sede di polizia, signorina» disse Poirot.

«Pensa proprio a tutto, eh?»

«A quasi tutto» rispose lui compiaciuto.

Ma Poirot non aveva finito tanto alla svelta. Quando tornò in sala da pranzo, dopo aver accompagnato la falsa signorina Lee-Wortley sino alla macchina della polizia, che attendeva fuori, Colin lo aspettava. Sul suo volto infantile c'era un'espressione pensierosa.

«Ma signor Poirot, il rubino? Vuole dire che ha lasciato scappare quello con il rubino?»

Il volto di Poirot si fece compunto. Prese a tirarsi i baffi. Pareva imbarazzato.

«Riuscirò a riprenderlo» disse con un filo di voce. «Ci sono altri modi, cercherò di...»

«Be', però lasciar scappare quel maiale con il rubino!» esclamò Michael.

Bridget fu più svelta di tutti a capire.

«Ci sta di nuovo prendendo in giro» disse. «È così, vero, signor Poirot?»

«Vogliamo fare per il gran finale un giochetto di prestigio, mademoiselle? Cerchi nella mia tasca sinistra.»

Bridget cacciò la mano nella tasca e, quando la tolse, ebbe un grido di trionfo e portò alla luce un grosso rubino, che ammiccava in una magnificenza scarlatta.

«Capito?» continuò Poirot. «Quello che lei teneva in mano era una copia. L'avevo portata io da Londra, nel caso fosse stato possibile fare la sostituzione. Chiaro? non vogliamo scandali. Il signor Desmond tenterà di smerciare quel rubino a Parigi o in Belgio o dovunque ha i suoi ricettatori, e allora si scoprirà che la pietra è falsa. Che cosa ci potrebbe essere di più perfetto? Tutto finisce per il meglio. Lo scandalo è evitato, il mio principe si riprende il suo rubino, ritorna al suo paese e fa un matrimonio serio e speriamo anche felice. Tutto finisce bene, insomma!»

«Non per me» mormorò Sarah sottovoce.

Aveva parlato in tono così basso che nessuno, tranne Poirot, l'aveva sentita. Lui scosse il capo delicatamente.

«Si sbaglia, mademoiselle Sarah, non è così. Ha acquisito esperienza. E ogni esperienza è preziosa. Le predìco un futuro felice, invece.»

«Questo lo dice lei» ribatté Sarah, amara.

«Ma senta, signor Poirot» Colin era serio in viso. «Come ha fatto a scoprire che stavamo preparando quella messinscena?»

«Fa parte del mio lavoro sapere le cose» disse Hercule Poirot. Si torceva i baffi.

«Sì, ma non capisco come sia riuscito a farlo. Qualcuno ha forse fatto la spia... è venuto a dirglielo?»

«No, questo proprio no.»

«E allora come? Ci dica come?»

«Ma no, no» ribatté Poirot. «Se vi dico come l'ho dedotto,

penserete che è una stupidaggine. È come il prestigiatore che fa vedere come esegue i suoi trucchi.»

«Ce lo dica, signor Poirot, via!»

«Sì, avanti, ce lo dica.»

«Oh, non credo di poterlo fare: ne restereste tanto delusi.»

«Via, signor Poirot, ce lo dica! Come ha capito?»

«Be'... vedete, stavo seduto in biblioteca, accanto alla finestra, in una poltrona, quel giorno. Dopo aver preso il tè stavo riposando un po'. Dormivo e, quando mi sono svegliato, voi stavate mettendo a punto il vostro piano e discutendone proprio fuori della finestra, che era aperta.»

«È tutto qui?» esclamò Colin, disgustato. «Facile!»

«Vero?» Hercule Poirot sorrise. «Vedete? Siete delusi!»

«Be'» intervenne Michael «quanto meno, adesso sappiamo tutto.»

«Davvero?» mormorò tra sé Hercule Poirot. «Io no, io che per il lavoro che faccio devo sapere tutto.»

Uscì sul corridoio, scuotendo lentamente il capo. Per la ventesima volta tolse di tasca un foglietto piuttosto stazzonato: *Non mangiare il dolce di Natale. Uno che ti augura ogni bene*.

Hercule Poirot scosse il capo con espressione riflessiva. Lui che riusciva a spiegare ogni cosa, non riusciva a spiegare questo! Umiliante! Chi lo aveva scritto? Non avrebbe trovato un attimo di pace finché non lo avesse scoperto. D'un tratto fu distolto dalla sua riflessione da un rumore strano. Abbassò lo sguardo. Accovacciata per terra e indaffarata a scopare, c'era una ragazza dai capelli color lino, con un grembiule a fiori. Guardava il foglietto che Poirot teneva in mano, con grandi occhi rotondi.

«Oh, signore...» mormorò l'apparizione. «Oh, signore, la prego!»

«E chi sei mai, *mon enfant*?» chiese Poirot con cordialità.

«Sono Annie Bates, signore... Vengo qui per aiutare la signora Ross. Non intendevo, signore, non volevo fare una cosa che non dovevo fare. L'ho fatto a fin di bene, signore. Per il suo bene, voglio dire.»

Poirot ebbe l'illuminazione di colpo. Tese il foglietto di carta spiegazzato.

«L'hai scritto tu, Annie?»

«Non intendevo far niente di male, signore. Davvero.»

«Certo, Annie, ci credo.» Le sorrise. «Ma mi spieghi, perché lo hai scritto?»

«Be', per quei due, signore. Il signor Lee-Wortley e la sorella... Non era sua sorella, ne sono sicura. Nessuno di noi lo credeva. E non era per niente ammalata! Tutti lo avevamo capito. Pensavamo... tutti pensavamo che stava succedendo qualcosa di strano. Glielo dico sinceramente, signore. Un giorno, io ero nella stanza da bagno della sorella a cambiare gli asciugamani, e ho ascoltato dietro la porta. Lui era in camera e parlava con lei. Li ho sentiti chiaramente, come sento lei. Ha detto: "Quell'investigatore... quel Poirot che sta arrivando qui..." ha detto "dobbiamo far qualcosa...; dobbiamo toglierlo di mezzo al più presto". E poi lui le ha chiesto in tono cattivo, minaccioso, abbassando la voce: "Dove l'hai messo?". E lei gli ha risposto: "Nel dolce di Natale". Oh, Signore, il cuore mi ha dato un tal balzo che pensavo si sarebbe fermato. Pensavo che volessero mettere qualcosa nel dolce, per avvelenare lei. Non sapevo che cosa fare. La signora Ross non dà retta alle ragazze come me. Poi mi è venuta l'idea di scriverle un biglietto. E l'ho messo sul suo cuscino, in modo che lei lo trovasse quando andava a letto.» Annie si fermò, senza fiato.

Poirot la osservò per qualche minuto, con espressione seria.

«Secondo me, tu vedi troppi film gialli, Annie» le disse alla fine. «O forse è la televisione che ti fa effetto, eh? Ma la cosa importante è che tu hai buon cuore e una certa dose di ingegnosità. Quando tornerò a Londra ti manderò un regalo.»

«Oh, grazie, signore! Molte grazie, signore.»

«Che cosa ti piacerebbe avere in regalo, Annie?»

«Qualunque cosa che mi piace, signore? Potrei avere qualunque cosa che mi piace?»

«Sì, entro limiti ragionevoli, però» disse con prudenza Poirot.

«Oh, signore, potrei avere una borsetta di quelle che usano

le signore per truccarsi? Una di quelle belle borsette di gran lusso, come quella della sorella del signor Lee-Wortley, che non era poi sua sorella?»

«Sì» rispose Poirot «sì, penso che sia possibile.»

E sottovoce: «Interessante... qualche giorno fa ero in un museo e osservavo oggetti antichi che risalgono ai tempi di Babilonia o di qualche altro luogo analogo che ha migliaia di anni, e tra questi oggetti c'erano scatole per cosmetici... Il cuore della donna non cambia mai».

«Come ha detto, signore?» chiese Annie.

«Niente, rifletto» rispose lui. «Avrai la tua borsa, ragazza mia.»

«Oh, grazie, signore... Molte grazie davvero, signore.»

Annie se ne andò, in estasi. Poirot la guardò allontanarsi, annuendo.

«Ah!» disse a bassa voce. «E adesso... me ne vado! Non c'è altro da fare qui.»

Due braccia gli cinsero le spalle, in modo del tutto inatteso.

«Se si vuole mettere sotto il ramo di vischio...» gli sussurrò Bridget.

A Hercule Poirot la cosa piacque molto. Gli piacque, per la verità, moltissimo. E si rese conto che aveva trascorso davvero un ottimo Natale.

LE STORIE DI MISS MARPLE

Miss Marple racconta una storia

Non credo di avervi mai raccontato, miei cari – a te, Raymond e a te Joan – un fatterello piuttosto curioso che è successo ormai da alcuni anni. Non voglio minimamente apparirvi vanitosa... Certo, in raffronto a voi giovani, so di non essere affatto intelligente: Raymond scrive quei libri modernissimi che parlano tutti di uomini e donne giovani piuttosto sgradevoli, e Joan dipinge quei notevoli quadri raffiguranti persone quadrate con strani rigonfi addosso, molto, molto ingegnoso da parte tua, mia cara, però come dice sempre Raymond (ma lo dice con molta gentilezza, perché lui è il più gentile dei miei nipoti), io sono una vittoriana senza speranza. Ammiro il signor Alma-Tadema e il signor Frederic Leighton e suppongo che a voi appaiano vittoriani senza speranza anche loro. Dunque, vediamo un po', che cosa stavo dicendo? Oh, sì... che non volevo sembrar vanitosa, ma che non ho potuto fare a meno di essere appena un pizzichino contenta di me stessa perché, e solo usando un po' di buon senso, credo di aver risolto un problema che aveva messo in scacco cervelli più abili del mio. Anche se, in effetti, avrei dovuto pensare che tutta la faccenda era ovvia, sin dall'inizio...

Bene, vi racconterò la mia storiella e se pensate che tendo a darmi un po' di arie al riguardo, ricordate che, quanto meno, ho aiutato una creatura in grave ambascia.

Sentii parlare di questa faccenda per la prima volta una sera verso le nove, allorché Gwen (ricordate Gwen, la mia camerierina con i capelli rossi?), be'... Gwen venne a dirmi che erano venuti a trovarmi il signor Petherick e un altro signore.

Gwen li fece passare in salotto... e giustamente. Io sedevo in sala da pranzo perché all'inizio della primavera trovo sia uno spreco tenere due fuochi accesi.

Dissi a Gwen di portare il cherry-brandy e i bicchieri e mi affrettai a raggiungere il salotto. Non so se ricordate il signor Petherick. È morto due anni fa, ma era stato mio amico per molti anni, oltre a occuparsi delle mie faccende legali. Un uomo astutissimo e un legale veramente in gamba. Ora c'è il figlio che ha preso il suo posto, un bravo ragazzo, molto aggiornato ma, in certo qual modo, non provo per lui tutta la fiducia che avevo per suo padre.

Spiegai al signor Petherick la faccenda del fuoco acceso e subito lui mi disse che sarebbero passati con me in sala da pranzo, quindi mi presentò il suo amico, un certo signor Rhodes. Un uomo piuttosto giovane, non oltre i quaranta, e subito capii che c'era qualcosa che non andava assolutamente. Aveva modi alquanto singolari. Si sarebbero potuti definire scortesi se non mi fossi resa conto che il poverino era in preda a una grave tensione.

Quando ci fummo sistemati in sala da pranzo e Gwen ebbe portato il cherry-brandy, il signor Petherick spiegò il motivo della sua visita.

«Miss Marple,» disse «deve scusare un vecchio amico, se si è preso questa libertà. Sono venuto per consultarmi con lei.»

Non riuscivo affatto a capire che cosa volesse e lui continuò: «In caso di malattia, piace sentire due pareri diversi. Quello dello specialista e quello del medico di famiglia. È usanza considerare il primo di maggior valore ma io non sono sicuro di essere d'accordo. Lo specialista ha esperienza solo nel proprio campo, il medico di famiglia ha, forse, minori conoscenze ma esperienza più vasta».

Sapevo esattamente quello che intendeva, perché una mia giovane ripote, non molto tempo prima, aveva spedito il suo bambino da un noto specialista in malattie della pelle senza consultare il loro medico, che lei riteneva un vecchio pasticcione, e lo specialista aveva prescritto un trattamento molto costoso mentre, in seguito, avevano scoperto che la sola cosa di cui soffriva il piccolo era una forma insolita di morbillo.

Accenno a questo succintamente – sebbene io detesti fare digressioni – per dimostrare che capivo il punto di vista del signor Petherick, ma non avevo ancora idea di dove volesse arrivare.

«Se il signor Rhodes è malato» dissi e mi interruppi subito perché quel poveretto scoppiò in una risata terribile.

Disse: «Penso di morire tra pochi mesi, per la rottura dell'osso del collo».

E a questo punto fu messo in chiaro tutto. C'era stato di recente un delitto a Barnchester, una città a una trentina di chilometri di distanza da qui. Non ci avevo fatto molto caso, allora, purtroppo, perché nello stesso periodo qui in paese c'era stata grande eccitazione per la nostra infermiera e gli avvenimenti esterni, tipo un terremoto in India o un omicidio a Barnchester, anche se in realtà ben più importanti, avevano ceduto il posto ai nostri piccoli sconvolgimenti locali. Temo che nei piccoli centri accada sempre così. Tuttavia, ricordavo senz'altro di aver letto di una donna pugnalata in un albergo, pur non rammentandone il nome. Ma ora risultava che questa donna era stata la moglie del signor Rhodes e, come se ciò non bastasse, lui era sospettato di averla uccisa.

Il signor Petherick mi spiegò tutto con estrema chiarezza dicendo che, sebbene il verdetto del coroner avesse concluso che si trattava di omicidio per mano di persona o persone ignote, il signor Rhodes aveva buone ragioni per ritenere che tra breve lo avrebbero tratto in arresto, e per questo era andato dal signor Petherick e si era messo nelle sue mani. Il signor Petherick proseguì affermando che quello stesso pomeriggio si erano recati per un consulto da Sir Malcolm Olde, K.C., e che, nell'eventualità in cui si fosse giunti al processo, Sir Malcolm aveva accettato l'incarico di difendere il signor Rhodes.

Sir Malcolm era un uomo giovane, spiegò il signor Petherick, molto aggiornato nei metodi di lavoro e aveva indicato una data linea di difesa. Ma il signor Petherick non era del tutto soddisfatto di quella linea di difesa.

«Vede, cara signora, pecca di quello che io definisco il punto di vista dello specialista. Dia un caso a Sir Malcolm e lui vede un unico punto... la linea di difesa più probabile. Ma anche la miglior linea di difesa può ignorare completamente quello che è, a mio parere, il punto vitale: non tiene conto di quello che è effettivamente successo.»

Poi proseguì dicendo cose molto gentili e lusinghiere sul mio acume e sul mio discernimento e sulla mia conoscenza della natura umana e mi chiese il permesso di raccontarmi la storia, nella speranza che io potessi proporre qualche spiegazione.

Mi rendevo conto che il signor Rhodes era molto scettico circa la mia capacità di essergli utile e che era seccato di essere stato portato da me. Ma il signor Petherick non gli badava e continuava a riferirmi i fatti che riguardavano quanto era successo la notte dell'8 marzo.

Il signore e la signora Rhodes alloggiavano al Crown Hotel di Barnchester. La signora Rhodes, che (da quanto riuscii a capire dal cauto modo di esprimersi del signor Petherick) era forse un pochino ipocondriaca, si era ritirata in camera subito dopo cena. Lei e il marito occupavano due stanze comunicanti. Il signor Rhodes, che sta scrivendo un libro sulle selci dei tempi preistorici, si era messo a lavorare nella stanza vicina. Alle undici aveva riordinato le sue carte e si era preparato per andare a letto. Prima di farlo aveva dato una occhiata nella stanza di sua moglie per accertarsi se desiderasse o meno qualcosa. Aveva trovato la luce accesa e sua moglie stesa sul letto, pugnalata al cuore. Era morta da almeno un'ora, probabilmente di più. Ecco gli elementi acquisiti: nella stanza della signora Rhodes c'era un'altra porta che conduceva sul corridoio. La porta era chiusa a chiave e anche col saliscendi dall'interno. L'unica finestra della stanza era chiusa e fissata all'interno. Secondo quanto dichiarato dal signor Rhodes, nessuno era passato per la stanza in cui lui stava lavorando, tranne una cameriera che aveva portato le borse con l'acqua calda. L'arma trovata nella ferita era uno stiletto che stava prima sul tavolino da toilette della signora Rhodes. Lei era solita usarlo come tagliacarte. Sull'arma non vi erano impronte digitali.

La situazione si riduceva a questo: nessuno, a parte il signor Rhodes e la cameriera, era entrato nella stanza della vittima.

Chiesi informazioni sulla cameriera.

«Questa è stata la prima mossa nelle nostre indagini» disse il signor Petherick. «Mary Hill è una donna del posto. Fa la cameriera al Crown da dieci anni. Non sembra esserci assolutamente una ragione per cui avrebbe dovuto aggredire all'improvviso una cliente dell'albergo. È, comunque, una donna stupidissima, quasi una minorata mentale. La sua versione non è mai variata: ha portato la borsa dell'acqua calda alla signora Rhodes e, a suo dire, la signora era quasi assopita... stava per addormentarsi. Non riesco a credere, e sono sicuro che nessuna giuria lo crederebbe, che sia stata lei a commettere il delitto.»

Il signor Petherick mi citò ancora alcuni particolari.

In cima alle scale del Crown Hotel, sul pianerottolo, c'è una sorta di minuscolo atrio in cui a volte la gente siede a bere il caffè. Il corridoio fa una svolta a destra e l'ultima porta è quella della stanza occupata dal signor Rhodes. Il corridoio quindi fa di nuovo una svolta a destra e la prima porta dietro l'angolo è quella della stanza della signora Rhodes. In effetti, entrambe le stanze potevano essere viste da testimoni. La prima porta, quella che immette nella stanza del signor Rhodes, e che chiamerò A, poteva essere vista da quattro persone, due viaggiatori di commercio e un'anziana coppia di coniugi, che stavano bevendo il caffè. A quanto costoro hanno dichiarato, nessuno è entrato o uscito dalla porta A, tranne il signor Rhodes e la cameriera. Quanto all'altra porta sul corridoio, la B, c'era un elettricista che stava facendo un lavoro proprio lì e anche lui giura che nessuno è entrato o uscito dalla porta B, tranne la cameriera.

Si trattava indubbiamente di un caso singolarissimo e molto interessante. Giudicando dalle apparenze, sembrava proprio che il signor Rhodes dovesse per forza aver assassinato la moglie. Ma capivo che il signor Petherick era convintissimo dell'innocenza del suo cliente e il signor Petherick era un uomo molto acuto.

All'inchiesta il signor Rhodes aveva raccontato la storia assurda e confusa di una certa donna che aveva scritto lettere di minaccia a sua moglie. Il suo racconto, capii, era stato del tutto non convincente. Su richiesta del signor Petherick, prese a spiegarmelo lui di persona.

«Francamente» disse «non ci avevo mai creduto. Pensavo che Ann se lo fosse inventato.»

Dedussi che la signora Rhodes doveva essere una di quelle romantiche bugiarde che passano la vita a ricamare su ogni cosa che capita loro. La quantità di avventure che, secondo quanto lei stessa aveva raccontato, le erano successe nel corso di un anno era semplicemente incredibile. Se scivolava su una buccia di banana era addirittura un miracolo se era scampata alla morte. Se prendeva fuoco un paralume, veniva salvata da un edificio in fiamme a rischio della vita. Suo marito aveva preso l'abitudine di fare la tara su quanto lei raccontava. Quanto alla storia che gli aveva detto di una donna cui, in un incidente di macchina, lei aveva ferito la bambina, e che aveva giurato di vendicarsi, be'... il signor Rhodes semplicemente non ne aveva tenuto il minimo conto. L'incidente era accaduto prima che lui la sposasse e, anche se la moglie gli aveva letto alcune lettere scritte in termini folli, lui aveva sospettato che se le fosse scritte da sé. Tra l'altro, era una cosa che lei aveva già fatta qualche volta in passato. Era una donna con tendenze isteriche che voleva vivere costantemente in uno stato di agitazione.

Ora, tutto questo mi sembrava molto naturale. Infatti, qui in paese c'è una giovane che fa all'incirca la stessa cosa. Il pericolo, con queste persone, è che se succede loro qualcosa di veramente straordinario, nessuno crede che dicano la verità. Mi pareva che, nel nostro caso, fosse proprio successo questo. Dedussi che la polizia credeva semplicemente che il signor Rhodes stesse inventandosi quella storia incredibile allo scopo di allontanare i sospetti da sé.

Domandai se c'erano altre donne sole all'albergo. Pare che ve ne fossero due, una certa signora Granby, una vedova di origine angloindiana, e una certa signorina Carruthers, una zitella piuttosto cavallina con una spiccatissima pronuncia blesa. Il signor Petherick aggiunse che anche con le indagini più minuziose non era stato possibile far confessare a nessuno di avere vista una delle due nei pressi della scena del delitto e non esisteva alcunché che potesse collegarle al crimine.

Gli chiesi di descrivermi il loro aspetto fisico. Disse che la signora Granby aveva capelli rossi che portava piuttosto disordinati, un viso giallastro e una cinquantina d'anni. Vestiva in modo stravagante, con abiti per lo più di seta indiana, eccetera. La signorina Carruthers, invece, era sulla quarantina, portava il pince-nez, e capelli tagliati molto corti come un uomo, oltre a indossare cappotti e abiti di foggia maschile.

«Mamma mia!» esclamai «questo rende la cosa difficile!»

Il signor Petherick mi fissò con aria interrogativa, ma in quel momento non volevo aggiungere altro, quindi chiesi che cosa aveva detto Sir Malcolm Olde.

Sir Malcolm Olde, a quanto risultava, era tutto a favore della tesi del suicidio. Il signor Petherick disse che le deposizioni dei dottori erano affatto contrarie e che mancavano completamente impronte digitali. Ma Sir Malcolm era certo di poter portare testimonianze mediche contrastanti e di trovare un modo per superare lo scoglio delle impronte. Chiesi al signor Rhodes che cosa ne pensava. Mi rispose che tutti i dottori erano idioti ma che lui non poteva assolutamente credere veramente che sua moglie si fosse tolta la vita. «Non era quel tipo di donna» si limitò ad affermare... e io gli credevo: le persone isteriche non commettono suicidio.

Riflettei un momento, poi chiesi se la porta della stanza del signor Rhodes immetteva direttamente nel corridoio. Lui mi rispose di no... c'era un minuscolo ingresso, con stanza da bagno e gabinetto. Era la porta che, dalla stanza da letto, si apriva sul pianerottolo, chiusa a chiave e col saliscendi dall'interno.

«In questo caso» dissi «l'intera faccenda mi sembra di una semplicità singolare.»

E veramente, sapete, lo era... La cosa più semplice di questo mondo. E tuttavia nessuno l'aveva vista a mio modo.

Sia il signor Petherick sia il signor Rhodes mi fissavano, attoniti, cosicché mi sentivo alquanto imbarazzata.

«Forse» disse il signor Rhodes «Miss Marple non ha capito molto bene le difficoltà.»

«Sì» risposi. «Credo di sì, invece. Ci sono quattro possibilità. La signora Rhodes è stata uccisa o da suo marito, o dalla cameriera, oppure si è tolta la vita o infine è stata uccisa da qualcuno che è venuto da fuori e che nessuno ha visto entrare o uscire.»

«E questo è impossibile» interruppe il signor Rhodes. «Nessuno poteva passare per la mia stanza, per entrarvi o uscirne, senza che io lo vedessi e anche se qualcuno è riuscito a entrare nella stanza di mia moglie senza essere visto dall'elettricista, come diavolo ne è potuto uscire di nuovo, lasciando la porta chiusa a chiave e col saliscendi all'interno?»

Il signor Petherick mi guardò e chiese: «Dunque, Miss Marple?». Parlava in tono di incoraggiamento.

«Vorrei fare una domanda» dissi. «Signor Rhodes, che aspetto aveva la cameriera?»

Rispose che non poteva dirlo, piuttosto alta, gli pareva, ma non ricordava se fosse bionda o bruna. Mi rivolsi al signor Petherick e gli posi la stessa domanda.

Secondo lui la donna era di media altezza, aveva capelli sul biondo, occhi azzurri e una carnagione piuttosto accesa.

Il signor Rhodes commentò: «È un osservatore più attento di me, Petherick».

Affermai di non essere d'accordo. Quindi chiesi al signor Rhodes se era in grado di descrivere la cameriera di casa mia. Né lui né il signor Petherick furono in grado di farlo.

«Non capite che cosa significa?» dissi. «Siete arrivati qui entrambi preoccupati dei fatti vostri e la persona che vi ha fatti entrare era solo una cameriera. Lo stesso vale per il signor Rhodes all'albergo. Ha visto solo una cameriera. Ha visto il grembiule e l'uniforme. Era assorto nel suo lavoro. Ma il signor Petherick ha parlato con quella donna in veste diversa. Lui l'ha guardata come persona. Ed è proprio su questo che l'assassino contava.»

Dato che ancora non capivano, dovetti spiegare.

«Io credo che sia andata così. La cameriera è entrata dalla porta *A*, è passata attraverso la stanza del signor Rhodes per entrare in quella della signora Rhodes con la borsa dell'acqua calda, ed è uscita attraverso il vestibolo sbucando sul corridoio *B*. Chiamerò l'assassino *X*. Dunque, *X* è entrato attraverso la porta *B* nel piccolo vestibolo, si è nascosto... be', in un certo localino, ehm... e ha atteso fino a che la cameriera è uscita. Poi è entrato nella stanza della signora Rhodes, ha preso lo stiletto dal tavolino da toilette (aveva indubbiamente fatto una visita nella stanza nel corso della giornata), si è avvicinato al letto, ha pugnalato la donna immersa nel sonno, ha cancellato le impronte dal manico dello stiletto, ha chiuso con la chiave e con il saliscendi la porta dalla quale era entrato e poi è uscito dalla porta della stanza in cui il signor Rhodes stava lavorando.»

Il signor Rhodes esclamò: «Ma l'avrei visto... l'elettricista l'avrebbe visto entrare...».

«No,» ribattei «è qui che si sbaglia. Non poteva vederlo, anzi vederla, se era vestita da cameriera.» Lasciai che la cosa penetrasse bene, quindi proseguii: «Lei era assorto nel suo lavoro... con la coda dell'occhio aveva visto entrare una cameriera, passare nella camera di sua moglie, tornarne fuori e uscire. Il vestito era lo stesso, la donna no. E questo è quanto hanno visto anche quelli che stavano bevendo il caffè: una cameriera che entrava, una cameriera che usciva. E l'elettricista ha visto la stessa cosa. Giungo a dire che, se una cameriera è molto graziosa un uomo potrebbe osservarne il volto – dato che la natura umana è quello che è – ma se si tratta solo di una normale cameriera di mezza età... be'... si osserva solo il modo in cui è vestita, non la donna di per sé».

Il signor Rhodes chiese: «Chi è?».

«Be',» risposi «questo sarà un po' più difficile. Deve trattarsi o della signora Granby o della signorina Carruthers. Ho l'impressione che la signora Granby porti di solito la parrucca, cosicché poteva farsi vedere con i *suoi* capelli veri in veste di cameriera. D'altro canto, la signorina Carruthers, con i suoi capelli tagliati corti e la sua aria viriloide, avrebbe potuto facilmente mettersi una parrucca per recitare la parte. Ma credo che potrà scoprire abbastanza facilmente qual è delle due. Personalmente, sono propensa a ritenere che si tratterà della signorina Carruthers.»

E, in effetti, miei cari, questa è la fine della storia. Carruthers era un nome falso, ma la donna in questione era proprio lei. C'era un ramo di pazzia nella sua famiglia. La signora Rhodes, che era una guidatrice molto avventata e pericolosa, aveva investito la sua bambina, e questo aveva fatto impazzire la poveretta. Aveva velato molto astutamente la propria follia, a parte le lettere chiaramente folli scritte alla sua futura vittima. La pedinava da un bel po' di tempo e aveva predisposto il suo piano con molta abilità. La parrucca e l'abito da cameriera li aveva spediti per posta per prima cosa, il mattino dopo il delitto. Quando è stata accusata è crollata e ha confessato subito. La poverina adesso è ricoverata a Broadmoor. Del tutto squilibrata, ovviamente, ma il suo era un delitto architettato molto ingegnosamente.

Il signor Petherick è venuto da me portandomi una lettera molto gentile da parte del signor Rhodes; davvero, mi ha fatto arrossire. Poi il mio vecchio amico mi ha detto: «Una sola cosa... come mai ha pensato che probabilmente la colpevole fosse la Carruthers e non la Granby? Non ha mai visto nessuna delle due».

«Be', è stato il particolare della pronuncia blesa. Mi aveva detto lei che aveva una "esse" particolarmente sibilata quando parlava. Ora, di solito le persone a una certa età hanno la dentiera e questo si avverte appunto nel sentirle parlare: infatti sibilano le "esse" in maniera evidente. Il fatto, però, che nella Carruthers quel modo di parlare fosse tanto marcato mi ha insospettita e mi ha indotta a pensare che lo facesse apposta, considerando inoltre che era una donna sulla quarantina e quindi, probabilmente, non ancora bisognosa di dentiera.»

Non vi riferirò quello che disse il signor Petherick in risposta. Comunque mi fece molti complimenti. E, in realtà, non potevo fare a meno di sentirmi un pizzichino contenta di me...

Ed è straordinario come le cose nella vita cambino, e spesso in meglio. Il signor Rhodes si è risposato... con una ragazza tanto carina e piena di buon senso... hanno un pupo delizioso e... pensa, mi hanno chiesto di fare da madrina. Non sono stati gentili?

Adesso spero non pensiate che io l'abbia tirata troppo per le lunghe.

Diritto d'asilo

La moglie del vicario svoltò l'angolo del vicariato con le braccia piene di crisantemi. Un bel po' del fertile humus del giardino le era rimasto attaccato alle solide scarpe di cuoio grezzo e qualche frammento di terriccio le si era appiccicato anche al naso, particolare di cui lei era affatto inconsapevole.

Ebbe qualche difficoltà nell'aprire il cancello del vicariato che, arrugginito, era mezzo fuori dei cardini. Un soffio di vento le spostò il logoro cappellino di feltro, che le si assestò sul capo in modo ancora più sghembo di prima. «Uffa!» disse.

Ottimisticamente battezzata Diana dai suoi genitori, la signora Harmon era diventata Bunch in tenera età, chissà per quale motivo e, da allora, quel soprannome le era sempre rimasto.

Stringendo tra le mani i crisantemi superò il cancello, dirigendosi verso il cortile e raggiunse la porta della chiesa.

L'aria di novembre era mite e umida. Le nuvole passeggiavano per il cielo, punteggiate qua e là di macchie azzurrine. All'interno la chiesa era buia e fredda. Veniva riscaldata soltanto durante le funzioni.

«Brrrr!» esclamò Bunch in tono espressivo. «Sarà meglio che mi sbrighi al più presto. Non ho intenzione di morire di freddo.»

Con la rapidità data dall'esperienza, raccolse quanto le serviva: vasi, acqua, portafiori. "Se salmeno avessimo i gigli!" pensò. "Questi crisantemi scheletriti mi hanno proprio stufata!" Le sue dita agili sistemarono i fiori nei contenitori.

Non stava disponendoli in modo particolarmente originale

o artistico, perché Bunch non era né originale né artista di temperamento, ma li aveva messi in modo semplice e gradevole. Portando i vasi con attenzione salì sulla navata e si diresse verso l'altare. In quello stesso momento il sole uscì dalle nubi.

Risplendeva attraverso la vetrata orientale che era tutta una macchia di colori piuttosto violenti – per lo più rosso e blu –, dono di un ricco parrocchiano dell'era vittoriana. L'effetto, nella sua brusca opulenza, era quasi sbalorditivo. "Sembrano gioielli!" pensò Bunch. Si fermò di colpo, guardando davanti a sé. Sui gradini del coro era accovacciata una sagoma scura.

Posando i fiori con cura, Bunch si avvicinò e si chinò. C'era un uomo steso a terra, ripiegato su se stesso. Bunch gli si inginocchiò a fianco e, lentamente, con cautela, lo voltò. Portò le dita al suo polso – un polso così debole e irregolare da non lasciare dubbi – così come non lasciava dubbi il pallore quasi verdastro del volto. Era evidente, si disse Bunch, che quell'uomo stava morendo.

Sui quarantacinque anni, vestito con un abito scuro e malconcio. Bunch lasciò la mano inerte che aveva sollevata e fissò l'altra mano, stretta a pugno sul petto. Guardando con maggiore attenzione vide che le dita racchiudevano qualcosa che sembrava essere un fazzoletto o un panno, premuto con forza al petto. Sulla mano c'erano macchie color marrone che, secondo Bunch, dovevano essere di sangue rappreso. Si puntellò sui talloni, corrugando la fronte.

Fino a quel momento l'uomo aveva tenuto gli occhi chiusi ma, d'un tratto, li aprì e fissò Bunch. Non erano annebbiati e nemmeno smarriti. Sembravano affatto vivi e lucidi. Mosse le labbra e Bunch si chinò per afferrare le parole, o meglio, la parola. Perché pronunciò un'unica parola:

«Asilo.»

A Bunch parve di scorgere un vaghissimo sorriso mentre l'altro mormorava quella parola. Non si era sbagliata perché, di lì a un istante, l'uomo la ripeté: «Asilo...».

Poi, con un sospiro debole, protratto, richiuse gli occhi. Di nuovo Bunch gli tastò il polso. Si avvertiva ancora, ma adesso risultava ancora più debole e più intermittente. Si alzò, decisa.

«Non si muova. Non ci provi nemmeno» disse. «Vado a cercare aiuto.»

L'uomo riaprì gli occhi ma, adesso, la sua attenzione sembrava concentrata sulla luce colorata che filtrava attraverso la vetrata. Mormorò qualcosa che Bunch non riuscì a capire bene. Stupita, si chiese se l'uomo avesse pronunciato il nome di suo marito.

«Julian?» gli chiese. «È venuto qui per cercare Julian?» Ma non ricevette risposta. L'altro ora giaceva inerte, gli occhi chiusi, il respiro lento, affaticato.

Bunch si voltò e lasciò in fretta la chiesa. Diede un'occhiata all'orologio e annuì con un senso di sollievo. Il dottor Griffiths doveva essere ancora all'ambulatorio, che distava pochi minuti a piedi dalla chiesa. Entrò, senza nemmeno suonare o bussare, passando direttamente dalla sala d'attesa nello studio del medico.

«Deve venire subito» gli disse. «C'è un moribondo in chiesa!»

Alcuni minuti dopo, il dottor Griffiths si rimise in piedi dopo un sommario esame.

«Possiamo trasportarlo in casa?» domandò. «Lì potrei curarlo meglio, anche se non servirà...»

«Certo» rispose Bunch. «Vado subito a preparare. Chiamo Harper e Jones per aiutarla a trasportarlo?»

«Grazie. Telefonerò per un'ambulanza, anche se temo che non arriverà in...» non concluse la frase.

Bunch chiese: «Emorragia interna?».

Il dottore annuì. «Ma come avrà fatto ad arrivare qui?»

«Credo sia rimasto qui tutta la notte» rispose Bunch, riflettendo. «Harper apre le porte della chiesa al mattino, prima di andare al lavoro, ma di solito non entra.»

Cinque minuti dopo il dottor Griffiths riagganciava il ricevitore del telefono e tornava nel salottino, dove il ferito era stato messo sul divano sopra alcune coperte stese sommariamente. Bunch stava spostando una bacinella d'acqua e ripulendo, dopo che il dottore aveva terminato di esaminarlo.

«Be', non posso fare altro!» dichiarò il medico. «Ho chiamato un'ambulanza e informato la polizia.» Rimase immobile, il viso assorto, a guardare lo sconosciuto. Questi teneva gli occhi chiusi, e la mano sinistra lungo il fianco si muoveva spasmodicamente, come per tirare qualcosa.

«Gli hanno sparato» disse Griffiths «a distanza piuttosto ravvicinata.» Arrotolò il proprio fazzoletto a palla e tamponò la ferita per bloccare il sangue.

«Potrebbe aver camminato a lungo dopo che è successo?» chiese Bunch.

«Oh, sì, è probabilissimo! Un uomo ferito mortalmente può alzarsi e camminare per strada come se non fosse successo niente e poi, di colpo, crollare cinque o dieci minuti dopo. Quindi non è detto che gli abbiano sparato in chiesa. Oh, no! Possono averlo fatto a una certa distanza dalla chiesa. Certo, potrebbe essersi sparato lui e poi aver lasciato cadere la pistola ed essersi trascinato, barcollando alla cieca, fino alla chiesa. Non capisco come mai si sia diretto verso la chiesa e non verso il vicariato.»

«Oh, questo lo so io» lo interruppe Bunch. «Per il diritto d'asilo.»

Il dottore la fissò: «Diritto d'asilo?».

«Ecco Julian» disse Bunch, girando il capo nell'udire i passi del marito nell'atrio. «Julian, vieni qui!»

Il reverendo Julian Harmon entrò nella stanza. Il suo aspetto svagato e severo lo faceva apparire più vecchio di quanto non fosse in realtà. «Santo Cielo!» mormorò, fissando con espressione di blando stupore gli strumenti chirurgici e l'uomo steso sul divano.

Bunch gli spiegò i fatti con la concisione che le era peculiare. «Era in chiesa, morente. Gli hanno sparato. Lo conosci, Julian? Mi è sembrato che dicesse il tuo nome.»

Il vicario si avvicinò al divano e abbassò gli occhi sul moribondo. «Poveretto!» esclamò, scuotendo il capo. «No, non lo conosco. Sono quasi certo di non averlo mai visto in vita mia.»

In quel momento lo sconosciuto aprì gli occhi ancora una

volta. Dal viso del medico li spostò su quello di Julian Harmon, quindi su quello di Bunch. Gli occhi rimasero fissi su di lei. Griffiths fece un passo avanti. «Se potesse dirci...» gli chiese in tono pressante.

Ma, gli occhi sempre fissi su Bunch, l'uomo mormorò con un filo di voce: «La prego... *la prego*...». E poi, scosso da un lieve tremito, spirò...

Il sergente Hayes umettò la punta della matita e voltò la pagina del suo blocchetto.

«Dunque è tutto quello che può dirmi, signora Harmon?»

«Tutto» rispose Bunch. «Questi sono gli oggetti che aveva nelle tasche della giacca.»

Su un tavolo, vicino al gomito del sergente Hayes, c'erano un portafogli, un vecchio orologio piuttosto mal ridotto con le iniziali W.S. e la metà di un biglietto ferroviario di andata e ritorno per Londra. Niente altro.

«Ha scoperto chi è?» chiese Bunch.

«Hanno telefonato in sede certi signori Eccles. Pare che il defunto sia il fratello di lei. Di nome Sandbourne. Era da tempo in condizioni precarie di salute e di nervi. E ultimamente era peggiorato. L'altro ieri è uscito e non è più rientrato. Si era portato appresso una pistola.»

«Ed è venuto qui a uccidersi?» chiese Bunch. «Perché?»

«Be', sa... era depresso...»

Bunch lo interruppe. «Non mi riferisco a questo. Voglio dire, perché proprio qui?»

Dato che il sergente Hayes ovviamente non conosceva la risposta, ribatté in modo indiretto. «Per venire qui, è venuto; con la corriera delle 5 e 10.»

«Sì, ma perché?» ripeté Bunch.

«Non lo so, signora Harmon» disse il sergente Hayes. «La cosa è inspiegabile. Se la sua mente era squilibrata...»

Bunch finì la frase per lui. «Poteva farlo in qualsiasi altro luogo. Ma mi sembra assurdo prendere una corriera per arrivare in un piccolo centro di campagna come questo. Non conosceva nessuno qui, vero?»

«Da quanto siamo riusciti ad appurare finora, no» rispose il sergente. Tossì, come a scusarsi e soggiunse, mentre si alzava: «Può darsi che il signore e la signora Eccles vengano da lei, signora... voglio dire se non le dispiace».

«Certo che non mi dispiace» rispose Bunch. «È più che naturale. Vorrei solo aver qualcosa da dire a questi signori.»

«Io vado!» dichiarò il sergente Hayes.

«Meno male» disse Bunch, accompagnandolo alla porta d'ingresso «che non si è trattato di un delitto.»

Una macchina si era fermata al cancello. Il sergente Hayes guardò e disse: «A quanto vedo, i signori Eccles sono già arrivati, signora, per parlare con lei».

Bunch si fece forza per affrontare quella che, a suo parere, si sarebbe forse dimostrata un prova abbastanza difficile. "Tuttavia" pensò "posso sempre chiamare Julian a darmi una mano. Un prete è sempre di grande aiuto con la gente in lutto."

Bunch non sarebbe stata in grado di spiegare come si era immaginata che fossero i signori Eccles ma, mentre li accoglieva sulla porta, si rese conto di provare un senso di sorpresa. Il signor Eccles era un uomo robusto e florido che, in circostanze normali, doveva senz'altro avere un carattere gioviale e faceto. La moglie aveva un'aria vagamente vistosa. La bocca era piccola, contratta e volgare. La voce stridula e dura.

«È stato un colpo tremendo, come può immaginare, signora Harmon!»

«Oh, mi rendo conto» rispose Bunch. «Certo. Accomodatevi. Posso offrirvi... be', forse è un po' presto per il tè...»

Il signor Eccles agitò una mano tozza. «No, non prendiamo niente. È molto gentile, grazie. Volevamo soltanto sapere... be'... che cosa ha detto il povero William e cose del genere, capisce?»

«È stato all'estero per molto tempo» dichiarò la signora Eccles. «E penso abbia passato momenti molto brutti. Da quando è tornato a casa è sempre stato molto taciturno e depresso. Sosteneva che il mondo non era fatto per viverci e che non ci si doveva aspettare niente. Povero Bill, è sempre stato strano di carattere!»

Bunch li fissò entrambi per un attimo, senza parlare.

«Ha preso la pistola di mio marito, ecco...» proseguì la signora Eccles «a nostra insaputa. Poi sembra sia venuto fin qui con la corriera. Lo trovo delicato da parte sua... non averlo fatto in casa nostra.»

«Poverino, poverino!» commentò il signor Eccles con un sospiro. «Non sta bene giudicare.»

Seguì un altro breve silenzio e il signor Eccles riprese: «Ha lasciato detto qualcosa? Le ultime parole, o cose simili?».

I suoi occhi furbi, piuttosto porcini, osservavano attentamente Bunch. Anche la moglie si chinò in avanti, quasi attendesse con ansia la risposta.

«No» disse con calma Bunch. «È entrato in chiesa mentre stava morendo perché voleva avere diritto d'asilo.»

La signora Eccles chiese, con voce stupita: «Diritto d'asilo? Non credo di capi...».

Il marito la interruppe. «Asilo in luogo sacro, mia cara» disse con impazienza. «È questo che intende dire la signora. Il suicidio è... peccato, sai? Penso volesse chiedere perdono.»

«Ha tentato di mormorare qualcosa proprio sul punto di spirare» spiegò Bunch. «Ha cominciato a dire "La prego... la prego..." ma non è riuscito a dire altro.» La signora Eccles portò il fazzoletto agli occhi e tirò su col naso.

«Oh, mio Dio! È proprio sconvolgente, vero?»

«Via, via, Pam!» la esortò il marito. «Non fare così. In queste cose non si può far niente. Povero Willie! Adesso, però, è in pace. Bene, la ringraziamo molto, signora Harmon. Spero che la nostra visita non abbia interrotto... voglio dire, sappiamo che la moglie di un vicario ha sempre tante cose da fare.»

Le diedero la mano. Poi Eccles si girò di scatto per dire: «Oh, sì, c'è un'altra cosa. Penso che la sua giacca l'abbia qui lei, vero?».

«La sua giacca?» chiese Bunch, corrugando la fronte.

La signora Eccles disse: «Vorremmo avere tutti i suoi oggetti personali... sa, è un fatto sentimentale».

«Aveva un orologio, un portafogli e un biglietto ferroviario in tasca» spiegò Bunch. «Li ho consegnati al sergente Hayes.»

«Allora siamo a posto» dichiarò il signor Eccles. «Ce li consegneranno, penso. Nel portafogli ci dovrebbero essere i documenti personali.»

«C'era una banconota da una sterlina nel portafogli» disse Bunch. «Nient'altro.»

«Nessuna lettera? Nulla del genere?»

Bunch scosse il capo.

«Bene, grazie ancora, signora Harmon. La giacca che indossava... anche quella è stata data al sergente?»

Bunch con una smorfia del viso si concentrò per ricordare.

«No, non credo... mi lasci pensare... non credo. Il dottore e io gliel'abbiamo tolta per esaminare la ferita.» Si guardò attorno per la stanza, distrattamente. «Devo averla portata di sopra con la salvietta e il catino.»

«Signora Harmon... se non le spiace... vorremmo la giacca... sa, è l'ultima cosa che aveva addosso. Be', mia moglie è piuttosto sentimentale in queste faccende.»

«Certo» rispose Bunch. «Vuole che prima la mandi a pulire? Temo sia, ehm... un po' macchiata.»

«Oh, no, no! Non importa.»

Bunch inarcò le sopracciglia. «Adesso mi chiedo... dove... scusate un attimo.»

Andò di sopra e tornò dopo alcuni minuti.

«Scusate» disse, ansante. «La mia donna delle pulizie deve averla messa insieme con le altre cose che andavano in tintoria. Ho stentato un po' per trovarla. Eccola. Ve la incarto.»

Non badando alle loro proteste la avvolse in un foglio di carta. Gli Eccles, dopo averla salutata con grandi effusioni, se ne andarono.

Bunch attraversò lentamente l'atrio ed entrò nello studio. Il reverendo Harmon alzò il viso e il suo sguardo si rischiarò. Stava preparando un sermone e temeva di essersi lasciato sviare da un eccessivo interesse per le relazioni politiche tra Giudea e Persia durante il regno di Ciro.

«Sì, cara?» chiese in tono speranzoso.

«Julian» chiese sua moglie. «Che cosa significa esattamente diritto d'asilo?»

Julian Harmon mise da parte il foglio del sermone, con aria di gratitudine.

«Dunque» rispose «nei templi romani e greci si riferiva alla nicchia in cui era riposta la statua di una divinità. Anche la parola latina "ara", per altare, significa protezione.» Continuò in tono dotto: «Nel 399 d.C. nelle chiese cristiane fu finalmente e definitivamente riconosciuto il diritto di asilo. La prima citazione del diritto di asilo in Inghilterra la troviamo nel Codice delle Leggi stilato da Etelberto nel 600 d.C...».

Continuò per un po' la sua esposizione ma rimase sconcertato, cosa che gli accadeva sovente, dal modo in cui sua moglie accolse le sue erudite spiegazioni.

«Tesoro!» disse lei «sei davvero tanto caro!»

E, chinandosi su di lui, gli posò un bacio sulla punta del naso. Julian ebbe la sensazione di essere come un cane con cui ci si congratulasse per l'esecuzione di un abile giochetto.

«Sono stati qui gli Eccles» disse Bunch.

Il reverendo corrugò la fronte. «Gli Eccles? Non credo di ricordare...»

«Non li conosci. Sono la sorella dell'uomo che ho trovato in chiesa e suo marito.»

«Mia cara, avresti dovuto chiamarmi...»

«Non ce n'è stato bisogno. Non avevano necessità di essere consolati. Mi sto chiedendo...» ribatté Bunch con una smorfia pensosa «se domani mettessi lo stufato in forno, riusciresti a cavartela da solo, Julian? Devo andare a Londra per le svendite.»

Suo marito la fissò con espressione svagata. «Che cosa svendono? Un panfilo, una barca, qualcosa del genere?»

Bunch rise. «No, caro. C'è la svendita del bianco da Burrow's & Portman. Sai, tovaglie, lenzuoli, asciugamani e strofinacci. Non so che cosa ci facciamo con gli strofinacci, noi, visto come si logorano in fretta. E poi» soggiunse in tono pensieroso «credo che dovrei anche andare a trovare zia Jane.»

Quella dolce vecchia signora che era Miss Marple stava godendosi le delizie della metropoli per una quindicina di giorni, confortevolmente insediata nell'appartamentino-studio di suo nipote.

«Raymond è tanto caro!» mormorò. «Lui e Joan sono andati in America per quindici giorni e hanno insistito perché venissi in città a divertirmi. E ora, mia cara Bunch, dimmi che cosa ti preoccupa.»

Bunch era la figlioccia preferita di Miss Marple e l'anziana signorina la guardava con affetto mentre Bunch, spingendo ancor più sulla nuca il suo miglior cappellino di feltro, iniziava a raccontare.

La sua esposizione era lucida e concisa. Miss Marple annuì con un cenno del capo mentre Bunch concludeva.

«Capisco» disse. «Sì, capisco.»

«Per questo mi sono detta che dovevo vederti» finì Bunch. «Capisci, dato che io non sono intelligente...»

«Ma tu *sei* intelligente, mia cara.»

«No, non lo sono. Non come Julian.»

«Certo, Julian ha un'intelligenza molto solida» affermò Miss Marple.

«Esatto» ribatté Bunch. «Julian ha l'intelligenza ma, d'altro canto, io ho il buon senso.»

«Hai un mucchio di buon senso, Bunch, e sei intelligentissima.»

«Vedi, in realtà, non so che cosa fare... Non posso chiederlo a Julian perché... be', voglio dire... Julian è una persona tanto retta...»

Quest'affermazione parve perfettamente accettabile a Miss Marple, che disse: «Capisco che cosa intendi, mia cara. Noi donne... be'... siamo diverse». Riprese: «Mi hai raccontato quello che è successo, Bunch. Ma adesso vorrei sapere esattamente che cosa pensi tu».

«È tutto sbagliato» disse Bunch. «L'uomo che si trovava in chiesa, moribondo, sapeva tutto del diritto d'asilo. L'ha detto proprio come l'avrebbe detto Julian. Voglio dire, era un uomo colto e istruito. E, se si fosse sparato, dopo non si sarebbe trascinato in chiesa e non avrebbe chiesto asilo. Voler diritto d'asilo significa che si è inseguiti e si entra in una chiesa per essere al sicuro. Gli inseguitori non possono toccarti. Una volta nemmeno la polizia poteva farlo.»

Guardò Miss Marple con aria interrogativa. Quest'ultima annuì.

Bunch proseguì: «Quegli Eccles erano gente diversa. Ignoranti, rozzi. E c'è un'altra cosa. Quell'orologio, l'orologio del defunto. Sul retro recava le iniziali W.S. ma, all'interno – l'ho aperto – c'era inciso a caratteri minutissimi: "A Walter, da suo padre". Walter! Mentre gli Eccles continuavano a chiamarlo William o Bill».

Miss Marple parve sul punto di interrompere, ma Bunch proseguì d'un fiato:

«Oh, sì, lo so che non sempre si viene chiamati col nome di battesimo. Voglio dire, so che si può essere battezzati William ed essere chiamati Pucci o Boby o qualcosa di simile. Ma una sorella non chiamerebbe il proprio fratello William o Bill se lui si chiamasse in realtà Walter.»

«Vorresti dire che non era sua sorella?»

«Sono proprio sicura che non lo era. Due esseri orribili, entrambi. Sono venuti per prendere la sua roba e scoprire se aveva detto qualcosa prima di morire. Quando ho risposto di no, gliel'ho letto in faccia... il sollievo. Secondo me» concluse «è stato Eccles a spararagli.»

«Delitto?» domandò Miss Marple.

«Sì» rispose Bunch. «Ecco perché sono venuta da te, cara.»

Quell'osservazione sarebbe parsa assurda a un ascoltatore ignaro ma, in determinati ambienti, Miss Marple aveva fama di occuparsi di delitti.

«Mi ha detto "La prego" prima di morire» spiegò Bunch. «Voleva che facessi qualcosa per lui. La cosa tremenda è che non ho idea di che cosa possa trattarsi.»

Miss Marple rifletté per qualche istante, quindi ritornò al punto che già aveva colpito Bunch. «Ma perché è venuto proprio lì?»

«Intendi dire» chiese Bunch «che se una persona vuole rifugiarsi in una chiesa può entrare in una chiesa qualsiasi. Non ha bisogno di prendere una corriera, che effettua la sua corsa solo quattro volte al giorno, e di arrivare in un posto isolato come quello dove stiamo noi, vero?»

«Dev'essere venuto lì con uno scopo» affermò Miss Marple, pensando ad alta voce. «Deve essere venuto per vedere qualcuno. Chipping Cleghorn non è un posto tanto grande, Bunch. Forse avrai un'idea di chi potrebbe essere venuto a cercare.»

Bunch passò mentalmente in rassegna tutti gli abitanti del suo paese, prima di scuotere il capo con aria perplessa. «In certo qual modo, potrebbe trattarsi di chiunque.»

«Non ha fatto un nome?»

«Ha detto Julian o, meglio, a me è sembrato che avesse detto Julian. Ma poteva anche essere Julie, penso. Per quanto ne so, non ci sono Julie che abitano a Chipping Cleghorn.»

Socchiuse gli occhi, ripensando alla scena. L'uomo steso sugli scalini del coro, la luce che filtrava dalla vetrata orientale, ingioiellandola di tinte rosse e blu.

«Gioielli!» esclamò all'improvviso Bunch. «Forse ha detto gioielli... La luce che entrava dalla vetrata faceva pensare a gioielli.»

«Gioielli?» fece eco pensosamente Miss Marple.

«Ora arrivo al punto più importante di tutto» proseguì Bunch. «La vera ragione per cui sono venuta qui. Vedi, gli Eccles hanno fatto un mucchio di storie per avere la sua giacca. Gliel'avevamo tolta quando il medico lo ha visitato. Era una vecchia giacca malconcia... Non c'era motivo per volerla. Hanno finto di avere ragioni sentimentali, ma erano tutte storie. «Comunque, sono salita a prenderla e, mentre stavo facendo le scale, mi sono ricordata che quel poveraccio aveva continuato a fare un gesto con la mano, come se volesse pizzicarsi, come se armeggiasse con la giacca per un motivo. E così, quando l'ho trovata, l'ho esaminata attentamente e ho visto che in un punto, la fodera era stata cucita con del filo diverso. L'ho scucita e ho trovato all'interno un foglietto di carta. L'ho preso, poi ho ricucito con cura la fodera usando del filo eguale al resto. L'ho fatto con attenzione e non penso che gli Eccles se ne renderanno conto. Non lo penso, ma non posso esserne sicura. Ho riportato giù la giacca e l'ho consegnata, scusandomi per il ritardo.»

«E il foglietto di carta?» chiese Miss Marple.

Bunch aprì la borsetta. «Non l'ho mostrato a Julian» disse «perché lui mi avrebbe subito detto di consegnarlo agli Eccles. Ma io invece ho pensato di portarlo a te.»

«Uno scontrino del Deposito bagagli» disse Miss Marple esaminandolo «della stazione di Paddington.»

«In tasca aveva un biglietto ferroviario di andata e ritorno per Paddington» precisò Bunch.

Le due donne si fissarono negli occhi.

«La cosa richiede un'azione immediata» dichiarò Miss Marple con vivacità. «Ma credo sia consigliabile stare attente. Per caso, Bunch cara, non hai notato se sei stata pedinata quando sei venuta oggi a Londra?»

«Pedinata?» esclamò Bunch. «Non penserai che...»

«Be', penso sia possibile» rispose Miss Marple. «E quando qualcosa risulta possibile è il caso di prendere le debite precauzioni.»

Si alzò con un movimento deciso. «Sei venuta qui per andare alla svendita, no? Pertanto credo che la cosa migliore da farsi sia di andare entrambe alla svendita in questione. Ma, prima di muoverci, sarà bene predisporre due o tre cosucce. Non penso» soggiunse piuttosto oscuramente Miss Marple «di aver bisogno del mio vecchio cappotto di tweed col collo di castoro proprio adesso.»

Circa un'ora e mezzo dopo, le due donne, con aria piuttosto affaticata e gli abiti gualciti, entrambe con le mani impegnate a tenere pacchi di biancheria per la quale era occorso battagliare, sedevano a un tavolo isolato in una locanda che rispondeva al nome di "Ramo di melo", indaffarate a riprendere forza e vigore con una bistecca, pasticcio di rognone, torta di mele e budino.

«Davvero è una qualità di asciugamani che risale all'anteguerra» dichiarò Miss Marple, leggermente appesantita dal cibo. «E, per di più, con l'iniziale J ricamata. Per fortuna la moglie di Raymond si chiama Joan... Li accantonerò fino a che non serviranno e se dovessi defungere prima del previsto verranno buoni a lei.»

«Io avevo sul serio bisogno di strofinacci per i bicchieri» disse Bunch. «Ed erano proprio a buon mercato, anche se non tanto a buon mercato quanto quelli che è riuscita a soffiarmi da sotto il naso quella donna dai capelli color zenzero!»

Una bella figliola con labbra e guance generosamente truccate entrò in quel momento nel locale. Dopo essersi guardata attorno per un attimo si affrettò a raggiungere il loro tavolo. Posò una busta accanto al gomito di Miss Marple.

«Eccola servita, signorina» disse in tono deciso.

«Oh, grazie, Gladys» rispose Miss Marple. «Molte grazie. È stata davvero gentile.»

«Sempre lieta di rendermi utile, sul serio» affermò Gladys. «Ernie mi dice sempre: "Hai imparato solo cose buone da quella tua Miss Marple, quando eri al suo servizio!". E io sono sempre lieta di poterle fare un piacere.»

«Una ragazza tanto cara!» disse Miss Marple, mentre Gladys si allontanava. «Sempre disposta a dare una mano e tanto gentile!»

Guardò all'interno della busta che poi porse a Bunch. «Ora stai molto attenta, mia cara!» le disse. «Tra l'altro, c'è sempre quell'ispettore giovane e cortese che io ricordo, a Melchester?»

«Non so, credo di sì.»

«Bene, nel caso contrario» disse, pensosa, Miss Marple «posso sempre telefonare all'ispettore capo. *Penso* che lui si ricorderà di me.»

«Certo che si ricorda di te!» ribatté Bunch. «Tutti si ricordano di te. Sei proprio unica.» Si alzò.

Giunta alla stazione di Paddington, Bunch entrò al Deposito bagagli e porse lo scontrino. Un istante dopo le fu consegnata una vecchia valigia mal ridotta e lei, tenendola in mano, si diresse verso la pensilina.

Il viaggio di ritorno fu privo di eventi. Bunch si alzò mentre il treno stava entrando in Chipping Cleghorn e prese la vecchia valigia dalla rastrelliera. Era appena scesa dallo scompartimento quando un uomo, che arrivava di corsa sulla pensilina, le strappò la valigia di mano e fuggì.

«Fermo!» gridò Bunch. «Fermatelo! Fermatelo! Ha rubato la mia valigia!»

Il bigliettaio di questa piccola stazione era un uomo dalle reazioni piuttosto ritardate. Aveva appena cominciato a dire: «Ehi, un momento, non potete...», quando un pugno violento al torace lo spinse indietro e l'uomo con la valigia in mano si precipitò fuori della stazione. Raggiunse un'automobile ferma e, gettandovi la valigia, stava per salire quando, ancor prima di riuscire a farlo, una mano gli si posò sulla spalla e l'agente di polizia Abel chiese: «Allora, che cos'è tutta questa storia?».

Nel frattempo Bunch arrivò ansimante dalla stazione. «Mi ha rubato la valigia!» affermò.

«Sciocchezze!» ribatté l'uomo. «Non so che cosa voglia questa signora. La valigia è mia. Sono appena sceso dal treno con la valigia.»

«Oh, chiariamo un po' la cosa» dichiarò il sergente Abel.

Guardò Bunch con espressione bovina e imparziale. Nessuno avrebbe mai intuito che l'agente di polizia Abel e la signora Harmon passavano lunghe mezz'ore – nei momenti di libertà dell'agente – a discutere riguardo ai rispettivi meriti dei fertilizzanti e della cenere d'ossa per la concimazione dei roseti.

«Lei sostiene, madame, che questa valigia è sua?»

«Sì» rispose Bunch. «Decisamente mia.»

«E lei, signore?»

«Io affermo che è mia.»

L'uomo era alto, scuro di capelli e ben vestito, con voce strascicata e modi boriosi. Dall'interno dell'auto una voce femminile disse: «Certo che la valigia è tua, Edwin! Non capisco che cosa voglia questa donna».

«Dobbiamo mettere in chiaro la cosa» affermò l'agente Abel. «Se la valigia è sua, che cosa contiene?»

«Vestiti» disse Bunch. «Un cappotto lungo di tweed con il collo di castoro, due maglioncini e un paio di scarpe.»

«Bene, è abbastanza chiaro!» disse l'agente Abel. Si rivolse all'altro.

«Io sono un fornitore di costumi teatrali» dichiarò l'uomo in tono di importanza «e questa valigia contiene abiti di scena che ho portati qui per uno spettacolo di dilettanti.»

«Bene, signore» disse l'agente Abel. «D'accordo, daremo una occhiata e vedremo, eh? Possiamo andare alla sede di polizia oppure, se ha fretta, riporteremo la valigia alla stazione e l'apriremo lì.»

«D'accordo» disse l'uomo bruno. «Tra l'altro, io mi chiamo Moss. Edwin Moss.»

Tenendo la valigia l'agente Abel si diresse verso la stazione e, mostrandola al bigliettaio, disse: «Vado con questa al Deposito bagagli, George».

Posò la valigia sul banco del deposito e fece scattare la chiusura metallica. Non era chiusa a chiave. Bunch e il signor Moss gli stavano al fianco e si guardavano con espressione vendicativa.

«Ah!» esclamò l'agente Abel, mentre apriva la valigia.

All'interno, ripiegato con cura, c'era un lungo cappotto di tweed piuttosto mal ridotto con un collo di castoro. C'erano anche due maglioncini di lana e un paio di scarpe sportive.

«Esattamente come ha detto lei, madame» dichiarò l'agente Abel.

Non si sarebbe potuto affermare che la reazione del signor Moss fosse inadeguata al momento. La sua costernata mortificazione fu veramente magnifica.

«Chiedo scusa» disse. «Chiedo molte scuse. La prego, cara signora, di credermi se le dico che sono davvero mortificato. È imperdonabile... il mio comportamento è stato davvero imperdonabile.» Guardò l'orologio. «Adesso devo andare. Probabilmente la mia valigia è partita col treno.» Togliendosi ancora una volta il cappello disse in tono dispiaciuto: «Voglia scusarmi, la prego» e si precipitò fuori del Deposito bagagli.

«Lo lascia andar via?» chiese Bunch in tono cospiratorio all'agente Abel.

Quest'ultimo le strizzò un occhio.

«Non andrà lontano, signora. Cioè, non andrà lontano senza essere tenuto d'occhio, se capisce quello che intendo.»

«Oh!» disse Bunch in tono di sollievo.

«La vecchia signora ha telefonato,» le disse l'agente Abel «quella che qualche anno fa abitava qui. In gamba, vero? Ma oggi c'era parecchia roba che bolliva in pentola. Non mi stupirei se l'ispettore o il sergente in persona venissero domattina a parlare con lei.»

Venne l'ispettore, quell'ispettore Craddock che Miss Marple ricordava. Salutò Bunch con un sorriso da vecchio amico.

«Ancora una volta abbiamo il crimine a Chipping Cleghorn» disse in tono gioviale. «Non mancano le sensazioni forti, qui, vero, signora Harmon?»

«Mi accontenterei anche di cose meno forti» rispose Bunch. «È venuto a porre domande o, una volta tanto, mi dice lei qualcosa?»

«Prima le dirò alcune cosette» rispose l'ispettore. «Tanto per cominciare, il signore e la signora Eccles erano sorvegliati da qualche tempo. Ci sono ragioni per ritenere che siano implicati in svariati furti da queste nostre parti del mondo. Poi, anche se il signor Eccles ha realmente un fratello che si chiama Sandbourne e che è tornato di recente dall'estero, l'uomo che ha trovato morente in chiesa non è decisamente Sandbourne.»

«Lo sapevo!» affermò sicura Bunch. «Tanto per cominciare, non si chiamava William ma Walter.»

L'ispettore annuì. «Si chiamava Walter St. John ed era evaso 48 ore prima dal carcere di Charrington.»

«Certo» disse Bunch a bassa voce, quasi parlasse tra sé «era braccato dalla polizia e ha chiesto diritto d'asilo.» Poi domandò: «Che cosa aveva commesso?».

«Devo tornare indietro di parecchi anni. È una storia piuttosto complicata. Anni fa c'era una ballerina che lavorava nel giro del music-hall. Non credo che abbia mai sentito parlare di lei, ma era specializzata in un numero che si chiamava *La grotta dei gioielli di Aladino*, in uno spettacolo intitolato *Le notti arabe*. Era coperta solo qua e là di gioielli fantasia, non indossava molto di più. Non credo fosse una straordinaria ballerina ma era... be', attraente. Sta di fatto che un certo monarca asiatico si era preso una gran cotta per lei. Tra le altre cose, le donò una magnifica collana di smeraldi.»

«I classici gioielli di un rajah?» chiese Bunch estasiata.

L'ispettore Craddock tossicchiò. «Be', in una versione un po' più modernizzata, signora Harmon. La relazione non durò a lungo, fu troncata quando l'attenzione del sovrano si spostò su una diva del cinema le cui esigenze non erano altrettanto modeste. Zobeida, per chiamare la ballerina col suo nome d'arte, conservò preziosamente la collana che però, di lì a qualche tempo, le fu rubata. Scomparve dal suo camerino in teatro e le autorità per qualche tempo continuarono a sospettare che fosse stata proprio lei ad architettarne la scomparsa. È risaputo che cose simili servono per farsi pubblicità, oppure avvengono per vera e propria disonestà. La collana non fu mai ritrovata ma, nel corso delle indagini, l'attenzione della polizia fu attratta da un certo Walter St. John. Persona di buona famiglia, uomo istruito che le alterne vicende della vita avevano trascinato in basso. Lavorava come orafo per una piccola ditta che era sospettata di ricettare gioielli provenienti da furti. Esisteva la prova che quella collana doveva essergli passata per le mani. Tuttavia, solo dopo un collegamento con il furto di altri gioielli, fu possibile alla fine metterlo sotto processo, condannarlo e mandarlo in prigione. Non aveva ancora molto da scontare, quindi la sua fuga è stata una sorpresa per tutti.»

«Ma perché è venuto qui?» chiese Bunch.

«Vorremmo proprio saperlo, signora Harmon. Seguendo le sue tracce, pare che prima sia andato a Londra. Non ha fatto visita a nessuno dei suoi vecchi compari, ma si è recato da una donna anziana, una certa signora Jacobs, che in passato era stata guardarobiera teatrale. Lei non ha voluto assolutamente spiegare per quale motivo l'uomo si sia recato a trovarla, ma secondo altri inquilini della casa, è uscito dal suo appartamento portando con sé una valigia.»

«Capisco» commentò Bunch. «L'ha lasciata al Deposito bagagli della stazione di Paddington, poi è venuto qui.»

«Nel frattempo» proseguì l'ispettore Craddock «aveva alle calcagna Eccles e quell'individuo che si fa chiamare Edwin Moss. Volevano quella valigia. L'hanno visto salire sulla corriera. Devono averlo preceduto in macchina e atteso, quando è sceso.»

«Ed è stato ucciso?» chiese Bunch.

«Sì» rispose Craddock. «Gli hanno sparato. L'arma era di Eccles, ma penso sia stato Moss a sparare. Ora, signora Harmon, vogliamo sapere dove è la valigia che Walter St. John ha effettivamente depositato alla stazione di Paddington.»

Bunch sorrise. «A questo punto, penso l'abbia zia Jane. Voglio dire Miss Marple. Questo era il suo piano. Ha mandato una sua ex cameriera con una valigia in cui aveva messo alcuni suoi oggetti personali al Deposito bagagli della stazione e ci siamo scambiati gli scontrini. Io ho preso la sua valigia e l'ho portata qui in treno. A quanto sembra, lei si aspettava che qualcuno avrebbe tentato di rubarmela.»

Stavolta fu l'ispettore a sorridere. «L'ha detto quando mi ha telefonato. Vado in macchina a Londra per parlarle. Vuole venire anche lei, signora Harmon?»

«Be'...» rifletté Bunch «in effetti è una fortunata coincidenza. Ho avuto mal di denti stanotte e dovrei proprio andare dal dentista, le pare?»

«Certo» rispose l'ispettore.

Miss Marple guardò l'ispettore quindi Bunch. La valigia era sulla tavola.

«Certo non l'ho aperta» disse la vecchia signora. «Non mi permetterei mai di fare una cosa simile prima dell'arrivo di un funzionario ufficiale. Inoltre» soggiunse con un sorriso volutamente schivo ma malizioso «è chiusa a chiave.»

«Le piacerebbe indovinare che cosa contiene, Miss Marple?» chiese l'ispettore.

«Posso immaginarlo, non le pare?» rispose Miss Marple. «Si tratta degli abiti di scena di Zobeida. Vuole uno scalpello, ispettore?»

Lo scalpello fece subito il proprio dovere. Entrambe le donne emisero un sospiro di stupore quando la valigia fu aperta. Il sole che veniva dalla finestra illuminò una montagnola di gioielli luccicanti, dai colori rosso, verde, azzurro, arancione.

«La grotta di Aladino!» esclamò Miss Marple. «I vistosi gioielli che la ragazza metteva per danzare.»

«Ah!» disse l'ispettore Craddock. «Dunque, che cos'hanno di tanto prezioso, secondo lei, che per impadronirsene hanno ucciso un uomo?»

«Penso che la ragazza fosse furba» rispose assorta Miss Marple. «Ha tolto le pietre dalla loro incastonatura e le ha cucite qua e là sui costumi di scena, dove chiunque le avrebbe prese per semplici strass colorati. Poi ha fatto fare una copia della collana vera ed è quella che, naturalmente, fu rubata. Non c'è quindi da stupirsi che non sia mai saltata fuori in vendita. Il ladro ha scoperto presto che le pietre erano false.»

«Qui c'è una busta» disse Bunch, scostando un po' di pietre luccicanti.

L'ispettore Craddock gliela prese di mano e ne tolse due fogli che avevano l'aria di essere documenti ufficiali. Lesse ad alta voce: «"Certificato di matrimonio tra Walter Edmund St. John e Mary Moss". Questo era il vero nome di Zobeida».

«Dunque erano sposati» disse Miss Marple. «Capisco».

«E l'altro foglio?» chiese Bunch.

«Il certificato di nascita di una figlia, Gioia.»

«Gioia?» esclamò Bunch. «Come, ma certo! Gioia, e il diminutivo di Gioia è Jill. Ecco! Adesso capisco perché è venuto a Chipping Cleghorn. È *questo* che tentava di dirmi. Gioia. I coniugi Mundy, sa? Laburnam Cottage. Si occupano di una bambina per conto di qualcuno. Le vogliono molto bene. Come se fosse la loro nipotina. Sì, ora ricordo, si chiama Gioia solo che, naturalmente, loro la chiamano Jill.»

«La signora Mundy ha avuto un colpo apoplettico circa una settimana fa e il marito è stato malatissimo, di polmonite. Entrambi hanno dovuto essere ricoverati in ospedale. Ho continuato a cercare freneticamente una famiglia adatta dove mandare Jill. Non volevo che la portassero in un orfanotrofio.

«Probabilmente suo padre lo ha saputo in carcere, è riuscito a evadere e a riprendere dalla guardarobiera la valigia che lui o sua moglie le avevano lasciata. Se i gioielli appartenevano davvero alla madre di Jill, ora possono servire per la bambina.»

«Penso di sì, signora Harmon, se sono qui.»

«Oh, ci saranno senz'altro» disse allegramente Miss Marple.

«Meno male che sei tornata, cara!» disse il reverendo Harmon, accogliendo la moglie con affetto e con un sospiro di sollievo. «La signora Burt tenta sempre di fare del suo meglio quando tu non ci sei, ma mi ha dato delle polpette di pesce davvero strane per il pranzo. Non volevo offenderla, così le ho offerte a Tiglash Pileser, ma nemmeno lui le ha volute mangiare e così ho dovuto buttarle fuori della finestra.»

«Tiglash Pileser» rispose Bunch carezzando il gatto di casa, che faceva le fusa strusciandosi contro le sue gambe «è molto esigente in fatto di pesce. Gli dico spesso che ha uno stomaco raffinato.»

«E il tuo dente? Lo hai fatto sistemare?»

«Sì. Non mi doleva molto e sono tornata anche da zia Jane...»

«Cara vecchiettina!» disse il reverendo. «Spero che la salute non le venga meno.»

«Neanche per idea» replicò Bunch con un sorriso.

Il mattino successivo Bunch portò in chiesa un gran mazzo di crisantemi freschi. Il sole si riversava ancora dalla vetrata orientale e Bunch si fermò nella luce ingemmata, sugli scalini del coro. Disse sottovoce, dolcemente: «La tua bambina avrà ciò che le spetta. Me ne occuperò io. Lo prometto».

Poi ripulì la chiesa, si infilò in un banco e si inginocchiò per qualche istante a dire le sue preghiere, prima di tornare in casa a riprendere le fila del lavoro accumulatosi in due giorni di trascuratezza.

Il caso
della domestica perfetta

«Oh, madame, mi scusi, potrei parlarle un momento?»

Questa domanda avrebbe potuto sembrare assurda, dato che Edna, la piccola domestica di Miss Marple, in realtà stava già parlando alla padrona.

Tuttavia, riconoscendo l'accento della voce, Miss Marple le rispose senza esitare: «Certamente, Edna, entri e chiuda la porta. Di che si tratta?».

Edna chiuse obbediente la porta, mosse qualche passo nella stanza arricciando l'orlo del grembiule con le dita, e deglutì una o due volte.

«Ebbene, Edna?» chiese Miss Marple per incoraggiarla.

«Oh, la prego, madame, si tratta di mia cugina Gladdie.»

«Mio Dio» disse Miss Marple, pensando all'ipotesi più disastrosa e – ahimè – più ovvia. «Non... non è nei guai?»

Edna s'affrettò a rassicurarla. «Oh no, madame, nulla del genere. Gladdie non ne è il tipo. Solo, è molto turbata. Vede, ha perso il posto.»

«Santo cielo, mi dispiace. Lavorava a Old Hall, dalle signorine... Skinner, no?»

«Sì, madame, esatto, madame. E Gladdie è tutta sconvolta... sì, tutta sconvolta.»

«Ma in passato Gladys ha già cambiato diversi posti, non è vero?»

«Oh sì, madame. È una che cambia in continuazione, la mia Gladdie. Pare che non si sistemi mai definitivamente, se capisce quel che intendo. Ma, vede, è sempre stata lei a licenziarsi.»

«E stavolta è successo il contrario?» domandò Miss Marple asciutta.

«Sì, madame, e adesso Gladdie è terribilmente scossa.»

Miss Marple parve leggermente sorpresa. Ricordava Gladys, che era venuta qualche volta a bere il tè in cucina nei suoi "giorni di libertà", come una ragazza robusta e ridanciana, di temperamento affatto costante.

Edna proseguì: «Vede, madame, è il modo in cui è avvenuto... l'aria che aveva la signorina Skinner».

«Che aria aveva la signorina Skinner?» chiese Miss Marple paziente.

Ora Edna riferì a dovere il suo bollettino.

«Oh, madame, è stato un tale trauma per Gladdie. Vede, era scomparsa una delle spille della signorina Emily, ed è nato un gran subbuglio, e naturalmente una cosa del genere non fa piacere a nessuno; è avvilente, madame, lei capisce. E Gladdie ha aiutato a cercare dovunque, e la signorina Lavinia affermava che avrebbe chiamato la polizia, e alla fine la spilla è saltata fuori, era proprio in fondo a un cassetto del tavolino da toilette, e Gladdie è stata molto contenta. E il giorno dopo un piatto s'è rotto, e la signorina Lavinia è scattata e ha annunciato a Gladdie che le dava un mese di preavviso. E Gladdie è convinta che non può trattarsi del piatto, il motivo dev'essere la spilla, e loro pensano che sia stata lei a prenderla, e che l'abbia rimessa a posto quando hanno minacciato di chiamare la polizia, ma Gladdie non farebbe una cosa simile, non ne sarebbe mai capace, però si rende conto che ora questa storia circolerà e le rovinerà la reputazione, e questa è una cosa molto grave per una ragazza, madame, lo sa.»

Miss Marple annuì. Benché non provasse particolare simpatia per il carattere esuberante e presuntuoso di Gladys, era certa dell'onestà della ragazza, e immaginava facilmente come questa vicenda dovesse averla sconvolta.

Edna disse in tono ansioso: «Mi chiedevo, madame, se non potesse intervenire in qualche modo. Gladdie è talmente scombussolata...».

«Le dica di non essere sciocca» consigliò Miss Marple vivacemente. «Se quella spilla non l'ha presa lei – e ne sono sicura – non ha motivo di agitarsi.»

«Ma la notizia si diffonderà» insisté Edna costernata.

Miss Marple disse: «Io... ehm, devo recarmi da quelle parti oggi pomeriggio. Andrò a parlarne con le signorine Skinner».

«Oh, grazie, madame» disse Edna.

Old Hall era un grosso edificio vittoriano, circondato da boschi e da un parco. Poiché era risultato impossibile affittarlo o venderlo così com'era, un intraprendente speculatore l'aveva diviso in quattro appartamenti con un impianto centrale di acqua calda, mentre il pianterreno era a disposizione di tutti gli inquilini. L'esperimento s'era rivelato soddisfacente. Un'anziana signora, ricca ed eccentrica, abitava un appartamento insieme alla domestica. L'anziana signora amava gli uccellini, e ogni giorno sfamava schiere di pennuti. Un giudice indiano in pensione e sua moglie avevano affittato un secondo appartamento. Il terzo era occupato da una coppia giovanissima, sposata da poco, e il quarto ospitava da soli due mesi due dame nubili, di nome Skinner. Le relazioni tra gli inquilini dei quattro appartamenti erano molto superficiali, dato che essi non avevano nulla in comune. Il padrone di casa aveva dichiarato che questa era una cosa eccellente: infatti, temeva che si stringessero amicizie, cui sarebbero seguiti litigi, e le conseguenti lamentele sarebbero state avanzate presso di lui.

Miss Marple conosceva tutti gli inquilini, benché non fosse in stretti rapporti con nessuno di loro. La maggiore delle signorine Skinner, la signorina Lavinia, poteva esser considerata il braccio della coppia. La signorina Emily, la minore, trascorreva gran parte del proprio tempo a letto, accusando disturbi svariati e, secondo la generale convinzione di St. Mary Mead, in larga misura immaginari. Solo la signorina Lavinia credeva sinceramente alle pene della sorella e alla sua vocazione al martirio, e con zelo eseguiva commissioni e girava il paese da un capo all'altro alla ricerca di cose che "sua sorella aveva improvvisamente desiderato".

Era opinione diffusa a St. Mary Mead, che se la signorina

Emily avesse patito anche solo metà delle sofferenze di cui si lamentava, già da lungo tempo avrebbe chiamato il dottor Haydock. Ma quando qualcuno le rivolgeva questo suggerimento, la signorina Emily chiudeva gli occhi con sussiego e mormorava che il suo non era un caso semplice: i migliori specialisti londinesi avevano dovuto arrendersi, ma un nuovo straordinario ingegno le aveva prescritto un trattamento rivoluzionario, e lei sperava proprio che esso avrebbe giovato alla sua salute. Un comune medico generico non avrebbe certo saputo comprendere il suo male.

«E secondo me» commentava schietta la signorina Hartnell, «fa molto bene a non chiamarlo. Il caro dottor Haydock, con i suoi modi briosi, le direbbe che non ha assolutamente nulla, e le ordinerebbe di alzarsi senza tante scene. Le farebbe davvero bene!»

In difetto d'un intervento tanto radicale, tuttavia, la signorina Emily continuava a stare sdraiata sui divani, circondata da strane scatolette di pillole, e a rifiutare quasi tutte le vivande cucinate per lei, chiedendone invece altre, che di solito era difficile e disagevole procurare.

Fu "Gladdie" ad aprire la porta a Miss Marple; pareva ancor più depressa di quanto Miss Marple avesse creduto possibile. In salotto (che era stato ricavato dal precedente soggiorno, dividendolo in tinello, salotto, bagno e sgabuzzino della domestica) la signorina Lavinia s'alzò per salutare Miss Marple.

Lavinia Skinner era una donna di cinquant'anni, alta scarna e ossuta. Aveva una voce rauca e modi bruschi.

«Sono lieta di vederla» disse. «Emily è a letto – si sente piuttosto giù quest'oggi, poverina. Spero che voglia vederla; la solleverebbe un poco, ma ci sono momenti in cui non è in condizione di ricevere nessuno. Poverina, sopporta tutto con tanta pazienza.»

Miss Marple rispose cortesemente. Il personale di servizio era il principale argomento di conversazione a St. Mary Mead, e così non le fu difficile portare il discorso su questo tema. Miss Marple raccontò d'aver sentito che la loro simpatica cameriera, Gladys Holmes, era stata licenziata.

La signorina Lavinia annuì. «Finisce di lavorare mercoledì della settimana prossima. Rompeva gli oggetti, un difetto intollerabile.»

Miss Marple sospirò e osservò che al giorno d'oggi tutti dovevano sapersi adattare. Era così difficile che le domestiche venissero in campagna. La signorina Skinner era davvero persuasa che fosse opportuno mandare via Gladys?

«So che è difficile trovare una domestica» ammise la signorina Lavinia. «I Devereux non hanno nessuno – ma non mi meraviglia: litigano in continuazione, ascoltano musica jazz per tutta la notte, mangiano a ogni ora del giorno: quella ragazza non è capace di tenere una casa, suo marito mi fa pena! Anche i Larkin hanno appena perso la loro domestica. È naturale, con il temperamento indiano del giudice e la sua abitudine di farsi servire il *chota hazri*, come lui lo chiama, alle sei del mattino; e la signora Larkin è incontentabile. Neanche di loro mi meraviglio. Janet, la cameriera della signora Carmichael, ovviamente è installata in pianta stabile – anche se a mio avviso è una donna estremamente sgradevole, che tiranneggia la sua anziana padrona.»

«Dunque non pensa che potrebbe ritornare sulla sua decisione riguardo a Gladys? In realtà è una ragazza in gamba. Conosco la sua famiglia: è gente molto onesta e distinta.»

La signorina Lavinia scosse la testa.

«Ho i miei motivi» disse con tono d'importanza.

«Era scomparsa una spilla...» mormorò Miss Marple.

«Chi è stato a dirglielo? La ragazza, presumo. In tutta franchezza, sono quasi certa che sia stata lei a prenderla. Poi s'è spaventata e l'ha rimessa a posto... Ma naturalmente non si può affermare nulla finché non si è sicure.» Cambiò argomento. «Venga a salutare Emily, Miss Marple. Sono sicura che le farà bene.»

Seguita docilmente da Miss Marple, la signorina Lavinia bussò a una porta e, ottenuto il permesso d'entrare, introdusse l'ospite nella stanza più bella dell'appartamento, illuminata solo da una fievole luce che penetrava attraverso le persiane chiuse a metà. La signorina Emily giaceva a letto, evidentemente compiaciuta della penombra e delle proprie indefinite sofferenze.

La pallida luce mostrava una donna gracile, dai lineamenti incerti, con una massa di capelli grigio-gialli che le cingevano disordinatamente il capo, ricadendo in riccioli, sicché la sua testa pareva un nido di cui nessun uccello ammodo avrebbe potuto vantarsi. Nella stanza aleggiava un odore d'acqua di colonia, di biscotti stantii e di canfora.

Gli occhi socchiusi, Emily Skinner spiegò con voce flebile e smorta che quello era "uno dei suoi giorni neri".

«La cosa più triste, quando si è malati» aggiunse in tono malinconico «è rendersi conto del peso che si rappresenta per chi ci sta intorno. Lavinia, però, è molto buona con me. Lavvie cara, detesto darti dei fastidi, ma se si potesse riempire la mia borsa dell'acqua calda come desidero... Quando è troppo piena, mi pesa addosso; d'altra parte, se non è riempita a sufficienza, si raffredda subito!»

«Scusami, cara. Dalla a me. La vuoterò un poco.»

«Magari, già che ci sei, potresti riempirla di nuovo. Non c'è più pane biscottato in casa, suppongo... No, no, non importa. Posso farne a meno. Una tazza di tè chiaro con una fettina di limone... Niente limoni? No, non potrei davvero bere il tè senza limone. Credo che stamane il latte fosse leggermente cagliato. M'ha fatto passare ogni voglia di bere il tè col latte. Non importa. Posso fare a meno del tè. Solo, mi sento tanto debole. Le ostriche, si dice che siano molto nutrienti. Mi domando se potrei assaggiarne qualcuna. No, no, è tardi, sarebbe troppo complicato procurarle a quest'ora. Posso stare a digiuno fino a domani.»

Lavinia uscì dalla stanza mormorando parole sconnesse circa un viaggio in bicicletta fino al paese.

La signorina Emily rivolse un tenue sorriso all'ospite e ripeté che detestava procurare dei fastidi a chiunque.

Quella sera, Miss Marple riferì a Edna che purtroppo la sua

missione non aveva sortito buon esito e fu molto amareggiata, quando si rese conto che già circolavano voci in paese intorno alla disonestà di Gladys. Di fatto, nell'ufficio postale fu bloccata dalla signorina Wetherby.

«Mia cara Jane, le hanno dato come benservito un attestato scritto di buona volontà e sobrietà e decoro, ma non hanno accennato all'onestà. Ciò mi pare molto significativo! Ho saputo che la rottura è avvenuta a causa di una spilla. Credo che debba esserci qualcosa di vero, sai, perché al giorno d'oggi non si manda via una domestica senza una ragione seria. Avranno grosse difficoltà a trovarne un'altra. Le ragazze si rifiutano di andare a servizio a Old Hall. Sono nervose quando tornano a casa nei giorni di libertà. Vedrai, le Skinner non troveranno una sostituta, e allora forse quella sorella terribilmente ipocondriaca dovrà alzarsi dal letto e combinare qualcosa!»

Grande fu la costernazione in paese quando si seppe che le signorine Skinner, tramite un'agenzia, avevano assunto una nuova domestica, che rappresentava il modello d'ogni virtù.

«Una referenza di tre anni che si conclude con una calda raccomandazione. Preferisce vivere in campagna, e inoltre chiede una paga inferiore a quella di Gladys. Credo che siamo state veramente molto fortunate.»

«Be', certo» commentò Miss Marple, che ricevette queste notizie dalla signorina Lavinia mentre si trovavano dal pescivendolo. «Pare fin troppo bello per esser vero.»

A St. Mary Mead si diffuse poi la convinzione che all'ultimo istante questa domestica perfetta avrebbe rinunciato al posto e non sarebbe arrivata. Ma nessuna di queste previsioni s'avverò, e gli abitanti di St. Mary Mead poterono osservare il prezioso esemplare, che rispondeva al nome di Mary Higgins, mentre attraversava il paese a bordo del taxi di Reed, diretta a Old Hall. Dovettero ammettere che il suo aspetto era buono. Pareva una donna rispettabile, vestita con molta proprietà.

Quando Miss Marple ritornò a Old Hall, con l'intento di raccogliere sottoscrizioni per le poltrone in occasione della festa del vicariato, fu Mary Higgins ad aprire la porta. Era indubbiamente una domestica distinta: aveva una quarantina d'anni, una ordinata capigliatura nera, guance rosate e un corpo grassottello; vestiva di nero, con un grembiule bianco e la crestina – «proprio la brava cameriera d'altri tempi» raccontava Miss Marple in seguito – e la sua voce, quasi impercettibile e dall'intonazione rispettosa e corretta, contrastava nettamente con quella di Gladys, squillante ma adenoidea.

La signorina Lavinia appariva molto più distesa del solito, e nonostante si rammaricasse di non poter sottoscrivere per una poltrona a causa delle preoccupazioni che le dava la sorella, offrì un notevole contributo finanziario, impegnandosi inoltre a donare asciugapenne e calzerotti per bambini.

Miss Marple si rallegrò della sua buona cera.

«Sono davvero molto grata a Mary. Non posso che rallegrarmi della decisione di licenziare l'altra ragazza. L'aiuto di Mary è proprio inestimabile. Cucina bene, sa servire perfettamente, e tiene scrupolosamente pulito il nostro appartamentino – i materassi vengono rivoltati ogni giorno... Ed è eccezionale con Emily!»

Miss Marple s'affrettò a chiedere notizie di Emily.

«Oh, poverina, negli ultimi tempi ha risentito molto del tempo. Lei naturalmente non può farci nulla, ma a volte rende le cose davvero un po' complicate. Vuole che le si preparino certi piatti, e quando sono pronti sostiene di non poter più mangiare. Mezz'ora dopo li rivuole, e siccome nel frattempo si sono raffreddati, bisogna cucinarli di nuovo. Certo è un lavoro pesante, ma per fortuna Mary sembra non farci caso. È abituata ad assistere i malati, dice, e li capisce. È un tale sollievo!»

«Santo cielo» commentò Miss Marple «come siete fortunate!»

«Sì, è vero. Credo proprio che Mary ci sia stata mandata in risposta alle nostre preghiere.»

«Ho l'impressione» disse Miss Marple «che sia fin troppo bello perché possa essere vero. Io... be', al suo posto io starei attenta.»

Lavinia Skinner non colse il significato di quest'osservazione. «Oh, le assicuro che faccio tutto il possibile per metterla a suo agio!» esclamò. «Non saprei come sbrigarmela se Mary se ne andasse.»

«Credo che non se ne andrà finché non sarà giunto il momento» rispose Miss Marple, e accompagnò queste parole con un'occhiata penetrante.

La signorina Lavinia disse: «Quando non si hanno preoccupazioni domestiche, ci si sente sollevate da un grosso peso, no? Come se la cava la sua piccola Edna?».

«Piuttosto bene. Nulla di straordinario, naturalmente. Non come la sua Mary. Però so tutto di lei, perché è cresciuta qui in paese.»

Mentre usciva in anticamera, udì che l'inferma alzava irritata la voce. «Questa compressa è stata lasciata essiccare di nuovo. Il dottor Allerton ha raccomandato espressamente di bagnarla in continuazione. Ecco, ecco, lascia. Voglio una tazza di tè e un uovo alla coque, che sia bollito solo per tre minuti e mezzo, si ricordi, e mi chiami la signorina Lavinia.»

L'alacre Mary apparve sulla soglia della camera da letto, e dopo aver annunciato a Lavinia: «La signorina Emily chiede di lei, madame», con modi irreprensibili aprì la porta a Miss Marple, l'aiutò a infilarsi il soprabito e le porse l'ombrello.

Miss Marple prese l'ombrello, ma esso le scivolò, e nel tentativo di raccoglierlo lasciò cadere la borsetta, che s'aprì. Mary gentilmente recuperò i molteplici oggetti che s'erano rovesciati sul pavimento – un fazzoletto, un'agenda, un antiquato borsellino di cuoio, due scellini, tre penny e un lecca-lecca a strisce, alla menta.

Miss Marple ricevette quest'ultimo pezzo con un certo imbarazzo.

«Oh, santo cielo, dev'essere stato il ragazzino della signora Clement. Stava succhiandolo, ricordo, e ha preso la mia borsetta per giocare: deve avercelo infilato dentro. È tutto appiccicaticcio!»

«Vuole darlo a me, madame?»

«Non le dispiace? La ringrazio molto.»

In ultimo, Mary si chinò per raccattare uno specchietto rimasto per terra; quando lo riebbe, Miss Marple esclamò vivacemente: «È una vera fortuna che non si sia rotto».

Poi se ne andò, mentre Mary rimase cortesemente sull'uscio, con un lecca-lecca a strisce in mano e un viso privo di qualsiasi espressione.

Per altri dieci giorni, St. Mary Mead dovette sorbirsi le lodi tributate al portento delle signorine Lavinia ed Emily.

La mattina dell'undicesimo giorno, il risveglio del paese fu accompagnato da un colpo di scena.

Mary, la cameriera modello, era scomparsa! Non aveva dormito nel suo letto, e la porta d'ingresso fu trovata socchiusa: era tranquillamente sgattaiolata fuori nel corso della notte.

E non mancava solo Mary! Due spille e cinque anelli della signorina Lavinia, tre anelli, un ciondolo, un braccialetto e quattro spille della signorina Emily erano scomparsi insieme a lei!

Fu l'inizio d'un susseguirsi di catastrofi.

Alla giovane signora Devereux erano stati rubati i diamanti che custodiva in un cassetto aperto, e alcune pellicce pregiate che aveva ricevute in regalo in occasione delle nozze. Anche al giudice e a sua moglie erano stati sottratti i gioielli, oltre a una certa quantità di soldi. La signora Carmichael fu la vittima principale. Essa non solo possedeva gioielli molto preziosi, ma teneva nell'appartamento anche una notevole somma di denaro, che s'era involata. Era la serata di libertà di Janet, e la padrona era solita passeggiare nel parco al tramonto, chiamando gli uccellini e gettando loro manciate di briciole. Pareva chiaro che Mary, la domestica perfetta, aveva avuto a disposizione le chiavi di tutti gli appartamenti.

Gli abitanti di St. Mary Mead provarono, bisogna confessarlo, una certa dose di gioia malevola: la signorina Lavinia aveva tanto decantato i meriti della sua meravigliosa Mary!

Seguirono interessanti rivelazioni. Non solo era svanita Mary, ma l'agenzia che l'aveva inviata e ne aveva garantito le credenziali fu allarmata dalla scoperta che la Mary Higgins rivoltasi a loro e di cui avevano accolto le referenze, in realtà non era mai esistita. Quel nome apparteneva a una donna in buona fede, che aveva prestato servizio presso la sorella d'un diacono, anch'essa in buona fede. Attualmente, la vera Mary Higgins viveva tranquillamente in una località della Cornovaglia.

«Maledettamente furbo, tutto l'imbroglio» fu costretto ad ammettere l'ispettore Slack. «E se le interessa la mia opinione, quella donna è in combutta con una banda. L'anno scorso si verificò un caso analogo, nel Northumberland. La refurtiva non fu mai ricuperata, e la colpevole non venne mai catturata. Ma a Much Benham sapremo far di meglio!»

L'ispettore Slack era sempre fiducioso.

Tuttavia, le settimane passavano e Mary Higgins restava trionfante uccel di bosco. Invano l'ispettore Slack raddoppiò gli sforzi, con un'energia che smentiva il suo nome.[1]

La signorina Lavinia cadde in uno stato di prostrazione. La signorina Emily fu talmente sconvolta, e le proprie condizioni la preoccuparono tanto, che infine decise di chiamare il dottor Haydock.

L'intero paese era terribilmente ansioso di conoscere il parere di quest'ultimo a proposito delle asserzioni della signorina Emily d'esser malata, ma naturalmente non poteva domandarglielo. Soddisfacenti informazioni in materia trapelarono tuttavia attraverso il signor Meek, assistente del farmacista, che corteggiava Clara, la domestica della signora Price-Ridley. Si seppe così che il dottor Haydock aveva prescritto una mistura di assafetida e valeriana, che secondo il signor Meek costituiva la medicina principale per i simulatori nell'esercito!

Ben presto si apprese che la signorina Emily, non contenta dell'assistenza medica ricevuta, dichiarava di sentirsi in dovere, visto lo stato della sua salute, di andare a vivere vicino allo specialista di Londra che comprendeva il suo caso. Era una questione di correttezza nei confronti di Lavinia, affermava.

L'appartamento fu offerto in affitto.

Pochi giorni dopo, Miss Marple, agitata e piuttosto colorita

[1] In inglese, *slack* significa: indolente, neghittoso. (*N.d.T.*)

in viso, si recò alla stazione di polizia di Much Benham e chiese dell'ispettore Slack. All'ispettore Slack non era simpatica Miss Marple. Ma si rendeva conto che il suo giudizio non era condiviso dal capo della polizia, il colonnello Melchett. Quindi, pur riluttante, la fece entrare.

«Buongiorno, Miss Marple. Che cosa posso fare per lei?»

«Mio Dio» esclamò Miss Marple «vedo che è di premura.»

«C'è un sacco di lavoro» rispose l'ispettore Slack «ma posso trascurarlo per qualche momento.»

«Oh, santo cielo» disse Miss Marple. «Spero di riuscire a esprimermi chiaramente. È così difficile spiegarsi, non crede? No, forse lei pensa di no. Ma vede, quando non si è stati educati secondo i canoni moderni... solo una governante, sa, che insegnava le date dei re inglesi e un po' di cultura generale, le tre malattie del frumento: golpe, ruggine... e qual era mai la terza?... forse il carbonchio?»

«Voleva parlarmi del carbonchio?» domandò l'ispettore Slack, e subito arrossì.

«Oh, no no.» Miss Marple s'affrettò a negare ogni intenzione di parlare del carbonchio. «Era semplicemente un esempio. E poi, come vengono prodotti gli aghi, e cose del genere. Tutto molto discorsivo, capisce, ma non s'imparava a tenersi al nocciolo delle questioni. E invece è questo che io desidero. Si tratta della domestica della signorina Skinner, Gladys, sa.»

«Mary Higgins» la corresse l'ispettore Slack.

«Oh sì, quella era la seconda. Ma io alludo a Gladys Holmes: una ragazza abbastanza impertinente e fin troppo compiaciuta di sé, ma in realtà profondamente onesta, ed è molto importante che questo venga riconosciuto.»

«Finora non c'è stata nessuna denuncia contro di lei, per quanto ne so» disse l'ispettore Slack.

«No, è vero, ma ciò peggiora la situazione. Perché, vede, la gente continua a far congetture. Oh santo cielo, sapevo che mi sarei spiegata male. In realtà, io volevo dire che la cosa importante è trovare Mary Higgins.»

«Certamente» convenne l'ispettore Slack. «Ha qualche idea in proposito?»

«Be', effettivamente sì» rispose Miss Marple. «Posso porle una domanda? Le impronte digitali non le sono di nessun aiuto?»

«Ah» esclamò l'ispettore Slack «qui è stata più furba di noi. Pare che svolgesse quasi tutto il lavoro indossando guanti di gomma o i suoi guanti di cameriera. Ed è stata abile, perché ha cancellato ogni traccia dalla propria stanza e dal lavandino. Non siamo riusciti a trovare un'unica impronta in tutto l'appartamento!»

«E se disponesse delle sue impronte digitali, le servirebbero a qualcosa?»

«È possibile, madame. Forse sono note a Scotland Yard. Sono persuaso che questo non sia stato il suo primo colpo.»

Miss Marple annuì raggiante. Aprì la borsa e ne estrasse una piccola scatola di cartone, che conteneva uno specchietto avvolto nel cotone.

«Questo viene dalla mia borsetta» dichiarò Miss Marple. «Vi sono sopra le impronte della domestica. Credo che siano rimaste ben impresse, perché aveva appena toccato una sostanza molto appiccicosa.»

L'ispettore Slack la fissò. «Le ha preso apposta le impronte digitali?»

«Naturalmente.»

«Allora sospettava di lei?»

«Be', sa, m'aveva colpita il fatto che fosse un po' troppo brava per essere genuina. Lo feci praticamente intendere alla signorina Lavinia. Ma lei non prestò orecchio alla mia allusione. Sa, ispettore, purtroppo non credo che esistano persone perfette. Tutti abbiamo i nostri difetti... e quando si va a servizio in una casa, essi emergono ben presto!»

«Bene» disse l'ispettore Slack riassumendo il proprio contegno. «Le sono molto grato, certo. Invieremo le impronte a Scotland Yard, e vedremo che cosa ne diranno loro.»

S'interruppe. Miss Marple aveva inclinato la testa da un lato e gli stava rivolgendo un'occhiata pregna di significato.

«Lei, ispettore, non sarebbe dell'idea di cercare più vicino?»

«Che cosa vuole dire, Miss Marple?»

«È molto difficile da spiegare, ma quando ci s'imbatte in un fatto strano, lo si nota. Anche se spesso si tratta di semplici inezie. Fin dall'inizio ho avuto quest'impressione. Alludo a Gladys e alla spilla. Gladys è una ragazza onesta: non aveva rubato quella spilla. E allora perché la signorina Skinner ne era convinta? La signorina Skinner non è una sciocca, tutt'altro! Perché era così ansiosa di mandar via una brava cameriera, quando è tanto difficile trovarne un'altra? Era strano, sa. E così mi sono meravigliata. Mi sono meravigliata parecchio. E notai un altro fatto strano! La signorina Emily è un'ipocondriaca, ma è la prima ipocondriaca che non abbia immediatamente chiamato qualche dottore. Gli ipocondriaci adorano i medici. Ma la signorina Emily no!»

«Che cosa sta insinuando, Miss Marple?»

«Ecco, stavo insinuando che la signorina Lavinia e la signorina Emily sono gente strana. La signorina Emily trascorre quasi tutte le sue giornate in una stanza buia. E se la sua non era una parrucca, io... io mi mangio la mia crocchia posticcia! E insomma io dico questo: è perfettamente possibile che la stessa persona sia una donna esile, pallida, piagnucolosa e dai capelli grigi, e nel contempo una donna grassoccia, dalle guance rosate e dai capelli neri. E non conosco nessuno che abbia mai visto la signorina Emily e Mary Higgins insieme. Un sacco di tempo a disposizione per procurarsi i calchi di tutte le chiavi e per conoscere a fondo le abitudini degli altri inquilini. Dopo, ci si sbarazza della cameriera locale. La signorina Emily una notte si fa una bella passeggiata per la campagna, e il giorno successivo arriva in stazione nelle vesti di Mary Higgins. E poi, al momento giusto, Mary Higgins scompare, e si scatena un pandemonio per ricercarla. Glielo dico io, ispettore, dove può trovarla. Sul divano della signorina Emily Skinner! Si procuri le sue impronte digitali, se non mi crede, ma scoprirà che ho ragione! Una coppia di ladre astute, ecco che cosa sono le Skinner... e senza dubbio sono in combutta con un abile trafficante, un ricettatore, o come preferisce chiamarlo. Ma stavolta non la faranno franca! Non sono disposta a permettere che la buona reputazione d'una nostra ragazza del paese venga infangata in questo modo! Gladys Holmes è una ragazza di specchiata onestà, e tutti devono saperlo! Buongiorno!»

Miss Marple era già uscita con passo dignitoso, prima che l'ispettore Slack potesse riprendersi.

«Diavolo!» borbottò. «Chissà se ha ragione?»

Ben presto constatò che Miss Marple aveva di nuovo ragione.

Il colonnello Melchett si complimentò con Slack per la sua efficienza, e Miss Marple invitò Gladys a bere il tè, insieme a Edna, e le parlò seriamente dell'opportunità di sistemarsi in modo stabile, quando avesse trovato un buon posto.

Uno scherzo arguto

«E questa» disse Jane Heller completando le presentazioni «è Miss Marple!»

Era un'attrice, e dunque era abile nel far convergere l'attenzione sulle proprie parole. E chiaramente questo era l'acme, il trionfo finale! Nella sua voce si avvertivano, in egual misura, rispettosa ammirazione e trionfo.

La stranezza stava nel fatto che l'oggetto di tanto reverente orgoglio era soltanto un'anziana signorina dall'aspetto dolce e puntiglioso. Negli occhi della giovane coppia, a cui lei era stata appena presentata per i buoni uffici di Jane, si dipinse un'espressione incredula e lievemente costernata. Erano due bei giovani: la ragazza, Charmian Stroud, snella e bruna – l'uomo, Edward Rossiter, un giovane di corporatura gigantesca, biondo, di modi cortesi.

Charmian disse, con voce un po' mozza: «Oh, siamo davvero lieti di conoscerla». Ma i suoi occhi erano dubbiosi; lanciò una rapida occhiata a Jane Heller.

«Mia cara» disse Jane in risposta a quello sguardo «è assolutamente *meravigliosa*. Mettiti nelle sue mani. Ti avevo detto che l'avrei fatta venire, e così è stato.» Rivolta a Miss Marple, soggiunse: «*Lei* sistemerà tutto, ne sono certa. Sarà facile, per *lei*».

Miss Marple spostò i suoi tranquilli occhi, azzurri come la porcellana, sul signor Rossiter. «Le dispiace spiegarmi di che cosa si tratta?» domandò.

«Jane è una nostra amica» s'intromise Charmian impaziente. «Edward e io siamo in un grosso pasticcio. Jane ci ha detto che, se fossimo venuti al suo ricevimento, ci avrebbe presentati a qualcuno che ci avrebbe... sarebbe... potrebbe...»

Edward le venne in aiuto. «Jane ci ha assicurato che lei è una vera autorità in fatto di indagini, Miss Marple!»

All'anziana signorina scintillarono gli occhi, ma protestò con modestia. «Oh, no no; niente affatto. Solo, quando si vive in un paesino come il mio, s'impara a conoscere a fondo la natura umana. Ma ora m'avete proprio incuriosita. Raccontatemi qual è il vostro problema.»

«Temo che sia estremamente banale: un semplice tesoro nascosto» disse Edward.

«Davvero? Mi pare invece molto eccitante.»

«Già. Come *L'isola del tesoro*. Però, al nostro problema mancano i consueti elementi romantici. Nessun punto su una cartina, segnato con un teschio e due tibie incrociate; nessuna indicazione tipo "quattro passi a sinistra, verso nord-ovest". C'è solo questo posto in cui dovremmo scavare.»

«Avete almeno provato?»

«Direi che abbiamo dissodato due interi acri di terreno, che adesso potrebbero essere coltivati a ortaggi. Eravamo incerti se piantarci zucche o patate.»

Charmian lo interruppe bruscamente: «Possiamo veramente raccontarle tutto?».

«Ma certo, cara.»

«Allora andiamo in un locale più tranquillo. Vieni, Edward.» Li guidò fuori del salone affollato e denso di fumo, su per le scale fino a un salottino al secondo piano.

Quando si furono seduti, Charmian entrò subito in argomento. «Bene, ecco qua. La storia incomincia con zio Mathew, che era zio – o meglio prozio – di entrambi. Era un uomo molto anziano. Edward e io eravamo i suoi unici parenti. Lui ci voleva bene, e dichiarava sempre che quando fosse morto ci avrebbe lasciato il suo denaro. Ebbene, morì nel marzo scorso, lasciando in eredità a Edward e a me tutto ciò che possedeva, perché lo dividessimo in parti eguali. Quel che ho detto ora le sembrerà brutale: non intendevo affermare che la sua morte è stata giusta; in realtà, gli volevamo molto bene. Ma da un po' di tempo era malato.

«Il fatto è che, all'atto pratico, "tutta" quest'eredità risultò ammontare a nulla. E questo, francamente, è stato un brutto colpo per entrambi, nevvero, Edward?»

Edward confermò con i suoi modi cortesi. «Vede» spiegò «ci contavamo parecchio. Quando si sa di intascare un bel gruzzolo di denaro... be', non ci si danna l'anima per cercare di guadagnarselo lavorando. Io sono nell'esercito, e posso contare solo sulla mia paga. E neppure Charmian possiede un soldo: lavora come direttrice di scena in un teatro stabile; è molto interessante, e lei è contenta, ma non si guadagna nulla. Intendevamo sposarci, però non ci preoccupavamo dell'aspetto finanziario, perché sapevamo che un giorno saremmo stati benestanti.»

«E ora, capisce, non è più così!» esclamò Charmian.

«E c'è di peggio: Ansteys, la dimora di famiglia cui entrambi siamo particolarmente legati, dovrà con ogni probabilità essere venduta. Edward e io non lo potremmo sopportare! Ma se non troviamo il denaro di zio Mathew, saremo obbligati a vendere.»

Edward osservò: «Charmian, non siamo ancora venuti al punto cruciale».

«Bene, parlane tu allora.»

Edward si rivolse a Miss Marple. «Ecco, vede, con gli anni zio Mathew era divenuto sempre più sospettoso. Non si fidava più di nessuno.»

«Molto saggio da parte sua» commentò Miss Marple. «La malvagità della natura umana è incredibile.»

«Può darsi che abbia avuto ragione. Comunque, zio Mathew ne era persuaso. Un suo amico aveva perduto il proprio denaro affidandolo a una banca, un altro era stato rovinato perché l'avvocato se l'era squagliata, e infine lui stesso aveva perduto dei soldi con una società fraudolenta. Alla fine continuava ad affermare che l'unica soluzione ragionevole e sicura era di convertire il denaro in lingotti d'oro e poi seppellirli.»

«Ah» disse Miss Marple «comincio a capire.»

«Sì. Gli amici discutevano con lui, gli obiettavano che così non avrebbe percepito alcun interesse, ma lui si ostinava a sostenere che ciò non era importante. La gran parte del proprio denaro, dichiarava, "dovrebbe essere tenuta in una cassetta sotto il materasso, oppure seppellita in giardino". Queste erano le sue parole.»

Charmian proseguì: «E quando morì, non lasciò quasi nulla in titoli, benché fosse molto ricco. Dunque noi pensiamo che abbia attuato questa sua massima».

Edward spiegò: «Scoprimmo che a varie riprese aveva venduto titoli, ricavandone ingenti somme di denaro, e nessuno sa come le abbia impiegate. Mi pare probabile che abbia applicato la propria regola, acquistando oro e poi seppellendolo».

«Non disse nulla prima di morire? Non lasciò alcun documento? Nessuna lettera?»

«Questa è appunto la cosa che ci fa impazzire. Non ci fornì la minima indicazione. Era rimasto privo di coscienza per alcuni giorni, ma riprese i sensi prima di morire. Ci guardò e ridacchiò – un risolino debole, stentato. Ci disse: "Per *voi* tutto andrà bene, colombelli miei". Quindi si diede con la mano un colpetto su un occhio – l'occhio destro – ammiccando verso di noi. E poi... poi morì. Povero vecchio zio Mathew.»

«Si diede un colpetto sull'occhio» ripeté Miss Marple pensosa.

Edward domandò in tono ansioso: «Questo le dà qualche idea? A me ha ricordato un'avventura di Arsenio Lupin, dove c'era qualcosa nascosto nell'occhio di vetro di un uomo. Ma zio Mathew non aveva un occhio di vetro».

Miss Marple scosse la testa. «No, per ora non mi viene in mente nulla.»

Charmian protestò delusa: «Jane ci aveva detto che ci avrebbe indicato *subito* dove scavare!».

Miss Marple sorrise. «Sapete, non sono una maga. Non conoscevo vostro zio, non so che uomo fosse, e neppure conosco la casa né il terreno.»

«E se li conoscesse?» chiese Charmian.

«Be', dovrebbe essere davvero piuttosto semplice, non credete?» rispose Miss Marple.

«Semplice!» esclamò Charmian. «Venga ad Ansteys, e vedrà se è semplice!»

Forse non intendeva rivolgere un invito vero e proprio, ma Miss Marple disse vivacemente: «Bene, mia cara, è davvero gentile da parte sua. Ho sempre desiderato poter partecipare alla ricerca di un tesoro nascosto. E inoltre» soggiunse, guardando la coppia con un raggiante sorriso tardo-vittoriano, «qui c'è anche un interesse sentimentale!».

«Vede!» esclamò Charmian con un gesto sconsolato.

Avevano appena terminato un'esauriente perlustrazione di Ansteys. Avevano percorso l'orto, solcato dagli scavi. Avevano attraversato i boschetti, dove una fossa circondava ogni albero abbastanza grosso, e avevano guardato con tristezza la superficie del prato, un tempo liscia e ora tutta dissodata. Erano saliti in soffitta, dove vecchi bauli e cassapanche erano stati svuotati del loro contenuto. Erano scesi in cantina, dove le pietre dei pavimenti erano state faticosamente smosse dal loro incastro. Avevano ispezionato tutti i muri, ci avevano picchiettato sopra, e ogni mobile antico che contenesse o potesse contenere un cassetto segreto era stato mostrato a Miss Marple.

Su una tavola del soggiorno era allineata una pila di carte – tutte quelle lasciate dal defunto Mathew Stroud. Neppure una era stata distrutta, e Charmian ed Edward le risfogliavano in continuazione, spulciando con accanimento fatture, inviti e corrispondenza d'affari, nella speranza di trovare un indizio finora trascurato.

«C'è qualche posto dove crede che non abbiamo ancora guardato?» domandò Charmian speranzosa.

Miss Marple scosse il capo. «Mi pare che lei sia stata molto meticolosa, mia cara. Forse, se mi consente, un po' *troppo* meticolosa. Sa, io sono convinta che bisogna sempre avere un piano in mente. È come ciò che è accaduto alla mia amica, la signora Eldritch; aveva una cameriera giovane e graziosa, molto in gamba nel pulire i pavimenti, ma era tanto meticolosa che una volta lucidò troppo in bagno, e quando la signora Eldritch uscì dalla vasca, il tappetino di sughero le scivolò sotto i piedi, lei cadde malamente e si ruppe addirittura una gamba! Fu un incidente estremamente spiacevole, perché naturalmente la porta del bagno era chiusa a chiave, e così il giardiniere dovette prendere una scala ed entrare dalla finestra; terribilmente imbarazzante per la signora Eldritch, che è sempre stata una donna riservata.»

Edward si agitava irrequieto.

Miss Marple si affrettò a soggiungere: «La prego, mi scusi. Lo so, divago con troppa facilità. Ma una cosa ne fa ricordare un'altra. E a volte ciò è utile. Stavo solo tentando di dire che magari, se cercassimo di aguzzare l'ingegno e di pensare a un posto possibile...».

«Ci pensi lei, Miss Marple» la interruppe Edward bruscamente. «Charmian e io abbiamo ormai esaurito le nostre risorse.»

«Santo cielo, certo dovete essere stanchi. Se non vi dispiace, vorrei dare un'occhiata a questi» disse Miss Marple indicando i fogli impilati sulla tavola. «Naturalmente, se non v'è nulla di privato... Non vorrei sembrare indiscreta.»

«Oh, ma non c'è problema. Temo, però, che non troverà proprio nulla.»

Miss Marple si sedette ed esaminò metodicamente tutte le carte. A mano a mano che le riponeva, le divideva automaticamente in gruppi distinti. Quando ebbe finito, rimase a guardare dinanzi a sé per alcuni minuti.

Non senza una punta di malizia, Edward le domandò: «Ebbene, Miss Marple?».

Miss Marple si riprese con un sussulto. «Vi chiedo scusa. È stato molto utile.»

«Ha scoperto qualche elemento importante?»

«Oh no, nulla del genere, ma credo d'aver capito che tipo di uomo era il vostro zio Mathew. Molto simile a mio zio Henry, penso. Si dilettava di scherzi piuttosto banali. Era evidentemente uno scapolo; mi domando perché – forse una delusione in giovane età? Era metodico fino a un certo punto, ma non gli garbava sentirsi vincolato, come d'altronde tanti altri scapoli!»

Da dietro le spalle di Miss Marple, Charmian rivolse a Edward un cenno che significava: *È un po' svitata.*

Miss Marple continuava beata a parlare del proprio defunto zio Henry. «Amava i giochi di parole, e certa gente si seccava. Un semplice gioco di parole può anche essere molto irritante. Era anche un uomo sospettoso. Era sempre convinto che i domestici lo derubassero. E naturalmente a volte aveva ragione, ma non sempre. Divenne più forte di lui, poveretto. Verso la fine, sospettava che gli alterassero il cibo, e in ultimo rifiutò di mangiare altro che uova alla coque! Sosteneva che nessuno sarebbe riuscito ad alterare l'interno di un uovo alla coque. Caro zio Henry... Un tempo aveva avuto un temperamento così vivace; gli piaceva molto il caffè dopo pranzo. Diceva sempre: "Questo caffè è proprio alla moresca", e questo naturalmente significava che ne voleva ancora una tazzina.»

Edward pensò che, se avesse sentito parlare ancora dello zio Henry, sarebbe diventato pazzo.

«Amava i giovani» proseguì Miss Marple «ma spesso si divertiva a prenderli un po' in giro, se capite quel che intendo dire. Riponeva le scatole di dolci in punti dove un bambino non riusciva ad arrivare.»

Abbandonando ogni scrupolo di cortesia, Charmian commentò: «Mi pare orribile».

«Oh no, cara, era soltanto un vecchio scapolo, sa, e non era abituato ai bambini. E in realtà non era affatto stupido. Teneva in casa forti somme di denaro, e aveva fatto montare una cassaforte. Ne parlava in continuazione, di questa cassaforte e di quanto fosse sicura. A furia di parlarne, una notte i ladri gli entrarono in casa e con una sostanza chimica praticarono un buco nella cassaforte.»

«Ben gli stette» commentò Edward.

«Oh, ma la cassaforte era vuota» spiegò Miss Marple. «Vedete, il denaro lui lo teneva altrove... dietro alcuni volumi di sermoni nella libreria, per l'esattezza. Diceva che nessuno avrebbe mai preso un libro simile dagli scaffali!»

Edward la interruppe con voce eccitata. «Dico, questa sì che è un'idea. Abbiamo dato un'occhiata alla libreria?»

Ma Charmian scosse la testa con aria di commiserazione. «Credi che non ci abbia pensato? Martedì della settimana scorsa, quando tu sei andato a Portsmouth, ho guardato i libri uno per uno e li ho anche sfogliati tutti. Niente.»

Edward sospirò. Poi s'alzò in piedi, per cercare di liberarsi con il massimo tatto di quell'ospite deludente. «È stato veramente gentile, da parte sua, venire fin qui per tentare di aiutarci. Mi spiace che sia stato tutto inutile. Temo che abbiamo abusato del suo tempo. Però... ora vado a tirar fuori l'automobile e farà in tempo a prendere il treno delle tre e trenta...»

«Oh» disse Miss Marple «ma dobbiamo ancora trovare il denaro, no? Non deve scoraggiarsi, signor Rossiter. Se non si riesce subito, bisogna "provare e riprovare".»

«Vuole dire che intende... proseguire nelle ricerche?»

«Per essere precisi» rispose Miss Marple «non ho neppure incominciato. "Innanzi tutto prendere la lepre...", come dice la signora Beeton nel suo libro di cucina... un libro magnifico, ma estremamente costoso; quasi tutte le ricette iniziano con "Prendere un quarto di crema e una dozzina di uova". Ma vediamo, dove ero rimasta? Ah, sì. Bene, abbiamo, per così dire, preso la nostra lepre, che naturalmente nella fattispecie è vostro zio Mathew, e ci resta solo da decidere dove potrebbe aver nascosto il denaro. Dovrebbe essere molto semplice.»

«Semplice?» chiese Charmian.

«Oh sì, cara. Sono certa che suo zio ha compiuto la scelta più ovvia. Un cassetto segreto, ecco la mia soluzione.»

Edward osservò in tono asciutto: «Non si possono riporre lingotti d'oro in un cassetto segreto».

«No, certamente no. Ma non c'è motivo di credere che il denaro sia in oro.»

«Ma se diceva sempre...»

«Anche mio zio Henry parlava in continuazione della sua cassaforte. E così, sospetto fortemente che suo zio volesse confondere le idee. Diamanti – ecco, un cassetto segreto potrebbe tranquillamente contenerli.»

«Ma abbiamo già guardato in tutti i cassetti segreti. Abbiamo perfino chiamato uno stipettaio perché esaminasse il mobilio.»

«Davvero, cara? È stata un'idea brillante, la vostra. Io ritengo che la scrivania di vostro zio sia il luogo più probabile. Era quello scrittoio alto, che sta addossato contro la parete?»

«Sì. Ora glielo mostro.» Charmian vi si avvicinò e abbassò la ribalta. All'interno s'aprivano numerosi cassettini e caselle. La giovane donna dischiuse una piccola anta al centro, e toccò una molla dentro il cassetto di sinistra. Il fondo della rientranza centrale scattò e scivolò in avanti. Charmian lo tirò fuori, evidenziando sul fondo una piccola nicchia, che apparve vuota.

«Ma questa è una strana coincidenza!» esclamò Miss Marple. «Zio Henry aveva uno scrittoio affatto eguale, solo che il suo era in legno di noce, mentre questo è in mogano.»

«A ogni modo» disse Charmian «qui non c'è nulla, come vede.»

«Immagino» disse Miss Marple «che il vostro stipettaio fosse un uomo giovane, e non sapesse tutto. A quei tempi, la gente era estremamente abile nell'ideare nascondigli. Non è raro che i recessi segreti nascondano a loro volta un segreto.»

Si sfilò una forcina dall'aggraziata crocchia di capelli bianchi, e dopo averla piegata fino a raddrizzarla, ne infilò la punta in quella che pareva una sottile taratura in un lato della nicchia segreta. Con un lieve sforzo riuscì a estrarre un piccolo cassetto, che conteneva un fascio di lettere e un foglio ripiegato.

Edward e Charmian si lanciarono insieme sulla nuova scoperta. Con mani tremanti, Edward dispiegò il foglio. Lo lasciò cadere con un'esclamazione delusa.

«Una dannata ricetta di cucina. Prosciutto al forno!»

Charmian stava sciogliendo il nastro che legava le lettere. Ne prese una e la scorse. «Lettere d'amore!»

Miss Marple reagì con gusto tutto vittoriano. «Che cosa interessante! Forse spiegano perché vostro zio non s'è mai sposato.»

Charmian lesse ad alta voce:

Mio adorato Mathew, debbo confessare che il tempo sembra trascorrere molto lentamente da quando ho ricevuto la tua ultima lettera. Tento di tenermi occupata con le diverse incombenze che mi sono state assegnate, e spesso mi ripeto che sono davvero fortunata a vedere così tanta parte del mondo, benché non immaginassi proprio, partendo per l'America, che avrei viaggiato fino a queste isole remote!

Charmian s'interruppe. «Da dove è stata scritta? Oh, dalle Hawaii!» Proseguì:

Ahimè, questi indigeni sono ancora lontani dalla luce della verità. Vivono ignudi, allo stato selvaggio, e trascorrono il loro tempo danzando, nuotando, e intrecciando ghirlande di fiori, con cui si adornano. Il signor Gray ne ha convertiti alcuni, ma è un lavoro improbo, e sia lui sia sua moglie sono profondamente scoraggiati. Io tento di fare del mio meglio per confortarlo e rincuorarlo, ma anch'io sono spesso triste, e tu ne puoi indovinare il motivo, mio caro Mathew. Ahimè, la lontananza è una dura prova per un cuore innamorato. Le tue promesse e le tue rinnovate dichiarazioni d'affetto mi hanno recato un grande sollievo. Ora e sempre, il mio cuore fedele e devoto sarà tuo, adorato Mathew, e resto sempre – la tua micina Betty Martin.

P.S. – Invio questa lettera in una busta indirizzata alla nostra comune amica Matilda Graves, come d'abitudine. Spero che il cielo perdoni questo piccolo sotterfugio.

Edward emise un fischio. «Una missionaria; è stata lei, dunque, il grande amore di zio Mathew. Chissà perché non si sono mai sposati!»

«Pare che abbia girato tutto il mondo» osservò Charmian esaminando le lettere. «L'isola Mauritius... ogni sorta di posti. Probabilmente è morta di febbre gialla o di qualche altra malattia esotica.»

Un garbato risolino li fece sussultare. Miss Marple era manifestamente molto divertita. «Bene, bene» disse. «Chi ci avrebbe mai pensato!»

Stava leggendo la ricetta del prosciutto al forno. Notando gli sguardi interrogativi della giovane coppia, lei lesse ad alta voce: «"Prosciutto al forno con spinaci. Prendere un bel pezzo di prosciutto affumicato, aggiungere chiodi di garofano, e ricoprirlo con zucchero grezzo. Cuocere nel forno a calore moderato. Servire con contorno di purea di spinaci." Ebbene, che ne pensate?».

«Secondo me, dev'essere disgustoso» dichiarò Edward.

«No, no, in realtà dovrebbe essere squisito, ma che cosa pensa di *tutta la faccenda*?»

Il viso di Edward s'illuminò d'improvviso. «Pensa che sia un codice... un qualche tipo di criptogramma?» Prese in mano il foglio. «Guarda, Charmian, potrebbe essere, sai?! Altrimenti non ci sarebbe motivo di riporre una ricetta di cucina in un cassetto segreto.»

«Esatto» disse Miss Marple. «È molto, molto significativo.»

«So di che cosa potrebbe trattarsi» disse Charmian. «Inchiostro simpatico! Proviamo a scaldarlo. Accendi il caminetto elettrico, Edward.»

Edward eseguì, ma nessuna scrittura comparve sotto l'azione del calore.

Miss Marple tossì. «Sapete, per me state rendendo la cosa *troppo* complicata. La ricetta costituisce una semplice indicazione, per così dire. Io credo che siano invece le lettere a essere importanti.»

«Le lettere?»

«Soprattutto la firma» soggiunse Miss Marple.

Ma Edward non l'ascoltava più. Con voce eccitata chiamò la fidanzata: «Charmian, vieni qui! Ha ragione! Guarda: le buste sono effettivamente vecchie, ma i fogli delle lettere sono stati scritti parecchio tempo dopo».

«Esatto» disse Miss Marple.

«La data è falsa. Scommetto quel che vuole, che è stato lo stesso zio Mat a contraffarle.»

«Precisamente» confermò Miss Marple.

«È tutto inventato. Non ha mai conosciuto una missionaria. Deve esserci un codice.»

«Miei cari, cari ragazzi, non c'è davvero nessun bisogno di complicare tanto le cose. In effetti, vostro zio era un uomo estremamente semplice. Ci teneva a fare il suo piccolo scherzo, ecco tutto.»

Per la prima volta i due giovani la guardarono con piena attenzione.

«Che cosa intende dire esattamente, Miss Marple?» chiese Charmian.

«Voglio dire, mia cara, che in questo stesso istante lei ha in mano il suo denaro.»

Charmian abbassò gli occhi.

«La firma, cara, la firma spiega tutto. La ricetta non è che un'indicazione; se trascuriamo i chiodi di garofano, lo zucchero grezzo e gli altri particolari, che cosa resta *in sostanza*? Prosciutto affumicato e spinaci, ecco. *Prosciutto affumicato e spinaci!* E ciò significa... un'assurdità. Dunque è evidente che sono le lettere a essere importanti. E allora, ricordatevi ciò che ha fatto vostro zio immediatamente prima di morire. S'è dato un colpetto sull'occhio, m'avete raccontato. E così, eccovi sulla pista buona.»

«Siamo pazzi noi, o lo è lei?» domandò Charmian.

«Certo, mia cara, conosce quell'espressione che si usa quando ci si rende conto che l'apparenza inganna, o forse al giorno d'oggi nessuno se ne serve più? "I micini hanno aperto gli occhi".»

Edward rimase a bocca aperta, e guardò la lettera che teneva in mano. «"La tua micina..."»

«Certo, signor Rossiter. Come ha appena affermato, non esiste e non è mai esistita questa persona. Le lettere furono scritte da suo zio, e presumo che si sia divertito un sacco a scriverle! Come ha detto prima, la scrittura sulle buste risale ad anni più lontani – in realtà non sarebbe neppure possibile che le buste appartenessero a queste lettere, perché il francobollo di quella che tiene in mano è del 1851.»

Fece una pausa, cui conferì il massimo rilievo. «Del 1851. E ora tutto è chiaro, no?»

«Non per me» disse Edward.

«Be', certo» convenne Miss Marple «non lo sarebbe neanche per me, se non avessi un pronipote come Lionel. È un ragazzino tanto caro, e un appassionato collezionista di francobolli. Sa tutto dei francobolli. È stato lui a raccontarmi di francobolli rari e preziosi, e di un'asta in cui era stata venduta una scoperta recente e straordinaria. E io ricordo ancora che m'aveva citato un francobollo, un *due centesimi azzurro* del 1851. Fu aggiudicato per una cifra intorno ai 25.000 dollari, credo. Immaginatevi un po'! Suppongo che anche gli altri francobolli siano pezzi rari e preziosi. Senza dubbio, vostro zio effettuò l'acquisto attraverso intermediari, e badò a "far perdere le proprie tracce", come si legge nei libri gialli.»

Edward gemette. Si mise seduto e si coprì il viso con le mani.

«Che cosa ti succede?» gli domandò Charmian.

«Niente. È solo l'atroce pensiero che se non fosse stato per Miss Marple, noi forse avremmo bruciato queste lettere per correttezza e discrezione!»

«Ah» esclamò Miss Marple «è proprio quel che non capiscono mai, questi anziani signori amanti degli scherzi. Ricordo che mio zio Henry inviò una banconota da cinque sterline alla nipotina prediletta, come regalo di Natale. La piegò dentro un biglietto di auguri, incollò il biglietto, e vi scrisse sopra: "Tanti auguri affettuosi. Purtroppo quest'anno posso inviarti solo questo".

«Lei, poverina, s'irritò, giudicandolo un avaro, e gettò il biglietto nel fuoco. Così lui dovette, naturalmente, regalarle un'altra banconota.»

I sentimenti di Edward nei confronti dello zio Henry avevano subìto un repentino e radicale mutamento.

«Miss Marple,» disse «voglio stappare una bottiglia di champagne. La berremo tutti alla salute di suo zio Henry.»

Omicidio su misura

La signorina Politt impugnò il battente e bussò con garbo alla porta del villino. Dopo aver atteso con discrezione, bussò di nuovo. Nel movimento, il pacco che teneva sotto il braccio sinistro si spostò, ed essa se lo riaccomodò. Nel pacco era avvolto il nuovo abito invernale verde della signora Spenlow, pronto per la prova. Dalla mano sinistra della signorina Politt ciondolava una borsa di seta nera, che conteneva un metro a nastro, un puntaspilli e un paio di grosse forbici taglienti.

La signorina Politt era una donna alta e secca; aveva il naso affilato, labbra sottili, e radi capelli color grigio ferro. Esitò prima di bussare per la terza volta. Guardando lungo la strada, scorse una figura che s'avvicinava con passo rapido. La signorina Hartnell, una donna gioviale, di cinquantacinque anni, dal viso sciupato, la salutò con la sua abituale voce baritonale: «Buongiorno, signorina Politt!».

La sarta rispose: «Buongiorno, signorina Hartnell». Aveva una voce fin troppo esile e manierata. Aveva esordito nella vita come cameriera personale di una dama dell'aristocrazia. «Mi scusi» soggiunse «ma non sa per caso se la signora Spenlow è uscita?»

«Non ne ho la minima idea» rispose la signorina Hartnell.

«Sa, è piuttosto imbarazzante. Dovevo venire oggi pomeriggio a provare il vestito nuovo della signora Spenlow. Alle tre e mezzo, m'aveva detto.»

La signorina Hartnell consultò l'orologio che portava al polso. «Sono passate da poco.»

«Già. Ho bussato tre volte, ma pare proprio che non risponda nessuno, e così mi domandavo se forse la signora Spenlow non sia uscita, dimenticandosi l'appuntamento. Di regola non scorda i propri impegni, e vuole che l'abito sia pronto entro dopodomani.»

La signorina Hartnell aprì il cancelletto e percorse il viottolo che conduceva davanti alla porta del villino Laburnam, dove già si trovava la signorina Politt.

«Perché non viene Gladys ad aprire?» domandò. «Ah, no, è vero, oggi è giovedì, il giorno di libertà di Gladys. Immagino che la signora Spenlow si sia appisolata. Credo che non abbia fatto abbastanza rumore con quest'arnese.»

Afferrò il battente, lo sbatacchiò contro la porta con un assordante *rat-a-tat-tat*, e picchiò anche contro l'uscio. Inoltre, gridò con voce stentorea: «Ehi di casa!».

Nessuno rispose.

La signorina Politt mormorò: «Oh, suppongo che la signora Spenlow si sia dimenticata e sia uscita. Proverò a passare in un altro momento». Si avviò lungo il viottolo.

«Sciocchezze» esclamò la signorina Hartnell in tono reciso. «Non può essere uscita; l'avrei incontrata. Darò un'occhiata attraverso le finestre, e guarderò se c'è segno di vita.»

Scoppiò in una delle sue solite risate gioviali, per far capire che stava scherzando, e gettò uno sguardo superficiale attraverso la più vicina vetrata – superficiale, perché sapeva benissimo che i signori Spenlow usavano di rado il locale che guardava sulla facciata del villino, e preferivano invece soggiornare nel salottino sul retro.

Tuttavia, per quanto superficiale, quello sguardo raggiunse lo scopo. La signorina Hartnell effettivamente non scorse segno di vita. Al contrario, attraverso la finestra vide la signora Spenlow che giaceva sul tappeto dinanzi al camino... morta.

«Naturalmente» diceva la signorina Hartnell, quando in seguito raccontava la storia, «mi sforzai di non perdere la testa. La Politt non aveva nessun'idea di come bisognasse comportarsi. "Manteniamo la calma" le dissi. "*Lei* rimanga qui, e io vado a cercare l'agente Palk." Lei protestò che non voleva essere lasciata lì da sola, ma io non le badai. Sono sempre stata convinta che certa gente si diverte a fare delle scene per un nonnulla. E così, stavo appunto allontanandomi quando, proprio in quell'istante, il signor Spenlow è sbucato da dietro l'angolo della casa.»

A questo punto la signorina Hartnell s'interrompeva con una pausa significativa che consentiva al suo uditorio di chiederle con voce mozza: «Mi dica, *che aspetto aveva*?».

Allora la signorina Hartnell proseguiva: «Francamente, *io* ho subito sospettato qualcosa! Era *fin troppo* calmo. Non pareva minimamente sorpreso. E si può dire quel che si vuole, ma non è naturale che un uomo, apprendendo la morte della moglie, non mostri nessuna emozione».

Tutti erano d'accordo con quest'affermazione.

Anche quelli della polizia erano d'accordo. Consideravano l'impassibilità del signor Spenlow tanto sospetta che, senza frapporre indugi, vollero appurare in quale situazione l'avesse lasciato la morte della moglie. Quando scoprirono che il denaro della coppia apparteneva alla signora Spenlow, e che i suoi soldi sarebbero andati al marito in virtù di un testamento redatto poco dopo il matrimonio, i loro sospetti divennero più forti che mai.

Miss Marple, l'anziana signorina dal viso dolce – e, secondo taluni, dalla lingua acida – che viveva nella casa accanto alla rettoria, fu interpellata ben presto, già entro mezz'ora dalla scoperta del delitto. Fu avvicinata dall'agente di polizia Palk, che lisciava le pagine d'un taccuino con espressione importante. «Se non disturbo, madame, avrei alcune domande da porgerle.»

«In relazione all'omicidio della signora Spenlow?» domandò Miss Marple.

Palk trasalì. «Posso chiederle, madame, come ne è venuta a conoscenza?»

«Il pesce» rispose Miss Marple.

L'agente Palk comprese perfettamente questa spiegazione. Suppose, a ragione, che il garzone del pescivendolo avesse portato la notizia insieme alla cena di Miss Marple.

Miss Marple proseguì in tono tranquillo. «Distesa sul pavimento del salotto, strangolata – magari con un cordoncino molto sottile. A ogni modo, qualunque fosse lo strumento del delitto, esso è stato portato via.»

Il viso di Palk era adirato. «Come è possibile che quel ragazzino di Fred riesca a sapere tutto...»

Miss Marple lo interruppe con destrezza. «Ha un ago infilato nella giacca» osservò.

L'agente Palk abbassò gli occhi, stupito. «C'è un detto: "Vedi uno spillo e tiralo su; per quel giorno fortuna avrai tu".»

«Spero che il detto si avveri. E ora, che cosa voleva sapere da me?»

L'agente Palk si schiarì la gola, assunse un tono ufficiale, e consultò il proprio taccuino. «Ho raccolto la deposizione del signor Arthur Spenlow, marito della defunta. Il signor Spenlow afferma che alle due e trenta, per quanto può ricordare, ricevette una telefonata di Miss Marple, che gli chiese di recarsi da lei alle tre e un quarto perché aveva urgenza di parlargli. Ora, madame, ciò corrisponde a verità?»

«No di certo» rispose Miss Marple.

«Non ha telefonato al signor Spenlow alle due e trenta?»

«Né alle due e trenta, né in alcun altro momento.»

«Ah» commentò l'agente Palk lisciandosi i baffi con aria molto soddisfatta.

«Che cos'altro ha detto il signor Spenlow?»

«Il signor Spenlow ha dichiarato che è venuto qui, come gli era stato chiesto, dopo essere uscito di casa alle tre e dieci; giunto qui, fu informato dalla cameriera che Miss Marple "non è in casa".»

«Questo è vero» confermò Miss Marple. «Effettivamente è venuto qui, ma io ero a una riunione dell'Associazione Femminile.»

«Ah» ripeté l'agente Palk.

«Mi dica, agente, sospetta del signor Spenlow?» chiese Miss Marple.

«Non spetta a me dirlo, in questa fase delle indagini, ma mi pare che qualcuno, per non fare nomi, abbia cercato di agire con astuzia.»

«Il signor Spenlow?» domandò Miss Marple pensosa.

Il signor Spenlow le era simpatico. Era un uomo piccolo e magro, la sua conversazione era banale e discreta: insomma rappresentava la quintessenza della rispettabilità. Pareva strano che fosse venuto a vivere in campagna, lui che chiaramente aveva trascorso tutta la vita in città. Ne aveva confidato il motivo a Miss Marple. «Sin da ragazzino» le aveva detto «progettavo di trasferirmi un giorno in campagna, e di avere un giardino tutto mio. Ho sempre amato i fiori. Sa, mia moglie possedeva un negozio di fiorista; proprio lì ci siamo conosciuti.»

Una spiegazione concisa, ma che apriva vasti panorami romantici alla fantasia. Una signora Spenlow più giovane e più graziosa, che si stagliava su uno sfondo floreale.

In realtà, però, il signor Spenlow ignorava tutto dei fiori. Non sapeva nulla di semi e di talee, né aveva idea di come si pianta un'aiuola, o della differenza tra piante annuali e perenni. Aveva soltanto in mente un'immagine – l'immagine del giardinetto di un villino, dove spiccavano i vivaci colori d'innumerevoli fiori dal dolce profumo. Era stato quasi patetico quando s'era rivolto a Miss Marple, chiedendole istruzioni che poi aveva trascritte su un quadernetto.

Era un uomo tranquillamente metodico. E fu forse a causa di questo suo carattere che la polizia s'interessò a lui, quando la moglie fu trovata assassinata. Con pazienza e tenacia, la polizia apprese parecchie notizie intorno alla vittima, e ben presto, anche tutta St. Mary Mead ne venne a conoscenza.

La defunta signora Spenlow aveva iniziato a lavorare come inserviente in una ricca famiglia. Aveva lasciato quel posto per sposare l'aiuto-giardiniere, e insieme avevano aperto un negozio di fiori a Londra. Il negozio aveva prosperato. Non così il giardiniere, che nel giro di breve tempo s'era ammalato ed era morto.

La vedova aveva assunto la gestione del negozio, e l'aveva ampliato in modo ambizioso. Il successo le aveva arriso. Poi essa aveva venduto la propria ditta, in cambio di una somma notevole, e s'era risposata... con il signor Spenlow, un gioielliere di mezz'età che aveva ereditato un piccolo e stentato commercio. Poco tempo dopo, essi avevano ceduto questa loro attività e s'erano stabiliti a St. Mary Mead.

La signora Spenlow era una donna benestante. Il denaro ricavato dal negozio di fiori l'aveva investito – «guidata dagli spiriti», come aveva spiegato a tutti. Gli spiriti l'avevano consigliata con acume insolito.

Tutti i suoi investimenti avevano fruttato, alcuni addirittura in misura straordinaria. Ma invece di accrescere, per questo motivo, la propria fede nello spiritismo, la signora Spenlow aveva bassamente abbandonato medium e sedute spiritiche, immergendosi per un periodo breve ma intenso in una nebulosa religione, affine ai culti indiani e basata su svariate forme di respirazione profonda. Tuttavia, quando arrivò a St. Mary Mead, essa attraversava di nuovo un periodo di fede anglicana ortodossa. Trascorreva parecchio tempo in parrocchia, e presenziava assiduamente ai servizi religiosi. Era una cliente abituale delle botteghe del paese, s'interessava alle novità locali e partecipava alle partite di bridge.

Una vita monotona, banale. E poi, all'improvviso, l'omicidio.

Il colonnello Melchett, capo della polizia locale, aveva fatto chiamare l'ispettore Slack.

Slack era un uomo dal carattere positivo: quando aveva preso una decisione, era poi certo che fosse quella esatta. E ora ne era ben certo. «È stato il marito, signore» disse.

«Ne è convinto?»

«Ne sono assolutamente certo. Basta guardarlo in faccia. È colpevole come il diavolo. Non ha mai mostrato un segno di dolore né di emozione. È tornato a casa già sapendo che la moglie era morta.»

«Non avrebbe almeno tentato di recitare la parte del marito afflitto?»

«Non lui, signore. È troppo compiaciuto di sé. Ci sono uomini che non sanno recitare. Troppo rigidi.»

«C'è un'altra donna nella sua vita?» chiese il colonnello Melchett.

«Non sono riuscito a trovarne traccia. Ovviamente è uno di

quegli individui astuti che fanno perdere le proprie tracce. Secondo me, comunque, era semplicemente stufo della moglie. Il denaro era in mano a lei, e doveva essere faticoso vivere con una donna del genere... sempre con una delle sue strampalate teorie per la testa. Lui ha deciso freddamente di sbarazzarsi di lei e condurre poi una vita agiata per conto proprio.»

«Sì, penso che potrebbe esser così.»

«Può giurarci, è andata così. Ha preparato con cura il piano. Ha fatto finta d'aver ricevuto una telefonata...»

Melchett lo interruppe: «Non è stata rintracciata nessuna telefonata?».

«No, signore. Ciò significa che o lui ha mentito, oppure la chiamata è stata effettuata da una cabina telefonica. Gli unici due telefoni pubblici qui in paese sono alla stazione e all'ufficio postale. L'ufficio postale può essere escluso. La signora Blade vede tutte le persone che entrano. La stazione è possibile. Un treno arriva alle due e ventisette, e in quei momenti c'è un po' di trambusto. Ma il fatto importante è che *lui* afferma d'esser stato chiamato da Miss Marple, e questo certamente non è vero. La telefonata non proveniva dalla casa di Miss Marple, che si trovava all'Associazione Femminile.»

«Non trascura la possibilità che il marito sia stato deliberatamente attirato fuori di casa... da qualcuno che voleva assassinare la signora Spenlow?»

«Sta pensando al giovane Ted Gerard, vero, signore? Mi sono occupato di lui – ma quello che mi manca è un movente. Non avrebbe avuto nulla da guadagnarci.»

«Però si tratta egualmente di un tipo sgradevole. A suo carico c'è stato un episodio di appropriazione indebita.»

«Non sto negando che sia un cattivo soggetto. Ciò nonostante, è andato dal suo principale e gli ha confessato il proprio errore; e i suoi datori di lavoro non ne erano neppure al corrente.»

«È un aderente ai "Gruppi di Oxford"»[1] disse Melchett.

[1] I Gruppi di Oxford sono un movimento religioso, fondato nel 1921, che si prefigge un integrale ritorno al cristianesimo primitivo. (*N.d.T.*)

«Esatto, signore. Si convertì, e si rimise sulla retta via ammettendo spontaneamente d'aver sottratto quel denaro. Non escludo, badi bene, che si sia trattato di un'abile mossa. Forse s'è sentito sospettato e ha deciso di giocare la carta del peccatore pentito.»

«Lei è uno scettico, Slack» commentò il colonnello Melchett. «Tra parentesi, ha parlato con Miss Marple?»

«Che cosa c'entra *lei* in questa faccenda, signore?»

«Oh, niente. Ma è al corrente delle voci che circolano, sa. Perché non va a fare quattro chiacchiere con lei? È una donna anziana, ma di spirito molto acuto.»

Slack cambiò argomento. «C'è una cosa che volevo chiederle, signore. Il primo lavoro della defunta fu come cameriera in casa di Sir Robert Abercrombie. E lì avvenne quel furto di gioielli, smeraldi che valevano parecchio. Il ladro non fu mai arrestato. Ho riesaminato il caso... Dev'essere accaduto nel periodo in cui la Spenlow lavorava lì, anche se allora probabilmente era una ragazzina. Non crede che vi fosse immischiata, signore? Spenlow, lo sa, era uno di quei gioiellieri da due soldi, proprio il tipo che avrebbe potuto ricettare il bottino.»

Melchett scosse la testa. «Non credo che sia una pista valida. A quell'epoca la donna non conosceva ancora Spenlow. Ricordo il caso. Negli ambienti della polizia si riteneva che vi fosse coinvolto un figlio del padrone di casa, Jim Abercrombie, un giovane scialacquatore. Aveva un monte di debiti, e li saldò tutti subito dopo il furto: si parlò di una donna molto ricca, ma non mi convince troppo; il vecchio Abercrombie assunse un atteggiamento evasivo, e tentò di stornare le indagini.»

«Era solo un'idea» disse Slack.

Miss Marple ricevette con soddisfazione la visita dell'ispettore Slack, soprattutto quando apprese che a mandarlo era il colonnello Melchett.

«È davvero molto cortese da parte del colonnello Melchett. Non sapevo che si ricordasse di me.»

«Si ricorda di lei, eccome! M'ha detto che se lei ignora

qualcosa di quanto avviene a St. Mary Mead, non vale neppure la pena di saperlo.»

«È troppo gentile, ma non so proprio nulla. Di quest'omicidio, intendo.»

«Però sa quel che se ne dice in giro.»

«Oh, certo... ma ripetere semplici dicerie non avrebbe scopo, nevvero?»

Sforzandosi di assumere un tono gioviale, Slack disse: «La mia non è una visita ufficiale. È una conversazione tra noi, a quattr'occhi».

«Vuole dire che davvero le interessa conoscere le opinioni della gente? Se sono vere oppure no?»

«L'idea è questa.»

«Be', naturalmente si fanno un sacco di discorsi e di congetture. Ed esistono due partiti contrapposti, se così posso esprimermi. Innanzi tutto, c'è chi è persuaso che sia stato il marito. Un marito e una moglie sono, in un certo senso, gli indiziati naturali, non crede?»

«Forse» disse l'ispettore cautamente.

«Sa, si vive sempre a stretto contatto di gomito. E poi, il movente economico ricorre con tale frequenza. Ho sentito che i soldi appartenevano alla signora Spenlow, sicché la sua morte reca un beneficio finanziario al signor Spenlow. Purtroppo, in questo nostro mondo malvagio le ipotesi più nefande sono spesso giustificate.»

«Si tratta effettivamente di un gruzzolo cospicuo.»

«Appunto. Sarebbe dunque perfettamente plausibile che lui l'avesse strangolata, fosse uscito di casa dal retro, e dopo esser giunto fin qui attraverso i campi e aver chiesto di me, avesse fatto finta d'aver ricevuto una mia telefonata, e infine fosse tornato a casa per trovare la moglie assassinata in sua assenza – nella speranza, naturalmente, che l'omicidio venisse attribuito a qualche vagabondo o a un rapinatore.»

L'ispettore annuì. «Certo, il movente economico... E se poi negli ultimi tempi avevano litigato...»

Ma Miss Marple lo interruppe. «Oh, ma questo non è vero.»

«È sicura?»

«Tutto il paese ne sarebbe stato al corrente. La cameriera, Gladys Brent, l'avrebbe raccontato subito in giro.»

L'ispettore obiettò con voce flebile: «Forse neanche lei ne era a conoscenza...», ma ricevette in risposta un sorriso di commiserazione.

Miss Marple proseguì: «E poi c'è l'altro partito. Ted Gerard. Un giovanotto di bell'aspetto. Sa, temo che il fisico di una persona influenzi la gente più del dovuto. Il nostro penultimo curato, ad esempio, era un bell'uomo, e ciò aveva un effetto magico! Tutte le ragazze venivano in chiesa, al servizio serale e pure a quello mattutino. E molte donne più anziane s'impegnavano con zelo insolito nell'attività della parrocchia... e quante sciarpe e pianelle lavorate a mano per lui! Molto imbarazzante, per il poverino.

«Ma vediamo, dov'ero rimasta? Ah, sì, questo giovanotto, Ted Gerard. Naturalmente, sono corsi molti pettegolezzi sul suo conto. Veniva a trovarla tanto spesso. Ma proprio la signora Spenlow m'aveva raccontato che lui faceva parte di quelli che mi pare si chiamino "Gruppi di Oxford". Un movimento religioso. Sono gente molto sincera ed estremamente onesta, io credo, e la signora Spenlow era rimasta molto colpita da tutto ciò.»

Miss Marple prese fiato, poi proseguì: «E di certo non v'era nessun motivo per credere che tra loro vi fosse dell'altro, ma sa la gente com'è. Un sacco di persone sono convinte che la signora Spenlow si fosse infatuata del giovanotto e gli avesse prestato una forte somma di denaro. Ed è perfettamente vero che quel giorno lui fu visto alla stazione, sul treno; il treno delle due e ventisette da Londra. Ma sarebbe stato molto facile scendere dall'altra parte del vagone, attraversare la trincea ferroviaria, valicare la staccionata e svoltare presso la siepe, senza dover attraversare l'atrio della stazione. Quindi, non è necessario che sia stato notato mentre si recava al villino. E naturalmente, la gente pensa che l'abbigliamento della signora Spenlow fosse piuttosto curioso».

«Curioso?»

«Indossava un kimono, non un vestito.» Miss Marple arrossì. «Certa gente considera in modo allusivo questo genere di indumenti.»

«E lei?»

«Oh, no, *io* no. Credo che fosse perfettamente naturale.»

«Crede che fosse naturale?»

«Viste le circostanze, sì.» Lo sguardo di Miss Marple era freddo e riflessivo.

«Questo ci fornirebbe un altro movente a carico del marito» disse l'ispettore Slack. «La gelosia.»

«Oh no, il signor Spenlow non s'ingelosirebbe mai. Non è il tipo d'uomo che s'accorge di ciò che gli accade intorno. Se sua moglie se ne fosse andata di casa, lasciandogli un biglietto sul puntaspilli, solo allora si sarebbe reso conto della cosa.»

L'ispettore Slack notò perplesso l'occhiata penetrante che la sua interlocutrice gli lanciò. Aveva l'impressione che con tutto il suo discorso Miss Marple volesse accennare a qualcosa che egli non capiva. E ora lei gli disse, con accento particolare: «E *lei*, ispettore, non ha trovato nessun indizio sul posto?».

«Al giorno d'oggi gli assassini non lasciano più impronte digitali o mozziconi di sigaretta, Miss Marple.»

«Ma questo» insinuò lei «mi pare un delitto vecchio stile...»

«Che cosa vuole dire?» domandò Slack vivacemente.

«Sa,» osservò Miss Marple parlando con lentezza «credo che l'agente Palk potrebbe esserle d'aiuto. È stato il primo sulla... sulla "scena del delitto", come si suol dire.»

Il signor Spenlow era steso su una sedia a sdraio. Aveva un'aria sconcertata. Disse, con la sua voce sottile e scrupolosa: «Certo, è possibile che mi sia soltanto immaginato ciò che è avvenuto. Il mio udito non è più quello di una volta. Ma credo d'aver sentito chiaramente un ragazzino che mi gridava: "Ehi, Barbablù!". M'ha... m'ha dato la sensazione d'esser persuaso che sia stato io a... a uccidere la mia povera moglie».

Miss Marple tagliò una rosa morta e osservò: «Senza dubbio, questa era la sensazione che voleva darle».

«Ma come può una simile idea esser venuta in mente a un bambino?»

Miss Marple tossì. «Ascoltando le opinioni dei parenti, senza dubbio.»

«Lei... lei vuole seriamente dire che altra gente è di questa opinione?»

«Più o meno, metà degli abitanti di St. Mary Mead.»

«Ma, cara signorina, da dove può aver preso origine una simile idea? Io ero sinceramente affezionato a mia moglie. Ahimè, lei non aveva sviluppato la predilezione che io avevo sperato per la vita in campagna, ma un accordo perfetto su ogni argomento è un ideale irraggiungibile. Le assicuro che risento molto vivamente la sua perdita.»

«È probabile. Ma – scusi le mie parole – non ne ha l'aria.»

Il signor Spenlow rizzò l'esile corpo in tutta la sua statura. «Mia cara signorina, molti anni or sono lessi di un certo filosofo cinese che, alla morte dell'adorata consorte, continuò tranquillamente a battere un gong per strada – presumo che sia un passatempo abituale in Cina – proprio come aveva sempre fatto. Gli abitanti della città rimasero estremamente impressionati dalla sua forza d'animo.»

«Ma gli abitanti di St. Mary Mead» obiettò Miss Marple «reagiscono in modo diverso. La filosofia cinese non esercita un gran fascino su di loro.»

«Ma lei capisce?»

Miss Marple annuì. «Mio zio Henry» spiegò «era un uomo dotato di un insolito autocontrollo. Il suo motto era: "Non mostrare mai le emozioni che provi". Anche lui amava i fiori.»

«Stavo pensando» disse il signor Spenlow con voce in cui s'avvertiva una punta d'entusiasmo «che potrei fare un pergolato sul lato a ponente del villino. Rose rosa, e magari anche glicine. E poi c'è un fiore bianco, a forma di stella, di cui ora mi sfugge il nome...»

Nello stesso tono con cui parlava al proprio pronipote di tre anni, Miss Marple gli disse: «Ho qui un catalogo molto vasto, con fotografie. Forse le interesserà sfogliarlo... Io devo andare in paese».

Dopo aver lasciato il signor Spenlow seduto in giardino, felice con il suo catalogo, Miss Marple salì in camera, arrotolò in fretta un vestito dentro un pezzo di carta marrone e, uscita di casa, si diresse decisa all'ufficio postale. La signorina Politt, la sarta, abitava in un appartamento sopra l'ufficio postale.

Ma Miss Marple aspettò, prima di aprire la porta e salire le scale. Erano le due e trenta in punto, e con un minuto di ritardo la corriera proveniente da Much Benham si fermò dinanzi all'ingresso dell'ufficio postale. Era uno dei grandi avvenimenti quotidiani, a St. Mary Mead. La titolare dell'ufficio si affrettò a uscire con diversi pacchetti – pacchetti connessi alla parte commerciale della sua attività, giacché l'ufficio postale fungeva anche da rivendita di dolciumi, giocattoli e libri tascabili.

Per circa quattro minuti Miss Marple rimase sola nell'ufficio.

Solo quando la titolare rientrò, Miss Marple salì le scale e chiese alla signorina Politt se avrebbe potuto ammodernarle quel vecchio vestito di seta grigia. La signorina Politt promise che avrebbe fatto il possibile.

Il capo della polizia accolse con meraviglia l'annuncio della visita di Miss Marple: «Scusi, mi scusi tanto se la disturbo» gli disse lei entrando. «So che ha molti impegni, ma è sempre stato così cortese, colonnello Melchett, e ho preferito venire da lei invece che parlare con l'ispettore Slack. Innanzi tutto, sa, non vorrei proprio che l'agente Palk ricevesse un rimprovero. A rigore, suppongo che non avrebbe dovuto toccare nulla.»

Il colonnello Melchett era piuttosto disorientato. «Palk?» domandò. «È l'agente di servizio a St. Mary Mead, no? Che cosa ha fatto?»

«Ha raccolto un ago. L'aveva infilato nella giacca. E guardandolo pensai che con ogni probabilità doveva averlo raccolto in casa della signora Spenlow.»

«Già, già. Ma, dopo tutto, che cosa è un ago? Effettivamente, ha raccolto l'ago proprio accanto al corpo della signora

Spenlow. È venuto ieri per riferirlo a Slack – immagino che sia stata lei a suggerirglielo. Certo, non avrebbe dovuto toccare nulla, ma ripeto, che cos'è un ago? Era solo un comune ago, che qualunque donna potrebbe usare.»

«Oh no, colonnello Melchett, è qui che sbaglia. Forse, agli occhi d'un uomo quello pareva un normale ago, ma non lo era; era un ago particolare, molto sottile, di quelli venduti in scatolette, e che usano soprattutto le sarte.»

Melchett la fissò, e un barlume d'intelligenza si fece strada in lui. Miss Marple annuì diverse volte con vigore.

«Sì, certo. Mi pare tanto chiaro. Indossava un kimono perché s'accingeva a provare l'abito nuovo; poi è entrata in quel locale che dà sull'ingresso, la signorina Politt ha accennato a certe misure che doveva prenderle e le ha avvolto il proprio metro a nastro intorno al collo: le è bastato incrociarne i capi e tirare – è molto semplice, a quanto ho sentito dire. Infine, naturalmente, è uscita, s'è richiusa la porta alle spalle ed è rimasta lì a bussare, come se fosse appena arrivata. Ma l'ago dimostra che lei *era già entrata nel villino*.»

«Ed è stata la signorina Politt a telefonare a Spenlow?»

«Sì. Dall'ufficio postale, alle due e trenta – nei minuti in cui arriva la corriera e l'ufficio resta vuoto.»

«Ma, mia cara Miss Marple, perché?» domandò il colonnello Melchett. «In nome del cielo, perché? Non esiste un omicidio senza movente.»

«Ebbene, colonnello Melchett, in base a quanto ho sentito, credo che il movente del delitto risalga a molti anni fa. Sa, mi vengono in mente i miei due cugini, Antony e Gordon. Qualunque iniziativa Antony intraprendesse, aveva sempre successo, mentre al povero Gordon succedeva proprio il contrario: i cavalli da corsa s'azzoppavano, i titoli scendevano in borsa, le proprietà immobiliari si deprezzavano. Secondo me, entrambe le donne vi hanno partecipato.»

«A che cosa?»

«Al furto. Parecchio tempo fa. Smeraldi molto preziosi, pare. La cameriera personale della padrona e la sguattera. Infatti, c'è una cosa che non è stata chiarita: quando la sguattera ha sposato il giardiniere, dove hanno preso i soldi per aprire un negozio di fiori?

«La risposta è che quella era la sua parte di... bottino; credo che questa sia l'espressione giusta. Tutto ciò che faceva, le riusciva a meraviglia. Il denaro fruttava denaro. Ma l'altra, la cameriera, dev'essere stata sfortunata. Si ridusse a lavorare come sarta di paese. Poi s'incontrarono di nuovo. Sulle prime tutto bene, immagino, finché sulla scena non comparve il signor Ted Gerard.

«Vede, la signora Spenlow provava già rimorsi di coscienza, ed era incline a una religiosità di tipo emotivo. Questo giovanotto senza dubbio la incitava a "far fronte alle proprie responsabilità" e a "purificarsi", e probabilmente lei era propensa a seguire questi consigli. Ma la signorina Politt non era dello stesso avviso. Vedeva solo la possibilità di finire in prigione per un furto commesso anni addietro. E così decise di porre fine a tutta la storia. Temo che abbia sempre avuto un'indole cattiva. Non penso che avrebbe mosso un dito se quel simpatico sciocco del signor Spenlow fosse stato impiccato.»

Il colonnello Melchett disse, con voce lenta: «Possiamo, ehm... verificare la sua teoria... solo fino a un certo punto. Il fatto che la Politt e l'ex cameriera personale degli Abercrombie siano la stessa persona, ma...».

Miss Marple lo rassicurò. «Sarà tutto molto semplice. È il tipo di donna che crolla quando viene smascherata. E poi, vede, le ho preso il suo metro a nastro. Io, ehm, gliel'ho sottratto ieri, mentre provavo un abito. Quando s'accorgerà della sua scomparsa e penserà che sia in mano alla polizia... be', è una donna ignorante, e crederà che in qualche modo esso costituisca una prova decisiva a suo carico.»

Miss Marple rivolse al colonnello un sorriso d'incoraggiamento. «Non avrà nessuna difficoltà, glielo assicuro.» Era lo stesso tono con cui la zia prediletta gli aveva assicurato che indubbiamente non sarebbe stato bocciato all'esame di ammissione all'Accademia di Sandhurst.

Ed era stato promosso.

Le maledizioni della strega

«Be', e oggi come andiamo?» chiese il dottor Haydock alla paziente. Miss Marple gli sorrise debolmente, il capo affondato tra i cuscini.

«Mi sembra di star meglio, in effetti» ammise «ma mi sento terribilmente depressa. Non riesco a fare a meno di pensare che sarebbe stato meglio se me ne fossi andata. Sono vecchia, non servo più a nessuno e nessuno si preoccupa per me.»

Il dottor Haydock l'interruppe con i suoi soliti modi bruschi.

«Già, già: la tipica reazione di chi è appena uscito da questo genere di influenza. Quello di cui ha bisogno è qualcosa che la distragga. Un tonico mentale.»

Miss Marple sospirò e scosse il capo.

«E il bello è» proseguì il dottor Haydock «che ho portato con me la medicina.»

Gettò una busta di forma allungata sul letto; dentro, c'erano una decina di fogli scritti a macchina, che Miss Marple prese a scorrere qua e là, incuriosita. «Che cos'è?» domandò.

«Un mio parto letterario.» Il medico arrossì un poco. «Ho cercato di farne un racconto vero e proprio, con tutti i crismi. Sa, con frasi come: "Ed egli disse", "Ed ella rispose", "La ragazza pensò", e roba del genere. I fatti della storia però sono reali.»

«Che storia è?» chiese Miss Marple.

Il dottor Haydock sorrise: «Un quiz. Sì, un problema: e sta a lei risolverlo. Voglio vedere se è così in gamba come sostiene».

Con quella frecciata a mo' di commiato, il medico uscì. Miss Marple prese il dattiloscritto e cominciò a leggere.

«La sposa, la sposa! Dov'è la sposa?» chiese cordialmente la signorina Harmon.

Tutto il paese non ne poteva più dalla curiosità di conoscere la giovane moglie, ricca e bella a quanto si diceva, che Harry Laxton aveva portato con sé dall'estero. Tutti pensavano che Harry – il giovanotto viziato e scapestrato – aveva avuto una gran fortuna. In generale, c'era sempre stata molta indulgenza verso Harry: persino i proprietari delle finestre infrante dalla sua fionda, quand'era ragazzino, non riuscivano a restare arrabbiati davanti alla sua faccia che esprimeva sempre un così sincero pentimento. Aveva rotto finestre, rubato fiori nei giardini, dato la caccia ai conigli del vicinato; qualche anno dopo si era invischiato nei debiti, si era impegolato in una relazione con la figlia del tabaccaio e poi si era sganciato da lei facendosi mandare in Africa. Le zitelle del paese, interpretando il pensiero di tutti, avevano sussurrato con condiscendenza: «Peccatucci di gioventù... Vedrete, si calmerà».

Ed eccolo adesso, il figliol prodigo era tornato; e non a capo chino, ma in trionfo. Harry Laxton "aveva sfondato", come si dice. Messa la testa a partito, aveva lavorato sodo e, alla fine, aveva conosciuto e fatto innamorare di sé una giovane anglo-francese, erede di una grossa fortuna.

Harry avrebbe potuto vivere a Londra, o stabilirsi in una di quelle contee sofisticate dove si va per cacciare. Invece, aveva preferito tornare in quella parte del mondo che era casa sua; e, nel modo più romantico, aveva comprato la proprietà abbandonata sulla quale, accanto alla villa, sorgeva la casa dove aveva trascorso l'infanzia.

Villa Kingsdean era rimasta disabitata per quasi settant'anni; a poco a poco era andata in rovina. Un anziano custode vi risiedeva con la moglie, occupando alcune stanze ancora abitabili. Era una dimora vasta, antipatica e pomposa; il giardino era diventato un intrico di vegetazione incolta, e gli alberi che la imprigionavano le conferivano un che di tenebroso, da casa stregata.

La *dépendance*, invece, una casetta semplice e simpatica, era stata affittata per parecchi anni al maggiore Laxton, il padre di Harry. Da ragazzo, Harry aveva vagabondato molto per la proprietà; conosceva ogni metro della fitta boscaglia, e la vecchia dimora crollante lo aveva sempre affascinato.

Il maggiore Laxton era morto pochi anni prima; era logico pensare, quindi, che Harry non avesse alcuna ragione per tornare al paese. Invece fu proprio nella casa della sua fanciullezza che portò la giovane sposa. La vecchia villa fu abbattuta; un esercito di muratori, operai e architetti calò sul posto e in un batter d'occhio, quasi per miracolo – potere della ricchezza! – la nuova casa sorse, splendida e bianca, in mezzo agli alberi. Fu poi la volta di un'orda di giardinieri e, infine, di una lunga fila di autocarri pieni di mobili.

La casa era pronta. Giunse anche la servitù; e, un bel giorno, una berlina di lusso depositò Harry e signora davanti all'ingresso.

Tutti volevano far visita agli sposi. La signora Price, proprietaria della casa più grande del paese, si considerava l'autorità indiscussa della mondanità locale e come tale diramò biglietti d'invito per un ricevimento "in onore della sposa".

Fu un grande avvenimento; diverse signore, per l'occasione, indossarono toilette nuove di zecca. Tutti erano eccitati, curiosi, ansiosi di vedere la "favolosa creatura". «È una favola, una favola meravigliosa!» dicevano.

«La sposa, dov'è la sposa?» La signorina Harmon, una zitella robusta ma devastata dagli anni, ripeteva la domanda mentre si faceva largo a gomitate oltre la porta del salotto affollatissimo. La minuscola signorina Brent, una zitella secca e acida, le si rivolse tutta eccitata.

«Oh, mia cara, è proprio deliziosa! Che modi squisiti! E giovanissima, poi! Davvero, ci si sente invidiosi nel vedere qualcuno che ha proprio tutto, a questo mondo! Bell'aspetto, denaro, educazione... Estremamente distinta, non c'è niente di poco fine in lei... e il caro Harry è così premuroso!»

«Ma» ribatté subito la signorina Harmon, «siamo ancora all'inizio!»

Il naso sottile della signorina Brent ebbe un fremito d'intesa: «Mia cara, credi davvero che...».

«Sappiamo tutti com'è fatto Harry» disse la signorina Harmon.

«Sappiamo tutti com'era fatto Harry! Ma adesso penso...»

«Gli uomini non cambiano mai» sentenziò la Harmon. «Un simpatico mascalzone resta sempre un simpatico mascalzone. Li conosco, io, gli uomini!»

«Dio, Dio! Povera cara!» La signorina Brent appariva più soddisfatta ora.

«Sì, credo proprio che avrà dei guai con Harry. Qualcuno, però, dovrebbe metterla in guardia. Mi chiedo se ha saputo qualcosa di quella vecchia faccenda. Mi sembra molto ingiusto che non debba saperne nulla. È così imbarazzante. Soprattutto con un unico farmacista in tutto il paese.»

Infatti, la figlia del tabaccaio aveva sposato ora il farmacista locale, il signor Edge.

«Sarebbe molto meglio se la signora Laxton» dichiarò la Brent «si servisse da Boots, anche se è a Much Benham.»

«Penso proprio» ribatté la signorina Harmon «che sarà lo stesso Harry a proporglielo.»

E di nuovo tra le due vi fu uno scambio di occhiate molto significativo.

«Nonostante tutto,» disse la signorina Harmon «continuo a pensare che la poverina avrebbe il diritto di essere informata.»

«Belve!» urlò Clarice Vane in tono indignato a suo zio, il dottor Haydock. «Certe persone sono vere e proprie belve.»

Lui la guardò incuriosito.

Clarice era una bella ragazza alta e bruna, di carnagione scura, dai modi cordiali e impulsivi. I grandi occhi castani in quel momento erano accesi di indignazione: «Tutte quelle tigri... che parlano per accenni, per sottintesi».

«Nei confronti di Harry Laxton, vuoi dire?»

«Sì, sì, della sua relazione con la figlia del tabaccaio.»

«Oh, quella!» Il dottore scrollò le spalle. «Moltissimi giovanotti hanno storie del genere.»

«Certo. Ed è tutto finito. Allora perché attaccarcisi ancora? E rivangare tutto, dopo tanti anni? Come avvoltoi che banchettano sui cadaveri, ecco quello che sono.»

«Mia cara, forse è un'impressione tua. Vedi, hanno ben pochi argomenti di cui parlare da queste parti, e quindi temo che tendano a indugiare sugli scandali del passato. Ma come mai la cosa ti sconvolge tanto?»

Clarice Vane si morse il labbro e arrossì. Con voce stranamente smorzata disse: «Sembrano... sembrano così felici quei due... i Laxton, voglio dire. Sono giovani e innamorati, ed è tutto bello per loro. Odio questi tentativi di distruggere un sentimento così bello con pettegolezzi, sottintesi e, in generale, con tanta cattiveria».

«Già. Capisco.»

Clarice proseguì: «Stavo proprio parlando con Harry. È tanto felice, impaziente, eccitato... Sì, elettrizzato per essere riuscito a realizzare il suo più grande desiderio e aver ricostruito la casa. È come un bambino. E lei... be', non credo che in tutta la sua vita le sia mai andato storto qualcosa. Ha sempre avuto tutto. L'hai vista no? Che te ne pare?».

Il dottore non rispose subito. Altri potevano invidiare, forse, Louise Laxton, come una creatura viziata dalla fortuna. A lui faceva soltanto venire in mente un ritornello di una vecchia canzone popolare: "Povera piccola ragazza ricca...".

Una figuretta fragile, riccioli biondi, un po' rigidi, che incorniciavano il viso, e grandi, assorti occhi azzurri.

Louise era piuttosto stanca: la lunga sfilata di gente che si congratulava l'aveva prostrata. Se almeno lei e Harry avessero potuto andarsene presto, magari anche subito! Forse Harry stava per accomiatarsi. L'osservò di soppiatto. Era lì, alto, le spalle larghe, e si godeva avidamente quell'orribile, noiosissimo ricevimento. "Povera piccola ragazza ricca..."

«Uffa!» fece con un sospiro di sollievo.

Harry, divertito, si voltò a guardare sua moglie. Erano in auto, finalmente lontani dal ricevimento.

«Che festa spaventosa!» disse lei.

Harry rise: «Sì, piuttosto orribile. Ma non ci pensare più, amore. Sai, abbiamo dovuto accettare. Tutte quelle vecchie mi conoscono da quando ero ragazzetto. Ci sarebbero rimaste male se non avessero potuto esaminarti ben bene da vicino».

Louise fece una smorfia. «Dovremo vederle spesso?» domandò.

«Come? Oh, no. Verranno a farti visitine cerimoniose, tu le ricambierai una volta sola e poi non dovrai occupartene più. Puoi farti le tue amicizie qui, come preferisci.»

Dopo qualche istante, Louise si informò: «C'è qualche persona divertente qui?».

«Oh, sì. Ci sono quelli della contea. Ma forse troverai un po' noiosi anche loro. Parlano solo di giardinaggio, di cani e di cavalli. A proposito, andrai a cavallo, naturalmente ti piacerà. C'è un cavallo, a Eglinton, che mi piacerebbe mostrarti. Un animale magnifico, addestrato alla perfezione, non cattivo, ma molto vivace.»

La macchina rallentò per imboccare la curva che portava al cancello di Kingsdean. Harry fece una brusca sterzata e imprecò, mentre una figura grottesca balzava al centro della strada. Riuscì a evitarla. La figura non si scansò: agitava il pugno e urlava.

Louise gli afferrò un braccio. «Chi è quella vecchia spaventosa?»

Harry era cupo in volto. «La vecchia Murgatroyd. Lei e il marito erano custodi della casa che c'era prima. Ci sono stati per quasi trent'anni.»

«E perché ti mostra il pugno?»

Harry arrossì. «Be'... se l'è presa perché ho fatto demolire la casa. E poi, naturalmente, è stata licenziata. Il marito è morto due anni fa. Dicono che dopo la sua morte lei sia diventata un po' strana.»

«Ma forse tu... insomma, è alla fame?»

Le idee di Louise sui poveri erano vaghe e piuttosto melodrammatiche: la ricchezza impedisce di venire a contatto con la realtà.

Harry le rispose in tono offeso: «Mio Dio, Louise, che cosa ti salta in mente? Le do una pensione, naturalmente, e anche generosa. Le ho trovato una casetta nuova e tutto il resto».

«Ma allora perché ce l'ha con te?»

Harry corrugò la fronte, inarcando le sopracciglia. «Come faccio a saperlo? Pazzia! Amava la vecchia casa.»

«Ma non era in rovina?»

«Certo. Crollava in pezzi, il tetto faceva acqua. Era pericoloso abitarci. Però penso che per lei fosse molto importante: vi era vissuta tanto tempo. Insomma, non so. La vecchia dev'essere ammattita, credo.»

Louise disse, a disagio: «Penso che ci abbia lanciato una maledizione. Oh Harry, vorrei che non l'avesse fatto!».

A Louise ora la casa nuova sembrava come infettata, avvelenata dalla malevola figura di quella vecchia folle. Quando usciva in macchina, quando passeggiava, quando portava fuori i cani c'era sempre quella donna in attesa: accoccolata a terra, un cappellaccio sdrucito sopra un ciuffo di capelli disordinati e grigi, snocciolava tutte le sue imprecazioni, borbottando sinistramente.

Louise finì per persuadersi che Harry aveva ragione: la vecchia era pazza. Questo però non facilitava le cose. In effetti, la Murgatroyd non si avvicinava mai alla casa e nemmeno faceva minacce definite, né manifestava propositi violenti: se ne stava sempre accovacciata fuori del cancello. Rivolgersi alla polizia sarebbe stato inutile e, in ogni caso, Harry Laxton era contrario a fare simili passi. Secondo lui, si sarebbe ottenuto soltanto il risultato di far convergere la compassione della gente sulla vecchia strega. Prendeva la faccenda molto meno sul serio di Louise.

«Non preoccuparti, cara. Si stancherà di questa stupida storia delle maledizioni. Probabilmente sta cercando di impressionarci.»

«No, Harry. Lei ci odia! Lo sento. Ci augura del male.»

«Ma non è una strega, tesoro, anche se ne ha l'aspetto. Non essere morbosa, via!»

Louise tacque. Ora che si era esaurita l'eccitazione iniziale dell'insediamento nella nuova casa, si sentiva stranamente sola e senza uno scopo. Era abituata a vivere a Londra e sulla Riviera francese; non conosceva e non apprezzava la vita della campagna. Ignorava le arti del giardinaggio, a parte l'atto conclusivo di "disporre i fiori in modo carino". I cani non l'interessavano gran che. I vicini che aveva conosciuti l'annoiavano. Più di ogni altra cosa le piaceva andare a cavallo, a volte con Harry, a volte sola, quando lui era occupato con la proprietà. Attraversava boschi e sentieri, godendosi l'andatura sciolta del bel cavallo che il marito le aveva regalato. Ma persino Principe Hal, un sauro di grande sensibilità, tendeva a nitrire e a impennarsi quando, con la padrona in groppa, passava davanti alla figura accoccolata della vecchia malevola e arcigna.

Un giorno Louise prese il coraggio a quattro mani. Era uscita a passeggiare. Aveva superato la vecchia, fingendo di non averla notata, ma di colpo si girò con un movimento brusco e le andò vicino. Disse, ansimando un po': «Che cosa c'è? Perché ce l'ha con noi? Che cosa vuole?».

La vecchia la guardò, sbattendo le palpebre. Aveva un volto astuto, nero, da zingara, e due occhi sospettosi e lacrimosi. Louise si chiese se beveva.

Parlò in tono lamentoso e tuttavia pieno di minaccia: «Che cosa voglio, chiedi? Questa è bella! Quello che mi è stato tolto. Chi mi ha cacciata dalla mia casa? Ho vissuto qui, da ragazza e da donna, per più di quarant'anni. È stata una sporca faccenda cacciarmi via così, e porterà a te e a lui la malasorte».

Louise disse: «Ma lei adesso ha una bella casetta e...».

S'interruppe; l'altra agitava le braccia, vociando.

«A che cosa mi serve? Io voglio la mia casa e il mio focolare, dove sono stata per tutti questi anni. Quanto a voi due, ti dico che non avrete felicità nella vostra bella casa nuova. La malasorte vi colpirà. Dolore e morte e la mia maledizione. Che la tua bella faccia possa marcire in eterno!»

Louise si voltò di scatto e scappò via, inciampando nella fretta di allontanarsi.

Pensava: "Devo andarmene da qui! Dobbiamo vendere la casa! Dobbiamo andarcene subito!".

Al momento, quella soluzione le parve semplicissima. Ma la completa incomprensione di Harry la prese alla sprovvista.

«Andarcene da qui? Vendere la casa? Per le minacce di una vecchia matta? Ma devi essere impazzita anche tu!» le rispose.

«Mi fa paura. Sento che accadrà qualcosa.»

«Lascia che mi occupi io della signora Murgatroyd» tagliò corto il marito. «Questa storia finirà.»

Clarice Vane e la signora Laxton erano diventate amiche. Avevano all'incirca la stessa età, pur essendo molto diverse per temperamento e gusti. In compagnia di Clarice, così indipendente e sicura di sé, Louise si sentiva rassicurata. Le aveva accennato alla faccenda della signora Murgatroyd e delle sue minacce, ma Clarice aveva ritenuto la cosa più fastidiosa che terrificante.

«È davvero una faccenda molto sciocca» le aveva detto. «E penso sia anche molto seccante per te.»

«Sai, Clarice, a volte ho molta paura. Il cuore mi batte all'impazzata.»

«Sciocchezze! Non devi lasciarti impressionare da queste stupidaggini. Vedrai che quella donna si stancherà presto.»

Louise tacque per un po', e Clarice le chiese: «Che cosa c'è?».

Non rispose subito; poi disse, in fretta: «Odio questo luogo! Odio essere qui. Odio il bosco e questa casa e l'orribile silenzio della notte e le strane strida che fanno le civette. Anche la gente, e tutto quanto».

«La gente? Quale gente?»

«La gente del paese. Quelle vecchie zitelle curiose e pettegole.»

«Che cosa dicono?»

«Non lo so. Niente di particolare. Ma hanno un animo cattivo. Quando hai parlato con loro senti che non ti puoi fidare di nessuno; di nessuno assolutamente.»

Clarice disse con durezza: «Dimenticale. Spettegolano tutto il giorno perché non hanno altro da fare. E gran parte delle sciocchezze che dicono sono semplicemente loro invenzioni».

«Vorrei che non fossimo mai venuti qui!» replicò Louise. «Ma Harry ama tanto questo posto.» La sua voce si addolcì.

Clarice pensò: "Come lo adora!". E all'improvviso disse: «Be', ora devo proprio andare».

«Ti faccio accompagnare con la macchina. Torna presto.»

Clarice promise. Louise si sentì confortata dalla visita della sua nuova amica, tornò più serena e, da quel giorno, Harry insistette affinché la invitasse più spesso.

Un giorno le disse: «Ho buone notizie per te, tesoro!».

«Di che si tratta?»

«Ho sistemato la signora Murgatroyd. Ha un figlio in America, sai? E così ho fatto in modo che vada a raggiungerlo. Le pago io il viaggio.»

«Oh, Harry, è meraviglioso! Credo che Kingsdean finirà per piacermi.»

«Finirà per piacerti? Ma se è il luogo più straordinario del mondo!»

Louise ebbe un lieve brivido. Non poteva liberarsi con tanta facilità delle sue paure superstiziose.

Se le signore di St. Mary Mead avevano fatto conto sul piacere di informare la giovane sposa dei trascorsi di suo marito, quel piacere fu loro negato dall'azione pronta e tempestiva di Harry Laxton.

La signorina Harmon e Clarice Vane erano entrambe nel negozio del signor Edge, la prima per acquistare un sacchetto di naftalina, l'altra per una bustina di talco, quando entrarono i Laxton.

Dopo aver salutato le due donne, Harry si girò verso il banco per chiedere uno spazzolino da denti; ma s'interruppe ed esclamò cordialmente:

«Bene, bene, guarda chi c'è! Bella, ma sicuro!»

La signora Bella Edge, venuta in fretta dal retro per badare alla clientela che, pur poca, bastava a riempire il negozietto, gli lanciò un sorriso raggiante, mettendo in mostra i denti grandi e bianchi. Era stata una splendida ragazza dai capelli neri e ancora adesso era una donna abbastanza piacente, anche se con qualche chilo in più e con i lineamenti un po' induriti. Ma i grandi occhi castani erano pieni di calore quando rispose.

«Sono proprio io, signor Harry, e mi fa piacere vederla dopo tutti questi anni.»

Harry si voltò verso la moglie. «Bella è una mia fiamma dei tempi andati. Ero innamorato cotto di lei, vero, Bella?»

«Se lo dice lei» rispose la signora Edge.

Louise rise. «Mio marito è molto felice di rivedere tutti i suoi vecchi amici.»

«E noi non l'abbiamo dimenticato, signor Harry. Sembra quasi incredibile che si sia sposato e abbia costruito una casa nuova al posto di quella vecchia e cadente di prima.»

«Ha un bell'aspetto fiorente» disse Harry e la signora Edge sorrise. Rispose che stava davvero bene e chiese che tipo di spazzolino voleva.

Clarice, osservando l'espressione delusa della signorina Harmon, disse a se stessa, esultando: "Ben fatto, Harry: hai spuntato le loro armi!".

Una volta il dottor Haydock chiese d'improvviso a sua nipote: «Che cosa sono tutte queste sciocchezze riguardo alla Murgatroyd che si aggira attorno a casa Laxton, scuote i pugni, e maledice i nuovi abitanti della casa?».

«Non sono sciocchezze. È la verità. Louise ne è rimasta sconvolta.»

«Dille che non deve preoccuparsi. Quando i Murgatroyd erano custodi non la smettevano mai di lamentarsi di quella casa: ci stavano unicamente perché lui beveva e non riusciva a trovare un altro lavoro.»

«Glielo dirò» rispose Clarice «ma penso che non mi crederà. La vecchia è furibonda.»

«Era molto affezionata al piccolo Harry. Non riesco a capire...»

«Comunque, tra un po' se ne libereranno. Harry le paga il biglietto per il viaggio in America» spiegò la nipote.

Tre giorni dopo Louise fu disarcionata da cavallo e perse la vita.

Furono testimoni dell'incidente due garzoni che distribuivano il pane su un furgoncino. Videro Louise uscire dal cancello; videro la vecchia saltar su, piazzarsi in mezzo alla strada agitando le braccia e strillando; videro il cavallo sobbalzare, impennarsi, e poi galoppare a rotta di collo per la strada, disarcionando Louise, che cadde e batté il capo con violenza.

Uno dei due accorse accanto al corpo inerte e privo di sensi e rimase lì, come inebetito, senza saper che cosa fare, mentre l'altro si precipitava a casa Laxton per chiedere aiuto.

Harry venne fuori di corsa, livido in faccia. Staccarono uno sportello del furgoncino e, adagiatavi sopra Louise, la portarono in casa, come su una barella. Morì senza riprendere conoscenza, prima dell'arrivo del dottore.

(Qui finisce il dattiloscritto del dottor Haydock.)

Quando il dottore giunse, il giorno dopo, constatò con piacere che le guance di Miss Marple avevano ripreso un po' di colore e che la sua paziente era decisamente più vivace.

«Bene,» le disse «qual è il suo verdetto?»

«E il problema qual è, dottore?» ribatté Miss Marple.

«Oh, mia cara amica, devo proprio dirglielo io?»

«Immagino» fece Miss Marple «che si tratti dello strano comportamento della custode. Perché si comportava in quel modo singolare? D'accordo, in genere dispiace di essere mandati via dalla propria vecchia casa: ma quella non era la sua casa. Anzi, quando ci abitava, non faceva che lagnarsene e brontolare. Certo, sembra piuttosto sospetto. Fra l'altro, che ne è stato di lei?»

«È scappata a Liverpool; la sciagura l'ha spaventata, e così ha pensato di andare ad aspettare la nave a Liverpool.»

«Tutto ciò è molto comodo per qualcuno» osservò Miss Marple. «Sì, penso che il problema del comportamento della custode possa essere risolto con una certa facilità. Corruzione: ho indovinato?»

«La vede così?»

«Non era naturale che si comportasse in quel modo, non le pare? La sua era tutta una messinscena: minacce, maledizioni, eccetera. E questo vuol dire che qualcuno l'ha pagata perché facesse quello che ha fatto.»

«E lei, scommetto, ha già capito chi è quel qualcuno.»

«Credo di sì. Ancora questione di denaro, temo. Vede, dottore, io ho osservato che agli uomini piace sempre lo stesso tipo di donna.»

«Ora non la seguo più.»

«No, no, i conti tornano. A Harry Laxton piaceva Bella Edge, un tipo di bruna focosa. Lo stesso tipo di sua nipote Clarice, dottore. Invece la povera sposa di Harry, Louise, era molto diversa: bionda, sottomessa. Insomma, non era proprio il suo genere! Io penso che l'abbia sposata per i soldi. E che per i soldi l'abbia ammazzata.»

«Omicidio? Lei dice proprio omicidio?»

«Be', lui mi pare il tipo: fascinoso con le donne, privo di scrupoli. Penso che volesse ereditare il denaro della moglie e sposare Clarice. È stato visto parlare con la signora Edge; ma non credo che si sentisse ancora attratto da lei. Magari glielo avrà fatto credere, povera donna, per i suoi scopi, e l'avrà subito avuta ai suoi piedi, immagino.»

«E secondo lei come, esattamente, Harry Laxton avrebbe ucciso sua moglie?»

Miss Marple guardò fisso davanti a sé, gli occhi azzurri assorti.

«È stato scelto il momento giusto... persino la testimonianza degli uomini sul furgone del pane. Hanno visto la vecchia e, ovviamente, hanno attribuito l'imbizzarrirsi del cavallo alla sua presenza. Invece, io penso piuttosto a un fucile ad aria compressa. O magari a una fionda: era bravo Harry, da ragazzo, con la fionda. Sì, è successo proprio mentre il cavallo usciva dal cancello. La bestia s'è impennata, e la signora Laxton è stata sbalzata di sella.»

Si interruppe, corrugando la fronte. «La caduta poteva ucciderla; ma lui non poteva contarci. Eppure mi sembra il tipo d'uomo che prepara i suoi piani con cura, senza lasciare nulla al caso. Be', in fin dei conti la signora Edge avrebbe potuto benissimo dargli qualcosa di adatto allo scopo, all'insaputa di suo marito. Altrimenti perché Harry si sarebbe occupato di lei? Sì, penso che lui abbia avuto fra le mani una qualche sostanza medicinale pericolosa, che ha potuto essere somministrata prima che arrivasse lei, dottore. Dopo tutto, se una donna è disarcionata da cavallo, può subire lesioni gravi e morire senza riprendere conoscenza... Be', un medico, normalmente, non avrebbe alcun sospetto. Non crede? Attribuirebbe la morte all'urto violento o a qualcosa del genere.»

Il dottore annuì.

«Lei, invece, come mai ha sospettato?» gli domandò Miss Marple.

«Non è stato per la mia particolare acutezza» disse il dottor Haydock. «È stato il noto, banalissimo fatto che un assassino è così compiaciuto della propria astuzia da tralasciare certe precauzioni. Stavo proprio dicendo qualche parola di consolazione al vedovo disperato – e mi dispiaceva maledettamente per il poveretto – quando lui si è buttato sul divano per fare un po' di scena e gli è caduta di tasca una siringa per iniezioni.

«L'ha riagguantata subito, con una faccia così spaventata che io ho cominciato a pensarci su. Harry non si drogava, era in ottima salute; che se ne faceva di una siringa? Ho fatto l'autopsia, in vista di certe ipotesi che mi frullavano in capo e ho trovato della strofantina. Il resto è stato semplice: Laxton aveva della strofantina in casa e Bella Edge, interrogata dalla polizia, ha ammesso di avergliela procurata lei. Infine, la vecchia Murgatroyd ha confessato che era stato Harry Laxton a farle recitare la commedia delle maledizioni.»

«E Clarice ne è venuta fuori senza guai?»

«Sì. Aveva un debole per Harry, ma la cosa finiva lì, per fortuna.»

Il dottore riprese il dattiloscritto.

«Dieci e lode, Miss Marple. E dieci e lode a me per la ricetta che le ho prescritto. Lei è di nuovo quella di sempre.»

TRE CASI PER PARKER PYNE

La stella del mattino

Il signor Isaac Pointz si tolse il sigaro dalle labbra e disse in tono di approvazione:

«Grazioso posticino.»

Avendo così apposto il suggello della propria approvazione sul porto di Dartmouth, si rimise il sigaro in bocca e si guardò attorno con l'aria di un uomo soddisfatto di sé, del proprio aspetto, dell'ambiente circostante e della vita in genere.

Per quanto riguarda la prima delle sue soddisfazioni va aggiunto che il signor Isaac Pointz era un uomo di cinquantotto anni, in salute e condizioni buone, con solo una lieve tendenza a soffrire di fegato. Non era propriamente robusto, ma ben messo, e la tenuta da yacht che in quel momento indossava non era la più adatta a un uomo di mezza età con tendenza alla pinguedine. Il signor Pointz era elegantissimo, perfetto sino nei minimi particolari e il volto scuro e lievemente orientale era raggiante sotto la visiera del berretto da yachtman. Per l'ambiente si sarebbe potuto intendere le persone che lo circondavano: il suo socio, il signor Leo Stein, sir George e lady Marroway, un conoscente d'affari americano, il signor Samuel Leathern e la figlioletta in età scolare, Eve, la signora Rustington e Evan Llewellyn.

Il gruppo era appena sbarcato dal panfilo del signor Pointz, il *Merrimaid*. Nella mattinata avevano assistito alla gara di yacht e ora erano scesi a terra per prendere parte ai divertimenti che offriva la fiera: Lancio del Cocco, Donne Cannone, il Ragno Umano e la Giostra. Indubbiamente queste delizie erano godute soprattutto da Eve Leathern. Quando finalmente il signor Pointz disse che era ora di raggiungere il Royal George per il pranzo, l'unica voce dissenziente fu quella della fanciulla.

«Oh, signor Pointz... volevo tanto farmi predire la sorte dalla Zingara Autentica del Carrozzone.»

Il signor Pointz aveva qualche dubbio circa l'autenticità della Zingara in questione, ma assentì con indulgenza.

«Eve va pazza per le fiere» disse suo padre in tono di scusa. «Ma non le badi, se vuole andare.»

«C'è tempo» rispose benevolo il signor Pointz. «Lasciamo che la signorina si diverta. Ti sfido alle freccette, Leo.»

«Un premio per chi fa più di venticinque punti» cantilenò l'uomo delle freccette con voce alta e nasale.

«Scommetto cinque sterline che il mio punteggio totale sarà superiore al tuo» affermò Pointz.

«D'accordo» dichiarò entusiasticamente Stein.

Di lì a poco i due uomini erano del tutto assorbiti dalla gara.

Lady Marroway mormorò a Evan Llewellyn: «Eve non è la sola bambina della compagnia».

Llewellyn sorrise assentendo, ma piuttosto distrattamente.

Per tutto il giorno era stato distratto e una o due volte aveva risposto a vanvera.

Pamela Marroway si scostò da lui e disse al marito:

«Il giovanotto ha qualcosa per la testa.»

Sir George mormorò:

«Oppure qualcuno.»

E il suo sguardo si posò fugacemente su Janet Rustington.

Lady Marroway si accigliò un poco. Era una donna alta, dal personale perfettamente curato. Il rosso vivo delle unghie era in armonia con gli orecchini corallo scuro che portava ai lobi. Gli occhi erano scuri e attenti. Sir George ostentava modi noncuranti da "cordiale gentiluomo inglese", ma i suoi occhi, di un azzurro chiaro, avevano la stessa espressione attenta di quelli della moglie.

Isaac Pointz e Leo Stein erano commercianti di diamanti di Hatton Garden. Sir George e lady Marroway provenivano da un mondo tutt'affatto diverso: il bel mondo di Antibes e di Juan les Pins, del golf a St.-Jean-de-Luz, che fa i bagni sulle coste rocciose e trascorre gli inverni di Madeira. All'aspetto esteriore essi erano "come i gigli che non faticano e non filano", come si direbbe di loro nel Sermone della Montagna, ma forse ciò non era del tutto vero: vi sono modi diversi di faticare e anche di filare.

«Ecco qui la nostra ragazzina» disse Evan Llewellyn alla signora Rustington.

Era un giovanotto bruno con uno sguardo vagamente selvaggio e vorace che alcune donne trovavano attraente.

Difficile a dirsi se anche per la signora Rustington era così. Non era un tipo molto espansivo. Si era sposata giovane e in meno di un anno il suo matrimonio era disastrosamente fallito. Da allora riusciva difficile capire cosa Janet Rustington pensasse di chiunque e di qualunque cosa. I suoi modi non cambiavano mai, affascinanti ma completamente distaccati.

Eve Leathern li raggiunse con passo danzante, i biondi capelli lisci svolazzanti. Aveva quindici anni, era una ragazzina impacciata ma piena di vitalità.

«Mi sposerò quando avrò compiuto diciassette anni» esclamò ansando. «Con un uomo ricchissimo. Avremo sei figli, il martedì e il giovedì sono i miei giorni fortunati, dovrei sempre vestirmi di verde o di azzurro e lo smeraldo è la mia pietra portafortuna. E...»

«Su, tesoro, dobbiamo andare» le disse il padre.

Il signor Leathern era un uomo alto, biondo, con l'aria da dispeptico e un'espressione dolente.

Il signor Pointz e il signor Stein si stavano allontanando dal banco delle freccette. Il primo stava ridacchiando, l'altro aveva l'aria piuttosto mesta.

«È tutta questione di fortuna» stava dicendo.

Il signor Pointz si batté allegramente una mano sulla tasca.

«Ti ho portato via una bella banconota da cinque. È abilità, ragazzo mio, abilità. Il mio vecchio padre era un giocatore di freccette di prima classe. Bene, amici, andiamo. Ti sei fatta predire la sorte, Eve? Ti hanno detto di stare attenta a un uomo bruno?»

«A una donna bruna» lo corresse Eve «e un po' strabica, pare che, se gliene darò la possibilità, sarà molto cattiva con me E mi sposerò a diciassette anni...»

Felice, si mise a correre mentre il gruppo si dirigeva verso il Royal George.

Il signor Pointz aveva preordinato la cena e un cameriere ossequiente li condusse di sopra in una saletta privata al primo piano dove era già preparato un tavolo rotondo. La grande finestra sporgente a bovindo si affacciava sulla piazza del porto ed era aperta. Il frastuono della fiera entrava nel locale insieme al roco cigolio di tre giostre, ciascuna accompagnata da una musica diversa.

«Sarà meglio chiuderla, se vogliamo sentirci quando parliamo» osservò con voce asciutta il signor Pointz facendo seguire l'azione alle parole.

Presero posto attorno alla tavola e il signor Pointz guardò raggiante e affettuoso i suoi ospiti. Sentiva di trattarli bene e gli piaceva trattare bene la gente. Il suo sguardo si posò su ciascuno di loro. Lady Marroway, donna notevole, non proprio il meglio, naturalmente, questo lo sapeva, era perfettamente consapevole che ciò che per tutta la vita egli aveva definito la *crême de la crême* aveva ben poco a che fare con i Marroway, ma se per questo, la *crême de la crême* era supremamente inconsapevole della sua esistenza. Comunque lady Marroway era una donna tremendamente elegante e quindi non gli importava se barava un po' a bridge. La cosa non gli garbava molto però quando lo faceva sir George. Aveva un po' l'occhio da pesce lesso quell'uomo, sfrontatamente a caccia di guadagno. Ma da Isaac Pointz non sarebbe riuscito a spremere troppo, di questo lui era sicuro.

Il vecchio Leathern era una brava persona, naturalmente noioso come la maggior parte degli americani, amava raccontare lunghe storie che non avevano mai fine e aveva la sconcertante abitudine di esigere informazioni ben precise. Quanti erano gli abitanti di Dartmouth? In che anno era stato costruito il Collegio Navale? E così via. Si aspettava che il suo ospite fosse una specie di Baedeker ambulante. Eve era una ragazzina graziosa e allegra e lui si divertiva a prenderla in giro. Aveva la voce di una cornacchia, ma possedeva spirito ed era intelligente.

Il giovane Llewellyn era piuttosto tranquillo, come se avesse qualcosa per la testa. Era probabilmente al verde. La gente che scrive di solito lo è. Sembrava preso da Janet Rustington, una donna graziosa, attraente e per di più intelligente. Non ti costringeva a sorbirti i suoi scritti, scriveva roba piuttosto intellettuale ma, a sentirlo parlare, non si sarebbe mai detto. E il vecchio Leo! Lui proprio non stava diventando né più giovane né più magro. E, beatamente inconsapevole del fatto che il suo socio in quel momento stava pensando esattamente la stessa cosa di lui, il signor Pointz corresse il signor Leathern dicendogli che le sardelle si trovavano nel Devon e non nella Cornovaglia e poi si dedicò a godersi il suo pranzo.

«Signor Pointz» disse Eve quando furono serviti gli sgombri caldi e i camerieri furono usciti dalla stanza.

«Sì, signorina?»

«Ha con lei il grosso diamante? Quello che ci ha mostrato ieri sera dicendoci che lo porta sempre addosso?»

Il signor Pointz ridacchiò.

«Esatto. Io lo chiamo la mia mascotte. Sì, l'ho proprio qui con me.»

«A mio parere è terribilmente pericoloso, qualcuno potrebbe rubarglielo in mezzo alla folla che c'è a causa della fiera.»

«Non credo proprio» ribatté il signor Pointz. «Ci sto molto attento.»

«Ma *potrebbero* farlo» insistette Eve. «Anche voi in Inghilterra avete i *gangsters* come noi, vero?»

«Non riusciranno a mettere le mani sulla Stella del Mattino» disse il signor Pointz. «Tanto per cominciare è al sicuro in una speciale tasca interna e, comunque, il vecchio Pointz sa quello che fa. Nessuno ruberà la Stella del Mattino.»

Eve rise.

«Uhm... scommetto che io riuscirei a rubarlo.»

«Scommetto di no» ribatté Pointz strizzandole l'occhio.

«Bene, io invece scommetto di sì. Ci pensavo ieri sera a letto dopo che lei l'ha fatto girare attorno al tavolo per mostrarcelo. Ho pensato a un modo veramente straordinario per rubarlo.»

«E quale?»

Eve piegò il capo su una spalla scuotendo vigorosamente la testa bionda. «Non glielo dico... adesso. Che cosa scommette?»

Ricordi di gioventù sfilarono per la mente del signor Pointz.

«Mezza dozzina di guanti» rispose.

«Guanti!» esclamò disgustata Eve. «E chi porta i guanti?»

«Be'... porti calze di seta?»

«Come no! Il mio paio migliore si è smagliato stamattina.»

«Benissimo allora. Mezza dozzina di calze della seta più fine...»

«Oooh!» disse Eve in tono beato. «Quanto a lei?»

«Be', mi serve una nuova sacca per il tabacco.»

«D'accordo, affare fatto. Non si illuda di ricevere la sacca da tabacco. Ora le dirò quello che deve fare. Deve far passare il diamante attorno al tavolo come ha fatto ieri sera...»

Si interruppe quando due camerieri entrarono per portare via i piatti. Mentre cominciavano a mangiare la portata successiva, del pollo, il signor Pointz disse:

«Ricordati una cosa, signorina: se questo dev'essere un vero furto dovrò chiamare la polizia e farti perquisire.»

«Per me va bene. Non è necessario che sia così realistico da coinvolgere la polizia, ma lady Marroway o la signora Rustington possono perquisirmi.»

«Bene, allora siamo d'accordo» disse il signor Pointz. «Che carriera vuoi fare, quella di ladra di gioielli di prima classe?»

«Potrei intraprendere questa carriera... se rendesse veramente.»

«Se riuscissi a rubare la Stella del Mattino ti renderebbe molto. Quella pietra, anche se venisse tagliata, varrebbe più di trentamila sterline.»

«Perbacco!» esclamò Eve, attonita. «Quanto fa in dollari?»

Lady Marroway proruppe in un'esclamazione.

«E si porta appresso una pietra simile?» chiese in tono di rimprovero. «Trentamila sterline!» le ciglia truccate vibrarono.

La signora Rustington disse a bassa voce: «Un mucchio di denaro... e poi c'è il fascino della pietra di per sé... è bella».

«È soltanto un pezzo di carbone» affermò Evan Llewellyn.

«Si sa che nel furto dei gioielli la difficoltà sta nel trovare un ricettatore» intervenne sir George. «Si prende la parte del leone, vero?»

«Avanti» disse Eve concitata. «Cominciamo. Tiri fuori il diamante e dica quello che ha detto ieri sera.»

Il signor Leathern disse con la sua voce profonda e malinconica:

«Mi scuso per la mia figliola, a volte esagera...»

«Stai zitto, papà» lo rimproverò Eve. «Allora, signor Pointz...»

Sorridendo, questi armeggiò in una tasca interna, ne tolse un oggetto che posò sul palmo della mano e che brillò sotto la luce.

Un diamante...

Un po' goffamente il signor Pointz ripeté come meglio ricordava il discorso che aveva fatto la sera precedente a bordo del *Merrimaid*:

«Signore e signori, vi piacerà forse dare un'occhiata a questa pietra di insolita bellezza. Io l'ho battezzata Stella del Mattino, è un po' la mia mascotte... mi segue ovunque. Volete vederla da vicino?»

La porse a lady Marroway che la prese, ammirò la bellezza della gemma e la passò al signor Leathern il quale disse: «Niente male, sì, niente male» con voce piuttosto artificiosa. E a sua volta la passò a Llewellyn.

I camerieri entrarono in quel momento e vi fu un breve arresto nel passaggio della pietra. Quando se ne furono andati Evan disse: «Bellissima pietra» e la passò a Leo Stein che non si diede la pena di fare alcun commento ma la porse subito a Eve.

«Che perfezione stupenda!» esclamò Eve con voce stridula e affettata. «Oh!» e fece un'esclamazione costernata mentre la pietra le cadeva di mano. «Mi è caduta!»

Respinse la sedia e si chinò per tastare sotto il tavolo. Anche sir George, alla sua destra si chinò e, nella confusione, un bicchiere fu fatto cascare dal tavolo. Stein, Llewellyn e la signora Rustington si misero a cercare a loro volta per dare una mano e, infine, anche lady Marroway.

Solo il signor Pointz non prendeva parte alla ricerca. Rimase seduto a sorseggiare il vino, con un sorriso sardonico sulle labbra.

«Oh, Dio!» esclamò Eve sempre con quel tono artefatto di voce. «Ma è terribile, dove può essere rotolata, non riesco a trovarla da nessuna parte!»

A una a una le persone che l'aiutavano nella ricerca si misero erette.

«È scomparsa davvero, Pointz» disse sir George sorridendo.

«Un lavoro molto ben fatto» disse il signor Pointz annuendo con aria di approvazione. «Saresti un'ottima attrice, Eve. Ora il problema è: l'hai nascosta da qualche parte o ce l'hai addosso?»

«Perquisitemi» rispose Eve in tono melodrammatico.

Il signor Pointz adocchiò nell'angolo della stanza un grosso paravento.

Fece un cenno in quella direzione, quindi guardò lady Marroway e la signora Rustington.

«Se le signore vogliono essere così gentili da...»

«Ma certo» rispose lady Marroway con un sorriso.

Le due donne si alzarono.

Lady Marroway disse:

«Non abbia paura, signor Pointz, faremo un controllo minuzioso.»

Le tre donne passarono dietro il paravento.

Nella stanza faceva caldo e Evan Llewellyn spalancò la finestra. In strada stava passando uno strillone, Evan gli lanciò una monetina e l'altro gli buttò su un giornale.

Llewellyn lo spiegò.

«La situazione ungherese è piuttosto grave» disse.

«È un giornale locale?» chiese sir George. «C'è un cavallo che mi interessa e che oggi doveva correre a Haldon... Natty Boy.»

«Leo,» disse il signor Pointz «chiudi la porta a chiave. Non è il caso che questi dannati camerieri entrino o escano fino a che questa faccenda non si sarà conclusa.»

«Natty Boy ha vinto per tre lunghezze» disse Evan.

«Che scarogna!» esclamò sir George.

«Ci sono notizie dettagliate della regata» continuò Evan, dando un'occhiata alle altre pagine del giornale.

Le tre donne ricomparvero da dietro il paravento.

«Non ce n'è traccia» disse Janet Rustington.

«Vi posso assicurare che non ce l'ha addosso» disse a sua volta lady Marroway.

Il signor Pointz pensò che poteva credere alle assicurazioni di quest'ultima perché nella sua voce aveva avvertito un tono molto serio, dal quale risultava chiaro che la perquisizione era stata molto accurata.

«Di' un po', Eve, non l'avrai inghiottito?» chiese ansiosamente il signor Leathern. «Potrebbe essere pericoloso.»

«Gliel'avrei visto fare» intervenne con voce pacata Leo Stein. «L'ho tenuta d'occhio e non ha messo niente in bocca.»

«Non avrei potuto inghiottire una pietra così grossa e appuntita» rispose Eve che poi mise le mani sui fianchi e guardò il signor Pointz. «Allora che ne dice, caro signore?» gli chiese.

«Resta dove sei e non ti muovere» rispose il signore.

Gli uomini sparecchiarono la tavola e la rovesciarono e il signor Pointz la esaminò centimetro per centimetro. Poi trasferì la propria attenzione alla sedia su cui era stata seduta Eve e alle due vicine. Le ricerche furono fatte con la massima accuratezza e vi presero parte i quattro uomini e anche le donne mentre Eve Leathern stava immobile vicino alla parete accanto al paravento e rideva tutta contenta.

Cinque minuti dopo il signor Pointz si alzò con un profondo sospiro e si spolverò mestamente i pantaloni. L'impassibilità di poco prima era un po' offuscata.

«Eve,» disse «mi tolgo tanto di cappello. Sei il ladro di gioielli più in gamba in cui mi sia mai imbattuto. Non riesco assolutamente a capire che cosa tu abbia fatto del diamante. Dev'essere nella stanza dato che non l'hai addosso. Te la do vinta.»

«Le calze sono mie?» chiese Eve.

«Sono tue, signorina.»

«Eve, bambina mia, ma dove puoi averla nascosta?» chiese incuriosita la signora Rustington.

Eve venne avanti saltellando.

«Ve lo mostrerò e vi arrabbierete tutti con voi stessi.»

Si avvicinò al tavolino laterale dove erano state ammonticchiate le stoviglie e le posate rimosse dal tavolo, prese la sua borsettina nera da sera...

«Proprio sotto i vostri occhi, proprio...»

La voce, gaia e trionfante, si spense improvvisamente.

«Oh!» disse. «Oh...»

«Che succede, tesoro?» chiese suo padre.

Eve bisbigliò: «È sparita... è sparita...».

«Che cos'è questa storia?» chiese Pointz venendo avanti.

Eve si voltò impetuosamente verso di lui.

«Mi ascolti: questa mia borsetta ha al centro del fermaglio una pietra finta che ieri sera si è staccata e, proprio mentre lei ci faceva vedere il diamante, ho notato che era all'incirca della stessa dimensione. E così durante la notte ho pensato che sarebbe stata un'ottima idea, volendo rubarlo, incastrarlo con un po' di plastilina nella tacca vuota. Ero sicura che nessuno se ne sarebbe accorto ed è quello che ho fatto stasera. Prima l'ho fatta cadere, poi mi sono abbassata con la borsetta in mano, ho attaccato la pietra con un po' di plastilina che avevo a portata di mano, ho rimesso la borsetta sul tavolo e ho continuato a fingere di cercare. Pensavo che sarebbe stato un po' come nella Lettera Rubata... sa... lì in piena vista sotto il suo naso... e proprio simile a una banale pietra di bigiotteria. Ed era un ottimo piano perché nessuno se n'è accorto.»

«Chissà» disse il signor Stein.

«Cosa ha detto?»

Il signor Pointz prese la borsetta e guardò la tacca vuota in cui era rimasto ancora attaccato un pezzetto di plastilina, poi disse lentamente: «Potrebbe essersi staccata, sarà bene cercare di nuovo».

La ricerca fu ripetuta ma questa volta in un'atmosfera stranamente silenziosa, un'atmosfera di tensione che pervase la stanza.

Infine a uno a uno rinunciarono e rimasero fermi a guardarsi in faccia.

«Non è in questa stanza» disse Stein.

«Nessuno è uscito da qui» aggiunse sir George in tono carico di significato.

Seguì un attimo di silenzio, e poi Eve scoppiò in lacrime.

Suo padre le diede un colpetto sulle spalle.

«Via, via» disse imbarazzato.

Sir George si rivolse a Leo Stein.

«Signor Stein,» disse «poco fa ha mormorato qualcosa sottovoce, quando l'ho pregata di ripetere ha risposto che non era niente. Ma in effetti ho sentito quello che ha detto. La signorina Eve aveva appena finito di dire che nessuno di noi aveva osservato il posto in cui aveva messo il diamante e lei ha mormorato la parola "chissà". Dobbiamo affrontare l'eventualità che una persona invece lo abbia notato e che quella persona si trova in questa stanza. A mio parere l'unica soluzione giusta e onorevole è che ognuno di noi si sottoponga a una perquisizione. Il diamante non può essere uscito da questa stanza.»

Quando sir George recitava la parte del vecchio gentiluomo inglese nessuno poteva stargli alla pari. La sua voce era squillante di sincerità e di indignazione.

«Tutto questo è piuttosto spiacevole» disse in tono infelice il signor Pointz.

«È tutta colpa mia» disse Eve singhiozzando. «Io non volevo...»

«Calma, ragazza,» disse gentilmente il signor Stein «nessuno ti incolpa di niente.»

Il signor Leathern disse con quel suo modo lento e pedante di parlare:

«Ma certo, credo che la proposta di sir George sarà approvata in pieno da tutti noi. Per me va senz'altro bene.»

«Sono d'accordo» disse Evan Llewellyn.

La signora Rustington diede un'occhiata a lady Marroway e fece un breve cenno di assenso. Le due donne tornarono dietro il paravento e la singhiozzante Eve le seguì.

Quando un cameriere bussò alla porta gli fu detto di andarsene.

Cinque minuti dopo otto persone si guardavano incredule.

La Stella del Mattino era svanita nel nulla.

Il signor Parker Pyne guardò pensoso il volto bruno e agitato del giovanotto che gli stava di fronte.

«Naturalmente» disse. «È gallese, vero, signor Llewellyn?»

«Cosa c'entra?»

Il signor Parker Pyne agitò una mano grande e ben curata.

«Non c'entra, lo ammetto, ma sono interessato a classificare le emozioni emotive come esemplificazione di certi tipi raziali. È tutto. Torniamo a prendere in esame il suo problema.»

«Non so davvero perché sono venuto da lei» disse Evan Llewellyn, le cui mani erano scosse da un tremito nervoso e il volto scuro aveva un'espressione stravolta. Non guardava il signor Parker Pyne e sembrava a disagio sotto gli occhi attenti dell'altro. «Non so perché sono venuto da lei» ripeté. «Ma dove diavolo potrei andare? E che diavolo potrei fare? È il fatto di non poter fare assolutamente nulla che ci mette in questo stato... ho visto il suo annuncio pubblicitario e mi sono ricordato che un tizio mi aveva parlato di lei e mi aveva detto di aver ottenuto dei buoni risultati... e, be'... sono venuto. Sono stato sciocco, probabilmente, perché è quel genere di situazioni in cui nessuno può far niente.»

«Niente affatto» rispose il signor Parker Pyne. «Io sono la persona giusta da cui venire, sono specialista in infelicità e questa faccenda chiaramente le ha dato molti dispiaceri. È certo che i fatti siano andati esattamente come mi ha detto?»

«Non penso di aver tralasciato nulla. Pointz ha tirato fuori il diamante e lo ha fatto passare in giro... quella dannata ragazzetta americana l'ha appiccicato alla sua ridicola borsetta e, quando noi abbiamo guardato la borsetta, il diamante era scomparso. Non si è trovato addosso a nessuno, persino il vecchio Pointz è stato perquisito, dietro suo suggerimento, posso giurare che non era da nessuna parte in quella stanza. *E nessuno è uscito da quella stanza...*»

«Nemmeno il cameriere, per esempio?» suggerì il signor Parker Pyne.

Llewellyn scosse la testa.

«Sono usciti tutti prima che la ragazza cominciasse a maneggiare il diamante e dopo Pointz ha chiuso a chiave la porta per tenerli fuori. No, deve trattarsi di qualcuno di noi.»

«Sembrerebbe sicuramente di sì» commentò pensoso il signor Parker Pyne.

«Quel dannato giornale della sera» disse amaramente Evan Llewellyn. «Ho visto che lo pensavano... pensavano che quello era l'unico modo...»

«Mi dica esattamente di nuovo come è andata.»

«È stato semplicissimo. Ho spalancato la finestra, ho fatto un fischio allo strillone, gli ho gettato una monetina e lui mi ha lanciato su il giornale e questo è, come vede, l'unico modo possibile in cui il diamante sarebbe potuto uscire da quella stanza... gettato da me a un complice in attesa nella strada sottostante.»

«Non è il solo modo possibile» affermò il signor Parker Pyne.

«Quale altro modo potrebbe suggerire?»

«Se non l'ha buttato fuori lei ci dev'essere stato un altro modo.»

«Oh, capisco. Speravo si riferisse a qualcosa di più preciso. Be', io posso solo dire che non l'ho buttato giù, non posso sperare che mi creda... e nemmeno che gli altri mi credano.»

«Oh, sì, io la credo» disse il signor Parker Pyne.

«Mi crede? Perché?»

«Non è il tipo del criminale» disse Parker Pyne. «Voglio dire, non quel particolare tipo di criminale che ruba i gioielli. Naturalmente vi sono crimini che lei potrebbe commettere... ma non entreremo in questo argomento. In ogni caso, non la vedo come il ladro della Stella del Mattino.»

«Purtroppo tutti gli altri lo credono» disse Llewellyn con amarezza.

«Capisco» disse il signor Parker Pyne.

«Al momento mi hanno guardato tutti in uno strano modo. Marroway ha preso il giornale e ha guardato fuori dalla finestra, senza dire nulla. Ma Pointz ha subito capito l'allusione! Mi sono reso conto di quello che pensavano, ma ciò che è più orribile è che non c'è stata nessuna accusa aperta.»

Il signor Parker Pyne annuì con aria comprensiva.

«Così è molto peggio.»

«Sì, è semplicemente un sospetto. È venuto un tizio a pormi domande, ha detto che si trattava di una normale indagine. Uno di quegli agenti di polizia con la nuova divisa. Pieno di tatto... senza insinuare nulla... soltanto interessato al fatto che io prima ero al verde e che ora improvvisamente ho denaro da spendere.»

«Ed è vero?»

«Sì... un po' di fortuna con uno o due cavalli. Purtroppo ho fatto le scommesse dall'allibratore e quindi non c'è nulla che possa dimostrare che il denaro l'ho avuto così. Non possono smentirmi, naturalmente, ma è proprio il tipo di bugia che uno inventa se non vuole dimostrare da dove viene il denaro.»

«Sono d'accordo. Tuttavia ci vuole molto di più per poterla accusare.»

«Oh! non ho paura di essere arrestato e accusato del furto. Per un certo verso sarebbe molto più facile... la situazione sarebbe chiara. La cosa tremenda è che tutta la gente è convinta che l'abbia preso io.»

«Una persona in particolare?»

«Che cosa vuole dire?»

«Un'idea, niente di più.» Di nuovo il signor Parker Pyne agitò la mano rassicurante. «C'era una persona in particolare, vero? Diciamo la signora Rustington?»

Il volto scuro di Llewellyn avvampò.

«Perché proprio lei?»

«Oh, mio caro signore! C'è evidentemente qualcuno della cui opinione le importa molto, probabilmente una signora. Quali signore erano presenti? Una spregiudicata ragazzina americana? Lady Marroway? Ma probabilmente se avesse fatto un colpo del genere lei sarebbe cresciuto e non calato nella stima di questa gentildonna, so alcune cose sul suo conto. Dunque si tratta chiaramente della signora Rustington.»

Con un certo sforzo Llewellyn disse:

«Lei... lei ha avuto un'esperienza piuttosto infelice. Suo marito era un vero e proprio mascalzone e questo l'ha resa molto diffidente verso chiunque. Lei... se lei pensa...»

Gli riuscì difficile continuare.

«Certo» disse il signor Parker Pyne. «Mi rendo conto che per lei è importante, che tutto deve essere chiarito.»

Evan fece una breve risata.

«Facile a dirsi.»

«E facilissimo a farsi» disse il signor Parker Pyne.

«Lo pensa davvero?»

«Oh sì... il problema è così chiaro! Possiamo eliminare molte possibilità. La soluzione deve essere effettivamente oltremodo semplice, in realtà ho già una specie di intuizione...»

Llewellyn lo guardò incredulo.

Il signor Parker Pyne prese un blocco di carta e una penna.

«Le spiacerebbe darmi una breve descrizione del gruppo?»

«Ma l'ho già fatto.»

«Il loro aspetto, il colore dei capelli e così via.»

«Ma, signor Parker Pyne, che cosa c'entra?»

«Molto, giovanotto, molto. Mi serve per la classificazione.»

Piuttosto incredulo, Evan descrisse l'aspetto fisico dei membri del gruppo che era stato a bordo del panfilo.

Il signor Parker Pyne prese qualche appunto, scostò il blocco e disse:

«Eccellente. Tra l'altro, ha detto che è stato rovesciato un bicchiere di vino?»

Evan continuò a fissarlo.

«Sì, è stato buttato giù dal tavolo e poi qualcuno ci ha camminato sopra.»

«Una brutta cosa le schegge di vetro» osservò il signor Parker Pyne. «Di chi era il bicchiere?»

«Credo che fosse della ragazza... di Eve.»

«Ah, e chi sedeva accanto a lei da quella parte?»

«Sir George Marroway.»

«Non ha visto chi dei due l'ha fatto cadere dal tavolo?»

«Temo di no. Ha importanza?»

«Non proprio, no, era una domanda superflua. Bene,» si alzò «arrivederci, signor Llewellyn. Le spiace tornare fra tre giorni? Credo che per allora tutta la faccenda sarà chiarita in modo soddisfacente.»

«Sta scherzando, signor Parker Pyne?»

«Non scherzo mai sulla mia professione, mio caro signore. Creerei sfiducia tra i miei clienti. Vogliamo fissare un appuntamento per venerdì alle undici e trenta? Grazie.»

Il venerdì mattina Evan entrò nell'ufficio del signor Parker Pyne in uno stato di notevole agitazione. Speranza e scetticismo si alternavano in lui.

Il signor Parker Pyne si alzò per accoglierlo con un sorriso raggiante.

«Buongiorno, signor Llewellyn, si accomodi. Una sigaretta?»

Llewellyn scostò con un gesto la scatola che gli veniva offerta.

«Bene?» chiese.

«Benissimo» disse il signor Parker Pyne. «La polizia ha arrestato la banda ieri sera.»

«La banda? Quale banda?»

«La banda Amalfi. Ho pensato subito a loro quando mi ha raccontato la sua storia. Ho riconosciuto i loro metodi e, quando mi ha descritto gli ospiti... be', non ho avuto alcun dubbio.»

«Chi sono quelli della banda Amalfi?»

«Padre, figlio e nuora... se Pietro e Maria sono veramente sposati, ma ne dubito.»

«Non capisco.»

«È molto semplice. Il nome è italiano e indubbiamente l'origine è italiana, ma il vecchio Amalfi è nato in America. Di solito usa sistemi sempre uguali. Impersona un vero uomo d'affari, si presenta a qualche personalità importante del mondo delle pietre preziose in qualche paese europeo e poi fa il suo giochetto. In questo caso era deliberatamente a caccia della Stella del Mattino. L'idiosincrasia di Pointz è ben nota nel giro. Maria Amalfi ha recitato la parte della figlia. Una splendida creatura che ha perlomeno ventisette anni e fa sempre la parte della sedicenne.»

«Non Eve!» sussultò Llewellyn.

«Esattamente. Il terzo membro della banda si è fatto assumere come cameriere avventizio al Royal George... era periodo di vacanza, se ricorda, e c'era bisogno di personale in più. Può anche darsi che abbia pagato un cameriere perché se ne stesse a casa. La scena è predisposta, Eve sfida il vecchio Pointz e lui accetta la scommessa. Fa passare il diamante come ha fatto la sera precedente. I camerieri entrano nella stanza e Leathern tiene il diamante fino a che loro sono rimasti nella stanza. Quando se ne vanno se ne va anche il diamante bellamente attaccato con un pezzetto di gomma da masticare sotto il piatto che Pietro porta via. Semplicissimo!»

«Ma io l'ho visto dopo!»

«No, no, lei ha visto una copia di vetro abbastanza ben fatta per ingannare un osservatore non troppo attento. Mi ha detto che Stein non lo ha quasi neanche guardato. Eve lo fa cadere, fa cadere anche il proprio bicchiere e cammina con forza sui vetri rompendolo. Miracolosa scomparsa del diamante. Sia Eve che Leathern possono assoggettarsi a qualunque perquisizione venga fatta.»

«Be'... io...» Evan scosse la testa, non riusciva a trovare le parole. «Dice di avere riconosciuto la banda dalla mia descrizione. Avevano già usato questo trucco in precedenza?»

«Non esattamente... ho riconosciuto il loro stile. Naturalmente la mia attenzione si è subito concentrata sulla giovane Eve.»

«Perché? Io non ho sospettato di lei, nessuno l'ha fatto. Sembrava così... così una *bambina*.»

«Questo è il genio particolare di Maria Amalfi. È più bambina di quanto potrebbe essere una vera bambina! E poi la plastilina! La scommessa sarebbe dovuta nascere del tutto spontaneamente eppure la ragazzina aveva della plastilina a portata di mano. Questo puzzava di premeditazione e i miei sospetti si sono concentrati subito su di lei.»

Llewellyn si alzò.

«Be', signor Parker Pyne, le sono infinitamente obbligato.»

«La classificazione» mormorò il signor Parker Pyne. «A me interessa la classificazione dei vari tipi di criminali.»

«Mi farà sapere quanto... eh...»

«La mia tariffa sarà molto modesta» disse il signor Parker Pyne. «Non intaccherà molto le... sue vincite alle corse. Tuttavia, giovanotto, penso che al suo posto lascerei stare i cavalli per il futuro. È un animale molto insicuro, il cavallo.»

«Ha ragione!» ammise Evan.

Strinse vigorosamente la mano del signor Parker Pyne e uscì a grandi passi dall'ufficio.

Fermò un tassì e diede all'autista l'indirizzo dell'appartamento di Janet Rustington.

Aveva la netta sensazione che il successo sarebbe stato completo.

Il caso del militare scontento

Il maggiore Wilbraham esitò fuori dalla porta dell'ufficio del signor Parker Pyne per leggere, e non per la prima volta, quell'annuncio comparso sul quotidiano del mattino che l'aveva spinto lì. Era piuttosto semplice:

ANNUNCI PERSONALI
Siete felici?
Se la risposta è no, consultate Mr. Parker Pyne,
Richmond Street, 17.

Il maggiore respirò a fondo e spinse impetuosamente la porta che dava nell'anticamera. Una ragazza bruttina alzò gli occhi dalla macchina da scrivere e lo guardò con aria interrogativa.

«Il signor Parker Pyne?» disse il maggiore Wilbraham, arrossendo.

«Da questa parte, prego. Si accomodi.»

La seguì nell'ufficio interno... alla presenza del serafico signor Parker Pyne.

«Buongiorno» disse il signor Pyne. «Si accomodi, prego. E mi dica cosa posso fare per lei.»

«Mi chiamo Wilbraham...» cominciò l'altro.

«Maggiore? Colonnello?» chiese il signor Pyne.

«Maggiore.»

«Ah! Tornato di recente dall'estero? India? Africa orientale?»

«Africa orientale.»

«Un gran bel posto, mi pare. Bene, così adesso è di nuovo a casa... e non le piace. È questo che l'affligge?»

«È esattamente così. Per quanto, vorrei sapere come ha fatto a capire...»

Parker Pyne fece un gesto grandioso. «Capire è il mio mestiere! Vede, per trentacinque anni ho lavorato in un ufficio statale: compilavo statistiche. Adesso sono andato in pensione e ho pensato che avrei potuto utilizzare, in un modo diverso, l'esperienza acquisita. È tutto talmente semplice. L'infelicità può essere classificata sotto cinque voci differenti... non di più, glielo assicuro. Una volta conosciuta la causa della malattia, il rimedio non dovrebbe essere impossibile.

«Io, dopotutto, mi trovo nella posizione di un medico. Il medico, per prima cosa, fa la diagnosi del disturbo di cui soffre il paziente, poi prescrive una determinata cura. Ci sono casi in cui nessuna cura è utile. Se si verifica qualcosa del genere, io dichiaro con molta franchezza di non poter fare assolutamente nulla. Però, se mi assumo un incarico, la guarigione è praticamente garantita.

«Le assicuro, maggiore Wilbraham, che il novantasei per cento delle persone, ora in pensione, che hanno contribuito a creare l'Impero – io li chiamo i costruttori dell'Impero – si sentono infelici. Hanno lasciato una vita attiva, una vita piena di responsabilità, una vita di possibile pericolo per avere in cambio... cosa? Minori risorse finanziarie, un clima deprimente e, nel complesso, la sensazione di essere dei pesci fuor d'acqua.»

«Tutto quello che dice è verissimo» rispose il maggiore. «È la noia ciò a cui voglio ribellarmi! La noia e quegli eterni pettegolezzi, quelle chiacchiere su fatterelli senza importanza! Ma cosa posso farci? Ho qualche soldo, oltre alla pensione. E una graziosa villetta a Cobham. Non posso permettermi né la caccia né la pesca. Sono scapolo. I miei vicini di casa sono persone simpatiche, ma hanno idee ristrette, non sanno cosa c'è oltre i confini della nostra isola.»

«Insomma, per farla breve, diciamo che trova monotona la vita» disse Parker Pyne.

«Maledettamente monotona.»

«Vorrebbe un po' di brivido, magari anche un po' di pericolo?» domandò il signor Pyne.

Il soldato si strinse nelle spalle. «Non esiste niente di simile in questo paese infiacchito e decaduto!»

«Mi permetta di non essere del suo parere» disse Pyne con tono grave. «Ecco dove sbaglia. Ci sono pericoli, emozioni e brivido fin che si vuole, qui a Londra, basta sapere dove cercarli! Lei ha visto soltanto l'aspetto superficiale della nostra vita anglosassone, così calma e piacevole. Ma c'è anche l'altro lato. Se lo desidera, posso mostrarglielo.»

Il maggiore Wilbraham lo osservò con aria pensierosa. C'era qualcosa di rassicurante nel signor Pyne. Era corpulento, per non dire grasso; aveva una testa calva di nobili proporzioni, occhiali molto forti e due occhietti che ammiccavano sempre. E poi... irradiava fiducia.

«Però devo avvertirla» continuò Pyne «che questo comporta anche un pizzico di rischio.»

Gli occhi del soldato si illuminarono. «Figuriamoci, va benissimo!» disse. E aggiunse subito, in tono brusco: «E... il suo onorario?».

«Il mio onorario» disse il signor Pyne «è di cinquanta sterline, pagamento anticipato. Se fra un mese continuerà a sentirsi annoiato come adesso, le restituirò i suoi soldi.»

Wilbraham pensò per un attimo. «Mi sembra abbastanza onesto» disse infine. «Sono d'accordo. Le faccio subito l'assegno.»

L'affare venne stipulato. Parker Pyne premette il campanello da tavolo.

«È l'una» disse. «Le chiederò di invitare a pranzo una ragazza.» La porta si aprì. «Ah, Madeleine, mia cara, permetti che ti presenti il maggiore Wilbraham che ti porterà fuori a pranzo.»

Wilbraham sbatté leggermente le palpebre, com'era prevedibile. La giovane donna che entrò nella stanza era bruna, aveva l'aspetto languido, occhi stupendi con lunghe ciglia scure, la carnagione chiarissima e una voluttuosa bocca scarlatta.

I vestiti, di un'eleganza squisita, facevano risaltare la grazia sinuosa della figura. Era perfetta dalla testa ai piedi.

«Ehm... onoratissimo» disse il maggiore Wilbraham.

«La signorina de Sara» disse Parker Pyne.

«Molto gentile da parte sua» mormorò Madeleine de Sara.

«Ho qui il suo indirizzo» annunciò Parker Pyne. «Domattina riceverà mie ulteriori istruzioni.»

Il maggiore Wilbraham e l'incantevole Madeleine se ne andarono.

Erano le tre del pomeriggio, quando Madeleine ritornò.

«E allora?» domandò Parker Pyne, alzando gli occhi per guardarla.

Madeleine scosse la testa. «Ha paura di me» disse. «Mi giudica una donna fatale.»

«Era quello che supponevo» disse il signor Pyne. «Hai seguito le mie istruzioni?»

«Sì. Abbiamo parlato con molta franchezza delle persone che sedevano agli altri tavoli. Il tipo che gli piace è quello della biondina, con gli occhi azzurri, l'aria un po' anemica, non troppo alta.»

«Dovrebbe essere facile» disse Pyne. «Prendimi il Programma B e vediamo un po' chi abbiamo a disposizione attualmente.» Fece scorrere un dito lungo la lista e infine si fermò su di un nome: «Freda Clegg. Sì, credo che Freda Clegg andrà a meraviglia. Sarà meglio che ne parli con la signora Oliver».

Il giorno seguente, il maggiore Wilbraham ricevette un messaggio che diceva:

Lunedì mattina alle undici, vada a Eaglemont, Friars Lane, Hampstead e chieda del signor Jones. Deve presentarsi come un funzionario della Compagnia di Navigazione Guava.

Ubbidiente, il lunedì successivo (era un giorno festivo) il maggiore Wilbraham si mise in cammino per Eaglemont,

Friars Lane. Si mise in cammino, ma non ci arrivò mai. Perché, prima che ci arrivasse, capitò qualcosa.

Sembrava che tutta l'umanità, al gran completo, fosse in viaggio in direzione di Hampstead. Il maggiore Wilbraham si trovò imprigionato, per la strada, in una folla immensa, rischiò di soffocare nella metropolitana e scoprì che era difficilissimo localizzare la posizione esatta di Friars Lane.

Friars Lane era un *cul-de-sac*, un vicolo abbandonato pieno di carreggiate, dove le case, da entrambi i lati, s'innalzavano un po' arretrate rispetto al piano stradale. Si trattava di costruzioni piuttosto imponenti che dovevano aver visto tempi migliori ma che erano lasciate andare lentamente in rovina.

Wilbraham stava percorrendo la strada con occhio attento ai nomi, quasi cancellati, sui pilastri dei cancelli, quando a un tratto gli giunse all'orecchio qualcosa che lo fece trasalire e richiamò subito la sua attenzione. Si trattava di una specie di gorgoglio, di urlo strozzato.

Ed eccolo nuovamente e, questa volta, parve identificabile in un «Aiuto!». Il grido proveniva dall'interno della casa davanti alla quale stava passando.

Senza un attimo di esitazione, il maggiore Wilbraham spalancò il cancelletto sbilenco e percorse, quasi di corsa, senza far rumore, il viale coperto di erbacce. Ed ecco, in un folto boschetto di arbusti, una ragazza che si dibatteva per liberarsi dalla stretta di due giganteschi negri. Lottava coraggiosamente, contorcendosi, divincolandosi e scalciando. Uno dei due negri le copriva la bocca con la mano, nonostante la ragazza facesse uno sforzo furioso per liberare la testa.

Impegnati nella colluttazione con la ragazza, nessuno dei due negri percepì l'arrivo di Wilbraham. Se ne accorsero soltanto quando un violento pugno alla mandibola fece indietreggiare, barcollando, colui che copriva la bocca della ragazza con la mano. Colto di sorpresa, anche l'altro mollò la presa, e si girò. Wilbraham era pronto ad aspettarlo. Fu la volta di un altro pugno e il negro, indietreggiando, vacillò e cadde. Wilbraham, allora, si voltò di nuovo verso l'altro assalitore, che gli stava arrivando alle spalle.

Ma i due individui ne avevano avuto abbastanza. Il secondo, rotolando su se stesso, si mise a sedere; poi, alzandosi, si precipitò verso l'uscita. Il suo compagno lo imitò. Wilbraham fece per seguirli, ma cambiò idea e si rivolse, invece, alla ragazza che si era appoggiata, ansante, al tronco di un albero.

«Grazie!» ansimò. «È stato terribile.»

Il maggiore Wilbraham vide, così, per la prima volta, la persona che aveva salvato con un'apparizione tanto opportuna. Si trattava di una ragazza sui ventuno-ventidue anni, coi capelli biondi e gli occhi azzurri, dall'aspetto grazioso anche se un po' slavato.

«Se non fosse arrivato lei!» mormorò con il fiato mozzo.

«Su, su» disse Wilbraham con dolcezza, per calmarla. «Adesso è tutto sistemato. Però credo che sarebbe meglio andare via di qui. C'è sempre il rischio che quei due individui possano tornare.»

Un lieve sorriso aleggiò sulle labbra della ragazza.

«Non credo che lo faranno... è impossibile, dopo che lei li ha presi a pugni in quel modo! Oh, è stato molto bello da parte sua.»

Il maggiore Wilbraham arrossì sotto quello sguardo carico di profonda ammirazione. «Non è niente» mormorò confuso. «Tutto regolare. Una signora che viene infastidita. Senta un po', crede di riuscire a camminare se si appoggia al mio braccio? Capisco che dev'essere stato uno shock terribile!»

«Adesso è passato» disse la ragazza. Tuttavia accettò il braccio che le veniva offerto. Era ancora pallida e tremante. Lanciò un'occhiata dietro a sé, alla casa che lasciavano alle spalle, mentre usciva dal cancello. «Non capisco» mormorò. «Eppure, solo a guardarla ci si accorge che è disabitata.»

«È vero, sembra proprio vuota» confermò il maggiore, osservando le imposte chiuse e l'aspetto generale di abbandono.

«Eppure è *proprio* Whitefriars.» E gli indicò una scritta, quasi completamente cancellata, sul cancello. «E Whitefriars era il posto in cui dovevo andare.»

«Be', adesso non si preoccupi» disse Wilbraham. «Fra un

minuto, riusciremo a trovare un tassì. Poi la condurrò in qualche posto a bere una tazza di caffè.»

In fondo alla viuzza si immisero in una strada più frequentata e, fortunatamente, apparve un tassì che aveva appena lasciato un cliente davanti a un palazzo. Wilbraham lo chiamò con un cenno, diede un indirizzo all'autista e salirono.

«Non cerchi di parlare» ammonì la sua compagna. «Si metta comoda, comodamente appoggiata allo schienale. Ha avuto una gran brutta esperienza!»

Lei gli sorrise con gratitudine.

«A proposito... ehm... mi chiamo Wilbraham.»

«Il mio nome è Clegg... Freda Clegg.»

Dieci minuti più tardi, Freda stava sorseggiando un caffè bollente e fissava con occhi grati e commossi il suo salvatore, seduto dall'altra parte del tavolino.

«Mi sembra un sogno» disse. «Un brutto sogno.» Rabbrividì. «E pensare che, solo poco fa, mi auguravo che succedesse qualcosa... una cosa qualsiasi! Oh, non mi piacciono le avventure!»

«Mi dica come è successo.»

«Ecco, volendo spiegare tutto nei minimi dettagli, temo di dover parlare molto di me!»

«Un soggetto eccellente» disse Wilbraham, abbozzando un inchino.

«Sono orfana. Mio padre – era capitano di lungo corso – morì quando avevo otto anni. Mia madre morì tre anni dopo. Io lavoro in centro: sono impiegata alla Società del Gas. Una sera della settimana scorsa, quando sono rientrata a casa, ho trovato un signore che mi aspettava, perché voleva parlarmi. Era un avvocato, un certo Reid, di Melbourne.

«Si mostrò molto gentile e mi fece parecchie domande sulla mia famiglia. Poi spiegò che aveva conosciuto mio padre molti anni fa. Anzi, si era occupato, per lui, di certe questioni legali. Infine mi rivelò il motivo della sua visita. "Signorina Clegg," disse "ho fondati motivi di credere che lei possa ricavare qualche vantaggio da un'operazione finanziaria di cui si era occupato suo padre vari anni prima di morire." Io, naturalmente, mi mostrai molto sorpresa.

«"Non è molto probabile che abbia sentito parlare di questa faccenda" spiegò lui. "Ho l'impressione che John Clegg non abbia mai preso molto sul serio questo affare. A ogni modo, quello che allora era campato in aria, si è concretizzato all'improvviso, ma ho paura che qualsiasi intervento da parte sua, per ottenere ciò che le spetta, dipenda dal suo eventuale possesso di certi documenti. Facevano parte di tutto il materiale che riguardava il patrimonio di suo padre e non è da escludere che siano stati distrutti perché considerati senza valore. Ha conservato qualcosa delle carte di suo padre?"

«Gli spiegai che mia madre aveva raccolto e conservato vari oggetti di papà in un antico bauletto da marinaio. Avevo esaminato anch'io, superficialmente, il suo contenuto ma non avevo trovato niente di interessante.

«"Forse era un po' difficile che si accorgesse dell'importanza di questi documenti" disse lui, sorridendo.

«Ebbene, andai ad aprire il bauletto e ne tirai fuori i pochi documenti che conteneva e glieli portai. Lui li guardò ma subito osservò che era impossibile capire, così sui due piedi, se potevano riguardare, o no, la questione di cui si stava occupando. Li avrebbe portati via con sé e mi avrebbe fatto sapere se c'erano novità.

«Con l'ultima posta di sabato ricevetti una sua lettera in cui mi proponeva di andare in quella casa a discutere la faccenda. Mi dava anche l'indirizzo: Whitefriars, Friars Lane, Hampstead. Avrei dovuto trovarmi lì, stamattina, alle undici meno un quarto.

«Ero un po' in ritardo perché avevo faticato a trovare il posto indicatomi. Così, avevo oltrepassato rapidamente il cancello e stavo avviandomi di corsa verso la villa, quando quei due orrendi individui mi hanno aggredito sbucando dai cespugli. Non ho avuto neanche il tempo di mettermi a gridare. Uno dei due mi ha chiuso la bocca con una mano. Mi sono divincolata, ho liberato la testa, e ho chiesto aiuto urlando. Per fortuna, mi ha sentito! Se non fosse arrivato lei...» Non finì la frase, la sua espressione era più eloquente di qualsiasi parola.

«Sono ben lieto di essermi trovato nelle vicinanze. Accidenti, come mi piacerebbe avere fra le mani quei due bruti! Immagino che sia stata la prima volta che li vedeva, vero?»

La ragazza annuì con la testa. «Cosa significa, secondo lei?»

«Difficile dirlo! Però mi sembra che almeno un fatto sia piuttosto evidente. Fra le carte di suo padre c'è qualcosa che fa gola a qualcuno. Quel Reid le ha raccontato un po' di fandonie perché voleva avere l'opportunità di esaminarle. Ma, a quanto pare, non ha trovato quello che cercava.»

«Oh!» disse Freda. «Potrebbe essere così! Quando sono rientrata, sabato, ho avuto l'impressione che qualcuno avesse frugato fra la mia roba. Subito ho pensato che la padrona di casa fosse venuta a curiosare nella mia camera. Ma adesso...»

«Può esser certa che è successo proprio così! Qualcuno è riuscito a intrufolarsi nella sua camera e l'ha frugata da cima a fondo senza trovare quello che cercava. Ha avuto il sospetto che lei fosse al corrente dell'importanza di quel documento e che, per maggior sicurezza, lo portasse addosso. Così ha organizzato quest'aggressione. Se l'avesse avuto con lei, glielo avrebbero sottratto. In caso contrario, l'avrebbero tenuta prigioniera fintanto che non rivelava dove lo teneva nascosto.»

«Ma *cosa* potrebbe essere?» gridò Freda.

«Non saprei. Però deve trattarsi di una cosa piuttosto importante per lui, se è arrivato fino a questo punto!»

«È incredibile!»

«Oh, non mi pare. Suo padre navigava. Durante i suoi viaggi dev'essere stato in tanti posti lontani. Non è da escludere che possa aver scoperto qualcosa di cui non ha mai conosciuto il valore!»

«Crede che sia successo così?» Le guance pallide della ragazza diventarono rosee per l'emozione.

«Sì, lo credo proprio. Ma adesso c'è una questione da risolvere: cosa facciamo? Immagino che non voglia andare alla polizia.»

«Oh, no, per piacere!»

«Sono contento che la pensi così. Non vedo come potrebbe intervenire la polizia, e per lei significherebbe soltanto un'altra serie di cose spiacevoli. Piuttosto le propongo di permettermi di invitarla a pranzo. Poi l'accompagnerò a casa perché voglio che ci arrivi sana e salva. Così, si potrebbe anche dare un'occhiata per vedere se si trova quel documento. Perché dovrà pur essere in qualche posto, non le pare?»

«Papà potrebbe averlo distrutto.»

«Certo! Ma quella gente non ne sembra convinta, e questo ci dà buone speranze.»

«Cosa pensa che possa essere? Un tesoro nascosto?»

«Per Giove, certo che potrebbe essere un tesoro nascosto!» esclamò il maggiore Wilbraham, mentre si aggrappava a questa eventualità con l'entusiasmo di quel vero ragazzino che era rimasto, sotto sotto, in certe cose. «E adesso, signorina Clegg, andiamo a pranzo!»

Fu un pasto piacevole. Wilbraham raccontò a Freda tutta la sua vita trascorsa in Africa orientale. Le descrisse la caccia agli elefanti e la ragazza ne rimase elettrizzata. Quando ebbero finito di pranzare, il maggiore insistette per accompagnarla a casa in tassì.

La ragazza abitava nelle vicinanze di Notting Hill Gate. Quando arrivarono, Freda ebbe un breve colloquio con la sua padrona di casa. Poi ritornò da Wilbraham e lo fece salire al secondo piano, dove aveva un minuscolo locale che fungeva, al tempo stesso, da camera da letto e da soggiorno.

«È proprio come pensavamo» disse. «Sabato mattina è venuto un uomo per vedere se si poteva cambiare un filo della luce elettrica: ha detto che c'era qualcosa che non funzionava in quello della mia camera. E ci è rimasto parecchio tempo.»

«Mi faccia vedere il bauletto di suo padre» disse Wilbraham.

Freda gli mostrò una cassa con delle borchie di ottone. «Vede» disse alzando il coperchio «è vuota.»

Il soldato annuì pensoso. «E non c'è nessun documento in qualche altro posto?»

«No, di questo sono sicurissima. La mamma teneva tutto qui dentro.»

Wilbraham esaminò l'interno del bauletto e, d'un tratto, proruppe in un'esclamazione. «Qui la fodera è rotta!» Vi inserì una mano con cautela, tastando la parete del bauletto. Le sue premure furono ricompensate da un lieve crepitio. «Dev'essere scivolato dentro qualcosa.»

Un minuto più tardi tirava fuori ciò che aveva scoperto. Si trattava di un pezzo di carta piuttosto sudicio, piegato più volte. Lo allargò sul tavolo e lo lisciò ben bene; Freda guardava dal di sopra della sua spalla. D'un tratto, le sfuggì un'esclamazione di disappunto.

«Oh! Sono soltanto un mucchio di strani segni!»

«Caspita! È scritto in swahili! *Proprio* in swahili. È un dialetto degli indigeni dell'Africa orientale.»

«Straordinario!» disse Freda. «Ma, allora, è in grado di leggerlo?»

«Sì, abbastanza bene. Però, è davvero incredibile!» Portò il foglio di carta alla finestra.

«È qualcosa di importante?» domandò Freda con un tremito nella voce. Wilbraham lesse per ben due volte quello che c'era scritto sul foglio, poi si voltò verso la ragazza. «Bene» disse ridacchiando «eccolo qui, il suo tesoro nascosto!»

«Tesoro nascosto? Dice *sul serio*? Cosa significa... monete d'oro spagnole... un galeone inabissato... roba del genere?»

«Forse non si tratta di una cosa tanto romantica, ma il risultato è identico. Questo scritto indica il posto dove si trova occultata una grande quantità di avorio.»

«Avorio?» disse la ragazza, sbalordita.

«Sì. C'è una legge che stabilisce il numero di elefanti che è consentito uccidere. Ma ci sono cacciatori che preferiscono ignorarla, come l'individuo di cui si parla qui. Erano sulle sue tracce e, allora, lui ha nascosto il bottino. Ce n'è una quantità incredibile... e qui si danno indicazioni abbastanza chiare sul modo di trovarlo. Senta, bisognerà che andiamo a fondo a questa storia, lei e io.»

«Vuole dire che se ne potrebbe ricavare molti soldi?»

«Un piccolo patrimonio, tutto per lei!»

«Ma come ha fatto quella carta a finire tra la roba di mio padre?»

Wilbraham alzò le spalle. «Può darsi che questo bel tipo

fosse in punto di morte. Magari ha scritto queste indicazioni in swahili per rendere più complicate le cose e le ha consegnate a suo padre che, probabilmente, era diventato suo amico in qualche occasione precedente. Suo padre, non essendo capace di leggerle, non vi ha dato importanza. È soltanto una supposizione da parte mia, però credo di non essere molto lontano dalla verità.»

Freda sospirò. «Com'è terribilmente emozionante!»

«Adesso c'è un'altra questione da risolvere... cosa ne facciamo di questo documento così prezioso?» disse Wilbraham. «L'idea di lasciarlo qui mi piace poco. Potrebbero tornare a frugare ancora fra la sua roba. Se la sentirebbe di affidarlo a me?»

«Ma, certo! Però... non sarà pericoloso per lei?» mormorò timorosa.

«Ho la pelle dura, io» disse Wilbraham con aria truce. «Non deve preoccuparsi per me.» Ripiegò il pezzo di carta e lo mise nel portafoglio. «Posso tornare da lei domani sera?» domandò. «Per quell'ora, avrò studiato un piano. Guarderò tutte le località sulla carta geografica. A che ora rientra dal lavoro?»

«Verso le sei e mezzo.»

«Magnifico. Faremo un bel conciliabolo e poi, forse, mi permetterà di invitarla fuori a cena. Bisogna far festa! Bene, arrivederci! Ci vediamo domani sera alle sei e mezzo.»

Il giorno dopo, il maggiore Wilbraham arrivò puntuale. Suonò il campanello e chiese della signorina Clegg.

«La signorina Clegg? È fuori.»

«Oh!» Al maggiore Wilbraham piaceva poco l'idea di entrare ad aspettarla. «Tornerò fra poco» disse.

Si mise a girellare sul marciapiede di fronte, pensando di vedere, da un momento all'altro, Freda che gli veniva incontro. I minuti passarono. Un quarto alle sette. Le sette e un quarto. Ancora niente Freda. Cominciò a sentirsi inquieto. Tornò alla pensione e suonò di nuovo.

«Mi scusi,» disse «avevo un appuntamento con la signorina Clegg per le sei e mezzo. È sicura che non sia in casa? Non mi avrà lasciato, per caso, un messaggio?»

«Lei è il maggiore Wilbraham?» domandò la cameriera.

«Sì.»

«Allora c'è un biglietto per lei. Lo hanno consegnato a mano.»

Wilbraham lo prese e lacerò rapidamente la busta. Il messaggio diceva quanto segue:

Caro maggiore Wilbraham, è successa una cosa abbastanza strana. Adesso non voglio scrivere altro ma potrebbe trovarsi con me a Whitefriars? Ci vada non appena riceve questo biglietto. Cordialmente.

Freda Clegg

Wilbraham aggrottò le sopracciglia mentre pensava rapidamente. Con aria distratta, tirò fuori di tasca una lettera. Era per il suo sarto. «Mi chiedo» disse, rivolto alla cameriera «se potrebbe procurarmi un francobollo.»

«Penso che la signora Parkins non le dirà di no.»

Dopo un attimo, la ragazza tornò con il francobollo richiesto che venne pagato con uno scellino. Un minuto più tardi, Wilbraham camminava verso la stazione della metropolitana e, mentre le passava davanti, fece scivolare la busta in una cassetta postale.

La lettera di Freda gli aveva messo addosso una grande inquietudine. Che cosa poteva aver convinto quella ragazza a tornare, da sola, sulla scena dell'incontro sinistro del giorno prima?

Scosse la testa. Che stupidaggine farlo! Che fosse ricomparso Reid? Possibile che lui, o qualcun altro, fosse riuscito a ottenere la fiducia della ragazza? Cosa l'aveva spinta a tornare a Hampstead?

Guardò l'orologio. Quasi le sette e mezzo. Probabilmente lei aveva calcolato che il maggiore si mettesse in cammino alle sei e mezzo. Un'ora di ritardo. Troppo. Se almeno avesse avuto il buon senso di dargli qualche ragguaglio.

Quella lettera non lo convinceva del tutto. C'era qualcosa nel suo tono, così deciso e perentorio, che non si addiceva a Freda Clegg.

Quando raggiunse Friars Lane, mancavano dieci minuti alle otto. Cominciava a diventare buio. Wilbraham si guardò intorno con attenzione: non si vedeva anima viva. Spinse delicatamente il cancelletto sconquassato in modo che girasse sui cardini senza far rumore. Il viale era deserto. La casa immersa nell'oscurità. Percorse il sentiero a passi cauti, continuando a guardarsi ai lati. Non voleva lasciarsi cogliere di sorpresa.

Improvvisamente si arrestò. Per un attimo, un barlume di luce era filtrato attraverso un'imposta. Dunque la casa non era disabitata. Dentro, c'era qualcuno.

Piano piano Wilbraham sgusciò fra i cespugli e avanzò lentamente in direzione del lato posteriore della casa. Finalmente trovò ciò che stava cercando. Una delle finestre del pianterreno, che dava su un piccolo retrocucina, non era chiusa con il gancio. Sollevò il telaio scorrevole, accese la torcia elettrica – l'aveva comprata in un negozio lungo la strada – esaminò l'interno del locale, che era deserto, e, scavalcando la finestra, vi entrò.

Con mille cautele aprì la porta del retrocucina. Nessun rumore. Accese di nuovo la torcia elettrica e si guardò intorno: una cucina... vuota. Sul fondo della stanza, pochi gradini e una porta che doveva, evidentemente, portare nella zona padronale della casa.

La spalancò e tese l'orecchio. Niente. La oltrepassò senza far rumore. C'erano due porte, una a destra e una a sinistra. Scelse quella di destra, ascoltò per un momento e poi girò la maniglia. Cedette. Lentamente, centimetro per centimetro, spalancò la porta e la oltrepassò.

Di nuovo accese la torcia elettrica e esaminò il locale in cui si trovava. Si trattava di una stanza completamente spoglia, senza neanche un mobile.

Proprio in quell'istante, udì un lieve rumore alle proprie spalle e si girò di scatto... troppo tardi. Qualcosa gli piombò sulla testa. Gli parve di precipitare nel vuoto e perse conoscenza.

Quando riprese i sensi, Wilbraham non era in grado di dire quanto tempo avesse trascorso in quello stato. Riacquistò conoscenza dolorosamente: la testa gli faceva molto male. Provò a muoversi ma si accorse che era impossibile. Era legato con una corda.

D'un tratto tornò in pieno possesso delle sue facoltà mentali. Adesso ricordava tutto. Era stato colpito alla testa.

La fievole luce di una lampada a gas, dall'alto della parete, gli rivelò che si trovava in una piccola cantina. Si guardò in giro e provò un tuffo al cuore. A pochi passi da lui giaceva Freda, legata anche lei. Aveva gli occhi chiusi ma, proprio mentre la osservava con ansia, sospirò e li aprì. Il suo sguardo smarrito si posò su di lui e subito vi apparve un'espressione di gioia· lo aveva riconosciuto.

«Anche lei!» disse. «Cosa è successo?»

«L'ho abbandonata nei guai» disse Wilbraham. «Sono caduto a capofitto nella trappola! Mi dica, mi ha mandato un biglietto in cui mi chiedeva di incontrarla qui?»

Gli occhi della ragazza si spalancarono, pieni di stupore. «*Io*? Ma è stato *lei* a mandarmelo!»

«Oh, dunque io le avrei mandato un messaggio?»

«Sì. L'ho ricevuto in ufficio. Mi dava appuntamento qui, invece che a casa.»

«Hanno adoperato lo stesso metodo per tutti e due» brontolò lui, e le spiegò come dovevano essere accaduti i fatti.

«Capisco» disse Freda. «Allora devono aver combinato tutto per...»

«Per mettere le mani su quel documento. Ieri devono averla seguita. Ecco come hanno fatto a capire che c'entravo anch'io, in questa storia.»

«E... se ne sono impadroniti?» domandò Freda.

«Disgraziatamente non posso né vedere né sentire in tasca» disse il soldato, guardandosi tristemente le mani legate.

Poi entrambi sussultarono, sbarrando gli occhi. Una voce aveva parlato... una voce che sembrava provenire dall'alto.

«Sì, grazie» disse. «Certo che ci ho messo sopra le mani! Nessun dubbio in proposito.»

La voce invisibile li fece rabbrividire.

«Il signor Reid» mormorò Freda.

«Reid non è che uno dei miei nomi, cara signorina» disse la voce. «Soltanto uno. Ne ho moltissimi. E ora, mi spiace di dover dire che avete interferito nei miei piani... e questa è una cosa che non permetto mai. Il fatto che abbiate scoperto questa casa è grave. Non ne avete ancora parlato con la polizia, però potreste comunque farlo in futuro.

«Ho una gran paura di non potermi assolutamente fidare di voi. Potreste anche promettermi di non farlo... ma raramente si mantengono le promesse. E poi, vedete, questa casa mi è molto utile. Potremmo definirla la mia stanza di compensazione. La casa dalla quale non si ritorna. Da qui si passa... altrove. Voi, mi dispiace, siete in partenza. Spiacevole, ma necessario.»

La voce fece una brevissima pausa, poi riprese: «Nessuno spargimento di sangue. Non lo sopporto. Il mio metodo è molto più semplice. Fra l'altro, non è affatto doloroso, a quanto mi pare di capire. Bene, adesso devo andarmene. Buonasera a entrambi».

«Senta un po'!» Fu Wilbraham a parlare, questa volta. «Faccia quello che vuole di me, ma questa ragazza non ha nessuna colpa... assolutamente nessuna. Credo che non si pentirà se la lascia libera.»

Non ci fu risposta.

Proprio in quell'istante Freda urlò: «L'acqua... l'acqua!».

Wilbraham provò a girarsi faticosamente e seguì la direzione degli occhi della ragazza. Da un foro vicino al soffitto stava scendendo un piccolo e continuo rivolo d'acqua.

Freda proruppe in un grido isterico: «Vogliono farci annegare!».

La fronte di Wilbraham si coprì di sudore. «Non siamo ancora finiti» disse. «Chiederemo aiuto. Grideremo. Qualcuno dovrà ben sentirci! Su, proviamo, tutti e due insieme.»

Urlarono e gridarono con tutta la voce che avevano in gola. E smisero soltanto quanto furono rauchi.

«Niente da fare, temo» disse Wilbraham con tristezza. «Siamo troppo al di sotto del livello della strada e suppongo che le porte siano imbottite. Del resto, se c'era la possibilità che qualcuno sentisse, sono sicuro che quel mascalzone ci avrebbe imbavagliato.»

«Oh!» gridò Freda. «Ed è tutta colpa mia. Sono stata io a cacciarla in questo guaio!»

«Non si preoccupi per questo, cara. È a lei che penso. Io mi sono già trovato altre volte in una situazione disperata e sono sempre riuscito a venirne fuori. Non si scoraggi. La tirerò fuori di qui. Abbiamo ancora molto tempo. Al ritmo con cui scende l'acqua, ci vorranno ore prima che succeda il peggio.»

«Lei è un uomo magnifico!» esclamò Freda. «Non ho mai incontrato nessuno che le assomigli... salvo che nei romanzi.»

«Stupidaggini... basta soltanto un po' di buon senso. E adesso, bisogna che allenti un po' queste maledette corde.»

Dopo un quarto d'ora, a furia di divincolarsi e di sforzarsi, Wilbraham notò, soddisfatto, che i lacci che lo imprigionavano si erano notevolmente allentati. Infine riuscì a piegare la testa e ad alzare i polsi in modo da aggredire i nodi con i denti.

Una volta liberate le mani, il resto fu solo questione di tempo. Rattrappito, con i muscoli induriti e doloranti, ma libero, si chinò sulla ragazza. Un minuto più tardi anche lei era libera.

Intanto l'acqua era salita soltanto fino a coprire le loro caviglie.

«E adesso» disse l'ex ufficiale «bisogna uscire di qui.»

La porta della cantina era rialzata rispetto al pavimento e, per raggiungerla, bisognava salire qualche gradino. Il maggior Wilbraham la esaminò.

«Nessuna difficoltà» stabilì. «È di legno dolce. Cederà subito, vicino ai cardini.» Vi appoggiò le spalle e cominciò a spingere con tutte le sue forze.

Si sentì uno scricchiolio di legno spezzato... un tonfo, e la porta cedette: i cardini erano saltati.

Fuori, una rampa di scale. E in cima, un'altra porta. Questa volta, la faccenda era ben diversa. Ora si trattava di un uscio di legno solido, con sbarre di ferro.

«Sarà un po' più difficile» disse Wilbraham. «Oh, guarda come siamo fortunati! Non è chiusa a chiave.»

La aprì, occhieggiò dall'altra parte, poi fece segno alla ragazza di procedere. Sbucarono in un corridoio, dietro la cucina. Ancora un minuto, ed eccoli sotto le stelle di Friars Lane.

«Oh!» esclamò Freda con un lieve singhiozzo. «Oh, com'è stato terribile!»

«Mia povera piccina.» La prese fra le braccia. «Lei è stata fantastica, e coraggiosissima! Freda... tesoro... angelo mio... Vorresti... voglio dire... ti amo, Freda. Vuoi sposarmi?»

Dopo un opportuno e soddisfacente intervallo, il maggiore Wilbraham disse, sogghignando:

«Ma c'è dell'altro! Abbiamo ancora il messaggio che spiega come trovare il nascondiglio segreto di quell'avorio!»

«Ma se te lo hanno portato via!»

Il maggiore ridacchiò ancora. «È proprio quello che non hanno fatto! Vedi, ne avevo fatta una copia falsa e, prima di raggiungerti, stasera, ho infilato il documento vero in una lettera che stavo per spedire al mio sarto, e l'ho imbucato. Così a loro è rimasta in mano soltanto una copia falsa... e che si divertano! Glielo auguro con tutto il cuore! Sai cosa faremo, tesoro? Andremo in Africa orientale in luna di miele e cercheremo quel nascondiglio segreto!»

Parker Pyne lasciò il suo ufficio e salì due rampe di scale. Qui, in una stanza proprio in cima alla casa, c'era la signora Oliver, famosa scrittrice di romanzi d'avventura, ormai entrata in pianta stabile a far parte dei collaboratori del signor Pyne.

Parker Pyne bussò delicatamente alla porta ed entrò. La signora Oliver era seduta davanti a un tavolo sul quale si trovavano una macchina da scrivere, parecchi blocchi d'appunti, una certa confusione di fogli scritti sparsi qua e là, nonché un grosso sacchetto di mele.

«Un'ottima storia, signora Oliver» disse Parker Pyne con aria compiaciuta.

«È andata bene?» chiese la signora Oliver. «Mi fa piacere.»

«La faccenda della cantina invasa dall'acqua» disse Parker Pyne «non vede che... in seguito... magari qualcosa di più originale...?» Aveva fatto la proposta con la dovuta cautela.

La signora Oliver scosse la testa e prese una mela dal sacchetto. «Non direi, signor Pyne. Vede, la gente è abituata a leggere di queste cose. L'acqua che sale in una cantina, il gas che avvelena, eccetera... Sono cose che, se uno le conosce già, aggiungono un briciolo in più di brivido, quando finiscono per capitare sul serio! Il pubblico è conservatore, signor Pyne: ama le astuzie e le invenzioni più trite e banali!»

«Be', se lo dice lei!» ammise Parker Pyne, pensando ai quarantasei romanzi di successo della scrittrice, tutti *bestseller* in Inghilterra e negli Stati Uniti, tradotti in francese, tedesco, italiano, ungherese, finlandese, giapponese e abissino. «E le spese?»

La signora Oliver trasse un foglio verso di sé. «Molto contenute, nel complesso. I due negri, Percy e Jerry, hanno chiesto molto poco. Il giovane Lorrimer, l'attore che ha impersonato il signor Reid, ha accettato un compenso di cinque ghinee. Il discorso in cantina era registrato, naturalmente.»

«Whitefriars mi è stata utilissima» disse il signor Pyne. «L'ho comprata per quattro soldi ed è già stata la scena di undici drammi, uno più emozionante dell'altro.»

«Oh!, dimenticavo quello che abbiamo dato a Johnny. Cinque scellini.»

«Johnny?»

«Sì. Il ragazzino incaricato di versare l'acqua dalle brocche attraverso il buco nel muro.»

«Ah, sì. A proposito, signora Oliver, come fa a conoscere lo swahili?»

«Non lo conosco.»

«Capisco. Il British Museum, forse?»

«No, l'Ufficio informazioni Delfridge.»

«Ah, come sono fantastiche le risorse del mondo commerciale moderno!» mormorò.

«L'unica cosa che mi preoccupa è che quei due bravi figlioli non troveranno nessun bottino nel famoso nascondiglio quando arriveranno nel posto indicato.»

«Non si può avere tutto a questo mondo» disse Parker Pyne. «Avranno avuto una luna di miele!»

La signora Wilbraham era distesa su una sedia a sdraio. Suo marito stava scrivendo una lettera. «Che giorno è oggi, Freda?»

«Il sedici.»

«Il sedici. Perbacco!»

«Cosa c'è, caro?»

«Niente. Mi sono ricordato di un tale che si chiama Jones.»

Anche quando si è sposati felicemente, ci sono cose che non vengono dette, mai.

«Accidenti» esclamò il maggiore Wilbraham. «Avrei dovuto andare da lui a farmi restituire i miei soldi.» Poi, dato che era un uomo onesto, provò a guardare l'altro aspetto della questione. "In fondo, sono stato io a non attenermi agli accordi. Forse, se fossi andato da Jones, qualcosa sarebbe successo. Ad ogni modo, se non fossi andato a trovare quel Jones, non avrei mai udito le grida di aiuto di Freda e, forse, non ci saremmo mai conosciuti. Così, indirettamente, forse, hanno ben diritto di tenersi quelle cinquanta sterline!"

Anche la signora Wilbraham stava seguendo il filo dei suoi pensieri. "Che piccola stupida sono stata a credere in quell'annuncio e a pagare a quella gente tre ghinee. Naturalmente, non hanno mosso un dito per me e non è successo niente. Se soltanto avessi immaginato quello che stava per succedere... prima il signor Reid, e poi il modo insolito e romantico con il quale Charlie è entrato nella mia vita! E pensare che forse, *per un puro caso*, non lo avrei mai incontrato!"

Si voltò e rivolse un sorriso di adorazione a suo marito.

Il caso
del marito scontento

Indubbiamente una delle maggiori qualità del signor Pyne era il suo comportamento così accattivante. Aveva un atteggiamento che invitava alla confidenza. Conosceva bene quella specie di paralisi che colpiva i clienti non appena varcavano la soglia del suo ufficio. Ed era compito del signor Pyne preparare il terreno alle necessarie rivelazioni.

Proprio quella mattina, si trovava davanti un nuovo cliente, un certo signor Reginald Wade. Il signor Wade, lo intuì subito, era uno di quei tipi che soffrono di mutismo congenito. Quelli che faticano a tradurre in parole tutto ciò che riguarda emozioni e sentimenti.

Era alto, robusto, con due occhi azzurri miti e simpatici, e la carnagione molto abbronzata. Si era seduto e adesso fissava Parker Pyne, torturandosi i baffetti, con tutto il pathos tormentoso di un animale privo di intelligenza.

«Visto il suo annuncio, sa» esclamò parlando a scatti. «Pensato di passare a vedere. Un po' strana come cosa, ma non si sa mai, vero?»

Il signor Pyne interpretò correttamente queste osservazioni misteriose. «Quando le cose vanno male, si è sempre disposti a rischiare» insinuò.

«Ecco. Proprio così. Sono disposto a rischiare... in qualsiasi modo. Le cose mi stanno andando male, signor Pyne. Non so che farci! Difficile, sa; maledettamente difficile.»

«Ecco, appunto» disse il signor Pyne «dove intervengo io! Perché *io so* cosa fare! Sono specialista di ogni genere di afflizione che colpisce l'umanità!»

«Ehi, dico... non generalizziamo un po' troppo?»

«Nient'affatto. Le afflizioni dell'umanità possono venir facilmente classificate sotto pochissime voci principali. C'è la cattiva salute. C'è la noia. Ci sono le mogli che creano guai ai mariti. Ci sono i mariti che sono nei guai a causa delle mogli.»

«A dir il vero, ha proprio colpito nel segno. Proprio in pieno!»

«Mi racconti» disse il signor Pyne.

«Non c'è molto da raccontare. Mia moglie vuole che le conceda il divorzio per essere libera di sposare un altro.»

«Una richiesta molto comune di questi tempi. E lei invece, a quanto mi sembra di capire, non è esattamente dell'opinione di sua moglie, vero?»

«Le voglio bene» disse il signor Wade con semplicità. «Capisce... be', ecco, le voglio bene.»

Una dichiarazione semplice e piuttosto incolore, ma se il signor Wade avesse detto: "L'adoro. Venero il terreno su cui posa i piedi. Mi farei a pezzettini per lei" non sarebbe certo risultato più esplicito al signor Pyne.

«Al tempo stesso, capisce» proseguì il signor Wade «cosa ci posso fare? Voglio dire che si è talmente impotenti! Se lei preferisce quell'altro... bene, bisogna saper stare al gioco. Tirarsi da parte e via dicendo.»

«L'idea sarebbe che fosse la signora Wade a chiedere il divorzio?»

«Naturalmente. Non permetterei che la costringessero a presentarsi in tribunale per la causa di divorzio come parte colpevole.»

Il signor Pyne lo guardò pensieroso. «Ma perché è venuto da me? Perché?»

L'altro rise confuso. «Non lo so. Vede, io non sono intelligente. Non riesco a pensare a quello che si potrebbe fare. Mi è venuto in mente che lei potrebbe... suggerire qualcosa. Ho sei mesi di tempo, capisce. Mi ha concesso almeno questo. Se alla fine dei sei mesi, mia moglie sarà sempre dello stesso parere... bene, allora, me ne andrò. Pensavo che lei potrebbe darmi un paio di suggerimenti. Attualmente, qualsiasi cosa io faccia, le do fastidio.

«Vede, signor Pyne, il succo della faccenda è questo: io non sono un tipo brillante! A me piace tirar palline: una bella partita a golf, un buon *set* a tennis. Non capisco niente di musica, arte e via dicendo. Mia moglie è intelligente. Le piacciono i quadri, l'opera e i concerti e, naturalmente, con me si annoia. Quest'altro uomo... un tipo insopportabile con i capelli lunghi... lui, invece, capisce tutto di questi argomenti. E ne sa parlare. Io no. Sotto un certo punto di vista, posso capire come una donna bella e intelligente si scocci da morire con un cretino come me!»

Il signor Parker Pyne si lasciò sfuggire un brontolio. «Da quanto tempo... siete sposati?... Nove anni? E immagino che lei abbia adottato lo stesso atteggiamento fin dal principio. Sbagliato, mio caro signore. Completamente sbagliato! Non bisogna mai sentirsi in colpa e chiedere scusa a una donna! Sua moglie finirà col pensare di lei quello che lei pensa di se stesso... e si merita che sia così. Avrebbe dovuto parlare di arte e musica come di "tutte quelle stupidaggini che piacciono a mia moglie". Avrebbe dovuto rammaricarsi con lei perché non è capace di fare un po' meglio certi sport! L'umiltà, mio caro signore, è la tomba dei matrimoni. Non esiste donna che possa sopportarla. E non c'è da meravigliarsi che sua moglie, a un certo punto, ne abbia avuto fin sopra i capelli!»

Il signor Wade lo stava fissando sbalordito. «Bene» disse «e allora? Secondo lei, cosa dovrei fare?»

«Già, il punto è proprio questo. Se c'era qualcosa da fare, avrebbe dovuto pensarci nove anni fa. Adesso è troppo tardi. Bisogna adottare nuove tattiche. Non ha mai avuto una relazione con un'altra donna?»

«Assolutamente no!»

«Forse avrei dovuto spiegarmi meglio: un leggero flirt?»

«Non mi sono mai interessato molto delle donne.»

«Un errore. Deve cominciare adesso.»

Il signor Wade assunse un'aria allarmata. «Oh, senta un

momento. Non posso, sul serio, mi creda! Voglio dire che...»

«Non deve preoccuparsi, dia retta a me! A questo scopo potrò fornirle una persona del mio ufficio. Le spiegherà ciò che le verrà richiesto e, qualora lei dovesse rivolgerle certe attenzioni, la persona in questione saprà, naturalmente, che si tratta soltanto di un semplice rapporto di affari.»

Il signor Wade parve molto sollevato. «Così va meglio. Ma lei crede davvero...? Secondo me, facendo così, Iris avrà più voglia che mai di liberarsi di me!»

«Lei non capisce la natura umana, signor Wade. E meno ancora, quella femminile. Attualmente, da un punto di vista femminile, lei è un prodotto inutilizzabile. Perché dovrebbe interessare a una donna un oggetto che nessuno vuole? Ma provi a considerare la situazione da un altro angolo. Supponiamo che la signora Wade scopra che lei anela a riacquistare la libertà, né più né meno di quanto desidera lei...»

«In tal caso dovrebbe essere soddisfatta!»

«Potrebbe darsi, ma nel suo caso non sarà assolutamente così. Per di più, si accorgerà che lei ha attirato l'interesse di una giovane donna affascinante, una creatura talmente bella da potersi permettere di scegliere chi vuole. Immediatamente, le sue azioni saliranno. Sua moglie sa benissimo che tutti i suoi amici diranno che è proprio lei, signor Wade, a essere stanco del matrimonio, lei che vuole sposare una donna più attraente. E questo le darà un gran fastidio!»

«Lo crede davvero?»

«Ne sono sicuro! Non sarà più "il povero vecchio, caro Reggie", ma diventerà "quel furbacchione del vecchio Reggie". Una bella differenza! Senza mollare l'altro, sua moglie cercherà di riprenderla. Ma lei non acconsentirà. Si dimostrerà pieno di buon senso, ripeterà a Iris tutte le argomentazioni che a suo tempo lei aveva usato. "Meglio la separazione." "Incompatibilità di carattere." Deve capire che se è vero ciò che sua moglie ha detto, cioè che lei non l'ha mai capita, è anche vero, però, che *sua moglie* non ha mai capito *lei*. Ma adesso è inutile entrare nel merito di questo punto: riceverà le istruzioni al momento opportuno.»

Il signor Wade continuava a sembrare dubbioso. «Crede proprio che questo suo piano funzionerà?» domandò incerto.

«Non sosterrò che ne sono sicuro al cento per cento» disse Parker Pyne, cauto. «Esiste anche la possibilità che sua moglie sia talmente innamorata di quell'altro, che qualsiasi cosa lei può dire o fare la lasci, comunque, indifferente. Ma considero abbastanza improbabile questa eventualità. Quasi sicuramente Iris è stata spinta a cominciare questa relazione per pura e semplice noia... noia dell'atmosfera di devozione e di assoluta fedeltà con la quale, lei, molto poco saggiamente, l'ha circondata. Se seguirà le mie istruzioni, le possibilità sono... diciamo al novantasette per cento... a suo favore.»

«Niente male» disse il signor Wade. «Ci sto. A proposito... ehm... quanto?»

«Il mio compenso è di duecento ghinee, pagabili anticipate.»

Il signor Wade estrasse il libretto degli assegni.

Il giardino di Lorrimer Court, nel sole pomeridiano, era incantevole. Iris Wade, distesa su una sedia a sdraio, costituiva una deliziosa macchia di colore. Era vestita in delicate sfumature di *mauve* e un trucco abilissimo le permetteva di apparire molto più giovane dei suoi trentacinque anni.

Stava parlando con un'amica, la signora Massington, che aveva sempre trovato molto comprensiva. Ambedue erano afflitte da mariti atletici che sapevano solo parlare, alternativamente, di titoli e azioni, oppure di golf.

«... e così si impara a vivere e a lasciar vivere» concluse Iris.

«Sei straordinaria, carissima» disse la signora Massington, e aggiunse pronta: «Dimmi un po', chi *è* quella ragazza?».

Iris alzò stancamente una spalla. «Non è a me che devi chiederlo! È stato Reggie a trovarla. È l'amichetta di Reggie. Così divertente. Lo sai anche tu che Reggie, di solito, non guarda mai una ragazza. Bene, è venuto da me e dopo molti "ehm" e "uhm" mi ha detto finalmente che voleva invitare per il week-end questa signorina de Sara. Naturalmente mi sono messa a ridere... non ho potuto farne a meno. *Reggie*, figurati un po'! Bene, così è arrivata.»

«E dove l'ha conosciuta?»

«Non so. È stato molto vago su questa storia.»

«Forse la conosceva già da un po'.»

«Oh, non credo» disse la signora Wade. «Naturalmente» continuò «io sono felice... anzi felicissima. Voglio dire che mi facilita estremamente tutto, visto come stanno le cose. Perché ero molto *triste* per Reggie: è tanto caro, un vero tesoro. È quello che continuavo a ripetere a Sinclair... chissà come ne sarebbe rimasto ferito e addolorato Reggie! Ma lui insisteva che Reggie avrebbe superato; e bisogna proprio dire che, almeno apparentemente, è stato proprio così. Due giorni fa sembrava che Reggie avesse il cuore spezzato... e adesso vuole invitare per il week-end questa ragazza! Come dicevo, la faccenda *mi diverte*. Sono contenta quando vedo che Reggie se la spassa. Ho la vaga impressione che quel poverino pensasse che avrei potuto ingelosirmi! Che idea assurda! "Naturalmente" ho detto "fai pur venire la tua amica." Povero Reggie... come se fosse possibile che una ragazza di quel genere potesse interessarsi a lui. Si sta solo divertendo.»

«È incredibilmente affascinante» disse la signora Massington. «Quasi pericolosamente affascinante. Sai cosa voglio dire. Una di quelle ragazze che hanno occhi solo per gli uomini. Non so, non mi pare che sia proprio il tipo di una di quelle ragazze brave e simpatiche che sappiamo!»

«Probabilmente no» disse la signora Wade.

«Ha dei vestiti stupendi» disse la signora Massington.

«Quasi un po' troppo audaci, non trovi?»

«Ma devono essere costati un occhio!»

«Opulenta. Ecco, ha un'aria troppo opulenta.»

«Oh, stanno arrivando» disse la signora Massington.

Madeleine de Sara e Reggie venivano attraverso il prato. Ridevano, chiacchieravano e sembravano molto felici. Madeleine si lasciò cadere su una poltroncina, si tolse il cappello e si passò le mani fra gli stupendi capelli neri, ricci e inanellati.

Era innegabilmente bella.

«Abbiamo passato uno splendido pomeriggio!» gridò. «Accidenti, che caldo! Devo essere un orrore!»

Reggie Wade trasalì, innervosito: toccava a lui replicare. «Sembri... sembri...» Scoppiò in una risatina. «No, non lo dico cosa sembri» concluse.

Gli occhi di Madeleine incontrarono quelli di Wade. Un'occhiata piena della massima comprensione. La signora Massington la notò, alzando tutte le antenne.

«Dovrebbe giocare a golf» disse Madeleine alla padrona di casa. «Non sa cosa perde. Perché non prova? Io ho un'amica che l'ha fatto, è diventata una vera campionessa ed era molto più vecchia di lei.»

«Sono cose che non mi interessano» disse Iris freddamente.

«Non è brava negli sport? Oh, che brutto! Ci si sente così tagliati fuori, vero? Comunque, signora Wade, oggi si insegnano tutti gli sport talmente bene che quasi chiunque riesce a farli decentemente. Io, per esempio, l'estate scorsa sono migliorata moltissimo nel tennis. Invece, quanto al golf, sono senza speranza.»

«Sciocchezze!» disse Reggie. «Hai solo bisogno di esercizio. Ricordati i colpi di *brassie* che hai fatto oggi!»

«Perché tu mi hai mostrato come dovevo fare. Sei un maestro favoloso! C'è un mucchio di gente che non sa neanche da dove cominciare a insegnare al prossimo! Tu invece hai questo dono. Dev'essere magnifico essere come sei tu... sai fare qualunque cosa.»

«Sciocchezze» disse Reggie, confuso. «Non sono capace... non so fare assolutamente niente.»

«Deve essere molto orgogliosa di lui» disse Madeleine, rivolgendosi alla signora Wade. «Come ha fatto a conservarselo per tutti questi anni? Deve essere stata molto intelligente. Oppure lo teneva nascosto?»

La padrona di casa non le diede risposta. Afferrò un libro con la mano che le tremava.

Reggie mormorò qualcosa a proposito di andarsi a cambiare e si allontanò.

«Trovo che è stata molto, ma molto carina, a volermi qui»

disse Madeleine alla padrona di casa. «Certe donne sono così sospettose nei confronti delle amiche del marito! A me sembra che la gelosia sia una cosa assurda, vero?»

«Proprio così. Non mi passerebbe mai per la mente di essere gelosa di Reggie.»

«Che bella cosa! Perché si nota subito che è un uomo con un grande ascendente sulle donne. È stato uno shock quando ho saputo che era sposato. Mi piacerebbe sapere perché tutti gli uomini più affascinanti sono stati presi in trappola da giovani!»

«Mi fa piacere che trovi Reggie tanto affascinante» disse la signora Wade.

«Non le pare che lo sia, forse? Così bello e così straordinariamente bravo negli sport. E poi, quella sua finta indifferenza con le donne. È una cosa che stuzzica, sa!»

«Immagino che lei abbia molti amici» disse la signora Wade.

«Oh, sì. Preferisco gli uomini alle donne. Non riesco a capire il perché, ma le donne non sono mai veramente carine e gentili nei miei confronti.»

«Forse lei è troppo carina e gentile con i loro mariti» disse la signora Massington con una risata argentina.

«Be', qualche volta si prova compassione per certe persone. Quanti uomini simpatici ci sono, legati a delle mogli così noiose! Capisce di cosa parlo, vero? Quelle donne che si danno un sacco di tono, che fanno finta di avere pretese artistiche! Naturalmente agli uomini piacciono le personcine giovani e vivaci con cui fare quattro chiacchiere. Secondo me, le idee moderne sul matrimonio e sul divorzio sono così piene di buon senso! Ricomincia finché sei ancora giovane, con qualcuno che ha i tuoi stessi gusti, le tue stesse idee! In conclusione è meglio per tutti. Voglio dire che le mogli sussiegose e piene di arie, probabilmente, vanno a prendersi, alla fine, quegli individui con i capelli lunghi sulle spalle che appartengono al loro stesso ambiente e che le soddisfano. Io credo che ridurre le perdite e ricominciare da capo sia sempre una cosa saggia, non le pare, signora Wade?»

«Certamente.»

Madeleine sembrò accorgersi che l'atmosfera si era fatta leggermente glaciale. Mormorò qualcosa a proposito di andare a cambiarsi per il tè e le lasciò.

«Queste ragazze moderne sono creature detestabili» disse la signora Wade. «Hanno il cervello vuoto, sono senza idee!»

«Questa, Iris, un'idea in testa ce l'ha!» disse la signora Massington. «È innamorata di Reggie.»

«Stupidaggini!»

«È così, ti garantisco. Ho visto come lo guardava poco fa. Non gliene importa niente che sia sposato o no. Lo vuole. Disgustoso, dico io.»

La signora Wade restò in silenzio per un attimo, poi scoppiò in una tremula risatina. «In fondo» disse «che importanza può avere?»

Poco dopo anche la signora Wade salì di sopra. Suo marito era nello spogliatoio e si stava cambiando. Cantava.

«Ti sei divertito, caro?» disse la signora Wade.

«Oh, sì... piuttosto. Sì.»

«Mi fa piacere. Voglio che tu sia felice.»

«Sì, piuttosto.»

Reggie Wade sapeva che recitare una parte non era il suo forte. Ma, date le circostanze, andò a finire che l'imbarazzo creatogli dall'idea di fingere ciò che non era, gli fu notevolmente d'aiuto. Evitava gli occhi della consorte e trasaliva quando lei gli rivolgeva la parola. Si vergognava; odiava con tutte le sue forze quella specie di farsa. Niente avrebbe potuto produrre un miglior effetto. Era il quadro vivente della coscienza sporca.

«Da quanto tempo la conosci?» domandò la signora Wade all'improvviso.

«Ehm... chi?»

«La signorina de Sara, naturalmente.»

«Be', non saprei. Voglio dire... oh, da un po'.»

«Davvero? Non me ne hai mai parlato.»

«Sul serio? Forse me ne sono dimenticato.»

«Dimenticato, figuriamoci!» disse la signora Wade e se ne andò fra uno svolazzare di drappeggi color *mauve*.

Dopo il tè, il signor Wade mostrò alla signorina de Sara il roseto. Attraversarono il prato sapendo benissimo che due paia di occhi li seguivano attentamente.

«Stia un po' a sentire...» sentendosi al sicuro, perché nel roseto nessuno poteva vederlo, il signor Wade cercò di sfogarsi. «Stia un po' a sentire. Mia moglie, poco fa, mi ha guardato come se mi odiasse.»

«Non ci badi» disse Madeleine. «Va tutto a meraviglia.»

«Crede? Insomma, ecco quello che voglio dire: non mi garba mettermela contro. Durante il tè, ha detto parecchie cose sgradevoli.»

«Va tutto bene» ripeté Madeleine. «Si sta comportando in un modo magnifico.»

«Le pare proprio?»

«Sì.» Poi, abbassando la voce, continuò: «Sua moglie sta girando l'angolo della terrazza. Vuole vedere cosa stiamo facendo. Sarebbe meglio che mi baciasse».

«Oh!» esclamò il signor Wade, innervosito. «Devo proprio? Voglio dire...»

«Mi baci!» disse Madeleine con durezza.

Il signor Wade la baciò. Se la sua prestazione mancava un po' di *élan*, Madeleine vi rimediò. Gli buttò le braccia al collo. Il signor Wade barcollò.

«Oh!» disse.

«Lo ha trovato così sgradevole?» disse Madeleine.

«No, affatto» disse il signor Wade con galanteria. «Solo che... ecco, mi ha colto di sorpresa.» Poi aggiunse, con ansia: «Non le pare che siamo rimasti abbastanza nel roseto?».

«Sì, credo anch'io» disse Madeleine. «È stato un lavoretto molto utile, il nostro.»

Ritornarono sul prato. La signora Massington li informò che la signora Wade era andata a fare un riposino.

Più tardi, il signor Wade raggiunse Madeleine: aveva l'aria preoccupata.

«È in uno stato terribile... ha avuto un attacco isterico.»

«Bene.»

«Ci ha visti mentre la baciavo.»

«Bene, l'intenzione era quella!»

«Lo so, ma non potevo certo dirglielo, vero? Non sapevo come spiegarlo. Ho detto che... be', ecco, era capitato... così, senza intenzione.»

«Ottimo.»

«Iris ha detto che lei si è messa in mente di sposarmi e che lei è una poco di buono. Mi ha lasciato sconvolto... mi sembrava che fosse così ingiusto nei suoi confronti, Madeleine! In fondo, lei qui non sta che lavorando! Ho risposto che provavo il più profondo rispetto per lei, Madeleine, e che tutto quello che diceva mia moglie non era assolutamente vero, e ho paura di essermi arrabbiato quando Iris ha continuato ad accusarla!»

«Magnifico!»

«E poi mi ha detto di andarmene. Non vuole più parlarmi. Ha cominciato a dire che ha intenzione di fare i bagagli e di andarsene.» Era stralunato.

Madeleine sorrise. «Adesso le dico cosa deve rispondere a una frase del genere. Che sarà lei ad andarsene, che farà le valigie e tornerà in città.»

«Ma non ne ho la minima voglia!»

«Non si agiti. Non ci sarà costretto. Chissà come si torturerebbe sua moglie al pensiero di come se la spassa a Londra!»

La mattina dopo, Reggie Wade aveva un nuovo bollettino da riferire.

«Dice che ci ha pensato e che non è corretto andarsene, da parte sua, quando aveva acconsentito a restare per sei mesi. Ma ha aggiunto anche un'altra cosa: visto che io invito i miei amici, non vede perché non può fare altrettanto con i suoi. Così ha deciso di invitare Sinclair Jordan.»

«Sarebbe *lui*?»

«Precisamente, e che mi caschi il naso se voglio averlo sotto il mio tetto!»

«Invece deve» disse Madeleine. «Non si preoccupi, me ne occuperò io. Dica che, dopo averci pensato, non ha nessuna obiezione. Anzi, ha capito che lei non obietterà nulla se mi chiederà di prolungare il mio soggiorno.»

«Oh, povero me!» sospirò il signor Wade.

«Su, non si perda d'animo!» disse Madeleine. «Andrà tutto magnificamente. Altri quindici giorni... e i suoi guai finiranno.»

«Quindici giorni? Lo crede sul serio?» domandò il signor Wade.

«Se lo credo sul serio? Ne sono certa!» disse Madeleine.

Una settimana dopo Madeleine de Sara entrò nell'ufficio del signor Pyne e si lasciò cadere, affranta, su una seggiola.

«Entra la regina delle donne fatali» disse costui, sorridendo.

«Donne fatali!» esclamò Madeleine e proruppe in una risata amara. «Non ho mai faticato tanto a fare la seduttrice! Quell'uomo è ossessionato dalla moglie! È una malattia!»

Il signor Pyne sorrise. «Già, proprio così. Be', sotto un certo punto di vista questo rende più facile il nostro compito. Non sarei disposto tanto a cuor leggero a esporre al tuo fascino qualsiasi uomo, mia cara Madeleine!»

La ragazza sorrise. «Se immaginassi le difficoltà che ho avuto per convincerlo a baciarmi come se ci provasse davvero gusto!»

«Un'esperienza nuova per te, mia cara. E allora, hai raggiunto il tuo scopo?»

«Sì. Credo proprio di sì. Iera sera c'è stata una scenata terribile. Vediamo un po', il mio ultimo rapporto risale a tre giorni fa, vero?»

«Sì.»

«Bene, come ti ho detto, mi è bastata un'occhiata a quell'essere viscido e immondo, quel Sinclair Jordan. Non me lo sono più staccato di dosso, soprattutto perché, dal modo in cui mi vestivo, ha creduto che fossi piena di soldi. La signora Wade, naturalmente, era furiosa. Figuriamoci, entrambi i suoi uomini che mi facevano una corte spietata! Io ho fatto capire ben presto a chi andavano le mie preferenze. Ho preso in giro Sinclair Jordan, alla faccia sua... e per sbeffeggiare anche lei! Ho riso del suo modo di vestirsi, della lunghezza dei suoi capelli... Ho fatto notare che aveva le gambe a X.»

«Tecnica eccellente» disse Parker Pyne compiaciuto.

«Finché, ieri sera, i nodi sono venuti al pettine. La signora Wade non ha più resistito e si è scoperta. Mi ha accusato di rovinare il suo matrimonio. Reggie Wade, allora, ha accennato alla faccenduola di Sinclair Jordan, e lei ha risposto che quello era soltanto il risultato della sua infelicità e della solitudine che provava! Aveva notato che suo marito non era più quello di una volta, che sembrava distratto, ma certo non immaginava quale potesse esserne la causa. Ha dichiarato che loro erano sempre stati una coppia ideale, una coppia felice, che lei adorava suo marito e lui lo sapeva e che non voleva nessun altro che lui, e lui soltanto.

«Io ho risposto che, ormai, era troppo tardi per questo. Il signor Wade ha seguito le mie istruzioni in modo impareggiabile. Ha risposto che non gliene importava niente! Che voleva sposarmi! La signora Wade poteva prendersi il suo Sinclair come e quando voleva. Non c'era motivo di non iniziare subito le pratiche per il divorzio: era assurdo aspettare sei mesi.

«Poi ha continuato dicendo che, entro pochi giorni, sua moglie avrebbe avuto tutte le prove necessarie e avrebbe potuto dare ai suoi legali istruzioni in merito alla faccenda. Ha detto che non poteva più vivere senza di me. A questo punto la signora Wade si è portata le mani al petto accennando al suo cuore debole e abbiamo dovuto darle un po' di brandy. Ma lui non ha ceduto di un millimetro! Stamattina è partito per Londra e sono sicurissima che, questa volta, lei gli è corsa dietro.»

«Così tutto è finito per il meglio» disse il signor Pyne allegramente. «Un caso molto ben riuscito.»

La porta si spalancò e sulla soglia apparve Reggie Wade.

«Dov'è?» domandò avanzando nella stanza. «Dov'è?» Vide Madeleine. «Tesoro!» esclamò, e le afferrò le mani. «Tesoro, tesoro mio. Lo sapevi, vero, che facevo sul serio ieri sera... che ogni parola detta a Iris era vera e sacrosanta? Non riesco a spiegarmi come ho potuto essere cieco fino a questo punto. Ma ho capito tutto in questi ultimi tre giorni.»

«Capito cosa?» mormorò Madeleine con voce fievole.

«Che ti adoro. Che, per me, al mondo non c'è altra donna all'infuori di te. Iris può intentarmi la causa di divorzio e, quando sarà conclusa, mi sposerai, vero? Di' che mi sposerai, Madeleine. Ti adoro!»

Prese fra le braccia Madeleine, paralizzata dalla sorpresa, proprio nell'istante in cui la porta si spalancava di nuovo per far entrare, questa volta, una donna magra vestita di una sgradevole tonalità di verde.

«Lo sapevo!» disse la nuova arrivata. «Ti ho seguito! Lo sapevo che saresti andato da lei!»

«Le posso assicurare...» cominciò Parker Pyne, riprendendosi dallo stupore che lo aveva colpito.

Ma l'intrusa non gli badò affatto. Proseguì la sua tirata: «Oh, Reggie, non vorrai spezzarmi il cuore! Torna indietro, te ne supplico! Non parlerò mai più di quello che è successo. Imparerò a giocare a golf. Non frequenterò persone che non ti piacciono. Dopo tutti questi anni, quando siamo stati così felici insieme...».

«Non sono mai stato felice fino a questo momento» disse il signor Wade, continuando a fissare Madeleine. «Per tutti i diavoli, Iris: volevi sposare quel somaro di Jordan. Bene, perché non lo fai, allora?»

La signora Wade si lasciò sfuggire un gemito. «Lo odio! Non sopporto di averlo sotto gli occhi.» Si rivolse a Madeleine. «Donnaccia schifosa! Vampira... portarmi via il marito a questo modo!»

«Ma io non voglio suo marito» disse Madeleine, stravolta.

«Madeleine!» Il signor Wade la fissava disperato.

«Per piacere, vada via» disse Madeleine.

«Mi ascolti, non sto fingendo. Parlo sul serio.»

«Vada via!» gridò Madeleine in tono isterico. «*Vattene* via!»

Reggie mosse qualche passo riluttante verso la porta. «Tornerò» la avvertì. «Non ti illudere: mi rivedrai.» E uscì sbattendo la porta.

«Le ragazze del tuo stampo dovrebbero essere fustigate e marchiate a fuoco!» strillò la signora Wade. «Reggie è sempre stato un angelo con me, finché non sei arrivata tu! Adesso è talmente cambiato che non lo riconosco più.» Con un singhiozzo corse dietro a suo marito.

Madeleine e Parker Pyne si guardarono.

«Non so cosa farci» disse Madeleine, avvilita. «È un uomo simpaticissimo... un tesoro... ma non voglio sposarlo. Non immaginavo che potesse succedere una cosa simile. Sapessi come ho faticato per convincerlo a baciarmi!»

«Ehm!» disse Parker Pyne. «Mi spiace ammetterlo, ma è stato un errore di giudizio da parte mia.» Scosse tristemente la testa e, tirandosi vicino il fascicolo del signor Wade, scrisse sopra:

Caso fallito per cause naturali.
N.B.: Avrebbero dovuto essere previste.

TOMMY E TUPPENCE

La teiera

Qualche giorno dopo, Tommy e Tuppence Beresford presero possesso degli uffici dell'Agenzia Investigativa Internazionale, al secondo piano di un vecchio stabile malandato, a Bloomsbury. Sistemato in anticamera con un tavolino, Albert abbandonò definitivamente il ruolo del maggiordomo di Long Island e assunse quello di usciere che gli parve opportuno caratterizzare con un po' d'inchiostro sulle dita, i capelli arruffati e un sacchetto di caramelle a portata di mano. In anticamera, oltre alla porta d'ingresso, ce n'erano altre due con le scritte "Privato" e "Segreteria", che indicavano rispettivamente gli uffici di Tommy e Tuppence.

L'ufficio di Tommy non era grande, aveva però una bella scrivania, molte cassettiere vuote ma decorate da etichette, un armadio e due poltrone di cuoio. Il falso signor Blunt cercava di avere l'aria di chi ha passato la vita a dirigere una agenzia investigativa. Con l'aiuto di Tuppence aveva provato varie battute a effetto da rivolgere a inesistenti interlocutori telefonici durante i colloqui con i clienti. Quanto ad Albert, era stato opportunamente indottrinato.

Tuppence aveva un ufficio adeguato alle sue mansioni di dattilografa, sedie e tavolo di qualità inferiore a quelli del direttore e un fornellino per il tè.

Non mancava niente, solo i clienti, ma Tuppence, con l'entusiasmo dei neofiti, ardeva di speranza.

«Sarà stupendo! Scoveremo assassini, ritroveremo gioielli rubati, recupereremo gente sparita da anni, smaschereremo spie e truffatori...»

Tommy ritenne doveroso smorzare quegli entusiasmi. «Calmati, Tuppence. Dimentica i romanzi dozzinali che sei abituata a leggere. I nostri clienti, se mai ne avremo, saranno mariti che vogliono far pedinare le mogli e mogli che vogliono far pedinare i mariti. Le agenzie investigative vivono sulle ricerche di prove per il divorzio.»

«E va bene, vuol dire che noi rifiuteremo di occuparcene e miglioreremo il livello della nostra nuova professione.»

«Se lo dici tu.»

Dopo una settimana, i risultati erano scoraggianti.

«Tre sceme col marito che le lascia a casa per il week-end, tutto qui» sospirò Tommy. «È venuto qualcuno mentre ero fuori a far colazione?»

«Un vecchio grasso con una moglie frivola» rispose Tuppence con un altro sospiro. «Da anni leggevo sui giornali che il divorzio è una piaga che sta dilagando, ma solo questa settimana ho capito che è proprio vero. Non ne posso più di dover dire "Non ci occupiamo di divorzi".»

«Adesso l'abbiamo aggiunto anche nell'annuncio pubblicitario, vedrai che andrà meglio.»

«È anche ben fatto, il nostro annuncio, speriamo che sia utile. Non voglio lasciarmi abbattere. Piuttosto ammazzo qualcuno, così tu apri l'indagine, scopri che sono stata io...»

«E vengo a salutarti a Bow Street o Vine Street, non mi ricordo più dove le portano quelle come te.»

«E torni scapolo.»

«E tu vai in prigione.»

«Insomma, qualcosa bisogna fare. Trabocchiamo di ingegno e non possiamo usarlo.»

«Ho sempre apprezzato il tuo coraggioso ottimismo, Tuppence. A quanto pare non hai dubbi sulle tue capacità.»

«Proprio così, non ho dubbi.»

«Devi considerare che manchi di esperienza.»

«Ho letto tutti i romanzi polizieschi che sono usciti negli ultimi dieci anni.»

«Anch io, ma ho l'impressione che non possano esserci di grande aiuto.»

«Sei sempre stato un pessimista, Tommy. Bisogna avere fiducia in se stessi.»

«Tu nei hai fin troppa.»

«Ammetto che nei romanzi polizieschi, potendo procedere a ritroso, tutto diventa facile. Se conosci la soluzione, riesci a individuare e collegare gli indizi, ma vorrei sapere...»

«Che cosa?»

«Niente» mormorò Tuppence. «Ho un'idea ma è ancora molto vaga.» Si alzò di scatto. «Vado a comperarmi un cappello.»

«Un altro!» gemette Tommy.

«L'ho già visto, è bellissimo» ribatté Tuppence e uscì.

Nei giorni successivi, Tommy le chiese due o tre volte qual era l'idea cui aveva accennato e Tuppence rispose che non poteva ancora parlargliene, ma una mattina, una splendida, meravigliosa mattina, arrivò il primo cliente e nessuno pensò più a nient'altro.

Squillò il campanello della porta d'ingresso e Albert, che si era appena messo in bocca una caramella al limone, urlò un «avanti» simile a un ruggito e, meravigliato e felice perché finalmente si era presentata la Grande Occasione, inghiottì la caramella.

Sulla soglia gli apparve, un po' esitante, un uomo giovane, elegantissimo.

"Un figurino" disse tra sé Albert, che era molto preciso nei giudizi.

Il giovanotto poteva avere ventiquattro o venticinque anni, aveva i capelli pettinati all'indietro con la brillantina, gli occhi un po' arrossati e niente mento.

Pieno di ammirazione, Albert premette un pulsante sotto la scrivania e quasi immediatamente scoppiò un ticchettio furibondo, quasi una scarica di fucile, dietro la porta della segreteria. Tuppence era corsa al suo posto di lavoro.

Quel ronzio da officina in attività, rese il giovane ancora più timido.

«Volevo... è questa la... come si chiama, l'Agenzia dei Superdetective di Theodore Blunt?»

«Vuole parlare col signor Blunt in persona?» chiese Albert, lasciando intendere che non era cosa facile.

«Veramente sì... non si può?»

«Ha un appuntamento?»

«Eh... no.»

«È sempre meglio avvisare prima. Il signor Blunt è molto occupato in questo momento, sta parlando al telefono con Scotland Yard.»

Il giovane parve giustamente impressionato.

Albert abbassò la voce e gli offrì un'informazione strettamente confidenziale: «Hanno rubato dei documenti da un ufficio ministeriale. Il signor Blunt si occupa delle indagini».

«Perbacco, dev'essere una persona eccezionale.»

«Lui? Oh sì, davvero eccezionale.»

Il giovanotto si mise a sedere su una sedia, ignaro che due paia d'occhi lo fissavano da due spioncini accortamente ricavati nelle due porte: gli occhi di Tuppence, che smetteva ogni tanto di tempestare sulla macchina da scrivere, e gli occhi di Tommy che aspettava il momento opportuno per intervenire.

Finalmente suonò un campanello sul tavolo di Albert.

«Ora il direttore è libero. Vado a vedere se può riceverla» disse Albert.

Tornò quasi subito. «Entri pure.»

Il visitatore si vide accolto da un uomo giovane, coi capelli rossi, vivace ed efficiente.

«Si accomodi. Ha bisogno di me?»

«Sì, ho bisogno del suo aiuto... ma come è giovane!»

«Il tempo dei Vecchi Saggi è finito» esclamò Tommy, agitando con leggerezza una mano. «Chi ha voluto la guerra? Loro! Chi è responsabile della disoccupazione attuale? Loro! Chi ha creato le basi della società ingiusta in cui viviamo? Loro, i Vecchi Saggi!»

«Credo che abbia ragione» ammise il cliente. «Un mio amico, che è poeta, o almeno crede di esserlo, dice le stesse cose.»

«Le garantisco, signore, che tra il personale dell'agenzia non c'è nessuno che abbia più di venticinque anni» affermò Tommy, e poiché il personale dell'agenzia era costituito da

Tuppence e Albert, nessuno avrebbe potuto obiettare il contrario. «Ora vuole espormi la ragione della sua visita?»

«Voglio che cerchi una persona che è scomparsa.»

«Mi dia qualche particolare.»

«Ma... è un po' difficile, è una questione delicata. Alla ragazza potrebbe dispiacere che... insomma, non riesco a spiegarmi.»

Era smarrito, e Tommy lo ascoltava con impazienza. Era ora di colazione e prevedeva che farsi raccontare tutto, oltre a essere poco divertente gli avrebbe portato via un bel po' di tempo.

«La ragazza se n'è andata o sospetta che sia stata rapita?» domandò bruscamente.

«Non lo so, non so niente.»

Tommy prese matita e taccuino.

«Prima di tutto mi dia il suo nome» disse. «L'usciere sa che non deve chiederlo per una questione di riservatezza.»

«Ah bene, è una bella cosa. Mi chiamo Smith.»

«Ma no!» esclamò Tommy. «Io voglio sapere il nome vero!»

«Ehm... St. Vincent. Lawrence St. Vincent.»

«È strano che ci siano così poche persone che si chiamano davvero Smith. Io non ne conosco neanche una. Eppure, su dieci persone che non vogliono dire chi sono, nove dicono di chiamarsi Smith. Sto scrivendo una monografia su questo argomento.»

Il suono discreto del telefono interno sulla scrivania, avvertì Tommy che Tuppence era ansiosa di intervenire e siccome lui voleva andare a far colazione e il signor St. Vincent gli era antipatico, le lasciò volentieri campo libero.

«Mi scusi» disse e sollevò il ricevitore.

Sul suo viso si alternarono rapidamente la sorpresa, la costernazione e una leggera, persistente inquietudine. «Come?» disse. «Il primo ministro in persona? Immagino che dovrò andarci immediatamente.»

Riattaccò e si rivolse al signor St. Vincent. «Caro signore, la prego di scusarmi. Sono stato convocato d'urgenza. Esponga il suo caso alla mia segretaria personale che provvederà a informarmi.» Si avvicinò alla porta accanto. «Signorina Robinson!»

Tuppence, ordinata e compita, coi capelli ravviati e il colletto e i polsini di pizzo, entrò a passo di danza. Tommy la presentò al signor St. Vincent e uscì.

Tuppence sedette alla scrivania, lesse gli appunti del signor Blunt e disse con voce amabile: «Dunque, una signorina cui è molto interessato è scomparsa. È giovane?».

«Oh sì, giovanissima» rispose St. Vincent «e anche molto molto bella.»

Tuppence si fece più seria. «Dio mio» mormorò «non sarà stata...»

«Pensa che le sia successo qualcosa di male?» chiese angosciato St. Vincent.

«No no, speriamo per il meglio» rispose Tuppence con una falsa allegria che avvilì il povero cliente.

«Ci pensi lei, signorina Robinson. Non badi a spese, non voglio che le accada niente di male. Mi sembra una persona sensibile, per questo oso confidarmi con lei. Mi creda, io bacerei il terreno dove quella creatura posa il piede. Dovrebbe conoscerla, è il massimo che si possa immaginare.»

«Mi dica come si chiama e tutto quello che sa di lei.»

«Si chiama Jeanet, il cognome non lo so. Lavora nel negozio di cappelli di madame Violette, in Brook Street, ma... è una personcina distinta e per bene, anzi più d'una volta mi ha dato qualche lezione... ieri ero andato ad aspettarla all'uscita del negozio, ho visto le sue compagne, ma lei non c'era. Ho saputo poi che non era andata a lavorare quel giorno e senza neanche avvisare... Madame Violette era molto seccata. Avevo il suo indirizzo di casa e sono andato a cercarla, ma mi hanno detto che la sera prima non era tornata e nessuno sapeva dove fosse. Ero sconvolto, volevo andare alla polizia, ma sapevo che se si era allontanata volontariamente e non le era successo niente di grave, non me l'avrebbe mai perdonato. Poi mi sono ricordato che proprio lei un giorno mi aveva mostrato il vostro annuncio sul giornale e mi aveva detto che una signora, che era andata a comperare un cappello da madame Violette, le aveva parlato con entusiasmo della vostra agenzia. E sono venuto a chiedervi aiuto.»

«Dove abita la signorina?» chiese Tuppence.

St. Vincent le diede l'indirizzo.

«Credo di non aver bisogno d'altro» disse Tuppence. «Posso chiederle se siete fidanzati?»

St. Vincent arrossì.

«No... insomma non esattamente, ma appena la rivedrò... se la rivedrò, voglio chiederle di sposarmi.»

Tuppence mise da parte il taccuino. «Desidera il nostro servizio speciale ventiquattr'ore?» chiese con tono rigidamente professionale.

«Di che si tratta?»

«Le spese sono raddoppiate, ma tutto il personale disponibile viene impiegato alla soluzione del caso. Se la signorina è viva, domani a quest'ora sarò in grado di dirle dov'è.»

«Ma è fantastico!»

«Ci serviamo solo di agenti qualificati e possiamo garantire il risultato delle nostre indagini.»

«Avete una buona organizzazione.»

«Eh sì. A proposito, non mi ha descritto fisicamente la sua amica.»

«Ha dei capelli meravigliosi, color oro, oro cupo, come un tramonto assolato. Prima di conoscerla non pensavo mai ai tramonti e neanche alle poesie, non sapevo neanche che ce ne fossero tante di poesie.»

«Capelli rossicci» annotò Tuppence senza lasciarsi commuovere. «Statura?»

«Alta, abbastanza alta. Occhi a mandorla, azzurro scuro e un modo di fare risoluto che... che affascina.»

Tuppence scrisse ancora qualche parola, chiuse il taccuino e si alzò.

«Torni domani alle due e mezzo e avrò qualche notizia da darle» disse. «Buongiorno, signor St. Vincent.»

Quando Tommy tornò, Tuppence stava consultando una pagina del Debrett, l'almanacco dei Pari d'Inghilterra.

«Adesso so tutto» disse. «Lawrence St. Vincent è nipote ed

erede del conte di Cheriton. Se troviamo la ragazza ci facciamo pubblicità nel bel mondo.»

«Secondo te che cosa le è successo?»

«Secondo me è fuggita perché era troppo innamorata e temeva di compromettere la sua pace interiore.»

«No, sono cose che le ragazze fanno solo nei romanzi.»

«Forse, ma è una spiegazione romantica che non dispiacerebbe a St. Vincent. È di temperamento sentimentale... Ah, dimenticavo di dirti che gli ho promesso una risposta entro ventiquattr'ore. Servizio speciale.»

«Ma perché? Sei impazzita?»

«Ho pensato che gli avrebbe fatto buona impressione. Tu non preoccuparti, penso a tutto io.»

Tuppence tornò nel suo ufficio. Tommy restò seduto alla scrivania, rimuginando pensieri di rancore contro le fantasiose iniziative di sua moglie, poi si alzò e uscì per intraprendere le prime operazioni di ricerca della ragazza scomparsa.

Tornò verso le quattro, stanchissimo. Tuppence stava prendendo una scatola di biscotti che teneva nascosta in un cassetto.

«Che cosa hai fatto per ridurti così?» gli chiese sorridendo.

«Ho fatto il giro degli ospedali.»

«Non ti avevo detto che avrei pensato a tutto io?»

«Non puoi, da sola, trovare quella ragazza per domani pomeriggio alle due.»

«Certo che posso, l'ho già trovata.»

«Ma come hai fatto?»

«Elementare, Watson, davvero elementare.»

«E adesso dov'è?»

«Nel mio ufficio.»

«Che cosa fa nel tuo ufficio?»

«Ha delle buone abitudini, sono quasi sicura che sta facendo il tè.»

«Non guardarmi così, adesso ti spiego» proseguì Tuppence affettuosamente. «Sai che ho la mania dei cappelli e che li compro quasi tutti da madame Violette. L'altro giorno, in negozio, ho incontrato una mia collega d'ospedale che, dopo la guerra, aveva smesso di fare l'infermiera e aveva aperto un negozio di modista. Il negozio è andato male e adesso lavora da madame Violette. Abbiamo organizzato tutto noi due. Lei prima ha parlato insistentemente con St. Vincent della nostra agenzia e poi è sparita. Ora, grazie alla meravigliosa efficienza dei superdetective di Theodore Blunt, il giovane St. Vincent riceverà la spinta necessaria a fare la sua proposta di matrimonio. Janet non ci sperava più.»

«Tuppence,» esclamò Tommy «mi hai sconvolto! Ti sei resa complice di un'azione immorale, hai indotto un uomo a un matrimonio con una persona che gli è socialmente inferiore...»

«Ma non ti vergogni di dire certe sciocchezze! Janet è bella e intelligente. L'unica cosa che non capisco è perché le piaccia tanto quel rammollito di St. Vincent che ha tutto da guadagnare da una immissione di sangue fresco nella sua famiglia. Janet è quello che ci vuole per lui. Lo curerà come una mamma, non gli farà passare più le serate nei locali notturni e lo trasformerà in un sano e felice gentiluomo di campagna. Vieni che te la faccio conoscere.»

Tuppence aprì la porta del suo ufficio. Una ragazza alta, con i capelli rossi e una bella faccia simpatica si voltò verso di lei sorridendo. Aveva in mano una teiera. «Spero di non essere stata indiscreta, signorina Cowley, anzi signora Beresford, ma ho pensato che anche a lei avrebbe fatto piacere una tazza di tè. Tante volte l'ha preparato per me, in ospedale, alle quattro della mattina!»

«Tommy,» disse Tuppence «questa è una mia vecchia amica, la signorina Smith.»

«Che strano,» osservò Tommy, stringendo la mano alla signorina Smith «stavo proprio pensando di scrivere una monografia...»

«Non vaneggiare, Tommy» disse Tuppence ridendo «e beviamo questo tè al successo della nostra agenzia. Possano i superdetective di Theodore Blunt non conoscere mai il sapore amaro della sconfitta!»

Riferimenti bibliografici

Dalla raccolta «Hercule Poirot indaga»
(*Poirot Investigates*)

La tragedia di Marsdon Manor
Titolo originale dell'opera: *The Tragedy at Marsaon Manor*
Traduzione di Lidia Lax

Il mistero di Hunter's Lodge
Titolo originale dell'opera: *The Mystery of Hunter's Lodge*
Traduzione di Lidia Lax

La maledizione della tomba egizia
Titolo originale dell'opera: *The Adventure of the Egyptian Tomb*
Traduzione di Lidia Lax

Il furto di gioielli al Grand Metropolitan
Titolo originale dell'opera: *The Jewel Robbery at the «Grand Metropolitan»*
Traduzione di Lidia Lax

La sparizione del signor Davenheim
Titolo originale dell'opera: *The Disappearance of Mr. Davenheim*
Traduzione di Lidia Lax

Dalla raccolta «In tre contro il delitto»
(*The Regatta Mystery*)

La stella del mattino
Titolo originale dell'opera: *The Regatta Mystery*
Traduzione di Lidia Lax

Il mistero della cassapanca spagnola
Titolo originale dell'opera: *The Mystery of the Spanish Chest*
Traduzione di Grazia Griffini

Miss Marple racconta una storia
Titolo originale dell'opera: *Miss Marple Tells a Story*
Traduzione di Lidia Lax

Il sogno
Titolo originale dell'opera: *The Dream*
Traduzione di Grazia Griffini

Dalla raccolta «Testimone d'accusa e altre storie»
(*Witness for the Prosecution*)

Testimone d accusa
Titolo originale dell'opera: *Witness for tne Prosecution*
Traduzione di Hilia Brinis

Il villino degli usignoli
Titolo originale dell'opera: *Philomel Cottage*
Traduzione di Hilia Brinis

La disgrazia
Titolo originale dell'opera: *Accident*
Traduzione di Grazia Griffini

Tre topolini ciechi
Titolo originale dell'opera: *Three Blind Mice*
Traduzione di Lidia Lax

Uno scherzo arguto
Titolo originale dell'opera: *Strange Jest*
Traduzione di Lidia Lax

Omicidio su misura
Titolo originale dell'opera: *The Tape-measure Murder*
Traduzione di Lidia Lax

Il caso della domestica perfetta
Titolo originale dell'opera: *The Case of the Perfect Maid*
Traduzione di Lidia Lax

Le maledizioni della strega
Titolo originale dell'opera: *The Case of the Caretaker*
Traduzione di Lidia Lax

La torta di more
Titolo originale dell'opera: *Four and Twenty Blackbirds*
Traduzione di Lidia Lax

L'espresso per Plymouth
Titolo originale dell'opera: *The Plymouth Express*
Traduzione di Lidia Lax

L'eredità dei Lemesurier
Titolo originale dell'opera: *The Lemesurier Inheritance*
Traduzione di Lidia Lax

Accadde in Cornovaglia
Titolo originale dell'opera: *The Cornish Mystery*
Traduzione di Lidia Lax

Doppia colpa
Titolo originale dell'opera: *Double Sin*
Traduzione di Grazia Griffini

Nido di vespe
Titolo originale dell'opera: *Wasps' Nest*
Traduzione di Grazia Griffini

Il rubino
Titolo originale dell'opera: *The Theft of the Royal Ruby* oppure *The Adventure of the Christmas Pudding*
Traduzione di Lidia Lax

Doppio indizio
Titolo originale dell'opera: *The Double Clue*
Traduzione di Grazia Griffini

Diritto d'asilo
Titolo originale dell'opera: *Sanctuary*
Traduzione di Lidia Lax

Dalla raccolta «Tommy e Tuppence: in due s'indaga meglio»
(*Partners in Crime*)

La teiera
Titolo originale dell'opera: *A Pot of Tea*
Traduzione di Luciana Crepax

Dalla raccolta «La dama velata e altre storie»
(*The Veiled Lady and Other Stories*)

La dama velata
Titolo originale dell'opera: *The Veiled Lady*
Traduzione di Lidia Lax

La scatola di cioccolatini
Titolo originale dell'opera: *The Chocolate Box*
Traduzione di Grazia Griffini

La lanterna
Titolo originale dell'opera: *The Lamp*
Traduzione di Grazia Griffini

Il caso del militare scontento
Titolo originale dell'opera: *The Case of the Discontented Soldier*
Traduzione di Grazia Griffini

Il caso del marito scontento
Titolo originale dell'opera: *The Case of the Discontented Husband*
Traduzione di Grazia Griffini

Indice

Le storie di Miss Marple

Tre casi per Parker Pyne

Tommy e Tuppence